日語成語慣用語詞典

中日對照
原文標音

徐昌木 編著

臺灣商務印書館 發行

五十音索引

目錄

前言及說明

本書收編日本現行通用的成語、諺語、格言、農諺等約五千多條，可助學習日語或閱讀日文書刊時解決有關成語之難題。同時本書也可供日文寫作應用成語時之參考。

編訂本書的要點如下：

一、本書按日語あいうえお五十音順次序排列，便於查閱。

例如：「合縁奇縁《あいえんきえん》」之後接着就是「愛多《あいおお》き者《もの》は則《すなわ》ち法立《ほうた》たず」。

二、日文詞目中如有「漢字」都標注讀音，易於閱讀。

例如：「馬《うま》に乗《の》るまでは牛《うし》に乗《の》れ」。

三、每一日文詞目均用淺易的中文加以注釋。

例如：「夫婦喧嘩《ふうふげんか》は犬《いぬ》も食《く》わぬ」　夫妻吵架連狗都不理睬。比喩不要去理人家的夫妻吵架。

四、同一日文詞目如有幾種不同的詞義，則冠以①②③加以區別。

例如：「足《あし》が早《はや》い」　①走得快。②食品容易腐壞。③賣得快、暢銷。

五、日文詞目如有其他類似或相似意義之詞句，都盡量收編在一起，作爲比較之用。用類的記號表示其下的詞句意義類似或相似。

例如：「金銭《きんせん》は親子《おやこ》も他人《たにん》」　關於金錢連父子都是他人。類①金銭は他人。②親子の中でも金銭は他人。③金に親子はない。④金は親子も他人。⑤金は他人。

六、日文詞目如有與其意義相反之詞句也盡量列出。用反的記號表示其下的詞句意義相反。例如：「棚《たな》から牡丹餅《ぼたもち》」從天掉下來的元寶，福自天來。反天は自ら助くる者は助く。（自助天助）。

七、本書編有中國成語的索引，按字畫多少排列，可以對照日本的成語。例如：「情人眼中出西施」，可以由索引查出在第二五頁下的日文「痘痕《あばた》も靨《えくぼ》」或第二七〇頁下的「鼻《はな》そげも靨《えくぼ》」等等。

正如日本的成語「弘法でも筆の誤り」（智者千慮必有一失）那樣大書法家弘法大師都會寫錯字，本書也難免發生錯誤，希望讀者指正，以使本書更加完善。

徐　昌　木

一九八二年三月十五日

あ

合縁奇縁《あいえんきえん》　千里姻緣一線牽。人與人之間是由緣份結合而成的。表示緣是不可思議、微妙的東西。類 ①合性奇縁。②縁は異なるもの味なもの。③何事も縁。④虫が好く。⑤合愛奇愛。⑥虫が好かぬ。⑦袖振り合うも他生の縁。⑧つまずく石も縁の端。

愛多《あいおお》き者《もの》は則《すなわ》ち法《ほう》立《た》たず　愛多者則法不立。出自韓非子。表示爲政者過於慈悲，人民就放肆起來，法令不能推行。

愛多《あいおお》ければ憎《にくい》も亦多《またおお》し　愛多恨亦多。

愛多《あいおお》ければ憎《にく》しみ至《いた》る　愈受人愛，愈受人嫉妒、受人憎恨。

愛屋烏《あいおくう》に及《およ》ぶ　愛屋及烏。其相反詞是「坊主憎けりゃ袈裟《けさ》まで憎い」。

愛嬌《あいきょう》がある　①有魅力。可愛。動人。②微笑貌。親切。和藹可親。會說話。

愛嬌《あいきょう》がこぼれる　①滿面春風。笑容滿面。非常有魅力。②和藹可親。滿臉情趣。

愛嬌《あいきょう》がない　①不令人喜歡。②不和氣。沒有禮貌。對人簡慢。

愛嬌《あいきょう》を振《ふ》りまく　對誰都表示好感。對誰都笑容可掬。

愛敬付《あいきょうづ》き合《あ》い　指不是誠心實意的來往，而是表面上的交際，形容奉承上司的態度和商業上來往時所用。類 ①商売付き合い。②義理の顔出し。③愛敬ぼくろ。

匕首《あいくち》に鍔《つば》　比喻不相稱的東西。匕首是沒有護手，如加上護手就顯得不相稱了。類 小刀に鍔。

愛犬《あいけん》に手《て》を噛《か》まれる　恩將仇報。類 ①飼犬に手を噛まれる。②飼犬に足を食われる。③恩を仇で返す。

相碁井目《あいごせいもく》　凡事都有能力之差。表示人的聰明愚笨是千差萬別的。

挨拶《あいさつ》は時《とき》の氏神《うじがみ》　口角吵架時如有調停人出現，好像是出現救神一樣，可以使爭吵解決，所以要順從他的調停。類 ①仲裁は時の氏神。②仲人は時のとっての氏神。③地獄で仏。

挨拶《あいさつ》より円札《えんさつ》　虛禮不如實利。口頭上的招呼不如實質上的金錢。

愛想《あいそ》が好《い》い　①和藹可親。②會說話。③會應酬、待人好。

愛想《あいそ》が尽《つ》きる　指愛情和好感完全消逝的意思，也用在形容不論怎麼爲他人努力而對方一點也沒有反應，感到沒有意思而放棄努力的情形。類①愛想も小想《こそ》も尽き果てる。②愛想づかし。

愛想《あいそ》が悪《わる》い　①待人態度壞。②説話不客氣。③不會應酬。待客簡慢。

愛想《あいそ》づかしも金《かね》から起《お》きる　夫妻分手多起因於金錢問題。沒有錢就沒有愛情。類①金の切れ目が縁の切れ目。②夫婦喧嘩も無いから起こる。

愛想《あいそ》を尽《つ》かす　沒有好感。討厭。感到絕望。唾棄。

愛想《あいそ》もこそも尽《つ》き果《は》てる　完全失去好感。完全討厭。

逢《あ》いたが情《じょう》、見《み》たいが病《やまい》　非常想念時就無法抑制想見面的戀慕心。

相対《あいたい》の事《こと》はこちゃ知《し》らぬ　當事者之間所決定之事，與第三者的自己無關。當一件事發生糾紛，而這件事沒有同自己商量，自己推卸責任時所講的話。

開《あ》いた口《くち》には戸《と》はたたぬ　人嘴是無法封住的。類下種《げす》の口に戸は立てられぬ。

開《あ》いた口《くち》へ牡丹餅《ぼたもち》　好運時不努力幸福都會自然飛來。福自天來。類①棚《たな》からぼた餅。②大鴨《かも》が葱をもって舞いこむ。

あいだてないは祖母育《ばばそだ》ち　由祖母養大的孩子容易養成任性。

間《あいだ》に立《た》つ　斡旋兩方的意思。類間に入る。

相槌《あいづち》を打《う》つ　幫腔、搭腔、接下語兒。

相手変《あいてかわ》れど、主変《ぬしかわ》らず　對方隨時改變，但自己老是不變。換湯不換藥。類親仁形気《おやじかたぎ》。

相手《あいて》の無《な》い喧嘩《けんか》はできぬ　不管怎麼好吵架的人，沒有對手就吵不起架來。類①相手無ければ訴訟無し。②気遣いも一人は狂わぬ。③喧嘩ともっこは一人じゃできない。④一人喧嘩はならぬ。

相手《あいて》の持《も》たする心《こころ》　凡事由對方決定。類相手の出方次第。

相手見《あいてみ》てからの喧嘩声《けんかごえ》　虛張聲勢、假抖威風。

相盗人《あいぬすびと》　一丘之貉。類同じ穴の貉《むじな》。

愛《あい》は小出《こだ》しにせよ　太過熱情的愛不長久。愛要一點一滴培養。類熱愛は冷めやすし。

愛《あい》は憎悪《ぞうお》の始《はじ》め　愛爲憎惡之始。

愛別離苦《あいべつりく》　表示與所愛之人的生離死別的痛苦和悲哀。類 哀別悲離。

相《あい》**惚**《ぼ》**れ自**《うぬ》**惚**《ぼ》**れ片**《かた》**惚**《ぼ》**れ岡**《おか》**惚**《ぼ》**れ**　有各色各樣的喜歡方式。如相愛、自愛、一廂情願、單相思等。

逢《あ》**い戻**《もど》**りは鴨**《かも》**の味**《あじ》　一度分手的男女，感情再和好時，其愛情比以前更濃厚。類 従兄弟同士は鴨の味。

藍《あい》**より青**《あお》**し**　青出於藍。

逢《あ》**う時**《とき》**は笠**《かさ》**をぬげ**　遇到熟人之時，最好首先要脱草帽打招呼。表示要抓住機會，不要讓機會跑掉。

逢《あ》**うは別**《わか》**れのはじめ**　有逢必有別。類 ①逢うは別れのもと。②逢うは別れ。③合せ物は離れ物。

阿吽《あうん》**の呼吸**《こきゅう》　雙方的心情一致。

逢《あ》**えば五厘**《ごりん》**の損**《そん》**がいく**　遇到熟人總會有損失。如接待來訪的客人，就會費時費錢。類 ①触り三百。②触らぬ神に祟りなし。

青息《あおいき》**吐息**《といき》　長吁短嘆。類 ①青菜に塩。②蛞蝓《なめくじ》に塩。③青菜を湯につけたより。

仰《あお》**いでつばをはく**　自作自受。害人害己。類 天を仰ぎて唾《つばき》す。

仰《あお》**いで天**《てん》**に愧**《は》**じず**　仰天無愧。類 俯仰《ふぎょう》天地に愧じず。

青柿《あおがき》**が熟柿**《じゅくし》**弔**《とむら》**う**　五十步笑百步。類 ①うみ柿が熟柿を弔う。②昨日は人の上今日は我が上。③人の事は我が事。④五十歩にして百歩を笑う。⑤目糞鼻糞を笑う。⑥猿の尻笑い。

青《あお》**き眼**《まなこ》　青眼。青睞。青盼。

青筋《あおすじ》**を立**《た》**てる**　青筋暴露。表示憤怒。類 ①怒髪天を衝《つ》く。②顔面朱を注ぐ。③怒りに声も出ず。④腸《はらわた》が煮え返る。

青田買《あおたか》**い**　買青苗。類 ①青田刈り。②不見転《みずてん》買い。

青田《あおた》**から飯**《めし》**になるまで水**《みず》**かげん**　稻田因田水不同而產量也不同，飯因水量不同而味道也不同。

青《あお》**たたみを敷**《し》**いたよう**　形容大海無浪無波。如鋪藍色草蓆墊子那樣平。

青田《あおた》**の先売**《さきう》**り**　賣青苗。

青田《あおた》**の波**《なみ》　形容青翠的稻田被風吹成稻浪。形容夏天景色的用語。

青田《あおた》ほめらば馬鹿《ばか》ほめれ　未成熟的稻米豐收與否不可靠。人也是如此「十歲神童、十五歲才子，一過二十歲平凡」小孩時候不可靠。類 子供と青田はほめられぬ。

あおち貧乏《びんぼう》　不管如何拼命工作，無法擺脫貧窮。

青天井《あおてんじょう》　青空。轉用爲指戶外。類 露天。野天。另外指市價漫無止境上昇。

青菜《あおな》に塩《しお》　沮喪、垂頭喪氣、無精打采。

青菜《あおな》は男《おとこ》に見《み》せな　青菜不要讓男人看比較好。因爲男人不常煮菜，不知道青菜一煮體積會縮小，而懷疑把青菜拿到什麼地方去。

青葉《あおば》の花《はな》　指雜在綠葉之中推遲開花的梅花，形容夏天景色的用語。類 余花《よか》。

青葉《あおば》は目《め》の薬《くすり》　綠葉是眼藥。表示看了綠葉不僅使心情愉快，而且可以治療眼睛的疲勞。

青表紙《あおびょうし》を叩《たた》いた者《もの》にはかなわぬ　敵不過讀書人。

青夕焼《あおゆうや》けは大風《おおかぜ》となる　有藍色的晚霞，第二天會吹大風。

赤《あか》い信女《しんにょ》が子《こ》を孕《はら》む　寡婦懷胎。

赤犬《あかいぬ》がきつねを追《お》う　紅狗追狐狸。比喻難以分辨。

赤《あか》いは酒《さけ》のとが　臉紅是酒之過。表示與己無關。

あかぎれがきれる　凍傷皸裂。

あかぎれ大將《だいしょう》ひび大將《だいしょう》　形成凍傷的皸裂是由於懶於預防。

赤子《あかご》の中《うち》は七國七里《ななくにななさと》の者《もの》に似《に》る　嬰孩可以說像誰就像誰。因爲嬰孩時其特徵沒固定，常常發生變化。

赤子《あかご》の手《て》をひねる　欺侮沒有抵抗能力的人。輕而易舉之事。比喻強者欺侮弱者。表示實力差得非常遠。類 赤子の手をねじる。

赤子《あかご》は泣《な》き泣《な》き育《そだ》つ　嬰孩的哭不是由於悲傷而是由於健康才哭。類 泣く子は育つ。

赤子《あかご》を裸《はだか》にしたよう　弱不禁風無法抵抗，沒有人幫助的狀態。如把嬰孩脫光衣服那樣。

証《あかし》が立《た》つ　證明清白。類 明かりが立つ。

あかずの間《ま》　平時不准打開的房間或禁止使用的房間。指不吉之事被封鎖。類 あかずの門。

曉《あかつき》の白雲《しろくも》が急《きゅう》に散《ち》れば大風《おおかぜ》　拂曉時白雲突然散開會有大風。

上《あ》がったり　完蛋、垮台、糟糕，表示工作、生意、事業不佳時的用語。又事情不順利時也可以用。類 お手上げ。

上《あ》がって三代《さんだい》下《さ》がって三代《さんだい》　親戚往來大約前後各三代，再疏就同外人差不多。

垢《あか》で死《し》んだ者《もの》は無《な》い　沒有因汚垢而死的人。這是不喜歡洗澡的人之辯辭，或譏笑不喜歡洗澡的人時所用的話。類 垢に食われても死にはせぬ。

飽《あ》かぬ仲《なか》　親密的關係。指感情好的夫妻和情人、朋友時所用的詞句。

飽《あ》かぬは君《きみ》の御諚《ごじょう》　主君的命令不管什麼都要服從。

赤《あか》の他人《たにん》　毫無關係的他人。路人。陌路人。類 ①路傍の人。②無緣的人。

垢《あか》はこする程《ほど》出《で》る　汚垢越擦越出來。表示缺點越揭露越多，沒有止境。挑毛病越挑越多。類 叩けば埃《ほこり》が出《で》る。

垢《あか》も身《み》のうち　汚垢也是身體一部份。這是嘲笑精心一絲不苟地洗澡的人時所用的話。因爲汚垢本來是皮膚的死骸，是人的身體一部份的表皮所脫出來的。

明《あか》るけりゃ月夜《つきよ》だと思《おも》う　想法膚淺，不知世事。一條道兒跑到黑、死心眼、認準這條壟。類 ①団子さん食えば彼岸だと思う。②小豆飯をたけば初午《はつうま》とみる。③馬鹿《ばか》の一つ覚《おぼ》え。

上《あ》がり口《ぐち》が高《たか》い　門坎高。比喩再三再四做出對不起對方之事，不好意思去對方的家裏。類 敷居が高い。

垢《あか》を洗《あら》って痕《あと》を求《もと》む　吹毛求疵。做多餘的事而惹起麻煩。類 ①毛を吹いて疵《きず》を求む。②藪《やぶ》をつついて蛇を出す。

あが仏《ほとけ》尊《とおと》し　白以爲是。自認爲自己信奉的佛最尊。

垢《あか》を脱《ぬ》ぐ　洗清汚名，證明清白。類 証《あかし》を立《た》てる。垢を抜く。

秋荒《あきあ》れ半作《はんさく》　秋天暴風雨一來，稻米的收穫減半。

秋風《あきかぜ》が立《た》つ　感情好的男女感情冷淡下去。另外形容相互關係搞得不好。類 ①秋を吹《ふ》かす。②熱が冷める。

秋風《あきかぜ》と夫婦喧嘩《ふうふけんか》は日《ひ》が入《い》りゃ止《や》む　夫妻吵架一到黃昏就會停止。類 大婦喧嘩と北風は夜凪《よなぎ》がする。

秋雁《あきかり》が早《はや》く渡《わた》ると豊作《ほうさく》　秋雁早飛來就豐收。其實，雁早飛來往往是受寒冷所迫而南下，因此那一年會早一點寒冷，對夏作物不好，反而會失收。

秋財布《あきさいふ》に春袋《はるぶくろ》 秋天做錢包不吉利，春天做錢包吉利。因秋和空同音，春和張同音之故。

秋澄《あきす》む 秋風氣爽。類①秋うらら。②秋涼し。③秋高し。

秋高《あきたか》く馬肥《うまこ》ゆ 秋高馬肥。類天高く馬肥ゆ。

空樽《あきだる》は音《おと》が高《たか》い 一瓶子不響，半瓶子晃蕩。多嘴者沒有才幹。類①淺瀨に仇浪《あだなみ》。②食《く》いつく犬は吠えつかぬ。図深い川は静かに流れる。

飽《あ》き足《た》りない ①(接「～に」)不滿意。不認爲足夠。②(接「いくら～ても」)不滿足。不滿意。不稱心。

秋蒲公英《あきたんぽぽ》の咲《さ》く年《とし》は雪《ゆき》が淺《あさ》い 秋天蒲公英開花，這一年的雪不會下得多。

商《あきな》い三年《さんねん》 做生意沒有三年建不起基礎。類①顎振《あごふ》り三年。②売出し三年。

商《あきな》い上手《じょうず》の仕入《しい》れ下手《べた》 很會招呼客人，但不會入貨。表示生意雖好，賺不到錢，白勞動。另一種意思是人各有優劣點，不是什麼事都能夠做。

商《あきな》いは牛《うし》の涎《よだれ》 做生意不可以急躁，要有好耐性。其意思是急於賺大錢反而會失敗。要像牛的唾液那樣又長又細不會斷。

商《あきな》いは数《かず》でこなせ 薄利多賣。

商《あきな》いは門門《かどかど》 做生意要看客人來賣東西。另外意思是由於商店各有其專門，買東西在專門店買最安全。類①餅は餅屋。②商売は道によりて賢し。③商売は門門。④芸は道によって賢し。

商《あきない》は正直《しょうじき》が第一《だいいち》 做生意以誠實爲第一。

商《あきない》は本《もと》にあり 做生意首先要有資本。資本決定生意的成功與否。

商店《あきないみせ》は古《ふる》いがよい 商店越舊越有信用。

秋《あき》なすびは嫁《よめ》に食《く》わすな 形容秋天的茄子好吃。類①秋鯖《さば》嫁に食わすな。②秋梭魚《あきかます》は嫁に食わすな。③五月蕨《わらび》は嫁に食わせるな。④秋蕗嫁に食わすな。

秋《あき》になればほいと腹《ばら》になる 秋天食慾好。

秋《あき》の雨《あめ》が降《ふ》れば猫《ねこ》の顔《かお》が三尺《さんじゃく》になる 一下秋雨連猫都高興。

秋《あき》の鰲《あら》と娘《むすめ》の粗《あら》は見《み》えぬ 年輕姑娘的缺點容易被人忽略。

秋《あき》の入日《いりひ》と年寄《としより》はだんだん落目《おちめ》が早《はや》くなる 表示年老

的人衰老得快。

秋《あき》の扇《おおぎ》　比喩女人因色衰而見棄。扇至秋無用。有時也比喩無用的東西。或被男人拋棄的女人，或被女人拋棄的男人。

秋《あき》の鹿《しか》は笛《ふえ》に寄《よ》る　男人容易爲女色所迷，因情而喪命。另指有弱點容易被人乘虛而入。類①妻恋う鹿は笛に寄る。②笛に寄る鹿は妻を恋う。

秋《あき》の空《そら》は七度半《ななたびはん》変《か》わる　秋天的天氣多變。轉用爲比喩善變之心。類①秋の空。②男心と秋の空。

秋《あき》の日《ひ》と娘《むすめ》の子《こ》はくれぬようでくれる　秋天的日長但下得快。如同這樣，看來好像不想嫁女兒，但年齡大了就會很快地嫁出去。反春の日と継母《ままはは》は呉れそうで呉れぬ。

秋《あき》の夕焼《ゆうや》け鎌《かま》をとげ　秋《あき》の朝照《あさで》り鄰《となり》へ行《ゆ》くな　因爲秋天的晚霞是表示第二天天氣會好，所以磨鎌刀等待，而晨早出太陽是表示會下雨，所以不要去鄰居拜訪。

秋早《あきはや》く熊《くま》が里《さと》に出《で》ると大雪《おおゆき》　熊秋天一早就來村落找食物，這一年會下大雪。這是由於山高的地方比平地早一點下雪，如果比往年下雪下得早，熊就會早一點下山來找食物吃，表示這一年會比往年寒天來得早，而往往大陸的高氣壓的勢力強，也會比往年嚴寒，雪也下得多。類雉子《きじ》が秋早く田畑にくる年は大雪。

秋彼岸《あきひがん》の照《て》りは豊年《ほうねん》　秋分如好天氣，這一年就豐收年。因爲秋分時多雨，也是颱風期，如天氣好就是豐收年。

秋日《あきひ》に照《て》らせりゃ犬《いぬ》も食《く》わぬ　誇張形容皮膚曬得很黑。其意思是一個美人如被秋天太陽曬得很黑，路人都不會回頭看她，甚至狗都不吃她。

秋日和《あきびより》半作《はんさく》　秋天氣候好壞決定了這一年的豐收和歉收的一半。類①秋場半作。②秋荒れ半作。

空物《あきもの》は容物《いれもの》　空的東西都可以用來裝東西。

空家《あきや》で声《こえ》嗄《か》らす　徒勞無功。在空屋唱歌沒有人欣賞。類①明家で棒振る。②縁の下の力持ち。③楽屋で声を嗄らす。④陰の舞の奉公。

明家《あきや》の雪隠《せっちん》　拜訪他人家裏時內面都沒有人回答時，所說的俏皮話。

諦《あきら》めは心《こころ》の養生《ようじょう》　想得開對健康有益，反悔過去的失敗與事無補。

呆《あき》れが礼《れい》にくる　誇張嚇得目瞪口呆。類①開いた口がふさがらない。②糞があきれる。

商人《あきんど》と屏風《びょうぶ》は直《すぐ》に立《た》たぬ　屏風拉直立不起來，商人如不抑制自己的感情，忍受下去就不能成功。類 商人と屏風は曲らね立たぬ。

商人《あきんど》に系図《けいず》なし　商人不靠家世，只靠手腕。

商人《あきんど》の虚言《うそ》は神《かみ》も御許《おゆる》し　商人的説謊連神都會原諒。

商人《あきんど》の売《う》り先《さき》、買《か》い先《さき》は父母《ふぼ》兄弟《きょうだい》の如《ごと》くせよ　商人對買家和賣家要如同父母兄弟那樣愛惜。

商人《あきんど》の子《こ》は算盤《そろばん》の音《おと》で目《め》をさます　商人之子聽到算盤聲就會醒起來。表示環境影響一個人的習慣很大。比喩習慣成自然。

商人《あきんど》の空誓文《そらせいもん》　商人嘴裏沒眞話。

商人《あきんど》の元値《もとね》　商人的原價不可相信。類 ①商人の空値《そらね》。②商人は損と原価《もとね》で暮らす。③商人は損をしていつか倉が建つ。

商人《あきんど》は木《き》の葉《は》も錦《にしき》に飾《かざ》る　商人會把次品裝飾得好好，把它當做好的商品賣給客人。

商人《あきんど》は腹《はら》を売《う》り、客《きゃく》は下《した》より這《は》う　商人先講高價，慢慢降低，客人先喊低價逐漸加多。

商人《あきんど》は矢《や》の下《した》くぐれ　商人要賺大錢，必須穿過危險的箭和槍彈之下。意思是要冒風險。

悪因悪果《あくいんあっか》　惡有惡報。類 ①悪の報いは針の先。②猪食《しし》った報《むく》い。

悪縁《あくえん》契《ちぎり》深《ふか》し　孽緣難離。

灰汁《あく》が抜《ぬ》ける　比喩改掉惡習變成瀟灑利落。類 ①垢抜《あか》けがする。②渋皮がむける。

悪逆《あくぎゃく》無道《むどう》　大逆不道。類 悪業非道。

悪妻《あくさい》は百年《ひゃくねん》の不作《ふさく》　討壞老婆一生窮。一代沒好妻、三代沒好子。類 ①悪妻は六十年の不作。②悪妻は一生の不作。③悪妻は家の破滅。④悪妻はまさる不幸なし。

悪事《あくじ》千里《せんり》を走《はし》る　醜事傳千里。

悪事《あくじ》身《み》にかえる　惡有惡報。自作自受，咎由自取。類 ①悪事身にとまる。②身から出た錆《さび》。③因果応報。④自業自得。⑤人を呪《のろ》わば穴二つ。⑥天に唾《つば》す。⑦人捕る亀が人に捕られる。

悪性《あくしょう》の気《き》よし　亂搞男女關係的人和酒色之徒，其性情溫和，對人和氣的人很多。

悪女《あくじょ》の賢者《けんじゃ》ぶり　性情不好的女人扮成聰明伶俐，表示令人討厭的卑鄙的僞善。

悪女《あくじょ》の深情《ふかなさけ》　醜婦情深，嫉妒心強。比喩添麻煩的好意，不受歡迎的好意。

悪女《あくじょ》は鏡《かがみ》を疎《うと》む　醜婦討厭照鏡子。比喩誰都不喜歡提到自己的缺點和弱點。類 悪女は鏡を恐る。

悪銭《あくせん》身《み》に附《つ》かず　（苦的錢萬萬年）騙的錢湯泡雪。刻薄成家理無久享。不義之財理無久享。不勞而獲的錢不能久享。類 ①人垢《あか》は身につかぬ。②盗人は盗みによっては金持になれない。③不当に得られた物は不当に費やされる。

悪態《あくたい》をつく　罵街。說人壞話。類 憎まれ口をたたく。

悪天候《あくてんこう》を売《う》る　因為氣候不好，豐收有問題，買家多，乘這個機會提高價錢來賣。主要是稻米市場的用語。反 悪天候を買う。

悪《あく》に強《つよ》ければ善《ぜん》にも強《つよ》し　壞人改邪歸正，會更加變成善人，不會中途改變。類 ①悪に強きは善の種。②悪に強き者は善に強し。③善に強い者は悪にも強い。④毒薬変じて良薬となる。反 沈香も焚《た》かず屁もひらず。

悪人《あくにん》あればこそ善人《ぜんにん》も顕《あらわ》れる　有壞人才有好人。類 ①下手があるので上手が知れる。②馬鹿があって利口が引き立つ。

悪人《あくにん》は刀《かたな》の試《ため》し物《もの》　壞人是試劍的材料。其意是不能如對待平常人那樣對待壞人。類 悪人は畳の上で死なれぬ。

悪人《あくにん》には友多《ともおお》し　壞人朋友多。因為壞人用甜言蜜語和利益引誘人，所以朋友會多起來。類 癩者《かったい》は癩者の友をほしがる。

悪人《あくにん》の友《とも》を捨《す》てて善人《ぜんにん》の敵《てき》を招《まね》け　放棄壞人的朋友，交好人的敵人，因為雖然是討厭的對手總比壞的朋友較好。類 ①悪人にほめられるより善人に笑われよ。②悪友の笑顔より善友の怒り顔。

悪《あく》に走《はし》る　變壞。

悪《あく》の裏《うら》は善《ぜん》　惡之反面是善。惡和善是互為表裏，不會光是壞事，壞事之後會有好事。類 ①一の裏は六。②いい事があれば悪い事がある。③善の裏は悪。

灰汁《あく》の下《さ》げ汁《じる》も捨《す》て場所《ばしょ》がある　東西都有其相稱的用法。廢物不可以亂拋棄。

悪《あく》の報《むく》いは針《はり》の先《さき》　惡有惡報。類 因果は皿のふち。

悪《あく》の易《やす》きや火《ひ》の原《はら》を燎《や》くが如《ごと》し　壞事置之不顧，會越來越大，如原野着火越燒越廣，終於不可收拾。

悪《あく》は一旦《いったん》の事《こと》なり　壞事雖一時很盛大，結果必被正義打倒，決不會長久的。

悪《あく》は延《の》べよ　延遲做壞事。其意思是當要做壞事時，慢一點做，因爲在拖的期間事情可能會發生變化，可能會使想法改變，而不做壞事。反 善は急げ。

悪木盗泉《あくぼくとうせん》　表示清廉志高的人不接近汚髒的事物。

悪木《あくぼく》に蔭《かげ》せず　不管多麼疲勞都不要在惡木的樹蔭下休息。表示志操正直的人不接近汚髒的事物。

欠伸《あくび》を一緒《いっしょ》にすれば三日従兄弟《みっかいとこ》　一個人打哈欠，旁邊的人也會打哈欠。表示打哈欠容易傳染。

欠伸《あくび》を噛《か》み殺《ころ》す　忍住哈欠。用在表示厭煩的狀態。類 あくびを押さえる。

悪《あく》をすれば淵《ふち》に入《い》る　做壞事即使一時會繁榮，最後終會沉下不幸的深淵而浮不上來。

安坐《あぐら》で川《かわ》　不勞而獲。不努力而事情進行得很順利。

安坐《あぐら》をかく　①盤腿坐。打盤坐。②表現厚顏無恥的態度。類 居座る。

挙足《あげあし》を取《と》る（揚《あ》げ足《あし》を取《と》る）　①抓住對方抬起的脚加以打倒。②抓住短處，吹毛求疵。搬人的是非。搬弄。折漏子。

挙《あ》げ句《く》の果《は》て　到了最後。最後。結果。最後終於。類 ①とどのつまり。②終局。

あげずの塩買《しおか》い　叫去辦事、買東西的人右盼左盼都不回來。

上《あ》げ膳据《ぜんす》え膳《ぜん》　好款待。

開《あ》けて悔《くや》しき玉手箱《たまてばこ》　期待的事物知道了眞象，原來和自己所預想的不符感到頹喪失望。類 開けて見たれば鳥の糞。

上《あ》げつ下《お》ろしつ　又褒又貶。類 ①上げたり下げたり。②ほめたりけなしたり。③おどしたりすかしたり。

明《あ》けて通《とお》せよ肥担《こえかた》ぎ　儘量不親近無聊卑賤的事物。

朱《あけ》に染《そ》まる　血淋淋。滿身是血。天空紅如血。類 朱になる。

明《あ》けの春《はる》　新春。類 ①今朝の春。②新春。

開《あ》け放《はな》しの根性《こんじょう》よし　對人無法隱私，心直口快的人是好心的人。反 根性悪のむだ口きかず。

上《あ》げ舟《ふね》に物《もの》を問《と》え　向趕忙的人問東西不會詳細告訴你。問人要選擇對象。

顎《あご》が落《お》ちる　掉下下顎表示格外好吃。味道好。類 頬《ほ》っぺたが落ちる。

顎《あご》が外《はず》れる　大笑。

顎《あご》が干上《ひあ》がる　無法餬口，生活窮苦。類 ①口が干上がる。②飯が食えなくなる。③暮らしが立たなくなる。

顎《あご》から先《さき》に生《う》まれる　很會説話，會説會道的人。類 ①あごたから先に生まれる。②口から先に生まれる。③顎高い。

阿漕《あこぎ》が浦《うら》に引《ひ》く網《あみ》　做秘密事一兩次可能無人知，做多，必會敗露。

頤食《あごく》いちがう　打爛下顎。説錯。説得過分。

頤《あご》で背中《せなか》を掻《か》く　不可能之事。不相稱之事。

顎《あご》で人《ひと》を使《つか》う　頤使。目指氣使。目使頤令。

顎《あご》で蠅《はえ》を追《お》う　病得無力用手趕蠅，表示體力衰弱，沒有精力。類 ①頤《おとがい》で蠅を追う。②火を吹く力もない。

あごなし地蔵《じぞう》　譏笑短下巴的人之用語。

顎振《あごふ》り三年《さんねん》　學吹簫，最初三年學轉動下顎。比喩看來簡單之事，如要升堂入室需要下苦功夫。

顎《あご》を出《だ》す　疲勞不堪。類 ①疲労困憊《ひろうこんぱい》。②あごを突《つ》き出《だ》す。

顎《あご》を撫《な》でる　洋洋得意，心意滿足。類 あごをしゃくる。

朝商《あさあきな》いは福《ふく》を呼《よ》ぶ　早晨做成生意吉利，整天生意昌隆。

朝紅《あさあけ》は雨《あめ》、夕紅《ゆうあけ》は日和《ひより》　早上的天空變紅會下雨，黃昏天空變紅，第二天晴天。

朝雨《あさあめ》に傘《かさ》いらず　早上下雨很快會停。類 ①朝雨は女の腕まくり。②朝雨馬に鞍《くら》を置《お》け。③朝の雨は晴のきざし。④朝雨はその日のうちに晴れる。⑤朝曇り日照りのもと。

朝雨博奕裸《あさあめばくちはだか》のもと　早上下雨很快會停，變成好天氣，一熱就會脱衣服，賭博最初可能會贏，最後會輸光，而被人脱光衣服。

朝雨《あさあめ》は日照《ひで》りのもと　早上下雨是好天氣的前兆。類 朝の雨は晴のきざし。

浅《あさ》い川《かわ》も深《ふか》く渡《わた》れ　過淺河要同過深河那樣小心來過。不可大意。凡事要小心謹慎。類 ①用心は深くして川は浅く渡れ。②石橋を叩いて渡る。

朝謡《あさうた》は貧乏《びんぼう》の相《そう》　從早晨就唱歌遊玩不做工，會變成貧窮。類 乞食の朝謡。

朝恵比寿《あさえびす》に夕大黒《ゆうだこく》　早晨就笑容可掬地做生意，自然生意昌隆，一到黃昏就變成財神那樣的肥胖胖的臉孔。

朝起《あさお》き千両《せんりょう》夜起《よお》き百両《ひゃくりょう》　早上做一個小時效果等於晚上做兩個小時，因此早起做事比工作得很晚，好處多。類 ①朝の一時は晩の二時に当たる。②早起きは三文の徳長起きは三百の損。

朝起《あさお》きの家《いえ》には福《ふく》來《き》たる　早起做工自然幸福會來臨。

朝起《あさお》きは三文《さんもん》の徳《とく》　三日早起當一工。類 ①朝起き七つの徳あり。②朝起きの家には福來る。③早起きは三文の徳。④朝起き千両。⑤朝起き五両。⑥早起き三両倹約五両。⑦朝起き三両始末五両。⑧朝起きは富貴のもと。⑨宵寝朝起き長者の基。

朝女《あさおんな》朝坊主《あさぼうず》　一早和尚和女人來買東西，這天這間商店客人就多。類 ①朝坊主まるもうけ。②朝女に商いすればもうけが多い。

朝顔《あさかお》の花《はな》一時《ひととき》　牽牛花只開一時。曇花一現，好景不常。類 ①朝顔の露《つゆ》。②朝顔は晦朔《かいさく》を知らず。③槿花《きんか》一日の栄。④槿花一朝。

朝駈《あさか》けの駄賃《だちん》　①比喩事情輕而易擧。如探嚢取物。②比喩上午做事的效率高。類 朝めしまえ。

朝雷《あさかみなり》に川渡《かわわた》りするな　早上打雷最好不要過河遠行。因為早上打雷多數會下大雨，出洪水。類 ①朝雷に戸開けず。②朝雷に鄰歩きすな。③朝雷には鄰の歩きもできぬ。

朝粥《あさがゆ》かくしの長暖簾《ながのれん》　據說以前在京都早上都讓學徒吃稀飯，所以用長布簾遮起來。

麻《あさ》がらに目鼻《めはな》つけたよう　形容男子瘦得只剩下皮骨。骨瘦如柴。類 著に目鼻。

朝神主《あさかんぬし》に夕坊主《ゆうぼうし》　早上遇到神官，黃昏遇到和尚是吉利。類 朝乞食夕坊主。

朝霧《あさきり》は雨夕霧《あめゆうぎり》は晴《はれ》　早上有霧下雨，黃昏有霧晴天。類 朝霧なければ晴。反 朝霧は晴。

朝曇《あさぐも》りに驚《おどろ》く者《もの》は世帯持《しょたいも》ちが悪《わる》い　早上一陰天，就不喜歡出去做工，這是懶漢不擅於掙錢，所以不會持家，不會有錢。

朝曇《あさくも》り昼日照《ひるひで》り　早上陰天，晌午會很熱。類 ①朝曇りは禿頭《はげあたま》が泣く。②朝曇りと女心は見る間に晴れる。

朝酒《あさざけ》は門田《かどた》を売《う》っても飲《の》め　讚揚早酒的好處，連門口的田賣掉也要喝。類 ①朝酒は女房を質においてでも飲め。②朝酒後を引く。

朝生薑《あさしょうが》夕山椒《ゆうざんしょう》　早上吃生薑，晚上吃花椒對眼有益。

浅瀬《あさせ》に仇浪《あだなみ》　河流的深處無浪，淺灘起小浪很吵。比喻心胸愈窄，愈無能力的人，愈吵，話愈多。類 ①痩犬《やめいぬ》は吠える。②空樽《あきだる》は音が高い。③痩馬の声嚇《おど》し。

朝題目《あさだいもく》に宵念仏《よいねんぶつ》　比喻沒有信念。沒有定見。類 朝題目に夕念仏。

朝茶《あさちゃ》はその日《ひ》の難《なん》のがれ　喝早茶有益可以避免一天的災難。類 ①朝茶は七里帰っても飲め。②朝茶は福が増す。③朝茶は質を置いても飲め。④朝茶は三里行っても飲め。

あさって紺屋《こんや》にこんど鍛冶屋《かじや》　再三拖延約期，一天拖一天。類 あさって紺屋に晩鍛冶屋。

朝出《あさで》た跛《ちんば》には追《お》いつかぬ　跛脚的人一早就出去，脚快的人是追不上的。比喻努力不懈的人必定會得到最後的勝利。

朝鳶《あさとび》に蓑《みの》を着《き》よ夕鳶《ゆうとび》に笠《かさ》をぬげ　早上鳶飛翔表示會下雨，黃昏鳶飛翔會晴天。類 ①朝鳶は雨夕鳶は晴。②朝鳶に川渡りすな。反 鳶が朝から舞うは晴。

糾《あざな》える縄《なわ》　如搓繩那樣福禍糾纏在一起。類 禍福は背中合わせ。

朝《あさ》にある事《こと》は晩《ばん》にもある　凡事早上發生過，晚上也會發生。表示有了一次往往會發生第二次第三次。類 一度ある事は二度ある。

朝虹《あさにじ》は雨夕虹《あめゆうにじ》は晴《はれ》　早上有虹會下雨，傍晚有虹會晴天。類 ①朝虹雨のもと夕虹日照りのもと。②朝虹ふいたら川辺へ出るな夕虹ふいたら馬に鞍《くら》置け。③朝虹はその日の洪水。④朝虹には川越すな。⑤朝虹に傘忘るな。⑥夕虹立ったら嫁迎え，夕虹立ったら娘迎えろ。⑦朝虹は笠とるひまもない。⑧朝焼けはその日の洪水。

朝《あさ》には富兒《ふじ》の門《もん》をたたき暮《くれ》には肥馬《こそうま》の塵《ほこり》に隨《したが》う　一早就敲富兒門，黃昏追隨肥馬之塵，表示趨炎附勢。

朝《あさ》に星《ほし》をかずく　披星戴月。形容勤勉。類 朝星《あさぼし》。

朝寝朝酒《あさねあさざけ》は貧乏《びんぼう》のもと　睡早覺喝早酒是貧窮之本。

朝寝《あさね》する者《もの》は貧乏性《びんぼうしょう》　睡早覺的懶漢事業不會成功，也不會有錢。類 ①朝寝八石《あさねはちこく》の損《そん》。②朝寝昼寝は貧乏のもと。③朝寝の貧乏。反 朝起き千両。朝起き三文の徳。

朝寝坊《あさねぼう》の宵張《よいっぱり》　睡早覺的是夜猫子。類 ①朝寝坊の夜ふかし。②宵っ張りの朝寝坊。③朝寝坊の宵まどい。

朝《あさ》の命《いのち》　人生如朝露表示生命的短促，一瞬卽逝。人生如白駒過隙。類 ①蜉蝣《かげろう》の命。②露命。

麻《あさ》のごとく　亂如麻。類①「麻のごとく乱れ」。②乱麻。③糸の乱れ。

朝《あさ》の蜘蛛《くも》は福《ふく》が来《く》る、夜《よる》の蜘蛛《くも》は盗人《ぬすびと》が来《く》る　早上看到蜘蛛有福不可殺牠，晚上見到蜘蛛小偷會來，要殺死蜘蛛。

麻《あさ》の中《なか》の蓬《よもぎ》　蓬成麻中不扶自直。近朱者赤。類①麻につるる蓬。②麻の中の蓬は直《なお》し。③藪《やぶ》の中のうばら。④朱に交われば赤くなる。⑤人は善悪の友による。⑥善人と共におれば善人になる。

朝《あさ》のぴっかり姑《しゅうとめ》の笑《わら》い　早上好天氣和家婆的笑臉都會立刻發生變化。比喩靠不住。類①朝日のちゃかり姑のにっこり。②朝間のひかぴかその日の雨だ。

朝跳《あさは》ねの夕《ゆう》びっこ　早上剛起床有精力，開頭如亂碰亂跳，消耗精力，到了傍晚就會疲倦不堪，沒有精神，會一瘸一點地走。類①駒《こま》の朝走り。②小馬の朝駈《が》け。反朝油断の夕かがみ。

朝腹《あさばら》の丸薬《がんやく》　早飯前空肚子吃丸藥比喩完全無效。類①朝腹の茶の子。②朝飯前の茶うけ。

朝日《あさひ》が西《にし》から出《で》る　朝陽出西方。比喩不可能有的事。類①川の水が逆さに流れる。②お天道さんが西から出る。

朝比奈《あさひな》と首引《くびひ》き　無論如何也敵不過。

朝日《あさひ》に向《む》かって戦《たたか》う　向旭日宣戰。表示戰鬥的方法錯誤。

朝日《あさひ》の昇《のぼ》る勢《いきお》い　旭日東升。類①朝日の昇るごとし。②旭日《きょくじつ》の勢い。

麻布《あざぶ》で気《き》が知《し》れぬ　不知道爲什麼那樣做的意向。

薊《あざみ》の花《はな》も一盛《ひとさか》り　薊花也有一時之盛。薊這種有刺的植物平時沒人喜歡，但當花盛開時也是很好看。不漂亮的女人在妙齡時也是有魅力的，表示人一定有一時之盛。類①鬼も十八番茶も出花。②屁くそ葛《かずら》も花盛り。③そばの花も一盛り。

朝紫《あさむらさき》に夕紅《ゆうくれない》　朝紫夕紅。形容山的遠景之美。

朝飯前《あさめしまえ》のお茶漬《ちゃづけ》　輕而易舉。易如反掌。類お茶の子さいさい。

朝油断《あさゆだん》の夕《ゆう》かがみ　早上的懶漢到了傍晚潦倒。

朝夕《あさゆう》の煙《けぶり》　朝夕之炊煙。轉用爲指每日的生活。

麻《あさ》を担《にな》って金《かね》を捨《す》つ　担麻抛金。表示抛棄價値高的金，而取無價値的麻。

足《あし》が上《あが》る　失掉依靠。失群。

足掛《あしが》かりを作《つく》る　與對方搭上關係。類 ①手掛かりを作る。②コネを付ける。

足搔《あしが》きが取《と》れない　比喩不管怎麼担心，都毫無辦法打開僵局。一籌莫展。進退維谷。類 ①二進《にっち》も三進《さっち》も行かない。②動きが取れない。③手も足も出ない。④暗礁に乗り上げる。

足《あし》がすべる　滑脚。

預《あず》かり物《もの》は半分《はんぶん》の主《ぬし》　他人寄存的東西一半可當作是自己的東西。類 ①預り主は半分。②預け物は半分の主。③使い半分。④落し物は拾い徳。

足《あし》が地《ち》に付《つ》く　脚踏實地。

足《あし》が地《ち》につかぬ　脚不着地。表示嚇得脚發抖。或表示興高采烈，手舞足蹈。

足《あし》が付《つ》く　判明（逃跑者）的踪跡。發現犯罪的線索。壞事敗露。露出馬脚。類 ①足が出る。②襤褸《ぼろ》が出る。

足《あし》が強《つよ》い　①有脚力。②船速度高不搖擺。③食品不容易壞。④年糕有黏性。

足《あし》が出《で》る　花了超過收入或預算的金額。錢花淌。出虧空。賠錢。露出馬脚。類 ①足が付く。②襤褸《ぼろ》が出る。

足《あし》が早《はや》い　①走得快。②食品容易腐壞。③賣得快、暢銷。

足《あし》が向《む》く　信步所之。無意識地、自然地向一定的方向和地方走去。

足《あし》が棒《ぼう》になる　形容走得疲倦不堪，脚好像變成棍子那樣硬走不動。類 ①足を擂《す》り粉木にする。②奔走する。

足駄《あしだ》片足《かたあし》に草履《ぞうり》片足《かたあし》　一脚穿高齒木屐，一脚穿草鞋，形容慌張跑出去。或比喩不相稱。

海驢《あしか》の番《ばん》　輪流睡覺當更。海驢睡覺時一定有一隻不睡覺担任警戒工作。

足寒《あしさむ》うして心《こころ》を痛《いた》む　脚冷心痛。比喩禍起於下面之牢騷。

朝《あした》に紅顔《こうがん》あって、夕《ゆうべ》に白骨《はっこつ》となる　朝爲紅顏，夕爲白骨。人生如朝露。表示人生無常。類 ①昨日の淵は今日の瀬。②昨日の娘今日の老婆。

朝《あした》に道《みち》を聞《き》けば夕《ゆうべ》に死《し》すとも可《か》なり　朝聞道夕死可矣。

朝《あした》の雲暮《くもくれ》の雨《あめ》　形容男女之情。類 巫山《ふざん》の夢。

明日《あした》は明日《あした》の風《かぜ》が吹《ふ》く　明天吹明天的風。比喩鬱悶都沒有用。不必要担心明天之事，明天有明天的命運。類 ①明日は明日の神がある。②明日の事は明日案じよ。③明日はまだ手つかず。希望は貧乏人のパン。反 ①明日の事を言えば鬼が笑う。②明日知らぬ世。③明日食う塩辛に今日から水を飲む。④仕事を明日にのばすな。⑤今日の後に今日なし。⑥今日の手遅れは明日へついて回る。⑦明日ありと思う心の仇桜《あださくら》夜半に嵐の吹かぬものかは。

朝・夕《あしたゆうべ》に及《およ》ばず　朝不保夕。

足駄《あしだ》を履《は》かせる　比喩訂出高出實際價值的價格或作出高於實際價值的評價。

足駄《あしだ》をはく　抽頭，揩油，從中撈一把。

足止《あしと》めをくらう　禁止外出。禁閉。

味無《あじな》い物《もの》の煮《に》え太《ぶと》り　不好吃的東西一煮就增大。比喩無價值的東西光是數量多。類 ①まずい物の煮え太り。②独活《うど》の煮え太り。③阿呆《あほう》の煮え太り。④馬鹿の馬鹿太り。

足《あし》なえ起《た》つことを忘《わす》れず　瘸人不忘立。身體有缺陷的人比常人更希望補救其缺陷。脚無法站起來的人希望站起來走路，盲者希望能看得見。類 跛《ちんば》も旅心。

味《あじ》な事《こと》をやる　幹得漂亮。類 てな事をやる。

足《あし》に任《まか》せる　信步。

足《あし》の裏《うら》の飯粒《めしつぶ》をこそげる　刮掉脚板的飯粒，比喩吝嗇鬼。不清潔。

足《あし》の裏《うら》を搔《か》く　瞧不起人。

足《あし》の向《む》く方《かた》　信步而行。類 ①足の向くまま。②足の向くほう。

味《あじ》は塩《しお》にあり　調味祕訣在於下鹽。

味《あじ》は大和《やまと》のつるし柿《がき》　味道好，好吃的。顏色雖黑，味道好。

足踏《あしぶ》み立《た》てぬ世《よ》の中《なか》　生活艱苦的社會。

足下《あしもと》から鳥《とり》が立《た》つ　從脚底下突然飛出鳥。事出突然。手忙脚亂。倉卒。類 ①足下から煙が出る。②寝耳に水。③周章《しゅうしょう》狼狽《ろうばい》。④泡《あわ》を食う。

足下《あしもと》に火《ひ》が付《つ》く　脚底下着火。燃眉之急。禍起身邊。危險臨頭。

足下《あしもと》の明《あか》るいうち　太陽下山還看得見之前要趕快做。比喩凡事未耽悞之前趕快做。或自己的壞行爲和弱點未被發現，未成爲不利狀態之前，趁早做。類 足下のあかいうち。

足下《あしもと》の鳥《とり》は逃《に》げる　疏忽身邊的事物。

足下《あしもと》へも寄《よ》り付《つ》けない　望塵莫及。類 ①足下にも及ばない。②月《つき》と鼈《すっぽん》。③雲泥《うんでい》の差《さ》。

足下《あしもと》を見《み》る　抓住對方的缺點短處。類 ①足下を見てつけあがる。②足下を見立てる。③足下へ付け込む。④弱点を乘《の》じる。⑤弱点を突く。⑥泣き所を押す。

足下《あしもと》を見《み》られる　被人抓住短處。

阿闍梨《あじゃり》死《し》して事欠《ことか》けず　位高者死去，對實務沒有多大影響。阿闍梨是僧侶之位，天台宗、律宗、眞言宗的高僧。

足《あし》を洗《あら》う　①用水洗脚。②洗手不幹，改邪歸正。③與豬朋狗友脫離關係。④改變職業，改變生活態度。

足《あし》を蹺《あ》げて待《ま》つ　翹首企足。

味《あじ》をしめる　食髓知味。得到甜頭兒。類 柳の下の泥鰌《どじょう》。

足《あし》を知《し》らずして履《くつ》を爲《つく》る　不知脚的大小也可以做鞋。因爲人的脚的大小大致一定。比喩同一種類，其性質也大致一樣。

足《あし》を擂粉木《すりこぎ》にする　把腿都跑細了。疲於奔命。

足《あし》を空《そら》に　脚不着地。不鎭定慌慌張張。

足《あし》を溜《た》める　脚着地。轉用爲站住不動。類 足をとどめる。

足《あし》を突《つ》っ込《こ》む　①把脚伸進去。②參與。

足《あし》をとられる　①拿脚。②失去堅定的信心。

足《あし》を抜《ぬ》く　斷絕關係。

足《あし》を伸《の》ばす　①伸腿。②比喩伸腿休息的狀態。③再遠行。

足《あし》を運《はこ》ぶ　去。親自去。

足《あし》を万里《ばんり》の流《なが》れに濯《そそ》ぐ　洗足於萬里之流。超塵絕世。

足《あし》を引《ひ》っ張《ぱ》る　抽人後脚。拖後腿。

網代《あじろ》の魚《うお》　魚梁之魚。比喩失去自由。

飛鳥川《あすかがわ》の淵瀬《ふちせ》　比喩世事多變，滄海桑田。飛鳥川的河流急，昨天的深淵，今天會變成淺灘。類①昨日の淵は今日の瀬。②桑田変じて滄海《そうかい》なる。

小豆《あずき》の豆腐《とうふ》　比喩無法做，不可能有的事物。小豆的豆腐。小豆不可能做豆腐，豆腐是大豆做的。類氷のてんぷら。

小豆《あずき》は友《とも》の露《つゆ》を嫌《きら》う　種小豆要留間隔。類葱《ねぎ》は自分の影さえ嫌う。

小豆《あずき》は馬鹿《ばか》に煮《に》らせろ　紅豆煮時不容易爛，要慢慢地煮久一點。類小豆は無精者に煮らせろ。小豆の火は馬鹿にたかせろ。

明日《あす》ありと思《おも》う心《こころ》の仇桜《あだざくら》　想明天還會盛開的櫻花，可能會被今晚的暴風雨吹落也說不定。比喩人生無常。

明日《あす》食《く》う塩辛《しおから》に今日《きょう》から水《みず》を飲《の》む　準備過分，反而無意義。與事無補。爲了明天吃醃鹹的東西，今天喝水。反①明日は明日の風が吹く。②明日の事は明日案じよ。

明日《あす》知《し》らぬ世《よ》　不知明天的世事。世事難料。類①定めなき世。②明日の事を言えば鬼が笑う。反明日は明日の風が吹く。

明日《あす》の事《こと》は明日《あす》案《あん》じよ　不必爲他日之事操勞。明天之事明天想。今朝有酒今朝醉，明日愁來明日當。類①明日は明日、今日は今日。②明日はまだ手つかず。③明日は明日の風が吹く。反明日食う塩辛に今日から水を飲む。

明日《あす》の事《こと》を言《い》えば鬼《おに》が笑《わら》う　將來之事無法前知。不知明天會變成如何。類①来年の事を言えば鬼が笑う。②明日の事をいえば天井で鼠が笑う。

明日《あす》の百《ひゃく》より今日《きょう》の五十《ごじゅう》　明天得一百不如今天得五十。天上仙鶴不如手中麻雀。千賒不如八百現。類①明日の親鳥今日の卵。②今日の一つは明日の十にまさる。③大きな話より小さな現實。④末日の百両より今の五十両。⑤聞いた百文より見た一文。⑥先の雁より手前の雀。⑦後の千金より今の百文。

明日《あす》はまだ手《て》つかず　明天還沒有來。因此明天一整天都可以用。不必着急。類明日は明日の風が吹く。反明日食う塩辛に今日から水を飲む。

東男《あずまおとこ》に京女《きょうおんな》　東京的好男子和京都的溫柔女子。比喩很相稱。類越前男に加賀女。

あずり貧乏《びんぼう》　拚命奔走做工無法脫離貧窮。利益都爲他人所得。類あずり貧乏人宝《びんぼうひとだから》。

汗《あせ》出《い》でて背《せ》を沾《うるお》す 丟臉出冷汗。

畦《あぜ》から行《ゆ》くも田《た》から行《ゆ》くも同《おな》じ 殊途同歸。類①畦走るも田走るも同じこと。②田を行くも畦を行くも同じ。

畦《あぜ》付《つ》け半分《はんぶん》 田埂修得好與否影響收成。類①田を作るより畦をつくれ。②田は畦をつくれ畑はくろをつくれ。

汗《あせ》になる ①流汗工作。類汗を流す。②出冷汗感到慚愧。類汗をかく。

汗《あせ》を反《かえ》す 取消前令。轉用爲違約。類反汗《はんかん》。

汗《あせ》をかく ①出汗。②出冷汗。③比喩食品敗壞表面好像出汗一樣。④比喩親自勞動。

汗《あせ》を握《にぎ》る 捋汗。捏汗。緊張。

遊《あそ》びに師《し》なし 玩樂無師自通。類恋に師匠なし。

仇《あだ》し野《の》の露《つゆ》鳥辺野《とりべの》の煙《けむり》 死後埋葬，表示人的生命短暫。仇野和鳥邊野是京都的墳地。

当《あたつ》た者《もの》のふの悪《わる》さ 被打中的人運氣不好，當許多人做壞事，而只有其中幾個人受到處罰時所用的詞句。

当《あ》たって砕《くだ》けよ 不知行不行，試一試看。成功與否不知，實行一下，只想不做，不如下決心去做類男は当たって砕けよ。反優柔不斷。

寇《あた》に兵《へい》を藉《か》す 借武器於敵人。助敵害我方。

徒《あだ》の人宅《かたく》 比喩現實社會的艱難困苦。類火宅無常。

徒《あだ》の悋気《りんき》 嫉妒與己無關的他人的愛情。吃飛醋。轉用爲好跟着人家後面亂起鬨。

仇《あだ》は恩《おん》で報《ほう》ぜよ 以德報怨。類①仇を恩にして報ずる。②仇を恩で報いる。

仇《あだ》は情《なさ》け 仇者情也。比喩表示同情不一定產生好結果。

仇花《あだばな》に實《み》は成《な》らぬ 謊花不結果。比喩亂撞亂碰無計劃是不會成功的。徒具虛表，沒有踏實的計劃是不會成功的。類極めて美しい花は香《かんば》しくない。

頭打《あたまう》ち 達到頂點。表示交易市場漲到最高價，物價無法再升，和事物已到最高峰，無法再進展。

頭押《あたまおさ》えりゃ尻《しり》や上《あ》がる 針無兩頭利。一方順利，他方不順利。類①右を踏めば左があがる。②彼方《あちら》立てれば此方《こちら》が立たぬ。反一擧兩得。

頭《あたま》が上《あ》がらない ①（因對方力量太強）抬不起頭來面對面。②心有愧感到自卑。③（因病或其他原因）無法抬頭。

頭《あたま》が動《うご》けば尾《お》も動《うご》く　頭動尾也動。上行下效。

頭隠《あたまかく》して尻隠《しりかく》さず　鑽頭不顧屁股、藏頭露尾，欲蓋彌彰。顧前不顧後。掩耳盜鈴，鴕鳥辦法。即使掩蓋一部份，也無法掩蓋全部。類①頭を隠し尾をあらわす。②身を隠し影をあらわす。③柿をぬすんで核《さね》を隠さず。④団子隠そうより跡隠せ。⑤雉《き》子《じ》の草隠れ。⑥蚤《のみ》の隠れたよう。

頭《あたま》が堅《かた》い　①頑固。②腦筋壞。

頭《あたま》が下《さが》る　佩服、欽佩。

頭《あたま》が高《たか》い　自大、傲慢。

頭《あたま》が低《ひく》い　謙虛。

頭《あたま》から　①開頭、一開始。②完全、根本。③斷然、乾脆。

頭《あたま》から水《みず》を浴《あ》びたよう　如冷水澆頭一般。比喩嚇得口呆目瞪，無法動彈。

頭剃《あたまそ》るより心《こころ》を剃《そ》れ　剃頭爲僧不如修心。精神重於形式。類衣を染めるより心を染めよ。

頭《あたま》でっかちの尻《しり》つぼみ　虎頭蛇尾。類①頭でっかのかとんぼ。②龍頭蛇尾《りゅうとうだび》。③頭大きく尻つぶれる。④頭がちの尻つぼみ。⑤頭でっかの腰細。反始めは処女の如く後は脱兎《だっと》の如し。

頭《あたま》にある　在記憶之中。正在思考。關心着。

頭《あたま》に来《く》る　①強烈刺激頭腦。直覺而知。②醉上頭。比喩酒醉。③生氣，比喩容易發脾氣。④頭部生病。

頭《あたま》に湯氣《ゆうげ》を立《た》てる　頭上升蒸氣，比喩怒氣衝衝。

頭《あたま》の上《うえ》の蠅《はえ》を追《お》え　自掃門前雪，然後才顧他人。類①人の事より足下の豆を拾え。②めいめい自分の洟《はな》をかめ。③高嶺《たかね》の花《はな》を羨むより足下の豆を拾え。

頭《あたま》の上《うえ》の蠅《はえ》も追《お》われぬ　自顧不暇。

頭《あたま》の黒《くろ》い鼠《ねずみ》　偷主人東西的傭人。或形容食品的遺失不是由於老鼠而是人偷去。

頭《あたま》の天辺《てっぺん》から足《あし》の爪先《つまさき》まで　指從上到下包括全部。應有盡有，一概俱全。類①頭から尻尾《しっぽ》まで。②天井裏から縁の下まで。

頭《あたま》の濡《ぬ》れない思案《しあん》　凡事先從現在開始，重要的是考慮直接與己有關的事情。

頭禿《あたまはげ》ても浮気《うわき》はやまぬ　老而不修。類 ①雀百まで踊り忘ねぬ。②習い性となる。

頭《あたま》を上《あ》げる　①抬頭向上。②露頭角，在社會上活躍。

頭《あたま》を押《おき》える　①因受傷和頭痛壓住頭部。②用權力來壓制、壓迫。

頭《あたま》をかかえる　抱頭，表示深思。

頭《あたま》をかく　搔頭。表示不好意思，反省承認自己錯誤。

頭《あたま》を壁《かべ》にぶっつける　①有意地將他人或自己的頭碰壁。②因黑暗而頭碰壁。③比喩前有障礙無法前進。

頭《あたま》を下《さ》げる　①低頭向下。②鞠躬行禮。③認錯，道歉、屈服。

頭《あたま》を絞《しぼ》る　絞腦汁。

頭《あたま》を悩《なや》ます　焦慮、苦惱、辛苦。

頭《あたま》をはねる　揩油、抽頭、榨取他人的勞動。類 ①上前《うわまえ》をはねる。②ピンをはねる。

頭《あたま》を丸《まる》める　①削髮爲僧。②表示懺悔、反省。

頭《あたま》をもたげる　①抬頭。②露出表面。

仇《あだ》も情《なさ》けも我《わ》が身《み》より出《で》る　愛憎皆由自己的心情和行爲所引起的。種瓜得瓜。類 ①身《み》から出た錆《さび》。②因果応報。

新《あたら》しい医者《いしゃ》と新《あたら》しい墓《はか》へは行《ゆ》くな　醫牛愈老愈好。看經驗淺的新醫生會增加新墓。類 医者と味噌は古いほどよい。

新《あたら》しい酒《さけ》を古《ふる》い革袋《かわぶくろ》に盛《も》る　舊皮囊盛新酒。舊瓶新酒。新內容用舊形式表現。反 新しき酒は新しき革袋に盛れ。

新《あたら》しい畳《たたみ》でも叩《たた》けばほこりが出《で》る　徹底地挑毛病，什麼事物都可以找出一點的缺點。

新《あたら》しい草鞋《わらじ》を鍋取《なべと》りに使《つか》う　比喩事物都有其用途。

新《あたら》しき酒《さけ》は新《あたら》しき革袋《かわぶくろ》に盛《も》れ　新內容必須有新形式。

あたら口《くち》に風邪《かぜ》をひかす　說出來的話全部無用，徒勞無功。類 ①あたら口に風がはいる。②口に風邪をひかす。

中《あた》らずと雖《いえど》も遠《とお》からず　雖不中也不遠矣。

あたら花《はな》を散《ち》らす　形容痛惜早年夭折的人。

当《あ》たらぬ先《さき》の矢《や》ごたえ　射箭前覺得能射中，比喩不可靠。

あたらぬ蜂《はち》にはさされない　不伸手不會被蜂刺到。凡事自己不插手，不會遭受災禍。類 さわらぬ神に祟《たたり》なし。

当《あ》たらぬ物《もの》は夢《ゆめ》と樗蒲一《ちょぼいち》　都會中。

辺《あた》りに人《ひと》なきがごとし　旁若無人。

辺《あた》りを輝《かがや》かす　使四周生輝。稱讚一個人的人格、容貌服裝等很好。類 辺り輝く。

辺《あた》りを払《はら》う　形容超群而立，壓群。類 ①辺を圧す。②辺りを制す。③他を圧す。

当《あ》たる罰《ばち》は薦《こも》着《き》ても当《あ》たる　做壞事必有惡報。無法逃避報應。類 当たる罰は桶《おけ》をかぶっても当たる。

当《あ》たるものは風《かぜ》ばかり　春風滿面、得意洋洋。類 頭さ当たる物は雨風ばかり。

当《あ》たるも八卦《はっけ》当《あ》たらぬも八卦《はっけ》　問卜占卦也靈也不靈，不一定全部靈，所以不必介意。類 ①当たるも不思議当たらぬも不思議。②合うも不思議合わぬも不思議。③八卦のやつ当り。

当《あた》るを幸《さいわ》い　隨手、順手。遇到什麼就做什麼。盲目行事。類 ①当たる任せ。②手当り次第。③盲滅法。

当《あた》れば砕《くだ》く　東西相衝必碎。相爭必有傷。意是避免無用之衝突。

彼方《あちら》たてれば此方《こちら》が立《た》たぬ　針無兩頭利。不能使兩方都滿意。或不能事兩主。類 ①あなたを祝えばこなたの怨《うら》み。②彼方によければ此方の怨み。③出船によい風は入船に悪い。④頭押えりゃ尻や上がる。⑤右を踏めば左があがる。⑥両方立てれば身が立たぬ。

熱《あつ》いもの　比喩感激的熱淚。

熱《あつ》い物《もの》は冷《さ》め易《やす》い　快熱快冷。有熱必有冷。

暑《あつ》い寒《さむ》いは気《き》の迷《まよ》い　冷熱隨心意。

厚皮面《あつかわづら》火《ひ》に懲《こ》りず　厚臉皮的人不會取得教訓。

篤《あつ》く信《しん》じて学《がく》を好《この》む　篤信好學。

悪口《あっこう》を切《き》る　説人壞話，貶低他人。類 悪口をつく。

悪口《あっこう》は青銅《せいどう》に書《か》かれ恩恵《おんけい》は砂《すな》に書《か》かれる 被他人所說的壞話如刻在青銅上一生難忘，受到他人的恩惠如寫在沙上的字一抹就不見，很快就忘掉。

暑《あつ》さ寒《さむ》さも彼岸《ひがん》まで 熱到秋分就不會太熱，冷到春分就不會太冷。

暑《あつ》さ忘《わす》れて蔭忘《かげわす》る 暑氣一過就忘記樹蔭。比喩忘本，忘恩負義，很快就忘恩。

逢《あ》った時《とき》は笠《かさ》をぬげ 路上相遇要首先脫草帽打招呼，不可失禮。類 門に入らば笠を脫げ。

有《あっ》て地獄《じごく》無《な》くて極楽《ごくらく》 有了錢和子女就有相應的辛苦，沒有比較安樂。

あってなきがごとし 有如無，比喩無用的人物。類 無用の長物。

あってもあられぬ 表示坐立不安的心情。類 ①いたたまれない。②居ても立ってもいられない。③あるにもあられず。

熱火《あつび》を子《こ》に払《はら》う 爲了避免自己的危險將災難轉嫁給自己必須保護的人。類 ①跳ね火子に払う。②熱き火は子に払う。

羹《あつもの》に懲りて膾《なます》を吹《ふ》く 懲羹吹齏。類 ①羹に懲りた者齏《あえ》を吹く。②船に懲りて輿《こし》を忌む。③呉牛《ごぎゅう》月に喘ぐ。④蛇《へび》に噛《か》まれて朽《く》ち縄《なわ》に怖《お》じる。⑤火傷《やけど》火に怖《お》じる。

当《あ》て馬《うま》にする 爲探索對方的虛實，表面上推出別人來担任。有時指被人利用。

あてがい扶持《ぶち》 僱主單獨決定的給工人的薪金，一般是指數額的報酬。

当《あ》てが外《はず》れる 意料之外，失望。無法實現預期的目標。

当《あ》て事《ごと》は向《むこ》うから外《はず》れる 指望的事往往落空。類 ①当ての槌が違う。②当て事と越中褌《えっちゅうふんどし》は向こうから外れる。③当て事と褌。

当《あ》てどもない 毫無目標，總覺得心情不安。

跡《あと》追《お》う子《こ》に引《ひ》かれる 想跟丈夫分離但看到自己孩子對自己的愛就無法離婚。

跡形《あとかた》もない ①毫無痕跡。無影無踪。②莫名其妙的。完全不知其根據。

後《あと》から剝《は》げる正月言葉《しょうがつことば》 客套話和虛有其表的奉承話很快地就會露出馬脚。

後薬《あとぐすり》 亡羊補牢。病人死了良藥也都無效。類 後の祭。

後先息子《あとさきむすこ》に中娘《なかむすめ》 子女三人最好。前後爲男孩，中間爲女孩最理想。

後先見《あとさきみ》ず 不顧前後，冒冒失失。不考慮後果。類 ①出たとこ勝負。②前後の見境がない。③跡見ず将棋。

後《あと》の雁《かり》が先《さき》になる　後來居上。後來的佔了先。類①後の雁。②後舟かえって先になる。③先の雁が後になる。

後《あと》の喧嘩先《けんかさき》でする　以後可能會發生糾紛的事，事先要加以充分的討論。

後《あと》の喧嘩《けんか》はゆっくりとせよ　瑣碎的事情押後，先抓大綱來做。有意見以後慢慢談。

後《あと》の祭《まつり》　雨後送傘。賊走了關門。亡羊補牢。類①後薬。②六日の菖蒲《しょうぶ》十月の菊。③後の祭しかたがない。④証文の出し後れ。

後《あと》の飯《めし》はこわい　①鍋底的飯硬。②以後才可怕。

後《あと》は野《の》となれ山《やま》となれ　後事如何全然不管。類旅の恥は掻《か》き捨《す》て。反立つ鳥後は濁さず。

後腹《あとばら》を病《や》める（後腹を病《や》む）　分娩後的肚痛。轉用爲事後因費用多而苦。事過後留下遺患。

後百《あとひゃく》より今五十《いまごじゅう》　千賒不如八百現。類明日の百より今日の五十。

後《あと》へ回《まわ》す　押後。

後《あと》へも先《さき》へも行《ゆ》かぬ　進退兩難，進退維谷。

迎合《あどう》を打《う》つ　阿諛奉承。類①米搗《こめつ》き飛蝗《ばった》。②阿諛迎合《あゆげいごう》。③阿付迎合。④太鼓持ち。⑤提燈持《ちょうちんも》ち。⑥取り持ち屋。⑦茶坊主。

跡《あと》を取《と》る　繼承。類跡目を継ぐ。

跡《あと》を守《まも》る　繼承某事使之不斷絕而維持下去。

跡《あと》を譲《ゆず》る　使某人繼承其工作（或家業）。類跡を立てる。反跡を取る。

穴《あな》が開《あ》く（穴《あな》を開《あ》ける）　①不足或虧損，拉虧空，表示金錢、人數、時間等的損失、不足等。②比喻偉大人物死去。③有空白、有明白的地方。

穴蔵《あなぐら》で雷聞《かみなりき》く　在地窖中聽雷，比喻過於謹慎小心。

彼方《あなた》を祝《いわ》えば此方《こなた》の怨《うら》み　祝賀這一邊，那一邊怨恨，難於討好雙方。

侮《あなど》り葛《かずら》に倒《たお》れする　一大意連蔓草都會絆倒人，比喻一疏忽大意就會絆倒。

**穴《あな》へ入《はい》りたい（穴へも入りたい。穴があったら入

りたい)　差得有個地縫兒都想鑽進去。害羞得不想見人想躲起來。

穴《あな》のはたを覗《のぞ》く　死期近的老人。類①穴ばたに腰かける。②棺桶《かんおけ》に片足つっこむ。

穴《あな》の貉《むじな》を値段《ねだん》する　對沒抓到還在洞穴的貉議價，比喻指望不可靠東西之愚。類①捕らぬ狸の皮算用。②生まれぬ前《さき》の襁褓《むつき》定《さだ》め。③長範があて飲み。

穴《あな》を掘《ほ》って言《い》い入《い》る　由於有話想說，但又不想讓人聽到，不得不挖個洞進去講。

兄貴風《あにきかぜ》　依老賣老。類①兄貴面《あにきづら》。②兄貴顏。③兄風。

姉女房《あねにょうぼう》は身代《しんだい》の薬《くすり》　年齡比丈夫大的妻子會持家。類①姉女房倉が建《た》つ。②姉女房は子ほど可愛《かわい》がる。③篦《へら》増しは果報持ち。

あの声《こえ》で蜥蜴《とかげ》くらうか時鳥《ほととぎす》　人不可貌相。發出美妙聲音的杜鵑吃蜥蜴。類①人は見かけによらぬもの。②外面《げいめん》如《にょ》菩薩《ぼさつ》内心《ないしん》如《にょ》夜叉《やしゃ》。

あの世千日《よせんにち》この世一日《よいちにち》　去天堂千日不如在陽間快樂一天。

あの世《よ》の使《つか》い　陰間的使者，表示病人死期已近。類①冥《めい》途《ど》の使者。②死に神。

訐《あば》きて以《も》って直《ちょく》となす者《もの》を悪《にく》む　以許爲直者惡。

痘痕《あばた》も靨《えくぼ》　情人眼裏出西施。類①惚れた慾目。②跛《ちんば》も踊《おど》るよう。③鼻そげも靨。④面面の楊貴妃。⑤禿《はげ》が三年目につかぬ。⑥鼻そげが三年靨に見える。⑦好きなら痘痕も梅の花に見える。⑧惚れた目には痘痕も靨。⑨愛してはその醜を忘る。

家鴨《あひる》が文庫《ぶんこ》を背《せ》負《お》う　指身體矮屁股大不好看的女人。

家鴨《あひる》が鴨《かも》の気位《きじらい》　妄自尊大。

家鴨《あひる》の火事見舞《がじみまい》　譏笑身矮的女人搖着屁股急忙走路的形態。

家鴨《あひる》の脚絆《きゃはん》　鴨的脚短，比喻短的東西。

阿付迎合《あふげいごう》　拍馬屁。阿諛奉承。類①取り持ち屋。②茶坊主。③迎合《あど》を打つ。④米搗《こめつ》き飛蝗《ばった》。⑤太鼓持ち。⑥阿諛迎合《あゆげいごう》。⑦提燈持《ちょうちんも》ち。

危《あぶ》ない事《こと》は怪我《けが》のうち　冒險就是受傷的原因，所以最好不要接近危險的事物。類①君子危うきに近寄らず。②刑の疑わしきは罰せず。③聖人は危うきに近寄らず。④賢人は危うきを見ず。⑤転ばぬ杖《つえ》。反 虎穴《こけつ》に入らずんば虎子を得ず。

危《あぶ》ない橋《はし》も一度《いちど》は渡《わた》れ　不冒險不能成功。不入虎穴焉得虎子。

危《あぶ》ない橋《はし》を渡《わた》る　冒險。比喩幹近於違法的事情。類①虎穴《こけつ》に入らずんば虎子を得ず。②危ない枝に上らねば熟柿《じゅくし》は食えぬ。反石橋を叩いて渡る。

逐兩兎者一兎不得。貪得無厭，反而受損。

虻蜂取《あぶはちと》らず　類①二兎《にと》を追う者は一兎をも得ず。②虻も取らず蜂取らず。③花も折らず実も取らず。④一も取らず二も取らず。

脂《あぶら》が乗《の》る　①魚或動物到時節油多好吃。②起勁兒。比喩對工作積極起來。

油壺《あぶらつぼ》から出《で》たよう　形容色艶美麗。形容美男子的辭句。（在戲劇上）

脂《あぶら》に画《え》がき氷《こおり》に鏤《ちりば》む　畫脂鏤冰，比喩內無實力只裝飾門面，勞而無功。

油《あぶら》に水《みず》　互相不融洽，如將水放入油裏。冰炭不相容。

油《あぶら》を売《う》る　①偷懶、磨蹭。②閒聊浪費時間。

油《あぶら》を差《さ》す　加油（由對機器加油，轉用爲對人加油鼓勵打氣）。反①水を差す。②冷や水を掛ける。

油《あぶら》を絞《しぼ》る　①譴責、教訓、懲治。②出難題來爲難對方。類油を取る。

油《あぶら》をそそぐ　①唆使、煽動。②添油。

油《あぶら》を以《もっ》て油煙《ゆえん》を落《おと》す　以毒攻毒。用油來洗油煙。類①毒を以て毒を制す。②邪を禁ずるに邪を以てす。③ダイヤモンドはダイヤモンドを切る。④盗人の番には盗人を使え。⑤夷を以て夷を攻む。

阿呆正直糞横着《あほうしょうじきくそおうちゃく》　傻瓜有誠實的和狡猾的。

阿呆力《あほうちから》に啞器用《おしきよう》　傻瓜之中有大力氣的人，而啞巴之中有手巧的人。

阿呆《あほう》と剃刀《かみそり》は使《つか》いようで切《き》れる　擅於用人和不擅於用人其差別非常大。類馬鹿と鋏は使いよう。

阿呆《あほう》に附《つ》ける薬無《くすりな》し　傻瓜無法治療。類①馬鹿に附ける薬はない。②うつけに薬がない。

阿呆《あほう》に取《と》り合《あ》う馬鹿《ばか》　搭理呆子的人同樣也是呆子。類驢《ろ》馬《ば》と争うものは驢馬になる。

阿呆《あほう》に法《ほう》なし　呆子無法無天。呆子不知會做出什麼事來，所以是可怕的。類①馬鹿て暗闇《くらやみ》おつかない。②馬鹿は火事より怖い。③分別なき者におじよ。

阿呆《あほう》の足下使《あしもとつか》い　一一使人來做微不足道之事，這個人就是呆子。

阿呆《あほう》の三杯汁《さんばいじる》　喝湯時喝一碗是習慣，喝兩碗還可以，喝第三碗時會被人說是呆子。這句話是用來告誡自己對非常好吃的東西不可一而再，再而三的要求。類 ①馬鹿の三杯汁。②馬鹿の大食い。

阿呆《あほう》の鳥好《とりず》き貧乏《びんぼう》の木好《ぼくず》き　呆子養鳥，窮人愛好古木是無用的嗜好。嗜好、興趣要隨環境而定。類 ①阿呆の鳥飼い。②阿呆鳥飼う馬鹿植木。

阿呆《あほう》の鼻毛《はなげ》で蜻蛉《とんぼ》をつなぐ　呆子留長鼻毛來拴蜻蜓。比喻非常愚笨。

阿呆《あほう》の話喰《はなしく》い　指一聽人家說，不去想一想自己是否能夠做，就立刻想進行的人。

阿呆《あほう》は風邪《かぜ》引《ひ》かぬ　指一次也不傷風的人，據說呆子身體好。

阿呆《あほう》を尽《つ》くす　徹底地幹蠢事，轉用爲比喻因尋歡作樂而破產還債。類 放蕩三昧《ほうとうさんまい》の沙汰《さた》。

甘《あま》い子《こ》に甘草《かんぞう》　比喻進一步對受溺愛的孩子嬌寵。

甘《あま》い汁《しる》を吸《す》う　利用職權獲取利益。

甘《あま》い酢《す》では行《い》かぬ　使用普通的辦法不行。類 ①甘口では行《い》かぬ。②一筋縄《ひとすじなわ》では行かぬ。

甘《あま》いもの蟻《あり》がつく　如蟻附羶。類 ①蟻の甘きに付く如し。②長者の門に非人絶えず。③窪《しぼ》い所に水溜まる。

雨蛙《あまがえる》が鳴《な》くと雨《あめ》　蛙叫就會下雨。

尼御前《あまごぜ》の紅《べに》　尼姑擦口紅，比喻不相稱。

数多《あまた》まじりて事《こと》なかれ　單獨一個人反對無用，順從多數爲佳。

雨垂《あまだ》れ石《いし》を穿《うが》つ　水滴石穿。類 ①点滴石を穿つ。②人跡繁《しげ》ければ山も窪《しぼ》む。③釣瓶縄《つるべなわ》井桁《いげた》を斷つ。④石に立つ矢。⑤念力岩をも透す。

雨垂《あまだ》れは三途《さんず》の川《かわ》　比喻出家門一步就會有危險。類 ①雨垂れ落ちは三途の川。②男は閾《しきい》を跨《また》げば七人の敵あり。

余《あま》って足《た》らんは餅《もち》の粉《こな》　看來是許多，實際做起來感到不夠。

あま梃子《てこ》では行《い》かぬ　一知半解無法解決。必須下很大的決心才能成事。

あまの命《いのち》を拾《ひろ》う　撿了一條命。

天《あま》の邪鬼《じゃく》　指對什麼事都要同他人持相反的意見。

甘《あま》やかし子を捨《す》てる　寵愛姑息孩子，結果是使孩子變壞。

雨夜《あまよ》の月《つき》　雨夜之月。下雨之夜，看不見月亮。雖有月但看不見。比喩只有想像而不實行。有時比喩即使看來不可能有的事，也會出現這樣的事。

あまらず過《す》ぎず子三人《こさんにん》　子女不多不少三人最好。

あまりうまくて啞叫《おしさけ》ぶ　太好吃連啞巴都叫出聲了。

余《あま》り茶《ちゃ》に福《ふく》あり　剩下的茶有福底兒。喩爭先恐後不一定是聰明。類①余り物に福がある。②残り物に福がある。反余り茶を飲めば年が寄る。

余《あま》り円《まる》きはころび易《やす》し　太過老實容易受人欺侮，要有刺有稜角較好。太圓容易跌倒。

余《あま》り物《もの》に福《ふく》がある　剩的東西有福底兒。類残り物に福がある。

阿弥陀《あみだ》も銭《ぜに》で光《ひか》る　有錢能使鬼推磨。類①阿弥陀の光も金次第。②仏の光より金の光。③地獄の沙汰も金次第。④金の光は七光。

編《あ》み笠一蓋《がさいっかい》　比喩身無一物。

網《あみ》、呑舟《どんしゅう》の魚《うお》を漏《も》らす　網漏呑舟。法令寬，不懲治大奸。類天に目なし大魚網を破る。反天網恢恢《てんもうかいかい》疏にして漏らず。

網《あみ》に掛《か》かった魚《うお》　網中的魚，比喩無法逃跑。類網の魚。

網無《あみな》うて淵《ふち》をのぞくな　無網不可臨淵。比喩凡事沒有準備不能成功。臨淵羨魚，不如退而結網。類網無くして淵をのぞくな。

網《あみ》の目《め》から手《て》　從無數的網眼兒伸出手來，比喩想要的人很多。類引く手あたま。

網《あみ》の目《め》に風《かぜ》たまらず　網眼兒不能擋風，比喩有漏洞的話不管投入多少都不能儲存下來。類蜘蛛《くも》の網に風《かぜ》たまらず。反網の目に風とまる。

網《あみ》の目《め》に風《かぜ》とまる　風留在網眼兒裏，比喩不可能之事。類①蚊帳の目からも風とまる。②雨の夜にも星。反網の目に風たまらず。

網《あみ》の目《め》をくぐる　在衆目睽睽之下逃離出去，突破搜查網或在他人監視之下神不知鬼不覺地行動。

網《あみ》も破《やぶ》らず魚《うお》も洩《も》らさず　指老實不鬧彆扭的行爲。

網《あみ》を張《は》る　①張網捉魚和鳥。②埋伏安排搜捕犯人等。③預想準備事情的發生。④猜考試的試題。類張り込む。

蛙鳴蟬噪《あめいせんそう》　蛙鳴蟬噪。比喩無意義的議論和笨拙的文章，無益的聊談。

黄牛《あめうし》に突《つ》かれる　比喩大意會失敗。

雨《あめ》がうつすように降《ふ》る　傾盆大雨。

雨風《あめかぜ》糞《くそ》ばり瞽女《ごぜ》座頭《ざっと》　光是一些可有可無的東西。

雨《あめ》が降《ふ》ろうと槍《やり》が降《ふ》ろうと　不管天下雨或下矛，表示堅決的決心。類①火が降っても槍が降っても。②火の雨が降っても。③石にかじり付いても。④石にも食い付いても。

雨塊《あめつちくれ》を破《やぶ》らず　雨不能打破土塊，比喩天下太平，世上平靜。類①吹く風枝を鳴らさず。②海波を揭げず。

雨《あめ》に沐《かみあら》い風《かぜ》に櫛《くしげ》る　櫛風沐雨。

雨《あめ》につけ風《かぜ》につけ　指經常掛着心的心境。類年がら年中。

雨《あめ》にぬれて露《つゆ》恐《おそ》ろしからず　經過大困難的人不怕小困難。被雨淋後就不怕露水。類濡れぬ先こそ露をも厭《いと》え。

雨《あめ》の降《ふ》る日《ひ》は天気《てんき》が悪《わる》い　下雨天是天氣不好，比喩將理所當然之事當作新鮮事來講。類①犬が西向きゃ尾は東。②雉子《きじ》のめんどりや女鳥。③兄は弟より年や上だ。

雨《あめ》の夜《よ》にも星《ほし》　天雖下雨，晚上可能有星星，偶而從雲間也會出現星星。即使想是不可能的事，偶而也會發生。類①雨夜の月。②網の目に風とまる。

雨《あめ》は花《はな》の父母《ふぼ》　雨爲花之父母。花開受雨的滋潤。

雨《あめ》晴《は》れて笠《かさ》を忘《わす》れる　雨晴忘笠。比喩人常常忘記困難時的恩惠。類暑さ忘れて蔭忘る。

雨《あめ》降《ふ》って地《ち》固《かた》まる　雨下過後地面反而變硬。壞事變好事。看來像是壞事，反而變成好的結果。類①いさかいの果ての契り。②烟くとも後は寝やすき蚊やりかな。

雨《あめ》降《ふ》りの鶏《にわとり》　雨中的鶏，形容狼狽的形態。

雨《あめ》や霰《あられ》　如雨點兒般不斷地落下。

雨《あめ》を冒《おか》し韮《にら》をきる　冒雨割韮。比喩友情深。據說後漢的郭泰夜半冒雨割韮款待來客。

飴《あめ》を食《く》う　被甜言蜜語所騙。類飴をしゃぶらされる。

飴《あめ》を食《く》わせる　給一個甜頭吃。

危《あや》うきこと虎《とら》の尾《お》を踏《ふ》むが若《ごと》し　危如踏虎尾。比喩非常危險。

危《あやう》きこと累卵《るいらん》の如し　危如累卵，比喻形勢極其危險。

過《あやま》ちては改《あらた》むるに憚《はばか》ることなかれ　知錯必須速改。知錯較慢，總比不改好。類①間違いは勘定にはいらない。②過ちて改めざるこれを過ちという。③過ちをかざるなかれ。

過《あやま》ちて改《あらた》めざるこれを過《あやまち》と謂《い》う　過而不改謂之過。

過《あやま》ちの功名《こうみょう》　做錯反而得到好果。因過得功。類怪我《けが》の功名。

過《あやま》ちは好《この》む所《ところ》にあり　善游者死於溺。自己拿手的東西容易犯過失。類①好きな事には騙《だま》され易い。②善く泳ぐ者は水に溺《おぼ》る。③河童《かっぱ》の川流れ。④弘法にも筆の誤り。⑤猿も木から落ちる。

過《あやま》ちを文《かざ》る　文過飾非。

過《あやま》ちを救《すく》いて贍《た》らず　改正自己的過失非常困難。

過《あやまち》を観《み》て仁《じん》を知《し》る　觀過知仁。

誤《あやま》って疑《うたが》う時《とき》は人《ひと》とともに亡《ほろ》ぶ　懷疑無可懷疑的人，自己和對方都會喪身。

誤《あやま》り証文《しょうもん》一時《いっとき》の用《よう》　不利之時寫謝罪書是逃避一時的方法。權宜之計。

菖《あやめ》と杜若《かきつばた》　菖蒲和燕子花，比喻難於分辨。

歩《あゆ》みを運《はこ》ぶ　步行、出門。

歩《あゆ》めば土《つち》つく　一走路脚就會有塵土。這是不得已的，一做事就會隨之發生麻煩事。類①歩く足には泥がつく。②歩く足には塵がつく。③歩く足には棒あたる。

荒《あら》い風《かぜ》にも当《あ》てぬ　嬌生慣養。不經大風大雨。

荒馬《あらうま》の轡《くつわ》は前《まえ》から取《と》れ　大膽地從前面來抓悍馬的馬嚼子，悍馬就馴服。比喻要大膽地面對困難。

荒肝《あらぎも》を抜《ぬ》く　嚇壞，嚇破了膽。類①荒肝をひしぐ。②度肝を抜く。③肝を奪う。④生き胆を抜く。⑤生き肝を取《と》る。

嵐《あらし》の前《まえ》の静《しず》けさ　暴風雨前的平靜。

非《あら》ずもがな　不如沒有。表示假如沒有發生該多好的願望　類なくもがな。

争《あらそ》い果《は》てての棒《ぼう》ちぎり　爭吵之後，才拿棍子頭來。喻不可讓機會跑掉。

あらぬ方《かた》　指連想都沒有想到的方向，有時指漠然的方位。

あらぬさま　與平時不同的狀態。轉用爲不希望發生的情況、料不到的情況。

蟻集《ありあつ》まって樹《き》を揺《ゆ》るがす　如螞蟻那樣小的東西，聚集來搖樹，那是不可能的。比喻怎麼也無法做到的事。反 蟻が塔を組む。

蟻《あり》が大仏《だいぶつ》を曳《ひ》くよう　如螞蟻拖大佛，比喻力不相稱。

蟻《あり》が塔《とう》をくむ　如螞蟻聚集起來用落葉和土做螞蟻窩那樣，力弱的合力來努力也可以成功。

有《あ》りそうで無《な》いのが金《かね》、無《な》さそうで有《あ》るのが借金《しやつきん》　從外觀很難知道一個人的內幕。從外面很難知道一個人的財產。有的人看來有錢，其實是擧債過日子，這是社會之常情。類 有るは借銭無いは金。

在《あ》りての厭《いと》い亡《な》くての偲《しの》び　在世時盡是缺點，一死回想起來盡是優點而懷念起來。類 在《あ》っての厭い亡くての偲び。

蟻《あり》の穴《あな》から堤《つつみ》の崩《くず》れ　堤潰蟻孔。喻不愼小事，而致大禍。類 ①千丈の堤も蟻の一穴から。②塵《ちり》も積もれば山となる。③油断大敵。

蟻《あり》の甘《あま》きにつく如《ごと》し　如蟻附羶。

蟻《あり》の一穴《いっけつ》天下《てんか》の破《やぶ》り　千丈之堤，以螻蟻之穴潰。

蟻《あり》の思《おも》いも天《てん》にのぼる　螞蟻下決心一心一意來做也可以登天。比喻力弱的人、卑賤的人只要專心致意無事不可成。類 ①蟻も天にのぼる。②蚤《のみ》の息《いき》も天にあがる。③一念天に通ず。④思う念力岩をも透す。

蟻《あり》の熊野《くまの》まいり　如螞蟻列隊而行。類 ①蟻の觀音伊勢まいり。②蟻の開帳まいり。③蟻の堂まいり。

蟻《あり》の門渡《とわた》り　如螞蟻列隊而行。類 ①蟻渡り。②蟻の熊野參り。

蟻《あり》の這出《はいで》る所《ところ》もない　螞蟻出入的地方都沒有，比喻四面八方防備得很嚴，無隙可逃。

蟻《あり》の這《は》うまで知《し》っている　連螞蟻出入的地方都知道，表示每個角落都注意到。

蟻《あり》の這《は》い出《で》る透《す》きもない　比喻四面八方防備得很嚴密連螞蟻出入的間隙都沒有，無法可逃。戒備得水洩不通。類 水も漏らさぬ。

有《あ》りのままは正直《しようじき》の看板《かんばん》　眞實、不修飾是誠實的證據。

蟻《あり》も軍勢《ぐんぜい》　像螞蟻那樣小人物並不是完全無用的東西，只要用得當也可以發揮威力。

歩《ある》く足《あし》には泥《どろ》がつく　一走路脚就會有泥塵。坐着不動就不會有麻煩事和被弄汚糟。類①歩く足には塵《ちり》がつく。②歩く足には棒あたる。③歩めば土《つち》つく。④犬も歩けば棒にあたる。⑤河を渡らんとする狐は尾をぬらす。

歩《ある》く足《あし》には棒《ぼう》あたる　①一動手就會有麻煩事。②瞎猫碰死耗子。一動手有時會有意料不到的收穫。類①犬も歩けば棒にあたる。②歩く犬棒にあたる。③歩めば土つく。④歩く足には泥がつく。

主顔《あるじがお》　喧賓奪主。

主《あるじ》の好《す》きには盲猫《めくらねこ》まで三匹《さんびき》飼《か》う　主人一喜歡就養三隻的盲猫，比喩主人的意見不能反對。

有《あ》る手《て》からこぼれる　空手不會溢出東西來。以拿着東西的手才會溢出東西來。同様有錢的人才會有餘剩。類①有るからはもれる。②有ればこぼれる。

有《あ》る時《とき》は蟻《あり》があり、ない時梨《ときなし》もなし　梨有果實，螞蟻就來，螞蟻不來之時就是梨沒有果，比喩無心貯蓄來預防意外的人。

有《あ》る時《とき》は米《こめ》の飯《めし》　不想將來，有酒今日醉。類有れば有るだけ無いときざんまい。

有《あ》るとき払《ばら》いの催促無《さいそくな》し　有錢就還沒有規定歸還日期的債務。

ある所《ところ》にはあるもの　有種東西儘管不多，但有它的地方會有許多這種東西。特別是指錢這種東西，雖然錢這種東西不多，但有錢人有許多錢。

有《あ》るは借銭無《しゃくせんな》いは金《かね》　大家認爲有錢的人却出乎意料的沒有錢，滿身是債。類有りそうで無いのが金無さそうであるのが借金。

あるべき限《かぎ》り　儘量。類①ありったけ。②最大限に。③十二分に。

吾《あれ》が人《ひと》か　自他分不清楚，茫然自失。類①吾かにもあらず。②吾にもあらず。③吾か人にもあらず。

合《あ》わす顔《かお》がない　無臉見人。類面目《めんぼく》ない。

合《あ》わせ物《もの》は離《はな》れ物《もの》　結合起來的東西終會分離。指夫妻分離。類①合うた物は離れ物。②生き身は死に身。③夫婦は合せ物離れ物。④逢うは別れのはじめ。

粟粒程《あわつぶほど》の出来物《できもの》　小小的疙瘩如惡性的會有大害。比喩不可疏忽微小的事物。

慌者《あわてもの》の半人足《はんにんそく》　慌張鬼其行爲的効果要打折扣。

慌《あわ》てる蟹《かに》は穴《あな》に這《は》入《い》れぬ　慌張的蟹進不去洞裏，比喩一慌張就會失敗，切不可慌張。類 ①慌てる蟹は穴の口で死ぬ。②慌てる鼠《ねずみ》は穴へもはいれぬ。③慌てる乞食《こじき》は貰いが少ない。④いそぐ鼠は雨にあう。

阿《あ》波《わ》に吹《ふ》く風《かぜ》は讃《さぬ》岐《き》にも吹《ふ》く　風俗和流行傳到其他的地方。或上行下效。

合《あ》わぬ蓋《ふた》あれば合《あ》う蓋《ふた》あり　比喩人與物各有其所適。同這個不合，可能同那個合得來。類 ①破鍋《われなべ》にとじ蓋。②蓼《たで》食う虫もすきずき。

粟《あわ》は八十八夜《はちじゅうはちや》の種《たね》下《おろ》し　立春後的八十八天，五月一日前後是播種的好時光。這時播粟種也是最好。

粟《あわ》一粒《ひとつぶ》は汗《あせ》一粒《ひとつぶ》　一粒粟一粒汗，粒粒皆辛苦。比喩農夫的辛苦。類 粒粒辛苦。

鮑《あわび》の貝《かい》の片思《かたおも》い　剃頭挑子一頭兒熱。單戀。類 磯の鮑の片思い。

哀《あわ》れみを乞《こ》う　求人憐憫。乞憐於人。類 情けにすがる。

哀《あわ》れみを垂《た》れる　憐憫人、同情他人。類 ①哀れみを掛ける。②不憫《ふびん》がる。

哀《あわ》れをとどむ　形容滿臉哀愁，或形容受盡不幸的狀態。

泡《あわ》を食《く》う　驚慌，着慌。類 ①周章狼狽《しゅうしょうろうばい》。②足下から鳥が立つ。

泡《あわ》を吹《ふ》かす　使對方驚慌。類 一泡吹かす。

泡《あわ》を吹《ふ》く　飛口沫，形容非常痛苦。

あわを食《く》って育《そだ》つのは鯔《いな》の子《こ》ばかり　不要慌張。

鮟鱇《あんこう》の待食《まちぐい》　自己不勞動，什麼都不做，光享受大餐。鮟鱇這種魚自己不去找食物，只等待小魚跑到嘴邊來才去吃。

あんころ餅《もち》で尻《しり》をたたかれる　碰到好運。福自天來。類 ①牡丹餅《ぼたもち》で腰打つ。②牡丹餅で頬べたを叩かれる。

闇室《あんしつ》に欺《あざむ》かず　不欺暗室。

案《あん》じてたもるより銭《ぜに》たもれ　表示關心不如給錢。

鞍上《あんじょう》人無《ひとな》く鞍下《あんか》馬無《うまな》し　形容騎術精湛，騎手與馬成爲一體。鞍上無人鞍下無馬。

暗礁《あんしょう》に乗《の》り上《あ》げる　觸礁。比喩遇到預料之外的困難，事情進行得不順利。類 二進《にっち》も三進《さっち》も行かない。

案《あん》じるより芋汁《いもじる》 担心的事不見得難辦，放心吃飽來等待。類①案じるより団子汁《だんごじる》。②案じるより感じる。③案ずるより生むが易い。

案《あん》じるより念《ねん》じろ 只有担心是不會得救的，去救神佛吧。

案《あん》ずるより生《う》むが易《やす》い 事情並沒有事前所担心那樣困難，實際做起來意外地容易。生孩子沒有担心那樣困難。類①思うより生《う》むが易い。②案じる子は生み易い。③窮すれば通ず。

暗中飛躍《あんちゅうひやく》 暗中活動。類影の工作。

暗中的《あんちゅうまと》を射《い》る 暗中射的，不知中不中。

安《あん》に居《い》て危《あぶなう》を思《おも》う 居安思危。

案《あん》の定《じょう》 果如所料。類①案のごとく。②案に落つ。反①案に違《たが》う。②案に相違する。③当てが外れる。

按摩《あんま》に眼鏡《めがね》 盲人戴眼鏡，比喻多餘。

按摩《あんま》の高下駄《たかげた》 盲人穿高木屐，比喻喜歡冒險。

暗夜《あんや》の礫《つぶて》 黑夜之飛來小石。比喻受到冷不防的打擊難於預防。

暗夜《あんや》に燈《ともしび》失《うしな》う 不知前途如何，不辨方向。黑夜失燈。類①闇《やみ》の夜に灯火を失う。②盲《めくら》の杖を失う如し。

案《あん》を挙《あ》げて眉《まゆ》に斉《ひと》しうす 舉案齊眉，形容妻子敬禮丈夫。

い

遺愛寺《いあいじ》の鐘《かね》は枕《まくら》を欹《そばだ》てて聴《き》く 欹枕聽遺愛寺之鐘。白居易之詩。表示心滿意足，悠然自得，閒居之景。

威《い》あって猛《たけ》からず 威而不猛。

いい後《あと》は悪《わる》い 好事之後，往往是壞事。類①一の裏は六。②禍福は糾《あざな》える縄《なわ》の如し。③大猟の明日。反悪い後はよい。

言《い》い掛《が》かりを付《つ》ける 找藉口。類因縁を付ける。

言《い》い勝《が》ち功名《こうみょう》 滔滔不絕地發表意見者獲勝。有話不說，好意見不能通過。類①言《い》い勝《が》ち功名一《いっ》揆《き》の寄り合い。②言わぬことは聞えぬ。反①沈默は金雄弁は銀。②言わぬ言葉は言う百倍。③言わぬ言うにまさる。④言わぬが花。

異域《いいき》の鬼《き》　異域之鬼。死在外國。客死異鄉。

いい気味《きみ》だ　活該！對他人的不幸感到高興的心情。

いい子《こ》になる　①成爲好孩子。②比喻犧牲他人來裝好人。

いい線《せん》を行《い》く　事物順利進行。向着好的方向進行。

いい面《つら》になる　活活丟臉，現眼。

言《い》いたい事《こと》は明日《あす》言《い》え　有話想說，好好考慮之後才說。類①腹の立つ事は明日言え。②月日がたてば気も変わる。

言《い》い出《だ》しのこき出《だ》し　放屁者往往首先會說「很臭」，因此使人知道他放屁。

意到《いいた》りて筆《ふで》随《したが》う　意到筆隨。比喻會寫文章。

いい月日《つきひ》の下《した》で生《う》まれる　比喻出生於好環境。

いい目《め》が出《で》る　好運、順利。

言《い》い訳《わけ》のしようもない　無法辯解。沒有辯解的餘地。類①言い訳がない。②弁解の余地がない。③弁解のしようがない。

言《い》う口《くち》の下《した》から　話剛一落，墨跡未乾。表示話剛說完就做出相反的言行。類①言う下から。②舌の根も乾かぬうちに。

言《い》うことばの下《した》から　①話剛一落就……②自己那樣說却……。

言《い》うた損《そん》より言《い》わぬ損《そん》が少《すく》ない　言多必失。類もの言えば唇寒し秋の風。

言《い》うなり地蔵《じぞう》　人說什麼就做什麼的人。

言《い》うに言《い》われぬ　想說也說不出來。無法形容的。

言《い》うに落《お》ちず語《かた》るに落《お》ちる　沒有明言但可以意會。

言《い》うに及《およ》ばず　不必說。不用說，不需明言。類①言う限りにあらず。②言うまでもない。③言うも愚か。④言えば更なり。

言《い》うに足《た》らず　不值得說，不足道。

言《い》うは易《やす》く行《おこな》うは難《かた》し　言易行難。類①言うは行うより易し。②口では大阪の城も立つ。反 不言実行。

言《い》うも愚《おろ》か　不用說，不必說。類 ①言うに及ばず。②言うまでもない。③言う限りにあらず。

いいようにする　任性，自以爲是。

言《い》う由《よし》なし　無話可說，無法表現。一般用來稱讚人。

家《いえ》売《う》れば釘《くぎ》の価《あたい》　出售房屋時，其價錢如釘的價錢，表示買進時值錢，賣出時不值錢。類 ①家売れば縄《なわ》の価。②家の建売りは釘代。

家柄《いえがら》より芋茎《いもがら》　家世不如芋莖。門第沒有芋莖的價值。類 ①家柄より食いがら。②芋茎は食えるが家柄は食えぬ。③家の高いより床の高いがよい。

家《いえ》泣《な》きの外笑《そとわら》い　在家發牢騷，在外說笑話。類 内閻魔《えんま》の外恵比須《えびす》。

家《いえ》に煙《けむり》がこもれば翌日《よくじつ》は雨《あめ》　家裏的煙不散，第二天會下雨。

家《いえ》に無《な》くてならぬものは上《あ》がり框《かまち》と女房《にょうぼう》　家不能沒有門框和主婦。類 ①女房は家の大黒柱。②女房は半身上。③女と俎板《まないた》は無《な》ければかなわぬ。

家《いえ》に鼠《ねずみ》国《くに》に盗人《ぬすびと》　家有老鼠，國有盜賊。任何社會都有盜賊。

家《いえ》の身上《しんじょう》見《み》るなら三代目《さんだいめ》の朝起《あさお》き見《み》やれ　其家的盛衰決定於第三代。

家《いえ》の高《たか》いより床《ゆか》の高《たか》いがよい　家世好不如有錢。類 家柄より芋茎《いもがら》。

言《い》えば言《い》い腹《ばら》　辯解和還嘴往往引起生氣。

家《いえ》は弱《よわ》かれ主《ぬし》は強《つよ》かれ　家弱主人要強。類 箸と主とは太いがよい。

家貧《いえまず》しくして孝子《こうし》あらわる　家貧出孝子。

家貧《いえまず》しければ良妻《りょうさい》を思《おも》う　家貧就更加想要良妻。

家《いえ》より釜高《かまたか》し　做與身份不相稱的接待。

家《いえ》を出《い》ずれば七人《しちにん》の敵《てき》あり　步出家門一步，社會上有許多敵人。表示男人要知道在社會上經常有很多的競爭者和敵人。

意外千万《いがいせんばん》　完全沒有想到，出乎意料之外。

鋳掛屋《いかけや》の天秤棒《てんびんぼう》　銲鍋匠的扁担，前端長比喻長過頭，過份。

生《い》かさず殺《ころ》さず　使之不生不死。類 ①生殺し。②生けず殺さず。

鋳型《いかた》にはめたよう　如嵌模子那様，比喩定了型沒有變化。類 鋳型に入れたよう。

いかな事《こと》でも　意料之外的事情，豈有此理。

いかな事《こと》にも　無論發生任何事的意思，用在強調否定的意志。

いかに言《い》っても　不管怎麼說。

烏賊《いか》の甲《こう》より年《とし》の功《こう》　年老的人生經驗比烏賊甲有用。表示年老人的經驗可貴。類 松かさよりも年かさ。

烏賊《いか》の手《て》は食《く》うても、その手《て》は食《く》わぬ　烏賊腕足吃來好吃，但不上它的當。比喩不輕易上甜言蜜語的當。

いかものの食《ぐ》い　喜歡吃人所不喜歡吃的東西。喜歡結交大家所討厭的人。有怪異的嗜好和興趣。或指有怪異的嗜好的人。類 ①悪食《あくじき》。②下手物食《げてものぐ》い。

錨《いかり》が蟻《あり》が引《ひ》くよう　螞蟻拖錨，表示不可能之事。

怒《いか》りに燃《も》える　怒氣冲冲。

いかりは敵《てき》と思《おも》え　要把發怒當做會使人喪命的敵人加以抑制。

怒《いか》りを遷《うつ》さず　不可遷怒於人。

怒《いか》りを移《うつ》す　遷怒於人。類 ①八つ当たりする。②当たり散らす。

錨《いかり》を下《お》ろす　①拋錨。②比喩在一定的地方安定下來。類 ①御輿《みこし》をすえる。②尻《しり》をすえる。③根を生やす。④居続ける。

怒《いか》りを買《か》う　惹人生氣。

怒《いか》る者《もの》は内空《うちむな》し　容易顯出怒氣的人，其內心沒有什麼，這種人比較單純。類 ①充滿せる水鑵はふれども鳴らず。②吠える犬は弱し。③怒るものは思慮を失うの意にも使われる。④勝負事では怒った方が負けである。

怒《いか》れる拳《こぶし》笑顔《えがお》に当《あ》たらず　發怒的拳頭打不下笑臉。類 ①握れる拳笑める面に当たらず。②袖の下に回る子は打たれぬ。③柔よく剛を制す。④尾を振る犬は叩かれず。

意気相投《いきあいとう》ず　意氣相投。類 意気投合。

行《い》き当《あ》たりばったり　不訂立計劃和方針，隨之自然。

生《い》き馬《うま》の目《め》を抜《ぬ》く　雁過拔毛。比喩狡猾的人敏於巧取利益。

息《いき》が合《あ》う　意氣相投，合得來。類①一心同體。②馬が合う。

勢《いきおい》を以《もっ》て交《まじ》わる者《もの》は勢《いきおい》傾《かたむ》けば即《すなわ》ち絶《た》ゆ　以權勢相交者，權勢傾即絕交。

意《い》気《き》が揚《あ》がる　意氣風發。

息《いき》が掛《か》かる　比喩受有勢力者的保護和受其影響。

息《いき》が通《かよ》う　表示瀕死的狀態一息尚存，或表示氣力充沛的狀態。

息《いき》が切《き》れる　①接不上氣，快要斷氣。②指不持續，事物到中途不行了。③斷氣死掉。類①息を引き取る。②息が絶える。③事切れる。

行《い》き掛《か》けの駄賃《だちん》　臨走時順便。順便做另一件事來找收入。

息《いき》が詰《つ》まる　呼吸困難，表示極度緊張的狀態。

息《いき》が弾《はず》む　指呼吸短而快的狀態，表示急劇運動後，心跳激烈，氣促感到痛苦的狀態。

生《い》き肝《ぎも》を抜《ぬ》く　挖取動物的活膽，比喩嚇破膽。類①生き肝を取る。②度肝を抜く。③荒肝を拔く。④荒肝をひしぐ。⑤肝を奪う。

意《い》気《き》軒昂《けんこう》　意氣昂揚。

意《い》気《き》地《じ》が悪《わる》い　固執、倔強。

生《い》き死《し》にの海《うみ》　生死之海，比喩生或死的交界。類生生流轉。

意《い》気《き》地《じ》を立《た》てる　指堅持自己的想法和生存方式不讓的狀態。固執己見。

生《い》きた証文《しょうもん》　活證人。

生《い》き血《ち》を絞《しぼ》る　搾動物的血，比喩冷酷無情搾取他人。表示冷血行爲。類①生き血を吸う。②生き血をすする。③紅血を絞る。

生《い》きて海月《くらげ》の骨《ほね》いためず　比喩命長就會遇到種種的好事。

生《い》きとし生《い》ける物《もの》　強調世上的一切生物時的詞句。

憤《いきどお》りを発《はっ》して食《しょく》を忘《わす》る　發憤忘食。

いきなり三宝《さんぽう》　放棄一切事情。聽天由命。

意《い》気《き》に燃《も》える　幹勁十足。

生《い》き二両《にりよう》に死《し》に五両《ごりよう》　生孩需要二兩，死了人需要五兩的金錢，表示世上什麼都要錢。類①產み三両に死に五両。②子三両。③產み三両。

息《いき》の臭《くさ》きは主《ぬし》知《し》らず　有口臭的人自己不知臭。比喩自己不知自己的缺點。類①我が身の臭さ我知らず。②臭いもの身知らず。③我が糞は臭くなし。④豕《いめこ》を抱いて臭きを忘る。⑤人の七難は見ゆれど我が十難見えず。

息《いき》の根《ね》を止《と》める　①叉着脖子不讓出氣。②比喩殺死。③比喩完全打倒，使之不能活動。

生恥《いきはず》がくより死《し》ぬがまし　生而受辱不如死。

生《い》き身《み》に餌食《えじき》　人都有自生之道。上天不生無緣之人。

生《い》き身《み》は死《し》に身《み》　不知何時要死。生者必死。類①生ある者は死あり。②生き物は死に物。③合せ物は離れ物。④生者必滅。

委曲《いきよく》を尽《つ》くす　詳細説明。

生《い》きる瀬《せ》死《し》ぬ瀬《せ》　生死之交界。生死之邊緣。類①生き死にの境。②生死の瀬戸際。

息《いき》を入《い》れる　休息一會兒，稍爲稍息一下。類①一息入れる。②一服する。③息を継ぐ。④息を抜く。

息《いき》を凝《こ》らす　屏息、閉住氣。類①息を殺す。②息を潜める。③息を詰める。④息をつむ。

息《いき》を殺《ころ》す　屏息。

威儀《いぎ》を正《ただ》す　正襟危坐。整衣表，舉止嚴肅起來。形容出席正式的場合和見長輩時的樣子。類①威儀を繕う。②威儀を整う。③居住まいを正す。

息《いき》をつく　①呼吸。②喘一口氣。

息《いき》を継《つ》ぐ　歇一歇。表示激烈的動作後休息一下。類①一服する。②一息入れる。③息を入れる。④息を抜く。

息《いき》を詰《つ》める　屏息、閉住氣。

息《いき》を抜《ぬ》く　換一口氣。爲了改變心情，休息一會兒。類①一服する。②一息入れる。③息を入れる。④息を継ぐ。

息《いき》を引《ひ》き取《と》る　呼最後一口氣。停止呼吸。嚥氣。比喩死。

息《いき》を吹《ふ》き返《かえ》す　生還。甦醒。也比喩死灰復燃，東山再起。

軍《いくさ》見《み》て矢《や》を矧《は》ぐ　戰爭打起來才造箭。臨渴掘井。臨陣磨槍。

生簀《いけす》の鯉《こい》 養魚槽的鯉魚。比喩指死定的東西。命運註定死的東西。

生《い》ける犬《いぬ》は死《し》せる虎《とら》に勝《まさ》る 活狗勝過死虎。死的東西沒有什麼用，活的東西有用。

意見《いけん》と餅《もち》はつく程《ほど》練《ね》れる 年糕愈搗愈好吃，愈多聽別人的意見愈有利。

意見《いけん》に付《つ》く 聽從意見，接受他人的忠告。

遺恨《いこん》を達《たつ》す 報仇，雪遺恨。類 宿怨《しゅくえん》を晴《は》らす。

委細構《いさいかま》わず 不管三七二十一，無視一切。

諍《いさか》い果《は》てての乳切木《ちぎりぎ》 打架後拿棍子沒有用。比喩錯過機會。類 ①生まれた後の早め薬。②十日の菊六日の菖蒲。

諍 果《いさかいは》てての契《ちぎり》 吵架後的和好。類 ①喧嘩の後の兄弟名のり。②雨降って地固まる。③雨のあとは上天気。

いざ鎌倉《かまくら》 發生重大的事情時，一旦緊急的時候。

砂《いさご》の中《なか》の黄金《こがね》 沙中的黄金，比喩無價值的東西之中雜有意想不到的價值高的東西。

砂長《いさごちょう》じて巌《いわお》となる 長年的歲月會使小小的沙成長為大石，比喩經常維持長命。也比喩小由大而成，因此不可忽視小事。類 塵《ちり》積もりて山となる。反 巌くずれて砂となる。

砂《いさご》を集《あつ》めて塔《とう》を積《つ》む 積沙成塔。比喩遙遠的事情。

勇《いさ》みを付《つ》ける 加以鼓舞。類 鼓舞する。

石臼《いしうす》に着物《きもの》を着《き》せたよう 好像給石臼穿上衣服，比喩穿得不相稱。

石臼《いしうす》を箸《はし》にさす 石臼插筷子，比喩出難題和不講理。類 ①石臼を楊枝にする。②石臼を針にする。③石臼を針にする。④石臼を田楽。⑤豆腐をわらでつなぐ。⑥斧《おの》をといで針にする。

意地《いじ》が汚《きたな》い 貪婪。

意地《いじ》を張《は》る 固執己見。

石川《いしかわ》や浜《はま》の真砂《まさご》は尽《つ》くるとも世《よ》に盗人《ぬすびと》の種《たね》はつきまじ 社會上的盜賊永遠不會絕種。

意地《いじ》が悪《わる》い 心術不正，用心不良。

石《いし》が流《なが》れて木《き》の葉《は》が沈《しず》む　石流樹葉沉，表示顛倒事物。類 ①石が浮んで木の葉が沈む。②西から日が出る。

石地蔵《いしじぞう》に蜂《はち》　蜂螫石頭的地藏菩薩，比喩不癢不痛，沒有什麼感覺。類 ①牛の角を蜂がさす。②鹿の角を蜂がさす。③蛙の面に水。④釣鐘を蜂がさす。

石《いし》に錠《じょう》　確實無誤。小心又小心。類 ①石に判。②石の証文岩の判。

石《いし》で手《て》を詰《つ》める　①走投無路，陷入僵局。②比喩非常貧窮。

石《いし》に裃《かみしも》　①嚴格的。②古板嚴謹的人。類 ①石部金吉鉄兜《かなかぶと》。②石部金吉国成。

石《いし》に灸《きゅう》　對石頭施灸術，比喩毫無效果。類 ①土に灸。②泥にやいこ。③石に針。④蛙の面に水。

石《いし》に漱《くちすす》ぎ流《なが》れに枕《まくら》す　用石漱口，將水流當枕頭，本來應該是用流水漱口，枕石頭，表示強硬地要貫徹自己的錯誤或自己的主張，不認輸的心理很強。

石《いし》に立《た》つ矢《や》　箭穿石，表示一心一意地從事某一件事必定能成功。

石《いし》に花《はな》咲《さ》く　石上開花，比喩實際上不可能發生之事。

石《いし》に判《はん》　絕對無誤。類 ①石に錠。②石屋の尻に老中の判。

石《いし》に蒲団《ふとん》は着《き》せられぬ　將棉被蓋在墓碑上是無用的，比喩父母在生時不孝順，死後不管怎麼做都無用。類 孝行のしたい時分に親はなし。木静かならんと欲すれども風止《や》まず。

石《いし》の上《うえ》にも三年《さんねん》　在冷的石頭上繼續坐三年也會溫暖起來，比喩忍耐很重要。類 ①薦《こも》の上にも三年。②火の中にも三年。③茨《いばら》の中にも三年の辛抱。④禍いも三年たてば用に立つ。⑤辛抱する木に金がなる。⑥待てば海路の日和あり。

石《いし》の物言《ものい》う世《よ》の中《なか》　石製的東西都會說話的世界，比喩秘密容易洩露。類 ①石に耳。②壁に耳岩に口。

石橋《いしばし》を叩《たた》いて渡《わた》る　叩打石橋，看是否安全才過，表示太過慎重，過於小心。類 ①石橋に鉄《かね》の杖《つえ》。②念には念を入れよ。③用心は臆病にせよ。④石の錠。⑤浅い川も深く渡れ。反 ①危ない橋を渡る。②虎穴《こけつ》に入らずんば虎子を得ず。

石部金吉鉄兜《いしべきんきちかなかぶと》　古板謹慎的人。

石仏《いしぼとけ》にもの言《い》わす　使絕對守口不講的人開口說話。

医者《いしゃ》が取《と》るか坊主《ぼうず》が取《と》るか　指徘徊於生死邊緣的病重者。類 ①医者が取らにや坊主が取る。②燗鍋《かんなべ》かからねば薬鍋かかる。

医者《いしゃ》寒《さむ》からず儒者《じゅしゃ》寒《さむ》し　醫生不會貧窮，學者會貧窮。類 儒者貧乏医者福徳。

医者上手《いしゃじょうず》にかかり下手《べた》　不管是什麼名醫，如病人不聽醫生的指示來做，病就無法醫治。病人相信醫生很重要。比喻如不相信對方一事無成。

医者《いしゃ》と味噌《みそ》は古《ふる》いほどよい　醫生愈有經驗愈好。類 ①医者と坊主は年寄がよい。②医者と唐茄《とうなす》は年よる程よい。③新しい医者と新しい墓へは行くな。④医者坊主南瓜《かぼちゃ》。

医者《いしゃ》と宿屋《やどや》は一代《いちだい》　名醫和聲譽好的旅館只限於一代，難於繼續到第二代。

医者《いしゃ》の薬《くすり》も匙加減《さじかげん》　良藥如份量不當也無效，凡事要適量。

医者《いしゃ》の自脈《じみゃく》効《き》き目《め》なし　醫生無法治療自己的病。類 陰陽師《おんみょうじ》身の上知らず。

医者《いしゃ》の只今《ただいま》　指不守時。類 ①紺屋《こうや》の明後日。②紺屋の明後日七十五日。③鍛冶屋《かじや》の明晩。④坊さんのおっつけ。

医者《いしゃ》の不養生《ふようじょう》　醫生不衛生。比喻言行不一致，嘴說得好聽，自己不實行。類 ①医者の若死に出家の地獄。②坊主の不信心。③礼法師の無礼。④儒者学者の不身持ち。⑤紺屋《こうや》の白袴《しろばかま》。⑥大工の掘立。⑦髪結の乱れ髪。⑧易者身の上知らず。⑨人相見の我が身知らず。

衣食《いしょく》足《た》りて礼節《れいせつ》を知《し》る　衣食足而後知榮辱。類 ①衣食足りて栄辱を知る。②憂いも辛いも食うての上。反 人はパンのみにて生くるにあらず。

石《いし》を抱《いだ》きて淵《ふち》に入《い》る　抱石入深淵，表示自己不愛命，自殺的行為。

以心伝心《いしんでんしん》　以心傳心，心領意會。類 言わず語らず。

鶍《いすか》の嘴《はし》　事與願違，不如意。類 鶍の嘴のくちいがい。

出雲《いずも》の神《かみ》の縁結《えんむす》び　姻婚是神意決定的。類 縁は異なもの。

出雲《いずも》の神《かみ》より恵比須《えびす》の紙《かみ》　出雲神社的神（姻婚之神）不如財神之紙，比喻愛情不如金錢。

葦巣《いそう》の悔《くい》　鳥營巢於葦，担心有掉落水中的危險，比喻處境惡劣。

居候三杯目《いそうろうさんばいめ》にはそっと出《だ》し　吃閒飯時盛第三碗飯要靜悄悄地拿碗出來，表示吃閒飯時要特別客氣。

急《いそ》がば高火《たかび》　欲快煮熟東西不要太近火。比喻欲速則不達。類 ①急がば高鍋。②急がれば回れ。

急《いそ》がば廻《まわ》れ　欲速則不達。類 ①急《せ》いては事を仕損じる。②走ればつまずく。

急《いそ》ぎの文《ふみ》は静《しず》かに書《か》け 急速的信要鎮靜地寫。

磯際《いそぎわ》で舟《ふね》を破《わ》る 快到岸時船破，比喩快要完成時失敗，要愼終不可大意，功虧一簣。類 ①港口で難船。②草履はき際で仕損じる。③九仞《きゅうじん》の功を一《いっ》簣《き》に虧《か》く。

磯《いそ》の鮑《あわび》の片思《かたおも》い 剃頭挑子一頭兒熱。單戀。類 鮑の貝の片思い。

痛《いた》い上《うえ》の針《はり》 痛處再用針刺，痛上加痛，比喩禍不單行。類 ①痛い上の針立。②痛む上に塩を塗る。③痩馬《やせうま》に針。④泣き面に蜂《はち》。

痛《いた》くも痒《かゆ》くもない 不痛不癢。類 痛痒《つうよう》を感じない。

痛《いた》くもない腹《はら》を探《さぐ》られる 不痛而被摸肚子，比喩不做壞事而被人懷疑。類 食わぬ腹探られる。

板子一枚下《いたごいちまいした》は地獄《じごく》 船板底下就是地獄，比喩坐船很危險。類 一寸下は地獄。

痛《いた》し痒《かゆ》し 左右爲難。類 痛し痒しの痘瘡《とうそう》。

戴《いただ》く物《もの》は夏《なつ》も小袖《こそで》 要人家東西，夏天時連綢面棉襖都要，比喩很貪心。類 ①貰う物は夏も小袖。②貰う物なら藜《あかざ》でも。③貰う物は夏も牡丹《ぼた》餅《もち》。④貰う物なら元旦にお弔い。⑤貰う物は正月の葬礼まで。

鼬《いたち》ごっこ ①小孩互相捏手背玩兒的遊戲。②相互地重覆同一件事。

鼬《いたち》の最後屁《さいごべ》 鼬鼠的最後屁，比喩最後一招，窮餘之策。

鼬無《いたちな》き間《ま》の貂誇《てんほこ》り 黃鼠狼不在貂發威。類 ①鼬無き間の鼠《ねずみ》。②鼬無き山に兎誇る。③鳥なき里の蝙蝠《こうもり》。④犬のいない所では狐が王様。

鼬《いたち》になり貂《てん》になり 比喩什麼都試試看。類 貂になり兎になり。

鼬《いたち》の道切《みちき》り 黃鼠狼橫過路，比喩絕交，斷絕來往。據說黃鼠狼同一條路不走第二次，一去不返。類 鼬の道切りは物忘れの催促。

痛《いた》む上《うえ》に塩《しお》を塗《ぬ》る 在痛傷的地方擦鹽，比喩痛上加痛，禍不單行。

一淵《いちえん》には両蛟《りょうこう》ならず 一淵不能棲兩蛟龍。比喩兩雄不並立。

一《いち》か八《ばち》か 聽天由命。類 ①のるか反《そ》るか。②いけいけ三八。③一か六か。

一《いち》工《く》面《めん》二《に》働《はたら》き 第一要想方設法第二才是勤勞。類 ①一勘弁二働き。②稼ぐ男より工面の男。

一芸《いちげい》に名《な》あれば遊《あそ》ぶことなし 有一藝出名不會游閒，表示精通一藝一定能餬口。

一芸《いちげい》は道《みち》に通《つう》ずる　精一藝可以旁通其他。類①一芸に長ずれば多芸に長ず。②一芸に達する者は諸芸に達する。

一言居士《いちげんこじ》　凡事都要發表意見的人。

一言《いちげん》にして非《ひ》なる、駟馬《しば》も追《お》う能《あた》わず　失一言，駟馬難追。

一合《いちごう》取《と》っても武士《ぶし》は武士《ぶし》　雖領一合的俸祿，武士還是武士。類一輪咲いても花は花。

一事《いちじ》が万事《ばんじ》　由一件事可以推測一切。類①一事を以て万端を知る。②一斑《いっぱん》を見て全豹《ぜんぴょう》を卜《ぼく》す。③一を以て万を知る。

一日《いちじつ》これを暴《あたた》めて十日《とおか》これを寒《ひや》す　一曝十寒。

一日九遷《いちじつくせん》　一日九遷。升官快，一天之內升了九級。

一日《いちじつ》作《な》さざれば一日《いちじつ》食《く》わず　一天不作工就一天無飯吃，表示勞動的重要性。

一日《いちじつ》の長《ちょう》　一日之長。指年紀稍大、技能稍勝別人。

一樹《いちじゅ》の蔭《かげ》一河《いちが》の流《ながれ》も他生《たしょう》の縁《えん》　宿於同一樹蔭下和飲同一河水皆是前世之緣。指今世之事皆是前世所定。類①袖すり合うも他生の縁。②一樹の蔭も他生の縁。

一場《いちじょう》の春夢《しゅんむ》　一場春夢。

一種《いちたね》二肥《にこえ》三作《さんつく》り　一是選種，二是施肥，三是田間管理。

一度《いちど》ある事《こと》は二度《にど》ある　有了一次就有第二次。類①ある事きっと。②朝ある事は晩にある。③一災おこれば二災おこる。③二度ある事は三度ある。反①何時《いつ》も柳の下に泥鰌《どじょう》は居らぬ。②一度は習慣にならぬ。

一《いち》と言《い》うたら二《に》と悟《さと》れ　說一知二。類鑿《のみ》と言えば槌《つち》。

一度《いちど》死《し》ねば二度《にど》は死《し》なぬ　死一次再不會死第二次。類一度焼けた山は二度は焼けぬ。

一度《いちど》は習慣《しゅうかん》にならぬ　只有一次不會成爲習慣。類何時《いつ》も柳の下に泥鰌《どじょう》は居らぬ。反一度ある事は二度ある。

一度《いちど》はままよ二度《にど》はよし　做壞事頭一次有一點不好意思，第二次就不覺得什麼。

一度《いちど》焼《や》けた山《やま》は二度《にど》は焼《や》けぬ　山燒光一次再也不會燒第二次。如認爲災禍是祓除不祥，就不必悲觀。類一度死ねば二度は死なぬ。

一難《いちなん》去《さ》って又一難《またいちなん》　一難去又一難。前門去虎，後門進狼。類 ①虎口《こうこ》を逃れて龍穴に入る。②前門の虎後門の狼《おおかみ》。

一《いち》に看病《かんびょう》二《に》に薬《くすり》　治病第一是護理，第二才是藥物。類 ①一に養生二に介抱。②薬より養生。

一日一字《いちにちいちじ》を学《まな》べば三百《さんびゃくろくじゅうじ》六十字　一天學一字一年就是三百六十字，比喩一點一滴地勤勉學習將會成爲博學。

一日師《いちにちし》と拝《はい》して終身父《しゅうしんちち》とせよ　一日拜師終身爲父。

一日《いちにち》の遅《おく》れは十日《とおか》の遅《おく》れ　躭擱一天會躭擱十天。

市《いち》に虎《とら》あり　三人成虎，衆口鑠金。類 ①三人虎を成す。②一犬虚に吠ゆれば万犬実を伝う。③三人市虎。④曾参《そうしん》人を殺す。

一人虚《いちにんきょ》を伝《つた》うれば万人実《まんにんじつ》を伝《つた》う　一人傳虛萬人傳實。一犬吠影，百犬吠聲。類 ①一犬虚を吠ゆれば十犬実を伝う。②一犬形に吠ゆれば千犬声に吠ゆ。③狂人走れば不狂人も走る。

一念天《いちねんてん》に通《つう》ず　至誠感天。類 ①蟻《あり》の思いも天にのぼる。②石に立つ矢。③念力岩をも透す。

一念《いちねん》の善悪人《ぜんあくひと》を生殺《しょうさつ》す　一念的善惡可殺人也可使人活。一念之差。

一年《いちねん》の計《けい》は元旦《がんたん》にあり　一年之計在於元旦，即一年之計在於春。類 ①一日の計は朝にあり。②一年の計は春にあり。③一生の計は少壮の時にあり。

一念《いちねん》は継《つ》ぐとも二念《にねん》は起《おこ》すな　一念未完成不可起他念。

一農耕《いちのうたか》さざれば民《たみ》に飢《う》うる者《もの》あり　一農不耕民有飢者。

一《いち》の裏《うら》は六《ろく》　骰子的一之背面就是六，比喩壞事之後會有好事。否極泰來。類 ①悪の裏は善。②いい後は悪い。

一引《いちひ》き二才三学問《にさいさんがくもん》　要發達第一是門路有人提拔，第二是才能，第三是學問。類 ①一引き二運三器量。②一つる二才三学問。

一姫二太郎《いちひめにたろう》　頭胎女孩，第二胎男孩最好。類 ①一姫二太郎三太郎。②一姫二太郎三にゃ鬼が出る。

一枚《いちまい》の紙《かみ》にも裏表《うらおもて》　一張紙都有正反兩面，比喩事物都有正反兩面，不可以單憑表面來判斷事物。類 ①人と屏風《びょうぶ》はまっすぐでは立たぬ。②光あるところに影あり。反 正直は一生の宝。

一目置《いちもくお》く　圍棋的先擺一個子。轉用爲對強者表示客氣讓一步。比喩爲對前輩要客氣對待。類 ①後塵《こうじん》を拝す。②一歩を譲る。

逸物《いちもつ》の鷹《たか》の子《こ》は逸物《いちもつ》　逸品的鷹之子也是逸品。比喻父母優秀，其子也是優秀。

逸物《いちもつ》の鷹《たか》も放《はな》さねば捕《と》らず　優秀的獵鷹不放就不能捕獵物，比喻不管才能如何好的人，如沒有發揮才能的機會，一點用途也沒有。

一《いち》も取《と》らず二《に》も取《と》らず　兩者不取一，兩者皆失。鷄也飛了，蛋也打了。類 虻蜂《あぶはち》取らず。

一文《いちもん》惜《お》しみの手前《てまえ》よし　只顧眼前的利益而迷失方向。

一文吝《いちもんおし》みの百知《ひやくし》らず　吝惜一文錢而不知百文錢，比喻因小失大。類 ①一文儲《もう》けの百づかい。②一文吝みの百損。③一文拾いの百落し。④安物買いの銭失い。⑤一文吝みの百失い。⑥小利をむさぼって大利を失う。反 損して得取れ。

一文銭《いちもんせん》で生爪《なまづめ》はがす　爲了一文錢剝掉指甲，比喻吝嗇，愛錢不愛命。類 ①一文銭か生爪か。②一文銭を割って使う。③一文の銭を二文にも使う。

一文銭《いちもんせん》も小判《こばん》の端《はし》　一文錢也是金幣的開始，表示一文錢雖小，積小可以成多而成爲一個金幣。類 ①百里の道も一歩から。②塵《ちり》積もりて山となる。

一文高《いちもんだか》の世《よ》の中《なか》　錢的世界，有錢就有勢。類 ①商人《あきんど》は一文高。②商人は金に頭を下げる。

一文《いちもん》は無文《むもん》の師《し》　只識一字的是文盲之師。

一文《いちもん》持《も》って峠《とおげ》を越《こ》す　不帶一文而離開家鄉。

一夜《いちや》明《あ》くれば鬼《おに》が礼《れい》に来《く》る　在除夕來討債的，過了一晚的元旦，會來拜年。

一葉《いちよう》落《お》ちて天下《てんか》の秋《あき》を知《し》る　一葉落知天下秋。一葉知秋。類 霜を履《ふ》みて堅氷至る。

一陽来復《いちようらいふく》　一陽來復，一元復始，否極泰來。

一利《いちり》あれば一害《いちがい》あり　有一利必有一害。有利必有弊。類 ①一長一短。②一得一失。

一力二業《いちりきにわざ》　做事第一需要力量，第二是技巧。

一粒《いちりゅう》に百手《ひやくしゅ》の功《こう》あたる　米一粒經百人之手而成。粒粒皆辛苦。

一粒万倍《いちりゅうまんばい》　一播種一粒可成萬粒。比喻不可忽視微小的東西。

一輪《いちりん》咲《さ》いても花《はな》は花《はな》　即使只開一朵花花就是花。類 一合取っても武士は武士。

一蓮托生《いちれんたくしょう》　一蓮托生，同生同死，同甘共苦，休戚與共。類 蓮《はす》の台《うてな》の半座を分かつ。

一を聞《き》**いて十**《じゅう》**を知**《し》**る**　聞一知十。類 ①一事を聞きて十事も知る。②一を以て万を察す。③一を推して万。④目から鼻へ抜ける。反 ①十を聞いて一を知る。②其の一を知りて其の二を知らず。

一《いち》**を知**《し》**りて二**《に》**を知**《し》**らず**　知一不知二，比喩見解膚淺，知識狹窄。類 井の中の蛙《かわず》大海を知らず。

一攫千金《いっかくせんきん》　一攫千金，一下子發大財。類 濡手《ぬれて》で粟《あわ》。

一家《いっか》**の富貴**《ふうき》**は千家**《せんか》**の怨**《うら》**み**　一家富貴千家怨。

一竿《いっかん》**の風月**《ふうげつ》　一釣竿在手忘掉世事。

一挙両得《いっきょりょうとく》　一擧兩得。類 一石二鳥。反 二兎《と》を追う者は一兎をも得ず。

一行失《いっこうしつ》**あれば百行**《ひゃくこう》**ともに傾**《かたむ》**く**　一行失百行傾、一種行爲失敗，其他行爲都受影響。類 一善を廃すれば衆善衰う。

一口《いっこう》**に出**《い》**ずるが如**《ごと》**し**　如出一口。異口同聲。

一口両舌《いっこうりょうぜつ》　一口兩舌。撒謊，前後所說的互相矛盾。類 二枚の舌を使う。

一災《いっさい》**おこれば二災**《にさい》**おこる**　一災發生會再發生第二個災難。禍不單行。類 ①一度ある事は二度ある。②朝ある事は晩にある。③二度ある事は三度ある。反 ①一度は習慣にならぬ。②悪い後はよい。

一升徳利《いっしょうどっくり》**に二升**《にしょう》**は入**《はい》**らぬ**　一升的瓶子裝不了兩升的東西。比喩人的能力有個限度，不管如何的努力都沒用。類 ①一升入る瓢《ふくべ》は海へ行っても一升。②一升入る柄杓《ひしゃく》には一升しか入らぬ。③田舎の一升は江戸でも一升。④一升枡には一升しか入らない。

一升徳利《いっしょうどっくり》**こけても三分**《さんぶん》　一升酒瓶掉下來還有三分酒，表示有錢人奢侈一下不會全部花光財產。

一升《いっしょう》**の餅**《もち》**に五升**《ごしょう》**の取粉**《とりこ》　一升的黏糕要五升的浮麵，比喩附加的東西比主要的東西多。類 ①余って足らぬは餅の粉。②一升の餅に一升の取粉。③一斗の餅に五升の取粉。④五両の帯買って三両でくける。

一升《いっしょう》**の餅**《もち》**にも粉**《こ》**がいる**　做一升的黏糕也需要浮麵，表示儘管所做的事物不大，都會發生同這件事物有關的麻煩事。類 ①一斗の餅にも粉がいる。②一升の餅に五升の取粉。③五両の帯買《こ》うて三両でくける。

一升入《いっしょうはい》る瓢《ふくべ》は海《うみ》へ行《い》っても一升《いっしょう》　可裝一升的葫蘆拿到海裏也只能裝一升。比喩事物都有其限度。類①一升徳利に二升は入らぬ。②一升入る袋には一升。

一心岩《いっしんいわ》をも透《とお》す　專心致意可穿岩，即有志者事竟成。

一矢《いっし》を報《むく》いる　予以反擊。給以反駁。

一炊《いっすい》の夢《ゆめ》　一炊之夢。黃粱一夢。類①邯鄲の夢。②盧《ろ》生《せい》の夢。③黃粱の夢。

一寸先《いっすんさき》は闇《やみ》　眼前黑晚，比喩前途莫測。不知將來事。類①面前に三尺の闇有り。②無常の風は時を択《えら》ばず。③食えや飲めや明日は死ぬ身だ。

一寸《いっすん》の光陰軽《こういんかろ》んずべからず　不可輕視一寸光陰，不要浪費一點點的時間。

一寸《いっすん》の虫《むし》にも五分《ごぶ》の魂《たましい》　一寸小虫都有五分的意志感情。比喩弱小者也有志氣不可輕侮，匹夫不可奪其志。類①粉糠《こぬか》にも根性。②蛞蝓《なめくじ》にも角。③痩腕《やせうで》にも骨。④八つ子も疳癪《かんしゃく》。⑤匹夫《ひっぷ》も志を奪う可《べ》からず。

一殺《いっせつ》多生《たしょう》　一殺多生，犧牲一個人來救多數人。

一銭《いっせん》を笑《わら》う者《もの》は一銭《いっせん》に泣《な》く　笑一分錢者會爲一分錢哭。比喩一文錢也不可輕視，一文錢也能難倒英雄漢。

一頭地《いっとうち》を抜《ぬ》く　出人頭地。

一敗地《いっぱいち》に塗《まみ》る　一敗塗地。

一髪千鈞《いっぱつせんきん》を引《ひ》く　一髮千鈞。

一波《いっぱ》わずかに動《うご》いて万波随《ばんぱしたが》う　一波微動萬波隨。牽一髮而動全身。一件事情發生，其影響是多方面的。

一斑《いっぱん》を見《み》て全豹《ぜんぴょう》を卜《ぼく》す　見一斑而卜全豹。

一匹狂《いっぴきくる》えば千匹《せんびき》の馬《うま》も狂《くる》う　一匹馬瘋狂千匹馬也會隨之瘋狂，比喩群衆有一點暗示容易衝動。附和雷同。一唱百和。類①一鶏鳴けば万鶏歌う。②雁がたてば鳩もたつ。③鴨《かも》のとも立ち。④一犬影に吠ゆれば万犬声に吠ゆ。⑤一犬虚に吠ゆれば万犬実を伝う。⑥狂人走れば不狂人も走る。

一匹《いっぴき》の鯨《くじら》に七浦賑《ななうらにぎわ》う　捉了一條鯨魚，使許多漁村熱鬧起來，表示捕捉的東西愈大，直接間接受其惠的人愈多。類鯨一本とれば七里浮ぶ。

一臂《いっぴ》を仮《か》す　助一臂之力。類①一臂の力を仮す。②助太刀。

一片《いっぺん》の雲《くも》も日《ひ》を蔽《おお》う　一片雲也能遮日。表示小小的妨凝也能害大事。類①一指も亦明を蔽う。②一葉目を蔽えば太山を見ず。

何時迄《いつまで》もあると思《おも》うな親《おや》と金《かね》　不要認爲父母和金錢永久都會有。父母會死，錢會花光。

何時《いつ》も月夜《つきよ》に米《こめ》の飯《めし》　但願天天是月夜，每天有大米飯吃。類①何時も月夜に常九月。②負わず借らずに子三人。

何時《いつ》も柳《やなぎ》の下《した》に泥鰌《どじょう》は居《お》らぬ　柳樹下的河裏不會常常有泥鰌。守株待兎。類①柳の下の泥鰌。②来るたびに買い餅。③狐は二度と同じ罠《わな》にはかからない。反①一度ある事は二度ある。②二度ある事は三度ある。

偽《いつわ》りの頭《あたま》に宿《やど》る神《かみ》あり　說謊者的頭也有神在，神佛保佑說謊者，如商人說了謊而能賺錢。反正直の頭に神宿る。

逸《いつ》を以《もっ》て労《ろう》を待《ま》つ　以逸待勞。

居《い》ても立《た》っても居《い》られない　坐立不安。

井出《いで》の下帯《したおび》　男女曾經一度分離，再會後再結爲夫婦。

井戸《いど》から火《ひ》の出《で》たよう　從水井噴出火來那樣，比喩不可能之事、意外之事。

従兄弟同士《いとこどうし》は鴨《かも》の味《あじ》　表兄妹的夫妻感情好。類①従兄弟同士は鴨の吸物。②従兄弟は鴨の味。

従兄弟《いとこ》はとこは道端《みちばた》の犬《いぬ》の糞《くそ》　堂（表）兄弟姐妹如路旁的狗糞多而無用。類①従兄弟はとこはどぶの端にもある。②従兄弟と犬（馬）の糞はどこにもある。

愛《いと》しけりゃこそしとと打《う》て　因愛他才打他。

井戸《いど》の中《なか》の蛙大海《かえるたいかい》を知《し》らず　井中蛙不知大海，比喩沒見過世面。

井戸《いど》の端《はた》の童《わらべ》　井旁的孩童，比喩危險之事。類①川の端に子をおく。②井戸端の茶碗。③子供川端火の用心。

居《い》ない者《もの》は損《そん》をする　不在場的人會吃虧。類①遅れてきた者には骨だけ残す。②居ない者貧乏。

居《い》ない者貧乏《ものびんぼう》　不在場的人貧窮，因分不到東西或受到種種的不利。類居ない者は損をする。

田舎《いなか》に京《きょう》あり　鄉下也有熱鬧的地方。類①田舎に名所あり。②田舎に都あり。

田舎《いなか》の学問《がくもん》より京《きょう》の昼寝《ひるね》　在鄉下讀書做學問比不上在城市睡午覺遊玩的見聞廣。

田舎者《いなかもの》に他人《たにん》なし　在鄉下沒有外人，左右鄰近都有親戚關係。

類田舎の利口より京の馬鹿。

蝗《いなご》の張《は》り肱《ひじ》　蝗蟲支開胳膊肘，比喩弱而故意逞能。虛張其勢。

稲《いな》たばに露《つゆ》の多《おお》い日《ひ》は晴《はれ》　放在外面晒乾的稻捆多露水就會晴天。

稲荷《いなり》の前《まえ》の昼盗人《ひるぬすびと》　白天在寺廟前盜搶東西，比喩壞人大膽無恥。類仕置場の巾着《きんちゃく》切り。

往《い》に跡《あと》へ行《い》くとも死《し》に跡《あと》へ行《い》くな　雖可嫁給離婚的男人做後妻，但不可嫁給死妻的人做後妻。因爲丈夫往往只懷念死者的優點來同現在的妻子比較。

犬一代《いぬいちだい》に狸一匹《たぬきいっぴき》　狗一生只有捕捉一隻如狐狸那樣的大獵獲物。表示機會難逢。類鍛冶《かじ》屋一代の剣。

犬《いぬ》が西向《にしむ》きゃ尾《お》は東《ひがし》　狗向西，其尾在東。比喩在說些理所當然之事。類①雨の降る日は天気が悪い。②雉子《きじ》のめんどりゃ女鳥。③兄は弟より年や上だ。④親父《おやじ》は俺《おれ》より年が上。

犬《いぬ》と猿《さる》　狗和猴子，比喩水火不相容的關係。類①犬猿もただならず。②犬猿の仲。③水と油。④犬と猫。⑤氷炭相容《い》れず。

犬《いぬ》と鷹《たか》　狗和鷹，比喩上和下。

犬《いぬ》に肴《さかな》の番《ばん》　讓狗看守魚，表示選用看守的人時用人不當。類①猫に肴の番。②盗人に倉の番。③盗人に鍵を預ける。④盗人に提燈《ちょうちん》持ち。

犬《いぬ》になるなら大家《おおや》の犬《いぬ》になれ　假如要做狗也要做富家狗，表示要選可靠的人來依靠。大樹底下好遮蔭。類①犬になるならば庄屋の犬。②寄らば大樹の蔭。③箸と主とは太いがよい。

犬《いぬ》にも食《く》わせず棚《たな》にも置《お》かず　也不讓狗吃也不放在架子上。表示本來給了人就有用的東西，偏不給人而讓它浪費掉。

犬《いぬ》に論語《ろんご》　對狗講論語，比喩對牛彈琴。類①犬に念仏猫に経。②犬に星。③豚に真珠。④豚に念仏猫に経。⑤猫に念仏馬に銭。⑥猫に小判。⑦牛に経文。⑧牛に説法馬に銭。⑨馬の耳に風。⑩牛に対して琴を弾ず。⑪馬の耳に念仏。⑫兎に祭文。⑬めんどりに真珠。

犬《いぬ》の一年《いちねん》は三日《みっか》　狗的一年等於人的三天，表示狗的成長很快。又表示人的歲月很寶貴。類猫は三月を一年とす。

犬《いぬ》の川端歩《かわばたある》き　狗在河邊走，比喻①身上沒帶錢在市場閒逛。②拚命奔走仍毫無所得。類犬の子のただ歩き。

犬《いぬ》の糞《くそ》で敵《かたき》を取《と》る　用狗糞來報仇，表示採用卑鄙的手段來報復。類①犬の糞で仇《あだ》を討つ。②犬の糞の仇討ち。

犬《いぬ》の糞《くそ》に手裏剣《しゅりけん》　對狗糞擲出撒手鐧，比喻使用貴重的東西來對付無價值的事物。明珠彈雀。

犬《いぬ》の糞《く》も所《ところ》びいき　連自己家裏的狗糞都是香的。表示自己地方的東西都認爲是好的。敝帚自珍。類犬も町びいき。

犬《いぬ》の小便道道《しょうべんみちみち》　狗一路上小便，比喻一個個地過於客氣地叮囑。類犬の道中口口一杯。

犬《いぬ》の遠吠《とおぼ》え　弱狗在遠處就吠人，比喻膽小鬼在背後逞威，説人壞話。

犬《いぬ》は人《ひと》につき猫《ねこ》は家《いえ》につく　狗隨人、猫隨屋。搬家時，狗會隨主人走，而猫不會隨主人走，留在原屋。

犬《いぬ》は三日飼《みっかか》えば三年恩《さんねんおん》を忘《わす》れぬ　狗養三天，三年不會忘恩。比喻連狗都長久不會忘恩，人更應該不要忘恩負義。類①犬はその主を知る。②飼い飼う犬も主を知る。③恩を忘れる者は犬にも劣る。反飼犬に手を噛《か》まれる。

犬骨折《いぬほねお》って鷹《たか》の餌食《えじき》　狗所追捕的獵獲物被鷹所捉成爲鷹的餌食。比喻勞而無功、爲人作嫁。

犬《いぬ》も歩《ある》けば棒《ぼう》にあたる　狗如出去走走，也可能會挨棍子。比喻多嘴愛出風頭會惹禍。和比喻出去走走會碰到好運氣。類歩く足には棒あたる。

犬《いぬ》も食《く》わぬ　連狗都不理，表示極其討厭。

犬《いぬ》も頼《たの》めば糞食《くそく》わず　請求的話，狗連糞都不吃。表示即使自己喜愛的事物，如有人請求拜託時就裝模作樣不輕於答應。類①乞食も頼めば冷飯食わず。②鬼も頼めば人食わず。③頼めば乞食が馬に乗うぬ。

犬《いぬ》も朋輩鷹《ほうばいたか》も朋輩《ほうばい》　狗也是伙伴、鷹也是伙伴，比喻在同一地方做事的同事，不管是交情好壞，都要和好在一起。類鷹も傍輩《ほうばい》犬も傍輩。

命《いのち》あっての物種《ものだね》　生命至寶，留得青山在，不怕無柴燒。類①死んで花実が咲くものか。②命にかえる宝なし。③命は法の宝。④命ある者は命を以て財となす。⑤命が物種。⑥命が宝。⑦命こそ物種。⑧命あっての物種畠あったの芋種。⑨身ありての奉公。⑩身があっての事。⑪人の命は万宝の第一。⑫命のかけがいはない。⑬命は金で買われぬ。⑭命は宝の宝。反①玉砕。②命は鴻毛《こうもう》より軽し。③命より名を惜しむ。

命長《いのちなが》ければ恥多《はじおお》し　命長恥多。類①長生きは恥多し。②生きて恥をさらす。反 命長ければ蓬莱《ほうらい》を見る。

命長《いのちなが》ければ蓬莱《ほうらい》を見《み》る　命長會看到蓬萊仙山。比喩人如長命可能會遇到好運，所以長命比較好。類①命長ければ蓬萊にあう。②命長ければめぐり逢う。反命長ければ恥多し。

命《いのち》に過《す》ぎたる宝《たから》なし　沒有比生命更寶貴的財寶。類①命あっての物種。②命にましたる宝はなし。③命にかえる財宝なし。④命にまさる事なし。反命より名を惜しむ。

命《いのち》の洗濯《せんたく》　從日常的辛苦、苦惱解放出來而感到心情愉快，好像生命經過洗濯那樣。類命の土用干し。

命《いのち》は義《ぎ》によりて軽《かる》し　生命比義氣輕。

命《いのち》は槿花《きんか》の露《つゆ》の如《ごと》し　生命如槿花之露。人生如朝露。類人命朝露の如し。

命《いのち》は鴻毛《こうもう》より軽《かる》し　生命比鴻毛輕。類命より名を惜しむ。反①命あっての物種。②命に過ぎたる宝なし。

命《いのち》は宝《たから》の宝《たから》　生命是寶中寶。類①命が宝。②命に過ぎたる宝なし。③命は法の宝。反命は鴻毛《こうもう》より軽し。

命《いのち》は法《ほう》の宝《たから》　生命是佛法之寶。

命《いのち》は風中《ふうちゅう》の燈《ともしび》の如《ごと》し　生命如風中之燈，不知何時會熄滅。類①命は風燭の如し。②風前の燈。

命《いのち》より名《な》を惜《お》しむ　愛名勝於愛命。重名不重命。類命は鴻毛より軽し。反①命あっての物種。②命は法の宝。

井《い》の中《なか》の蛙《かわず》大海《たいかい》を知《し》らず　井中蛙不知大海。類①井の鮒《ふな》。②天水桶《おけ》の孑孑《ぼうふら》。③夏の虫雪知らず。④井の中の蛙には海のことは語れない。⑤井蛙《せいあ》の見。⑥葦《よし》の髄から天覗《のぞ》く。

祈《いの》るより稼《かせ》げ　求神拜佛不如靠自己努力工作。

医《い》は仁術《じんじゅつ》　醫者仁術。

衣《い》は新《あらた》に若《し》くはなく人《ひと》は故《こ》に若《し》くはなし　衣不若新、人不若故。

いばらに棘《とげ》あり　薔薇有刺，比喩美麗的東西必有可怕的地方。類棘のないばらはない。

茨《いばら》の中《なか》にも三年《さんねん》の辛抱《しんぼう》　即使在困難之中忍受三年，也會達到目的。類石の上にも三年。

韋編《いへん》三《み》たび絶《た》つ　韋編三絶，喻重覆閱讀，熱心讀書。

居仏《いぼとけ》が立《た》ち仏《ぼとけ》を使《つか》う　坐着的人站起來麻煩，可以叫站着的人做事。類立つて居る者は親でも使え。

今鳴《いまな》いた烏《からす》がもう笑《わら》う　剛哀鳴的烏鴉現在在笑，比喻憂愁消得快，感情恢復得快。

今《いま》はの念仏《ねんぶつ》誰《だれ》も唱《とな》える　臨終時的念佛誰都會念。表示平安健康時，信佛的人很少。類死にがけの念仏。

芋頭《いもがしら》でも頭《かしら》は頭《かしら》　即使芋頭，頭就是頭。表示不管多麼小的東西，頭是有其價值的。寧爲鷄口，無爲牛後。類①鶏口となるとも牛後となる勿《なか》れ。②芋でも頭と言われるがよい。③芋でも頭になれ。

芋茎《いもがら》で足《あし》を衝《つ》く　用芋莖刺脚，比喩疏忽會導致意外的失敗，或比喩誇大其事。類①豆腐で足を突く。②長芋で足を突く。③牝牛に腹突かる。④臼じゃ目は突かぬが小枝じゃ目を突く。

芋《いも》の煮《に》えたもご存《ぞん》じない　連白薯煮生煮熟都不懂。比喩連極其簡單的事情都不懂。諷刺少爺小姐不通下情的話。

芋虫《いもむし》でもつつけば動《うご》く　連青蟲捅一下都會動，比喩催促，刺激一下會有反應和效果。

芋《いも》を洗《あら》うよう　如洗芋那樣，比喩擁擠不堪。

いやいや三杯《さんばい》　說是不要而喝了三杯。比喩只是口頭上的客氣、謝絕。類①いやいや三杯十三杯。②いやいや三杯また三杯。③いやいや三杯逃げ五杯。④いやいや八杯応三杯。

厭《いや》じゃ厭《いや》じゃは女《おんな》の癖《くせ》　女人內心答應而口頭上說不要，這是女人的習慣。

厭《いや》と頭《かぶり》をたてに振《ふ》る　口說不而點頭答應，比喩表面和內心不一致。類①いやいや嬉《うれ》しい。②娘はイエスという意でノーという。

いらぬお世話《せわ》の蒲焼《かばやき》　多管閒事。類いらぬお世話の焼豆腐。

いらぬ物《もの》も三年《さんねん》たてば用《よう》に立《た》つ　沒用的東西過了三年就會有用。類①禍《わざわ》いも三年たてば用に立つ。②炮烙《ほうろく》の割れも三年置けば役に立つ。

入船《いりふね》あれば出船《でふね》あり　有進港船也有出港船，比喩世上的事物是形形色色的。類①一去一來。②片山曇れば片山照る。

入船《いりふね》の逆《さか》うは出船《でふね》の順風《じゅんぷう》　入港船的逆風就是出港船的順風。比喩一方有利就是他方不利。類①入船によい風出船に悪い。②去るに順風を得れば来る者怨む。③両方よいことはない。④片山曇れば片山日照る。

炒《い》り豆《まめ》に花《はな》　炒豆開花。比喩絶對不可能之事。或比喩衰落的東西再次繁榮起來。枯樹開花。類①枯木に花が咲く。②炒豆が生える石橋が腐る。③煮た大豆に花が咲く。④雄猫が子を生む。⑤西から日が出る。⑥川の石星となる。

入《い》るを計《はか》って出《い》ずるを制《せい》す　量入而出。

容《い》れ物《もの》と人《ひと》はある物使《ものつか》え　在身旁的東西和人容易被人使用。類立って居る者は親でも使え。

色気《いろけ》と痔《じ》の気《き》のない者《もの》はない　誰都有春心和誰都會生痔瘡。類色気とかさ気のない者はない。

色気《いろけ》よりも食《く》い気《き》　情慾比不上食慾。類①恋するより徳をしろ。②花より団子。③詩を作るより田を作れ。④埋詰めより重詰め。

色《いろ》の白《しろ》いは七難隠《しちなんかく》す　皮膚白可以彌補種種的缺點。類①色の白きは十難隠す。②米の飯と女は白い程よい。反色の黒きは味よし。

色《いろ》の世《よ》の中苦《なかく》の世界《せいか》　人的一生是色和苦。

色《いろ》は思案《しあん》の外《ほか》　色戀會使人失去理性，無法用常識來判斷。類①恋は思案の外。②恋は曲者《くせもの》。

鰯網《いわしあみ》で鯨捕《くじらと》る　用捕沙丁魚的網捉到鯨魚。比喩①遇到好機會。②不可能之事。類①鰯網へ鯛がかかる。②兎の罠《わな》に狐がかかる。③雁捕る罠に鶴。④小鳥網で鶴。⑤雀網で孔雀《くじゃく》。⑥雀網で雁。

鰯《いわし》で精進落《しょうじんお》ち　吃了鰛魚開了齋。因一點小事打破了自己的信條。類鰯で飲んで精進落す。

鰯《いわし》の頭《かしら》も信心《しんじん》から　精誠一到金石爲開。類①鰯の頭にも理屈がつく。②竹箒《たけぼうき》も五百羅漢。③白紙も信心次第。

言《い》わぬが花《はな》　不說、靜默比說出較好。不說爲妙。類①言わぬは言うにまさる。②言わぬ言葉は言う百倍。③沉默は金。反①言わぬことは聞えぬ。②言い勝ち功名。

言《い》わぬことは聞《きこ》えぬ　不說等於聽不到，所以不要以爲對方明白而不說出來。反①言わぬは言うにまさる。②言わぬが花。

言《い》わぬは言《い》うにまさる　不說比說好。無言勝有言。類①言わぬ言葉は言う百倍。②言わぬが花。③鳴く虫よりも鳴かぬ螢《ほたる》が身をこがす。④雄弁は銀沈默は金。反①言わぬことは聞えぬ。②言い勝ち功名。

言《い》わねば腹脹《はらふく》る　想說而不說肚會脹，而感到痛苦。不說不快。類思う事言わねば腹脹る。

夷《い》を以《もっ》て夷《い》を制《せい》す　以夷制夷。類①毒を以て毒を制す。②油を以て油煙を落す。③以夷制夷。④盗人の番には盗人を使え。⑤邪を禁ずるに邪を以てす。⑥ダイヤモンドでダイヤモンドを切る。

因果《いんが》の小車《おぐるま》　因果循環、報應不爽。

殷鑑《いんかん》遠《と》からず　殷鑑不遠。

慇懃無禮《いんぎんぶれい》　表面恭敬而內心無誠意。過分的恭維反而無禮。

陰徳《いんとく》あれば陽報《ようほう》あり　有陰德必有陽報。類①陰徳は果報の来る門口。②積善の家には必ず余慶あり。

う

有爲転変《ういてんぺん》は世《よ》の習《なら》い　變化無常是人世之常。

憂《う》いは心《こころ》にあり　憂愁担心由心情而定。

憂《う》いも辛《つら》いも食《く》うての上《うえ》　衣食足始知憂愁和感到辛苦。沒有東西吃之時那會有辛苦不辛苦之事。類①衣食足って礼節を知る。②飢うる者は食をえらばず。

飢《う》えたる犬《いぬ》は棒《ぼう》を怖《おそ》れず　餓狗不怕棍子。人爲食，不怕犯法。類①痩馬鞭《やせうまむち》を恐《おそ》れず。②貧すれば鈍する。

飢《う》えたる者《もの》は食《しょく》を無《な》し易《やす》し　飢餓的人什麼都吃。飢不擇食。比喻苦於虐政的人民，施一點善政給他們，就會感到高興。類①ひもじい時のまずい物なし。②飢えて食を択ばず。③寒者は短褐を利とし、飢者は糟粕を甘しとす。

飢《う》えて食《しょく》を択《えら》ばず　飢不擇食。類空腹にまずい物なし。

上直《うえちょく》なれば下安《しもやす》し　上直下安。施政者正直，人民的生活會安定幸福。

上《うえ》な見《み》そ　看上不要羨慕，要有自知之明。類上を見るより下見て通れ。

飢《うえ》に臨《のぞ》みて苗《なえ》を植《う》える　臨飢植苗。臨渇掘井。類①渇えて井をうがつ。②軍《いくさ》見て矢を矧《は》ぐ。

上《うえ》には上《うえ》がある　人上有人、天外有天。類上を見れば方図がない。

上《うえ》見《み》ぬ鷲《わし》 不看上面的鷲，比喩不忌憚他人，旁若無人的態度，或指不怕上面的人，傲慢的態度。

上《うえ》を下《した》へかえす 雜亂無章的狀態。類①上を下への騒動。②上よ下よ。

上《うえ》を見《み》れば方図《ほうず》が無《な》い 比上不足，比下有餘，知足很重要。類①上には上がある。②上を見るより下見て通れ。

魚《うお》が水面《すいめん》に出《で》て呼吸《こきゅう》していると雨《あめ》 魚浮出水面呼吸就會下雨。

魚木《うおき》に登《のぼ》る 魚登樹，比喩離開自己的根據地，什麼也無法做。反水を得た魚。

魚心《うおごころ》あれば水心《みずごころ》 你對我有心，我也就對你有意。看對方態度而定。類①水心あれば魚心あり。②網心あれば魚心。③君心あれば民心あり。④水魚の交り。⑤落花流水の情。

魚《うお》と水《みず》 魚和水。無法分離的關係。密切的關係。親密的關係。類猶《なお》魚の水あるが如し。②水魚の交り。③君臣水魚。

魚《うお》のかかるは甘餌《かんじ》に由《よ》る 魚之上鈎由於好餌，人之受甜言蜜語所騙，由於自己有貪心。

魚《うお》の釜中《ふちゅう》に遊《あそ》ぶが如《ごと》し 如魚在釜中游，比喩不知死期已近，而逍遙自在。類①釜中の魚。②風前の燈。

魚《うお》の水《みず》を離《はな》れたよう 如魚離水，比喩失去依靠，沒有辦法。類①魚の水を失える如く。②大魚も陸に出れば蟻にせめらる。③陸に上った魚。

魚《うお》は鯛《たい》 魚之中鯛魚最好。類魚は鯛人は侍木は檜。

魚《うお》身《み》鳥皮《とりかわ》 比喩事物都有其做法。

魚《うお》も食《く》われて成仏《じょうぶつ》す 魚被吃才能成佛。這是用來作爲破了殺生戒的遁詞。

魚《うお》を争《あらそ》う者《もの》は濡《ぬ》る 與人爭魚，必須覺悟身體會弄濕。想取得利益，必須吃苦。

魚《うお》を得《え》て筌《うえ》を忘《わす》る 得魚忘筌，比喩忘了成功的因素。類①暑さ忘れて蔭忘る。②病いえて医師忘る。③のど元すぐれば熱さを忘れる。

うかうか三十《さんじゅう》きょろきょろ四十《しじゅう》 虚渡歳月。無所事事悠忽渡過三十年，到了四十歳才慌張，瞪着眼睛。

浮《う》き川竹《かわたけ》 水中浮沉的竹子，指娼妓。

浮木《うきぎ》の亀《かめ》 比喩値得慶幸，値得感謝。

浮草《うきぐさ》は思案《しあん》の外《ほか》の誘《さそ》う水《みず》 浮在水上的浮萍隨引進來的水而飄流。輕浮愛情不專的心也是如此，容易被外來的引誘而屈服。

浮草《うきぐさ》や今日《きょう》はあちらの岸《きし》に咲《さ》く　浮萍今天在那一邊的岸上開花，比喻愛情不專沒有貞節。

浮《う》き沈《しず》み七度《ななたび》　一生有幾次的浮沉。人生無常。類①浮き沈みも一代に七度。②浮き沈みは世の習い。③世は七下がり七上がり。

憂《う》き身《み》をやつす　熱衷於某件事，專心致力於某件事。

浮世《うきよ》の風《かぜ》　比喻人世的痛苦和冷淡。類浮き世の波。

浮世《うきよ》の風《かぜ》は思《おも》うにまかせぬ　世上之事常常是不能隨心所願的。

浮世《うきよ》の絆《きずな》　人世的羈絆，指人情、父母妻子之情等等。

浮世《うきよ》の苦楽《くらく》は壁一重《かべひとえ》　人生的苦樂常變，不必悲觀也不必太樂觀。類苦あれば楽あれば楽あり楽あれば苦あり。

浮世《うきよ》は衣裳七分《いしょうしちぶ》　社會上一般重視外表。類馬子にも衣裳。反衣ばかりで和尚《おしょう》はできぬ。

浮世《うきよ》は心次第《こころしだい》　人生觀不同對人生的苦樂也不同。

浮世《うきよ》は回《まわ》り持《も》ち　風水輪流轉，榮華富貴、苦樂悲歡都是不斷轉來轉去。類今日は人の身明日は我が身。

浮世《うきよ》は回《まわ》る水車《みずぐるま》　人世如水車那樣轉動，變化無常。

浮世《うきよ》は夢《ゆめ》　人世如夢。浮生如夢。類①人生夢の如し。②夢の浮世。

浮世渡《うきよわた》らば豆腐《とうふ》で渡《わた》れ　在社會上生活要如豆腐那樣又方正又柔軟。

鶯《うぐいす》鳴《な》かせたこともある　年輕時曾經吸引過異性。老人誇耀自己的年輕時代所說的話。

鶯《うぐいす》の卵《かいこ》の中《なか》のほととぎす　杜鵑將卵生在黃鶯的巢中，讓黃鶯養自己的孩子，比喻雖然是孩子但不是親生的孩子。類①子で子にならぬ杜鵑。②鶯の巣のほととぎす。

鶯《うぐいす》の早《はや》く鳴《な》く年《とし》は豊年《ほうねん》　黃鶯早啼，這一年就會豐收。

有卦《うけ》に入《い》る　走運，走好運。

雨後《うご》の筍《たけのこ》　雨後春筍。

兎《うさぎ》の記憶力《きおくりょく》　兔子的記憶力，比喻記憶力差。

兎《うさぎ》の登《のぼ》り坂《ざか》　兔子擅於爬坡，比喻得地利可以發揮專長。

兎《うさぎ》の股引《ももひき》　兎子的褲叉，比喩對什麼事都不能持續下去。

兎《うさぎ》の罠《わな》に狐《きつね》がかかる　在捕兎子的圈套抓到狐狸，比喩遇到意外的好運。類 鰯《いわし》網で鯨捕る。

兎《うさぎ》も七日《なぬか》なぶれば噛《か》み付《つ》く　折磨七天兎子都會咬人，比喩不管多麼脾氣好的人，常被欺凌也會發脾氣。類 ①仏の顔も三度。②地蔵の顔も三度。

兎《うさぎ》を得《え》て罠《わな》を忘《わす》る　得兎忘圈套。得魚忘筌。比喩忘記了成功的因素。類 魚を得て筌を忘る。

兎《うさぎ》を見《み》て犬《いぬ》を放《はな》つ　見兎之後才放狗。比喩事後謀求補救，爲時未晚。類 兎を見て鷹を放つ。

牛売《うしう》って牛《うし》にならず　賣了牛再想買牛不夠錢。誰都往往對自己的東西評價過高。

牛売《うしう》って馬買《うまか》う　賣牛買馬。以壞東西換好東西。類 牛を馬に乗《の》り換《か》える。

牛馬《うしうま》にも踏《ふ》まれぬ　都沒有被牛馬踩到，表示孩子一點也不受傷，養他長大成人。或表示已經到了自己可以逃開危險的年紀。

潮《うしお》のわくがごとし　如潮湧般地。

氏素性《うじすじょう》は争《あらそ》われぬ　血統的好壞一定會在人品上表現出來。（用在好的意義。）

氏素性《うじすじょう》は恥《はず》しきもの　出生的好壞、血統的好壞必定在人品上表現出來。（用在壞的意義。）類 ①人は筋目。②血筋はごまかせない。反 氏より育ち。

氏《うじ》無《な》くして玉《たま》の輿《こし》　女人即使出身於貧寒，嫁到富貴家就可以爬到富貴的地位。類 女は氏無うて玉の輿に乗る。

牛《うし》啼《な》いて馬応《うまおう》ぜず　牛啼馬不應，比喩不是同類不會協調一致。

牛《うし》に汗《あせ》し棟《むなぎ》に充《み》つ　汗牛充棟。

牛《うし》に経文《きょうもん》　對牛念經，對牛彈琴。類 犬に論語。

牛《うし》に対《たい》して琴《こと》を弾《だん》ず　對牛彈琴。類 ①牛の前に琴調べ。②牛に琴を聞かす。③牛の前で琴をひく。④牛の前にしらぶる琴。⑤牛に経文。⑥兎に祭文。⑦馬の耳に念仏。⑧馬の耳に三味線。⑨馬の耳に風。⑩馬耳東風。⑪犬の前の説教。⑫どこ吹く風。⑬蛙の面に水。

牛《うし》に乗《の》って牛《うし》をたずねる　騎牛覓牛，比喩不察覺自己所找的東西在身邊，而到遠處去找，徒勞無功。類 ①背中の子を三年探す。②詮《せん》索《さく》もの目《め》の前《まえ》にあり。

牛《うし》に引《ひ》かれて善光寺詣《ぜんこうじまい》り　偶然由於其他原因或由人帶到某一個地方。不是自動地和其他人一起行動。類①春風や牛に引かれて善光寺。②牛に引かれて善光寺。

牛《うし》の歩《あゆ》み　牛步。表示行動緩慢。

牛《うし》の一散《いっさん》　走得慢的牛一溜煙似地跑起來，比喩思慮淺的人不考慮將來的問題而隨便蠻幹起來。

牛《うし》の尾《お》は長《なが》きがよく、客《きゃく》の尻《しり》は短《みじか》いがよい　牛尾長的好，客人的屁股短的好，比喩客人不久坐的好。

牛《うし》の糞《くそ》にも段段《だんだん》　比喩事物的發展都有階段，忽視它就不能成功。比喩事物要按部就班。類①沙弥《しゃみ》から長老にはなれぬ。②てんから和尚《おしょう》にはなれぬ。

牛《うし》の小便《しょうべん》と親《おや》の意見《いけん》　牛的小便又長又多，但作爲肥料沒有多大用處，父母的嘮叨也是一樣又長又多，也沒有多大效果。

牛《うし》の鞦《しりがい》はずれがない　牛的鞦看來好像要脫落但也不輕易脫落，形容事情相當確實。類①牛の鞦。②年寄の言う事と牛の鞦は外れぬ。

牛《うし》の角《つの》を蜂《はち》がさす　蜂刺牛角，比喩不痛也不癢，沒有感覺。類①鹿の角を蜂がさす。②石地蔵に蜂。③釣鐘を蜂がさす。④蛙の面に水。

牛《うし》は牛《うし》づれ馬《うま》は馬《うま》づれ　物以類聚。鮎魚找鮎魚，蛤蟆找蛤蟆。類①馬は馬づれ牛は牛づれ。②同類相求む。③類は友を呼ぶ。④似た者大婦。⑤似るを友。⑥癩者《かったい》は癩者の友をほしがる。⑦破鍋《われなべ》にとじ蓋《ぶた》。⑧同じ羽毛の鳥は一緒に群がる。

牛《うし》は水《みず》を飲《の》んでも乳《ちち》とし蛇《へび》は水《みず》を飲《の》んで毒《どく》とす　牛飲水成乳，蛇飲水成毒，比喩同一件東西，用法不同，可爲毒也可爲藥。

丑満時《うしみつどき》には屋《や》の棟《むね》も三寸下《さんすんさが》る　半夜屋樑降三寸，形容半夜的寧靜。類草木も眠る丑三つ時。

蛆虫《うじむし》も一代《いちだい》　蛆虫也是一生，比喩不管過什麼樣的日子，一生就是一生，不必悶悶不樂。

牛《うし》も千里《せんり》馬《うま》も千里《せんり》　牛也是走千里，馬也是走千里，比喩不管快或慢，不管巧或拙，結果到達的目的地都是一樣。類早牛も淀遲牛も淀。

氏《うじ》より育《そだ》ち　門第不如教育。英雄不怕出身低。環境比遺傳重要。類①生まれつきより育ちが第一。②人は氏より育ち。③兎角《とかく》育ちは恥しきもの。反①上知と下愚とは移らず。②氏素性は争われぬ。③氏素性は恥しきもの。

後《うし》ろ髪《がみ》を引《ひ》かれる　覺得難捨難離。還有留戀之情，沒有死心。

後暗《うしろくら》ければ尻餅《しりもち》つく　心有愧的人，受良心責備，最後自己會露出馬脚。類後暗いは鬼の餌食。

後《うしろ》に目《め》無《な》し　後面沒有眼睛，看不見。表示人不管是誰都有漏洞。

後《うしろ》の目《め》壁《かべ》の耳《みみ》　後面有眼，牆壁有耳，表示當自己不發覺的時候，壞事被人發覺。類天に口。障子に目。

後《うし》ろ千両前一文《せんりょうまえいちもん》　後面的身裁好，面孔不漂亮。類①後ろ弁天前不動。②後《うし》ろ別嬪《べっぴん》前びっくり。

後指《うしろゆび》を指《さ》される　背後受人責罵。

後《うし》ろを見《み》せる　①讓人看其背後。②敗而逃。③示弱。

後《うし》ろを向《む》ける　①轉背向人。②對人採取失禮的態度。背叛他人。表示激怒他人的態度。類背を向ける。

牛《うし》を売《う》って牛《うし》にならず　賣了牛想買牛會感到錢不夠。誰都對自己的東西評價過高。

牛《うし》を馬《うま》に乗《の》り換《か》える　壞東西換好東西。類①牛売って馬買う。②牛を以て馬にかう。反馬を牛に乗り換える。

牛《うし》を食《く》うの気《き》　指從小就具有卓越的品質。

牛《うし》を桃林《とうりん》の野《や》に放《はな》つ　放牛歸桃林之野。表示解除戰備。類馬を華山の陽に帰す。

臼《うす》から杵《きね》　比喻事物顚倒。女人追男人。類寺から里。

薄氷《うすごおり》を踏《ふ》む　踏薄冰，比喻非常危險。類①剃刀《かみそり》の刃《やいば》を渡る。②刀の刃を歩む。③氷を歩む。④氷を踏む。

臼《うす》じゃ目《め》は突《つ》かぬが、小枝《こえだ》じゃ目《め》を突《つ》く　比喻不小心就會失敗。類①芋茎《いもがら》で足を衝《つ》く。②牝牛《めうし》に腹突かれる。

臼《うす》に炊《かし》ぐの夢《ゆめ》　炊臼之夢。指失妻。

臼《うす》ふむ足《あし》に味噌《みそ》　愈工作愈能掙錢。

嘘《うそ》から出《で》た実《まこと》　弄假成眞。類①おどけがほんになる。②冗談からほんまがでる。③冗談から駒。④虚は実を引く。⑤嘘は誠の皮。⑥根も無い嘘から芽が生える。⑦一犬虚に吠ゆれば万犬実を伝う。⑧瓢箪《ひょうたん》から駒《こま》が出る。

嘘《うそ》つきは泥棒《どろぼう》のはじまり　說謊是做賊之開始。

嘘《うそ》と坊主《ぼうず》の頭《あたま》はゆわれぬ　絶對沒有說過謊。類 ①嘘と虎の尻尾《しっぽ》は引っ張ったことがない。②嘘と坊主の髪はいわれぬ。③嘘と牡丹餅《ぼたもち》ついたことはない。

嘘《うそ》と牡丹餅《ぼたもち》ついたことない　沒有說過謊。類 嘘と大仏の鐘はついたことがない。

嘘《うそ》にも種《たね》がいる　說謊也要有說謊的材料。比喻並不簡單。類 品玉取るにも種がいる。反 嘘はつきほうだい。

嘘《うそ》の世《よ》の中《なか》　世上眞實少，是謊言的世界。

嘘八百《うそはっぴゃく》　謊言多。

嘘《うそ》は後《あと》から剝《は》げる　假話總會被人識穿。類 ①嘘は一時。②嘘は門口まで。

嘘《うそ》は盗《ぬす》みの始《はじ》まり　說謊是偷竊的開始。類 嘘と盗みは互いに隣同士。反 嘘も方便。

嘘《うそ》は誠《まこと》の皮《かわ》、誠《まこと》は嘘《うそ》の皮《かわ》　假話是遮掩眞話的東西，眞話是揭露假話的東西。兩者的關係如皮和肉那樣密切的東西。

嘘《うそ》も方便《ほうべん》　說謊有時也是一種權宜之計。爲了事物進行順利，作爲一種手段，有時說謊也是需要的。類 ①嘘は世の宝。②嘘も重宝。③嘘も誠も話の手管。④嘘をつかねば仏になれぬ。反 ①正直は一生の宝。②嘘を言えば地獄におちる。

嘘《うそ》も誠《まこと》も話《はなし》の手管《てくだ》　爲了使說話有趣，說謊有時也是需要。

嘘《うそ》を言《い》えば地獄《じごく》へ行《い》く　說謊會下地獄。類 嘘をつけば獄卒が鉄《かね》の鋏《はさみ》で舌を抜く。反 嘘をつかねば仏になれぬ。

嘘《うそ》をつかねば仏《ほとけ》になれぬ　不說謊不能成佛。類 嘘も方便。反 嘘を言えば地獄におちる。

謡長《うたいちょう》じて舞《まい》となる　唱歌一進步就會學舞蹈，比喻興趣和嗜好愈陷愈深。

疑《うたが》いはことばでいいとけぬ　懷疑不能用說話來消除。

疑《うたが》えば目《め》に鬼《おに》を見《み》る　疑心暗鬼。

梲《うだつ》が上《あ》がらぬ　抬不起頭來，受人壓住，比喻沒有出息，或運氣不好，倒霉。

歌《うた》と読《よみ》　事前由幾個人決定程序。事情按照計劃進行。

打《う》たねば鳴《な》らぬ　鼓不打不響。有果必有因。類 ①打たぬ鐘は鳴らぬ。②萌《ま》かぬ種は生えぬ。

歌《うた》は世《よ》につれ世《よ》は歌《うた》につれ　歌表現當時的世風，社會也受歌的影響。

歌《うた》より囃子《はやし》 歌詞不如伴奏有趣，開會時司儀比發言者的任務重。類 搗《つ》くより手がえし。

打《う》たれても親《おや》の杖《つえ》 受父母打不應該懷恨，因父母出於慈愛。類 ①親の打つ拳《こぶし》より他人の撫《な》でる方が痛い。②母の折檻《せっかん》より隣の人の扱いが痛い。

内閻魔《うちえんま》の外恵比須《そとえびす》 對自己人苦臉，對外人笑臉。類 ①内天下の外地蔵。②家泣きの外笑い。

内兜《うちかぶと》を見《み》すかす 看穿他人的想法和弱點。

内《うち》で掃除《そうじ》せぬ馬《うま》は外《そと》で毛《け》を振《ふ》る 在家不給牠做清潔的馬一出門就會擺動鬃毛。比喻壞事很快會傳開。

中《うち》に誠《まこと》あれば、外《そと》に形《あらわ》る 心中有誠，自然形於外。

内鼠《うちねずみ》で役《やく》に立《た》たぬ 家鼠沒有用。表示在家裏工作精神好，一出外就沒有幹勁。

内《うち》の米《こめ》の飯《めし》より鄰《となり》の麦飯《むぎめし》 家裏的大米飯不如隣家的小麥飯。家花不如野花香。這山望着那山高。類 内の飯より隣の雑炊《ぞうすい》。②内の鯛より隣の鰯《いわし》。③余所《よそ》の花は赤い。

内《うち》の鯛《たい》より鄰《となり》の鰯《いわし》 家裏的鯛不如隣家的沙丁魚。家花不如野花香。類 他人の飯は白い。

家《うち》の中《なか》の盗人《ぬすびと》は摑《つか》まらぬ 家賊難抓。比喻對自己家庭內的事情不很清楚。類 ①燈台下暗し。②詮索《せんさく》もの目の前にあり。

内《うち》の習《ならい》は外《そと》で出《で》る 在家庭養成的習慣在外面也不知不覺地表現出來。

家《うち》の前《まえ》の痩犬《やせいぬ》 瘦狗在自己的門前大聲吠。類 ①内の前の痩犬は吠える。②内の庭のなき犬。③我が門で吠えぬ犬なし。④内弁慶。

内裸《うちはだか》でも外錦《そとにしき》 裏面什麽都沒有，外表也要扮得華麗。家裏生活困難，人情世事也要做得漂亮，這是處世的秘訣。類 世間は張物。

内広《うちひろ》がりの外《そと》すぼまり 在家逞英雄，出外像狗熊。類 ①内ひろがりの外すわり。②内ふんばりの外ひっこみ。③内蛤《はまぐり》の外蜆《しじみ》。④内弁慶の外鼠《ねずみ》。⑤内弁慶の外幽霊。⑥内弁慶の外地蔵。⑦炬《こ》燵《たつ》弁慶。

内弁慶《うちべんけい》の外地蔵《そとじぞう》 在家逞英雄，出外狗熊。在家是老虎，出外是豆腐。

内孫《うちまご》より外孫《そとまご》 祖父母往往愛內孫不如愛外孫。

内股膏薬《うちまたごうやく》 兩面派的手腕。沒有定見的跟風派。類 ①二《ふた》股膏薬《またごうやく》。②洞が峠をきめこむ。③蝙蝠《こうもり》。

美《うつく》しい花《はな》によい実《み》はならぬ 美麗的花不一定結好果。比喻甜言蜜語者沒有誠意。單從外表不能確定事物的好壞。

打《う》つ槌《づち》ははずれるとも　儘管打鎚會脫落，但這件事一定不會脫落。強調事情絕對不會錯。

打《う》つ手《て》に好《よ》き手《て》なし　打人的手不是好手。比喻不可用暴力。

梁《うつばり》の塵《ちり》を動《うご》かす　聲動樑塵。比喻歌聲美妙。

打《う》つも撫《な》でるも親《おや》の恩《おん》　父母打和愛撫子女都是父母之恩。類 打つも撫でるも親の慈悲。

腕《うで》が鳴《な》る　摩拳擦掌，躍躍欲試，技癢。類 ①腕をさする。②腕を撫《ぶ》す。

移《うつ》れば変《か》わる世《よ》の習《なら》い　世上變化無窮是其常態。類 ①移り変わるは浮世の習い。②移れば変わる習い。

腕一本脛一本《うでいっぽんすねいっぽん》　腕一隻脛一隻，表示只有靠自己的體力和能力。

腕《うで》なしの振《ふ》りずんばい　沒有力量的人揮舞石頭，比喻沒有本事的人虛張其勢，亂鬧。

腕《うで》に覚《おぼ》えがある　有信心，對自己學會的技術和能力有自信可以充分地發揮出來。類 ①腕に覚えのある。②腕に覚えた。

腕《うで》に縒《よ》りをかける　充分地發揮自己的能力，更加一把力氣。

打《う》てば響《ひび》く　一打就會有反應。比喻領會又快又正確。類 ①ツーと言えばカー。②当れば砕く。③叩けば鳴る。

腕《うで》を組《く》む　抱着胳膊。挽着胳膊。和他人同心協力爲一個目標而努力。

腕《うで》を拱《こまぬ》く　袖手旁觀，抱着胳膊什麼都不作。旁觀他人的言行，等待最好的機會。類 腕をこまねく。

腕《うで》を鳴《な》らす　大顯身手，顯示本領。

腕《うで》を振《ふ》るう　施展才能。發揮自己的技術和本領。

烏頭白《うとうしろ》くて馬角《うまつの》を生《しょう》ず　烏鴉頭變白，馬生角。比喻不可能之事。

烏兎匆匆《うとそうそう》　比喻歲月過得很快。類 ①烏飛兎走《うひとそう》。②歲月流るごとし。③光陰矢のごとし。

独活《うど》の大木《たいぼく》　只是身體大而沒用的人。類 臑脛《すねはぎ》の伸《の》びた奴。反 山椒《さんしょう》は小粒でもぴりりと辛い。

優曇華《うどんげ》の花待《はなま》ち得《え》たる心地《ここち》　遇到難逢的幸運時光。

優曇華《うどんげ》は拝《おが》んで手折《てお》る　遇到絕好的機會而利用之。

鰻《うなぎ》の木《き》のぼり　鰻魚爬樹。罕有。比喩稀有之事。

鰻《うなぎ》の寝所《ねどこ》　鰻魚的睡舖，比喩細長的地方。

鰻登《うなぎのぼ》り　比喩物價或溫度突然上升。或比喩一個人地位向上爬得很快。

うなるほど金《かね》を持《も》つ　比喩一個人非常有錢。

自惚《うぬぼ》れと瘡気《かさけ》の無《な》い者《もの》はない　誰都會自大。類 色気と痔《じ》の気の無い者はない。

兎《う》の毛《け》で突《つ》いたほど　如被兎毛扎到，比喩微不足道。類 ①兎の毛の先ほど。②毛筋ほど。③針の先で突いたほど。

鵜《う》の鳥《とり》の尻抜《しりぬ》け　貿然斷定，健忘，拖泥帶水。

鵜《う》のまねする烏《からす》　烏鴉學鸕鶿捉魚。東施效顰。類 ①鵜のまねする烏は大水を飲む。②鵜のまねする烏水に溺《おぼ》る。③人まねすれば過ちする。④身の程を知れ。⑤鸚鵡《おうむ》の人まね。⑥阿呆《あほう》のまねする阿呆。

鵜《う》の目鷹《めたか》の目《め》　如鸕鶿和鷂鷹尋找獵獲物那樣瞪着眼睛拼命地尋找。類 血眼《ちまなこ》。

産屋《うぶや》の風邪《かぜ》は一生《いっしょう》つく　嬰孩時患傷風感冒，一生就容易感冒。比喩小時候的壞習慣一生改不了。類 ①産屋の癖は八十まで治らぬ。②七夜のうちの風邪は一生つく。

旨《うま》い事《こと》は二度考《にどかんが》えよ　便宜事和條件太好的事不可輕於參與，要慎重地考慮。

旨《うま》い物食《ものく》わす人《ひと》に油断《ゆだん》すな　對給你好東西吃的人，不可掉以輕心。必須注意對你討好的人。類 ①進物をくれる人に油断すな。②馳《ち》走《そう》終らば油断すな。③和尚《おしょう》さん飲ませてさていう。④旨い物にはあてられる。

旨《うま》い物《もの》にはあてられる　好吃的東西會中毒，比喩好事之後可能添麻煩。類 ①旨い物食わす人に油断すな。②旨い物は腹にたまる。③味の厚きは毒。

旨《うま》い物《もの》は小人数《こにんずう》　①好吃的東西人少吃得多，賺錢的生意人少，掙得多。②煮人少的菜好吃。類 ①旨い物は一人で食えまずい物は大勢で食え。②旨いことは小人数。

旨《うま》い物《もの》は腹《はら》にたまる　①美食傷胃。②美食容易膩。類 ①旨い物には食傷する。②口に甘きは腹に害あり。③味の厚きは毒。④旨い物にはあてられる。

旨《うま》い物《もの》は宵《よい》に食《く》え、腹《はら》の立《た》つことは明日《あす》いえ　好吃的東西不要等過夜才吃，氣憤的事明天才講。比喩好事快做，氣憤的事慢發。

馬《うま》疲《つか》れて毛《け》長《なが》し　馬疲毛長。比喩人一貧苦，連智慧都遲鈍。人窮志短。類①馬痩せて毛長し、貧すれば鈍す。②運尽くれば智恵の鏡もくもる。

馬《うま》に乗《の》るまでは牛《うし》に乗《の》れ　未找到馬來騎之前，最好還是騎牛。比喩未找到最好的方法之前，次好的方法也要採用。

馬《うま》には乗《の》って見《み》よ、人には添《そ》うて見《み》よ　馬的好壞只看不知，一試騎才知，人的好壞只看外表不知，跟他一起生活，一起工作才知。人不可貌相。類馬と武士は見かけによらぬ。

馬《うま》の骨《ほね》　來歴不明的人、不知底細的人。

馬《うま》の耳《みみ》に念仏《ねんぶつ》　馬耳東風。對牛彈琴。類馬の耳に風。

馬《うま》は馬方《うまかた》　馬還是由趕馱子的人管得最好。類①餅は餅屋。②海の事は漁師に問え。

馬《うま》は馬《うま》づれ牛《うし》は牛《うし》づれ　物以類聚。類其の人を知らんとせば其の友を視《み》よ。

馬《うま》も買《か》わずに鞍《くら》買《か》う　未買馬先買鞍，比喩顚倒事物的順序。

馬《うま》持《も》たずに馬貸《うまか》すな　不要把馬借給沒有養馬的人，比喩不可把東西借給不熟悉的人和不重視東西的人。類子持たずに子を呉《く》れるな。

馬痩《うまや》せて毛長《けなが》し　馬痩就感到其毛長，人一貧苦，頭腦就會遲鈍。人窮志短、馬痩毛長。類馬疲れて毛長し。

生《う》まれた後《あと》の早《はや》め薬《ぐすり》　出生後的催生藥，表示孩子已生下來，吃催早產的藥，一點用都沒有。比喩不適合時機，與事無補。類①燃えついてからの火祈禱《ひぎとう》。②火事あとの火の用心。③葬礼帰りの医者話。④諍《いさか》い果ての乳切木《ちぎりぎ》。

生《う》まれ乍《なが》らの長老《ちょうろう》なし　沒有天生的長老。沒有一生下來就是高僧。類①生まれ乍ら貴きものなし。②始めから長老にはなれぬ。③長老になるものも沙弥《しゃみ》を経る。反沙弥から長老。

生《う》まれぬ前《さき》の襁褓定《むつきさだ》め　未出生前定襁褓，比喩準備過分。類①生まれぬ子の襁褓定め。②捕らぬ狸の皮算用。③海も見えぬに舟用意。

馬《うま》を牛《うし》に乗《の》り換《か》える　乘牛換馬。比喩拋棄好東西，用壞東西代替。類一牛を得て一馬を還《かえ》す。反牛を馬に乗り換える。

馬《うま》を得《え》て鞭《むち》を失《うしな》う　得馬失鞭。得一失一。類①馬を得て鞍を失う。②魚を得て筌を忘る。

馬《うま》を鹿《しか》に通《とお》す　指鹿爲馬。類①鹿をさして馬と爲《な》す。②鷺《さぎ》を烏《からす》。③馬を牛という。

海《うみ》魚《うお》腹《はら》から川《かわ》魚《うお》背《せ》から　海魚從肚剖開，河魚從背部剖開比較好吃。但沒有科學的根據。

海《うみ》に千年《せんねん》河《かわ》に千年《せんねん》　老江湖，老奸巨猾，歷經滄桑的人。類①海に千年山に千年。②海千山千。③一筋縄で行かぬ。④煮ても焼いても食えぬ。⑤一くせも二くせも。⑥四も五も食わぬ。

生《う》みの親《おや》より育《そだ》ての親《おや》　養父母比生父母恩情大。有奶便是娘。類生みの恩より育ての恩。

海《うみ》とも山《やま》とも知《し》れず　分別不出海和山，比喻摸不清對方的爲人、不知事物的結果、無法判斷現狀、對將來無法推測。類①海の物とも山の物とも付かず。②海の物やら川の物やら。

産《う》みの苦《くる》しみ　生孩子的痛苦，比喻創業或開始一種新事物的辛苦。

海《うみ》の事《こと》は漁師《りょうし》に問《と》え　有關海的事問漁夫，比喻有事請教行家是最好的方法。類①船は船頭に任せよ。②馬は馬方。③海の事は舟人に問え山の事は山人に問え。

海《うみ》の幸《さち》　海産如魚貝、海草。

海《うみ》の物《もの》とも川《かわ》の物《もの》とも付《つ》かぬ　事情未定，還摸不清。類①海とも山ともつかぬ。②海の物やら川の物やら。

海《うみ》の水《みず》を柄杓《ひしゃく》でくみほすよう　用柄杓要舀乾海水，比喻做沒有效果之事。徒勞無功。

海《うみ》を飲《の》むようなものだ　好像要喝乾海水那樣的事，比喻無法辦得到的工作。

有無《うむ》相通《あいつう》ず　互通有無。

梅《うめ》に鶯《うぐいす》　梅樹黃鶯，比喻配合得很相稱。類①紅葉に鹿。②牡丹《ぼたん》に唐獅子《からじし》。③竹に虎。④柳に燕《つばめ》。⑤桐に鳳凰《ほうおう》。⑥猿に絵馬。⑦竹に雀。⑧牡丹に蝶。⑨波に千鳥。

梅《うめ》の木《き》分限《ぶげん》　比喻暴發戸。類①楠分限《くすのきぶげん》。②俄《にわ》か成金。

梅干《うめぼし》と友《とも》だちは古《ふる》いほどよい　醃的梅子和朋友愈久愈好。

埋木《うもれぎ》に花《はな》咲《さ》く　枯樹開花，比喻社會上卑賤的人發跡起來。小人得志。

敬《うやま》わば順《したが》え　表示敬意首先要服從。

占《うらない》は裏《うら》打《う》つ　占卦往往是相反的結果。

うら成《な》りの瓢簞《ひょうたん》　臉色蒼白弱不禁風的人。

裏《うら》には裏《うら》がある 内幕裏還有內幕。內情錯綜複雜。類底には底がある。

怨《うら》み骨髄《こつずい》に徹《てっ》す 恨入骨。類怨み骨髄に入る。

怨《うら》みに報《むく》ゆるに徳《とく》を以《もっ》てす 以德報怨。類恩を以て怨みに報ず。反①目には目を。②目には目歯には歯。

怨《うらみ》ほど恩《おん》を思《おも》え 怨難忘，恩易忘，要如同難於忘記怨恨那樣記得恩情。

売家《うりいえ》と唐様《からよう》で書《か》く三代目《さんだいめ》 有錢人傳到三代也會變窮而賣屋。

瓜《うり》売《う》っても売《う》りそこなう 連賣瓜也會虧本，比喻做什麼也不行的人。

売《う》り言葉《ことば》に買《か》い言葉《ことば》 以牙還牙。針鋒相對。反①柳に風。②茶碗を投げたら綿でかかえよ。

売《う》り出《だ》し三年《さんねん》 開業三年之後就會有基礎，比喻開始幾年辛苦，以後就好了。類商い三年。

売《う》り手《て》に買《か》い手《て》 有賣有買才有交易，價錢也是買方和賣方來決定。

瓜《うり》の皮《かわ》は大名《だいみょう》にむかせそ、柿《かき》の皮《かわ》は乞食《こじき》にむかせよ 瓜皮讓大諸侯剝，柿皮由乞丐剝，表示瓜皮剝厚較好，柿皮剝薄較好。

瓜《うり》の蔓《つる》に茄子《なすび》はならぬ 瓜蔓不會生茄子。種瓜得瓜，種豆得豆。類①瓜の種に茄子は生えぬ。②糸瓜《へちま》の種は大根にはならぬ。③葱《ねぎ》は薔薇を生まぬ。④茨《いばら》をまいても葡萄《ぶどう》はとれぬ。反①瓢《ひょう》箪《たん》から駒が出る。②賢が子賢ならず。

瓜二《うりふた》つ 非常相似如瓜分半。類瓜を二つに割ったよう。

売物《うりもの》には花《はな》を飾《かざ》れ 商品用花來裝飾，表示商品的外觀必須好看。類①売物に紅させ。②売物毛をむしれ。

瓜《うり》を投《おく》りて瓊《たま》を得《え》 投瓜得瓊。表示用小小的代價得到貴重的厚禮。

漆《うるし》は剝《け》げても生地《きじ》は剝《は》げぬ 漆脫落而素地不會脫落，表示素質本性難移。類三つ子の魂百まで。

うろこ雲《ぐも》が出《で》た翌日《よくじつ》は雨《あめ》か風《かぜ》 出現鱗狀卷積雲第二天下雨或吹風。

烏鷺《うろ》の争《あらそ》い 圍棋戰。烏是黑色指黑石，鷺是白色指白石的棋子。

浮気《うわき》と乞食《こじき》はやめられぬ 亂搞男女關係和做乞丐一知味就不想改。

噂《うわさ》をすれば影《かげ》がさす 一說到某人，某人果然就出現，一說曹操曹操就到。類①噂を言えば言えばぬしがくる。②噂を言わば筵《むしろ》を敷け。③謗《そし》れば影さす。④呼ぶより謗れ。⑤話は迎えに行く。⑥人の事を言わば畳を敷け。⑦人事言えば影がさす。

腫《う》んだ物《もの》は潰《つぶ》せ　生膿的瘡要擠掉膿，比喩要下決心拔掉禍根。類 膿んだら潰せ。反 臭い物に蓋《ふた》。

雲泥《うんでい》の差《さ》　雲泥之差，天地之差。類 ①雲泥を隔つ。②月と鼈《すっぽん》。③提燈《ちょうちん》に釣鐘。

運鈍根《うんどんこん》　成事需要運氣、不屈不撓、毅力強。

運《うん》の神《かみ》は屋根《やね》の上《うえ》に宿《やど》る　命運之神宿於屋頂。比喩命運是自然決定的，自己無從知道。或表示無法逃避命運。

運《うん》の矢《や》が空《そら》から落《お》つる　命運之箭從天而降。表示命運無法改變，或表示報應不爽。

運《うん》は天《てん》にあり　成事在天。類 ①運は天にあり鎧《よろい》は胸にあり。②運は天にあり牡丹餅は棚にあり。③富貴は天にあり。④命は天にあり。⑤運否天賦《うんぷてんぷ》。

運《うん》は寝《ね》て待《ま》て　睡覺來等運氣，比喩凡事不順利時不必焦躁，要耐心地等轉運。類 ①果報は寝て待て。②待てば海路の日和あり。反 天は自ら助くる者を助く。

運否天賦《うんぷてんぷ》　天定命運。

運用《うんよう》の妙《みょう》は一心《いっしん》に存《そん》す　運用之妙存於一心。

運《うん》を待《ま》つは死《し》を待《ま》つにひとし　等運到等於等死。不努力等好運，運不會來臨。

え

栄華《えいが》あれば必《かなら》ず憔悴《しょうすい》あり　有榮華必有憔悴。榮枯盛衰。

嬰児《えいじ》の常《つね》に病《や》むは飽《ほう》に傷《いた》むなり　嬰兒生病常常由於喝乳過多，比喩偏愛反而生弊害。

英雄《えいゆう》人《ひと》を欺《あざむ》く　英雄往往用權術欺騙人。

英雄《えいゆう》人《ひと》を忌《い》む　英雄嫉妒比自己強的人物。

栄耀《えいよう》に餅《もち》の皮《かわ》をむく　過奢侈的生活的人連包子都要剝皮來吃。比喩奢侈過度。

得《え》がたきは時《とき》逢《あ》いがたきは友《とも》　良機難得，知友難逢。

易者《えきしゃ》身《み》の上《うえ》知《し》らず　占卦者不知自己事，比喻批評他人不如反顧自己。類 ①陰陽師《おんみょうじ》身の上知らず。②紺屋《こうや》の白袴《しろばかま》。③医者の不養生。④坊主の不信心。⑤儒者の不身持ち。

えぐい渋《しぶ》いも味《あじ》の中《うち》　比喻味道有形形式式。類 熱さ冷たさ味の中。

靨《えくぼ》は七難隠《しちなんかく》す　有酒窩掩蓋七醜。類 色の白いは七難隠す。

えせ侍《ざむらい》の刀《かたな》いじり　卑陋懦怯的武士在人的面前玩弄刀子。羊質虎皮。類 えせ者の空笑い。

えせ者《もの》の空笑《そらわら》い　小人的假笑，表示無緣無故的假笑者是有企圖的小人。類 ①阿呆の高笑い。②馬鹿の空笑い。③えせ侍の刀いじり。

枝先《えださき》に行《ゆ》かねば熟柿《じゅくし》は食《く》えぬ　不到枝上吃不到熟柿。不入虎穴，焉得虎子。類 虎穴《こけつ》に入らずんば虎子を得ず。

枝《えだ》に枝《えだ》が差《さ》す　節外生枝。

枝葉《えだは》が咲《さ》く　事情和話題一傳十，十傳百傳到各處。類 枝が咲く。

枝葉《えだは》の茂《しげ》りには実少《みすくな》し　樹葉茂盛，果實結得少，比喻言多者眞話少。

枝《えだ》もたわわ　枝上花和果實纍纍。

得《え》たり賢《かしこ》し　正中下懷，正合己意。類 得たりや得たり。

枝《えだ》を伐《き》って根《ね》を枯《か》らす　伐木時先伐枝然後挖根。先從容易的下手。反 根を掘って葉を枯らす。

枝《えだ》を鳴《な》らさぬ御世《みよ》　天下太平之世。

越鳥南枝《えっちょうなんし》に巣《す》くい、胡馬《こば》北風に嘶《いなな》く　越鳥巣南枝，胡馬嘶北風。比喻難忘故鄉。

得手《えて》に鼻《はな》つく　得意者失敗之本。善泳者死於溺。類 ①得手物では仕損ずる。②得手で手を焼く。③川立ちは川で果てる。④好む道より破る。⑤泳ぎ上手は川で死ぬ。

得手《えて》に帆《ほ》を揚《あ》げる　如虎添翼。抓住好機會好利用。類 ①追い風に帆を揚げる。②流れに棹《さお》。③得手に棒。

噎《えつ》によりて食《しょく》を廃《はい》す　因噎廢食。

江戸《えど》からも立《た》ちついで　如果得便，麻煩事也輕而易舉地解決。

江戸《えど》っ子《こ》の往《ゆ》き大名《だいみょう》帰《かえ》り乞食《こじき》　東京人出外時豪華，回來時乞丐。比喻東京人大方慷慨，但用錢沒有計劃。

江戸《えど》っ子《こ》は五月《さつき》の鯉《こい》の吹流《ふきなが》し　東京人説話不客氣，但內心爽直。類江戸っ子は五月の鯉で口ばかり。

江戸《えど》っ子《こ》は宵越《よいご》しの銭《ぜに》は使《つか》わぬ　東京人不使用隔夜錢，表示東京人花錢大方。

江戸《えど》の仇《かたき》を長崎《ながさき》で討《う》つ　張三的仇報在李四身上。對無仇無怨的人報復來發洩一番。

江戸《えど》は土一升金一升《つちいっしょうきんいっしょう》　東京一寸土一寸金，比喻高地價。

江戸《えど》は人《ひと》の掃溜《はきだめ》　東京是人的垃圾堆，表示東京聚集了各式各樣的人。

絵《え》に描《か》いた餅《もち》　畫餅充飢。類画に描いた餅飢えをいやさず。

狗《いぬ》子《こ》道《みち》知《し》る　小狗識路。

柄《え》の無《な》いところに柄《え》をすげる　沒有柄的地方要安上柄，鶏蛋裏找骨頭。類理屈と膏薬《こうやく》はどこへでもつく。

蝦踊《えびおど》れども川《かわ》を出《い》でず　蝦不管怎麼跳也跳不出河川。比喻萬物都有自己天分。類鰻《うなぎ》は滑っても一代鯊《はぜ》は跳んでも一代。

えびすが鯛釣《たいつ》りしたよう　笑容滿面，非常高興。

恵比寿講《えびすこう》の儲《もう》け話《ばなし》　如夢般賺大錢的話。

蝦《えび》で鯛《たい》をつる　金鈎兒蝦米釣鯉魚，拋磚引玉，比喻以小本圖大利。類①雑魚《ざこ》で鯛釣る。②鼻糞《はなくそ》で鯛を釣る。③麦飯《むぎいい》で鯉を釣る。④しゃこで鯛つる。

烏帽子《えぼし》を着《き》せる　誇大、添枝添葉。

笑《え》みの中《うち》の刀《かたな》　笑裏藏刀。類①笑中に刀あり。②餌の中の針。③奥歯に剣。④真綿に針。⑤綿に針を包む。⑥口に蜜《みつ》あり腹に剣あり。

選《えら》んで粕《かす》を掴《つか》む　挑肥揀瘦會挑到一個壞的。類①選《よ》れば選り屑《くず》。②器量好みする人は醜婦をめとる。③選ぶ者は最悪のものをとる。

襟付《えりつ》きが厚《あつ》い　比喻有錢人。

襟元《えりもと》に付《つ》く　趨炎附勢。

襟《えり》を正《ただ》す　正襟。

襟《えり》を開《ひら》く　相信對方，向對方坦白。類①胸を開く。②胸襟《きょうきん》を開く。

縁《えん》あれば千里《せんり》　有緣千里能相會。

延引高座《えんいんこうざ》　遲到反而上座。

鴛鴦《えんおう》の契《ちぎ》り　夫妻之約、比翼之盟。類 ①比翼連理《ひよくれんり》。②比目《ひもく》の魚。

猿猴《えんこう》月《つき》をとる　猿猴摘月，比喻妄想會失敗，甚至會喪生。

円座《えんざ》を笠《かさ》　蒲團當笠，比喻形似而用途不同。

遠親近隣《えんしんきんりん》に如《し》かず　遠親不如近隣。

遠水近火《えんすいきんか》を救《すく》わず　遠水不救近火。類 ①遠くの親類より近くの他人。②遠親は近隣に如かず。

淵中《えんちゅう》の魚《うお》を知《し》る者《もの》は不祥《ふしょう》なり　知淵中魚者會不祥，比喻知道了秘密反而對己不利。

縁《えん》と命《いのち》は繋《つな》がれぬ　緣和生命一旦斷了都不可能復原。類 ①覆水盆に返らず。②縁の切れたのは結ばれぬ。③破鏡再び照らさず。

豌豆《えんどう》は日陰《ひかげ》でもはじける　①豌豆在背陽處生長，時期一到，豆子會成熟而裂開來，人一到年齡自然也會知道男女之情。②事物的成就都需要時間。類 ①毬栗《いがぐり》も中《うち》から破《わ》れる。②日陰の水も湯になる。③芝栗も時節が来ればはじける。

縁《えん》と月日《つきひ》の末《すえ》を待《ま》て　良緣和機會要耐心等待。

煙突《えんとつ》の煙《けむり》が下《した》をはうと風《かぜ》の兆《きざし》　煙囪的煙向下爬是颳風的前兆。

縁《えん》無《な》き衆生《しゅうじょう》は度《ど》し難《がた》し　無緣的衆生難以渡化。

炎《えん》にして附《つ》き、寒《かん》にして棄《す》つ　附炎棄寒，比喻人情的淡薄。

縁《えん》の切目《きれめ》は子《こ》で繋《つな》ぐ　感情破裂的夫妻因子女而維持關係，由於有了子女想離婚也不能離婚。類 子は鎹《かすがい》。

縁《えん》の下《した》の鍬使《くわつか》い　地板下用鍬，比喻抬不起頭來和因無聊而一籌莫展。類 ①雪隠《せっちん》で槍《やり》を使う。②九尺の間で二間の槍を使う。③二間の所で三間の槍使う。

縁《えん》の下《した》の筍《たけのこ》　地板下的竹筍，表示抬不起頭來，比喻不出息的人。類 縁の下の赤小豆。

縁《えん》の下《した》の力持《ちからも》ち　在沒人知的背地裏暗中出力，做出貢獻。做無名英雄。

縁《えん》の目《め》には霧《きり》が降《ふ》る　有緣的人看不到對方的缺點。類 痘痕《あばた》も靨《えくぼ》。

縁《えん》は異《い》なもの　縁份不可思議。類①縁は異なもの味なもの。②何事も縁。③合縁奇縁。④出雲の神の縁結び。⑤夫婦の縁は神様だけがご存知。

閻魔《えんま》に千振《せんぶり》　不高興的様子，愁眉苦臉。

閻魔《えんま》の色事《いろごと》　閻羅王談戀愛，比喩不相稱。

遠慮《えんりょ》は無沙汰《ぶさた》　太客氣就會久疏問候，反而會失禮。類遠慮が無沙汰になる。

遠慮《えんりょ》ひだる伊達寒《だてさむ》し　客氣就會挨餓，愛漂亮不穿大衣就會挨凍。類①伊達の薄着。②遠慮は腹へたまらぬ。③賢者ひだるし伊達寒し。

お

老《お》い木《き》に花咲《はなさ》く　老樹開花。枯木逢春。比喩一度衰微而再繁盛。類①窮沢《きゅうたく》流れを生じ枯木栄を発す。②枯れ木に花。③枯れたる木にも咲く花。④炒《い》り豆に花が咲く。⑤埋もれ木に花が咲く。⑥朽ち木に花が咲く。⑦枯木死灰花開く。

老《お》い木《き》は曲《ま》がらぬ　老樹彎不了。比喩老人頑固不化。類①矯《た》めるなら若木のうち。②鉄は熱いうちに打て。

老《お》いたる馬《うま》は道《みち》を忘《わす》れず　老馬不忘路。老馬識途。類①老馬道を知る。②馬に道まかす。③老いたる馬の道しるべ。④亀の甲より年の劫《こう》。反年寄と釘の頭は引っ込むがよい。

老《お》いたるを父《ちち》とせよ　如敬父那様尊敬老人。類老いたらんは親とせよ。

老《お》いて妬婦《とふ》の功《こう》を知《し》る　年老才知妻子的好處。

追風《おいて》に帆《ほ》を上《あ》げる　順風上帆。一帆風順。類①追風に帆をまく団子船。②得手に帆を上げる。

老《お》いては子《こ》に従《したが》え　老而從子。

老《お》いてますます壮《さかん》なるべし　老當益壯。

老《お》いてふたたび児《ちご》となる　返老還童。

老《おい》の一徹《いってつ》　年老就會頑固。

老《おい》の学問《がくもん》　晩學。年老才讀書。類六十の手習い。反少年老い易《やす》く学成り難し。

老《おい》の方人《かたうど》　老人的盟友。

老《おい》の木登《きのぼ》り　老人爬樹，比喩勉強做不適宜老人做的事情。類 年寄の冷水。

老《おい》の繰言《くりごと》　老人的嘮叨。

老《おい》の幸《さいわ》い　老福。類 老いての幸い。

老《お》いの坂《さか》　老境。

負《お》い目《め》に負《お》い目《め》　債上加債。失敗又失敗。

扇《おうぎ》の別《わか》れ　被丈夫拋棄。

王佐《おうさ》の才《さい》　輔佐帝王之才。

応接《おうせつ》に暇《いとま》あらず　應接不暇。

負《お》うた子《こ》に教《おし》えられて浅瀬《あさせ》をわたる　過河時聽揹的孩子指示淺處來過河。比喩老練的人和聰明的人有時也受教於沒經驗的人或愚者。類 ①三つ子に習うて浅き瀬を渡る。②三つ子の教えで浅瀬を渡る。③ひよこが親鳥に助言する。④愚者も一得。

負《お》うた子《こ》より抱《だ》いた子《こ》　先爲抱着的孩子做事，然後爲揹着的孩子做事，比喩從近的東西先做是人之常情。類 背に腹はかえられず。

負《お》うた子《こ》を三年探《さんねんさが》す　忘記身上揹的孩子而找了三年，比喩忘記自己手中的東西而到處尋找。類 ①背中の子を七日尋ねる。②負うた子を人に尋ねる。③牛に乗りて牛を求む。

お乳母日傘《うばひがさ》で育《そだ》ったふところ子《ご》　有乳母陪，出門撐陽傘，不經風雨的孩子，長大沒有用。

鸚鵡返《おうむがえ》し　像鸚鵡一樣學話，照別人的言行來重覆做。

往《おう》を観《み》て来《らい》を知《し》る　觀往知來。溫故知新。

大石《おおいし》で卵《たまご》を砕《くだ》く　用大石砸蛋，比喩毫無造作。

大犬《おおいぬ》は小犬《こいぬ》をせめ小犬《こいぬ》は糞《くそ》せめる　大狗斥小狗 小狗斥糞，比喩一級管一級。

大嘘《おおうそ》は吐《つ》くとも小嘘《こうそ》は吐《つ》くな　大謊無人相信所以無害，小謊有人相信反而有害，所以不可以說小謊。

大男總身《おおおとこそうみ》に智恵《ちえ》が回《まわ》りかね　四肢發達，頭腦簡單。

大風《おおかぜ》が吹《ふ》けば桶屋《おけや》が喜《よろこ》ぶ　比喩事物的影響不知會在何處發生。和比喩希望渺茫。

大風《おおかぜ》の吹《ふ》いた後《あと》　大風之後的清靜，比喩動亂、熱鬧之後的寂靜。類 ①大風の後のよう。②大吹きの明後日《あさって》。③祭の渡った後のよう。④大水の引いた後。⑤大水の引っ越し。反 祭の後は七日おもしろい。

狼《おおかみ》に衣《ころも》　狼披羊皮，比喩惡人裝成好人，假慈悲。類 ①虎にして冠する者。②猟師の身に法衣を服す。③鰐《わに》の涙。④鬼が仏に早替わり。⑤鬼の念仏。⑥鬼に衣。⑦狼の十徳。

大河《おおかわ》を手《て》で堰《せ》く　用手堵大河，比喩想做不可能之事。類 大海を手で塞《ふさ》ぐ。

大《おお》きい薬罐《やかん》は沸《わ》きが遅《おそ》い　大的水壺燒水慢，比喩大器晚成。

大《おお》きな家《いえ》には大《おお》きな風《かぜ》　家家有一本難念的經。類 ①大きな所には大きな風が吹く。②分相応に風が吹く。

大《おお》きな大根《だいこん》辛《から》くなし　大蘿蔔不辣，比喩身體壯大，頭腦簡單。類 ①独活《うど》の大木。②大男総身に智恵が回りかね。反 山椒《さんしょう》は小粒でもぴりりと辛い。

大《おお》きな物《もの》には呑《の》まれる　胳膊扭不過大腿。

大木《おおき》にすがる　依靠大樹，比喩投靠有權力和財產的人。

大木《おおき》の下《した》に小木《おぎ》育《そだ》たず　大樹下小樹無法成長。反 ①大木の下に小木育つ。②寄らば大樹の蔭。

大木《おおき》の下《した》に小木《おぎ》育《そだ》つ　小樹在大樹下成長，比喩弱者靠強者之助而生存，或比喩強者的四周聚集要其幫助的弱者。類 ①大木の下の小木。反 大木の下に小木育たず。

大碁《おおご》の小碁《こご》　勝負之差相差不大。

大阪《おおさか》の食《く》い倒《だお》れ、京都《きょうと》の着倒《きだお》れ　大阪人重吃，京都人重穿。

多《おお》し少《すく》なし子三人《こさんにん》　不多不少三個子女最理想。類 思うようなら子三人。

大勢《おおぜい》に手《て》なし　以多數人爲敵，無法對抗。

大勢《おおぜい》の口《くち》にはかなわぬ　敵不過多數的嘴巴，不得不聽從多數人之説話。

大勢《おおぜい》の眼鏡《めがね》はたしか　多數人的看法，其正確性較高。類 十目の視る所十手の指す所。

大費《おおづか》いより小費《こづか》い　小數怕長計，一次大費用比不上多次的小費用的支出。類 ①出費いより小費い。②飲むに減らで吸うに減る。③大取りより小儲《もう》け。

大摑《おおづか》みより小摑《こづか》み　大抓不如小抓，不賺一時的大錢，而逐次掙小錢比較踏實。類 大取りより小取り。

大所《おおどころ》の犬《いぬ》になるとも、小所《こどころ》の犬《いぬ》になるな　寧做大宅第的狗，不要做小戶的狗。比喻做事要選擇大的對方和可靠的主人、老板。類 ①犬になるなら大所の犬になれ。②寄らば大樹の蔭。反 大木の下に小木育たず。

大鳥《おおとり》取《と》るとて小鳥《ことり》も取《と》り損《そこ》う　比喻貪心大連本帶利都失掉，一無所得。類 大欲は無欲。

大取《おおと》りより小取《こと》り　一點一滴地賺錢比一時賺大錢較確實。薄利多銷。類 ①大摑《づか》みより小摑み。②大取りより小儲《もう》け。③小利を積んで大利成る。

大鍋《おおなべ》の底《そこ》は撫《な》でても三杯《さんばい》　大鍋的底摸一摸都有三杯。破船都有三斤釘。比喻大的根底厚。類 ①腐っても鯛。②古川に水絶えず。

大荷持《おおにもち》が小荷持《こにもち》に銭借《ぜにか》りる　大商人向小商人借錢，比喻事物顚倒。

大船《おおぶね》に乗《の》ったよう　如乘大船那樣穩當，表示不必担心危險，大可放心的狀態。

大船《おおぶね》を動《うご》かす艪臍《ろべそ》は一尺《いっしゃく》に足《た》らず　開動大船的櫓承不足一尺，比喻小東西開動大東西。掌握住要點很重要。

大風呂敷《おおぶろしき》を広《ひろ》げる　大吹大擂。類 大言壯語する。

大水《おおみず》に飲《の》み水《みず》無《な》し　出大水無飲水。比喻人雖多，但有用的人不多。類 火事場に煙草火なし。

大水《おおみず》の引《ひ》いたあとのよう　如洪水退後的寧靜。

大向《おおむこ》うをうならせる　指博到大衆的喝采，或得到內行人的稱讚。

大目玉《おおめだま》を食《く》う　挨一頓申斥。類 大目玉を頂戴《ちょうだい》する。

公《おおやけ》の中《なか》の私《わたくし》　公事之中的私情。類 公の私。

大雪《おおゆき》は豊作《ほうさく》の兆《きざし》　大雪是豐收之兆。類 ①大雪は豊年のしるし。②雪は豊年の貢ぎ物。③雪は五穀の精。反 大雪は凶作。

鋸屑《おがくず》も言《い》えば言《い》う　什麼事情都可以找出一些理由來說明。鋸末子這樣沒有多大用途的東西，也可以找出一些理由來說它很有用。類 ①のこぎり屑も言えば言わるる。②言えば言わるる鋸屑。

鋸屑《おがくず》も取柄《とりえ》　鋸末子都有其長處，比喻什麼東西都有用。類 ①茶殼も肥になる。②曲がり木も用い所がある。

置《お》かぬ棚《たな》を探《さが》す　在沒有放東西的架上找東西，表示窮人有客人來急於張羅招待客人的樣子。

置《お》かぬ棚《たな》をも探《さが》せ　沒有放東西也要找，比喩小心又小心地加以尋找。

陸《おか》へ上《あ》がった河童《かっぱ》　登陸的水鬼。虎落平陽被犬欺。類①陸へ上がった船頭。②陸に上がれる魚。

岡目八目《おかめはちもく》　當局者迷旁觀者淸。類他人の正目《まさめ》。

起《お》きて働《はたら》く果報者《かほうしゃ》　身體健康能夠勞動就是幸福。

起《お》きて半畳寝《はんじょうね》て一畳《いちじょう》　人不睡覺時半張蓆子就夠地方，睡覺時一張蓆子的地方就夠，表示人不必羨慕榮華富貴，知足就是福。類①起きて三尺寝て一畳。②千万石も米一合。③下種《げす》も三食上臈《じょうろう》も三食。

沖《おき》な物《もの》あて　指望海面的東西，比喩指望沒有到手的東西。類①捕らぬ狸の皮算用。②沖のはまち。③長範があて飲む。④飛ぶ鳥の献立。

屋烏《おくう》の愛《あい》　愛屋及烏。

屋上屋《おくじょうおく》を架《か》す　屋頂之上再架屋頂，比喩多餘。幹徒勞無功的事。疊牀架屋。類屋下に屋を架す。

奥歯《おくば》に衣着《きぬき》せる　間接的說話，不明確說，說話吞吞吐吐，不乾脆。類①奥歯に物がはさまる。②奥歯に剣。

奥歯《おくば》に物《もの》がはさまったよう　說話不乾脆呑呑吐吐。

臆病風《おくびょうかぜ》を引《ひ》く　膽怯害怕。類①臆病風に吹かれる。②臆病神がつく。③臆病神にあおり立てられる。

臆病《おくびょう》の神《かみ》おろし　膽小鬼請神保祐。

奥山《おくやま》の杉《すぎ》のともずり　自作自受。類檜山《ひのき》の火《ひ》は檜より出て檜を焼く。

奥山《おくやま》の紅葉《もみじ》が早《はや》く近《ちか》い山《やま》の紅葉《もみじ》が遅《おそ》いときは雪《ゆき》が早《はや》い　深山紅葉早紅，近山紅葉晩紅時，早下雪。

送《おく》る月日《つきひ》に関守《せきもり》なし　光陰過得很快。

奥行《おくゆ》きがない　比喩知識和見解淺薄。

お蔵《くら》にする　雪藏起來。取消預定的計劃。

お蔵《くら》に火《ひ》が付《つ》く　倉庫着火，比喩事情非常緊迫的狀態。

後《あく》れ先《さき》に例《ためし》　人之死雖有先後，總之都會死，這是自然的規則。

後《おく》れを取《と》る　落後於人。

屋漏《おくろう》に愧《は》じず　不愧於屋漏，表示背着人也不做壞事。

烏滸《うこ》の高名《こうみょう》はせぬに如《し》かず　不要爲立愚蠢的戰功而拼命。

奢《おご》りは三年《さんねん》の費《ついえ》　一次的散財要掙回來需要三年。

瘧《おこり》ふるいが入湯《にゅうとう》に行《ゆ》くよう　患瘧疾發抖的人想去洗溫泉，比喻自求災禍。

驕《おご》る平家《へいけ》は久《ひさ》しからず　驕者必敗。驕者不長久。類①驕る者は久しからず。②驕る平家に二代なし。③驕る平家は內より崩る。④満つれば欠ける。

奢《おご》る者《もの》は心常《こころつね》に貧《まず》し　好奢者不知足，因此經常是感到不足不滿。

お先棒《さきぼう》を担《かつ》ぐ　作走狗。

お里《さと》が知《し》れる　由人的言行可知其爲人、教養、人品。露出本來的面目、現原形。

教《おし》うるは学《まな》ぶの半《なか》ばなり　教者學之半。教人時自己可以學到一半。教學相長。

唖《おし》が物言《ものい》う　啞巴說話。比喻不可能之事。類①死人が物言う。②川が逆さに流れる。

唖《おし》が夢見《ゆめみ》た如《ごと》し　如啞巴做夢，比喻有口難言。

唖《おし》の芋堀《いもほり》　啞巴掘芋，表示默默做工的人。

押《お》しの強《つよ》いが勝《か》ち　堅持下去便是勝利。類押しの一手。

唖《おし》の一声《ひとこえ》　喩不常開口的人偶而說話。

惜《お》しむ人《ひと》は必《かなら》ず死《し》するならい　好人往往早死。

伯父《おじ》を見《み》ると荷《に》が重《おも》い　見到可能會幫忙的人，行李突然重起來。比喻一產生依賴心就會失去魄力。

押《お》すに押《お》されぬ　巍然不動。

遅《おそ》い助《たす》けは助《たす》けにならぬ　救人要快，晚一步救人就沒用。

遅牛《おそうし》も淀早牛《よどはやうし》も淀《よど》　遲早都是一樣。表示不必太過忙忙碌碌。類①大牛も八斗小牛も八斗。②牛も千里馬も千里。③落ちれば同じ谷川の水。

遅《おそ》かりし由良之助《ゆらのすけ》　爲時已晚。

おぞ毛《け》を振《ふる》う　驚得頭髮都豎起來。

恐《おそろ》しい時《とき》の念仏《ねんぶつ》　害怕時念經。類 苦しい時の神頼み。

おだてともっこには乗《の》るな　不要受人教唆。類 馬に乗っても口車に乗るな。

おだてと畚《もっこ》には乗《の》り易《やす》い　容易受人教唆。

お多福《たふく》転《こ》けても鼻打《はなう》たぬ　鼻子不高的人跌倒時鼻子不會受傷，譏笑人家鼻子不高時所説的話。類 おでこ転んでも鼻打たぬ。

おたまじゃくしが蛙《かえる》になる　蝌蚪變成青蛙。比喩當然之事，沒有改變的變化。類 嫁が姑《しゅうとめ》になる。

小田原評定《おだわらひょうじょう》　長而沒有作出結論的會議。類 ①小田原評議。②狢《むじな》評定。

落葉《おちば》が早《はや》ければ雪《ゆき》が早《はや》い　落葉早，下雪也早。

落武者《おちむしゃ》は芒《すすき》の穂《ほ》にも怖《お》ず　打敗仗而逃的武士連芒穗都害怕。草木皆兵。類 ①風声鶴唳《かくれい》。②脛《すね》に疵《きず》持てば笹原走る。③落人《おちうど》は草木にも心を置く。④木にも萱《かや》にも心を置く。⑤疑心暗鬼。

落《お》ち目《め》に祟《たた》り目《め》　禍不單行。屋漏更遭連夜雨。

お茶《ちゃ》の子《こ》　輕而易擧。

お茶《ちゃ》を濁《にご》す　支吾、搪塞。

お茶《ちゃ》を挽《ひ》く　清閒時爲了避免無聊，把茶葉磨成粉。娯樂界，風花雪月場所說沒有客人的暗語。

落《お》ちれば同《おな》じ谷川《たにがわ》の水《みず》　從天落下來的雨、雪、雹，最後同是河川的水。表示最後的歸處都是一樣。類 同じ高嶺の月を見る。

お月様《つきさま》とすっぽん　月亮和鼈，形同實異。天壤之別。

屋下《おっか》に屋《おく》を架《か》す　屋下架屋，比喩多餘，徒勞無益。類 屋上に屋を架す。

夫《おっと》あれば親《おや》忘《わす》る　有了丈夫忘記了父母。

夫《おっと》に素顔《すがお》見《み》せるな　不要讓丈夫看到自己不施脂粉的臉，表示女性在家不可不修邊幅。類 夫に寝顔見せるな。

夫《おっと》の心《こころ》と川《かわ》の瀬《せ》は一夜《いちや》に変《か》わる　丈夫的心和河的浅灘一夜之間會變，表示男人的愛情容易變化。類 ①男の心と川の瀬は一夜に変わる。②男心と秋の空は一夜に七度変わる。③男心と秋の空。④変り易《やす》きは川の瀬と男の心。

男心《おとこごころ》と秋《あき》の空《そら》　男人的心和秋天的天空一樣容易變。反 ①女心と秋の空。②女の心は猫の眼。

男猫《おとこねこ》が子《こ》を生《う》む　雄猫生子，比喩不會有的事。類 ①石に花。②炒豆《いりまめ》に花。③死人が物を言う。④馬の角。

男《おとこ》の四十《しじゅう》は分別盛《ふんべつざか》り　男人四十不惑。

乙子《おとご》の光《ひかり》は七光《ななひかり》　末子父母最疼愛。

男《おとこ》は三年《さんねん》に一度《いちど》笑《わら》う　男人三年笑一次，表示男人不可隨便感到可笑而笑，要經常保持威嚴。

男《おとこ》は閾《しきい》を跨《また》げば七人《しちにん》の敵《てき》あり　男人跨過門檻就有七個敵人，表示男子在社會上做事有許多對手和競爭者。類 ①雨垂れ落ちは三途《さんず》の川。②家を出れば七人の敵あり。③男子門を出ずれば七人の敵あり。

男子《おとこ》は度胸《どきょう》女《おんな》は愛嬌《あいきょう》　男人要有膽量，女人要有魅力。

男《おとこ》は裸百貫《はだかひゃっかん》　男子白手可成家。

男《おとこ》は松《まつ》女《おんな》は藤《ふじ》　男人如松那樣經風雪而獨立，女人如藤那樣纏在他物依賴他人。

男《おとこ》は妻《め》から　男人成就與否由妻子好壞決定。類 ①布は緯《ぬき》から男は女《め》から。②男は女から。③女房は家の中の大黑柱。

男《おとこ》やもめに蛆《うじ》がわき、女《おんな》やもめに花《はな》が咲《さ》く　鰥夫生蛆蟲，不乾淨，寡婦清潔如開花。

落《お》とした物《もの》は拾《ひろ》い徳《どく》　失物可以歸撿到的人所有。

大人《おとな》は目恥《めはず》かし下衆《げす》は口恥《くちはず》かし　上級介意他人對他的看法，下級介意他人如何說他。類 都會は目恥かし田舍は口恥かし。

同《おな》じ穴《あな》の貉《むじな》　一丘之貉。類 ①同じ穴の狐《きつね》。②同じ穴の狸。③一つ穴の狐。

同《おな》じ釜《かま》の飯《めし》を食《く》う　共同生活，極親密的伙伴。死黨。

同《おな》じ乞食《こじ》くなら故郷《こきょう》で乞食《こじ》け　如要討飯就在故鄉討飯，表示在故鄉有親戚朋友，肯照顧的人較多。

同《おな》じ事《こと》は一つ事《こと》　同樣的事就是一件事。不管如何變化說明的方式，不管反覆幾次說明，結果都是一樣。

鬼《おに》が住《す》むか蛇《じゃ》が住《す》むか　是鬼住的或是蛇住的呢？表示人的內心無法知道。

鬼《おに》が出《で》るか仏《ほとけ》が出《で》るか　鬼會出來或是佛會出來。比喻無法預測什麼東西會發生。吉凶莫測。用於表示難以預料前途的困難。類 鬼《おに》が出るか蛇《じゃ》が出るか。

鬼瓦《おにがわら》にも化粧《けしょう》　醜臉經化粧打扮後也比較好看。類 ①馬子にも衣裳《いしょう》。②猿にも衣裳。

鬼《おに》に金棒《かなぼう》　鬼再持有鐵棍。如虎添翼。類 ①虎に翼。②鬼に鉄杖。③弁慶になぎなた。反 餓鬼に苧《お》殻《がら》。

鬼《おに》に瘤《こぶ》を取《と》られる　因禍得福。

鬼《おに》に衣《ころも》　鬼穿衣服。①比喻沒有必要。②狼披羊皮。類 狼《おおかみ》に衣。

鬼《おに》に千振《せんぶり》醜女《しこめ》に辛子《からし》　如鬼喝苦藥、醜女嘗芥末那樣的苦臉。

鬼《おに》にもなれば仏《ほとけ》にもなる　可以爲鬼也可以爲佛，表示對人好他人也對你好，你對人壞人也對你壞。類 ①思えば思わるる。②情は人の爲ならず。

鬼《おに》の居《い》ぬ間《ま》に洗濯《せんたく》　鬼不在時的鬆一口氣。表示上司或監督者等可怕的人不在時放鬆一下精神，散散心。閻王不在小鬼翻天。類 ①鬼の留守に洗濯。②鬼の留守に豆を炒《い》る。③鬼の留守に豆ひろい。④鬼の来ぬ間に洗濯。

鬼《おに》の餌食《えじき》を餓鬼《がき》が取《と》る　餓鬼拿鬼的餌食，表示天外有天，強中有強中手。

鬼《おに》の霍乱《かくらん》　鬼患日射病，表示平時不生病健壯的人生了病。

鬼《おに》の首《くび》を取《と》ったよう　如取得鬼的首級，表示取得大戰功洋洋得意的心情。如獲至寶。

鬼《おに》の空念仏《そらねんぶつ》　鬼的假念佛。猫哭老鼠假慈悲。老虎帶念珠兒，假善人。類 ①鬼の念仏。②鬼の空涙。③狼《おおかみ》に衣。

鬼《おに》の女房《にょうぼう》には鬼神《きしん》がなる　鬼的妻子是由鬼神來做，表示夫妻爲人很相似。類 ①似た者夫婦。②破鍋《われなべ》にとじ蓋《ぶた》。②鬼の女房に夜叉《やしゃ》がなる。

鬼《おに》の目《め》にも涙《なみだ》　鬼有時也會流眼淚，表示冷酷無情的人有時也會發慈悲。頑石也會點頭，剛強人也會落淚。類 ①鰐《わに》の目《め》に涙。②頼めば鬼も食わず。

鬼《おに》の目《め》にも見残《みのこ》し　鬼眼都會有漏，比喻不管如何謹慎小心周密地去做，都會有漏洞。智者千慮不無一失。類 鷹《たか》の目にも見《み》落《おと》し。

尾《お》にひれをつける　在尾上加鰭，比喻誇大其事。

鬼《おに》も十八《じゅうはち》番茶《ばんちゃ》も出花《でばな》　鬼到十八歲也好看，粗茶初泡味亦香，表示醜女在妙齡時也好看。類 ①鬼も十七茨《いばら》も花。②鬼も十七番茶も煮ばな。③鬼も十八柴茶《しばちゃ》も出花。④鬼も十八蛇も二十薊《あざみ》の花も一盛り。⑤南瓜《かぼちゃ》女も一盛り。⑥屁くそ葛《かずら》も花盛り。

鬼《おに》も頼《たの》めば人食《ひとく》わず　鬼哀求他有時也會不吃人。比喻人有時也難以拒絶他人的拜託哀求之事。類①犬も頼めば糞食わず。②頼めば鬼も人食わず。

鬼《おに》も角折《つのお》る　無論怎麼様的惡人都會有一念之慈。類①鬼も発起。②邪慳《じゃけん》の角を折る。

鬼《おに》も見馴《みな》れたがよい　表示老相識雖有缺點終比沒有一面之緣的人較好。

己《おの》が刀《かたな》で己《おの》が首《くび》　自己招災受苦。

己《おの》が田《た》に水《みず》を引《ひ》く　自己引水入田，比喻自己謀求自己的利益和方便。

己《おのれ》の頭《あたま》の蠅《はえ》を追《お》え　自己趕自己頭上的蒼蠅。比喻首先整頓自己的行爲，把自己的行爲做好。類①我が蜂はらえ。②人の蠅を追うより己の蠅を追え。③我が身の蠅を追え。④我が頭の蠅を追え。

己《おのれ》の事《こと》は棚《たな》に上《あ》げる　不檢討自己，不提自己的缺點，只提他人的缺點。

己《おのれ》の欲《ほっ》せざる所《ところ》は人《ひと》に施《ほどこ》す勿《なか》れ　己所不欲，勿施於人。

己《おのれ》を知《し》って他《た》を知《し》らぬ　知己不知人。類①一を知って二を知らぬ。②一人よがり。

己《おのれ》を責《せ》めて人《ひと》を責《せ》むるな　責己不可責人。嚴於律己、寛於待人。

己《おのれ》を以《もっ》て人《ひと》を量《はか》る　以自己的標準來推測他人。以己度人。

斧《おの》を掲《かか》げて淵《ふち》に入《い》る　舉斧入淵，比喻與事無補反而妨害。表示物要盡其用。

斧《おの》を磨《と》いて針《はり》になる　磨斧成針。鐵杵磨成針。比喻不管多大的困難，只要堅持努力下去，一定能成功。類①石臼を箸にする。②砂を集めて塔を積む。

尾羽《おは》打《う》ち枯《か》らす　羽毛零落，比喻落魄，狼狽不堪，衣衫襤褸。類尾も羽もなし。

十八番《おはこ》　最拿手。

お鉢《はち》が回《まわ》る　順次輪流。

お髭《ひげ》の塵《ちり》を払《はら》う　撣對方鬍鬚上的灰塵，比喻奉承、逢迎有錢人和有權勢的人。類首を垂れ尾を振る。

お日様証拠《ひさましょうこ》　太陽的證據，表示如太陽在天上那樣確實。

帯《おび》に短《みじか》し、襷《たすき》に長《なが》し　不合用，不成材，高不成低不就。類①次郎にも太郎にも足らぬ。②長し短し。③褌《ふんどし》には短し手拭《てぬぐい》には長し。

お百度《ひゃくど》をふむ　拝廟一百回，表示常常訪問。

帯《おび》をゆるくする　放心來過生活。

オブラートに包《つつ》む　比喩婉轉的說法。

おへそが宿替《やどが》えする　非常好笑，笑得肚皮疼。類おへそで茶をわかす。

おぶえば抱《だ》かりょう　揹了又要求抱，比喩貪心不足，給了一個，又再進一步要求更大的。得寸進尺。類①負うてやろうといえば抱いてくれという。②千石取れば万石羨《うらや》む。

思召《おぼしめし》より搗《つ》いた飯《めし》　口惠不能充飢，取實質的東西比較好。類①心中より饅頭《まんじゅう》。②情の酒より酒屋の酒。

溺《おぼ》れる者《もの》は藁《わら》をも摑《つか》む　溺水者抓稻草求援，急不暇擇。類せつない時は茨《いばら》も摑む。

お前追従《まえついしょう》する者《もの》は必《かなら》ず陰《かげ》でそしる　在人前阿諛奉承者在背後必誹謗人。

お前百《まえひゃく》までわしゃ九十九《くじゅうく》まで　你活百歲，我活九十九歲，比喩夫妻白頭偕老。

御神酒上《おみきあ》がらぬ神《かみ》は無《な》い　對什麼神都要供酒，沒有一個神不供酒的。喝酒人的自我辯解的話。

思《おも》い内《うち》にあれば色外《いろそと》に現《あら》わる　心有所思必形於外。存於中則形於色。類心內にあれば色外にあらわる。

思《おも》い置《お》きは腹《はら》の病《やまい》　自尋苦惱不利於健康。杞憂是肚痛之因。

思《おも》い面瘡思《おもくさおも》われ面皰《にきび》　想念人或被人想念臉上會生暗瘡，用來對年輕人開玩笑的話。

思《おも》い立《た》ったが吉日《きちにち》　哪天想作哪天就是吉日，比喩想到就立刻做，不可猶豫不定。類①思い立つ日が吉日。②思い立つ日に日咎《ひとが》めなし。③好機逸すべからず。④善は急げ。⑤日日是《これ》好日。

思《おも》い半《なか》ばに過《す》ぐ　思過半矣，可想而知。

思《おも》いを包《つつ》むは罪深《つみふか》し　隱藏心事罪深，比喩最好毅然坦白說出來。

思《おも》うが仇《あだ》となる　好心不好報。

思《おも》う事言《ことい》わねば腹脹《はらふく》る　有事不講腹會脹，表示心中有事不吐不快。類言わねば腹脹る。

思《おも》う事叶《ことかな》わねばこそ憂世《うきよ》なれ　世上的事情總是不能稱心如願的。

思《おも》う事一《ことひと》つ叶《かな》えばまた一《ひと》つ　一個願望如願以償了，會再生出其他的願望，人的欲望是難於滿足的。

思《おも》うたり、したりはできぬ　思與行不能同時並存。不實行時的遁辭。

思《おも》う中《なか》に公事《くじ》さすな　至親好友之間不可打官司。不管關係多麼好的人，一打官司就會變成敵人。

思《おも》う中《なか》には垣《かき》をせよ　親密的人們之間也要保持一定的禮貌。類 親しき中に礼儀あり。

思《おも》うに別《わか》れて思《おも》わぬに添《そ》う　男女的姻緣總是難以如願以償。同相愛的人分手，同不相愛的人結合。類 思うに添わで思わぬに添う。

思《おも》う念力岩《ねんりきいわ》をも通《とお》す　精誠一到，金石爲開。類 ①石に立つ矢。②思えば徹る。③一心岩をも通す。

思《おも》えば思《おも》わるる　你爲人，人也爲你。好心必有好報。類 情は人の爲ならず。

思《おも》うようなら子《こ》と三人《さんにん》　如能照自己心願那樣，自己夫婦加上一個兒子共三人最好。類 死ならぬものなら子一人。

表《おもて》木綿《もめん》の裏甲斐絹《うらかいきぬ》　外面是木棉，裏面是絹綢，表示暗地裏過奢侈的生活，表面裝着樸素。

表《おもて》を見《み》て裏《うら》を見《み》ず　只看外表不看裏面。表示判斷會錯。

重荷《おもに》に小《こ》づけ　重的行李之上再加上小行李，比喻重担上又加負担。百上加斤。

親思《おやおも》う心《こころ》にまさる親心《おやごころ》　父母疼愛子女勝過子女想念父母。

親《おや》が親《おや》なら子《こ》も子《こ》　有其父必有其子。類 ①親も親なり子も子なり。②親に似ぬ子なし。反 親は親子は子。

親《おや》が死《し》んでも食休《じきやす》み　父母死了也要飯後的休息，表示飯後的休息很重要。類 ①親が死んでも子は食休み。②せがれ死んでも今一服。③隣は火事でも先《ま》ず一服。

親子《おやこ》の中《なか》でも金銭《きんせん》は他人《たにん》　父子之間金錢也是如他人一樣的關係。類 ①金に親子はない。②金は親子も他人。③金は他人。④銭金は親子でも他人。⑤銭金には親子がない。⑥貸借りは他人。⑦金銭は親子も他人。

親孝行《おやこうこう》と火《ひ》の用心《ようじん》は灰《はい》にならぬ前《まえ》　孝順父母和小心防火要在未變灰之前，表示孝順父母要在父母在世時，死去了什麼也沒有用。類 ①孝行のしたい時には親はなし。②石に蒲団は着せられぬ。

親子《おやこ》は三界《さんがい》の首枷《くびかせ》　子女爲父母的永遠的煩累。

親擦《おやず》れより友擦《ともず》れ　朋友的壞影響比父母的壞影響大。類 善悪は友による。

親《おや》と子供《こども》は銭金《ぜにかね》で買《か》われぬ　父母和子女的親情不能用錢買到。類 ①親の掛替えはない。②子に過ぎたる宝なし。

親《おや》と月夜《つきよ》はいつもよい　父母和月夜什麼時候都是好的。

親《おや》に似《に》た蛙《かえる》の子《こ》　像父母那樣沒有長處的子女。類 親も嘉《か》兵衛《へえ》子も嘉《か》兵衛《へえ》。

親《おや》に似《に》ぬ子《こ》は鬼子《おにご》　不像父母的子女是鬼的孩子，表示子女沒有不像父母的。類 ①親に似ぬ子は芋の子。②親に似ぬ子は島流し。③蛙の子は蛙。④親に似ぬ子は茗荷《みょうが》の子。反 子は生むも心までは生まぬ。

親《おや》に目無《めな》し　父母看不見子女的缺點，孩子是自己的好。類 ①親の目はひいき目。②我が子の悪事は見えぬ。③親の欲目。④自分の子には目口が明かぬ。反 子を視《み》ること親に如《し》かず。

親《おや》の甘茶《あまちゃ》が毒《どく》となる　父母的甜茶是毒，表示父母溺愛子女，對子女的將來不好。

親《おや》の意見《いけん》と茄子《なすび》の花《はな》は千《せん》に一《ひと》つも仇《あだ》はない　茄子的花千中也沒有一個不結實的花，父母的意見也是沒有空話。類 親の意見と茄子のむだ花。

親《おや》の意見《いけん》と冷酒《ひやざけ》は後《あと》できく　父母的意見和冷酒以後會發生效力。類 冷酒と親の意見は後薬。

親《おや》の意見《いけん》より無《な》い意見《いけん》　無錢是比父母的意見更有力的意見。類 無いが意見の総じまい。

親《おや》の因果《いんが》が子《こ》に報《むく》う　父母所作的壞事會報應在其孩子身上。類 ①親の罰は子に当たる。②親の善悪子に報う。反 親の光は七光。

親《おや》の恩《おん》は子《こ》で送《おく》る　用養子女來報父母恩。類 ①親の恩は次第送り。②親の思いは子に送る。

親《おや》の恩《おん》より義理《ぎり》の恩《おん》　報施恩於己的恩先於報父母恩。

親《おや》の心子《こころこ》知らず　子女不知父母心。

親《おや》の慈悲心《じひしん》、子故《こゆえ》の闇《やみ》　父母爲了對孩子的愛而走入歧途。

親《おや》の十七子《じゅうしちこ》は知《し》らぬ　子女不知父母的年輕時的醜事。由於父母都不話當年自己的醜事，所以子女就不知。類姑《しゅうとめ》の十七見た者がない。

親《おや》の脛《すね》を噛《か》じる　子女還不能獨立生活，靠父母養活。

親《おや》の恥《はじ》は子《こ》の恥《はじ》、子《こ》の恥《はじ》は親《おや》の恥《はじ》　父母之恥爲子女之恥，子女之恥爲父母之恥。表示父母子女爲一體，有關其名譽是共同的責任。

親《おや》の罰《ばち》と小糠《こぬか》雨《あめ》は当《あ》るが知《し》れぬ　像細如牛毛的雨看來是沒有被淋到，其實是會濕的，不孝的報應也是如此，總會有一天受到報應。類親の罰と糠雨は当らぬようで当る。

親《おや》の光《ひかり》は七光《ななひか》り　父母的威力大，子女可以依仗父母的財產和地位得到好處。類親の光は七とこ照らす。反親の因果が子に報う。

親《おや》の目《め》はひいき目《め》　父母看自己的子女，什麼都好。類①親の欲目。②親に目無し。

親《おや》の欲目《よくめ》　孩子是自己的好，父母都過高地評價自己的孩子。

親《おや》は親《おや》子《こ》は子《こ》　父母是父母，子女是子女，子女不一定像父母。類形は生めども心は生まず。

親《おや》は苦《く》をする、子《こ》は楽《らく》をする、孫《まご》は乞食《こじき》する　父母辛苦，子女享福，孫做乞丐。

親《おや》馬鹿《ばか》　父母因溺愛子女而愚蠢不明。類①親馬鹿子馬鹿。②親のひいき目。③親の欲目。④馬鹿を見たくば親を見よ。

親《おや》は千里《せんり》に行《い》くとも子《こ》を忘《わす》れず　父母去千里遠的地方也不忘子女。類焼野のきぎし夜の鶴。

親《おや》なくとも子《こ》は育《そだ》つ　沒有父母，死了父母，子女也會長大成人。類①藪《やぶ》の外《なか》でも若竹育つ。②渡る世間に鬼はなし。

親《おや》は木綿《もめん》着《き》る子《こ》は錦《にしき》着《き》る　父母穿棉布衣，子女穿織錦做的衣服，比喻父母勤勞節儉，而子女不知辛苦而享受。

親《おや》まさりのたけのこ　竹筍好吃，喻子女勝過父母。

親《おや》見《み》たけりゃ子《こ》を見《み》ろ　見其子知其父。

親《おや》ほど親思《おやおも》え　子女要如父母愛他那樣愛其父母。

お山《やま》の大将俺一人《たいしょうおれひとり》　小人得志。

親《おや》を尋《たず》ねる子《こ》は稀《まね》な　遠道尋親的子女不多。

泳《およ》ぎ上手《じょうず》は川《かわ》で死《し》ぬ　善游者死於河。淹死的還是會游泳的。類①河童《かっぱ》の川流れ。②

木登りは木で果てる。

及《およ》ばざるはそしる　不如於人者好誹謗。

及《およ》ばぬ鯉《こい》の滝《たき》のぼり　比喩不管如何努力都無法達到。

及《およ》ばざる猶《なお》過《す》ぎたるに勝《まさ》れり　過猶不及。不足勝過分。不及勝過。

折紙《おりがみ》つき　保證正確無誤。證明品質好、有信用的東西。類①折紙を付ける。②太鼓判を捺《お》す。

愚《おろ》か者《もの》に福《ふく》あり　愚者有福。類果報はたわけにつく。

負《お》わず借《か》らず子三人《こさんにん》　不負人、不舉債、子三個就是幸福。類①足らず余らず子三人。②三人子持ちは笑って暮らす。

終《おわり》を慎《つつし》むこと始《はじめ》の如《ごと》くなれば則《すなわ》ち敗事《はいじ》なし　慎終如始則不敗事。

お椀《わん》を持《も》たぬ乞食《こじき》はない　沒有不拿碗的乞丐，喻無論如何一定要準備必需的工具。

尾《お》を揺《うご》かして憐《あわれ》みを乞《こ》う　搖尾乞憐。

尾《お》を振《ふ》る犬《いぬ》は叩《たた》かれず　搖尾的狗不會被人打，喻對溫順的人不會加以厲害看。類①尾を振る犬は打つ手なし。②怒れる拳《こぶし》笑顔に当たらず。③袖の下へ回る子は打たれぬ。

尾《お》を振《ふ》る犬《いぬ》も噛《か》むことあり　擺尾的狗也會咬人，喻平時溫和的人有時也會攻擊人。

穏座《おんざ》のはつもの　時節將過的蔬菜和水果如初出時珍貴。

恩知《おんし》らずは乞食《こじき》の相《そう》　受恩不報者乞丐相，表示受恩不報的人不會發跡。

女《おんな》心《ごころ》と秋《あき》の空《そら》　女人的心和秋天的天空一樣善變。類女の心は猫の眼。反男心と秋の空。

女賢《おんなさか》しくて牛売《うしう》り損《そこな》う　女人聰明反而往往失敗。表示女人的聰明往往只看到眼前之利，不顧大局而失敗。類①女の賢いのと東の空明りとは当てにならぬ。②女の発明で牛の値が下がる。③女が口を叩けば牛の値が下がる。④女の知恵は鼻の先。⑤女の知恵は後へまわる。⑥女の猿知恵。⑦女の利口より男の馬鹿。⑧女の知恵はその場限り。

女三界《おんなさんがい》に家《いえ》なし　女子沒有永遠的家。類①女に家なし。②女に定まる家なし。③女は百まで家もたず。

女三人《おんなさんにん》あれば身代《しんだい》が潰《つぶ》れる　有女兒三個會破產。類①娘三人持てば身代潰す。②女の子三人あれば囲炉裏《いろり》の灰もなくなる。反娘三人は一身代。

女三人寄《おんなさんにんよ》れば姦《かしま》し　女人愛講話多嘴，三個女人在一起會很吵。三個老太婆抵一面鑼。
類①女三人寄れば市をなす。②女三人寄れば囲炉裏《いろり》の灰飛ぶ。③女三人寄れば富士の山でも言いくずす。④女三人寄れば着物の噂《うわさ》する。

女《おんな》と坊主《ぼうず》に余《あま》り物《もの》がない　女子和和尚沒有無用的，不會有剩餘，表示女人不管多醜都可以找到對象。類①破鍋《われなべ》にとじ蓋《ぶた》。②ねじれ釜にねじれ蓋。③女に捨てものなし。

女《おんな》ならでは夜《よ》が明《あ》けぬ　有了女色就會使氣氛活躍起來。

女《おんな》の一念岩《いちねんいわ》をも透《とお》す　女人之至誠可以穿石。表示女人的決心堅定。類女の一念岩をも透す男の一念寝間に糞垂れる。

女《おんな》の髪《かみ》の毛《け》には大象《たいぞう》もつながる　女人頭髮可以拴大象，比喩英雄難過美人關。類女の髪の毛一本千人の男つなぐ。

女《おんな》の心《こころ》は猫《ねこ》の眼《め》　女人的心如猫眼善變。類①女心と秋の空。②女心は四月の空の如し。類男心と秋の空。

女《おんな》の智恵《ちえ》は鼻《はな》のさき　女人的智慧只重眼前事，不考慮將來之事。類①女の鼻の先思案。②女の利発牛の一散。③女は鼻の先。④女の知恵は後へまわる。⑤女の利口より男の馬鹿。

女《おんな》は氏《うじ》無《の》うて玉《たま》の輿《こし》に乗《の》る　女人出身不好，也可以成爲貴婦。

女《おんな》は己《おのれ》を悦《よろこ》ぶ者《もの》の爲《ため》に容《かたち》づくる　女爲悦己者容。

女《おんな》は嫉妬《しっと》に大事《だいじ》をもらす　女人因嫉妬而洩露大事。

女《おんな》は化物《ばけもの》　女人是魔鬼。類女は魔物。

恩《おん》の腹《はら》は切《き》らねど情《なさけ》の腰《こし》は切《き》る　人往往不會爲報恩而切腹，但爲情而犧牲生命。

恩甚《おんはなはだ》しければ怨生《うらみしょう》ず　恩甚而生怨。類愛多ければ則ち憎しみ至る。

恩報《おんほう》じは出世《しゅっせい》の相《そう》　知恩報恩者發跡之相，知恩報恩的人一定會發跡。反恩知らずは乞食の相。

隠密《おんみつ》の沙汰《さた》は高《たか》く言《い》え　秘密要大聲講。表示大聲講反而不引起人注意，因此不會洩露出去。

陰陽師《おんようじ》の門《もん》に蓬絶《よもぎた》えず　算命先生的門前生雜草。表示什麼事都不能做，因爲今天是凶日，明天又是忌諱，所以無法除草。

陰陽師《おんようじ》身《み》の上知《うえし》らず　算命先生不知自己事。

恩《おん》を仇《あだ》で返《かえ》す　恩將仇報。類①恩を仇。②陰にいて枝を折る。③情が仇。④飼犬に手を噛《か》まれる。⑤愛犬に手を噛まれる。反恩を以て怨みに報ず。

恩《おん》を以《もっ》て怨《うら》みに報《ほう》ず　以恩報怨。類①怨みに報ずるに徳を以てす。②徳を以て怨みに報ゆ。

恩《おん》を知《し》る者《もの》は少《すくな》く恩《おん》をきる者《もの》は多《おお》し　受恩者多，感恩者少。表示忘恩負義者多。

か

飼犬《かいいぬ》に手《て》を噛《か》まれる　被自己飼養的狗所咬。養虎被虎傷。比喩被受自己平常照顧的人所害。類①飼犬に足を食われる。②飼い飼う犬に手を噛まれる。③庇《ひさし》を貸《か》して母屋を取られる。④後足で砂をかける。反犬は三日飼えば三年恩を忘れぬ。

貝殻《かいがら》で海《うみ》を測《はか》る　以貝殻測海。以蠡測海。類①貝殻で海を干す。②大海を貝殻でかえ干す。③大海を耳掻《みみか》きではかる。④蛤《はまぐり》で海をかえる。⑤蜆《しじみ》で海をかえる。⑥管を以て天を窺《うかが》う。⑦葦の髄から天井覗《のぞ》く。⑧針を以て地を刺す。

会稽《かいけい》の恥《はじ》　會稽之恥。戰敗之恥。

解語《かいご》の花《はな》　解語花。美人。

蚕《かいこ》を拾《ひろ》い鰻《うなぎ》を握《にぎ》る　撿蠶虫抓鰻魚，表示利之所在不能選肥揀瘦。

鎧袖一触《がいしゅういっしょく》　一個照面輕而易擧地打敗敵人，表示敵人很弱。

海賊《かいぞく》が山賊《さんぞく》の罪《つみ》をあげる　海賊擧山賊之罪。表示海賊和山賊雖然同是賊，但利害不同而成敵人。類山賊の罪を海賊があげる。

咳唾珠《がいだたま》を成《な》す　咳唾成珠，表示富於詩文之才，出口成章。

書《か》いた物《もの》が物《もの》を言《い》う　口說無憑，立書爲證。類①証文が物言う。②死人でも書いた物を言う。

海中《かいちゅう》より盃中《はいちゅう》に溺死《できし》する者多《ものおお》し　死於酒中多於死在海中。

快刀乱麻《かいとうらんま》を断《た》つ　快刀斬亂麻。

櫂《かい》は三年《さんねん》、櫓《ろ》は三月《みつき》　學用槳要三年，學搖櫓要三月。類棹《さお》は三年櫓《ろ》は三月。

隗《かい》より始《はじ》めよ　招攬人材就近請。做事就近開始。凡事由自己開始。類死馬の骨を買う。

階《かい》をすてて天《てん》に登《のぼ》る　捨梯登天。喻不可能之事。

替着《かえぎ》なしの晴着《はれぎ》なし　沒有替換的美麗衣服，平常穿着漂亮，但只有這一套的衣服。類 常上着の晴着なし。

帰《かえ》り新参《しんざん》　離去的人又回到原來的地方。

顧《かえり》みて他《た》を言《い》う　顧而言他。顧左右而言他。類 左右を顧みて他を言う。

蛙《かえる》が地《ち》ぎわで越年《えつねん》するときは冬暖《ふゆあたた》かい　青蛙在淺處越冬，今冬會暖和。

蛙《かえる》におんばこ　比喻藥非常有效。

蛙《かえる》に水《みず》かけ、石《いし》に灸《きゅう》すえる　向青蛙撩水、向石頭施灸術。喻沒有感覺。毫不介意。

蛙《かえる》の願立《がんだ》て　指只看前不顧後的人、只想賺錢沒有想到會賠本的人。類 蛙の立願。

蛙《かえる》の行列《ぎょうれつ》　青蛙的隊伍，比喻顧前不顧後的人輩。因爲青蛙用後脚站起來，眼睛就向後，看不到前面，所以用來形容顧前不顧後的人們。

蛙《かえる》の子《こ》は蛙《かえる》　青蛙之子是青蛙。龍生龍，鳳生鳳，老鼠生兒會打洞。苦瓜藤上生苦瓜。類 ①乞食の子は乞食で終る。②狐の子は面白。③炭の袋から白い粉はでられぬ。

蛙《かえる》の面《つら》に水《みず》　青蛙面上的水，比喻毫不介意、毫不在乎。類 ①鹿の角に蜂《はち》。②石に灸。③馬の耳に念仏。

蛙《かえる》の頰冠《ほおかむ》り　包住青蛙的面頰，比喻看不見眼前的東西。頰冠《ほおかむ》りは用手巾包住頭臉而露出眼睛，但青蛙如這樣包法，因眼睛的位置和人類不同，所以就會看不到眼前的東西。

蛙《かえる》は口《くち》から吞《の》まる　禍從口出。青蛙由於咔哇叫才被蛇知其所在而被吞。類 ①蛙は口から蛇に吞まれる。②蛙《かわず》は口ゆえ蛇に吞まる。③雉子《きじ》も啼かずば射たれまい。

顔《かお》に泥《どろ》を塗《ぬ》る　以泥塗臉，比喻丟臉。類 ①顔を汚す。②顔をつぶす。

顔《かお》に似《に》ぬ心《こころ》　與臉不相似的心，貌和心不一致，有的人貌美心黑，有的貌醜心善。類 ①顔と心は裏表。②心は顔に似ぬもの。③外面如菩薩《げめんにょぼさつ》内心如夜叉《ないしんにょやしゃ》。

河海《かかい》は細流《さいりゅう》を択《えら》ばず　河海不擇細流，比喻度量大而寛。類 大海は芥《あくた》を択ばず。

下学《かがく》して上達《じょうたつ》す　下學上達。類 下学の功。

案山子《かがし》にものをいうよう　如對稻草人說話，比喻講不通。

踵《かかと》で頭痛《ずつう》を病《や》む 本末倒置。

鏡《かがみ》は女《おんな》の魂《たましい》 鏡子是女人的靈魂。類 ①鏡がくもると魂がくもる。②鏡と操は女の持つもの。

鏡《かがみ》は災難《さいなん》を払《はら》う 鏡子可以驅災，表示照鏡反省自己可以避禍。類 鏡がくもると魂がくもる。

かかり者《もの》末《すえ》遂《と》げず 依賴他人的人沒有好結果。

懸《か》かるも引《ひ》くも折《おり》による 攻防必須看時機而定。事物的進退都有其時機。

河漢《かかん》の言《げん》 河漢斯言。不着邊際的話，話誇大而不能置信。

垣堅《かきかた》くして犬《いぬ》入《い》らず 圍牆堅固，狗跑不進來，表示家庭美滿，就不會受到外面的妨礙。

餓鬼《がき》に苧殻《おがら》 餓鬼揮麻稈，比喩完全不可靠。

垣《かき》に耳《みみ》あり 牆有耳。

垣根《かきね》と諍《いさか》いは一人《ひとり》でならぬ 圍籬笆和爭吵一個人做不了，必須有對手。類 公事と垣とは一人じゃゆえぬ。

垣根《かきね》の筍《たけのこ》は出《で》ると取《と》られる 籬笆的竹筍一生出就會被割掉，比喩一賭錢就會輸，錢被拿掉。

鍵《かぎ》の孔《あな》から天《てん》を覗《のぞ》く 從鎖孔觀天。坐井觀天。以管窺天。類 ①針の穴から天上覗く。②管を以て天を窺《うかが》う。③井に坐して天を観《み》る。④竹の管から天を覗く。

餓鬼《がき》の断食《だんじき》 餓鬼絶食，表示做表面功夫的僞善行爲。類 ①河童《かっぱ》の寒稽古《かんげいこ》。②乞食の断食悪女の賢者振り。

餓鬼《がき》の花争《はなあらそ》い 餓鬼爭花。餓鬼需要的是食品，而爭些無用的花，表示窮人餓着肚皮玩些無用的玩意兒。類 餓鬼の花あそび。

餓鬼《がき》の目《め》に水《みず》見《み》えず 餓鬼看不到水，因爲餓鬼飢渴，反而會看不到水。比喩焦急時反而看不到身邊所要的東西。類 ①餓鬼の目水。②魚の目に水見えず。③凝って思案に能《あた》わず。④凝っては思案に余る。

餓鬼《がき》も人数《にんずう》 弱小者人一多就有力量。類 ①餓鬼も千人。②子供でも数のうち。③枯木も山の賑《にぎわ》い。

蝸牛角上《かぎゅうかくじょう》の争《あらそ》い 蝸牛角上爭。蝸牛角上的爭吵，比喩無聊之爭。

河魚《かぎょ》の疾《やまい》 河魚腹疾，指腹病。

学者《がくしゃ》おにを恐《おそ》れる 爲無聊的事情辛苦。

学者《がくしゃ》の取《と》った天下《てんか》なし　沒有學者取得的天下，表示學者沒有實際的政治經驗。秀才造反三年不成。

学者《がくしゃ》の不身持《ふみも》ち　精通學問的人説得頭頭是道，做起來一竅不通。表示只說得好聽而不去做。類①坊主の不信心。②学者不行儀。③医者の不養生。④神道者の不正直。

学者貧乏《がくしゃびんぼう》　學者多貧窮，不會賺錢。類①学者と役者は貧乏。②軍者ひだるし儒者寒し。

学者《がくしゃ》むしゃくしゃ　學者多數是嚴肅難於親近的人。

角《かく》じゃ世間《せけん》が渡《わた》られぬ　有稜角在社會上吃不開。常常和人發生衝突，處世就難。

隠《かく》すことは現《あらわ》る　隱藏的事情會暴露。越掩蓋越容易洩露出去。欲蓋彌彰。類①隠れたるより現るるはなし。②隠す事は知れ易し。③隠すより現る。④隠していよいよ現れる。⑤隠す事千里。⑥隠すほど現る。

学《がく》に老若《ろうじゃく》の別《べつ》なし　學無老幼之別。

学問《がくもん》に近道《ちかみち》なし　學問沒有捷徑。類 学問に王道なし。

楽屋《がくや》から火《ひ》を出《だ》す　自找的災禍。內部起糾紛。

楽屋《がくや》で声《こえ》を嗄《か》らす　在後台把嗓子唱嘶啞，表示勞而無功，費力不討好。類①縁の下の力持ち。②陰の舞の奉公。③骨折り損の草臥儲《くたびれもう》け。

家鶏《かけい》を嫌《きら》い野鶏《やけい》を愛《あい》す　不愛家鷄愛野鷄。家花不比野花香。類 遠きは花の香。

駈《か》け馬《うま》に鞭《むち》　鞭打奔馬。快馬加鞭。比喻使強者更強。類①行く馬に鞭。②虎に翼。③鬼に鉄棒。④火に油を注ぐ。⑤吠える犬にけしかける。

馳《か》けつけ三杯《さんばい》　對宴會遲到的人罰喝三杯酒。類 遅れ三杯。

陰《かげ》では殿《との》の事《こと》を言《い》う　誰都會在背後受到中傷、受到人家的閒話。類①陰では御所内裏のこともいう。②下種《げす》の口に戸は立てられぬ。

陰《かげ》に居《い》て枝《えだ》を折《お》る　以仇報恩。類①恩を仇で返す。②情が仇。

影《かげ》にはじず　單獨一個人時也不做表裏不一致的行爲。

書《か》けぬ者《もの》理《り》に疎《うと》し　不識字的人不明道理。

影《かげ》の形《かたち》に随《したが》うが如《ごと》し　如影隨形。類①形影相従う。②影の如くつきまとう。③影身に添う。

陰《かげ》の舞《まい》の奉公《ほうこう》　徒勞無功。

陽炎《かげろう》稲妻《いなづま》水《みず》の月《つき》　游絲、閃電、水中月，無法捉摸的東西。

駕籠《かご》舁《かつ》ぎ駕籠《かご》に乗《の》らず　抬轎的不坐轎，比喩盡爲他人做事，無閒顧到自己。類 ①髮結の乱れ髮。②髮結髮結わず。③紺屋《こうや》の白袴《しろばかま》。④餅屋餅食わず。

籠《かご》で水《みず》汲《く》む　竹籃打水。比喩徒勞無功。類 ①笊《ざる》に水。②味噌《みそ》濾《こし》で水を掬《すく》う。

駕籠《かご》に乗《の》る人《ひと》舁《かつ》ぐ人《ひと》　有人坐轎，有人抬轎。人家騎馬我騎驢，回頭還看推車漢。類 車に乗る人乗せる人そのまた草鞋《わらじ》を作る人。

籠《かご》の鳥《とり》　籠中鳥，比喩失去自由。

籠《かご》の鳥《とり》雲《くも》を慕《した》う　籠中鳥羨慕天空的雲，比喩失去自由的人羨慕自由。類 籠鳥《ろうちょう》雲を恋う。

籠耳《かごみみ》の持《も》ち溜《だめ》なし　聽什麼都會很快忘記。

がさつは臆病《おくびょう》の花《はな》　粗野是膽小之花，膽小的人往往是粗暴者。

瘡《かさ》としらみは隠《かく》すとふえる　梅毒和虱子愈隱藏愈多。

傘《かさ》と提燈《ちょうちん》は早《はや》く返《かえ》せ　雨傘和燈籠必須儘快歸還。

傘《かさ》と提燈《ちょうちん》は戻《もど》らぬつもりで貸《か》せ　借出雨傘和燈籠時要預計它不會回來。類 本とお金は戻らぬつもりで貸せ。

貸《か》さぬ恨《うら》みは乞《こ》う程《ほど》になし　不借的懷恨沒有不給的懷恨那樣強。

重《かさ》ねておいて四《よ》つにする　親夫制裁奸夫和妻子。

傘屋《かさや》の小僧《こぞう》　賣力不討好而被罵。

火事《かじ》あとの釘拾《くぎひろ》い　火災後揀釘子，比喩受大損失之後，儘管節約一些也沒有多大的幫助。大浪費之後的小節儉，不濟事。

火事《かじ》あとの火《ひ》の用心《ようじん》　火災後才小心火災。比喩時機已晚，不合時宜，賊過興兵。類 ①焼けた後の火の用心。②生まれた後の早め薬。③盗《と》られた後の戸締り。④葬礼すんでの医者話。⑤燃えついてからの火祈禱《ひぎとう》。⑥喧嘩過ぎての棒乳切《ぼうちぎり》。

貸借《かしかり》は他人《たにん》　借貸的金錢關係連親友都是如他人一樣，無情可講。

貸《か》した物《もの》は忘《わす》れぬが借《か》りた物《もの》は忘《わす》れる　借出去的東西不會忘記，但借人家的東西會忘記。類 貸し物おぼえの借り物忘れ。

華実相称《かじつあいとな》う　言行一致。

樫《かし》の実《み》の一人子《ひとりご》　獨子。

火事《かじ》は治世《ちせい》の乱《らん》　火災是治世之亂。

火事場泥棒《かじばどろぼう》　趁火打劫的人。趁亂取得自己利益的人。

鹿島立《かしまだ》ち　出外旅行。

家書万金《かしょばんきん》に抵《あた》る　家書抵萬金。

頭《かしら》が動《うご》かねば尾《お》が動《うご》かぬ　頭不動尾就不動。表示上面的人不動，下面的人也不會動。類①頭が動けば尾も動く。②頭が回らにゃ尾も回らぬ。

歌人《かじん》は居《い》ながらにして名所《めいしょ》を知《し》る　歌人詠和歌時雖不去當地也知道名勝。

歌人《かじん》は貴《たっと》からずして高位《こうい》に交《まじ》わる　詠和歌的詩人地位雖低而同上層人士交遊。

鎹思案《かすがいじあん》　兩邊都不錯，脚踏兩條船。

粕《かす》から焼酎《しょうちゅう》　從酒糟升到燒酒，表示酒量的增大。

霞《かすみ》に千鳥《ちどり》　霞與千鳥，比喩不相稱，或不可能。霞是春天的自然現象，千鳥多天飛來的候鳥。

霞《かすみ》を隔《へだ》てて花《はな》を見《み》る　隔霞看花，表示模糊不清，難於分別。

数《かず》をいうまい羽織《はおり》の紐《ひも》　不要多嘴，多言多敗。類①数を言えば屑《くず》を言う。②口は禍《わざわ》いの門。

苛政《かせい》は虎《とら》よりも猛《たけ》し　苛政猛於虎。

河清《かせい》を俟《ま》つ　等黃河水清。河清難俟。喩沒有希望，不可靠。時間太長，無法等待。

稼《かせ》がばお江戸《えど》　要做生意還是東京好。

稼《かせ》ぎ男《おとこ》にくり女《おんな》　男人掙錢，女人精打細算，這是一對理想的夫婦。

稼《かせ》ぐに追《お》い付《つ》く貧乏《びんぼう》なし　拼命掙錢不會貧窮。類①稼げば身立つ。②辛抱に追い付く貧乏なし。③精出せば凍る間もなし水車。④勤勉は幸福の母なり。⑤鍬《くわ》をかたげた乞食は来ない。反稼ぐに追い抜く貧乏神。

稼《かせ》ぐに追《お》い抜《ぬ》く貧乏神《びんぼうがみ》　不論怎麼拼命工作都無法擺脫貧窮。類稼ぐに追い付く貧乏神。

風《かぜ》に順《したが》いて呼《よ》ぶ　順風而呼。比喩借他力來做事。類 得手に帆を上げる。

風《かぜ》に繫《つな》ぎ影《かげ》を捕《とら》う　繫風捕影，捕風捉影。

風《かぜ》に柳《やなぎ》　如風吹柳，不拂逆，順從之。逆來順受，巧妙地應付過去。

風邪《かぜ》の神《かみ》は膳《ぜん》の下《した》へ隠《かく》れている　感冒之神躲在食案的下面，表示感冒時多吃東西有益。

風《かぜ》の前《まえ》の塵《ちり》　風前之塵，喩脆而短暫。類 ①風吹く塵。②風の塵。③風前の燈火《ともしび》。④風待つ露。⑤風の前の雲。

風《かぜ》は吹《ふ》けども山《やま》は動《どう》ぜず　風吹山不動，表示不受周圍環境的影響，堅持下去。類 風は吹けども山は動かず。

風邪《かぜ》は万病《まんびょう》のもと　感冒爲萬病之源。類 ①風邪は百病のもと。②千里の堤も蟻《あり》の穴《あな》から。

風《かぜ》吹《ふ》かぬ間《ま》の花《はな》　無風時所開的花，風一來就會被吹落，比喩不久就會破滅的榮華富貴。類 風前の栄華。

風《かぜ》吹《ふ》きに灰《はい》を撒《ま》くよう　如吹風時撒灰，浪費地一擲千金。類 大風に灰をまく。

風《かぜ》待《ま》つの露《つゆ》　等風的露，喩無常的命運。類 風の前の塵。

風《かぜ》見《み》て帆《ほ》を使《つか》え　見風使帆。見風使舵。看風使幌。

風《かぜ》を喰《く》らう　逃亡，遠走高飛。聞風而逃。

風《かぜ》を結《むす》ぶ　繫風，比喩無從着手。不着邊際。類 ①風を掴む。②雲をつかむ。

肩《かた》あれば着《き》る　有肩就有衣穿，表示不必太担心不能生活。類 口あれば食って通る肩あれば着て通る。

堅《かた》い石《いし》から火《ひ》が出《で》る　硬石出火，表示平時謹嚴的人有時也會做出大膽的行爲。

堅《かた》い木《き》は折《お》れやすい　堅木易斷。類 ①木強ければ則《すなわ》ち折る。②堅い木は折れる。③堅い物はわれる。④こわい物は折れやすい。⑤柳に雪折れなし。⑥柳に風折れなし。

堅《かた》い物《もの》は箸《はし》ばかり　嬌生慣養。類 ①重いものは箸ばかり。②箸より重いものは持ったことがない。③あげ膳すえ膳。

堅《かた》い歯《は》は折《お》れても柔《やわ》い舌《した》は折《お》れぬ　硬的牙齒會斷，但軟的舌頭不會斷，比喩剛硬的東西反而易斷。柔能克剛。類 柳に雪折れなし。

肩入《かたい》れ馬鹿《ばか》　太過袒護就會愚蠢透頂。

仇《かたき》の家《いえ》でも口《くち》を濡《ぬ》らせ　在仇人的家裏也要潤潤口吃他的東西。比喻有利益不必意氣用事。不可以讓機會跑掉。類仇の家へ行っても口を濡らさずに帰るな。

仇《かたき》の金《かね》でもあれば使《つか》う　人一無錢連仇人的錢都會拿來用。表示人一窮會做出不顧後果之事。類貧すれば鈍する。

仇《かたき》の前《まえ》より借金《しやっきん》の前《まえ》　在仇人面前好過在債主的面前，表示在債主的面前抬不起頭來，借債是一件痛苦之事。類仇の前は通れるが借金の前は通れぬ。

片口《かたくち》きいて公事《くじ》をわくるな　要裁決訴訟不可聽一面之辭。類①片口きいて理がしれぬ。②片口きいて下知をすな。③両方聞いて下知をなせ。④一方きいて下知をすな。

形《かたち》直《なお》くして影《かげ》曲《まが》らず　形直影就不彎。表示正直的人對周圍的人有良好的影響。

形《かたち》は生《う》めども心《こころ》は生まぬ　孩子的身體可以生出來，但其心無法生出來。表示子女的聰明、愚笨、善惡不是由於父母的原因。類親は親子は子。

形《かたち》は槁木《こうぼく》の如《ごと》く心《こころ》は死灰《しかい》の如《ごと》し　形如槁木，心如死灰。

蝸牛《かたつむり》も一家《いっか》の主《あるじ》　蝸牛也是一家之主。

片手《かたて》で錐《きり》は揉《も》まれぬ　單手無法搓捻木鑽。孤掌難鳴。比喻不同心協力無法成功。類①三人寄れば文珠の知恵。②片手で柏手《かしわで》は打てぬ。

刀《かたな》折《お》れ矢《や》尽《つ》きる　刀斷箭盡。比喻力盡無法再戰。類弓折れ矢尽く。

刀《かたな》は武士《ぶし》の魂《たましい》、鏡《かがみ》は女《おんな》の魂《たましい》　刀是武士之靈魂，鏡子是女子的靈魂。類①刀は男の魂。②大小は武士の魂。

形見《かたみ》は思《おも》いの種《たね》　遺物是引起懷念的東西。睹物思人。

片端《かたわ》な子《こ》ほど可愛《かわい》い　父母較疼愛身殘的孩子。類①片端な子が可愛い。②鈍な子は可愛い。③はずれっ子ほど可愛い。④不孝な子が可愛い。

肩《かた》をぬく　逃避自己所担任的工作。與…斷絕關係。

旁《かたわ》に人《ひと》なきが如《ごと》し　旁若無人。

火中《かちゅう》の栗《くり》を拾《ひろ》う　火中取栗。類手を出して火傷《やけど》する。

かつえて死《し》ぬば一人《ひとり》、飲《の》んで死《し》ぬ千人《せんにん》　餓死者一個人，飲酒而死者千人，表示飲酒致死者相當多。

鰹節《かつおぶし》と砥石《といし》の借《かり》入《い》れはない　柴魚和磨刀石沒有所謂借，因爲其兩種東西一用就會減少，說是借，其實是要。

鰹節《かつおぶし》を猫《ねこ》に預《あず》ける　將柴魚托貓代管，比喻明知故犯，使事物損失。

勝《か》つことより負《ま》けぬことを考《かんが》えよ　要首先考慮輸，然後再想贏。考慮了失敗的因素才能取勝。

渇《かつ》して井《いど》を穿《うが》つ　臨渴掘井。類 ①盗人を捕えて縄をなう。②飢に臨みて苗を植う。

渇《かつ》しても盗泉《とうせん》の水《みず》を飲《の》まず　渴而不飲盜泉之水，比喻不做不義不正當的行爲。類 ①鷹は死しても穂をつまず。②武士は食わねど高楊子。

癩者《かったい》の瘡《かさ》うらみ　痲瘋病者恨梅毒病者。比喻人的嫉妒心強。

勝《か》った自慢《じまん》は負《ま》けての後悔《こうかい》　勝而驕者在其失敗時會後悔其驕。類 勝って驕《おご》らず負けてくじけず。

がったり三両《さんりょう》　咕咚一聲就失三兩，表示不可亂動，一動就會損失。類 ①こっとり五百目。②触り三百。③触らぬ神に祟《たた》りなし。

勝《か》って兜《かぶと》の緒《お》を締《し》めよ　勝利了也要繫緊頭盔的帶子，比喩戰勝時也不可大意，要提高警惕，要戒驕戒躁。類 敵に勝ちて愈愈《いよいよ》戒《いまし》む。

河童《かっぱ》に塩《しお》を誂《あつら》える　向河鬼定鹽，表示估計錯，做錯。類 かわうそに塩を誂える。

河童《かっぱ》の川流《かわなが》れ　河水鬼有時會淹死在河裏。淹死會水的。類 ①泳ぎ上手は川で死ぬ。②千慮の一失。③猿も木から落ちる。④弘法にも筆の誤り。⑤釈《しゃ》迦《か》にも経の読み違い。

河童《かっぱ》の寒稽古《かんげいこ》　河水鬼的冬泳練習，表示要給對方苦頭吃，而對方不感到怎樣。類 ①屁の河童。②餓鬼の断食。

河童《かっぱ》も一度《いちど》は川流《かわなが》れ　善游的河水鬼也會有一次被水淹，表示凡事都是從不熟練開始的。類 てんから和尚《おしょう》はいない。

勝《か》つも負《ま》けるも時《とき》の運《うん》　勝敗由時運而定。類 ①負けるも勝つも運次第。②勝つも負けるも軍《いくさ》の習い。

勝《か》てば官軍《かんぐん》負《ま》ければ賊軍《ぞくぐん》　成者王，敗者賊。類 ①強い者勝ち。②泣く子と地頭には勝たれぬ。③力は正義。④無理が通れば道理引っ込む。⑤小股《こまた》取っても勝つが本。

我田引水《がでんいんすい》　引水我田，喻爲自己的方便。只爲自己打算。

糧《かて》を棄《す》て船《ふね》を沈《しず》む　棄糧沉船。破釜沉舟。比喩下決心，幹到底。

瓜田《かでん》に履《くつ》を納《い》れず　瓜田不納履。瓜田李下。類 ①疑いは言葉でとけぬ。②嫌疑には遠ざかれ。

河東《かとう》の獅子《しし》吼《く》　河東獅吼。比喩妬婦發怒。

臥榻《がとう》の側《そば》豈《あに》他人《たにん》の鼾睡《かんすい》を容《い》れんや　臥榻之側，豈容他人鼾睡。

門柱《かどばしら》を見《み》かけて物売《ものう》る　由門柱分別其貧富之後，才進去賣東西。喩事先進行調查之後才進行工作。

門松《かどまつ》は冥途《めいど》の旅《たび》の一里塚《いちりづか》　門松是死的里程碑。當人在新年樹立松樹時是愈來愈接近死期。表示歲月不留人。

門脇《かどわき》の姥《うば》にさえ用《よう》あれば笑顔《えがお》　不管是誰對人有所求時都是笑容滿臉。

家内喧嘩《かないげんか》は貧乏《びんぼう》の種蒔《たねま》き　家不和是播貧窮的種籽，表示家不和是貧窮之根。類 ①家內の不和は貧乏神の定宿。②夫婦喧嘩は貧乏の種蒔き。

鼎《かなえ》の軽重《けいちょう》を問《と》う　問鼎輕重，比喩覬覦帝位，或覬覦他人的地位。

かなえの中《なか》の一切《ひときれ》の肉《にく》　鼎中的一塊肉，表示以一概全。

鼎《かなえ》の沸《わ》くが如《ごと》し　如鼎沸，比喩爭鬥激烈，弄得亂七八糟。

鉄鎖《かなぐさり》も引《ひ》けば切《き》れる　鐵鎖鍊要拉也會斷，表示堅強的意志有時也不可靠。另外比喩世無難事。

悲《かな》しき時《とき》は身《み》一《ひと》つ　悲慘的時候只有自己一個人，表示當在貧窮落難時只有依靠自己，他人是不能依靠的。類 ①苦しい時は身一つ。②悲しい時は身一心。③悲しければ身一心。

金槌《かなづち》の川流《かわなが》れ　鎚子被河水沖走，鎚子沉水時鎚頭先沉在下面，表示抬不起頭來。類 ①鉄槌の川流れで浮ぶ瀬がない。②杭《くい》にかかった川流れのごみ。

金槌論《かなづちろん》　如鎚釘釘子重覆同一動作，表示重覆同一件事來論爭。

敵《かな》わぬ時《とき》には親《おや》を出《だ》せ　無法辯解時抬出父母出來。類 苦しい時には親を出せ。

かなわぬときの神《かみ》だのみ　困難時才拜神。平時不燒香，臨急抱佛脚。

蟹《かに》の念仏《ねんぶつ》　螃蟹的念佛，指在口中嘮叨不休。類 亀の看《かん》経《きん》。

蟹《かに》の横這《よこば》い　螃蟹的横行，比喩由外人看來不方便的，而本人是感到自由自在。類 猿の木登り蟹の横這い。

蟹《かに》は甲《こう》に似《に》せて穴《あな》を掘《ほ》る　螃蟹依其殼的大小挖洞，比喩人量力而作，人各有恰如其分的願望。類 ①根性に似せて家を作る。②一升枡《ます》に二升は入らぬ。③破鍋《われなべ》にとじ蓋《ぶた》。

鐘鋳《かねい》るまでの土鋳型《つちいがた》　鑄鐘前的土鑄模。表示目的未達到之前，只好使用不方便的東西和粗陋的東西。在鐘鑄成之後土鑄模就無用，但未鑄之前是重要的東西。類 鐘を鋳るまで泥鋳型。

金請《かねうけ》はするとも人請《ひとう》けはするな　可以做金錢的保證人，但不要做保人的保證人。類 借請人に立つとも人請人に立つな。

金《かね》があれば馬鹿《ばか》も旦那《だんな》　有了錢蠢人也是老爺。有錢王八大三輩。表示有了錢就會受到他人的奉承。類 ①金が言わせる旦那。②癩者《かったい》も金持ち。③金持ちは金の光で馬鹿も利口に見える。④金さえあれば行く先で旦那。⑤錢は馬鹿かくし。

金《かね》が敵《かたき》　金錢如敵人。表示掙錢難，金錢是禍源。類 ①金が敵の世の中。②金と女が敵。③銀《かね》は命の親命の敵。

金《かね》が金《かね》を儲《もう》ける　錢會生錢。類 ①金が金を呼ぶ。②金が金をつくる。③金が共寄りする。④金が子を生む。⑤銀《かね》が金をためる。

金《かね》が子《こ》を生《う》む　金錢會生子，金錢生利息而增加。類 ①金が金を儲《もう》ける。②銀《かね》が金をためる。

金《かね》がもの言《い》う　金錢能發揮作用，有錢能說話，無錢話不靈。類 ①金さえあれば飛ぶ鳥も落ちる。②金の世の中。③金の光は七光。④地獄の沙汰も金次第。⑤金の光は阿弥陀《あみだ》ほど。⑥成るも成らぬも金次第。

金《かね》さえあれば飛《と》ぶ鳥《とり》も落《お》ちる　只要有錢，飛鳥都會掉下來。有錢能使鬼推磨。類 成るも成らぬも金次第。

金《かね》で面《つら》を張《は》る　用錢打人的臉，表示用財力壓制反對者。類 小判で面張る。

金《かね》と塵《ちり》は積《つ》もる程《ほど》きたない　錢和灰塵愈積愈骯髒，表示錢愈多愈吝嗇。類 ①金と痰《たん》とは溜《た》まる程きたない。②金持ちと灰吹は溜まる程きたない。

金《かね》に糸目《いとめ》を付《つ》けぬ　不惜花錢。類 金に飽かす。

金《かね》の貸借《かしか》り不和《ふわ》の基《もと》　金錢的借貸爲不和之因。類 ①近い者には金は貸さぬもの。②親子の中でも金銭は他人。③借りる時の地蔵顔返す時の閻魔《えんま》面。④金を借せば友を失う。

金《かね》の切《き》れ目《め》が縁《えん》の切《き》れ目《め》　錢了緣份盡，錢不在人情也不在。有錢有人，沒錢沒人。

類①愛想づかしは金から起きる。②金のないのは首のないのに劣る。

金《かね》の無《な》いのは首《くび》の無《な》いに劣《おと》る　無錢比無頭還差。

鐘《かね》の音《ね》がよく聞《き》えると雨《あめ》になる　鐘聲比平時聽得很清楚就會下雨。這是由於上下層空氣密度的關係。

金《かね》の光《ひかり》は阿弥陀《あみだ》ほど　金錢的光輝如阿彌陀佛那樣。有錢能使鬼推磨。類①錢は阿弥陀ほど光る。②地獄の沙汰も金次第。③金は仏ほど光る。④阿弥陀も金で光る。⑤銭ある時は鬼をも使う。

金《かね》の光《ひかり》は七光《ななひかり》　金錢的勢力大。錢能通神。類金さえあれば天下に敵なし。

鉄《かね》の草鞋《わらじ》で捜《さが》す　穿鐵鞋來尋找，比喻耐性地到處尋找。類鉄の下駄で尋ねる。

金《かね》はあぶない所《ところ》にある　錢在危險的地方。人無橫財不富。類金儲《もう》けと死に病に易《やす》い事なし。

銀《かね》は命《いのち》の親命《おやいのち》の敵《かたき》　錢能救命也能喪命。類①金が敵。②金が敵の世の中。

金《かね》は浮《う》き物《もの》　錢是水上漂的東西，表示錢是流動的，從一個人轉到另一個人的手上，有錢人不一定永遠是有錢人。類①金銀は回り持ち。②金は天下の回りもち。反金は片行き。

金《かね》は片行《かたい》き　富的愈有錢，窮的愈無錢，表示錢偏於一方。類金と子供は片まわり。反金は浮き物。

金《かね》は三欠《さんか》くにたまる　不缺少情義、人情、交往三者錢不能剩，表示如過一般的生活不能剩錢。類金は不浄に集まる。反金《かね》は湧《わ》き物。

金《かね》は天下《てんか》の回《まわ》り持《もち》　錢是天下輪流管，表示錢不會停在一個人的手中，而是轉來轉去的，因此現在雖無錢，錢總會轉到自己的手上。類①金は世界の回り物。②宝は国の渡り物。反金は片行き。

金《かね》は火《ひ》で試《こころ》み人《ひと》は酒《さけ》で試《こころ》みる　金用火來試就知其品質，人用酒來試就知其本性。眞金不怕火，酒中見本性。

金《かね》は湧《わ》き物《もの》　錢是湧出的東西，比喻好運時錢會像泉水那樣湧湧而出。類①金と虱《しらみ》は湧き物。②金と水とは世界の湧き物。③宝は湧き物。反①金は三欠くにたまる。②金はあぶない所にある。③金儲けと死に病《やまい》に易《やす》い事《こと》なし。

鐘《かね》も撞木《しゅもく》の当《あ》たりよう　鐘聲的大小由撞鐘槌撞法而定，比喻夫婦由對方的好壞而影響彼此的感情。對方的反應是由自己的作法而異。

金持《かねも》ち金《かね》をつかわず　有錢人不使錢，比喻有錢人吝嗇。有錢人是守財奴。類①金持ちはしわんぼう。②金持ち物買わず。

金《かな》持《も》ち喧嘩《けんか》せず　有錢人不吵架。好鞋不踩臭狗屎。類①金持ち身が大事。②金持ち舟にのらず。③重宝を抱くものは夜行せず。

金《かね》持《も》ちと灰吹《はいふき》は溜《た》まる程《ほど》きたない　有錢人和煙灰筒越積越骯髒，比喩錢越多越吝嗇。類①金と塵は積もる程きたない。②金と痰壺《たんつぼ》は溜まる程きたない。③川濁らざれば太らず。

金持《かねもち》の泣《な》きごと　有錢人的牢騷話，有錢人因常受人的嫉妒，而發牢騷。

金《かね》持《も》ちの貧乏人《びんぼうにん》貧乏人《びんぼうにん》の金《かね》持《も》ち　富人的窮人，窮人的富人。富人因欲望大不滿足其財富，因此感到貧窮，而窮人有了一點錢就感到滿足，所以像富人一樣。

鉦《かね》や太鼓《たいこ》で探《さが》す　敲鑼打鼓地到處尋找。

金《かね》を持《も》つ時《とき》や貧乏《びんぼう》がいやし　有了錢時就認爲貧窮卑賤，比喩環境一變就忘記過去。

蛾《が》の火《ひ》に赴《おもむ》くが如《ごと》し　如蛾赴火。飛蛾投火。

禍福《かふく》は糾《あざな》える縄《なわ》の如《ごと》し　禍福如糾繩，表示禍會變福，福也變禍。類①よい事の後は悪い。②吉凶は糾える縄の如し。③人間万事塞翁《さいおう》が馬。④楽は苦の種苦は楽の種。

禍福門《かふくもん》なし、ただ人《ひと》の招《まね》くところ　禍福無門，唯人自招。

冑《かぶと》を脱《ぬ》ぐ　道歉。投降。

かぶらから菜種《なたね》まで　從蕪菁至油菜仔，比喩事無大小，全部包括。

株《かぶ》を守《まも》りて兎《うさぎ》を待《ま》つ　守株待兎。類①琴柱《ことじ》に膠《にかわ》す。②馬鹿の一つ覚え。③剣を落して舟を刻む。④何時《いつ》も柳の下に泥鰌《どじょう》はいない。

画餅《がべい》飢《うえ》に充《み》たす　畫餅充飢。

画餅《がべい》に帰《き》す　歸於畫餅，喩與事無補。

壁訴訟《かべそしょう》　向壁訴訟，喃喃自語。類壁見参。

壁《かべ》に馬《うま》を乗《の》りかける　比喩冷不防、出其不意。或比喩狗急跳牆。

壁《かべ》に塗《ぬ》られた田螺《たにし》　抹在牆壁上的田螺，無法動彈。比喩不出息。

壁《かべ》に耳《みみ》　隔牆有耳。類①壁に耳天に口。②壁に耳石に口。③耳は壁をつたう。④壁に耳あり障子に目あり。

壁《かべ》の穴《あな》は土で塞《ふさ》げ　牆壁的洞用土來補塞。比喩不可走歪路，敷衍塞責，而要走正道。

果報《かほう》は寝《ね》て待《ま》て　睡着來等幸福。有福不用忙。類 ①福は寝て待て。②待てば海路の日和あり。反 蒔《ま》かぬ種は生えぬ。

釜《かまど》を破《わ》り船《ふね》を沈《しず》む　破釜沉舟。

嚙《か》み合《あ》う犬《いぬ》は呼《よ》び難《がた》し　相咬的狗難叫回來，表示沉迷於某件事時，他人的話不入耳。類 ①争う雀人を恐れず。②闘う雀人を恐れず。

上清《かみきよ》ければ下濁《しもにご》らず　上清下不濁。源清則流清。

神様《かみさま》にも祝詞《のりと》　對神也要祈禱文。表示不說不行，儘管對方知道的事，也要重新拜托他。類 神へも物は申しがら。

裃《かみしも》を着《き》た盗人《ぬすびと》　貪汚的官吏。類 衣冠の盗。

剃刀《かみそり》と奉公人《ほうこうにん》は使《つか》いよう　比喩用法的巧拙其效果差別很大。類 馬鹿と鋏は使いよう。

剃刀《かみそり》の刃《は》を渡《わた》る　過剃刀的刀刃，冒極大的危險。類 ①刀の刃を渡る。②釜のふちの綱渡り。③虎の尾を踏む。

神ならぬ身《み》　缺點很多的人，指不知將來事。

雷《かみなり》の多《おお》い年《とし》は米《こめ》が豊作《ほうさく》　雷多之年是豐年。

神《かみ》は正直《しょうじき》の頭《こうべ》に宿《やど》る　神保祐誠實的人。

神《かみ》は非礼《ひれい》をうけず　神不接受非禮。類 ①神は不義の願いを受けず。②仏神非礼をうけ給わず。③神は招くところに来る。

神《かみ》は見通《みとお》し　神洞察一切，不能欺騙神。類 ①天道様は見通し。②天に眼《まなこ》。③天知る地知る我知る人知る。

神《かみ》へも物《もの》は申《もう》しがら　向神祈禱也要看你祈禱的好壞，比喩做任何事都需要講究技巧。類 神様にも祝詞。

上目《かみめ》を用《もち》うれば下観《しもかん》を飾《かざ》る　上用目則下飾觀。上面的人太過重視細節，下面的人就粉飾表面，反而不知眞象。

神《かみ》も仏《ほとけ》もみな心《こころ》　神和佛都在人的心中。

上漏《かみも》り下潤《しもうるお》う　上漏下潤，表示在上面施政的人如施仁政，人民就富裕。

髪結《かみゆい》の乱《みだ》れ髪《がみ》　爲人梳頭者自己的頭髮散亂。裁縫的孩子沒衣服穿。類 ①髮結髮結わす。②医者の不養生。

噛《か》む馬《うま》は終《しま》いまで噛《か》む　會咬人的馬到死也會咬人。比喩壞習慣難於改變，稟性難移。類 三つ子の魂百まで。

亀《かめ》の看経《かんきん》　烏龜看經，比喩口中喃喃自語。類 ①蟹の念仏。②雨垂れの念仏。

亀《かめ》の甲《こう》より年《とし》の劫《こう》　比喩要尊重年紀大的豐富經驗，年老人的經驗可貴。薑是老的辣。類 ①むだに鳥居の数をくぐらぬ。②医者と坊主は老人がよい。③蟹の甲より年の劫。④経験は学問にまさる。⑤老いたる馬は道を忘れず。

亀《かめ》の年《とし》を鶴《つる》が羨《うらや》む　鶴羨慕龜的長壽，比喩欲望無窮。類 亀も上上《うえうえ》。

瓶《かめ》の水《みず》をうつすが如《ごと》し　如倒瓶水，比喩傾囊而教。

鴨《かも》が葱《ねぎ》を背負《しょ》って来《く》る　野鴨帶着葱來，表示立刻可以吃。比喩越發隨心所願。類 ①葱が鴨を背負ってくる。②鴨葱。③寝耳へ小判。④開いた口へ牡丹餅《ぼたもち》。

鴨《かも》の大群《たいぐん》が早《はや》く来《く》ると早雪《はやゆき》がある　大群野鴨早飛來，初雪下得早。

鴨《かも》の水掻《みずか》き　野鴨的蹼，野鴨看來悠然自得地浮在水面，但其蹼是不斷在水裏擺動，比喩人所不知的辛苦，沒有人看到的辛苦。

下問《かもん》を恥《は》じず　不恥下問。

痒《かゆ》い所《ところ》に手《て》が届《とど》く　手可以伸到癢處，表示非常周到周密。無微不至。

粥腹《かゆばら》も一時《いっとき》　粥也可以充飢一時，比喩可供不時之需。類 ①茶腹も一時。②水腹も一時。

空馬《からうま》に怪我《けが》なし　空馬不受傷，比喩不負責任就不犯錯誤。類 裸馬に怪我なし。

烏鵜《からすう》に使《つか》う如《ごと》し　烏鴉當水老鴉（鵜鳥）使用，比喩使無能力的人居高位。

烏《からす》に反哺《はんぽ》の孝《こう》あり　烏鴉有反哺之孝。類 ①烏鳥の私情。②反哺の孝。

烏《からす》の埋食《うずめぐ》い　比喩健忘。

烏《からす》の頭《かしら》の白《しろ》くなるまで　到烏鴉的頭變白。比喩永遠不會來臨。類 ①駒《こま》に角の生ゆるまで。②烏の子が白くなって駒に角の生《は》えん程。

烏《からす》の行水《ぎょうずい》　烏鴉沐浴，比喩洗澡洗得很快，過於簡單。

烏《からす》の白糞《しろふん》　烏鴉的白糞，比喩生下不像父母的聰明孩子。類 ①黒いめんどりも白い卵を生む。②鳶《とび》が鷹《たか》を生む。③鳶が孔雀《くじゃく》を生んだ。反 蛙の子は蛙。

烏《からす》百《ひゃく》度《ど》洗《あら》っても鷺《さぎ》にはならぬ　烏鴉洗一百次都不會變成白鷺。

烏《からす》を鷺《さぎ》　指烏鴉爲白鷺，顚倒黑白，指鹿爲馬。類①鹿をさして馬と爲《な》す。②鷺を烏。③雪を墨。④白を黒という。⑤馬を鹿。

からの鏡《かがみ》で身《み》は一《ひと》つ　比喩單獨一個人。

唐物商《からものあきな》いは千里《せんり》一《ひと》跳《は》ね　經營外來貨會一次賺大錢。

雁《かり》が帰れば、つばめが通《かよ》う　雁歸燕來。比喩有離去的人也有來歸的人。

借《か》り着《ぎ》より洗《あら》い着《ぎ》　借來的美服不如洗乾淨的自己衣服，比喩依靠他人過好日子不如過窮而自立的生活。類①人の物より自分の物。②借り着しようより洗い着せよ。

借《か》りて借《か》り得《どく》貸《か》して貸《か》し損《ぞん》　借來的有利，借出去的不利。類借りれば借り得貸せば貸し損。

借《か》りて来《き》た猫《ねこ》のよう　像借來的貓，比喩太過老實的人。

狩人《かりゅうど》罠《わな》にかかる　獵人自陷陷穽。自作自受、自食其果。類自縄《じじょう》自縛。②人捕る亀が人に捕られる。③狼《おおかみ》を殺す犬は狼に殺される。

借《か》りる時《とき》の地蔵顔《じぞうがお》済《な》す時《とき》の閻魔顔《えんまがお》　借東西時是笑臉，還東西時是陰沉的臉色。類①借りる時の恵比須顔返す時の閻魔顔。②借りる時の笑顔すます時の十王面。③用ある時の地蔵顔用なき時の閻魔顔。④金の貸借り不和の基。

借《か》りる八合《はちごう》なす一升《いっしょう》　借八合要還一升。類借りて七合なす八合。

枯木《かれき》に油《あぶら》をそそぐ　乾柴澆油，喩火上加油。

枯木《かれき》に花《はな》　枯木開花，枯木逢春。比喩①一度衰微的事物再一次繁榮起來。②可望而不可能實現的事物。類①枯れたる木にも咲く花。②炒豆《いりまめ》に花。③貧乏に花咲く。

枯木《かれき》も山《やま》の賑《にぎわ》い　枯木也可以增加山的風光，總比禿山好看。比喩聊勝於無。類①枯木も山のかざり。②枯木も森のにぎわかし。③ゆがみ木も山の賑い。④餓鬼も人數。

彼《かれ》も一時《いちじ》此《これ》も一時《いちじ》　彼一時此一時。

彼《かれ》も人《ひと》なり予《われ》も人《ひと》なり　彼亦人予亦人。類①彼も丈《じょう》夫《ぶ》なり我も丈夫なり。②天は人の上に人を造らず人の下に人を造らず。③人のなしたことは人にできる。

彼《かれ》を知《し》り己《おのれ》を知《し》れば百戰殆《ひゃくせんあやう》からず　知彼知己百戰不殆。

夏《か》炉《ろ》冬扇《とうせん》　夏天的火爐，冬天的扇子，表示不合時宜的無用東西。比喩無用無益的才藝、言論。類①十日の菊六日の菖蒲《しょうぶ》。③寒に帷子《かたびら》土用に布子。④葉月の白かさね。

可愛《かわい》い子《こ》には旅《たび》をさせよ　愛子要讓他出去旅行，表示愛子要讓他經風雨、見世面，不可在溫室裏長大。類①思う子に旅させよ。②いとしき子には旅をさせよ。③可愛い子には薄着させろ。④可愛い子は棒で育てよ。

可愛《かわい》さ余《あま》って憎《にく》さが百倍《ひゃくばい》　愛得深也恨得深。愛之過甚則憎之亦極。類好いたほど厭《あ》いた。

皮《かわ》切《き》りの一灸《ひとひ》　開始的一灸，施灸時開始熱得要死，以後就沒事了，喩凡事起頭難。類①むずかしいのは第一歩だけ。②始めに二度なし。

川口《かわぐち》で船《ふね》を破《わ》る　在河口船破。功虧一簣。類九仞《きゅうじん》の功を一簣《いっき》に虧《か》く。

川《かわ》越《こ》して宿《やど》をとれ　過河後才定旅館，比喩困難的先做。類川を前に控えて宿るな。

川《かわ》だちは川《かわ》で果《は》てる　在河上長大的死在河裏。淹死的是會水的。類①泳ぎ上手は川で死ぬ。②善く泳ぐ者は水に溺《おぼ》れる。③得手に鼻つく。④木登りゃ木から落ちる。

川《かわ》に水運《みずはこ》ぶ　運水入河，河有水，搬運水來，沒有什麼用，比喩徒勞無功。類①淵に雨。②淵の上の雨。③高みに土盛る。④雪上に霜を加う。

川《かわ》の石星《いしほし》となる　河裏的石頭變成天上的星星，比喩不可能之事。類①石に花咲く。②炒豆《いりまめ》に花。

皮《かわ》引《ひ》けば身《み》が痛《いた》い　拉皮肉痛。唇亡齒寒。比喩關係密切，一方有事，他方必受影響。類①皮引けば身がつく。②皮引けば身があがる。

川向《かわむか》いの火事《かじ》　隔岸的火災，比喩直接與己無關。隔岸觀火。類①川向うの喧嘩。②対岸の火災。

瓦《かわら》は磨《みが》いても玉《たま》にならぬ　磨瓦不能成玉，比喩天生的愚鈍，不管怎麼教育都不能成爲卓越的人物。

瓦《かわら》も磨《みが》けば玉《たま》となる　磨瓦也能成玉。比喩天生愚鈍的人，只要努力也可以成爲卓越的人物。

皮《かわ》を切《き》らせて肉《にく》を切《き》る　讓人割自己的皮而割對方的肉，表示爲了勝敵需要犧牲一點。

川《かわ》を渡《わた》り舟《ふね》を焼《や》く　渡河燒船。破釜沉舟。類①背水の陣。②釜を破り舟を沈む。③糧《かて》を棄《す》て船を沈む。

華《か》を去《さ》り実《じつ》に就《つ》く 去華就實。

瓜《か》を投《とう》じて瓊《たま》を得《え》る 投瓜得瓊。喩送沒用的東西而換來好東西。

仮《か》を弄《ろう》して眞《しん》と成《な》す 弄假成眞。

雁《がん》がたてば鳩《はと》もたつ 雁飛走鳩也跟着飛走。東施效顰。類 ①雁が飛べばひきも飛ぶ。②鯉が躍れば泥鰌《どじょう》も躍る。③鷹が飛べば糞蠅《くそばえ》も飛ぶ。④鷹が飛べば蚊《か》も飛ぶ。

雁《がん》がとべば石亀《いしがめ》も地団駄《じだんだ》 雁飛龜頓足捶胸着急。比喩忘記自己的本分也想模倣他人。不自量力。烏龜看雁飛忘記了自己不會飛而頓足捶胸着急。類 ①鶴が飛べば糞蠅《くそばえ》も羽たたき。②鶴が飛べば瓢簞《ひょうたん》も羽たたき。③鼈の地団駄。

汗牛充棟《かんぎゅうじゅうとう》 汗牛充棟。形容書籍極多。

諫言《かんげん》耳に逆《さか》らう 諫言逆耳。忠言逆耳。

眼光紙背《がんこうしはい》に徹《てっ》す 眼光透紙的背面。看穿含義。讀解能力強。

閑古鳥《かんこどり》が鳴《な》く 布穀啼叫，比喩閑靜、寂靜、生意冷落、蕭條。

疳癪貧乏《かんしゃくびんぼう》 暴躁脾氣者貧窮，暴躁脾氣的人不會成功。類 短気は損氣。

癇癪持《かんしゃくも》ちの事破《ことやぶ》り 脾氣暴躁的人敗事。類 ①短気は損氣。②短慮なれば事成らず。

勘定合《かんじょうあ》って銭足《ぜにた》らず 帳面符合而錢不夠，比喩理論與實踐不一致。類 ①算用あって銭足らず。②勘定あって金足らず。

感心上手《かんしんじょうず》の行《おこ》ない下手《べた》 只會佩服他人但自己都不去做。

肝胆《かんたん》を披《ひら》く 披肝瀝胆。

寒中《かんちゅう》の雨《あめ》は親《おや》の乳房《ちぶさ》 寒中雨是母親的乳房，乾寒下雨是滋潤萬物。

寒中《かんちゅう》の雷《かみなり》は夏日照《なつひで》り 冬天打雷，夏天晴天多。類 ①二月の雷鳴は旱天《かんてん》の兆。②冬寒気激しき年は旱魃《かんばつ》あり。

寒中《かんちゅう》の南風《みなみかぜ》俵《たわら》を編《あ》んで待《ま》て 冬天吹南風是豐年。

眼中人《がんちゅうひと》なし 目中無人。類 傍若無人《ぼうじゃくぶじん》。

管中豹《かんちゅうひょう》を窺《うかが》う 管中窺豹。

嚙《か》んで吐《は》き出《だ》す様《よう》 惡言惡語地說。

艱難汝《かんなんなんじ》を玉《たま》にす 經艱難困苦才有大成。不受苦中苦，難爲人上人。

寒《かん》に帷子《かたびら》土用《どよう》に布子《ぬのこ》 冬天穿麻布夏衣，立秋前十八日穿布棉襖，表示顚倒事物。類①土用布子に寒帷子。②葉月の白かさね。③夏炉冬扇。

堪忍五両《かんにんごりょう》 忍耐有益。

堪忍五両《かんにんごりょう》思《し》案十両《あんじゅうりょう》 忍耐有益，再加以思考更有益。

堪忍《かんにん》は一生《いっしょう》の宝《たから》 忍耐是一生之寶。類①堪忍は無事長久の基。②堪忍は身の宝。③堪忍辛抱は立身の力綱。

堪忍袋《かんにんぶくろ》の緒《お》が切《き》れる 忍無可忍。類①堪忍袋が破れる。②堪忍袋の底ぬける。③こらえ袋の緒を切る。

肝脳地《かんのうち》に塗《まみ》る 肝脳塗地。

旱魃《かんばつ》に水《みず》 比喩期待實現。類①旱《ひでり》に雨。②旱天の慈雨。③乾き田に水。

間髪《かんぱつ》を容《い》れず 間不容髪。

汗馬《かんば》の労《ろう》 汗馬功勞。類犬馬の労。

雁《がん》は八百矢《はっぴゃくや》は三本《さんぼん》 雁有八百隻，箭只有三隻，表示所要的東西很多，而捕取這些的工具很少。表示缺乏工具和不知捕捉那一隻。類雁は八百矢は一筋。

雁《がん》は八百矢《はっぴゃくや》は三文《さんもん》 用三文錢的箭要射値八百文錢的雁，比喩用小本錢想賺大錢，如意算盤的想法。

看板《かんばん》に偽《いつわ》りあり 招牌有假，掛羊頭賣狗肉。類①羊頭《ようとう》狗肉《くにく》。②玉を衒《てら》いて石を売る。③牛首を懸《か》げて馬肉を売《う》る。

看板《かんばん》に偽《いつわ》りなし 招牌沒假，表示外表與內容一致。言行一致。類看板かくれない。

冠《かんむり》旧《ふる》けれども沓《くつ》にはかず 冠雖舊不能用，也不能穿在脚上，表示好東西雖壞也有價値。類履《くつ》新しけれども冠にあげず。

雁《がん》も鳩《はと》も食《く》わねば知《し》れぬ 不吃就不知是雁肉或鳩肉，比喩沒有經驗就不知東西的價値。類①雁も鳩も食うた者が知る。②食わざればその味を知らず。③食わず嫌い。

歓楽極《かんらくきわ》まりて哀情多《あいじょうおお》し 樂極生悲。類楽しみ尽きて悲しみ来る。

巻《かん》を開《あ》けば益《えき》あり 開卷有益。

棺《かん》を蓋《おお》うて事定《ことさだ》まる　蓋棺論定。

管《かん》を以《もっ》て天《てん》を窺《うかが》う　以管窺天。管見。類①小智を以て大道を窺う。②管の穴から天をのぞく。③針の穴から天をのぞく。④管中豹を窺う。

き

聞《き》いて極楽《ごくらく》見て地獄《じごく》　聽時天國，看時地獄，表示所聽的和所看的相差很大。聽時很好，看時很壞。眼見是實，耳聽是虛。類①聞いては千金よりも重く見ては一毛よりも軽し。②見てのは極楽住んでのは地獄。③聞いて千金見て一文。④聞いてびっくり見てがっかり。

既往《きおう》は咎《とが》めず　既往不咎。

奇貨《きか》居《お》くべし　奇貨可居。類好機逸すべらず。

気《き》が利《き》き過《す》ぎて間《ま》が抜《ぬ》ける　過於機靈反而糊塗。

木《き》から落《お》ちた猿《さる》　從樹上掉下來的猴子，比喻失去依靠進退維谷。類①木を離れた猿。②猿も木から落ちる。③水を離れた魚。④魚の陸に上がれるが如く鳥の巣を離れたるが如し。⑤頼みの綱も切れはてる。⑥陸《おか》に上がった河童《かっぱ》。⑦盲が杖《つえ》を失ったよう。

気軽《きかる》ければ病軽《やまいかる》し　心情輕鬆，病情會減輕。

聞《き》き上手《じょうず》の話下手《はなしへた》　很會聽話的人不會說話。

聞《き》くは一時《いっとき》の恥《はじ》、聞《き》かぬは一生《いっしょう》の恥《はじ》　不知問人是一時之恥，不問是一生之恥。類①知らずば人に問え。②聞くは一旦《いったん》の恥聞かぬは末代の恥。③聞くはその時の恥聞かざれば一生の恥。④問うは当座の恥問わぬは末代の恥。

聞《き》くは法楽《ほうらく》　聽不要錢。類見るは法楽。

聞《き》けば聞《き》き腹《ばら》　一聽就一肚子氣。

聞《き》けば気《き》の毒《どく》見《み》れば目《め》の毒《どく》　眼不見口不饞，耳不聽心不煩。

騎虎《きこ》の勢《いきお》い　騎虎之勢。騎虎難下。勢成騎虎。

樹静《きしず》かならんと欲《ほっ》すれども風《かぜ》やまず　樹欲靜而風不止。

雉子《きじ》の隠《かく》れ　野鷄藏身，藏頭不藏尾。類①頭隠して尻隠さず。②雉子の浅知恵。

雉子《きじ》も鳴《な》かずば射《う》たれまい　野鶏不啼就不會被打，喻禍從口出。類①鳴く虫は捕らる。②物言わじ父は長柄の橋柱。③口は禍《わざわ》いの門。④蛙は口から呑まる。⑤鳥も鳴かずば射たれまい。

機上《きじょう》の空論《くうろん》　枱上的空論。紙上談兵。類紙上兵を談ず。

疑心暗鬼《ぎしんあんき》を生《しょう》ず　疑心生暗鬼。疑心暗鬼。類①疑心は暗中の人影。②疑えば目に鬼を見る。③出ぬ化物に驚く。

帰心矢《きしんや》の如《ごと》し　歸心似箭。

傷口《きずぐち》に塩《しお》　傷口加鹽，痛上加痛，不幸又加上不幸。類痛む上に塩を塗る。

傷持《きずも》つ足《あし》　有傷的脚，比喻內心有隱疚。類脛《すね》に傷持つ。

驥足《きそく》を展《の》ぶ　展驥足，施展大才。

きたなく稼《かせ》いで清《きよ》く暮《く》らせ　做工時不理卑賤工作，過生活時要過高尙的生活。類①きたなく働いてきれいに食え。②きたなく集めてきれいに使え。反きれいな商売をしてきたなく暮らす。

北《きた》に近《ちか》ければ南《みなみ》に遠《とお》い　近北就遠南，比喻理所當然之事，極明白之事。類①犬が西向きゃ尾は東。②雉子《きじ》のめんどりゃ女鳥。③雨の降る日は天気が悪い。

来《きた》る者《もの》は拒《こば》まず去《さ》る者《もの》は追《お》わず　來者不拒，逝者不追。

気違《きちが》いに刃物《はもの》　瘋子操刀，喻非常危險。類①気違いに松明《たいまつ》。②猿に剃刀《かみそり》。

気違《きちが》い水《みず》をこぼさず　瘋子不會把水弄灑，表示瘋子有時也很正經。

気違《きちが》いも一人狂《ひとりくる》わず　瘋子單獨一個人不發狂，表示沒有對手瘋子不會吵。類①気違いもただでは怒らぬ。②相手の無い喧嘩はできぬ。

吉凶《きっきょう》は人《ひと》によりて日《ひ》によらず　吉凶由人而異，不由日子而定，沒有所謂吉日凶日。

狐尾《きつねお》を濡《ぬ》らす　狐濡其尾，比喻開始容易，後頭困難，終於失敗。狐狸過河時開始時揚尾，終於疲倦而把尾巴掉落河中。

狐《きつね》が下手《へた》の射《い》る矢《や》を恐《おそ》る　狐怕拙射的箭，因爲拙劣的人射出箭亂飛，不知射向何處，狐不知該如何去躲避。比喻正常的人容易應付，胡來的人難於應付。類下手の射る矢は恐ろしい。

狐《きつね》虎《とら》の威《い》を藉《か》る　狐假虎威。類 虎の威を藉る狐。

狐《きつね》捕《と》るなら油揚《あぶら》げで　捕狐用油炸豆腐作餌，比喻投其所好來欺騙，所收的效果大。

狐《きつね》に小豆飯《あずきめし》　在狐前放紅豆飯。表示處在容易犯過的狀態。類 ①猫に鰹節。②盗人に倉の番。

狐《きつね》の子《こ》は面白《つらじろ》　狐的孩子臉白，喻有其父必有其子。類 ①親に似ぬ子なし。②蛙の子は蛙。

狐《きつね》も目《め》のない人《ひと》はだまさぬ　狐狸騙不了盲人。盲人看不見狐狸的花樣，受不了騙。表示看得見才受了種種的誘惑。

狐《きつね》を馬《うま》に乗《の》せたよう　如狐騎馬。表示①搖擺不定，不能鎮靜。②話不可靠，不足憑信。
類 狐に馬を乗せたよう。

狐《きつね》を以《もっ》て狸《たぬき》となす　以狐爲狸，喻搞錯。

木《き》で鼻《はな》をくくる　用木捆鼻子，喻帶答不理，非常冷淡，非常簡慢，不和氣。類 ①木で鼻。②杵《きね》で鼻。③杵で鼻つく。④杵で鼻こすったよう。⑤立木へ鼻こする。

来《き》て見《み》ればさほどでもなし富士《ふじ》の山《やま》　親自一看富士山並沒有傳說那樣的美麗，表示任何事往往誇大它，在現地一看往往會失望。

木《き》に竹《たけ》をつぐ　以竹接木，喻不協調，前後不一致、不相稱。類 ①木に竹。②竹に接木。

木《き》に餅《もち》がなる　樹上生糕餅。比喻說得太樂觀，順利。

木《き》に縁《よ》りて魚《うお》を求《もと》む　緣木求魚。類 ①水中に火を求む。②天をさして魚を射る。③氷をたたき火を求む。④天に橋をかける。⑤山に蛤《はまぐり》を求む。

機《き》に因《よ》りて法《ほう》を説《と》け　隨機說法。應採隨機應變的方法，不可死板板。類 ①人《にん》を見て法を説け。②器によって法を説く。

杵《きね》で頭《あたま》を剃《そ》る　用搗杵剃頭。比喻不可能之事。類 ①擂《すり》粉木《こぎ》で腹切る。②豆腐の角で頭を割る。

杵《きね》であたり杓子《しゃくし》であたる　這也不對那也不對，事事吹毛求疵。亂發脾氣。類 ①杵に当たらにゃ棒に当たる。②杵に当り臼に当り。

昨日《きのう》の襤褸《つづれ》今日《きょう》の錦《にしき》　昨天的襤褸，今天穿織錦，表示人的浮沉很激烈。類 昨日の花は今日の塵。

昨日《きのう》の友《とも》は今日《きょう》の仇《あだ》　昨天的朋友是今天的仇人。比喻人的想法和態度容易改變不可靠。類 ①昨日の情今日の仇。②手を翻《ひるが》えせば雲となり手を覆《くつが》えせば雨となる。

昨日《きのう》の花《はな》は今日《きょう》の塵《ちり》　昨天的花是今天的垃圾。比喻人生無常。榮枯無常。類①昨日の大尽今日の乞食。②昨日の花は今日の夢。③昨日の襤褸今日の錦。

昨日《きのう》の淵《ふち》は今日《きょう》の瀬《せ》　昨天的深淵今天變成淺灘。桑田滄海。類①飛鳥川の淵瀬。②淵は瀬となる。③桑田変じて滄海《そうかい》となる。④昨日の浅瀬は今日の淵。

昨日《きのう》は昨日《きのう》今日《きょう》は今日《きょう》　昨天是昨天，今天是今天。類①明日は明日今日は今日。②昔は昔今は今。③今日の後に今日なし。

昨日《きのう》は今日《きょう》の昔《むかし》　昨天是以前的今天。類昨日は今日の昔今日は明日の昔。

昨日《きのう》は人《ひと》の身《み》今日《きょう》は我《わ》が身《み》　昨天災難落在他人的身上，今天可能落在自己的身上。表示他人的災難不知何時會降到自己的身上。類①昨日は人の上今日は我が上。②今日は人の上明日は我が上。③今日は人の身明日は我が身。

昨日《きのう》は嫁《よめ》今日《きょう》は姑《しゅうとめ》　昨天是媳婦，今天是婆婆。表示人的處境容易變化。類①嫁が姑になる。②娘が姑になる。

菌《きのこ》採《と》った山《やま》は忘《わす》られぬ　採到蘑菇的山忘不了，比喻吃了一次甜頭的事情忘不了，想再做第二次。

木登《きのぼ》り川立《かわだ》ち馬鹿《ばか》がする　爬樹涉河愚者爲之，表示爬樹和游泳是危險。類①手い木登り馬鹿がする。②夜道川立ち馬鹿がする。

木の股《また》から生《う》まれる　從樹的股生下來。木頭兒，不知情識趣，不解風情。

木の実《み》は本《もと》へ落《お》ち　樹果落在樹根，喻萬象歸宗。類①木の実は木の本。②木の実は本へ。③木の根は本。

木灰木《きばいき》を育《そだ》つ　木灰使樹生長，比喻同志幫助同志。

木《き》は木《き》金《きん》は金《きん》　木是木，金是金，喻凡事要分明清楚。類①石を石金を金。②木を木金を金。

驥尾《きび》に附《ふ》す　附驥尾，追隨先進者。

木仏金仏石仏《きぶつきんぶついしぼとけ》　木石心腸，冷酷無情的人。類①木の股から生まれる。②石部金吉鉄兜《てつかぶと》。

季布《きふ》の一諾《いちだく》　季布的一諾，絕對可靠的承諾。

鬼面人《きめんひと》を嚇《おど》す　用鬼臉嚇人，虛張聲勢來嚇人。

木《き》もと竹《たけ》うら　剖木從根，剖竹從頭容易剖開。比喻事物都有順序。

胆《きも》は大《おお》きく心《こころ》は小《ちい》さく持《も》て　膽大心細。

客《きゃく》と白鷺《しらさぎ》は立《た》ったが見事《みごと》　白鷺的飛走好看，久客的離去好事。

客《きゃく》の朝早《あさお》き　客人的早起，增添主人的麻煩。類①客の朝起きと昼の行燈《あんどん》置き所に困る。②客の朝起き宿の迷惑。

伽羅《きゃら》でつくった仏《ほとけ》　用沉香製的菩薩，喻地位雖高，而實際沒用的人。

九牛《きゅうぎゅう》の一毛《いちもう》　九牛一毛。類①滄海《そうかい》の一滴。②四海の一滴。

九死《きゅうし》に一生《いっしょう》を得《う》る　九死一生。類①十死一生。②死中に活を求む。

牛首《ぎゅうしゅ》を懸《か》けて馬肉《ばにく》を売《う》る　掛牛頭賣馬肉。掛羊頭賣狗肉。類①羊頭狗肉《ようとうくにく》。②看板に偽りあり。

九仞《きゅうじん》の功《こう》を一簣《いっき》に虧《か》く　九仞之功，虧於一簣。功虧一簣。類①磯際に船を破《わ》る。②百日の説法屁一つ。

窮《きゅう》すれば通《つう》ず　窮則通。類案ずるより生むが易《やす》い。

窮《きゅう》すれば濫《らん》す　窮則濫。類①小人窮すれば濫す。②逃ぐる者道を択《えら》ばず。③貧すれば鈍する。

窮鼠《きゅうそ》猫《ねこ》を噛《か》む　窮鼠嚙貓。類窮鼠反《かえ》って猫を噛む。

窮鳥《きゅうちょう》懐《ふところ》に入《い》れば猟師《りょうし》も殺《ころ》さず　窮鳥入懷，獵夫也不殺牠，表示有人來求助於己，無法殘酷地對待之是人之常情。

窮通《きゅうつう》各《おのおの》命《めい》有《あ》り　窮通各有命，人窮或發跡各有自己的命。

朽木《きゅうぼく》は雕《ほ》るべからず　朽木不可雕也。類朽木糞牆《きゅうぼくふんしょう》。

今日《きょう》あって明日《あす》ない身《み》　今日有命明天就沒命，比喻人生無常。

強将《きょうしょう》の下《もと》に弱兵《じゃくへい》無《な》し　強將之下無弱兵。

狂人《きょうじん》走《はし》れば不狂人《ふきょうじん》も走《はし》る　瘋子跑，不是瘋子的跟着跑。表示一犬吠影，百犬吠聲。跟着人的尾巴做事，附和雷同。類①一匹狂えば千匹の馬も狂う。②雁が立てば鳩も立つ。③一人の臆病者が十人の臆病者を作る。

兄弟《きょうだい》は鴨《かも》の味《あじ》　兄弟如美味的野鴨，比喻兄弟之間的關係是愉快的。雖有吵架，但感情是好的。類①兄弟喧嘩は雁の味がする。②兄弟喧嘩は二の膳より御馳走《ごちそう》。

兄弟《きょうだい》は後生《ごしょう》までの契《ちぎ》り　兄弟是到來世的宿緣。

兄弟《きょうだい》は他人《たにん》の始《はじ》まり　兄弟是他人的開始，表示兄弟結婚之後關係就會疏遠。弟兄不如父子親。類 兄弟は他人の別れ。反 血は水よりも濃し。

兄弟《きょうだい》は両《りょう》の手《て》 弟兄有如手足。類 ①兄弟は手足たり。②兄弟は左右の手の如し。③血は水よりも濃し。

京《きょう》に田舎《いなか》あり 京中有鄉下，表示很熱鬧的地方還有鄉下似的地方。類 ①都にも田舍。

京《きょう》のお茶漬《ちゃづけ》 京都的用茶水泡的飯。京都的人當客人要回去時，向客人說吃一些用茶水泡的飯吧，這只是口頭說說而已，這句話是用來諷刺只有嘴巴上的心意。

暁天《ぎょうてん》の星《ほし》の如《ごと》し 如拂曉的天空上的星星，比喻數目稀少。

堯《ぎょう》の子堯《こぎょう》ならず 堯之子不成堯，表示賢人之子不一定成爲賢人。父賢子不一定賢。類 ①大家後無し。②賢が子賢ならず。

今日《きょう》の情《なさけ》は明日《あした》の仇《あだ》 今天之情是明天之仇，表示人情反覆無常。類 今日の味方は明日の敵。

今日《きょう》の後《のち》に今日《きょう》なし 今天之後沒有今天。類 ①歲月人を待たず。②盛年重ねて来らず。③仕事を明日にのばすな。④今日の手後れは明日へついて回る。⑤今日あって明日なし。⑥昨日は昨日今日は今日。反 明日は明日の風が吹く。

今日《きょう》の一針《ひとはり》明日《あす》の十針《とはり》 今天不縫一針，明天就要縫十針。類 今日の手後れは明日へついて回る。

京《きょう》の夢《ゆめ》大阪《おおさか》の夢《ゆめ》 京都之夢大阪之夢，表示夢境變幻無常。

器用貧乏《きようびんぼう》 手巧反而貧窮，表示由於手巧，不專心於一件事反而不能大成。

器用貧乏人宝《きようびんぼうひとだから》 手巧的人對他人有利被人尊重，但自己反而貧窮。類 ①器用貧乏村宝。②巧者貧乏人宝。③細工貧乏人宝。④細工貧乏人しもべ。⑤器用貧乏身が持てない。⑥器用貧乏人宝鄰の鈍に使われる。

喬木《きょうぼく》は風《かぜ》に折《お》られる 高樹易被風打斷，比喻地位越高，越招人嫉妒，而容易招禍。樹大招風。類 ①喬木は風に嫉《ねた》まる。②高い木は風当りが強い。③出る杭《くい》は打たれる。

経《きょ》も読《よ》まずに布施《ふし》を取《と》る 也不念經而要取布施，喩不盡義務而取報酬。

虚栄《きょえい》は嘘《うそ》の母《はは》 虛榮是說謊之母。類 ①外さ張る人內詰める。②見栄坊のそらごと。

漁夫《きょふ》の利《り》 漁翁得利。鷸蚌相爭、漁人得利。類 ①濡手に粟《あわ》。②犬兎《けんと》の争い。

清水《きよみず》の舞台《ぶたい》から飛《と》びおりる 從京都清水寺的舞台跳下來，清水寺的舞台相當高，要跳下來要下很大的決心。比喩要下很大的決心。類清水の舞台から後ろとび。

嫌《きら》いは知《し》らぬの唐名《からな》　死愛面子的人不說不知反而說討厭它。類嫌いは得せぬの唐名。

綺羅《きら》につく　趨炎附勢。

義理《ぎり》と褌《ふんどし》かかされぬ　人情是不可缺的東西。要在社會生活不能缺少人情來往。類①義理と褌は裸になってもせずに居られぬ。②かかれぬものは義理と褌。

霧《きり》の多《おお》い年《とし》は瓜類不作《うりるいふさく》　霧多之年瓜類失收。

錐《きり》の嚢中《のうちゅう》に処《お》るが如《ごと》し　如錐處在囊中。脫穎而出。類①錐囊を脱す。②錐袋にたまらず。③紅は園生に隠れなし。

義理《ぎり》張《ば》るより頰張《ほほば》れ　與其講求體面，莫如先吃飽飯。類①見栄張るより頰張れ。②気を張るより窓張れ。③男伊達《おとこだて》より小鍋だて。④心中より饅頭《まんじゅう》。⑤某《それがし》より食うがより。⑥義理立つりゃ損する。

器量《きりょう》より気前《きまえ》　大方勝過姿色。人的性格好比姿色好較可取。類①男前より気前。②形より心。

騏驎《きりん》の躓《つまず》き　千里馬的跌倒。喩不管才能多高的人都會失策。類①龍馬の躓き。②弘法も筆の誤り。③猿も木から落ちる。

騏驎《きりん》も老《お》いては駑馬《どば》に劣《おと》る　千里馬老了就比駑馬差。類昔千里も今一里。②昔の剣今の菜刀。反腐っても鯛。

綺麗《きれい》な花《はな》は山《やま》に咲《さ》く　好看的花在山中開。比喩眞正好的東西在沒有人發覺的地方。

着《き》れば着寒《きざむ》し　越穿越冷。類①着れば着さぶ。②着ればば着るほど寒い。

木《き》を見《み》て森《もり》を見《み》ず　見樹不見林。

驥《き》をして鼠《ねずみ》を捕《と》らしむ　以千里馬捕捉老鼠，比喩物不盡其用，人不盡其才。

槿花《きんか》一日《いちじつ》の栄《えい》　槿花一日之榮。木槿的花是朝開夕謝，比喩人之榮華不長久而無常。類①槿花一朝の夢。②朝顔の花一時。

金言耳《きんげんみみ》に逆《さか》らう　忠言逆耳。

金銭《きんせん》は親子《おやこ》も他人《たにん》　關於金錢連父子都是他人。類①金錢は他人。②親子の中でも金銭は他人。③金に親子はない。④金は親子も他人。⑤金は他人。

金時《きんとき》の火事見舞《かじみまい》　臉色鮮紅。類①金時《きんとき》の醤油だき。②金時の棒ねじり。③猿の火事見舞。滿面朱をそそぐ。

金《きん》の茶釜《ちゃがま》が七《なな》つある　家有七個金製的煎茶鍋，比喻大吹大擂。

金箔《きんぱく》がはげる　包金剝落，原形畢露。

金《きん》を攫《つか》む者《もの》は人《ひと》を見《み》ず　取金的人看不到人，比喩貫注精神於一件事，其他的事不入眼裏。類①鹿を逐《お》う者は山を見ず。②欲には目見えず。

金《きん》を流《なが》して石《いし》をとかす　流金鎔石，比喩酷熱。

く

株《くいぜ》を守《まも》りて兎《うさぎ》を待《ま》つ　守株待兎。

食《く》いつく犬《いぬ》は吠《は》えつかぬ　會咬人的狗不吠。類①吠えつく犬《いぬ》は噛《か》み付《つ》かぬ。②空樽《あきだる》は音が高い。③浅瀬に仇浪《あだなみ》。

食《く》い物《もの》と念仏《ねんぶつ》は一口《ひとぐち》ずつ　吃東西和念佛是一口一口來。類①食べ物と念仏は一口ずつ。②念仏と食い物は一口が大事。

食《く》い物《もの》のあるのに鉄砲汁《てっぽうじる》　有其他的吃的東西仍然要河豚湯。嘲笑好吃奇異的東西。

食《く》うことは今日《きょう》食《く》い言《い》うことは明日《あす》言《い》え　吃的今天吃，說的明天才說。表示要說的話經過愼重考慮才說比較好。

食《く》うだけなら犬《いぬ》でも食《く》う　如果只是爲了吃，狗也是爲了吃，表示人只是爲了吃，就沒有價值，沒有意義。

食《く》うた餅《もち》より心持《こころも》ち　吃掉的餅不如送餅人的心意，表示心意比實物值得感謝。類①食べた餅より心持ち。②搗《つ》いた餅より心持ち。③米の飯より思召《おぼしめ》し。

食《く》うに倒《たお》れず病《や》むに倒《たお》れる　吃是不會吃倒，但病會使人破產。

食《く》おうとて痩《や》せる　爲了吃，辛苦做工反而瘦下去。爲糊口而辛苦。類①口に使われる②口ゆえに使われる。

九月納豆《くがつなっとう》はなによりありがたい　九月的納豆（蒸後發酵過的大豆，日本人喜歡吃的食品）比什麼都難得。因爲納豆營養高，九月農忙時，農夫不必爲煮飯菜傷腦筋，有了納豆就可以解決吃飯問題，所以是很難得的。

釘《くぎ》の裏《うら》を返《かえ》す　釘過頭的釘覆過來再釘，比喻嚴加注意不讓犯錯誤。類①裏釘返す。②釘を刺す。

③念の折釘打ち返す。④釘の穂を返す。⑤言葉に針を刺す。

釘《くぎ》の曲《ま》がりは鉄槌《かなづち》で直《なお》せ　釘子彎了用鐵鎚改直，比喩壞習慣要用嚴格方法改正。或強的東西要用強的方法對付。

釘《くぎ》を刺《さ》す　叮嚀吩咐。定死，說妥。

公卿《くげ》にもつづれ　公卿如穿破爛衣服，看來也是貧賤。類 君飾らざれば臣敬わず。

公卿《くげ》の位倒《くらいだお》れ　公卿的位高，其實貧窮。類 公卿の位負け。

公卿《くげ》の位負《くらいま》け　公卿的位高，其實裏面很窮。類 公卿の位倒れ。反 ①花より団子。②名よりも実。

臭《くさ》い物《もの》に蠅《はえ》がたかる　臭物爬滿蒼蠅，喩臭味相投，物以類聚。類 ①腐った物に虫がわく。②油樽《あぶらだる》に犬がつく。③臭肉蠅を來す。

臭《くさ》い物《もの》に蓋《ふた》　掩蓋壞事。家醜不可外揚。反 腫《う》んだ物は潰《つぶ》せ。

臭《くさ》いもの身知《みし》らず　看不見自己的缺點。自己不知自己身上的臭東西。人不知自醜，馬不嫌臉長。類 ①息の臭きは主知らず。②我が糞は臭くなし。

臭《くさ》しと知《し》りて嗅《か》ぐは馬鹿者《ばかもの》　知道臭而去嗅它就是傻瓜。比喩明知危險而去接近它，就是傻瓜。類 ①君子危うきに近寄らず。②危邦には入らず乱邦には居らず。

腐《くさ》っても鯛《たい》　腐壞了也是鯛魚，比喩好的東西、有價值的東西，儘管處在壞條件之下，也是有價值。瘦死的駱駝比馬大。船破還有三千釘子。類 ①ちぎれても錦。②腐っても鯛の骨。③沈丁花《じんちょうげ》は枯れても香《かんば》し。④大鍋の底は撫《な》でても三杯。⑤襤褸《ぼろ》でも八丈。⑥古川に水絶えず。反 麒麟《きりん》も老いては駑馬《どば》に劣る。

楔《くさび》を以《もっ》て楔《くさび》を抜《ぬ》く　以楔拔楔，表示凡事要用正確的方法來做。類 ①毒を以て毒を制す。②人を見て法を説け。

草《くさ》も揺《ゆる》がず　草都不動，表示完全無風。天下太平。

腐《くさ》り縄《なわ》に馬《うま》をつなぐ　用腐朽的繩子拴馬，比喩不可靠，完全沒有成功之希望。類 ①腐り縄杖《つえ》につく如し。②腐り縄で荒馬を扱う。③朽縄《くちなわ》に取り付く如し。④蓮《はす》の糸で大石を釣る。反 ①腐り縄も用に立つ。②腐り縄にも取りどころ。

腐《くさ》り縄《なわ》にも取《と》りどころ　腐朽的繩子都有用處。

草囹圄《くされいご》に満《み》つ　草滿囹圄，表示天下太平，沒有犯人。

腐《く》れ縁《えん》は離《はな》れず　惡緣無法斷。惡緣難分離。類 ①業縁《こうえん》腐れ縁。②悪縁契り深し。

草《くさ》を打《う》って蛇《へび》を驚《おど》かす　打草驚蛇。類 ①草を打って蛇を出し毛を吹いて疵《きず》を求む。②藪《やぶ》をつついて蛇を出す。

孔子《くじ》の倒《たお》れ　孔子都會跌倒，比喩人都會犯錯誤。類 ①弘法にも筆の誤り。②猿も木から落ちる。③河童《かっぱ》の川河れ。④釈迦《しゃか》にも経の読み違い。⑤千慮の一失。

櫛《くし》の歯《は》をひくよう　比喩連續不斷。

籤《くじ》は争《あらそ》いをとどむ　抽籤可以止爭吵。

孔雀《くじゃく》は羽《はね》ゆえ人《ひと》に獲《と》らる　孔雀因羽毛而被人捕獲，比喩有了優點反而不幸。類 ①象は歯有りて以て其の身を焚《や》かる。②麝香《じゃこう》は臍《へそ》故命をとらる。③甘井先ず竭《つ》く。④鳴く虫は捕らる。⑤翠《すい》は羽を以て自ら残《そこな》う。

愚者《ぐしゃ》の百行《ひゃくこう》より知者《ちしゃ》の居眠《いねむ》り　愚者的百行不如智者的瞌睡。比喩無用的人不論有多少都是沒有用。類 ①雀の千声鶴の一声。②千人の諾諾は一士の諤諤《がくがく》に如《し》かず。

愚者《ぐしゃ》も一得《いっとく》　愚者千慮，必有一得。類 ①阿呆《あほう》にも一芸。②馬鹿にも一芸。③能なしの能一つ。④愚者も千慮すれば一得あり。⑤負うた子に教えられて浅瀬を渡る。

愚人《ぐじん》に論《ろん》は無益《むえき》　與愚人議論無益。類 ①非理の前に道理なし。②愚者に向かって返答なし。③愚者に聞かす詞《ことば》はない。反 話せばわかる。

薬九層倍《くすりくそうばい》　藥是九倍利，藥店利潤高。

薬《くすり》にするほど　做藥那樣多，表示數量很少。

薬《くすり》の灸《きゅう》は身《み》にあつく毒《どく》な酒《さけ》は甘《あま》い　藥用的施灸燙身，有毒的酒甜。良藥苦口，忠言逆耳。類 ①苦言は薬なり甘言は疾なり。②良薬口に苦し。③金言は耳に逆らう。④口に甘きは腹に毒。

薬人《くすりひと》を殺《ころ》さず医師人《くすしひと》を殺《ころ》す　藥不會殺人而是醫生用錯藥殺人，表示物無罪，罪在於用物之人。

薬《くすり》も過《す》ぎれば毒《どく》となる　藥用過量變成毒。物極必反。類 過ぎたるは猶《なお》及ばざるが如し。

薬《くすり》より養生《ようじょう》　吃藥不如保養。類 ①薬より看病。②一に看病二に薬。③一に養生二に介抱。④予防は治療に勝る。

癖《くせ》ある馬《うま》に乗《の》りあり　有脾氣的馬，由於騎法不同也可以馴服，而比沒有特徵的馬更有用。類 ①人食らい馬にも合口。②蹴《け》る馬も乗り手次第。③癖ある馬に能あり。④名馬に癖あり。癖なき馬は行かず。反 沈香《じんこう》も焚《た》かず屁もひらず。

癖《くせ》なき馬《うま》は行《ゆ》かず　沒有習癖的馬不行。比喩沒有什麼特徵的人不太行。類 ①癖ある馬に乗りあり。②癖ある馬に能あり。③名馬に癖あり。

曲者《くせもの》の空笑《そらわら》い　心黑者的假笑，諛笑。類 えせ者の空笑い。

糞《くそ》に箔《はく》ぬる　糞上塗箔，比喩金玉其外。另喩白費勁、徒勞。

糞舟《くそぶね》にも船頭《せんどう》　運糞船也要船老大。比喩什麼職業、工作都要有人負責。類 糠舟《ぬかぶね》にも船頭。

糞《くそ》も味噌《みそ》も一緒《いっしょ》　大便和豆醬搞在一起，喩好壞不分。類 ①味噌も糞も一つ。②糞味噌三膳。

下《くだ》さる物《もの》なら赤葉《あかば》でも　要給我東西連紅葉都要，表示貪心不足。貪得無厭。反 袖から手を出すも嫌い。

管《くだ》を以《もっ》て天《てん》を窺《うかが》う　以管窺天。類 ①管から天を覗《のぞ》く。②小知を以て大道を窺う。③錐《きり》を以て地を指す。④葦《よし》の髄から天井覗く。⑤鍵の孔《あな》から天を覗く。⑥針の穴から天上覗く。⑦貝殻で海を量る。⑧針を以て地を刺す。

口《くち》あれば京《きょう》へ上《あが》る　有嘴巴可以上京，比喩不知道的事也可以請教人之後，把它做好。類 ①目あれば京へ上る。②目と鼻があれば京へ上る。

口《くち》あれば食《く》って通《とお》る、肩《かた》あれば着《き》て通《とお》る　既然有嘴就可以吃東西，既然有肩膀就可以穿衣服，表示人無論如何都可以過生活，不必太担心。類 生き身に餌食《えじき》。

口《くち》が動《うご》けば手《て》が止《や》む　口動手就停，表示不要說話，要動手工作。

口《くち》から生《う》まれて口《くち》で果《は》てる　生於口，死於口，表示禍從口出。

口《くち》から出《で》れば世間《せけん》　一出口就傳到社會上。表示話一出口，駟馬難追，說話時要謹慎。類 ①吐いた唾《つば》は呑めぬ。②囁《ささや》き千里。③人の口に戸は立てられぬ。反 吐いた唾を呑む。

朽《くち》木《き》は柱《はしら》にならぬ　朽木不能作柱。比喩懶惰的人沒有用。類 ①朽木は彫るべからず。②朽木は雕《え》るべからず。

口《くち》食《く》うて一杯《いっぱい》　只爲吃已竭盡全力，表示生活淸苦。

口車《くちぐるま》に乗《の》せる　爲花言巧語所騙。

口先《くちさき》の裃《かみしも》　口頭上的禮服，比喩嘴上說得好聽，其實沒有誠意。

口《くち》自慢《じまん》の仕事《しごと》下手《へた》　會說會道但不會做。類①口たたきの手足らず。②口上手の商い下手。

口《くち》たたきの手《て》足《た》らず　會說會道但不去實行，不會做。類①口自慢の仕事下手。②口上手の商い下手。③手でせぬ口。④手足らずの口剣。⑤口で大阪の城も立つ。

口《くち》では大阪《おおさか》の城《しろ》も立《た》つ　嘴上連大阪城也能建，喻用嘴來說，什麼大事都可以做。說得輕鬆，做起來就困難。類口たたきの手足らず。

口《くち》と心《こころ》は裏表《うらおもて》　口心不一致。口是心非。類①口と腹とは砥石《といし》の裏表。②口と腹と違う。③口と心と違う。④口は口心は心。反言行一致。

口《くち》と財布《さいふ》は締《し》めるが得《とく》　收緊嘴巴和錢袋有利，比喻不要多嘴和浪費金錢。類①口と財布はとずるに利あり。②口と褌《ふんどし》は固くしめろ。③口の出這《では》いりに戸を立てろ。④口は禍《わざわ》いの門。⑤沈默に害なし。

口《くち》に甘《あま》いは腹《はら》に毒《どく》　甜口的東西對肚有害，比喻被花言巧語所騙而上當。類①旨《うま》い物は腹にたまる。②口に甘きは腹に害あり。

口《くち》に風邪《かぜ》をひかす　嘴巴感冒，表示說些無用的話。或白說。類①口に風を入れる。②あったら口に風邪ひかす。

口《くち》に使《つか》われる　被嘴巴所使用，表示人為了吃而工作。類①口に孝行する。②口ゆえに使われる。

口《くち》にはいる物《もの》なら按摩《あんま》の笛《ふえ》でも　可以入口的東西連按摩師的笛子也要，喻嘴饞貪心，什麼都要吃。類貰う物は夏も牡丹餅《ぼたもち》。

口《くち》には関所《せきしょ》がない　嘴沒有關閘，表示什麼話都可以說。類①口に物がいらぬ。②口には税がかからぬ。③口に年貢はいらず。④言葉に物がいらぬ。

口《くち》に針《はり》　嘴裏有針，話中帶刺。類①奥歯に剣。②口は虎舌は剣。反口に蜜《みつ》あり腹に剣あり。

口《くち》に蜜《みつ》あり腹《はら》に剣《けん》あり　口蜜腹劍。類①笑中に刀あり。②口に甘きは腹に害あり。③笑みの中《うち》の刀。④口に接吻《せっぷん》胸に匕首《あいくち》。反口に針。

口《くち》の虎《とら》は身《み》を破《やぶ》る　嘴上的老虎會使人身敗。比喻禍從口出。

口《くち》は口《くち》心《こころ》は心《こころ》　口是口，心是心，喻口是心非。類①口と腹とは砥石《といし》の裏表。反①言葉は心の使い。②言葉は身の文《あや》。

口《くち》は重宝《ちょうほう》　嘴是至寶，表示嘴巴很方便，無法做的事都可以說出來。類①口は重宝手は宝。②口は口心は心。③口には関所がない。④言葉に物はいらぬ。反①言葉は心の使い。②言葉は身の文《あや》。

口《くち》は虎舌《とらした》は剣《つるぎ》　口虎舌劍，表示用詞劇烈。用詞不當和說得不好會使人身敗名裂。類①口に針。②舌の一撃は槍《やり》の一撃よりも悪い。③口は禍《わざわ》いの門。④舌は禍いの根。

口《くち》は善悪《ぜんあく》の門《かど》、舌《した》は禍《わざわい》の根《ね》　口爲善惡之門，舌爲禍根。禍從口出。

口《くち》は禍《わざわ》いの門《もん》　口爲禍之門。禍從口出。類①禍いは口より生ず。②口は病を入れて禍いを出す。③三寸の舌に五尺の身を滅ぼす。④物言えば唇寒し秋の風。

唇亡《くちびるほろ》びて歯《は》寒《さむ》し　唇亡齒寒。類①唇竭《つ》きて歯寒し。②唇歯輔車《しんしぼしゃ》。③唇やぶるれば其の歯寒し。④唇無ければ歯寒し。

口《くち》も八丁《はっちょう》、手《て》も八丁《はっちょう》　既能說又能幹。類①口八挺手八挺。②口も口手も手。③八面《はちめん》六臂《ろっぴ》。

口《くち》より出《だ》せば世間《せけん》　從口一說出就傳遍社會，表示話一出口就沒有秘密。

口《くち》をして鼻《はな》の如《ごと》くせよ　使嘴巴如鼻子一樣，鼻子不會說話，其意思是要愼言不可亂說話。類①口を以て鼻とせよ。②口の虎は身を破る。③舌の剣は命を絶つ。④口は禍《わざわ》いの門。⑤沈默は金。

口《くち》を閉《と》じて眼《まなこ》を開《ひら》け　閉口開眼，表示靜觀不要說話。類目は二つ耳は二つ口はただ一つ。

口《くち》を守《まも》る瓶《かめ》の如《ごと》くす　守口如瓶。

履《くつ》の蟻冠《ありかんむり》を嫌《きら》う　鞋的螞蟻討厭冠，比喩沒見過世面，不知天高地厚。類井戸の中の蛙大海を知らず。

轡《くつわ》の音《おと》にも目《め》をさます　連馬轡子的聲音也會弄醒，表示習慣成自然，警惕心強。類①心がける武士は地をはう虫にも気をゆるさず。②居候は茶碗の音にも目をさます。

靴《くつ》を隔《へだ》てて痒《かゆ》きを掻《か》く　隔靴搔癢。類①隔靴搔痒《かっかそうよう》。②御簾《みす》を隔てて高座を覗《のぞ》く。

国郷談所風俗《くにきょうだんところふうぞく》　地方不同，風俗和方言都不同。

国《くに》に盗人《ぬすびと》、家《いえ》に鼠《ねずみ》　國有盜賊，家有老鼠，表示規模大小雖有不同，但內部都有賊。

国破《くにやぶ》れて山河《さんか》在《あ》り　國破山河在。

苦《く》は楽《らく》の種《たね》　苦是樂之種籽，現在的辛苦是爲了得到將來的安樂。苦盡甘來。類①苦樂はあざなえる縄の如し。②苦をせねば楽はならず。③苦するよかろう楽する悪かろう。④嵐のあとに靜けさがくる。

首《くび》が回《まわ》らぬ　債台高築。

首《くび》つりの足《あし》をひく　拉上吊者的脚，比喩加速其滅亡。或比喩殘忍的行爲。類座頭を川中で剝《は》ぐ。

窪《くぼ》い所《ところ》に水溜《みずた》まる　低窪地方會積水，比喩利之所在，人之所趨。或比喩身份低生活苦的人，自然有各種的痛苦隨之而來。類①低い所に水溜まる。②窪い所に芥《あくた》。

雲《くも》となり雨《あめ》となる　①雲雨之情。②翻雲覆雨。類①朝の雲夕の雨。②手を翻《ひるが》えせば雲となり手を覆《くつが》えせば雨となる。

雲《くも》にかけ橋《はし》　雲端架橋，比喩無論如何也無法達到的希望。類雲にかけ橋霞《かすみ》に千鳥。

蜘蛛《くも》の子《こ》を散《ち》らすよう　如蜘蛛子分散，比喩人四散奔逃。類風に蜘蛛の子を散らす如し。

蜘蛛《くも》の巣《す》で石《いし》を吊《つ》る　用蜘蛛網吊石，比喩不可能做的事或非常危險。一髮千鈞。類一髮千鈞《せんきん》を引く。

雲《くも》の早《はや》く走《はし》るときは天気《てんき》が悪《わる》くなる　雲飛得快，天氣會變壞。

蜘蛛《くも》は大風《おおかぜ》が吹《ふ》く前《まえ》に巣《す》をたたむ　吹大風前，蜘蛛會收網。類熊深山を出れば大雪降る。

雲行《くもゆ》き早《はや》く空黄色《そらきいろ》を帯《お》びるときは大風《おおかぜ》あり　雲飛得快，天空帶黃色時會有大風。

雲《くも》をつかむ　撲朔迷離。

雲《くも》を摑《つか》んで鼻《はな》をかむ　抓雲咬鼻，比喩無法可行的無理請求。因爲誰都無法抓到雲和自己咬自己的鼻子。類耳を削って鼻をかむ。

雲《くも》を衝《つ》くよう　如頂雲那様，形容身體很高。

供養《くよう》より施行《せぎょう》　對死人作佛事不如對活人施捨。

食《くら》えどもその味《あじ》を知《し》らず　食而不知其味。食不知味。

鞍掛《くらか》け馬《うま》の稽古《けいこ》　騎木馬練習騎馬，不去騎眞馬來練習騎馬，表示只知其法不去實踐是沒有用的。類①畳の上の水練。②木馬の達人。

暗《くら》がりから牛《うし》　暗處牽牛，比喩①事物難於區別，②動作遲鈍。類①暗闇《くらやみ》の牛《うし》。②暗闇から牛を引き出す。③暗がりから手。

暗《くら》がりから暗《くら》がり　從黑暗到黑暗，比喩左思右思無法想出。類暗闇《くらやみ》から暗闇《くらやみ》へはいるよう。

暗《くら》がりに鬼《おに》つなぐ　黑暗與鬼連在一起，比喩吉凶莫測令人不快。類 鬼が出るか仏が出るか。

暗《くら》がりの犬《いぬ》の糞《ふん》　暗處的狗糞，比喩以爲人不知而掩飾自己的失敗。

暗《くら》がりの渋面《じゅうめん》　在暗處作愁眉苦臉，比喩作了也沒有反應。類 暗がりに膝《ひざ》を立てる。

暗《くら》がりの恥《はじ》を明《あか》るみへ出《だ》す　醜事外揚。特地將本來不講人就不知的醜事向外宣揚。類 ①暗闇の恥を明るみへ出す。②日陰の恥を日向《ひなた》へ出す。

水母《くらげ》の風向《かぜむ》かい　水母逆風游，比喩手脚亂動都沒用。

水母《くらげ》の行列《ぎょうれつ》　水母的隊伍，比喩隊伍不整齊。

水母《くらげ》の骨《ほね》　水母的骨，比喩不可能有，或極罕有。

水母《くらげ》も骨《ほね》に逢《あ》う　水母遇到骨頭，比喩遇到千載難逢的好運。

暗闇《くらやみ》の鉄砲《てっぽう》　黑暗的槍火，比喩作事魯莽，不顧前後。或比喩毫無目標地亂撞。類 ①闇夜の鉄砲。②闇に鉄砲。③闇夜の礫《つぶて》。

暗闇《くらやみ》の独《ひと》り舞《まい》　黑暗中的獨舞。表示沒有人看見，即使舞得不好，也可以放心盡情跳。類 野中の独り謡。

暗闇《くらやみ》の頬冠《ほおかむ》り　黑暗中包住頭臉，比喩不必要的小心。因爲一片漆黑，沒有人看得見對方的臉部，不需要包住頭臉。類 暗がりの頬冠り。

暗闇《くらやみ》より無闇《むやみ》がこわい　胡亂比黑暗可怕。

苦《くる》しい時《とき》には親《おや》を出《だ》せ　感到藉口難找時，就提出父母，如用父母生病作爲藉口。類 ①せつない時に親を出す。②敵《かな》わぬ時には親を出せ。

苦《くる》しい時《とき》の神頼《かみだの》み　痛苦時求神。平時不燒香，臨時抱佛脚。類 ①困った時の神頼み。②叶《かな》わぬ時の神頼み。③せつない時の神頼み。④恐ろしい時の念仏。⑤悲しい時の神祈り。⑥悲しい時の神たたき。⑦人窮すれば天を呼ぶ。⑧今はの念仏誰も唱える。

苦《くる》しい時《とき》は鼻《はな》をも削《そ》ぐ　痛苦時也會削掉鼻子。慌不擇路，貧不擇妻。狗急跳牆，人急懸樑。比喩人一急會不擇手段。類 時の用には鼻をも削ぐ。

車《くるま》は海《うみ》へ舟《ふね》は山《やま》　車去海，船在山，比喩事物顛倒。

紅《くれない》は園生《そのう》に植《う》えても隠《かく》れなし　紅花雖生在園裏，但盡人皆知，比喩才能出衆的人一定會脱穎而出。

黑犬《くろいぬ》に噛《か》まれて赤犬《あかいぬ》におじる　被黑狗咬過一次，連紅狗也怕。驚弓之鳥。一朝被蛇咬，三年怕井繩。類①黒犬に噛まれた者は灰汁《あく》かすに恐る。②羹《あつもの》に懲《こ》りて膾《なます》を吹く。③蛇に噛まれて朽縄《くちなわ》におじる。④舟に懲りて輿を忌む。⑤傷弓の鳥。

食《く》わず嫌《ぎら》い　沒吃就討厭其味道，表示事情沒試過就討厭它，只憑自己的感情來作決定。類①味見ず嫌い。②雁《がん》も鳩も食わねば知れぬ。

食《く》わせて置《お》いて扨《さて》と言《い》い　用酒菜招待之後才提出要求。類旨《うま》い物食わす人に油断すな。

食《く》わぬ飯《いい》が髭《ひげ》に付《つ》く　沒有吃而飯粒附在鬍鬚上。比喩自己沒有犯罪，但有有力的證據證明其犯罪而受到嫌疑。受到無妄之災。

食《く》わぬ腹《はら》肥《こ》やす　雖過着粗食的生活也裝着過奢侈的生活。

鍬《くわ》をかたげた乞食《こじき》は来《こ》ない　扛了鋤頭，就不會變成乞丐，表示做工勞動不會變成乞丐。類稼ぐに追い付く貧乏なし。

句《く》を作《つく》るより田《た》を作《つく》れ　寫文章不如耕田。

群蟻《ぐんぎ》羶《せん》に附《つ》く　群蟻附羶。

君子《くんし》危《あや》うきに近寄《ちかよ》らず　君子不近危險的地方。寧走十步遠，不走一步險。

君子《くんし》二言《にげん》なし　君子不二言。類武士に二言なし。反①一口両舌。②二枚舌を使う。

君子《くんし》は独《ひと》りを慎《つつし》む　君子愼獨。類君子は屋漏《おくろう》に恥じず。

君子《くんし》は豹変《ひょうへん》す　君子豹變。類大人《たいじん》は虎変す。

葷酒山門《くんしゅさんもん》に入《い》るを許《ゆる》さず　葷酒不准入山門。

薫《くん》は香《こう》を以《もっ》て自《みずか》ら焼《や》く　薫以香而自燒，比喩有才能反而招來自滅。類①甘井先ず竭き招木先ず伐らる。②鐸は声を以て自ら毀る。③孔雀は羽ゆえ人に獲らる。

群盲象《ぐんもうぞう》を撫《な》ず　群盲摸象。類①群盲象を評す。②衆盲象を摸す。

薫蕕器《くんゆうき》を同《おな》じうせず　薫蕕不同器。比喩好人和壞人不可以住在同一地方。類①冠履は同じくおさめず。②鮑魚蘭芷は籠を同じうして蔵せず。③茶斉《とせい》は畝を同じくせず。④紫は朱を奪う。

群羊《ぐんよう》を駆《か》って猛虎《もうこ》を攻《せ》む　驅群羊攻猛虎，比喩聯合許多弱國來進攻強國。

け

鯨飲《げいいん》馬食《ばしょく》　狂飲大吃。

形影《けいえい》相《あい》同《おな》じ　形影相同，表示心正其行也正。

形影《けいえい》相《あい》弔《ともら》う　形影相弔，表示孤獨凄涼。類①形影相あわれむ。②形影自ら相憐む。

謦咳《けいがい》に接《せっ》す　見面、識荆。

芸《げい》が身《み》を助《たす》ける　一藝傍身，勝積千金。

螢火《けいか》を以《もっ》て須弥《しゅみ》を焼《や》く　用螢火燒須彌山，比喻用微力，徒勞無功。

桂玉《けいぎょく》の艱《かん》　桂玉之艱，表示從外地到物價非常貴的地方，感到生活艱難。

桂玉《けいぎょく》の地《ち》　桂玉之地，指物價非常貴，一寸地一寸金的大城市。

鶏群《けいぐん》の一鶴《いっかく》　鶏群之一鶴，鶴立鶏群，比喻突出於衆。類①鶴の鶏群に立つが如し。②野鶴の鶏群にあるが如し。③万緑叢《そう》中紅一点。

鶏口《けいこう》となるも牛後《ぎゅうご》となる勿《なか》れ　寧爲鶏口，無爲牛後。鶏口牛後。類①大鳥の尾より小鳥の頭。②鯛の尾より鰯《いわし》の頭。反寄らば大樹の蔭。

蟪蛄《けいこ》春秋《しゅんじゅう》知《し》らず　蟪蛄不知春秋，比喻沒有見過世面。

稽古《けいこ》に神変《じんぺん》あり　練習有神變，表示熱心地練習可以練出常人不能做的事。

敬《けい》して遠《とお》ざく　敬而遠之。

芸術《げいじゅつ》は長《なが》く人生《じんせい》は短《みじか》し　藝術長久，人生短促。表示藝術家死後，其作品可以留傳很久。

系図《けいず》侍《ざむらい》不庖丁《ぶぼうちょう》　誇耀其家系的武士，其武藝差。

系図《けいず》上戸《じょうご》　一醉就自吹家系和祖先。

傾城買《けいせいかい》の糠味噌汁《ぬかみそじる》　外奢內吝。大處不算小處算。類傾城買の草鞋《わらじ》はかず。

傾城《けいせい》に誠《まこと》なし　歡樂場中沒眞話。類①傾城の空涙。②傾城の誠と卵の四角なのはない。③傾城に誠あれば三十日に月が出る。

螢雪《けいせつ》の功《こう》を積《つ》む　刻苦用功。類 螢の光窓の雪。

軽諾《けいだく》は必《かなら》ず信寡《しんすく》なし　輕諾必寡信。

兄《けい》たり難《がた》く弟《てい》たり難《がた》し　難兄難弟。類 伯仲の間。

兄弟牆《けいていかき》に鬩《せめ》げど、外《そと》其《そ》の務《あなど》りを禦《ふせ》ぐ　兄弟鬩於牆，外禦其侮。

兄弟《けいてい》は手足《しゅそく》たり　兄弟如手足。類 兄弟は左右の手の如し。

刑《けい》は軽《かる》きを厭《いと》わず　刑不厭輕。

芸《げい》は主《ぬし》を避《さ》けず　技藝不避主，學習技藝與其人的身份和貧富無關，誰都可以學到手。

芸《げい》は道《みち》によって賢《かしこ》し　行行出狀元。類 ①芸は道によって精《くわ》し。②商売は道によりて賢し。③餅は餅屋酒は酒屋。④性は道によりて賢し。⑤田作る道は農に問え琴は座頭に習え。⑥海の事は舟人に問え。⑦蛇《じゃ》の道はへび。

芸《げい》は身《み》につく　藝在身。表示財產和地位是會失掉的，而一藝在身，永遠可用。

芸《げい》は身《み》の仇《あだ》　藝喪其身。類 芸は身を破る。

芸《げい》は身《み》を助《たす》く　一藝在身，勝積千金。類 ①芸は身につく。反 ①芸は身の仇。②芸は身を助けぬ籠《かご》のうずら。

桂馬《けいま》の高上《たかあ》がり　爬得高跌得重。沒有實力爬到高位，最後會失敗。類 桂馬の高飛び歩の餌食《えじき》。

鶏鳴狗盗《けいめいくとう》　鷄鳴狗盜。類 函谷《かんこく》関の鶏鳴。

怪我《けが》の功名《こうみょう》　僥倖成功。做失敗反而有功。類 ①過ちの功名。②怪我勝ち。

下戸《げこ》と化物《ばけもの》はない　沒有不喝酒的人。類 下戸と鬼はなし。

下戸《げこ》の粕汁《かすじる》　不會喝酒的人連喝酒糟的湯都會醉。

下戸《げこ》の建《た》てた蔵《くら》はない　不喝酒的人也沒有攢下錢。類 ①下戸の建てた蔵はなく御《お》神酒《みき》上がらぬ神はなし。②酒蔵あれども餅蔵なし。③酒と煙草はのんで通る。④酒なくて何の己が桜かな。

下戸《げこ》の手剛《てごわ》　不喝酒的人難以對付。

下戸《げこ》の平強《ひらじ》い　過分地勸人喝酒。

下戸《げこ》は上戸《じょうこ》の被官《ひかん》　在酒席上不會喝酒的人是能喝酒的人之家臣。

袈裟《けさ》で尻拭《しりふ》く　用袈裟擦屁股，比喩不檢點、散慢。

外術《げじゅつ》は七日保《なぬかも》たず　左道妖術不能維持七天，比喩陰謀詭計不能維持很久，一定會暴露。

下種《げす》と鷹《たか》とに餌《え》を飼《か》え　卑鄙的人和鷹要用餌來飼養，表示小人以利，卑鄙的人要用利誘。類①鷹を養う如し。②憎い者には餌を与えよ。③憎い鷹に餌を飼《か》え。反下種と鷹に餌を飼うな。

下種《げす》ない上臈《じょうろう》はならず　沒有下賤就沒有高貴，有下才有上。類①下臈なくては上臈もなし。②馬鹿あって利口が目立つ。③悪人あればこそ善人も顕《あらわ》れる。

下種《げす》の後思案《あとじあん》　卑賤的人事後出主意。類①下種の知恵は後につく。②下種の後知恵。③こけの知恵は後から。④こけの後思案。⑤下手の思案は後につく。

下種《げす》の一寸《いっすん》のろまの三寸《さんずん》　五十步百步，半斤八兩。

下種《げす》の口《くち》に戸《と》は立《た》てられぬ　無法封住卑鄙的人之口。類①開いた口には戸はたたぬ。②悪口は人を容赦せず。③人の口に戸は立てられぬ。④陰では殿の事も言う。⑤下臈《げろう》は口さがないもの。⑥陰では御所内裏の事も言う。

下種《げす》の逆恨《さかうら》み　卑鄙的人會把好心當成歹意。類心無しの人怨《ひとうら》み。

下種《げす》の謗食《そしりぐ》い　下作的人是一邊貶斥一邊吃。類七皿食うて鮫臭《さめくさ》い。

下種《げす》の知恵《ちえ》は後《あと》から　愚蠢人事後聰明。類①はまった後で井戸の蓋《ふた》をする。②下種の後知恵。③こけの後思案。④下手の後思案。反先見の明。

下種《げす》も三食上臈《さんじきじょうろう》も三食《さんじき》　卑賤者也是三餐、高貴者也是三餐都要吃飯，表示人本無貴賤之分。類①乞食も二腹はない。②乞食も米の飯を食う。③乞食の腹も一杯。④千石万石も米五合。④仏も飯も三度。

外題学問《げだいがくもん》　只知書名不知內容。類①本屋学問。②聞き取り学問。

懈怠者《けたいもの》の食急《しょくいそ》ぎ　懶惰者急着吃。

下駄《げた》と焼味噌《やきみそ》　外形相似而實質懸殊。

下駄《げた》も阿弥陀《あみだ》も同《おな》じ木《き》のきれ　木屐和佛像同是木塊，比喩開始雖是相同，但後來非常不同。類下駄も仏も同じ木のはし。

下駄《げた》を預《あず》ける　委托辦理事情。

けちん坊《ぼう》の柿《かき》の種《たね》　吝嗇鬼連柿子核都要，表示視錢如命的守財奴。類①しわん坊の柿の種。②袖から手を出すも嫌い。③出すことは目の中の塵《ちり》でも嫌い。

結構《けっこう》は阿呆《あほう》の中《うち》　什麼事都好好、沒意見的人是呆子的同類。類①結構は阿呆の唐名。②結構すぎて馬鹿に近い。

月前《げつぜん》の星《ほし》　月前之星，比喩相形見絀。

毛《け》の無《な》い猿《さる》　無毛的猴子，比喩如畜牲的人。類毛のない犬。

仮病脈《けびょうみゃく》を作《つく》らず　裝病無法改脈跳，比喩有無法隱藏的證據。

煙《けむり》あれば火《ひ》あり　有煙必有火，事出有因。有結果必有原因。

外面如菩薩内心如夜叉《げめんにょぼさつないしんにょやしゃ》　外披羊皮，內藏狼心。一嘴的阿彌陀佛，一肚子的不良心。類①顔に似ぬ心。②薔薇《ばら》には棘《とげ》がある。

欅《けやき》の発芽《はつが》不揃《ふぞろ》いのときには晩霜《おそじも》あり　欅的發芽不齊之時有晚霜。

家来《けらい》とならねば家来《けらい》は使《つか》えぬ　不做部下就不能用部下，沒有做過下面工作經驗的人，不能使用下面的人。

げらげら笑《わら》いのどん腹立《ばらだ》て　哈哈大笑之後怒氣沖沖，表示感情不斷地在變化。類①げたげた笑いのどん腹立て。②じゃらじゃら笑いの八つ面ふくらし。③げらげら笑いの仏頂面。

螻蛄《けら》の水渡《みずわた》り　螻蛄的渡水，比喩開頭時勁頭十足，而中途放棄的人。類おけらの水渡り。

蹴《け》る馬《うま》も乗手次第《のりてしだい》　會踢人的馬也全憑騎手，騎手好可以馴服牠。

毛《け》を吹《ふ》いて疵《きず》を求《もと》む　吹毛求疵。類垢《あか》を洗って痕《あと》を求む。②藪をつついて蛇を出す。③痒《かゆ》くないところを掻《か》く。

毛《け》を見《み》て馬《うま》を相《そう》す　看毛相馬，比喩只看表面，不看內容。

犬猿《けんえん》の仲《なか》　狗猴的關係，比喩形同水火的關係。類①犬と猿。②犬猿もただならず。③犬と猫。

喧嘩口論後悔《けんかこうろんこうかい》のもと　與人發生爭端一定會後悔。

喧嘩《けんか》すぎての空威張《からいば》り　打完架逞威風。類①喧嘩すぎての向こう鉢巻。②盗人逃げての向こう鉢巻。

喧嘩過《けんかす》ぎての棒乳切《ぼうちぎり》　打完架的棍子。打完架想起武藝來。時過無用。類①諍《いさか》い果《は》ての乳切木。②葬礼すんでの医者話。③火事後の火の用心。④盗《と》られた後の戸の締まり。⑤六日の菖蒲《しょうぶ》。⑥死《し》んでからの医者話。

喧嘩《けんか》と火事《かじ》は大《おお》きい程《ほど》よい　打架和火災越大越好。這是愛看熱鬧的人的心情。

類喧嘩と牡丹餅《ぼたもち》はでかい程よい。

喧嘩《けんか》にかぶる笠《かさ》はない　有人有意找架打是無法避開。打架就免不了負傷。類喧嘩《けんか》は降り物。

喧嘩《けんか》は降《ふ》り物《もの》　吵架是天降下來的東西，表示吵架不知何時會發生，即使自己不想做，他人也會找你吵架。類①口論喧嘩は時の降り物。②喧嘩にかぶる笠はない。

喧嘩両成敗《けんかりょうせいばい》　打架的雙方都要担不是。

賢人《けんじん》は危《あや》うきを見《み》ず　賢人不近危地。類①君子危うきに近寄らず。②危ない事は怪我のうち。③臭しと知りて嗅《か》ぐは馬鹿者。

健全《けんぜん》なる精神《せいしん》は健全《けんぜん》なる身体《しんたい》に宿《やど》る　健全的精神寓于健全的身體。

犬兎《けんと》の争《あらそ》い　犬兎之争。鷸蚌之争。

権《けん》に募《つの》る　恃權驕傲。

倹約《けんやく》とけちは水仙《すいせん》と一文字《ひともじ》　節儉和吝嗇如同水仙和葱形似而實不同。

剣《けん》を売《う》り牛《うし》を買う　賣劍買牛。解甲歸田。

剣《けん》を遺《おと》して舟《ふね》を契《きざ》む　刻舟求劍。

剣《けん》を使《つか》う者《もの》は剣《けん》で死《し》ぬ　用劍者死於劍。類①兵強ければ即《すなわ》ち滅ぶ。②人を呪《のろ》えば穴二つ。

乾《けん》を旋《めぐ》らし坤《こん》を転《てん》ず　旋轉乾坤。

こ

子《こ》あれば万事《ばんじ》足《た》る　有子萬事足。

小家《こいえ》から火《ひ》を出《だ》す　火從小戶人家發生，比喩從小地方會發生大問題。

鯉《こい》が躍《おど》れば泥鰌《どじょう》も躍《おど》る　鯉魚跳躍泥鰌也依樣學樣要跳躍。東施效顰。類①雁がたてば鳩もたつ。②雁が飛べば石亀も地団駄《じだんだ》。

御意見《ごいけん》五両《ごりょう》 堪忍《かんにん》十両《じゅうりょう》　忠告值五両，忍耐值十両，所以做人要傾聽他人的忠告和忍耐。類①堪忍五両思案十両。②堪忍の字が百貫する。

③堪忍は一生の宝。

五位鷺《ごいさぎ》の嫁入《よめい》り　鷺的出嫁，比喩出嫁之後不久就離婚。

恋路《こいじ》は縁《えん》のもの　戀愛要有緣。

恋《こ》いた程飽《ほどあ》いた　熱得快的戀愛冷得快。

濃《こ》い茶目《ちゃめ》の毒気《どくき》の薬《くすり》　濃茶會使人睡不着覺，但可以提神。

恋《こい》に師匠《ししょう》なし　戀愛無師自通。類①色に師匠なし。②遊びに師匠なし。

恋《こい》に上下《じょうげ》の隔《へだ》て無《な》し　戀愛無上下之別。類①色に貴賤の隔てなし。②高い低いも色の道。

恋《こい》の遺恨《いこん》と食《く》い物《もの》の遺恨《いこん》は恐《おそ》ろしい　與情慾和食慾有關的怨恨很深。

鯉《こい》の滝登《たきのぼ》り　鯉魚向急流游。登龍門。比喩一登龍門，聲價十倍。類龍門の滝登り。

鯉《こい》の一跳《ひとは》ね　鯉的一跳，比喩最後的掙扎，臨死前的勇敢。類鯉の水離れ。

恋《こい》の病《やまい》に薬《くすり》なし　愛情之病沒藥醫治。

恋《こい》の山《やま》には孔子《くじ》の倒《たお》れ　在愛情之山孔子都會跌倒，表示連聖人都會爲情而犯錯誤。類①恋は心の外。②色は思案の外。③色は心の外。④恋は盲目。

恋《こい》の闇《やみ》　愛情是盲目的。愛情的糊塗，不能正確的看事情。

恋《こい》は曲者《くせもの》　戀愛是一個蹊蹺的事情，誰愛誰是莫名其妙的事情。

恋《こい》は思案《しあん》の外《ほか》　戀愛會使人失理性，所以不能用常識來推測的。類①恋は盲目。②恋の闇。③恋は心の外。

恋《こい》は盲目《もうもく》　愛情是盲目的。

恋《こい》は無情《むじょう》の種《たね》　戀愛是無情之種籽。表示戀愛之後才知道人世的虛幻和悲哀。

紅一点《こういってん》　一點紅，很多男人中的唯一女性。類鶏群の一鶴。

光陰《こういん》に関守《せきもり》なし　沒有把守光陰關口的人。光陰如箭。類①歳月人を待たず。②光陰矢の如し。③光陰の水の如し。④光陰は人を待たず。

光陰矢《こういんや》の如《ごと》し　光陰如箭。類①隙《ひま》ゆく駒《こま》。②月日に関守無し。③光陰に関守なし。

行雲流水《こううんりゅうすい》　行雲流水，比喩靈活自然，毫不沾滯。類雲無心にして岫を出ず。

後悔先《こうかいさき》に立《た》たず 後悔莫及。類 ①後悔と槍《やり》持ちは先に立たず。②先立たぬ悔い。③はまった後で井戸の蓋《ふた》をする。④死んでからの医者話。⑤転ばぬ先の杖《つえ》。

後悔《こうかい》は智恵《ちえ》の緒《いとぐち》 後悔是智慧的開端。

口角泡《こうがくあわ》を飛《と》ばす 口沫横飛。興奮地熱烈地議論，口若懸河地講話。

業《ごう》が煮《に》える 急得發脾氣。

黄河《こうが》の澄《す》むのを待《ま》つ 等黄河水清，比喩不管怎麼等，都無法等到水清。

江河《こうが》の溢《いつ》は三日《みっか》に過《す》ぎず 江河之溢不過三天。表示任何逞兇發威都不會長久。

好機逸《こうきいつ》すべからず 良機不可失。類 ①鉄は熱いうちに鍛えなければならぬ。②物に時あり。③思い立ったが吉日。④奇貨居くべし。

孝経《こうきょう》で親《おや》の面《おもて》を撲《う》つ 用孝經打父母的臉。比喩言行不一致。

肯綮《こうけい》に当《あた》る 中肯。

膏血《こうけつ》をしぼる 剝削膏脂。

巧言令色《こうげんれいしょく》鮮《すくな》し仁《じん》 巧言令色鮮于仁。類 巧言は徳を乱る。

孝行《こうこう》のしたい時分《じぶん》に親《おや》はなし 想孝順父母之時，父母已不在。子欲孝而親不在。類 ①石に蒲団は着せられぬ。②風樹の歎《たん》。③木静かならんと欲すれども風止《や》ます。

功罪相半《こうざいあいなか》ばする 功罪各半。功罪相抵。

恒産《こうさん》なきものは恒心《こうしん》なし 無恒産者無恒心。類 貧すれば鈍する。

高山《こうざん》の嶺《いただき》には美木《びぼく》なし 高山之巔無美木，比喩居高位者難保美名。類 大樹の下に美草無し。

口耳四寸《こうじしすん》の学《がく》 現蹔現賣的學問，膚淺的知識。

香餌《こうじ》の下《した》には必《かなら》ず死魚《しぎょ》あり 香餌之下必有死魚，比喩人爲財死。類 高飛の鳥は美食に死す。

孔子《こうし》も時《とき》に会《あ》わず 孔子也生不逢時，比喩聖人都會懷才不遇。類 ①聖人も時に遇わず。②孔子も道行われず。

好事《こうじ》も無《な》きに如《し》かず 好事不如無事。

好事門《こうじもん》を出《い》でず悪事千里《あくじせんり》を走《はし》る　好事不出門，壞事走千里。好事不出門，醜事傳千里。

碁《ご》打《う》ちに時《とき》なし　下圍棋一着迷就會忘記時光。類 ①碁将棋は親の死に目に会わぬ。②碁にこると親の死に目に会われぬ。

巧遅《こうち》は拙速《せっそく》に如《し》かず　巧而慢不如拙而速。反 急がば回れ。

口頭《こうとう》の交《まじわ》り　口頭之交，沒有眞心誠意的來往。

口中《こうちゅう》の雌黃《しおう》　口中雌黃。信口雌黃。

狡兎《こうと》死《し》して走狗《そうく》烹《に》らる　狡兎死走狗烹。

功《こう》成《な》り名《な》遂《と》げて身退《みしりぞ》く　功成身退。

郷《ごう》に入《い》って郷《ごう》に従《したが》う　入鄉隨俗。類 ①所の法に矢は立たぬ。②里に入りて里に従う。③国に入ってはまず禁を問え。④ローマではローマ人の如く生きよ。⑤人の踊る時は踊れ。⑥所変われば品変わる。

効能書《こうのうがき》の読《よ》めぬところに効能《こうのう》あり　由於藥的說明書難解才有功效。表示凡事不是完全看得見才可貴。

甲張《こうば》り強《つよ》くして家《いえ》おし倒《たお》す　爲防房屋倒塌用東西支撑用力過度，反而推倒房屋，比喩認爲好的事情，反而導致破滅的結果。類 ①弱き家に強き甲張り。②贔屓《ひいき》の引き倒し。

高飛《こうひ》の鳥《とり》は美食《びしょく》に死《し》す　高飛的鳥死於美食。鳥爲食亡，人爲財死。

好物《こうぶつ》に祟《たた》りなし　自己喜歡吃的東西吃過多都無害。類 好き物に祟りなし。

弘法《こうぼう》にも筆《ふで》の誤《あやま》り　弘法大師都會有筆誤。智者千慮必有一失。聰明一世糊塗一時。類 ①猿も木から落ちる。②知者も千慮に一失あり。③善く泳ぐ者は溺《おぼ》る。

弘法筆《こうぼうふで》を択《えら》ばず　弘法大師不選筆，比喩書法家不管筆的好壞都能寫得好字。類 ①能書筆を択ばず。②名筆は筆を択ばず。③善書は紙筆を択ばず。

高木《こうぼく》に風強《かぜつよ》し　樹大招風。類 ①出る釘は打たれる。②高木は風に嫉《ねた》まる。

高木《こうぼく》は風《かぜ》に嫉《ねた》まる　樹大招風。類 高木は風に折《お》らる。

小馬《こうま》の朝駆《あさか》け　小馬的晨跑，比喩開始時用力過多而很快地感到疲勞。類 ①小馬の朝勇み。②痩《やせ》馬《うま》の道いそぎ。③駒《こま》の朝走り。④朝跳ねの夕びっこ。

高慢《こうまん》は出世《しゅっせ》の行《ゆ》きどまり　傲慢者不能再發跡。

高名《こうみょう》の中《なか》に不覚《ふかく》あり　高名之中有過失。

鴻毛《こうもう》を以《もっ》て爐炭《ろたん》の上《うえ》に燎《や》く　用鴻毛放在爐炭上燒，比喩極容易之事。

蝙蝠《こうもり》も鳥《とり》のうち　蝙蝠也在鳥之類，濫竽充數。類①蝙蝠も人数。②蝶蝶とんぼも鳥のうち。③田作りも魚の中《うち》。

紺屋《こうや》の明後日《あさって》　染坊的後天，因染坊往往以後天可以染好來搪塞顧客，其實不是那一回事。比喩約定的日期不可靠。類①鍛冶《かじ》屋の明晩。②医者の只今《ただいま》。③坊さんのおっつけ。

紺屋《こうや》の白袴《しろばかま》　染匠穿白褲子。賣油的水梳頭。賣蓆的睡土坑。類①医者の不養生。②菜物作りの米食わず。③駕籠《かご》舁《かつ》ぎ駕籠に乗らず。④易者身の上知らず。

膏薬張《こうやくば》り　貼膏藥，轉爲暫時應付過去。

甲羅《こうら》が生《は》える　久經世故。類①甲羅を経《へ》る。②亀の甲より年の劫《こう》。

甲羅《こうら》を経《へ》る　有經驗，老練。類①劫臈《こうろう》を経る。②甲羅が生える。

黄粱一炊《こうりょういっすい》の夢《ゆめ》　黄粱一夢。類①一炊の夢。②邯鄲の夢。

声《こえ》なくて人《ひと》を呼《よ》ぶ　不出聲能叫人，有德之人不叫人，人自來。

声《こえ》の高《たか》い者《もの》が勝《か》つ　大聲的人贏。類理の有るは高声に在らず。

声《こえ》を呑《の》む　吞聲，説不出話來。

小男《こおとこ》の腕立《うでだ》て　小個子的爭勝。比喩雖抵抗也無法得勝。蝗臂擋車。類蟷螂《とうろう》の斧《おの》。

氷《こおり》と炭《すみ》　冰和炭，比喩性質完全相反的東西。

氷《こおり》は水《みず》より出《い》でて水《みず》よりも寒《さむ》し　冰出於水，而比水冷。青出於藍。類青は藍《あい》より出でて藍より青し。

呉下《ごか》の阿蒙《あもう》　呉下阿蒙。譏笑別人沒有學問。

黄金《こがね》の釜《かま》を掘《ほ》り出《だ》したよう　好像掘出黄金鍋那樣，表示遇到難逢的好運而感到非常高興。

黄金《こがね》は命《いのち》を延《の》ぶ　黄金可以延長生命。黄金是長生之藥。

呉牛《ごぎゅう》月《つき》に喘《あえ》ぐ　呉牛喘月。比喩過於畏懼。

故郷《こきょう》へ錦《にしき》を着《き》て帰《かえ》る　衣錦還鄉。類①故郷に錦を飾る。②故郷へ花を飾る。③錦を衣《き》て昼行く。

極楽願《ごくらくねが》わんより地獄《じごく》つくるな　希望入極樂不如不做入地獄之事。表示不可以做出惡因。

極楽《ごくらく》の入口《いりぐち》で念仏《ねんぶつ》を売《う》る　在極樂的入口賣弄念佛。班門弄斧。類①聖人の門前で孝経を売る。②釈迦《しゃか》に説法孔子に悟道。③釈迦に経。④河童《かっぱ》に水練。

後家育《ごけそだ》ちは三百安《さんびゃくやす》い　由寡婦養大的孩子便宜三百，表示這樣的孩子不太堅強。類①祖《ば》母《ば》育ちは三百文安い。②祖母育ちは銭が安い。

こけた上《うえ》を踏《ふ》まれる　栽倒又被踩。禍不單行。屋漏更遭連夜雨。類①踏んだり蹴《け》ったり。②泣き面に蜂《はち》。

虎穴《こけつ》に入《い》らずんば虎子《こじ》を得《え》ず　不入虎穴焉得虎子。類①危険をおかさぬ者は何も得られぬ。②卵を割らずにはオムレツができぬ。③枝先に行かねば熟柿は食えぬ。反①君子危うきに近寄らず。②危ない事は怪我《けが》のうち。③命あっての物種。④開いた口へ牡丹餅《ぼたもち》。

こけで太《ふと》い程恐《ほどおそ》ろしい者《もの》はない　沒有比又蠢又傻大胆的人令人可怕。

後家《ごけ》と黒木《くろき》は触《さわ》ってみねば知《し》れぬ　寡婦和帶皮的木料不接觸它不知道，比喻只看外表不知其內容。人不可貌相。

こけの一心《いっしん》　愚者的一念，愚誠，表示愚笨人只要一心一意下決心去做，也可以幹出成績出來。類①こけも一心。②こけの一念。

沽券《こけん》が下《さが》る　失身價，人品下降。類①沽券にかかわる。②沽券が泣く。

五合無菜《ごごうぶさい》　一日只有可買五合米而無法買菜的收入，比喻收入低生活苦。

後光《ごこう》より台座《だいざ》が高《たか》くつく　做佛像的座兒比做其背後的光暈更花錢、費用較多，比喻不顯眼的基礎工作更花錢。

糊口《ここう》を凌《しの》ぐ　僅能餬口。

虎口《ここう》を脱《だっ》す　逃出虎口。

虎口《ここう》を逃《のが》れて龍穴《りゅうけつ》に入《い》る　逃出虎口又入龍潭。類①一難去って又一難。②前門の虎後門の狼《おおかみ》。

小言《こごと》は言《い》うべし酒《さけ》は買《か》うべし　牢騷也要發，酒也要買，比喻賞罰要分明，有賞有罰。類信賞必罰。

此処《ここ》ばかりに日《ひ》は照《て》らぬ　此處不留人，他處自有留人處。類①天道様は回りもち。②江戸中の白壁は皆旦那《だんな》。③米の飯と天道様は何処へ行っても付いて回る。

粉米《こごめ》も噛《か》めば甘《あま》くなる　碎米嚼嚼也會甜，比喩凡事不好好地仔細做就不知其眞實的好處。類 粉糠《こぬか》も噛めば甘くなる。

心内《こころうち》にあれば色外《いろそと》にあらわる　心中有所思必形諸於外。類 思い内にあれば色外にあらわる。

心焉《こころここ》に在《あ》らざれば視《み》れども見《み》えず　心不在焉視而不見。

志《こころざし》ある者《もの》事竟《ことつい》に成《な》る　有志者事竟成。類 ①精神一到何事か成らざらん。②思う念力岩をも透す。

志《こころざし》は木《き》の葉《は》に包《つつ》む　有眞心誠意，儘管用樹葉包住那様微小的贈物也可以。物輕情重。類 ①志なら松の葉に包め。②塵《ちり》を結んでも志。

心《こころ》に刻《きざ》む　銘記。

心《こころ》に鬼《おに》を作《つく》る　因害怕而疑神疑鬼。心中有鬼。

心《こころ》に垣《かき》をせよ　必須提高警惕。

心《こころ》に笠着《かさき》て暮《く》らせ　不要盡往高處看，要知足過生活。

心《こころ》につるる姿《すがた》　心正貌善，心惡貌惡。

心《こころ》の鬼《おに》が身《み》を責《せ》める　受良心責備。類 脛《すね》に疵《きず》持てば笹原《ささはら》走る。

心《こころ》の駒《こま》に手綱《たづな》ゆるすな　要時時提高警惕，不可放鬆。不可放鬆心中的馬韁繩。

心《こころ》の角《つの》を折《お》る　後悔而發憤。

心《こころ》の矢《や》は石《いし》にも立《た》つ　心之箭可穿石，比喩只要下決心一心一意去做，無事不成。

心《こころ》は面《おもて》の如《ごと》し　人心不同各如其面，毎一個都不同。

心《こころ》は二《ふた》つ身《み》は一《ひと》つ　想要的東西有兩個，但身體只有一個，只好放棄一個取一個。類 ①心二つに身は一つ。②二兎《にと》を追う者は一兎をも得ず。③東家に食し西家に宿す。

心広《こころひろ》く体胖《たいゆたか》なり　心廣體胖。

心程《こころほど》の世《よ》を経《へ》る　人隨其心境、作風而過生活，渡其一生。類 心がらの世を経る。

心安《こころやす》いは不和《ふわ》の基《もと》　不客氣是不和的原因。類 ①思う中には垣をせよ。②親しき中に礼儀あり。

心《こころ》を鬼《おに》にする　硬着心腸。

子《こ》三人《さんにん》子宝《こだから》　有子三人最好。類負わず借らずに子三人。

乞食《こじき》が馬《うま》を貰《もら》ったよう　送馬給乞丐，比喻添麻煩的好意。

乞食《こじき》に氏《うじ》なし　沒有天生的乞丐，乞丐沒有門第。類①乞食に筋なし。②乞食に種《しゅ》なし。

乞食《こじき》に仕習《しならい》なし　做乞丐不要學習。

乞食《こじき》に膳椀《ぜんわん》　乞丐用紅漆碗吃飯，比喻與身份不相稱。類乞食に赤椀。

乞食《こじき》に貧乏《びんぼう》なし　在乞丐之間沒有所謂貧窮。

乞食《こじき》にも門出《かどで》　連乞丐都會慶祝出門，表示連下層的人都有與他們相稱的做法。類①乞食も身祝。②紙子にも襟《えり》祝。③山伏にも門出。

乞食《こじき》にも袋祝《ふくろいわい》　連乞丐都會慶祝開始使用的袋子，表示連下層的人都有相稱他們的慶祝方法。類①紙子にも襟《えり》祝。②乞食になりても身祝。③牛蒡《ごぼう》も身祝。

乞食《こじき》にも三《みっ》つの理屈《りくつ》　連乞丐都有三個理由，表示誰都有他自己的理由。類盗人にも三分の理。

乞食《こじき》の朝謡《あさうたい》　乞丐早上唱歌，表示乞丐比一般人無憂無慮。類朝謡は貧乏の相。

乞食《こじき》の系図話《けいずばなし》　乞丐炫耀自己的家系，比喻說些無聊的話。類①乞食の由緒立て。②乞食の世にあり話。③賤《いや》しい者の系図調べ。

乞食《こじき》の子《こ》も三年《さんねん》たてば三《みっ》つになる　乞丐的孩子過了三年就是三歲。表示極其當然之事，歲月不區別貴賤，對什麼人都是一樣。類①三年たてば三つになる。②馬鹿の子も三年養えば三つになる。

乞食《こじき》の断食悪女《だんじきあくじょ》の賢者振《けんじゃぶ》り　乞丐的絕食，醜婦假裝賢人，比喻故意逞能。自己沒有辦法做更好的事情，而裝成自己願意這樣做。類餓鬼の断食悪女の賢女振り。

乞食《こじき》の餅焼《もちや》き　乞丐烤年糕，比喻光是不斷地擺弄，翻來翻去。

乞食《こじき》も大勢《おおぜい》すれば体《てい》がよい　乞丐人多也顯得好看。表示不管什麼東西只要多而齊就顯得好看。類肥桶《こえおけ》も百荷。

乞食《こじき》も米《こめ》の飯《めし》を食《く》う　儘管是剩飯，乞丐也吃大米飯，表示雖說身份有高下之分，其實相差不大。類①下種《げす》も三食上﨟《じょうろう》も三食。②乞食も二腹はない。

乞食《こじき》も場所《ばしょ》　乞丐行乞時也要好場所，表示不管做什麼事選擇好場所很重要。類 乞食しても場でせよ。

乞食《こじき》を三日《みっか》すればやめられぬ　乞討三天、帝王不換。叫化三年懶做官。

乞食《こじき》を三日《みっか》すれば忘《わす》れられぬ　做乞丐三天就難以忘掉。比喩一旦養成壞習慣就難以改掉。類 ①乞食も三日すれば三年忘れぬ。②三日乞食すれば生涯忘れられない。③三日乞食すれば一生やめられない。

五十歩百歩《ごじゅっぽひゃっぽ》　五十歩笑百歩。比喩程度雖不同，相差不多。類 ①五十歩百歩を笑う。②目糞鼻糞を笑う。③猿の尻笑い。④鍋が釜を黒いという。

五十煙草《ごじゅうたばこ》に百酒《ひゃくざけ》　到五十歳不抽煙，到一百歳不喝酒，表示一生不喝酒不抽煙。

小姑《こじゅうとめ》は鬼千匹《おにせんびき》　媳婦面對着如千鬼那樣可惡的丈夫的兄弟姐妹。表示媳婦的處境難受。類 ①小姑一人は鬼千匹にむかう。②小姑一人は猫千匹。

五重《ごじゅう》の塔《とう》も下《した》から組《く》む　五層塔也是從下面築起。比喩凡事都循序而進才能成功。按部就班。

後生《ごしょう》が大事《だいじ》　來世重要，重視來世。類 ①後生大事。②後生を大事。

碁将棋《ごしょうぎ》は親《おや》の死《し》に目《め》にも会《あ》えぬ　沉迷於圍棋象棋時連父母之死都不理，表示沉迷娛樂會誤大事。

孤掌《こしょう》鳴《な》り難《がた》し　孤掌難鳴。類 ①一手の独り拍《う》つは疾《はや》しといえども声なし。②独掌みだりに鳴らず。③単糸線を成さず。④一文銭は鳴らず。⑤一本薪《いっぽんまき》は燃えぬ。

後生願《ごしょうねが》いの六性悪《ろくしょうあく》　祈來世幸福的人却做些品性惡劣之事。類 ①後生願いの悪根性。②後生願いと栗の木に真っ直ぐなものはない。

胡椒丸呑《こしょうまるの》み　囫圇呑胡椒。囫圇呑棗。

孤城落日《こじょうらくじつ》　孤城落日，比喩事物的衰落。類 ①孤城落月。②桐《きり》一葉落ちて天下の秋を知る。

小食《こじょく》は長《なが》生《い》きのしるし　小吃是長命的象徴。表示暴飲暴食對身體有害，小吃可以長命。類 ①腹八分に医者いらず。②腹八分目。③大食短命。

御所内裏《ごしょだいり》の事《こと》も陰《かげ》では言《い》う　在背後也會講宮内事，表示人喜歡在背地裏罵人。類 ①陰では殿の事も言う。②陰では殿の首も切る。

鐺《こじり》がつまる　窮途末路。

午前《ごぜん》南風《みなみかぜ》午後《ごご》北風《きたかぜ》なら明日《あす》は晴《はれ》　上午南風下午北風明天會晴天。類 北風が南に変わると雨南風が北に変わると晴。

五臓六腑《ごぞうろっぷ》に泌《し》みわたる　滲透五臟六腑，表示深深感到。

去年《こぞ》の暦《こよみ》　去年的日曆，比喩無用的東西。

御大層《ごたいそう》をまける　誇張其詞，言過其實。

子宝脛《こだからすね》が細《ほそ》る　孩子多父母辛苦。

御託《ごたく》を並《なら》べる　誇誇其談，廢話連篇。

炬燵水練《こたつすいれん》　在被爐裏練游泳，紙上談兵，只知理論而實際無用。類 畳の上の水練。

炬燵《こたつ》で河豚汁《ふぐじる》　在被爐裏喝河豚湯，比喩雖然在療養，其實沒有達到療養的目的。或比喩做些不合理之事。

炬燵兵法《こたつびょうほう》　被爐兵法，紙上談兵。類 ①畳の上の水練。②鞍掛《くらか》け馬の稽古《けいこ》。③畑の水泳ぎ。④畳の上の陣立て。

炬燵弁慶《こたつべんけい》　在家稱雄在外懦弱的人。類 ①炉ぶち弁慶。②内ひろがりの外すばり。③内弁慶。

木霊《こだま》もひかず　間不容髮。類 間髪を容《い》れず。

五反百《ごたんひゃく》　姓出《しょうで》ず入《い》らず　有耕地五「反步」的農夫收支剛剛平衡。

壺中《こちゅう》の天地《てんち》　壺中天地，別有天地，比喩醉生忘死之樂。類 ①壺中の天。②桃源鄉。

胡蝶《こちょう》の夢《ゆめ》の百年目《ひゃくねんめ》　蝴蝶夢的第一百年，臨死之前懷念自己的人生，感到後悔。

骨髄《こつずい》に徹《てつ》する　深入骨髓。形容一生難忘。類 骨髄に入る。

凝《こ》っては思案《しあん》に能《あた》わず　考慮過多反而無好主意。類 ①凝っては思案に余る。②餓鬼の目に水見えず。

骨箱《こつばこ》をたたく　大言壯語。類 ①大口をたたく。②大言壯語。③大風敷《おおぶろしき》を広げる。④御大層をまける。⑤頤《おとがい》をたたく。

木端《こっぱ》の火《ひ》　木屑之火，比喩微不足道之事。

木《こ》っぱを拾《ひろ》って材木《ざいもく》を流《なが》す　撿起木屑，讓木材流去，比喩貪小失大。

小爪《こづめ》を拾《ひろ》う　抓住話尾巴來找藉口，強詞奪理。類 姑《しゅうとめ》の粗拾い。

碁《ご》で敗《ま》けたら将棋《しょうぎ》で勝《か》て　圍棋賽輸了不必灰心，就在象棋取勝，比喩在某一件事失敗了，不必灰心，就在另一件事取得補償。類 ①海の疲れは山で治す。②碁に敗けて将棋で勝つ。

事《こと》ある時《とき》は仏《ほとけ》の足《あし》を戴《いただ》く　平時不燒香，臨時抱佛脚。

言承《ことうけ》よしの意見《いけん》聞《き》かず　光是回答得好聽，但不聽人家的意見。

事《こと》がな笛吹《ふえふ》かん　伺機而動。

事《こと》が延《の》びれば尾鰭《おひれ》が付《つ》く　事情一延長，會添加一些其他因素，所以不是好事。

尽《ことごと》く書《しょ》を信《しん》ずれば則《すなわ》ち書無《しょな》きに如《し》かず　盡信書則不如無書。

琴柱《ことじ》に膠《にかわ》す　膠柱鼓瑟。墨守成規不變通。類 柱に膠して瑟《しつ》を鼓す。

言伝《ことづて》は荷《に》にならぬ　捎口信不會成爲行李，輕而易擧之事。

言葉多《ことばおお》きは品少《しなすく》なし　言多者無品格。類 ①言葉は心の使い。②沈默は金。③事は多けれども品は少なし。

事《こと》は時節《じせつ》　凡事都要看時機，時機很重要。

言葉《ことば》に鞘《さや》がある　話中有鞘，比喩不融洽。

言葉《ことば》に花が咲《さ》く　話内開花，比喩說話說得太起勁，因而引起吵架。類 言葉に花を咲かせる。

言葉《ことば》に物《もの》はいらぬ　說話不用錢，表示不管說得多麼動聽都不花費用，因此不必爲了說些不客氣的說話，引起人家的怨恨。

言葉《ことば》は国《くに》の手形《てがた》　鄉音是表示出生地的一個證據。

言葉《ことば》は心《こころ》の使《つか》い　語言是表示人的心意的工具。類 ①言葉は身の文《あや》。②心につるる姿。③言葉多きは品少なし。

言葉《ことば》は立居《たちい》を現《あらわ》す　語言表示一個人的品行。

言葉《ことば》は身《み》の文《あや》　言如其人的裝飾，聽其言就知其人。類 言葉は心の使い。

事《こと》は密《みつ》なるを以《もっ》て成《な》る　事以密而成。類 ①幾事密ならざればすなわち害成る。②言の洩《も》れ易《やす》きは禍《わざわ》いを招くの媒《なかだち》事の愼まざるは敗を取る道。③謀《はかりごと》は密なるをもって善しとす。

子供好《こどもず》きに子《こ》なし　喜歡小孩的人沒有子女。類 子煩惱に子なし。

子供《こども》の喧嘩《けんか》に親《おや》が出《で》る　小孩的打架，父母出面，比喩沒有成人的器量。類 子供喧嘩が親喧嘩。反 子供の喧嘩親かまわず。

子供《こども》の根問《ねどい》 小孩的追根問底，指喜追根問底到明白爲止的人。

子供《こども》は教《おし》え殺《ころ》せ馬《うま》は飼《か》い殺《ころ》せ 小孩要徹底地教育，馬要充分地飼養。類①馬は飼い殺せ子供は教え殺せ。②馬は飼い殺せ乗り殺せ。

子供《こども》は大人《おとな》の父親《ちちおや》 小孩是大人的父親，表示小孩時的性格，長大之後也不改變，因爲大人的性格是從小孩帶來的，所以可以說小孩是大人的父親。類三つ子の魂百まで。

子供《こども》は風《かぜ》の子《こ》 小孩是風之子，表示小孩不怕寒冷或風吹在戸外精神勃勃地遊玩。

小鳥《ことり》の多《おお》い年《とし》は豊作《ほうさく》 小鳥多之年是豐收年。

小鳥《ことり》を捕《と》らえて大鳥《おおとり》を逃《に》がす 捕捉了小鳥逃了大鳥，因小失大。類小利大損。

子《こ》に過《す》ぎたる宝《たから》なし 孩子是人生最寶貴之寶，沒有比他更寶貴的。類①子にまさる宝なし。②子は第一の宝。③子は人生最上の宝。④千の倉より子は宝。

子《こ》にすることを親《おや》にせよ 以對子之心孝順父母。

子《こ》に引《ひ》かるる親心《おやごころ》 父母爲了疼愛孩子，心都變遲鈍。類①子故に迷う親心。②子故の闇《やみ》。③親馬鹿。

粉糠三合《こぬかさんごう》あったら婿《むこ》に行《い》くな 只要有米糠三合，不要去入贅。類①来ぬか来ぬかと三度言われても婿と養子には行くな。②粉糠三合あったら入婿するな。③養子に行くか茨《いばら》の藪《やぶ》を裸で行くか。

子《こ》の心親知《こころおやし》らず 父母不知子女心。

子《こ》は有《あ》るも嘆《なげ》き無《な》きも歎《なげ》き 有子也是憂愁，無子也是憂愁。類子供のある者は幸福だがなくても不幸ではない。

子《こ》は生《う》むも心《こころ》は生《う》まぬ 父母可以生孩子的肉體，但不能生孩子的心。類①鳶《とび》が鷹《たか》を生む。②鳶が孔雀《くじゃく》を生んだ。反①蛙は蛙。②瓜の蔓《つる》に茄子《なすび》はならぬ。

子《こ》は親《おや》をうつす鏡《かがみ》 子是反映父母的鏡子，看其子就知其父母的爲人。

子《こ》は鎹《かすがい》 孩子是夫婦的羈絆。類①子は夫婦の鎹。②子は縁つなぎ。③縁の切れ目は子でつなぐ。

琥珀《こはく》は腐芥《ふかい》を取《と》らず 琥珀不取腐芥，比喩淸廉的人不受賄賂。

子《こ》は三界《さんかい》の首枷《くびかせ》　兒女是永遠的煩累。類 ①親子は三界の首枷。②子は厄介の首枷。③子が無くて泣くは芋掘りばかり。④無い子では泣かされぬ。
反 子に過ぎたる宝なし。

胡馬《こば》北風《きたかぜ》に嘶《いなな》く　胡馬嘶北風，比喩難忘家鄉。

小鼻《こばな》が落《お》ちる　比喩病人已臨死期不遠。

小鼻《こばな》をうごめかす　比喩洋洋得意，春風滿面。

小鼻《こばな》を膨《ふく》らます　比喩不滿的神色，板起面孔。

小判《こばん》で面張《つらは》る　用鈔票打臉，表示用錢來收買人。類 ①小判ずくめ。②金で面張る。

木挽《こびき》の一升飯《いっしょうめし》　伐木工吃一升飯，重勞動的人，飯量大。

小人《こびと》に鈍《どん》なし　小個子敏捷。

虎尾《こび》を履《ふ》む　踩虎尾，比喩冒危險。

五風十雨《ごふうじゅうう》　五風十雨，比喩天下太平無事。

小袋《こぶくろ》と小娘《こむすめ》は思《おも》ったより入《い》りが多《おお》い　小袋子比所想放得更多的東西，養女孩子比所想的更花錢。

昆布《こぶ》に山椒《さんしょう》　海帶加花椒，比喩很相稱。

小舟《こぶね》に荷《に》が勝《か》つ　比喩負超過自己力量的重任。

小舟《こぶね》の宵《よい》ごしらえ　前晩就準備好明天出航的小舟，比喩準備得太過周到。類 柴《しば》舟の宵ごしらえ。

瘤《こぶ》の上《うえ》の腫物《はれもの》　瘤上又生瘡。禍不單行。屋漏更遭連夜雨。類 ①泣き面に蜂《はち》。②痛む上に塩を塗る。③病み足に腫足。④転べば糞の上。

牛蒡《ごぼう》ほどの尾《お》を振《ふ》る　搖擺如牛蒡那樣短的尾巴，比喩因害怕而阿諛。

枯木《こぼく》栄《えい》を発《はっ》す　枯木發榮。枯木逢春。死灰復燃。類 ①枯れ木に花。②枯木花開く。③枯木死灰花開く。④炒《い》り豆に花が咲く。⑤朽ち木に花が咲く。⑥老い木に花。

枯木《こぼく》花《はな》開《ひら》く　枯木開花，枯木逢春。

枯木《こぼく》春《はる》にあわず　枯木不逢春，比喩被社會所遺棄的人。

子《こ》ほど喜《よろこ》ばせ難《にく》いものはなく、親《おや》ほど喜《よろこ》ばせ易《やす》い

ものはない　沒有比使兒女感到高興更困難的東西，沒有比使父母感到高興更容易的東西。

こま柿《がき》に核《さね》多《おお》し　小柿子反而核多。

小股《こまた》取《と》っても勝《か》つが本《ほん》　比喩勝利才是眞，不管所採取手段如何。不問手段如何，取勝才是眞。類①小股くぐりも勝つが本。②勝てば官軍。

困《こま》った時《とき》の神頼《かみだの》み　平時不燒香，臨時抱佛脚。類①切ない時の神たたき。②苦しい時の神頼み。

駒《こま》の朝走《あさばし》り　馬的晨跑，表示開始有勁，後來無勁。類①小馬の朝駈《が》け。②朝跳ねの夕びっこ。

独楽《こま》の舞倒《まいだお》れ　只有單獨一個人幹勁十足地拼死地做，沒有做出成績就力盡而倒下來。陀螺轉到最後就倒下來。

鱓《ごまめ》でも尾頭《おかしら》つき　東西雖小，但形態完整。麻雀雖小，五臟俱全。類①一輪咲いても花は花。②一合取っても武士は武士。

鱓《ごまめ》の歯軋《はぎし》り　弱者的咬牙切齒。螳臂擋車。類蟷螂の斧《おの》。

虚無僧《こむそう》に尺八《しゃくはち》　虚無僧的簫子。比喩隨身帶的東西。類坊主に袈裟《けさ》。

小村《こむら》の犬《いぬ》は人《ひと》を嚙《か》む　小村的狗咬人，比喩不見世面的人往往有偏見。

米食《こめく》った犬《いぬ》が叩《たた》かれずに、糠食《ぬかく》った犬《いぬ》が叩《たた》かれる　偷吃米飯的狗不被打，而偷吃米糠的狗被打，比喩犯大罪的無罪，犯小罪的有罪。類①皿嘗《な》めた猫が科《とが》を負う。②笊《ざる》なめた犬が科かぶる。③呑舟《どんしゅう》の魚を逸す。④雑魚ばかり網にかかる。

米搗飛蝗《こめつきばった》のよう　如搗米蝗蟲那樣頻頻地點頭。

米《こめ》の飯《めし》と女は白《しろ》い程《ほど》よい　米飯和女人愈白愈好。類色の白いは七難隠す。

米《こめ》の飯《めし》と天道様《てんどうさま》は何処《どこ》へ行《い》っても付《つ》いて回《まわ》る　走到那裏都有米飯和太陽。人生到處有青山。類①此処《ここ》ばかりに日は照らぬ。②人間到る処青山あり。③神は口のある者に食を与えざることなし。

米《こめ》の飯《めし》に骨《ほね》　米飯中有骨頭，比喩好吃的東西之中摻有異物，或表面親切內心不懷好意。類①餅の中の籾《もみ》。②旨《うま》い物に砂。③白ままに骨がある。④笑中に刀あり。⑤笑みの中に刀をとぐ。

米《こめ》の飯《めし》より思召《おぼしめ》し　誠意比米飯值得感謝。類食うた餅より心持ち。

子持《こも》ちになると唖《おし》が物言《ものい》う　有了孩子連啞巴都會說話，表示平時不說話的人，有了孩子會多嘴起來。

子持《こも》ち二人扶持《ににんぶち》　有了孩子的婦人吃兩人份量的東西。類 子持ちの腹には宿無しが居る。

子持《こも》ちの腹《はら》には宿無《やどな》しが居《い》る　有了孩子的婦女，其肚中住有無家可歸的人，表示孕婦或需喂奶的婦女吃許多東西。類 ①子持ちの腹に藁《わら》をこめ。②子持ち女は荷附馬でも通る。③子持ちの盗み食い。④子持ち二人扶持《ぶち》。

子養《こやしな》わんと欲《ほっ》すれど親待《おやま》たず　子欲養而親不在。

子故《こゆえ》の闇《やみ》に迷《まよ》う　爲了兒女之故而失去理性不能判斷善惡。類 ①子故《こゆえ》に迷う親心。②子に迷う闇。③馬鹿を見たくば親を見よ。

子《こ》より孫《まご》が可愛《かわい》　孫子比孩子可愛。類 ①孫は子より可愛い。②子より孫の可愛さ。

転《ころ》がる石《いし》は苔《こけ》が生《は》えぬ　轉動的石頭不生苔。類 ①使っている鍬《くわ》は光る。②人通りに草生えず。③度度植えかえる木は根が張らない。④流れる水は腐らず。

頃《ころ》は三月夜《さんがつよ》は九月《くがつ》　天氣最好是陰曆三月的白天和九月的晚上。

転《ころ》ばぬ先《さき》の杖《つえ》　沒跌倒之前的拐杖，比喻沒失敗之前，必須加以小心注意，不要疏忽大意。類 ①転ばぬ先の杖柱。②倒れぬ先の杖。③濡れぬ先の傘。④降らぬ先の傘。⑤用心は前にあり。⑥よい中《うち》から養生。

転《ころ》べば糞《くそ》の上《うえ》　跌在糞便上面。禍不單行。屋漏更遭連夜雨。類 ①転びゃ糞の中。②瘤《こぶ》の上の腫物。③踏んだり蹴《け》たり。④痛む上に塩を塗る。⑤泣き面に蜂。

衣《ころも》ばかりで和尚《おしょう》はできぬ　光有衣裳成不了和尚。比喻只有外觀，沒有用，人不可貌相。類 ①衣は僧をつくらず。②数珠ばかりでは和尚はできぬ。反 馬子にも衣裳《いしょう》髪かたち。

衣《ころも》を染《そ》めるより心《こころ》を染《そ》めよ　染衣不如染心，比喻重要的是信心，不是外觀。類 頭剃るより心を剃れ。

転《ころ》んでの尻挟《しりばさ》み　跌倒之後才夾屁股，比喻失敗之後才來準備是沒用的。類 転んで後のどっこいしょ。

転《ころ》んでもただでは起《お》きぬ　跌倒站起來時都要抓一把，比喻做什麼事都要佔便宜。類 ①こけても砂。②こけてもただは起きぬ。③転んでも土をつかむ。④こけた所で火打石。⑤こけても馬の糞。⑥倒れたら土つかめ。⑦行きがけの駄賃《だちん》。

こわい物見《ものみ》たさ　人喜看恐怖的東西。類①こわし見たし。②見たい物のおそろしさ。③おそろしい物ときたない物は見たい。

碁《ご》を打《う》つより田《た》を打《う》て　要下圍棋不如去種田。類①詩を作るより田を作れ。②花より団子。

子《こ》を知《し》るは父《ちち》に若《し》くはなし　知子莫如其父。

子《こ》を棄《す》てる藪《やぶ》はあるが、身《み》を棄《す》てる藪《やぶ》はない　有棄子的草叢而無棄自己的草叢，表示人當窮困時會拋棄兒女，但無法拋棄自己。類①子を棄つれども身を棄てる藪はなし。②身を捨つる藪は無い。

子《こ》を棄《す》てる藪《やぶ》はあれど、親《おや》を棄《す》てる藪《やぶ》なし　雖有棄子的草叢，但沒有棄父母的草叢。

子《こ》を視《み》ること親《おや》に如《し》かず　誰也不如父母視其子那樣正確。類①子を知るは父に如《し》くはなし。反親に目無し。

子《こ》を持《も》って知《し》る親《おや》の恩《おん》　有子才知父母恩。類①子を養いて方《まき》に父の慈を知る。②子持てば親心。③子を持たねば親の恩を知らず。④孝行のしたい時分に親はなし。

子《こ》を持《も》てば七十五度泣《しちじゅうごたびな》く　有了兒女多煩惱和辛苦。類子を持って泣かぬ親はない。

権者《ごんじゃ》にも失念《しつねん》　比喩偉人都會失敗。類弘法にも筆の誤り。

今生飾《こんじょうかざ》れば、後生飾《ごしょうかざ》る　修今世，來世得好報。

根性《こんじょう》に似《に》せて家《いえ》をつくる　建屋時依照自己性格而建，比喩人採取適合於自己性格的想法和行動。類①根性に似せて家を住まう。②蟹《かに》は甲羅《こうら》に似せて穴を掘る。

蒟蒻《こんにゃく》で石垣《いしがき》を築《きず》く　用蒟蒻粉來築石牆，比喩絕無可能做成。類①蒟蒻で岩かく。②擂《すり》粉木《こぎ》で腹を切る。

蒟蒻《こんにゃく》の裏表《うらおもて》　蒟蒻粉的正反面，比喩無法分別。

権兵衛《ごんべえ》が種《たね》蒔《ま》きゃ烏《からす》がほじくる　播了種，被烏鴉挖來吃掉，比喩一個人拼命做出來的工作，後來被人破壞了。

さ

才《さい》余《あま》りて識《しき》足《た》らず　才有餘而識不足。

塞翁《さいおう》が馬《うま》　塞翁失馬。[類] ①人間万事塞翁が馬。②禍福は糾《あざな》える縄《なわ》の如し。③吉凶は糾える縄の如し。

災害《さいがい》もと種《たね》なし悪事《あくじ》以《もっ》て種《たね》とす　災害沒有原因，而以自己做壞事爲其原因。

細工《さいく》は流流《りゅうりゅう》仕上《しあ》げを御覧《ごろう》じろ　手工有種種流派，等做出來之後才鑑賞。[類] 細工は粒粒仕上げが肝賢《かんじん》。

歳月《さいげつ》人《ひと》を待《ま》たず　歳月不待人。[類] ①光陰人を待たず。②光陰に関守なし。③光陰矢の如し。④歳月は流るる如し。⑤今日の後は今日なし。⑥盛年重ねて来らず。

菜根《さんこん》を咬《か》み得《え》ば百事《ひゃくじ》作《な》すべし　能夠啃菜根就可以做很多事。比喩只要能夠塡飽肚子，下決心也可以做出許多事。

才子《さいし》才《さい》に倒《たお》れる　才子爲才害。

在所育《ざいしょそだ》ちの麦飯《むぎめし》　在農村長大的人吃麥飯，比喩農村長大的人過慣樸素的生活。

最上《さいじょう》は幸福《こうふく》の敵《てき》　最高是幸福之敵，表示追求最高往往會引起不滿足而感到不幸福。[類] ①上を見れば方図がない。②身にあまった果報は禍《わざわ》いの基。③大吉は凶に還《かえ》る。④満は損を招く。⑤陽さわまって陰生ず。

彩《さい》ずる仏《ほとけ》の鼻《はな》をかく　比喩過於小心細緻反而搞壞了事物。[類] ①彩ずる仏鼻をそぐ。②ぜいずく仏の鼻をかく。③下手仏師の地蔵直し。④念の過ぐるは不念。⑤過ぎたるは猶《なお》及ばざるが如し。[反] 念には念を入れよ。

材大《ざいだい》なれば用《よう》をなし難《がた》し　材大難用，比喩人太過卓越，社會難用他。[類] 杓子《しゃくし》は耳掻《みみか》さにならぬ。[反] 大は小を兼ねる。

才太郎畠《さいたらばたけ》　①地獄和極樂之間。②不徹底、半途而廢。③有點小聰明而愛管閑事。

才智《さいち》は身《み》の仇《あだ》　有才智反而誤己。

災難《さいなん》なら畳《たたみ》の上《うえ》でも死《し》ぬ　如果是災難在草蓆上都會死，表示災難難防。

災難《さいなん》の先触《さきぶ》れはない　災難沒有預告。災難隨時會發生，所以平時就要小心。

賽《さい》の河原《かわら》 比喩不管如何努力都是徒勞無功，白費勁。

賽《さい》は投《な》げられたり 豁出去。拚了。幹到底。

財《ざい》は一代《いちだい》の宝《たから》 財是一代之寶，死也不能帶去。

財布《さいふ》の口《くち》を締《し》める 緊縮開支。

財布《さいふ》の尻《しり》を押《おさ》える 掌管財權。類①財布の紐《ひも》を握る。②財布尻を握る。

財布《さいふ》の底《そこ》と心《こころ》の底《そこ》は人《ひと》に見《み》せるな 錢袋的裏面和心底不要讓人看見。

財布《さいふ》の底《そこ》をはたく 傾囊，不留一文全部用盡。類財布をはたく。

財布《さいふ》の紐《ひも》が長《なが》い 一毛不拔，吝嗇。

財布《さいふ》の紐《ひも》は首《くび》にかけるよりは心《こころ》に掛《か》けよ 把錢袋的帶子掛在頸上不如掛在心上，比喩留心錢被偷不如自己不浪費。

財宝《ざいほう》は身《み》の敵《かたき》 有了財寶而害己。懷璧其罪。匹夫無罪。

祭文《さいもん》下手《へた》でも貝吹《かいふ》きは上手《じょうず》 俗曲唱得不好，但吹螺吹得很好，比喩重要的事搞得不好，無關緊要的事却搞得很好。

財《ざい》を以《もっ》て交《まじ》わる者《もの》は財尽《ざいつ》きて交《まじ》わり絶《た》ゆ 以財交者，財盡絶交。

竿竹《さおだけ》で星《ほし》を打《う》つ 用竹竿打星星，比喩不可能的蠢事。隔靴搔癢。類①竿の先で星を打つ。②竿でせせるよう。③擂粉木《すりこぎ》で腹を切る。

盃《さかずき》に孑孓《ぼうふら》がわく 酒杯裏生孑孓。叫人快點喝酒時所說的話。類盃は畳の模様ではない。

杯《さかずき》をかえす 與師傅或黨徒的頭目斷絶關係。一般是指與對方絶交。

杯《さかずき》をもらう 拜師傅，拜頭目。一般指與志同道合的人結交，而服從對方。

魚《さかな》は殿様《とのさま》に焼《や》かせよ、餅《もち》は乞食《こじき》に焼《や》かせよ 烤魚讓老爺來烤，烤年糕讓乞丐來烤，比喩要善於用人，要選用稱職者來做事。類①魚は上臈《じょうろう》に焼かせよ餅は下種《げす》に焼かせよ。②金持ちの子には魚を焼かせろ貧乏人の子には餅を焼かせろ。③瓜の皮は大名にむかせよ柿の皮は乞食にむかせよ。

坂《さか》に車《くるま》 拉車上坡，比喩一疏忽大意就會倒退。

酒屋《さかや》へ三里《さんり》豆腐屋《とうふや》へ二里《にり》 去賣酒的地方要三里，去豆腐店要二里，比喩偏僻不便的地方。

左官《さかん》の垣根《かきね》　泥水匠做籬笆，比喩不在行，做出的工夫不好。

先立《さきだ》つ物《もの》は金《かね》　首先第一需要的東西是錢。

鷺《さぎ》と烏《からす》　白鷺和烏鴉，比喩正相反的東西。

先《さき》の雁《かり》が後《あと》になる　前頭的雁子變成後頭的雁子。比喩後輩追過前輩。類 後の雁が先になる。

鷺《さぎ》を烏《からす》　以白鷺爲烏鴉。混淆黑白。指鹿爲馬。類 ①烏を鷺。②雪を墨。③鹿を馬。④白を黑。⑤柄の無い所へ柄をすげる。

先《さき》んずれば人《ひと》を制《せい》す　先下手爲強。類 ①早いが勝ち。②先手は万手。③機先を制す。反 急《せ》いては事を仕損ずる。

桜切《さくらき》る馬鹿《ばか》梅切《うめき》らぬ馬鹿《ばか》　櫻花樹枝不可以用刀斫，而梅樹枝要用刀斫。類 ①梅は切れ桜は切るな。②桃を切る馬鹿梅切らぬ馬鹿。③桜折る馬鹿柿折らぬ馬鹿。

桜三月菖蒲《さくらさんがつしょうぶ》は五月《ごがつ》　賞櫻花三月最好，賞菖蒲花五月最好。事物都有它最好的時期。

桜《さくら》は七日《なぬか》　櫻花只有開七天的花就謝落。

桜《さくら》は花《はな》に顕《あらわ》る　櫻花當開花就顯現出來。比喩平時與一般人無異的人忽然表現出才能。

酒入《さけい》れば舌出《したい》ず　酒入舌出。一喝酒話就多起來。

酒《さけ》が酒《さけ》を飲《の》む　喝酒是愈醉愈喝。類 酒が酒を呼ぶ。

酒買《さけか》って尻切《しりき》られる　請人喝酒，反而被人打。恩將仇報。類 ①酒買うて臂切《ひじき》らるる。②酒盛って尻切らるる。③酒盛って尻踏まれる。

酒極《さけきわ》まって乱《らん》となる　酒極生亂，喝酒喝到醉昏昏，最後就會吵架。類 礼に始まり乱に終る。

酒《さけ》と朝寝《あさね》は貧乏《びんぼう》の近道《ちかみち》　喝酒和早上睡大覺是貧窮的近路。

酒《さけ》と産《さん》には懲《こ》りた者《もの》がない　沒有一個人因受過酒和産子的痛苦而不敢再嘗試的。

酒《さけ》に呑《の》まれる　喝醉而失去理性。類 酒人をのむ。

酒《さけ》に別腸《べっちょう》あり　酒有別腸。

酒《さけ》に十《とお》の徳《とく》あり　酒有十德，酒有十種的好處。

酒《さけ》飲《の》み本性《ほんしょう》違《たが》わず　酒醉不失本性。類①上戸《じょうご》本性違わず。②酒の酔い本性忘れず。③酒の酔い本性違わず。

酒《さけ》は憂《うれ》いの玉箒《たまはわき》　一醉解千愁。

酒《さけ》は気違《きちが》い水《みず》　酒是使人發狂的水。類①酒は諸悪の基。②酒は百毒の長。反①酒は気つけ薬。②酒は百薬の長。③酒は天の美祿。

酒《さけ》は古酒《こしゅ》、女《おんな》は年増《としま》　酒是陳酒好，女人是成熟的半老徐娘好。

酒《さけ》は諸悪《しょうあく》の基《もと》　酒是諸惡之本。類①酒に三十五の失有り。②酒に三十六種の罪あり。③酒は気違い水。

酒《さけ》はなお兵《へい》の如《ごと》し　酒如兵器，不戒掉會害人。

酒《さけ》は飲《の》むとも飲《の》まるるな　酒可喝但不要喝得失去理性。喝酒要適量。類①酒は飲むべし飲むべからず。②人酒を飲む酒酒を飲む酒人を飲む。

酒《さけ》は飲《の》んでも煙草《たばこ》はやめられぬ　比喩酒煙難改。

酒《さけ》は百毒《ひゃくどく》の長《ちょう》　酒是百毒之長。

酒《さけ》は百薬《ひゃくやく》の長《ちょう》　酒是百藥之長。類①酒は気つけ薬。②酒は天の美祿。反 酒は百毒の長。

酒《さけ》は本心《ほんしん》をあらわす　酒吐眞心。酒發心腸之言。類 酔って本性をあらわす。

叫《さけ》び声《ごえ》は泥棒《どろぼう》をくびる　喊叫聲勒死小偷，比喩靜默不如叫喊。

雑魚《ざこ》の魚交《ととまじ》り　小魚雜在魚中，比喩地位低的雜在地位高的之中，或弱者雜在強者之中，表示身份不相稱。類①鱓《ごまめ》の魚交り。②蝦《えび》の鯛交り。③目高も魚の中《うち》。④魚の真似《まね》する目高。⑤ちりめんじゃこも魚交り。⑥鰯俵《いわしだわら》も俵の中。

雑魚《ざこ》も魚鰭《うおひれ》　小魚也有魚鰭，比喩雖有大小之別，其準備的工具都是一樣。

笹《ささ》の露《つゆ》にも酔《よ》う　喝一點點酒就會醉。

笹《ささ》の葉《は》に鈴《すず》　竹葉上繫鈴，比喩健談，無所不談多嘴的人。類①笹の先へ鈴。②笹葉に火の付いたよう。③竿《さお》の先へ鈴。④竹の先に鈴をつけたよう。⑤雲《ひ》雀《ばり》の口に鳴子。

囁《ささや》き千里《せんり》　耳語傳千里。秘事傳千里。人間私語天聞其雷。類①こそこそ三里。②囁き八町。③内緒話は江戸まで聞える。④口より出せば世間。

囁《ささや》き八町《はっちょう》　秘事傳四方。類①こそこそ三里。②内緒話は江戸まで聞える。

坐《ざ》して食《く》らえば山《やま》も空《むな》し　坐吃山空。類①居て食らえば山も空なし。②遊んで食らえば山も尽きる。

差《さ》し出《で》る杭《くい》は打《う》たれる　樹大招風。類出る杭は打《う》たれる。

匙《さじ》の先《さき》より口《くち》の先《さき》　醫術差而善於討好病人的醫生。

砂上《さじょう》の楼閣《ろうかく》　沙上樓閣，比喩基礎不好，容易倒塌。

匙《さじ》を投《な》げる　認爲沒有成功的希望而放棄。

坐禅《ざぜん》組《く》むよりこやし汲《く》め　坐禪不如去掬糞，表示要堅持自己崗位的工作，不要去搞與自己不相關的工作。類詩を作るより田を作れ。

沙中《さちゅう》の偶語《ぐうご》　沙中偶語，比喩部下在暗中搞陰謀。

五月《さつき》の鯉《こい》の吹流《ふきなが》し　五月的鯉魚旗。比喩心清意爽。鯉魚旗有鯉魚形而沒有內臟，腹中空空，所以表示心內空空，沒有一點憂煩。

薩摩《さつま》の飛脚《ひきゃく》　一去不歸的人。

座頭《ざとう》が杖《つえ》を失《うしな》ったよう　如盲人失掉拐杖，比喩失去靠山。

座頭《ざとう》ににえ湯《ゆ》　給盲人與開水，比喩給於冷不防的打擊。

座頭《ざとう》を川中《かわなか》で剝《は》ぐ　在河中搶盲人，比喩對無抵抗的人施殘暴之事。類川中で尼を剝ぐ。

鯖《さば》を読《よ》む　在數量上搞鬼騙人。

様《さま》に様《さま》をつける　敬上加敬。

五月雨《さみだれ》は金《かね》を溶《と》かす　梅雨可溶解金屬，表示梅雨連綿陰鬱。

五月雨《さみだれ》は腹《はら》の中《なか》まで腐《くさ》らせる　梅雨連肚裏都腐爛，比喩黃梅雨連綿不斷令人不快。類五月雨は金も溶かす。

寒《さむ》さ小便《しょうびん》ひだるさ欠伸《あくび》　冷時多小便，睏時哈欠多。類①ひだるさ欠伸寒さ小便。②空腹生欠伸寒さ小便。

白湯《さゆ》を飲《の》むよう　如喝白開水，形容淡而無味。類味もそっけもない。

皿《さら》嘗《な》めた猫《ねこ》が科《とが》を負《お》う　舐碟子的猫受罪。表示做大壞事的無罪，做小壞事的有罪。類①米食った犬が叩かれずに糠食った犬が叩かれる。②笊《ざる》なめた犬が科かぶる。③網にかかるは雑魚ばかり。

猿《さる》が髭《ひげ》揉《も》む　猴子撚鬍鬚。東施效顰。有樣學樣。類①猿が稗《ひえ》揉む。②猿の人真似《ひとまね》。

猿《さる》が仏《ほとけ》を笑《わら》う　猴子笑菩薩。蓬間雀笑大鵬。

猿知恵《さるぢえ》　小聰明。類①猿かしこ。②猿利口。

猿《さる》に烏帽子《えぼし》　沐猴而冠。類猿に冠。

猿《さる》に絵馬《えま》　比喩配合得很相稱。類①梅に鶯。②牡丹《ぼたん》に唐獅子《からじし》。

猿《さる》に木登《きのぼ》り　教猴子爬樹。比喩白費勁。類釈迦《しゃか》に経。

猿《さる》の尻笑《しりわら》い　猴子笑同類的屁股。老鴉豬黑，自醜不覺得。類①猿の面笑い。②自分の尻糞は見えぬ。③熟柿《じゅくし》がうみ柿を笑う。④目糞鼻糞を笑う。⑤不身持ちの儒者が医者の不養生をそしる。⑥障子の破れ目から鄰の障子の破れを笑う。⑦五十歩百歩。

猿《さる》の水練魚《すいれんうお》の木登《きのぼ》り　猴子游水，魚爬樹，比喩幹的事正相反。

猿《さる》の空虱《そらじらみ》　猴子假捉虱子。比喩裝着事忙，其實什麼事也沒做。

猿《さる》の花見《はなみ》　猴子賞花。指酒醉而臉紅起來。

猿《さる》の人真似《ひとまね》　猴子學人樣。依樣葫蘆。類①猿が人真似。②猿真似。③猿が髭《ひげ》揉む。

猿回《さるまわ》しの長刀《ながたな》　耍猴藝人的長刀，比喩不需要的東西。類①猿つかいの長刀。②猿曳《ひ》きの長刀。

猿《さる》も木《き》から落《お》ちる　猴子也會從樹上掉下來。賢者千慮，必有一失。類①弘法にも筆の誤り。②龍馬の躓き。

去《さ》る者《もの》は追《お》わず来《きた》る者《もの》は拒《こば》まず　去者不追，來者不拒。

去《さ》る者《もの》は日日《ひび》に疎《うと》し　人一離開就一天一天疏遠起來。類①遠ざかる者日日に疏し。②遠くなれば薄くなる。③遠ざかるは縁の切れ目。④間が遠なりゃ契りが薄い。⑤縁が遠けりゃ契りが薄い。⑥遠い親戚より近くの他人。

触《さわ》らぬ神《かみ》に祟《たた》りなし　早早關門早早睡，免得人家說是非。沒有關連就不會受到災禍。類①知らぬ神に祟りなし。②近づく神に罰当たる。③瘡《かさ》も触らねば移らぬ。

触《さわ》り三百《さんびゃく》　一碰就會失三百文，表示一有關係就會受損失。類①触り三百当り五百。②歩く足には泥がつく。

座《ざ》を見《み》て皿《さら》をねぶれ　看座上客之後才舐碟子，比喩探明多數的意見之後，才表示自己的意見。

山雨来《さんうきた》らんと欲《ほっ》して風楼《かぜろう》に満《み》つ　山雨欲來風滿樓。

懺悔《ざんげ》には十罪《じゅうざい》を滅《めっ》す　懺悔滅十罪。

三思《さんし》して後行《のちおこ》なう　三思後行。

三日向顔《さんじつこうがん》せざればその心測《こころはか》り難《がた》し　三天不見面其心難測。類 士別れて三日即ち当に刮目して相待つべし。

三舎《さんしゃ》を避《ひ》く　退避三舍。

三尺去《さんしゃくさ》って師《し》の影《かげ》を踏《ふ》まず　離三尺不踏師影。類 ①七尺去って師の影を踏まず。②師弟となって七足去る。③七足隔つ師弟の礼。

三十九《さんじゅうく》じゃもの花《はな》じゃもの　三十九未老是人生之盛年。類 三十は男の花。

三十《さんじゅう》の尻《しり》くくり　人到三十就會節制，過踏實的生活。類 三十は男の花。

三十振袖四十島田《さんじゅうふりそでしじゅうしまだ》　比喩女人扮不相稱自己年齡的年輕相。有時指娼婦妓女。類 四十新造五十島田。

三十六計《さんじゅうろっけい》逃《に》げるに如《し》かず　三十六計走爲上計。類 ①三十六計走るを上計となす。②逃げるが勝ち。③逃げるが一の手。④逃げるが奥の手。⑥逃げるも一手。

算術者《さんじゅつしゃ》の不身代《ふしんだい》　數學先生不發財，過着窮苦的生活。職業和生活有矛盾。類 ①医者の不養生。②学者の不身持ち。

山椒《さんしょう》は小粒《こつぶ》でもぴりりと辛《から》い　花椒雖粒小但辣得很，比喩小個子有才能堅強不可輕侮。類 ①細くても針は呑めぬ。②小さくとも針は呑まれぬ。

山椒目《さんしょうめ》の毒腹薬《どくはらぐすり》　花椒對眼睛有害，但是一種肚痛藥。類 山椒は血の毒目の薬。

三寸《さんずん》の舌《した》に五尺《ごしゃく》の身《み》を亡《ほろ》ぼす　三寸之舌可亡五尺之身，表示因失言而導致人亡。類 ①舌三寸のさえずりに五尺の身を果たす。②一寸の舌で五尺の身を損ず。③口は禍《わざわ》いの門。

三寸《さんずん》の舌《した》を掉《ふる》う　鼓其三寸不爛之舌。類 三寸の舌を以て百万の師より強し。

三寸《さんずん》の見直《みなお》し　尺寸如錯了三寸，重新看看就不覺得怎麼樣。一個人醜了一點，看慣就不覺得他醜。類 三寸は見直し。

三寸俎板《さんずんまないた》を見《み》ぬく　看穿三寸的切菜板。比喩善於看穿他人的內心或策略。類 三寸見通し。

三代続《さんだいつづ》けば末代続《まつだいつづ》く 如繼續了三代，後代就能繼續下去。

山中《さんちゅう》の賊《ぞく》を破《やぶ》るは易《やす》く、心中《しんちゅう》の賊《ぞく》を破《やぶ》るは難《かた》し 破山中賊易，破心中賊難。

山中《さんちゅう》暦日《れきじつ》なし 山中無曆日。

三度《さんど》の火事《かじ》より一度《いちど》の後家《ごけ》 死去配偶一次比火災三次更不幸。

三度《さんど》の神正直《かみしょうじき》 問神占卜三次結果相同才是正確。類①三度目は正直。②三度目は定《じょう》の目。

三度目《さんどめ》は馬《うま》の鞍《くら》 有第二次就有第三次而且來得很快速連放馬鞍的時間都來不及。表示快得連謀對策的時間都沒有。類二度目は馬の鞍。

三人《さんにん》知《し》れば世界中《せかいじゅう》 三人知就是全世界知，表示再也不能保守秘密了。類三人寄れば公界《くがい》。

三人旅一人《さんにんたびひとり》乞食《こじき》 三個人旅行其中必有一個人會變成乞丐，比喻如三個人共同做事，其中一個會受到排擠。類①三人ばくちの一人乞食。②三人で歩くと仲間はずれが出来る。③三人木さ登れば一人落ちる。④一人旅するとも三人道中するな。

三人虎《さんにんとら》を成《な》す 三人成虎。衆口鑠金。類①三人寄れば公界。②三人寄れば金をも溶かす。③市に虎あり。

三人寄《さんにんよ》れば金《かね》をも溶《と》かす 三人一聚集也可鑠金。衆口鑠金。類①衆口金を溶かす。②三人寄れば公界。③三人虎を成す。

三人寄《さんにんよ》れば公界《くがい》 三人一聚集就是公衆場所，表示再也不能保守秘密。類①三人あれば公界。②三人知れば世界中。

三人寄《さんにんよ》れば文殊《もんじゅ》の知恵《ちえ》 三個臭皮匠勝過一個諸葛亮。類①三人寄れば師匠の出来。②三人にして迷うことなし。③片手で錐《きり》は揉《も》まれぬ。④一人の文殊より三人のたくらだ。反三人寄っても下《げ》種《す》は下種。

三年《さんねん》たてば三《みっ》つになる 過了三年就是三歲，比喻時過境遷。類①乞食の子も三年たてば三つになる。②馬鹿の子も三年養えば三つになる。

三年《さんねん》飛《と》ばず鳴《な》かず 三年不飛又不鳴，表示等待一鳴驚人。

三年学《さんねんまな》ばんより三年師《さんねんし》を選《えら》べ 自學三年不如選師三年來學。類千日の勤学より一日の学匠。

三拍子揃《さんびょうしそろ》う 條件齊備。

三遍回《さんべんまわ》って煙草《たばこ》にしょう　看更時要巡三次再休息。

算用《さんしょう》十《じゅ・》八手《はちて》六十《ろくじゅう》　學算盤十八歳年輕就可以熟練，書法要到六十則年老時才有成就。類 手六十。

し

仕上《しあ》げが肝心《かんじん》　最後的潤飾很重要。類 有終の美。

仕合《しあわ》せは袖褄《そでつま》に付《つ》かず　比喩幸福不容易得到。

思案《しあん》に余《あま》る　左思右想想不出好辦法。類 思案に尽きる。

思案《しあん》に落《お》ちぬ　百思莫解，想不通。

思案《しあん》に暮《く》れる　想不出辦法。類 思案の投げ首。

思案《しあん》に沈《しず》む　沈思，不能脱出其想法的泥淖。類 思案にふさがる。

思案《しあん》に尽《つ》きる　想不出好主意。類 思案に余る。

思案《しあん》の案《あん》の字《じ》が百貫《ひゃっかん》する　愼重詳細思考是很重要之事。類 ①堪忍の忍の字が百貫する。②分別の別の字が百貫する。

しいら者《もの》の先走《さきばし》り　秕子搶先，比喩輕薄的人搶先出風頭。

塩辛《しおから》を食《く》おうとて水《みず》を飲《の》む　想吃醃鹼的東西而先喝水。比喩目的和手段先後對調。類 ①塩辛を食うとて水の飲み置きする。②夕立のせぬ先に下駄はいて歩く。

塩《しお》を売《う》れば手《て》が辛《から》くなる　賣鹽的人其手會鹹，比喩由於職業的原故，會影響其性格，而成爲第二的天生性格。

四角《しかく》な座敷《ざしき》を丸《まる》く掃《は》く　把四方形的房間當做圓形來清掃，比喩不注意細節，馬馬虎虎做事。

自家撞着《じかどうちゃく》　自相矛盾。

歯牙《しが》に掛《か》くるに足《た》らず　不足掛齒。類 ①歯牙にも掛けない。②歯牙の間《かん》に置《お》くに足《た》らす。

歯牙《しが》に掛《か》ける　提出問題。類 歯牙に置く。

鹿《しか》の角《つの》を蜂《はち》がさす　蜂刺鹿角，比喩不感痛癢。類 ①牛の角を蜂がさす。②石地蔵に蜂。

③釣鐘を蜂がさす。④蛙の面に水。

鹿待《しかま》つところの狸《たぬき》　在等鹿來的地方來了狸而捉之，比喻同預期的相反，得到較差的東西。所預期的東西不來，來了不值錢的東西。

自家薬籠中《じかやくろうちゅう》の物《もの》　自己家裏藥箱的東西，表示隨時可以自由處理的東西。

鹿《しか》を逐《お》う者《もの》は山《やま》を見《み》ず　逐鹿者不看山，比喻專心於某事者不顧他事。爲利所迷者，失去做人之道。類①鹿を逐う猟師は山を見ず。②猟師山を見ず。③鹿を逐う者は兎を顧みず。④欲には目見えず。⑤大利の前には小利を問題としない。⑥金を攫《つか》む者は人を見ず。

鹿《しか》を逐《お》う者兎《ものうさぎ》を顧《かえり》みず　逐鹿者不顧兎，比喻大利當前不顧小利。

鹿《しか》をさして馬《うま》と爲《な》す　指鹿爲馬。類①馬を鹿に通す。②馬を牛という。③鴨《かも》を家鴨《あひる》とささえる。④鴨をおしどりという。⑤鷺《さぎ》を烏《からす》。⑥烏を鷺。⑦馬を鹿。

閾《しきい》が鴨居《かもい》　不意思登門。

敷居《しきい》が高《たか》くなる　不意思登門。類閾《しきい》が鴨居。

閾《しきい》を跨《また》げば七人《しちにん》の敵《てき》あり　跨出門檻就有七個敵人，比喻社會上的競爭者多。類男子家を出ずれば七人の敵あり。

食《じき》には友《とも》を忘《わす》る　爲食忘友。

死牛《しぎゅう》に芥《あくた》かける　向死牛倒垃圾，比喻對死者加種種的罪名。類伏せる牛に芥。

色欲《しきよく》は命《いのち》を削《けず》る斧《おの》　情慾是削命之斧。類美女は生を断つ斧。

しくじるは稽古《けいこ》の爲《ため》　失敗爲成功之母。類失敗は成功の基。

自業自得《じごうじとく》　自作自受。類①自縄自縛《じじょうじばく》。②身《み》から出た錆《さび》。

地獄《じごく》から火《ひ》を貰《もら》いに来《き》たよう　如從地獄來借火，形容瘦而衰弱的貧窮相。

地獄極楽《じごくごくらく》は心《こころ》にあり　地獄天國在於自己的心中。類①地獄も極楽も目の前にある。②地獄極楽はこの世にあり。③地獄遠きに非ず極楽また眼前。

地獄《じごく》で仏《ほとけ》に逢《あ》う　在地獄遇到菩薩，比喻在危急時遇到意外的救助。類①地獄で地蔵に逢う。②地獄で舟。

地獄《じごく》にも知《し》る人《ひと》　在地獄也有熟人，比喻無論到多遠的地方也會遇到熟人。又比喻在什麼地方都可以交知己的朋友。類①地獄にも近づき。②地獄にもしるべ。③冥《めいど》にも知る人。

地獄《じごと》の一丁目《いっちょうめ》　向毀滅邁出了第一步。差一點就遇難。

地獄《じごと》の上《うえ》の一足飛《いっそくと》び　地獄上的一躍，比喩非常危險。類 地獄の一足飛び。

地獄《じごく》の釜《かま》の蓋《ふた》もあく　連地獄的鍋蓋也會揭開，表示在現世也要停工休息。

地獄《じごと》の沙汰《さた》も金次第《かねしだい》　有錢能使鬼推磨。類 ①阿弥陀《あみだ》の光も金次第。②現世も後世も金次第。③銭ある時は鬼を使う。④仏の光より金の光。⑤冥途《めいど》の道も金次第。

地獄《じごく》の相談《そうだん》　地獄的商量，比喩暗中商量，秘密商量。

地獄《じごく》は壁一重《かべひとえ》　咫尺之間便是地獄，比喩稍爲不留意就容易犯罪。

地獄腹《じごとばら》　專生女孩的女人。

地獄《じごく》へも連《つ》れ　下地獄都要伴，比喩到哪裏都需要同伴。

地獄耳《じごくみみ》　聽一次就永遠不忘，善於聽別人的秘密的人。

地獄《じごく》も住家《すみか》　住慣了哪裏都覺得舒適。類 住めば都。

仕事《しごと》なりあい飯弁慶《めしべんけい》　不會做事光會吃飯。

仕事《しごと》は多勢《たぜい》　工作時人多好辦事。類 ①仕事は多勢旨い物は小勢。②仕事する時ゃ大勢でしろ。

仕事《しごと》を追《お》うて仕事《しごと》に追《お》われるな　不要積壓工作。類 今日の手遅れは明日へついて回る。

仕事《しごと》を見《み》てその人《ひと》を知《し》る　看其工作知其爲人。

獣食《ししく》った報《むく》い　自作自受，惡有惡報。類 しし食った罰。

獅子身中《しししんちゅう》の虫《むし》　獅子身中的虫。比喩①謗佛的佛教徒。②恩從仇報的人。③害群之馬。④禍生於內。

事実《じじつ》は小説《しょうせつ》よりも奇《き》なり　事實比小說更奇異複雜。

死《し》しての千年《せんねん》より生《い》きての一日《いちにち》　死後在陰間千年不如在世活一天。類 ①明日の百より今日の五十。②死んで千杯より生前の一杯。

死《し》して後《のち》已《や》む　死而後已。

獅子《しし》に鰭《ひれ》　獅子添鰭。如虎添翼。類 ①虎に翼。②鬼に棒。

獅子《しし》に牡丹《ぼたん》　獅子配上牡丹，比喩相得益彰。類 ①竹に雀。②柳に燕《つばめ》。

獅子《しし》の子《こ》落《おと》し 獅子將子推落深谷，比喩將自己的孩子處於艱苦的境地來鍛煉試其才能，對孩子的教育要嚴格。類 ①獅子の子育て。②獅子は子を谷へ落してその勢いを見る。③可愛《かわい》い子には旅をさせよ。

鹿《しし》の角《つの》を蜂《はち》のさしたる如《ごと》し 如蜂螫鹿角。比喩毫無反應，絲毫不感痛癢。

獅子《しし》奮迅《ふんじん》 勇猛奮鬥，猛烈突擊。

蜆貝《しじみがい》で海《うみ》を量《はか》る 用蜆貝量海，以蠡測海。類 ①蜆貝で井戸替え。②蜆貝で池替え。③貝殼で海を量る。

蜆貝《しじみがい》で行水《ぎょうずい》 用蜆貝盛水擦洗身體，比喩窄小，不舒暢。

蜆千《しじみせん》より法螺貝《ほらがい》一《ひと》つ 蜆一千個不如海螺一個，比喩小而無價值的東西多不如有價值的東西一個。類 雀の千声鶴の一声。

磁石鉄《じしゃくてつ》を吸《す》うとも石《いし》を吸《す》わず 磁鐵能吸鐵但不能吸石，比喩清廉的人不取不義之財。

磁石《じしゃく》に針《はり》 磁鐵和針，比喩吸在一起不分離的東西，或異性容易相吸。

四十《しじゅう》がったり 人一過四十歲就衰老得快。類 四十くらがり。

四十《しじゅう》くらがり 人一過四十歲，視力就差。類 ①四十がったり。②四十の退《の》き目。

四十《しじゅう》の退《の》き目《め》 四十歲就會變成老眼。類 ①四十くらがり。②四十くらみ。③四十くらがり。

支証《ししょう》の出《だ》し後《おく》れ 逾期後才提出證據，比喩過時已經無效。馬後課。類 ①証文の出し後れ。②証据の出し後れ。

師匠《ししょう》は鐘《かね》の如《ごと》し 老師如敲鐘，對學生要因材施教。類 善く問を待つ者は鐘を撞くが如し。

死屍《しし》を鞭打《むちう》つ 鞭屍，批判生前的言行。

地震《じしん》のある前《まえ》には魚《うお》が浮《う》き上《あ》がる 地震前魚會浮上。類 ①魚が池の真ん中に集まると地震あり。②鯉が一度に水面上にとび上がるときは地震の前兆。③近海に魚群のにわかに減少するは地震の兆。④海洋に異なる魚がとれると地震津波の兆。

地震《じしん》の時《とき》は竹藪《たけやぶ》へ逃《に》げろ 地震時逃入竹林安全。

沈《しず》む瀬《せ》あれば浮《うか》ぶ瀬《せ》あり 有不出頭的時機也有出頭的時機，比喩榮枯無常，否極泰來，塞翁失馬焉知禍福。類 ①沈めば浮ぶ。②禍福は糾《あざな》える縄《なわ》の如し。③塞翁《さいおう》が馬。

死生命《しせいめい》あり　死生有命。

死生《しせい》を知《し》らず　不顧生死。

時節《じせつ》の梅花春風《うめはなはるかぜ》を待《ま》たず　梅花一到時令不吹春風都會開花。比喩人力不能變更天候的常規。

地蔵《じぞう》の顔《かお》も三度《さんど》　不管多麼溫順的人常被欺侮都會發脾氣。佛都有火。類①仏の顔も三度。②仏の顔も三度なでると腹立てる。③仏の顔も二度三度。④仏の顔も七度。⑤猫の顔も三度。⑥兎も七日なぶれば噛《か》み付く。

士族《しぞく》の商法《しょうほう》　士族的生意經，外行人作生意。

児孫《じそん》のために美田《びでん》を買《か》わず　不爲子孫買美田，不要留財產給子孫。

舌三寸《したさんずん》に胸三寸《むねさんずん》　說話用心都要小心謹愼。

親《した》しき中《なか》に垣《かき》をせよ　親密時要保持一點距離。類①親しき中に礼儀あり。②思う中には垣をせよ。③よい中を笠をぬげ。

親《した》しき中《なか》に礼儀《れいぎ》あり　親密之中要有禮貌。類①親しき中には垣をせよ。②近しき中には垣をせよ。③近鄰は壁を隔つるに如かず壁を隔つるは門を対するに如かず。④睦《むつま》じき中に垣をせよ。⑤よい中を笠をぬげ。

親《した》しき中《なか》は遠《とお》くなる　親密過頭反而會疏遠。

下地《したじ》は好《す》きなり御意《ぎょい》はよし　恰合己意，正中下懷。不必客氣地可以大吃一餐。類下地は好きなり仰せ御意は重し。

滴《したたり》積《つも》りて淵《ふち》となる　積滴成淵。積少成多。

舌《した》の剣《つるぎ》は命《いのち》を絶《た》つ　舌劍絕命。比喩不小心說話會失掉生命或讒言可以使人亡身。禍從口出。類①口の虎は身を破る。②舌は禍《わざわ》いの根。③舌三寸のさえずりに五尺の身を果たす。④舌は槍《やり》よりもひどく人を傷つける。

舌《した》の長《なが》い者《もの》は盗人《ぬすびと》　饒舌者是盜賊。勸人不要饒舌。類舌の先が顎《あご》へつくと大泥棒。

舌《した》の根《ね》の乾《かわ》かぬ中《うち》　話剛剛說完，言猶在耳。

舌《した》は禍《わざわい》の根《ね》　舌頭是禍根，禍從口出。類①舌は禍福の門。②口は禍いの門。③口は虎舌は劍。

舌《した》を二枚《にまい》に使《つか》う　搞兩面說法，前後矛盾，比喩看人來說話，對每一個人都有不同的說法。類①二枚舌を使う。②舌を返す。

舌《した》を巻《ま》く　驚得不能出聲。

七十《しちじゅう》の三《み》つ子《ご》　年到七十如三歲兒。返老還童。類①老いて再び稚児になる。②八十のちょろちょろわっぱ。③八十の三つ子。④本卦還《ほんけがえ》りの三つ子。

七度《しちど》探《さが》して人《ひと》を疑《うたが》え　尋找七次之後才懷疑他人，表示不要隨便懷疑人。類①七度尋ねて人を疑え。②十遍探して人を疑え。

七人《しちにん》の子《こ》はなすとも女《おんな》に心許《こころゆる》すな　同你生了七個兒女的妻子也不要向她洩露重要的秘密。類①七人の子を生むとも女に心許すな。②嬶《かか》は他人鍵を許すな。③女は死んでも信ずるな。

死中《しちゅう》に活《かつ》を求《もと》む　死裏逃生。類九死一生。

日月《じつげつ》と光《ひかり》を争《あらそ》う　與日月爭光，比喻德高功大。

日月《じつげつ》に私照《ししょう》なし　日月不照私，比喻自然的恩澤遍大地。

日月《じつげつ》は地《ち》に墜《お》ちず　日月不墜地，比喻正義感還有一點點。

知《し》って知《し》らざれ　知而裝不知，表示深藏不露。類①知って知らぬ顔が真の物しり。②良賈《りょうこ》は深く蔵して虚《むな》しきが如し。③能ある鷹《たか》は爪隠す。

知《し》って問《と》うは礼《れい》なり　知道的事再一次請教內行是禮貌。

室《しつ》に入《い》りて戈《ほこ》を操《と》る　入室操戈。

失敗《しっぱい》は成功《せいこう》の基《もと》　失敗是成功之母。類七転び八起き。

実《じつ》は嘘《うそ》の奥《おく》にあり　眞實在謊話的內部。表示無論是誰當他在說謊時，其心底都有眞誠。

十把《じっぱ》一《ひと》からげ　不分清紅皀白，同樣對待。

疾風《しっぷう》に勁草《けいそう》を知《し》る　疾風知勁草。類歳寒くして松柏の凋むに後るるを知る。

十遍《じっぺん》読《よ》むより一遍写《いっぺんうつ》せ　讀十遍不如抄一遍。類①読むより写せ。②十読は一写に如《し》かず。

十本《じっぽん》の指《ゆび》はどれを噛《か》んでも痛《いた》い　十隻指頭無論咬哪一隻都會痛，比喻親屬之中不管誰遇到不幸，都是大家的不幸。

尻尾《しっぽ》を見《み》せぬ　藏起尾巴，比喻把自己的缺點、不好的地方隱藏得很好，不露出來。

疾雷《しつらい》耳《みみ》を掩《お》うに及《およ》ばず　迅雷不及掩耳。

地頭《じとう》に法《ほう》なし　莊頭無法無天，表示當權者常常是無法無天。

四斗《しと》を八斗《はっと》 四斗說成八斗，誇大其詞。類 ①針を棒。②針小棒大。③輪に輪をかける。

死《し》なぬ子三人皆孝行《こさんにんみなこうこう》 活下來的三個孩子都是很孝順的。比喻沒有比這個更幸福的。類 ①使って減らぬ金百両。②何時《いつ》も三月夜も月。③何時も月夜に米の飯。

死《し》なば四八月《しはちがつ》 要死就選四月和八月死，比喻做任何事都有時期。類 ①死なば三四月花の頃。②死なば十月十日。③死なば八月十五日。④死なば盆前飲まば飯前。

死《し》なば卒中《そっちゅう》 要死就要死於腦溢血。表示好死。

死《し》に馬《うま》に鍼《はり》さす 對死馬施針灸，比喻毫無效果，徒勞無功。反 死に馬にも鍼。

死《し》に馬《うま》にも鍼《はり》 馬雖死再施針灸看看，比喻盡人事。類 死ぬ馬も屁。

死《し》にがけの念仏《ねんぶつ》 瀕死的念佛。平時不燒香，臨時抱佛脚。類 今はの念仏誰も唱える。

死《し》に花《はな》が咲《さ》く 死得光榮。類 死に光り。

死《し》に水《みず》を取《と》る 給水予臨死的人，比喻一直照顧到臨死之前。

死《し》に別《わか》れより生《い》き別《わか》れ 生離比死別痛苦。

死人《しにん》に口《くち》なし 死人不能手辯，也不能作證。類 ①死人に口なし天をして言わしむ。②死人《しにん》に妄《もう》語《ご》。

死人《しにん》に妄語《もうご》 對死人撒謊，比喻把罪歸於死人。類 ①死人に口なし。②死人に罪あり。

死《し》ぬ死《し》ぬという者《もの》に死《し》んだ例《ためし》がない 嘴說要死要死的人沒有死過的例子。說死的人其實是不想死的人。類 死にたいと麦飯食いたい程大きな嘘《うそ》はない。

死《し》ぬ程楽《ほどらく》はない 沒比死更快樂的。類 ①一番楽は棺の中。寝る程楽はない。反 ①死ぬ者貧乏。②死んで花実が咲くものか。③生きて極楽死んで地獄。

死《し》ぬ者貧乏《ものびんぼう》 死去的人貧窮，比喻死去的人是最沒有價值，最吃虧。類 ①死ぬ者は損。②死ぬ者が貧乏籤《くじ》。③死ねば死に損生くれば生き得。④死んで花実が咲くものか。

死《し》ぬる子《こ》は眉目《みめ》よし 死去的孩子其容貌好，比喻對死去的人往往想起的都是他的優點。類 ①死ぬる子顔よし。②逃げた魚は大きい。

死《し》ぬるばかりは真《まこと》 世上東西只有死才是眞的，其他都是虛假的。

しのぎを削《けず》る 激烈的交鋒，激烈的競爭。

篠《しの》を束《たば》ぬ　下大雨。類 篠を突く。

篠《しの》を突《つ》く　傾盆大雨。

篠《しの》を乱《みだ》す　風雨交加。

芝居《しばい》は無筆《むひつ》の早学問《はやがくもん》　戲劇可以使文盲很快地得到知識。類 芝居は一日の早学問。

士《し》は己《おのれ》を知《し》る者《もの》の爲《ため》に死《し》す　士爲知己者死。類 人生意気に感ず。

死馬《しば》の骨《ほね》を買《か》う　買死馬之骨，比喩買一些無價值的東西爲餌來等有價值的東西上釣。

駟馬《しば》も追《お》う能《あた》わず　駟馬難追。

四百四病《しひゃくしびょう》より貧《ひん》の苦《くる》しみ　貧窮比百病更苦。類 ①四百四病より貧病つらし。②四百四病よりも貧の病がつらい。③貧は病より苦し。

渋柿《しぶがき》が熟柿《じゅくし》に成《な》り上《あ》がる　澀柿子會變成熟柿子，比喩事物會隨着時間而發生變化。類 ①嫁が姑《しゅうとめ》になる。②息子が親父《おやじ》になる。

渋柿《しぶがき》の長持《ながも》ち　澀柿子保存得久。比喩壞人命長。類 ①まずい物の煮え太り。②憎まれ子世にはばかる。

自分《じぶん》で自分《じぶん》の墓《はか》を掘《ほ》る　自掘墳墓。類 自ら墓穴を掘る。

自分《じぶん》で蒔《ま》いた種《たね》は自分《じぶん》で刈《か》らねばならぬ　自己播的種籽必須自己收割。自作自受。

自分《じぶん》の子《こ》には目口《めくち》が明《あ》かぬ　父母對自己孩子的缺點、錯誤看不清。類 親に目無し。

自分《じぶん》のぼんのくぼは見《み》えず　自己看不見自己的頸窩。比喩不察覺到自己的缺點。燈下黑。類 ①自分の睫は目へ入らぬ。②燈台下暗し。

自分《じぶん》の物食《ものく》って人《ひと》の気兼《きがね》せよ　吃的是自己的東西，却對人客氣，比喩謙讓又要謙讓。

耳聞《じぶん》は目見《もくけん》に如《し》かず　耳聞不如眼見。

自暴自棄《じぼうじき》　自暴自棄。

自慢高慢馬鹿《じまんこうまんばか》のうち　自滿傲慢是愚人的同伴。聰明人不自滿。類 ①自贊は推薦にはならぬ。②自慢高慢馬鹿の行き止まり。

自慢高慢馬鹿《じまんこうまんばか》の行《ゆ》き止《ど》まり　驕傲自滿是愚蠢的極點，表示沒有比驕傲自滿更愚

蠢的。類①自慢は知恵の行き止まり。②自慢高慢馬鹿のうち。③自慢は知恵の足らぬ大馬鹿。④自慢高慢酒の燗《かん》

自慢《じまん》の糞《くそ》は犬《いぬ》も食《く》わぬ　連狗都不吃自誇者的糞便，表示自誇者沒人搭理。類自慢こきの糞は犬も食わぬ。

自慢《じまん》は知恵《ちえ》の行《ゆ》き止《ど》まり　驕傲自滿是智慧的盡頭。驕傲自滿妨礙進步。類①高慢は出世の行き止まり。②自慢高慢馬鹿のうち。

死命《しめい》を制《せい》す　制人死地。

下《しも》いびりの上諂《かみへつら》い　抑下者必諂上。反強きを挫《くじ》き弱きを助く。

四《し》も五《ご》も食《く》わぬ　解決不了。類①酢でも蒟蒻《こんにゃく》でも。②海千山千。③一筋縄《ひとすじなわ》では行かぬ。④海に千年河に千年。⑤煮ても焼いても食えぬ。

駟《し》も舌《した》に及《およ》ばず　駟不及舌。話一出口，駟馬難追。

霜強《しもつよ》ければ雨《あめ》となる　霜多會下雨。類大霜の明後日は雨。

霜《しも》の多《おお》い朝《あさ》は晴《はれ》　早上多霜是晴天。

霜《しも》の降《ふ》った日《ひ》には天気《てんき》は下《くだ》り坂《ざか》　下霜後天氣會變壞。類①大霜の明後日は雨。②大霜があれば三日の内に雨が降る。

霜《しも》を履《ふ》みて堅氷《けんぴょう》至《いた》る　履霜堅冰至。類①霜を見て氷を知る。②一葉落ちて天下の秋を知る。③堅き氷は霜を履むより至る。

寺門前地獄牢人《じもんぜんじごくろうにん》　不可救藥的壞人。

麝《じゃ》あれば香《かんば》し　有麝香的地方自然會香，比喻有才能的人不宣傳也會出名。類紅は園生に植えても隠れなし。

赭衣《しゃい》路《みち》に塞《ふさ》がる　赭衣塞道，喻犯人很多。類囹圄市を成す。

蛇《じゃ》が蚊《か》を呑《の》んだよう　如蛇吞蚊，比喻太小無法充飢。

蛇《じゃ》が出《で》そうで蚊《か》も出《で》ぬ　像是蛇要出來，但連蚊子都不出來。雷聲大，雨點小。比喻像是會發生大事件，結果什麼也沒有發生。類大山鳴動して鼠一匹。

釈迦《しゃか》に経《きょう》　向釋迦講經。班門弄斧。類①孔子に悟道。②孔子に論語。③猿に木登り。

釈迦《しゃか》に宗旨《しゅうし》なし　釋迦牟尼本身沒有派別。比喻宗派之爭可笑。類①宗旨の争い釈迦の恥。②宗論はどちらが負けても釈迦の恥。

釈迦《しゃか》に説法《せっぽう》　對釋迦說教。班門弄斧。類①猿に木登り。②極楽の入口で念仏を売る。

雀角鼠牙《じゃくかくそが》の争《あらそ》い 雀角鼠牙。雀鼠之爭。比喩與人爭辯或爭訟。

杓子定規《しゃくしじょうぎ》 ①不正確的規尺。②死框框，死板的規章。

杓子《しゃくし》で腹《はら》を切《き》る 用杓子切腹，比喩不可能之事，絶辦不到。或比喩只做些形式讓人看。類①杓子腹。②擂粉木《すりこぎ》で腹を切る。

杓子《しゃくし》は耳掻《みみか》きにならず 杓子不能當耳挖勺子。比喩大的東西不一定能代替小的東西。類①長持枕にならず。②長持は弁当箱にはならぬ。反大は小を兼ねる。

尺蠖《しゃくとり》のかがむは伸《の》びんがため 尺蠖曲身爲伸身。比喩對將來懷有大志的人能忍受屈辱。

麝香《じゃこう》は臍故命《へそゆえいのち》をとる 麝因肚臍有香囊而喪命，比喩有長處反而招禍。類①孔雀《くじゃく》は羽ゆえ人に獲《と》らる。②象は歯有りて以て其の身を焚《や》かる。③翠《すい》は羽を以てその身を害す。

尺《しゃく》も短《みじか》き所《ところ》あり、寸《すん》も長《なが》き所《ところ》あり 尺也有短處，寸也有長處。比喩賢者有時有失，愚者有時有用。類①尺も短く寸も長し。②帯に短し襷に長し。

麝香《じゃこう》も嗅《か》げば脳《のう》へはいる 聞麝香有時會冲入腦裏，表示珍貴的東西用得不好反而有害。

借金《しゃっきん》を質《しち》におく 想盡辦法借錢。

蛇《じゃ》の口《くち》に蠅《はえ》 蒼蠅在蛇口，比喩輕而易舉地被解決掉。類鬼に煎餅《せんべい》。

蛇《じゃ》の道《みち》はへび 蛇鑽的窟窿蛇知道，比喩哪一行的人懂得哪一行的事。類①蛇《じゃ》の道《みち》は朽縄《くちなわ》が知る。②蛇の心はへびが知る。③餅は餅屋。④商売は道によって賢し。⑤我が身に偽りある者は人の誠を疑う。⑥悪魔は悪魔を知る。

蛇《じゃ》は寸《すん》にして人《ひと》を呑《の》む 大蛇在一寸長時就呈呑人之勢。比喩偉人英雄在幼小時就不同凡響。類①栴檀《せんたん》は双葉より芳し。②竜は一寸にして昇天の気あり。反十で神童十五で才子二十過ぎれば只《ただ》の人。

邪《じゃ》は正《せい》に勝《か》たず 邪不勝正。

しゃべる者《もの》に知《し》る者《もの》なし 饒舌者沒有知者，饒舌者知識不多。類①しゃべる者は半人足。②能ある鷹《たか》は爪隠す。

しゃべる者《もの》は半人足《はんにんそく》 饒舌者等於半個人，表示饒舌的人話多會妨礙工作。

沙弥《しゃみ》から長老《ちょうろう》 沙彌升爲長老，比喩一歩登天升得很快。類①納所《なっしょ》から和尚《おしょう》。②てんから和尚。反 沙弥から長老にはなれぬ。

沙弥《しゃみ》から長老《ちょうろう》にはなれぬ　沙彌不能成爲長老，比喩不能一步登天。類 ①仏になるも沙弥を経る。②沙弥を経て長老にいたる。③長老になるも沙弥を経る。④始めから長老にはなれぬ。⑤始めから寺とる坊主はない。反 沙弥から長老。

驟雨《しゅうう》は日《ひ》を終《お》えず　驟雨不會整天下，比喩逞威的人不會長久。

十月《じゅうがつ》の昼間《ひるま》なし　十月沒有白天，比喩舊曆的十月白天短。類 十月の中の十日には濡れ馬が乾かぬ。

衆寡敵《しゅうかてき》せず　寡不敵衆。類 ①多勢に無勢。②寡は衆に敵せず。

習慣《しゅうかん》は第二《だいに》の天性《てんせい》なり　習慣是第二天性。習慣成自然。類 ①習慣は自然の如し。②習慣は自然となる。③習慣は常となる。④習い性となる。

衆曲《しゅうきょく》は直《ちょく》を容《い》れず　衆曲不容直，大多數人不正容不了少數的正確行爲。

衆口《しゅうこう》は禍福《かふく》の門《もん》　衆口爲禍福之門。社會的輿論能左右一個人的命運。

宗旨《しゅうし》の争《あらそ》い釈迦《しゃか》の恥《はじ》　佛教的宗派之爭是釋迦牟尼之恥。類 ①釈迦に宗旨なし。②宗論はどちらが負けても釈迦の恥。

羞恥《しゅうち》の心《こころ》は義《ぎ》の端《はし》　羞恥之心爲義之端緒。

十読《じゅうどく》は一写《いっしゃ》に如《し》かず　十讀不如一寫。

舅《しゅうと》の物《もの》で相婿《あいむこ》もてなす　用岳父的東西招待連襟，比喩做了不吃虧之事。拿別人的東西來做人情。類 ①舅の酒で相婿もてなす。②人の牛蒡《ごぼう》で法事する。③人《ひと》の褌《ふんどし》で相撲とる。

姑《しゅうとめ》が無事《ぶじ》で嫁憎《よめにく》し　家婆康健就憎媳婦。

姑無《しゅうとめな》ければ村姑《むらじゅうと》　家無家婆但村裏的人如家婆說些閒話令人討厭。

姑《しゅうとめ》に似《に》た嫁《よめ》　媳婦會像家婆。類 嫁は姑に似る。

姑《しゅうとめ》の仇《かたき》を嫁《よめ》が討《う》つ　家婆的仇向自己媳婦報。

姑《しゅうとめ》の気《き》に入《い》る嫁《よめ》は世《よ》が早《はや》い　討家婆喜歡的媳婦快死，比喩很難討好家婆。

姑《しゅうとめ》の十七《じゅうしち》見《み》た者《もの》がない　沒有人看過家婆年輕時，表示家婆所講的自己年輕事，是否事實，沒有人可以作證。類 親の十七子は知らぬ。

十人暮《じゅうにんくら》しは暮《くら》せるが夫婦暮《ふうふくら》しは暮《くら》せない　十人共同生活生活

過得好，而只有夫妻兩個人生活反而難過日子。類①十人暮しは易いが一人口は暮せぬ。②二人口は過せるが一人口は過せぬ。

十人十色《じゅうにんといろ》 十人十色。千人千個像。百人吃百味。類①十人十腹。②十人寄れば十国の者。③人の心は面の如し。④頭が違えば心も違う。

十人寄《じゅうにんよ》**れば十国**《とくに》**の者**《もの》 十人一聚就有十個地方的人。表示人人不同。類①十人寄れば十国の客。②十人寄れば十国の咄《はなし》。③十人十色。

十年一剣《じゅうねんいっけん》**を磨**《みが》**く** 十年磨一劍，比喩長期磨練技藝，以得時機。

十年一昔《じゅうねんひとむかし》 十年就有很大的變遷。類十年たてば一昔。

重箱《じゅうばこ》**で味噌**《みそ》**をする** 比喩不必追求細節。類①重箱の隅を杓子《しゃくし》で払う。②重箱を擂粉木《すりこぎ》で洗う。反重箱の隅を楊枝でほじる。

重箱《じゅうばこ》**に鍋蓋**《なべぶた》 鍋蓋蓋疊層方木盆，比喩完全不合用。

重箱《じゅうばこ》**に煮締**《にしめ》 比喩外表好看，內容貧乏。容器過於華麗。類錦の袋に糞を包む。

重箱《じゅうばこ》**の隅**《すみ》**を楊枝**《ようじ》**でほじくる** 比喩追求細節，鷄蛋裏挑骨頭。類楊枝で重箱の隅をほじくる。反①擂粉木《すりこぎ》で重箱を洗う。②重箱で味噌をする。

重箱日和《じゅうばこびより》 雨時下時停的不穩定的天氣。

十分《じゅうぶん》**はこぼれる** 満招損，満時會溢出。類①満は損を招く。②満つれば欠ける。③八分は足らず十分はこぼれる。④物は八分目。⑤月満つれば則《すなわ》ち虧《か》く。

聚蚊雷《しゅうぶんかみなり》**を成**《な》**す** 聚蚊成雷。類①鴨集まって動ずれば雷となる。②蟻集まって樹を搖がす。

衆盲象《しゅうもうぞう》**を摸**《も》**す** 衆盲摸象。群盲摸象。

十目《じゅうもく》**の視**《み》**る所**《ところ》**十手**《じっしゅ》**の指**《さ》**す所**《ところ》 十目所視，十手所指。類千人の指す所は違わず。

柔《じゅう》**よく剛**《ごう》**を制**《せい》**す** 柔能制剛。類①柔は剛に勝ち弱は強に勝つ。②柔を守るを強という。③弱よく強を制す。④強大は下におり柔弱は上におる。⑤怒れる拳《こぶし》笑顔に当たらず。⑥柳に雪折れなし。⑦柳に風。⑧茶碗を投げたら綿でかかえよ。

衆力功《しゅうりきこう》**あり** 衆力有功。合衆人之力做事有效果。

珠玉《しゅぎょく》**の瓦礫**《がれき》**に在**《あ》**るが如**《ごと》**し** 如珠玉在瓦礫之中，比喩才俊在普通人之中。

主人《しゅじん》**と病気**《びょうき》**には勝**《か》**てぬ** 無法克服主人和疾病。表示主人專橫。類①泣く子と地頭には勝てぬ。②馬鹿と坊主には勝てぬ。③長い物には巻かれよ。

酒池《しゅち》肉林《にくりん》　肉林酒池。

出家《しゅっけ》の念仏《ねんぶつ》嫌《ぎら》い　出家人討厭念佛。比喩討厭最重要的事情。或比喩緊要的事不能做。

出藍《しゅつらん》の誉《ほま》れ　出藍之譽，青出於藍。類 ①青は藍より出でて藍より青し。②藍より青し。

朱《しゅ》に交《まじ》われば赤《あか》く　近朱者赤。類 ①朱に近づけば赤し。②血にまじれば赤くなる。③虱《しらみ》は頭におりて黒し。④麻につるる蓬《よもぎ》。⑤炭屋の丁稚《でっち》は黒くなる。⑥水は方円の器に隨《したが》う。⑦善悪は友による。

主《しゅ》の臍《へそ》を探《さぐ》るよう　如摸主人的肚臍那様，比喩小心翼翼。

主《しゅ》の門《もん》は泣《な》いて通《とお》れ　哭着經過主人的門前，表示常在主人的面前哭訴，對自己比較有利。

須弥山《しゅみせん》とたけくらべ　同須彌山比高低。比喩無法相比。

順境《じゅんきょう》は友《とも》を作《つく》り、逆境《ぎゃっきょう》は友《とも》を試《こころ》みる　順境時朋友多，逆境時見朋友的眞情。

蓴菜《じゅんさい》で鰻《うなぎ》繋《つな》ぐ　用蓴菜縛鰻魚。因兩者都是溜滑難以縛住，比喩極不合理無法做。類 ①瓢簞《ひょうたん》で鯰《なまず》を押《おさ》える。②蓴菜で鰻をしばる。

春秋《しゅんじゅう》に富《と》む　年紀還輕，有大把前途。

順《じゅん》の拳《こぶし》にもはずるな　大家挨拳頭時不要想除外，表示什麼事也不要脫離團體、朋友群。

春氷《しゅんぴょう》を渉《わた》るが如《ごと》し　如涉春冰，比喩感到危險。

春風《しゅんぷう》の中《なか》に坐《ざ》するがごとし　如坐春風，比喩遇到良師，受其教誨。

順風《じゅんぷう》に帆《ほ》を揚《あ》げる　一帆風順。類 ①順風満帆《じゅんぷうまんぱん》。②順風の帆掛け船。③得手に帆。④渡りに船。

順風《じゅんぷう》の帆掛《ほか》け船《ぶね》　一帆風順。類 順風に帆を揚《あ》げる。

生《しょう》あれば食《じき》あり　人只要活着就有得吃。

小違《しょうい》を捨《す》てて大同《だいどう》につく　捨小異以就大同。

錠《じょう》が下《お》りる　下鎖關門。比喩事情解決了。

将棋倒《しょうぎだお》し　一個壓一個倒下去。

しょう事《こと》無《な》しの米《こめ》の飯《めし》　無可奈地吃米飯。吃麥比吃大米便宜，但因無錢買麥，不得

不吃自己現有的大米。又比喩沒有其他的特長，只好誇耀自己僅有的一件事。類 無うて絹着る。

上戸《じょうご》に餅《もち》下戸《げこ》に酒《さけ》　給能喝酒的人予年糕，給不會喝酒的人予酒。比喩估計錯、搞錯。

証拠《しょうこ》の出《だ》し後《おく》れ　證據提出得太慢，表示爲時已晚，沒有效果。類 支証の出し後れ。

上戸《じょうご》は毒《どく》を知《し》らず、下戸《げこ》は薬《くすり》を知《し》らず　能喝酒的人不知酒是毒藥，不喝酒的人不知酒是藥，表示適量飲酒對身體有益。

上戸《じょうご》めでたや丸裸《まるはだか》　好喝酒的人不知不覺會把財產喝光。

正直《しょうじき》な者《もの》が馬鹿《ばか》を見《み》る　誠實的人會吃虧。

正直《しょうじき》の頭《こうべ》に神宿《かみやど》る　神保佑誠實人。類 ①神は正直の頭に宿る。②正直者に神宿る。③誠は宝の集まり所。④正直は一生の宝。⑤正直は最善の策。反 ①正直貧乏横着栄耀《えよう》。②偽りの頭に宿る神あり。③人と屏風《びょうぶ》は直ぐには立たず。

正直《しょうじき》の儲《もう》けは身《み》につく　用正當的手段掙來的錢會保存下來。

正直《しょうじき》は阿呆《あほう》の異名《いみょう》　誠實是愚笨的異名。類 ①正直は馬鹿のもと。②正直も馬鹿のうち。③結構は阿呆の唐名。反 正直は最後の勝利。

正直《しょうじき》は一生《いっしょう》の宝《たから》　誠實是一生之寶。類 ①正直の頭《こうべ》に神宿る。②正直は最善の策。反 ①馬鹿正直。②正直も馬鹿のうち。③正直は阿呆の異名。④一枚の紙にも裏表。

正直《しょうじき》は最善《さいぜん》の策《さく》　誠實是最善之策。類 正直の頭《こうべ》に神宿る。

正直貧乏横着栄耀《しょうじきびんぼうおうちゃくえよう》　誠實的人貧窮，狡猾的人榮耀。類 阿呆《あほう》正直くそ横着。反 正直の頭《こうべ》に神宿る。

正直者《しょうじきもの》が損《そん》をする　誠實的人吃虧。類 ①正直者が馬鹿をみる。②小心者は損をする。反 正直の頭《こうべ》に神宿る。

正直《しょうじき》も馬鹿《ばか》のうち　誠實也是屬於愚蠢。

小忍《しょうしの》ばざれば大謀《たいぼう》を乱《みだ》る　小不忍則亂大謀。

小事《しょうじ》は大事《だいじ》　小事則大事。大事是由小事而引起。類 ①小事は軽んずる勿《なか》れ。②小隙《しょうげき》舟を沈む。

障子一《しょうじひと》重《え》外《そと》は乞食《こじき》　好景不長久。盛衰之差如紙一張那樣薄。

生者必滅《しょうじゃひつめつ》会《え》者定離《しゃじょうり》　生者必滅，會者定離。有生命的東西一定會死去，相會的一定會分離。類 盛者必衰。

掌上《じょうじょう》に運《めぐ》らす　玩弄掌上。自由自在。

小事《しょうじ》を軽《かろん》ずる勿《なか》れ　不可輕視小事。

小人《しょうじん》罪《つみ》なし玉《ぎょく》を懐《だ》いて罪《つみ》あり　小人無罪，懷璧其罪。

小人《しょうじん》の過《あやま》ちや必《かなら》ず文《かざ》る　小人必文其過。

小人《しょうじん》の心《こころ》を以《もっ》て君子《くんし》を量《はか》る　以小人之心,度君子之腹。

小人《しょうじん》の腹《はら》は満《み》ち易《やす》し　小人的肚子容易塡滿。只要有錢就容易使小人上鈎。類 小人の腹は肥え易し。

小水石《しょうすいいし》を穿《うが》つ　小水穿石。不斷的努力可以打破困難。類 ①点滴石を穿つ。②雨垂れ石を穿つ。

小水《しょうすい》の魚《うお》　小水中的魚，比喩面臨生命的危險。類 風前の燈《ともしび》。

上手《じょうず》な嘘《うそ》より下手《へた》な実意《じつい》　熟練的謊語不如笨拙的實意。類 巧僞は拙誠に如《し》かず。

上手《じょうず》の小糸《こいと》　擅於縫補的人不用長線。類 上手の一寸。

上手《じょうず》の鷹《たか》が爪《つめ》隠《かく》す　善捕的鷹不露爪。類 ①能ある鷹は爪隠す。②上手の猫が爪を隠す。

上手《じょうず》の手《て》から水《みず》が漏《も》る　高明的人的手也會漏水，比喩高明的人有時也會失敗。類 ①弘法も筆の誤り。②猿も木から落ちる。③上手の猿が手を焼く。④河童《かっぱ》の川流れ。⑤釈迦《しゃか》にも経の読み違い。

上手《じょうず》の猫《ねこ》が爪《つめ》を隠《かく》す　善捕的貓不露爪。比喩有實力的人不現於外。類 ①鼠《ねずみ》捕る猫は爪隠す。②上手の鷹《たか》が爪隠す。③能ある鷹は爪隠す。

上手《じょうず》はあれども名人《めいじん》はなし　有能手但沒有專家，表示能手雖很多，但要精通成爲專家就不多。

上手《じょうず》は下手《へた》の手本《てほん》、下手《へた》は上手《じょうず》の手本《てほん》　高明的是笨拙的榜樣，笨拙的也是高明的榜樣。類 人の振り見て我が振り直せ。

上知《じょうち》と下愚《かぐ》とは移《うつ》らず　上智和下愚不可移。類 三つ子の魂百まで。反 氏より育ち。

笑中《しょうちゅう》に刀《とう》あり　笑裏藏刀。類 ①口に密《みつ》あり腹に剣あり。②笑みの中に刀をとぐ。

掌中《しょうちゅう》の珠《たま》を取《と》られたよう　如被取去掌中珠，比喩失去心愛的人或物。

小敵《しょうてき》と見《み》て侮《あなど》る勿《なか》れ　看小敵勿侮。類 小敵をおそれよ。

焦頭爛額《しょうとうらんがく》上客《じょうかく》となる　焦頭爛額者成座上客，表示不用提出預防災害的人，反而賞對處理善後有功的人。

生得《しょうとく》の報《むく》い　前世的報應。

鐘鳴《しょうな》り漏尽《ろうつ》く　鐘鳴漏盡，比喩年老，餘生不多。

小児《しょうに》は白《しろ》き糸《いと》の如《ごと》し　小孩的心如白線那樣潔白。

少年老《しょうねんお》い易《やす》く学成《がくな》り難《がた》し　少年易老，學難成。類 一寸の光陰軽んず可《べ》からず。

少年《しょうねん》よ大志《たいし》を抱《いだ》け　少年人要立大志。

小《しょう》の虫《むし》を殺《ころ》して大《だい》の虫《むし》を助《たす》ける　為救助大蟲而殺小蟲。比喩為了大局而犧牲局部。類 ①小の虫を殺して大の虫を活《い》かす。②大を活けて小を殺せ。③大の虫を活かして小の虫を殺す。④一殺多生。⑤小を捨てて大につく。

賞《しょう》は厚《あつ》く罰《ばつ》は薄《うす》くすべし　應重賞輕罰。類 刑は軽きを厭《いと》わず。

勝負《しょうぶ》は時《とき》の運《うん》　勝敗是時運。類 ①勝敗は時の運。②勝負は兵家の常。③相撲に勝って勝負に負ける。

正法《しょうほう》に奇特《きとく》なし　正宗的宗教沒有奇特的地方，如果有就是邪教。類 正法に不思議なし。

証文《しょうもん》が物《もの》を言《い》う　書面的證據有力。類 書いた物が物を言う。

証文《しょうもん》の出《だ》し後《おく》れ　當爭論裁決時沒有提出證據，事後才提出。為時已晚，失去効力。馬後課。類 ①支証の出し後れ。②証拠の出し後れ。③六日の菖蒲《しょうぶ》十日の菊。④後の祭。

庄屋《しょうや》の井戸塀《いどへい》　莊頭家的井和圍牆。比喩外表華麗，裏面貧弱。

小利《しょうり》を見《み》れば、則《すなわ》ち大事成《だいじな》らず　見小利則不成大事。類 ①小節を守って大体を遺《わす》れ、小利を抱いて大利を忘る。②小利を去らざれば大利を得ず。

将《しょう》を射《い》んとせば馬《うま》を射《い》よ　射將先射馬。類 ①人を射んとせば先《ま》ず馬を射よ。②王を擒《とりこ》にせんと思わば先ず馬を射よ。

鐘《しょう》を聞《き》いて日《ひ》と為《な》す　聽鐘聲而認為是太陽。比喩把他人所教的事物，張冠李戴記錯了。

漿《しょう》を請《こ》いて酒《さけ》を得《う》　乞漿得酒。討水喝而得到酒，比喩得到的東西比自己所希望的更好。類 水を請いて酒を得。

小《しょう》を捨《す》てて大《だい》につく　捨小就大。類①小の虫を殺して大の虫を助ける。②小事にかかって大事を忘れるな。

升《しょう》を以《もっ》て石《こく》を量《はか》る　以升量石。比喩以小量大必發生誤差。類①小人の腹を以て君子の心をなす。②小人の心を以て君子を量る。

小《しょう》を以《もっ》て大《だい》に敵《てき》せず　小不敵大。

食指《しょくし》が動《うご》く　食指動。食慾昇起。

食後《しょくご》の一睡万病円《いっすいまんびょうえん》　飯後一睡對身體有益。反食べてすぐ寝ると牛になる。

職人貧乏人宝《しょくにんびんぼうひとだから》　手巧的人自己貧窮，而是他人寶，受到他人的重視。類①細工貧乏人宝。②器用貧乏人宝。

初心忘《しょしんわす》るべからず　不要忘記開始學東西時的心情。類始めが大事。

蜀犬日《しょっけんひ》に吠《ほ》ゆ　蜀犬吠日。比喩少見多怪。類小犬の犬はかむ。

白河夜舟《しろかわよふね》　比喩睡着覺什麼都不知。白河是京都的地名，據說有一個人沒有去過京都，而自吹到過京都遊覽，有人問白河如何，他以爲是河名，而回答說因坐夜船經過，所以不知道。

知《し》らずば半分値《はんぶんね》　不熟悉的東西，其價錢大約出半價就差不多。類知らざあ半分値。

知《し》らずば人《ひと》に問《と》え　不知就要問人。類①聞くは一旦《いったん》の恥知らざるは一生の恥。②知らぬことは人にならえ。③聞くは一時の恥聞かぬは一生の恥。

知《し》らず人真似《ひとまね》　不知就模倣他人。

白豆腐《しらどうふ》の拍子木《ひょうしぎ》　白豆腐不能當梆子用。比喩只有外表好而沒有用處。類独活《うど》の大木。

白波《しらなみ》　盗賊。

知《し》らぬ顔《かお》の半兵衛《はんべえ》　知而裝着不知。類①半兵衛をきめる。②知らぬかんぴょう猫の糞。

知《し》らぬが仏《ほとけ》　什麼都不知如佛那樣會心平氣靜。眼不見心不煩。類①知らぬは仏見ぬが神。②聞かぬが仏。③知らぬが神。④見ぬが仏聞かぬが花。⑤見ぬが極楽。⑥見ぬが仏知らぬが神。

知《し》らぬ神《かみ》より馴染《なじ》みの鬼《おに》　不熟識的神不如熟識的鬼。生不如熟。類知らぬ仏より馴染みの鬼。

知《し》らぬ京物語《きょうものがたり》　把自己沒有看過事物當成自己親見過那樣吹擂。類①見ぬ京物語。②上り知らずの下り土産。③箱根知らずの江戸話。④見ぬ唐土《もろこし》京物語。

知《し》らぬは亭主《ていしゅ》ばかりなり　妻子偷漢只是丈夫不知。比喩當事人粗心大意。

知《し》らぬは人《ひと》の心《こころ》　人心不可測。人心叵測。類①頼み難きは人の心。②人心測り難し。

知《し》らぬ仏《ほとけ》より馴染《なじ》みの鬼《おに》　不熟識的佛不如熟識的鬼。生不如熟。類知らぬ神より馴染みの鬼。

知《し》らぬ道《みち》も銭《ぜに》が教《おし》える　不知道的路，錢也可以指明。比喩錢能使鬼推磨。類金が言わせる旦那。

白羽《しらは》の矢《や》が立《た》つ　從許多人之中特地選出來。或被推出爲犧牲者。類白羽が立つ。

虱《しらみ》の皮《かわ》を槍《やり》で剝《は》ぐ　用鎗剝跳蚤皮。比喩不合情理。或割鷄用牛刀。類鶏を割くに牛刀を用う。

尻《しり》あぶって百《ひゃく》まで　屁股被烤也要活到百歲。比喩想盡辦法要長壽。

尻馬《しりうま》に乗《の》れば落《お》ちる　乘馬乘在別人的身後，會掉下馬來。比喩盲從者會失敗。

尻《しり》から抜《ぬ》ける　過後就忘，記不住。類①尻ぬけ。②ざる耳。③かご耳。

尻《しり》が割《わ》れる　幹壞事而露出馬脚。

尻毛《しりげ》を抜《ぬ》く　乘別人疏忽大意，冷不防出手，使人大吃一驚。

尻《しり》に帆《ほ》かける　趕緊逃跑。

尻《しり》に目薬《めぐすり》　眼藥點屁股，比喩搞錯或完全無效。類おけつで目薬目に膏薬《こうやく》。

尻《しり》は他人《たにん》　放屁是他人。此地無白銀三百兩。

知《し》る者《もの》は言《い》わず言《い》う者《もの》は知《し》らず　知者不說，說者不知。類言う者は知らず知る者は默す。

汁《しる》を吸《す》うても同罪《どうざい》　喝了湯也是同罪。比喩與壞事粘上一點關係，就會被認爲同黨。

汁《しる》をたく　參加共同議謀。

次郎《じろう》にも太郎《たろう》にも足《た》りぬ　對次郎不夠也對太郎也不夠，表示對兩方都不夠。類帯に短し襷《たすき》に長し。

師走女房《しわすにょうぼう》に難《なん》つけな　十二月很忙，不可責難妻子衣着打扮不整齊。類①師走女に目なかけそ。②師走女の化粧には山の神も怖がる。

しわん坊《ぼう》と灰吹《はいふき》は溜《た》まる程《ほど》汚《きたな》い　吝嗇鬼和煙灰筒愈積愈骯髒。

しわん坊《ぼう》の柿《かき》の種《たね》　吝嗇鬼連柿子的果核都捨不得丟掉，比喩吝嗇鬼連沒有價値的東西都要。類①しわん坊の柿のへた。②けちん坊の柿の種。

詩《し》を作《つく》るより田《た》を作《つく》れ　作詩不如耕田，表示勸人做對有益於實際生活的工作。類①品を作ろうより田を作れ。②念仏申すより田を作れ。③碁を打つより田を打て。④庭作るより田を作れ。⑤坐禅組むよりこやし汲め。⑥花より団子。⑦粋が身を食う。反人はパンのみにて生くるにあらず。

死《し》を視《み》ること帰《き》するが如《ごと》し　視死如歸。

深淵《しんえん》に臨《のぞ》むが如《ごと》し　如臨深淵。類①薄氷を踏む。②刀の刃を歩む。③剃刀《かみそり》の刃《やいば》を渡る。

信言《しんげん》は美《び》ならず、美言《びげん》は信《しん》ならず　信言不美，美言不信。

沈香《じんこう》も焚《た》かず屁《へ》もひらず　也不焚沈香也不放屁、不香不臭，比喩太過平凡、可有可無人物。雖然沒用，但又無害的人物。類①線香も焚かず屁もひらず。②伽羅も焚かず屁もこかず。

唇歯輔車《しんしほしゃ》　唇齒輔車，比喩互爲存在的關係。類唇亡びて齒寒し。

心中《しんじゅう》より饅頭《まんじゅう》　「心中」即一起自殺，「饅頭」即吃喝，一起去死不如一起吃喝。比喩義氣不如實利。類①花より団子。②義理張るより頰張《ほお》れ。③思召《おぼしめ》しより米の飯。

針小棒大《しんしょうぼうだい》　把針那樣小的東西誇張爲棒那樣大的東西。

人事《じんじ》を尽《つ》くして天命《てんめい》を待《ま》つ　盡人事，待天命。類①天は自ら助くる者を助く。②打たねば鳴らぬ。③人事を尽くして天命に聴いて可なり。

信心《しんじん》過《す》ぎて極楽《ごくらく》を通《とお》り越《こ》す　過於信心會走過大國，表示信仰心超過一定程度就陷於迷信，反而誤己。類鰯《いわし》の頭も信心から。

信心《しんじん》は徳《とく》の余《あま》り　信心是德之餘。表示信仰心是表現人的眞心。或表示生活寬裕之後才有信仰心。類①後生は徳の余り。②信心は誠のあらわれ。反信心も欲から。

信心《しんじん》も欲《よく》から　信仰心也是發自慾望。表示信神佛的目的是爲了得到好報應。類信心も欲の中《うち》。反信心は徳の余り。

薪水《しんすい》の労《ろう》　薪水之勞。替人作勞苦的工作。

人生意気《じんせいいき》に感《かん》ず　人生感意氣。人生以意氣相投爲重，不是爲功名來做事。

人生字《じんせいじ》を識《し》るは憂患《ゆうかん》の始《はじめ》　人生識字憂患生，表示不識字反而無憂患。

人生七十古来稀《じんせいしちじゅうこらいまれ》なり　人生七十古來稀。

人生朝露《じんせいちょうろ》の如《ごと》し　人生如朝露。類①人生は風燈石火の如し。②露の世。

人生僅《じんせいわず》か五十年《ごじゅうねん》　人生僅僅是五十年，表示人生很短。類人間僅か五十年。

親切《しんせつ》ずくが苦労《くろう》の種《たね》　親切過度反而感到麻煩。

身代《しんだい》につるる心《こころ》　心胸的寬狹受財產的影響。

死《し》んだ子《こ》に阿呆《あほう》はない　死去的孩子沒有呆子，表示人回憶過去的和遠去的事物時，往往只記得其美好的一面。類①死んだ子は賢い。②死ぬる子は眉目《みめ》よし。③逃げた魚は大きい。

死《し》んだ子《こ》の年《とし》を数《かぞ》える　算亡子的年齡，比喩白費勁。類①死んだ子の年勘定。②死んだ子の年数えで役には立たない。③死児の齢《よわい》を数う。

死《し》んだ先《さき》を見《み》た者《もの》無《な》い　沒有人看過死後的去處，表示要重視今世。

死《し》んだ仏《ほとけ》も盆《ぼん》にゃ来《く》る　死去的人，鬼節時都會來。表示對不常來往的人所說的話，帶有責備和挖苦的意思。

死《し》んだらほめられる　死掉了就會受人稱讚。表示人對死去的人往往看到其好的一面，因而受人稱讚。

心胆《しんたん》を寒《さむ》からしめる　使胆戰心驚。

沈丁花《じんちょうげ》は枯《か》れても香《かんば》し　丁香花即使枯萎了也是香的，比喩好的東西儘管損壞了，也是有價值的。類腐っても鯛。

死《し》んで千杯《せんばい》より生前《せいぜん》の一杯《いっぱい》　生前的一杯勝過死後的千杯。類①死しての千年より生きての一日。②死しての長者より生きての貧人。③新酒でも今がよい。

死《し》んで花実《はなみ》が咲《さ》くものか　死了會開花結果嗎?表示生之貴。類①死んで花が咲かぬ。②死んで骨は光るまい。③命に過ぎたる宝なし。反命は鴻毛《こうもう》より軽し。

心頭《しんとう》を滅却《めっきゃく》すれば火《ひ》も亦涼《またすず》し　滅却心頭火體也涼。

信豚魚《しんとんぎょ》に及《およ》ぶ　信及豚魚。

心配《しんぱい》は身《み》の毒《どく》　担心憂慮是身體之毒。担心對身體不好。類①心配は寿命の毒。②心配で年がよる。

親《しん》は媒妁《ばいしゃく》に因《よ》らず　夫妻的愛情不因媒人而生。

親《しん》は泣《な》き寄《よ》り他人《たにん》は食《く》い寄《よ》り　發生困難和不幸時，親人會來幫忙，而他人只爲吃才來。類 ①親の泣き寄り。②他人の食い寄り。③他人は食い寄り。

辛抱《しんぼう》が大事《だいじ》　堅持到底很要緊。類 ①辛抱は物事成就の基。②辛抱する木に金がなる。③辛抱の棒が大事。

辛抱《しんぼう》する木《き》に金《かね》がなる　耐心工作會掙到錢。類 ①辛抱は金、挽臼《ひきうす》は石。②辛抱の棒が大事。

進物《しんもつ》をくれる人《ひと》に油断《ゆだん》するな　對於送禮的人不可掉以輕心。

信用《しんよう》は無形《むけい》の財産《ざいさん》　信用是無形之財。

親類《しんるい》不和《ふわ》に長者《ちょうじゃ》なし　親戚不和不會繁榮。

す

粋《すい》が川《かわ》へはまる　老練的會陷入河裏，比喻老練的反而會失敗。類 ①粋がはまる。②河童《かっぱ》の川流れ。③猿も木から落ちる。

水火《すいか》の争《あらそ》い　水火之爭。

粋《すい》が身《み》を食《く》う　風流足以滅身。類 ①鳴く虫は捕らる。②芸は身の仇《あだ》。

水火《すいか》を辞《じ》せず　赴湯蹈火在所不辭。

水火《すいか》を踏《ふ》む　踏水火。比喩冒危險。

水鏡《すいきょう》私《わたし》無《な》し　水和鏡無私，能原原本本映出具象，很公平。

水魚《すいぎょ》の交《まじわ》り　魚水之交。魚水之情。類 ①魚水の親。②水魚の親。③水魚の因。④水魚の恩。⑤魚水の契り。⑥魚心あれば水心あり。⑦魚と水。

随珠《ずいしゅ》を以《もっ》て雀《すずめ》を弾《う》つ　隨珠彈雀。比喩失多得少。類 小判で鴨を打つ。

水晶《すいしょう》の削《けず》り屑《くず》　水晶的削屑，比喩破落戶。

水晶《すいしょう》は塵《ちり》を受《う》けず　水晶不受塵，比喩清廉的人不受賄。

酔生夢死《すいせいむし》　醉生夢死。反 朝《あした》に道を聞けば夕に死すとも可なり。

好《す》いた水仙《すいせん》好《す》かれた柳《やなぎ》　比喩男女相愛。

好《す》いた同士《どうし》は泣《な》いても連《つ》れる　相戀而結婚的夫妻，不管多麼辛苦都會白頭偕老。類 好き連れは泣き連れ。

好《す》いた目《め》からは痘痕《あばた》も靨《えくぼ》　情人眼中出西施。類 ①痘痕も靨。②惚れた女は痘痕も靨。

水中《すいちゅう》に火《ひ》を求《もと》む　水中求火。緣木求魚。類 木に縁《よ》りて魚を求む。

錐刀《すいとう》の末《すえ》　錐刀之末，比喩瑣碎之事物，或僅小的利益。類 錐刀の利。

水泡《すいほう》に帰《き》す　歸於泡影。類 ①元の木阿弥《もくあみ》。②水の泡。③灰燼《かいじん》と化す。

酸《す》いも甘《あま》いも嚙《か》みわける　飽嘗酸甜甘辣的人，久經世故的人。類 ①酸いも甘いも知りぬく。②酸いも辛いもご存じ。

末重《すえおも》き物《もの》は必《かなら》ず折《お》る　末大必折。末重的東西必斷。尾大不掉。類 ①末盛んなれば則《すなわ》ち本虧《か》く。②末大なれば必ず折る。③尾大掉《ふる》わず。

末始終《すえしじゅう》より今《いま》の三十《さんじゅう》　將來經常領取不如現在取三十。類 ①明日の百より今日の五十。②末の百両より今の五十両。

据膳食《すえぜんく》わぬは男《おとこ》の恥《はじ》　比喩女子積極表示有意而男子拒絕是男子的恥辱。類 据膳と河豚《ふぐ》汁《じる》を食わぬは男の中ではない。

末大《すえだい》なれば必《かなら》ず折《お》る　末大必折。尾大不掉。類 ①尾大掉《ふる》わず。②末重き物は必ず折る。

末《すえ》の露本《つゆもと》の雫《しずく》　樹梢的露、樹幹的水滴。比喩人的生命短暫。

末《すえ》は野《の》となれ山《やま》となれ　比喩不管將來會變成怎麼樣，都沒有關係。

酢《す》が過《す》ぎた　比喩超過程度。類 度が過ぎる。

姿《すがた》は俗性《ぞくしょう》を現《あらわ》す　人的舉止表現其品性。

姿《すがた》はつくりもの　容貌是做出來的。類 ①馬子にも衣裳《いしょう》。②公卿《くげ》にもつづれ。

好《す》きこそ物《もの》の上手《じょうず》なれ　喜歡做的事很快就會熟練。類 ①好きは上手のもと。②好きこそ上手。③道は好む所によって易《やす》し。

過《す》ぎたるは猶《なお》及ばざるが如《ごと》し　過猶不及。類 ①薬も過ぎれば毒となる。②念の過ぐるは不念。③彩ずる仏の鼻をかく。④大吉は凶に還《かえ》る。⑤分別過ぎれば愚に返る。

好《す》き連《づ》れは泣《な》き連《づ》れ　戀愛結婚的結果是不太幸福。類 好いた同士は泣いても連れる。反 ①好きで好き連れ末泣き別れ。②好き連れ泣き別れ。

好《す》きな事《こと》には騙《だま》され易《やす》い　喜歡的事情容易受騙。類 ①過ちは好む所にあり。②好く道より破る。

好《す》きに赤烏帽子《あかえぼし》　比喩喜歡的話，什麼奇怪的東西都不感到怎麼樣好奇。

好《す》きには身《み》をやつす　喜歡的事，使身體消瘦都不感到怎麼樣。類 ①好きの道には薦《こも》かぶる。②好きは身を通す辛子は鼻を通す。③好む道には労苦をいとわず。④好きな道に辛抱いらず。

好《す》きの道《みち》に辛労《しんろう》なし　喜歡就不覺得苦。

空《す》き腹《ばら》に茶漬《ちゃづけ》　空腹時的茶水泡飯，比喩容易被接受。

空腹《すきばら》にまずい物《もの》無《な》し　空腹時沒有不好吃的東西。飢者易爲食。類 ①飢えたる者は食を爲し易《やす》し。②飢えては食をえらばず。③飢えたる者は食を選ばず。④ひもじい時にまずい物なし。

隙間風《すきまかぜ》は冷《つめ》たい　從縫兒吹進來的風很冷。比喩由結婚而成爲親戚其關係總是不融洽。

過《す》ぎれば似合《にあ》う焼《や》ければ光《ひか》る　比喩被認爲不相稱的夫妻，一起生活久了，就會相稱起來。

過《す》ぎわいは草《くさ》の種《たね》　生計如草的種籽那樣多。類 ①商売は草の種。②みすぎは草の種。

頭巾《ずきん》と見《み》せて頰冠《ほおかむ》り　比喩外表有派頭，其實很窮苦。

ずくなしの大仕事《おおしごと》　做自己的力量不相稱的大事情。類 なまくらの大荷物。

ずぐなしの大《おお》だくみ　計劃自己的能力不能達到的工作。身份不相稱。

木兎引《ずくひ》きが木兎《ずく》にひかれる　比喩捉人反被人捉。類 ①木乃伊《みいら》取りが木乃伊になる。②人捕る亀が人に捕られる。

好《す》く道《みち》より破《やぶ》る　因好其道而導致失敗。類 ①好きな事には騙《だま》され易《やす》い。②善く泳ぐ者は溺《おぼれ》る。③川立ちは川で果てる。

少《すこ》しきを救《すく》わざれば大破《たいは》に及《およ》ぶ　不救少必導致大破。有一點損害而不補救，會導致大損害。

少《すこ》し屈《くつ》して大《おお》いに伸《の》ぶ　屈少伸大。要大發展必須忍受小事。

進《すす》む者《もの》は退《しりぞ》き易《やす》し　進者易退。急功者反而會失敗。

進《すす》むを知《し》りて退《しりぞ》くを知《し》らず　知進不知退。

雀網《すずめあみ》で雁《がん》　用雀網捉到雁。比喻意料不到的收穫。

雀一寸《すずめいっすん》の糞《くそ》ひらず　麻雀不會拉一寸長的糞便。比喻事物都有其相稱的大小。

雀海中《すずめかいちゅう》に入《い》って蛤《はまぐり》となる　麻雀入海中變成蛤，比喻事物善變。類 山の芋が鰻《うなぎ》になる。

雀《すずめ》の上《うえ》の鷹《たか》、猫《ねこ》の下《した》の鼠《ねずみ》　麻雀上面的鷹，貓下的老鼠，比喻面臨危急，難於避免。

雀《すずめ》の千声《せんこえ》鶴《つる》の一声《ひとこえ》　麻雀的千聲不如鶴的一聲。比喻平常人的喋喋不休不如有能力的一句話。類 ①愚者の百行より知者の居眠り。②禽鳥《きんちょう》百を数うると雖《いえど》も一鶴に如《し》かず。③数星相連《つらな》ると雖も一月に如かず。④百星の明は一月の光に如かず。⑤蜆《しじみ》千より法螺貝《ほらがい》一つ。

雀《すずめ》の角《つの》　麻雀的角，比喻對手很弱，不管準備什麼武器，都不可怕。例如麻雀生角都不可怕。

雀《すずめ》の涙《なみだ》　麻雀的眼淚，比喻非常小，一點點。

雀《すずめ》の糠喜《ぬかよろこ》び　空喜一場。如麻雀看到米糠而高興，但沒有米而失望。

雀百《すずめひゃく》で踊《おど》り忘《わす》れぬ　比喻稟性難移。類 ①頭禿《は》げても浮気はやまぬ。②三つ子の魂百まで。③狐は毛皮を変えても性質は変わらぬ。④習い性となる。⑤産屋の癖は八十まで治らぬ。

裾取《すそと》って肩《かた》へつぐ　取底襟補肩處，比喻得過且過，不是根本解決問題。治標不治本。

棄犬《すていぬ》に握《にぎ》り飯《めし》　把飯糰給棄狗吃，比喻白費勁，勞而無功。類 どぶに金を棄てる。

棄子《すてご》は世《よ》に出《で》る　棄兒會發迹。類 ①憎まれ子世に出る。②憎まれ子世にはばかる。

酢《す》でも蒟蒻《こんにゃく》でも　比喻無論如何也無法解決。類 ①四も五も食わぬ。②酢でも蒟蒻でも食えぬ。③煮ても焼いても食えぬ。

棄《す》てる神《かみ》あれば助《たす》ける神《かみ》あり　有棄神也有救神，比喻社會的人很複雜，有的不理人，有的幫助人，所以不必想不開。類 ①渡る世間に鬼はなし。②棄てる神あれば拾う神あり。③棄つる神あれば引き上ぐる神あり。④倒す神あれば起こす神あり。⑤寝せる神あれば起こす神あり。⑥月夜も十五日闇夜《やみよ》も十五日。

棄《す》てる子《こ》も軒《のき》の下《した》　要棄兒時也要選在屋簷下。表示父母之愛。

砂《すな》の底《そこ》から玉《たま》が出《で》る　從沙底出玉，比喻沒有價值的東西裏面摻有貴重的東西。類 ①砂の中の黄金。②珠玉の瓦礫《がれき》に在る如し。③藪《やぶ》に黄金。

砂《すな》の中《なか》の黄金《こがね》　沙中的黄金，比喩在許多不値錢的東西之中摻有値錢的東西。

砂原《すなはら》は三里《さんり》行《ゆ》けば二里《にり》戻《もど》る　在沙地走路，走三里退二里，表示沙地難走。類 砂道歩く如し。

脛一本腕一本《すねいっぽんうでいっぽん》　脛一隻臂一隻，比喩除自己之外，沒有一種可依靠的東西。只有靠自己的力量。

脛《すね》が流《なが》れる　脚步不穩。

脛《すね》に疵持《きずも》つ　脛部有傷痕，比喩做了有不爲人知的壞事或做了虧心事。內心有隱疚。

脛《すね》に疵持《きずも》てば笹原走《ささはらはし》る　心中有愧的人經過竹林會跑過去。做了虧心事不敢走夜路。
類 ①脛に疵あれば田から走る。②脛に疵あれば竹藪《たけやぶ》へとぶ。③脛に疵持てば笹原走れぬ。④落武者は芒《すすき》の穂にも怖《お》ず。⑤心の鬼が身を責める。

拗者《すねもの》の苦笑《にがわら》い　性情乖戾的人的苦笑。自己怪而有比自己更怪的人，不得不苦笑。

素引《すび》きの精兵《せいへい》　空有拉弓架子的精兵。比喩紙上談兵，空有理論而實際無用。類 ①木馬の達人。②畳の上の水練。

すべての道《みち》はローマに通《つう》ず　條條道路通羅馬。類 百川海に朝す。

すべてのメダルには裏《うら》がある　所有的奬章都有背面，比喩凡事都有背面，不可只相信表面的事物。

滑《すべ》り道《みち》と御経《おきょう》は早《はや》い方《ほう》がよい　走滑路和念經愈快愈好。比喩愈快愈好。
類 滑り道と観音経は早い方がよい。

図星《ずぼし》を指《さ》す　一針見血。擊中要害。說中心事。

すまじきものは宮仕《みやづか》え　當官是一件辛苦的工作，不做爲妙。生不入官門、死不入地獄。類 さすまいものは宮仕え。

墨《すみ》と雪《ゆき》　墨和雪。比喩性質完全不同的東西。

速《すみや》かならんことを欲《ほ》すれば則《すなわ》ち達《たつ》せず　欲速則不達。

住《す》めば都《みやこ》　地以久居爲安。類 ①住めば田舎も名所。②地獄も住家。③都も旅は憂し地獄も仕家。④住めば都の風が吹く。⑤住めば都で花が咲く。

相撲《すもう》に負《ま》けて妻《つま》の面張《つらは》る　比喩在外不如意，回家向老婆出氣。類 内弁慶。

相撲馬鹿取《すもうばかと》る利口見《りこうみ》る　愚笨的人玩摔角，聰明的人看摔角。類 相撲取る馬鹿見る利口。

素矢《すや》を食《く》う　箭射不中，比喩所期待的事吹了，無結果。

擂粉木《すりこぎ》で芋《いも》を盛《も》る　用研磨棒盛芋，比喩不可能之事。類①擂粉木で腹を切る。②杓子《しゃくし》腹《ばら》。

擂粉木《すりこぎ》で重箱洗《じゅうばこあら》う　用研磨棒來洗疊層盛食品的方木盒，比喩粗枝大葉，馬虎。反重箱の隅を楊枝でほじる。

擂粉木《すりこぎ》で腹《はら》を切《き》る　用研磨棒切腹，比喩不可能之事。類①杵《きね》で頭をそる。②豆腐の角で頭を割る。③擂粉木で芋を盛る。④蒟蒻《こんにゃく》で石垣を築く。⑤竿の先で星を打つ。⑥大海を手で塞《ふさ》ぐ。⑦わが影を踏む。⑧縫い糸で鯨を釣る。

擂粉木《すりこぎ》に羽《はね》が生《は》える　磨研棒生翅膀，比喩不可能發生之事。

擂粉木《すりこぎ》の年《とし》は後《あと》へよる　比喩愈舊愈短。

擂鉢《すりばち》へ灸《きゅう》をすえる　對磨研鉢施灸術，比喩毫無感覺。類土に灸。

駿河《するが》の富士《ふじ》と一里塚《いちりづか》　駿河的富士山和一里塚，比喩不能相比。霄壤之別。類①提燈《ちょうちん》と釣鐘。②月と鼈《すっぽん》。

するは一時名《いちじな》は末代《まつだい》　痛苦忍受一時，而該做的事不做，其不名譽會傳到後世。類するは一時なさぬは末代。

酎《す》を買《か》う　唆使煽動生事。

寸善尺魔《すんぜんしゃくま》　寸善尺魔。道高一尺，魔高一丈。類①好事魔多し。②月に叢雲《むらくも》花に風。③一寸の善には一尺の魔が伴う。

寸鉄人《すんてつひと》を刺《さ》す　寸鐵刺人，比喩用警句擊中要害。類寸鉄人を殺す。

寸《すん》を詘《ま》げて尺《しゃく》を伸《の》ぶ　詘寸伸尺，比喩放棄小事取大事。棄小利取大利。

せ

性相近《せいあいちか》し習《なら》い相遠《あいとお》し　性相近、習相遠。

井蛙大海《せいあたいかい》を知《し》らず　井蛙不知大海。井底之蛙。

井蛙《せいあ》の見《けい》　井蛙之見。類①井の中の蛙《かわず》大海を知らず。②井底の蛙。③坎井《かんせい》の蛙《あ》。④井の鮒《ふな》。⑤天水桶《おけ》の孑孓《ぼうふら》。⑥夏虫氷を笑う。

井蛙《せいあ》は以《もっ》て海《うみ》を語《かた》る可《べ》からず　對井蛙不可能言海。類①井魚は与《とも》に大を語る可からず。②井底の蛙《あ》。

生《せい》ある者《もの》は死《し》あり
有生必有死。類 ①生ある者必ず滅す。②生ある者は死す。③生きものは死にもの。④生き身は死に身。

井魚《せいぎょ》は与《とも》に大《だい》を語《かた》るべからず
井魚互相不能談論大。

成功《せいこう》の下《もと》久《ひさ》しく処《お》るべからず
成功之下不可久位。功成身退。類 ①功成り名遂げて退く。②大名の下久しく居り難し。③功を成す者は去る。④功成りて居らず。

正鵠《せいこう》を失《うしな》わず
擊中目標，抓住要點。

枘鑿相容《ぜいさくあいい》れず
方枘圓鑿。

西施《せいし》にも醜《しゅう》なる所《ところ》あり
西施也有醜的地方，比喻世上無完人。

精神一到何事《せいしんいっとうなにごと》か成《な》らざらん
精神一到何事不成。類 ①石に立つ矢。②思う念力岩をも透す。③志ある者は事ついに成る。④成功とは精神の別名なり。

聖人《せいじん》に夢《ゆめ》無《な》し
聖人無夢。類 至人に夢無し。

聖人《せいじん》は物《もの》に凝滞《ぎょうたい》せず
聖人於物不凝滯。聖人知道時勢的推移，所以不拘泥於事物。類 聖人に心なし。

清水《せいすい》に魚《うお》棲《す》まず
魚不棲清水。類 水清ければ魚棲まず。

清濁《せいだく》併《あわ》せ呑《の》む
清濁併呑，比喻心胸大，好人壞人只要來都接納。

精出《せいだ》せば凍《こお》る間《ま》もなし水車《みずぐるま》
水車拼命轉動不會結冰，比喻人只要努力工作，萬事就順利。類 ①稼《かせ》ぐに追い付く貧乏なし。②稼げば身立つ。

井中星《せいちゅうほし》を視《み》る
井中觀星。井中觀天。坐井觀天。

急《せ》いては事《こと》を仕損《しそん》ずる
焦急會誤事而失敗。欲速則不達。類 ①急がば回れ。②近道は遠道。③走れば躓《つまず》く。④急けば必ずしそこなう。⑤急く事はゆるりとせよ。⑥早まる烏《からす》は団了一つ。⑦急いては粗相もあるもの。⑧急く釣人は魚を釣りそこなう。⑨急くとむだになる。⑩待てば海路の日和あり。⑪急ぐ鼠《ねずみ》は穴に迷う。反 ①急かねば事が間にあわぬ。②先んずれば人を制す。③善は急げ。

晴天《せいてん》をほめるには日没《にちぼつ》を待《ま》て
等到日沒才稱讚晴天。蓋棺論定。類 ①人は果て。②棺をおいて定まる。

盛年重《せいねんかさ》ねて来《きた》らず
盛年不重來。類 ①人牛年少再び来らず。②歳月人を待たず。③今日の後に今日なし。

生《せい》は難《かた》く死《し》は易《やす》し　生難死易。類 死は易うして生は難し。

生《せい》は寄《き》なり死《し》は帰《き》なり　生寄死歸。類 生は性なり死は命なり。

生《せい》は死《し》の始《はじ》め　生是死之始。類 生を視《み》ること死のごとし。

青蠅白《せいようはく》を染《そ》む　蒼蠅群集使白壁成黑，比喩由於邪慾弄汚節操。或誹謗而使人負上冤罪。

生《せい》を視《み》ること死《し》の如《ごと》し　視生如死。安天命之意。

せかせか貧乏《びんぼう》ゆっくり長者《ちょうじゃ》　急忙工作的人貧窮，而悠閒的人有錢。類 ①がしがし貧乏ぶらぶら果報。②せちせち貧乏のらり果報。反 稼ぐに追い付く貧乏なし。

急《せ》かねば事《こと》が間《ま》にあわぬ　不急會趕不上。反 急《せ》いては事を仕損ずる。

積悪《せきあく》の家《いえ》には必《かなら》ず余殃《よおう》あり　積惡之家必有餘殃。類 悪因悪果。反 積善の家には必ず余慶あり。

席暖《せきあたた》かなるに暇《いとま》あらず　無席暖之暇。喩非常忙。

積羽舟《せきうふね》を沈《しず》む　積羽沉舟。類 ①衆口金を鑠《とか》す。②群軽軸を折る。③叢軽《そうけい》軸を折る。④積毀《せっき》骨を銷《しょう》す。

赤手《せきしゅ》を以《もっ》て江河《こうが》を障《ささ》う　以赤手空拳遮斷河流。比喩自力辦大事業。

赤縄足《せきじょうあし》を繋《つな》ぐ　紅繩繫足。定婚。類 赤縄の契りを結ぶ。

赤心《せきしん》を推《お》して人《ひと》の腹中《ふくちゅう》に置《お》く　推心置腹。

積善《せきぜん》の家《いえ》には必《かなら》ず余慶《よけい》あり　積善之家必有餘慶。類 陰徳あれば陽報あり。

堰《せき》で入《い》らねば河《かわ》で取《と》る　水不流入堰堤內，就從河裏取水，比喩想方設法以達目的。

積土山《せきどやま》を成《な》す　積土成山。積小成大。

咳払《せきばら》いも男《おとこ》の法《ほう》　咳嗽也是男人的擧止之一，可以用咳嗽表示許多意思。

赤貧洗《せきひんあら》うがごとし　赤貧如洗。一貧如洗。

世間知《せけんし》らずの高枕《たかまくら》　閲歴淺的人不知天高地厚，高枕而眠。類 知らぬが仏。

世間《せけん》に鬼《おに》はなし　世上無鬼，比喩世上也有深情的人，不是全是無情的人。類 ①渡る世間に鬼はない。②棄《す》てる神あれば助ける神あり。

世間《せけん》の口《くち》に戸《と》は立《た》てられぬ　人們的嘴是封不住的。類 人の口に戸は立てられぬ。

世間《せけん》は張物《はりもの》 社會上的事物都是充其外表的，因此裝飾門面是處世方法之一。類 ①世は張物。②內裸でも外錦。③ほらも一徳。

世間《せけん》は広《ひろ》いようで狭《せま》い 世界似乎很大其實很窄。類 世の中は広いようで狭い。

世上《せじょう》の毀《き》誉《よ》は善悪《ぜんあく》にあらず 世上的毀譽不在於善惡。

世人交《せじんこう》を結《むす》ぶに黄金《おうごん》を須《もち》う 世人結交須黃金。

世帯仏法腹念仏《せたいぶっぽうはらねんぶつ》 和尙的念經講法也是爲生活的手段。類 ①仏法も腹念仏。②鼻の下の建立。③しょざい仏法腹念仏。④僧は仏を売りて世を渡る。

せちせち貧乏《びんぼう》のらり果報《かほう》 拼命工作節儉的人貧窮，游手好閒的得到好報。類 せかせか貧乏ゆっくり長者。反 稼ぐに追い付く貧乏なし。

切匙《せっかい》で腹《はら》を切《き》る 喻不可能之事。類 ①擂粉木《すりこぎ》で腹切る。②杓子腹《しゃくしばら》。

せっかちのしくじり 急躁會失敗。類 ①慌てる蟹は穴へ這入《はい》れぬ。②慌て者の半人足。

節季女《せっきおんな》に盆坊主《ぼんぼうず》 年末的女人和盂蘭盆會的和尙，比喻非常忙碌。類 五月女に盆坊主。

節季師走《せっきしわす》には猫《ねこ》の手《て》も借《か》りたい 年終中元的年節連猫都想牠幫手，比喻年節時任何幫手都想要。

節季《せっき》の風邪《かぜ》は買《か》ってもひけ 年節忙時生病也可以下班休息。

積毀《せっき》骨《ほね》を銷《け》す 積毀銷骨。衆口鑠金。類 ①衆口金を鑠す。②積羽舟を沈む。

節供倒《せっくだお》しは薬礼《やくれい》になる 懶人在節日工作只不過是掙到買藥錢。類 怠け者の節供働き。

雪上霜《せつじょうしも》を加《くわ》う 雪上加霜，比喩在許多相同的東西之上再加上沒有什麼顯著不同的東西。類 黄金塗りの上に黄金を塗る。

雪駄《せった》の裏《うら》に灸《きゅう》 對竹皮草屐的底部施灸術，是一種讓久居的客人早一點回去的咒法。

雪駄《せった》の土用干《どようぼ》し 對得意洋洋威風走路的人的諷刺話。

雪隠《せっちん》で饅頭《まんじゅう》 在厠所吃包子。比喩不讓人看見一個人獨自享受。類 雪隠で米をかむ。

雪隠《せっちん》と持仏《じぶつ》 厠所和自己崇拜的佛像。比喩不能缺少的東西。類 雪隠と仏壇。

雪隠《せっちん》の火事《かじ》 厠所的火災，比喩自暴自棄。

雪隠《せっちん》の錠前《じょうまえ》　在厠所裏咳嗽等於上了鎖。

雪隠虫《せっちんむし》も所贔屓《ところびいき》　蛆虫也偏愛其所居的糞坑，比喩人也偏愛其所住的地方。類 烏《からす》は自分らを一番美しい鳥だと思う。

せつない時《とき》の神叩《かみたた》き　難過時才求神。類 苦しい時の神頼み。

せつない時《とき》は茨《いばら》も摑《つか》む　難過時連刺都抓。急不暇擇。類 ①せつないと茨にもすがる。②溺《おぼ》れる者は藁《わら》をも摑む。③背に腹はかえられぬ。

せつない時《とき》は親《おや》　苦悶時依靠父母。或遇困難時抬出父母來過關。類 苦しい時には親を出す。

背中《せなか》に眼《め》はない　背後沒有長眼睛，比喩不能發覺背後所做的事。

背中《せなか》の子《こ》を三年探《さんねんさが》す　找揹在背後的孩子找了三年，比喩看不見在眼前的東西而到處找。類 ①負うた子を三年探す。②詮索《せんさく》もの目の前にあり。

銭《ぜに》ある時《とき》は鬼《おに》をも使《つか》う　有錢能使鬼推磨。類 ①金が言わせる旦那《だんな》。②金があれば馬鹿も旦那。③金の光は阿弥陀《あみだ》ほど。④地獄の沙汰も金次第。⑤金の光は七光。

銭有《ぜにあ》る者《もの》は生《い》き銭無《ぜにな》き者《もの》は死《し》す　有錢者生，無錢者死。

銭《ぜに》あれば木仏《きぶつ》も面《つら》をかえす　有錢能使冷酷的人換面孔。類 地獄の沙汰も金次第。②金さえあれば行く先で旦那。

銭金囲《ぜにかねかこ》うても姫囲《ひめかこ》うな　蓄錢不要蓄妾。

銭金《ぜにかね》は親子《おやこ》でも他人《たにん》　有關金錢，連父子都是他人。類 ①親子の仲でも金銭は他人。②金に親子はない。

銭金《ぜにかね》は乞食《こじき》でも持《も》つ　連乞丐都持有錢。對誇耀金錢的人的諷刺話。

銭金《ぜにかね》は儲《もう》かりもの　金錢是可以掙來的。

銭取《ぜにと》り病《やまい》に死《し》に病《やまい》　需錢的病都是死病。類 銭取り病が死に病。

銭《ぜに》なき男《おとこ》は帆《ほ》のなき舟《ふね》の如《ごと》し　無錢的男人如無帆的船。

銭《ぜに》なしの市立《いちだ》ち　無帶錢去市場，比喩無錢什麼也不能買。或比喩不知自量，不知分寸。類 ①銭持たずの市立ち。②銭持たずの団子選《え》り。③財《たから》なくして町に臨むな。④たくらだの市立ち。⑤たくらだの市に立つ。⑥元手なしの唐走り。

銭《ぜに》は阿弥陀《あみだ》ほど光《ひか》る　金錢如阿彌陀那樣光，比喩金錢的力量很大。類 ①金の光は阿弥陀ほど。②地獄の沙汰も金次第。③仏の光より金の光。

銭《ぜに》は足《あし》なくして走《はし》る　錢無脚也會跑。比喩錢花得也快。

銭《ぜに》は銭《ぜに》だけ　出多少錢，買入的東西就値多少錢。買便宜貨結果吃虧。類 ①銭は銭だけ光る。②安かろう悪かろう。

銭《ぜに》は馬鹿《ばか》かくし　錢可以掩蓋愚蠢。類 ①金があれば馬鹿も旦那《だんな》。②金が言わせる旦那。

背《せ》に腹《はら》はかえられぬ　背不能代替腹，比喩爲重大的利益而犧牲小利益。類 ①背より腹。②背中に腹はかえられぬ。③負うた子より抱いた子。④苦しい時は鼻をも削《そ》ぐ。

銭儲《ぜにもう》けと死病《しにやまい》はあだでない　掙錢和治不治之病並不簡單。

銭持《ぜにも》たずの団子選《だんごえ》り　不帶錢而選米粉糰，比喩沒有錢沒有辦法。或比喩不知自量、不知分寸。類 銭無しの市立ち。

狭家《せばや》の長刀《ながかたな》　窄屋的長刀，比喩家貧不能夠維持生活。

是非《ぜひ》は道《みち》によって賢《かしこ》し　判斷好壞，其內行的人最行。類 ①性は道によって賢し。②芸は道によって賢し。③商売は道によりて賢し。④餅は餅屋。

狭《せま》き門《もん》より入《い》れ　從窄門進去。比喩要提高人格選困難方法比選輕易的方法有效。

蟬《せみ》は七日《なぬか》の寿命《じゅみょう》　蟬的壽命只有七天，比喩壽命短暫。

背《せ》より腹《はら》　腹比背重要。比喩爲重大的事而犧牲小事。類 背に腹はかえられぬ。

瀬《せ》を踏《ふ》んで淵《ふち》を知《し》る　踏淺灘測知水深處，比喩首先試一下來探知危險的地方。

善悪《ぜんあく》は地獄極楽《じごくごくらく》　人心的善惡製造世上的地獄和天堂。類 ①地獄極楽も目の前にある。②地獄極楽は心にあり。③地獄極楽はこの世にあり。

善悪《ぜんあく》は水波《すいは》の如《ごと》し　善惡如水波。水波是由高低而成的，沒有高就沒有低也就沒有水波。有惡才有善。類 ①善の裏は悪。②善悪はもと不二なり。

善悪《ぜんあく》は友《とも》による　人由朋友的影響而成善惡。表示朋友之間的感化力很大。類 ①人は善悪の友による。②親擦れより友擦れ。③朱に交われば赤くなる。④水は方円の器に随《したが》い人は善悪の友による。

善悪《ぜんあく》は友《とも》を見《み》よ　善惡看其朋友。

善悪《ぜんあく》は人《ひと》に非《あら》ず、自《みずか》らの心《こころ》にあり　善惡不在人而在自己的心。

千貫《せんがん》のかたに編笠《あみがさ》一蓋《いっかい》　比喩出得多，拿得少。類①千貫目のかたに竹の皮笠。②千貫に笠一蓋。③百貫のかたに猿一匹。④百貫のかたに笠一蓋。⑤千両のかたに編笠。⑥百両のかたに編笠一蓋。⑦百荷に編笠。

千金《せんきん》の子《こ》は市《いち》に死《し》せず　千金之子不死於市，表示有錢人的孩子可以用金錢的力量而逃避危險。類①千金の子は盗賊に死せず。②金持ち喧嘩せず。

千金《せんきん》は死《し》せず百金《ひゃくきん》は刑《けい》せられず　千金不死，百金不刑。千金免死罪、百金不受刑罰。類①地獄の沙汰も金次第。②銭ある者は生き銭無き者は死す。

千金《せんきん》を買《か》う市《いち》あれど、一文字《いちもんじ》を買《か》う店《みせ》なし　市場什麼都有得買，但沒有出售字的商店，表示字是要自己學習。

千軍《せんぐん》は得易《えやす》く一将《いっしょう》は求《もと》め難《がた》し　千軍易得，一將難求。類万卒は得易く一将は得難し。

千軒《せんけん》あれば共過《ともす》ぎ　有許多的住家就可以共同生活。人多的地方可以找到維持生活的工作。類千軒あれば共暮らし。

線香《せんこう》の心張《しんば》り　比喩沒有用。

線香《せんこう》も焚《た》かず屁《へ》もひらず　比喩也沒用也無害的無關緊要的人。可有可無的人物。類沈香《じんこう》も焚かず屁もひらず。

千石《せんごく》取《と》れば万石《まんごく》羨《うらや》む　領取千石而望萬石。得隴望蜀。類隴《ろう》を得て蜀《しょく》を望む。

千石万石《せんごくまんごく》も米五合《こめごごう》　領取千石萬石的諸侯也是吃米五合。比喩雖有身份高低之分，但都是人。類①千石万石も飯一杯。②千畳万畳只《ただ》一畳千石万石一杯の飯。③千畳敷で寝ても一畳。④下種《げす》も三食上臈《じょうろう》も三食。⑤大廈《たいか》千間《せんげん》夜臥《やが》八尺《はっせき》。

千石見晴《せんごくみは》らしの田《た》でないと鶴《つる》は下《お》りぬ　非廣濶的田地，鶴不停下來。比喩對優秀的人材要有相應的待遇。類鳳《おおとり》は藪《やぶ》の中にはいない。反掃溜《はきだめ》に鶴。

千載一遇《せんざいいちぐう》　千載一遇。千載一時。類千載の一時。

詮索《せんさく》もの目《め》の前《まえ》にあり　探索的東西在眼前。比喩要找的東西往往在眼前而看不見。類①負うた子を三年探す。②燈台下暗し。③手に持ったものを探す。④七度探して人を疑え。⑤牛に乗って牛をたずねる。

前事《ぜんじ》の忘《わす》れざるは後事《こうじ》の師《し》なり　前事不忘，後事之師。

前車《ぜんしゃ》の覆《くつがえ》るは後車《こうしゃ》の戒《いまし》め　前車覆後者鑑。前車可鑑。類①前車《ぜんしゃ》の覆轍《ふくてつ》。②前車を忘れぬは後車の師。③前轍を履《ふ》む。④殷鑑《いんかん》遠からず。

千畳敷《せんじょうじき》に寝《ね》ても一畳《いちじょう》　即使睡在廣濶的房間，也只能睡在一個蓆位上，表示野心太大無益，要自量。類①千石万石も米五合。②千畳万畳只一畳。③起きて半畳寝て一畳。

千丈《せんじょう》の堤《つつみ》も螻蟻《ろうぎ》の穴《けつ》を以《もっ》て潰《つい》ゆ　千丈之堤以螻蟻之穴潰。類①千里の堤も蟻の穴から。②千丈の堤も蟻の一穴から。③小事を軽んずる勿《なか》れ。④大船も小穴から沈む。⑤千里も一里。⑥蟻の一穴天下の破れ。⑦天下の大事は必ず細に走る。

禅僧《ぜんそう》の素麵《そうめん》　禪僧吃素麵。比喩爽快。類江戸者が梨を食うよう。

栴檀《せんだん》は双葉《ふたば》より芳《かんば》し　棟樹一萌芽就香。比喩偉大人物自幼就出色。類①きつつきの子は卵からうなずく。②竜の子は小さしといえども能《よ》く雨を降らす。③良竹は生い出るより直ぐなり。④梅花は蕾《つぼ》めるに香あり。⑤実のなる木は花から知れる。反大器晩成。

先手《せんて》は万手《まんて》　先下手爲強。類先んずれば人を制す。

船頭《せんどう》多《おお》くして船山《ふねやま》へ上《のぼ》る　船老大多船上山。木匠多蓋歪房子。軍師多打敗仗。人多反誤事。類①船頭多くして船岩に乗る。②船頭の多き船は山へ登る。③下手の大連れ。④役人多くして事絶えず。⑤料理人多過ぎればスープをまずくする。

船頭《せんどう》の一時艪《いちじろ》　船夫的一時櫓。比喩一時的振作不會長久。類三日坊主。

善《ぜん》に従《したが》うこと流《なが》るるが如《ごと》し　從善如流。

千日《せんにち》の萱《かや》を一日《いちにち》　費千日所割的芒，一天就燒掉，比喩花了長時間的心血建成的工作，一下子就弄壞。類①千日に刈った萱も一夜に亡ぶ。②千日の功名一時に亡ぶ。③千日に刈る萱も一時に亡ぼす。④百日柴《しば》を切り一日に焼く。

千日《せんにち》の勧学《かんがく》より一日《いちにち》の学匠《がくしょう》　千日的自學不如跟好老師學一日。類①千日の勧学より一時の名匠。②三年学ばんより三年師を選べ。

千日《せんにち》の旱魃《かんばつ》より一日《いちにち》の洪水《こうずい》　一日的洪水比千日的旱魃更厲害。

善《ぜん》に強《つよ》い者《もの》は悪《あく》にも強《つよ》い　好做善事的也擅於做壞事，表示從一個極端走到另一個極端的性質。類 悪に強ければ善にも強し。

善《ぜん》には善《ぜん》の報《むく》い悪《あく》には悪《あく》の報《むく》い　善有善報，惡有惡報。

千《せん》に一《ひと》つ　千中選一。萬一。千裏挑一。

先入主《せんにゅうしゅ》となる　先入爲主。

仙人《せんにん》の千年蜉蝣《せんねんかげろう》の一時《いっとき》　仙人的千年，蜉蝣的一時，比喩活得長或活得短，一生就是一生。或比喩同是一生，有的活得長，有的活得短。

善《ぜん》の裏《うら》は悪《あく》　善之背面是惡，表示好事之後有壞事。善之相反是惡。類 悪の裏は善。

千《せん》の倉《くら》より子《こ》は宝《たから》　一千個倉庫不如兒子寶貴，表示世上最寶貴的是子女。類 ①子に過ぎたる宝なし。②子にまさる宝なし。③金宝より子宝。反 子は三界の首枷《くびかせ》。

善《ぜん》は急《いそ》げ　好事要趕快去做。趁熱打鐵。類 ①善は急げ悪は延べよ。②旨《うま》い物は宵に食え。③思い立ったが吉日。反 急《せ》いては事を仕損じる。

膳部揃《ぜんぶそろ》うて箸《はし》を取《と》れ　飯菜全部擺好才拿筷子，比喩凡事準備就緒才着手。

煎餅《せんべい》に鉄槌《かなづち》　用鐵槌敲餅乾，比喩一點不費事就打碎。類 鬼に煎餅。

善《ぜん》も一生悪《いっしょうあく》も一生《いっしょう》　善也是一生，惡也一生，表示還是做好事過一生。

善《ぜん》も積《つ》まざれば以《もっ》て名《な》を成《な》すに足《た》らず　不積善不足以成名。

前門《ぜんもん》に虎《とら》を拒《ふせ》ぎ後門《こうもん》に狼《おおかみ》を進《すす》む　前門拒虎、後門進狼。類 ①前門の虎後門の狼。②前虎後狼《ぜんここうろう》。③一難去って又一難。④虎口を逃れて竜穴に入る。

千羊《せんよう》の皮《かわ》は一狐《いっこ》の腋《えき》に如《し》かず　千羊之皮不如一狐之腋。千愚不及一賢。

千里《せんり》の馬《うま》は常《つね》に有《あ》れども伯楽《はくらく》は常《つね》に有《あ》らず　千里馬常有，伯樂不常有。

千里《せんり》の馬《うま》も蹴躓《けつまず》き　千里馬都會跌倒，比喩賢人都會失敗。類 竜馬の躓き。

千里《せんり》の行《こう》も足下《そっか》に始《はじ》まる　千里之行始於足下。行遠自邇。類 ①千里の行も一歩より始まる。②千里の道も一歩より起こる。③千里の道も足下より。④百里の道も一足から。⑤高きに登るには卑《ひ》きよりす。⑥大海の水も一滴より。

千里《せんり》の堤《つつみ》も蟻《あり》の穴《あな》から　千里堤也由蟻穴而潰。類 千丈の堤も蟻の一穴から。

千里《せんり》の野《の》に虎《とら》を放《はな》つ　放虎於千里之野。放虎歸山。比喩不除禍根，會有後患。類虎を野に放つ。

千里《せんり》の道《みち》も一歩《いっぽ》より 千里路也由一歩開始。類①千里の行も足下に始まる。②大海の水も一滴より。

千里一跳《せんりひとは》ね 千里一跳，比喩一做就取得大成功。一蹴而就。類①千里一足。②一里一跳ね。③千里一跳ね一拍子。

千里《せんり》も一里《いちり》 千里也從一里開始的，另比喩去會情人千里如一里，不覺得遠。類①塵《ちり》積って山となる。②雨垂れ石を穿《うが》つ。

千慮《せんりょ》の一失《いっしつ》 千慮一失。類①知者も千慮に一失あり。②知者の一失。③孔子《くじ》の倒れ。④弘法も筆の誤り。反①愚者も一得。②千慮の一得。

千慮《せんりょ》の一得《いっとく》 千慮一得。類愚者も一得。反千慮の一失。善《ぜん》を責《せ》むるは朋友《ほうゆう》の道《みち》なり。

そ

創痍《そうい》未《ま》だ瘳《い》えず 創傷未癒。

滄海《そうかい》の遺珠《いしゅ》 滄海遺珠，比喩無人知的能人。有才能的人未受任用。

滄海変《そうかいへん》べて桑田《そうでん》となる 滄海變桑田。類①滄海桑田。②滄桑の変。③桑田変じて海となる。

喪家《そうか》の狗《いぬ》 喪家之狗。類忌中の家の犬のよう。

創業《そうぎょう》は易《やす》く守成《しゅせい》は難《かた》し 創業易，守成難。

糟糠《そうこう》の妻《つま》は堂《どう》より下《くだ》さず 糟糠之妻不下堂。

葬式《そうしき》すんで医者話《いしゃばなし》 葬禮擧行後談醫生，比喩即使後悔，但為時已晚，沒有用。

相談事《そうだんごと》は多分《たぶん》に付《つ》け 商量事附從多數人的意見。類①多分に付く。②寄合い事は多分に付け。

甑中塵《そうちゅうちり》を生《しょう》ず 甑中生塵。比喩極其貧窮。

騒動《そうどう》は下《した》から起《お》こる 騒動從下而起。類禍《わざわい》は下から。

象《ぞう》の牙《きば》を見《み》てその牛《うし》より大《だい》なるを知《し》る 見象牙知其大於牛。比喩見一部份而知其整體。

そうは問屋《とんや》が卸《おろ》さぬ 比喩不按照對方的話去做。或沒有那様便宜的事。

象《ぞう》は歯《は》ありて以《もっ》てその身《み》を焚《やか》る　象以有牙而喪生。

桑楡《そうゆ》旦《まさ》に迫《せま》らんとす　桑楡迫旦。死期已近。

蒼蠅驥尾《そうようきび》に附《ふ》して千里《せんり》を致《いた》す　蒼蠅附驥尾致千里，比喩愚人追隨賢者也可以做出一定的事情。

草履《ぞうり》はき際《ぎわ》で仕損《しそん》じる　做完工作，剛要回去時而失敗。功虧一簣。類①九仞《きゅうじん》の功を一簣に虧《か》く。②磯際で船を破る。

総領《そうりょう》の十五《じゅうご》は貧乏《びんぼう》の世盛《よざか》り　頭生兒十五歲時是最貧苦的時候。表示長子出社會做事之前最辛苦。類①総領子の十五の時は囲炉裏《いろり》の灰も溜まらない。②総領の子の十五の時が貧乏の最中。

総領《そうりょう》の甚六《じんろく》　長子聰明的不多，次子以後的兄弟比較聰明。

葬礼帰《そうれいがえ》りの医者話《いしゃばなし》　參加葬禮回來時談醫生。比喩爲時已晚，與事無補。類①葬礼すんでの医者話。②死んだ後の医者話。③諍《いさか》い果ての乳切木。④火事後の火の用心。⑤賊去りて後門を閉ず。⑥燃えついてからの火祈禱《ひぎとう》。

争論《そうろん》は一方《いっぽう》の堪忍《かんにん》に終《おわ》る　爭論由一方的容忍而結束。

即時一杯《そくじいっぱい》の酒《さけ》　即時一杯酒，表示現在的享受勝過死後的榮譽。類後百より今五十。

底《そこ》に底《そこ》あり　底下有底。表示還隱藏着更加深的原因。事情不單純，不能單憑表面現象來認識事物。類①底に底あり桶《おけ》に底あり。②裏には裏がある。

底《そこ》もあり蓋《ふた》もあり　有底有蓋，比喩事情不簡單另有其他的原因。

俎上《そじょう》に載《の》せる　置於俎上。隨時隨地任意提出來討論。

俎上《そじょう》の魚《うお》　俎上肉、網中魚。類①俎板《まないた》の魚。②俎上の鯉。③魚の釜中《ふちゅう》に遊ぶが如し。

粗相《そそう》が御意《ぎょい》に叶《かな》う　疏忽反而合尊意。類①粗相も時の一興。②粗相も取柄。

粗相《そそう》も時《とき》の一興《いっきょう》　有時疏忽反而是一種有趣之事。類①粗相にも取柄。②粗相が御意に叶う。

育《そだ》ちは育《そだ》ち　教養是教養，表示在什麼樣的環境長大，是無法掩蓋的。類氏より育ち。

そっと申《もう》せばぎゃっと申《もう》す　小聲說而大聲回答，裝着沒注意聽來諷刺人。類①ちっと申せばかっと申す。②じっと申しゃぐわっと申す。③こぼれぬように注意してつげばがっとこぼれる。

袖《そで》から火事《かじ》　從袖子起火，比喩由小事而引起大事件。

袖《そで》から手《て》を出《だ》すも嫌《きら》い　從袖子伸手出來都不想做，比喩極端的吝嗇。類①出すことは舌を出すのも嫌い。②出すことは舌を出さぬくれることは火もくれぬ。③取ることなら親の首でも取る。④出すことは目の中塵でもいや。⑤呉れ事なら日の暮れるものもいや。⑥けちん坊の柿の種。

袖口《そでぐち》の火事《かじ》　袖口失火，表示無法出手。

袖《そで》すり合《あ》うも他生《たしょう》の縁《えん》　袖子相擦也是他世之緣。世上的一切事情都有一定的因緣。類①袖振り合うも他生の縁。②袖の振り合せも他生の縁。③袖の振り合せも五百生の機縁。④袖の振り合い多少の縁。⑤躓《つまず》く石も縁の端。⑥一村雨の雨やどり。⑦一樹の蔭一河の流れも他生の縁。

袖《そで》の下《した》に回《まわ》る子《こ》は打《う》たれぬ　乞憐的孩子不會受到打罵。類①怒れる拳《こぶし》笑顔に当たらず。②袖の下に回る子は可愛い。③杖の下からも回る子は可愛い。④逐《お》ってくる犬は打てぬ。⑤尾を振る犬は打たれぬ。⑥杖棒の下に回る犬は打たれぬ。

袖《そで》の振《ふ》り合《あ》せも五百生《ごひゃくしょう》の機縁《きえん》　袖子的相碰也是五百世的機緣。類①袖すり合うも他生の縁。②袖の振り合せも他生の縁。

袖《そで》は長《なが》くとも手《て》は伸《の》ばされぬ　袖子雖長，手不能伸出去，比喩即使不必担心會被人發覺或看見，但不敢偷人家的東西。

袖《そで》引《ひ》き煙草《たばこ》に押《お》し付《つ》け茶《ちゃ》　比喩過分熱情而不受人歡迎的好意。當人家要回去時，拉人家的袖子遞香煙遞茶。

備《そな》えあれば患《うれ》えなし　有備無患。

其《そ》の一《いち》を知《し》りて其《そ》の二《に》を知《し》らず　知其一不知其二。類其の一を知り其の他を知ることなし。反一を聞いて十を知る。

其《そ》の誼《ぎ》を正《ただ》し其《そ》の利《り》を謀《はか》らず　正其誼不謀其利。

其《そ》の国《くに》に入《い》ればその俗《ぞく》に従《したが》う　入其國從其俗。入鄉問俗。類①其の俗に入れば其の俗に従う。②郷に入っては郷に従う。

其《そ》の子《こ》を知《し》らざれば其《そ》の友《とも》を視《み》よ　不知其子就視其友。類①其の子を知らずんば其の父を視よ。②其の人を知らずんば其の友を視よ。③馬は馬づれ牛は牛づれ。

其《そ》の地《ち》に非《あら》ざれば之《これ》を樹《う》うれども生《しょう》ぜず　非其地樹之不生。不適合其生長的土地，種樹也不會生長。

其《そ》の罪《つみ》を悪《にく》んで人《ひと》を悪《にく》まず　惡其罪不惡其人。類罪を悪んで人を悪まず。

その手《て》は桑名《くわな》の焼蛤《やきはまぐり》　比喻不爲甜言所騙。

その疾《はや》きこと風《かぜ》の如《ごと》くその徐《しず》かなること林《はやし》の如《ごと》し　其疾如風，其徐如林。

その右《みぎ》に出《い》ずる者《もの》無《な》し　無出其右者。

其《そ》の身《み》正《ただ》しければ令《れい》せずして行《おこな》わる　其身正不令而行。

傍杖《そばづえ》を食《く》う　池魚之殃。殃及池魚。連累。

そばにある炒豆《いりまめ》　在旁邊的炒豆。比喻不知不覺地出手。類①炒豆と女。②炒豆と小娘。

蕎麦《そば》の花《はな》も一盛《ひとさか》り　蕎麥的花也有盛開時，比喻容貌不美的女人，年輕時也有吸引人處。類①薊《あざみ》の花も一盛り。②鬼も十八番茶も出花。

染物屋《そめものや》と鍛冶屋《かじや》を三年辛抱《さんねんしんぼう》すれば出世《しゅっせ》する　在染房和打鐵舖能忍受三年的辛苦，就會發跡。

そもそもから着《つ》きにけり迄《まで》　從話的開頭到最後。

空飛《そらと》ぶ鳥《とり》も落《お》ちる　在天空飛的鳥也會掉下來，比喻勢力很大。

空《そら》にしめ結《ゆ》う　白担心一些無可奈何之事。

空念仏《そらねんぶつ》も三合《さんどう》どまり　無信仰心的念佛最多是三次，比喻裝模作樣不會長久。

空吹《そらふ》く風《かぜ》と聞《き》き流《なが》す　充耳不聞，假裝聽不見。

反《そ》り鎌《がま》に屈《こご》み鉈《なた》　彎曲的鐮刀和厚刃刀，比喻無用之物。類反り刀にこのがり鎌。

外《そ》れ弾丸《だま》の八方的《はっぽうまと》　流彈亂飛，難以防禦。類下手の射る矢。

算盤《そろばん》がもてぬ　數目不符。

算盤《そろばん》で錠《じょう》が開《あ》く　用算盤能開鎖，比喻用數字可以解決問題。

添《そ》わぬ中《うち》が花《はな》　結婚前的戀愛最美好。類①待つ中が花。②待つ間が花。③祭の日より前の日。

爼《そ》を越《こ》えて庖《ほう》に代《かえ》る　越俎代庖。

損《そん》して得取《とくと》れ　先賠後賺。類①損をすれば得をする。②損をして利を見よ。③損せぬ人に儲《もう》けなし。④損は徳の始め。⑤損と傷は癒《い》えあう。⑥損をせねば儲けもない。⑦一文吝《おし》みの百知らず。

損《そん》して恥《はじ》かく　賠錢又丟臉。禍不單行。類①損の上に恥。②恥の上塗り。③泣き面に蜂《はち》。

損《そん》せぬ人《ひと》に儲《もう》けなし　不想賠本的人不會掙大錢。類①損は儲けの始め。②損をせねば儲けもない。③損と傷は癒《い》え合う。④損して得取れ。⑤損して利を視《み》よ。

損《そん》と元値《もとね》で蔵《くら》を建《た》て　商人雖常說虧本和只夠本錢，却能建倉庫掙大錢。

た

田《た》歩《ある》くも畔《くろ》歩《ある》くも同《おな》じ　在田裏走或在田畔走都是一樣，比喩手段雖不同，目的却相同。類田から行くも畦から行くも同じ。

大恩《たいおん》は報《ほう》ぜず　大恩不謝。類①大徳は酬《むく》いず。②大恩は忘る。

大海《たいかい》の一滴《いってき》　大海一滴。太倉一粟。滄海一粟。類①大海の一粟《いちぞく》。②滄海の一粟。③大倉の一粒。④九牛の一毛。⑤大海へ蜆貝《しじみがい》の一雫《ひとしずく》。

大海《たいかい》の水《みず》も一滴《いってき》より　大海的水也由一滴而成。比喩積少成多。類①千里の道も一歩より。②塵《ちり》も積もれば山となる。

大海《たいかい》は芥《あくた》を択《えら》ばず　大海不擇芥。大海不區別垃圾一樣接納，比喩心胸廣濶能接納人。類①大海は塵《ちり》を択ばず。②河海は細流を択ばず。③太山は壌石を辞せず。④太山は礫石《れきせき》を譲らず江海は小流を辞せず。⑤泰山は土壌を譲らず。

大海《たいかい》を手《て》で塞《ふさ》ぐ　用手堵塞大海，比喩不可能之事。類①大海を手で堰《せ》く如し。②大水を手で堰く。③大河を手で堰く。④擂粉木《すりこぎ》で腹を切る。

大海《たいかい》を耳《みみ》掻《か》きではかる　用耳挖勺兒量大海。以蠡測海。類貝殻で海を量る。

代《だい》が変《か》われば世《よ》が変《か》わる　代變世變。表示一家的主人換，其家風跟着變。

大厦《たいか》の材《ざい》は一丘《いっきゅう》の木《き》にあらず　大厦之木料不只是一丘之木，比喩大事業的成功是由多數人的合力而成的。

大厦《たいか》の顚《たお》れんとする一木《いちぼく》の支《ささ》うる所《ところ》にあらず　大厦將傾，非一木能支也。一木難支。比喩大勢所趨，一人之力不能阻遏。

大家《たいか》後《のち》なし　大門第無後。偉人只限於一代，子孫往往不能繼承其後。類①堯《ぎょう》の子堯ならず。②賢が子賢ならず。

大寒《たいかん》にして裘《きゅう》を索《もと》む　大寒索裘。喩爲時已晩。

対岸《たいがん》の火災《かさい》　對岸之火災。比喩事不關己。類 ①高みで見物。②山門から喧嘩見る。③川向うの喧嘩。④川向こうの火事。

大姦《たいかん》は忠《ちゅう》に似《に》たり　大奸似忠。

大吉《たいきち》は凶《きょう》に還《かえ》る　大吉還凶。吉一過凶就會到來。類 ①満は損を招く。②陽極まって陰生ず。③過ぎたるは猶《なお》及ばざるが如し。④満つれば欠くる。⑤最上は幸福の敵。

大疑《たいぎ》は大悟《たいご》の基《もとい》　大疑是大悟之基。類 ①迷わぬ者に悟りなし。②疑わぬ者に悟りなし。

大器晩成《たいきばんせい》　大器晩成。類 ①大才晩成。②ローマは一日にして成らず。③ゆっくり行く者は遠くまで行く。④大きい薬罐《やかん》は沸きが遅い。反 ①栴檀《せんだん》は双葉より芳し。②蛇《じゃ》は寸にして人を呑む。

大魚《たいぎょ》は小池《しょうち》に棲《す》まず　大魚不棲小池。比喩大人物不會安於小位置。類 ①大魚は小水に棲むことなし。②流れ川に大魚なし。③鶴は枯木に巣をくわず。反 ①天水桶《てんすいおけ》は竜。②掃溜《はきだめ》に鶴。

大工《だいく》の掘立《ほったて》　木匠住小棚。匠人屋下沒櫈坐，道士門前鬼唱歌。賣油的水梳頭。類 ①紺屋《こうや》の白袴《しろばかま》。②足袋屋の素足。③餅屋餅食わず。④医者の不養生。⑤椀つくりの欠け椀。⑥駕籠《かご》舁《か》き駕籠に乗らず。

大軍《たいぐん》に関所《せきしょ》なし　大軍無關卡。大軍難防。類 大軍に切所なし。

大賢《たいけん》は愚《ぐ》なるが如《ごと》し　大智若愚。類 ①大賢は愚に近し。②大知は愚の如し。③大知は知ならず。④能ある鷹《たか》は爪隠す。⑤大巧は拙なるが如し。⑥愚を守る。

太閤様《たいこうさま》でも子守《こもり》は嫌《いや》　比喩照顧孩子最令人討厭。

大行《たいこう》は細謹《さいきん》を顧《かえら》みず　大行不顧小節。

大巧《たいこう》は拙《せつ》なるが如《ごと》し　大巧若拙。類 ①大巧は巧術無し。②大賢は愚の如し。③大孝は孝ならず。④大知は愚の如し。

大黒《だいこく》の尻《しり》に味噌《みそ》　財神的屁股塗豆醬，比喩錦上添花。類 ①長者の脛《すね》に味噌を塗る。②長者の面へ味噌。

大黒柱《だいこくばしら》と腕押《うでお》し　與頂樑柱比腕力，比喩怎麼也辦不到，或力量相差太遠，無法相比。類 ①蟷《とう》螂《ろう》の斧。②太山を挾《わきばさ》みて北海を越ゆ。③大黒柱を蟻がせせる。④須弥山《しゅみせん》と丈比べ。⑤竜のひげを蟻がねらう。

大黒柱《だいこくばしら》を蟻《あり》がせせる　螞蟻弄頂樑柱。蚍蜉撼大樹。類 ①大黒柱を蟻の髭《ひげ》。②大仏殿を蟻がせせる。③大黒柱と腕押し。④大仏様をむぐらもち。⑤大仏の柱を蟻がせせる。⑥大仏を蟻が曳《ひ》く。⑦

富士の山を蟻がせせる。⑧藁《わら》しべを以て泰山を上ぐる。

太鼓《たいこ》念仏《ねんぶつ》に犬《いぬ》がまじる　鼓聲念佛聲加上狗吠，表示非常嘈吵。

太鼓《たいこ》のような判《はん》を捺《お》す　絕對保證。類①太鼓判を捺す。②太鼓ほどの判を捺す。

醍醐味《だいごみ》　妙味。最上的佛法。

太鼓《たいこ》も撥《ばち》の当《あ》たりよう　打鼓也是打大時聲音大，打小一點，聲音就小，比喩隨不同的作法而有不同的反應。

太鼓《たいこ》を打《う》てば鉦《かね》が外《はず》れる　鼓一打，鑼就停。比喩做一方面而丟另一方面。類①念仏申せば鉦が外れる。②鉦叩きゃ念仏が外れる。③田の事すれば畑が荒れる。④櫓《ろ》を押して櫂《かい》は持たれぬ。

大根食《だいこんく》うたら菜《な》っ葉《ぱ》は干《ほ》せ　吃蘿蔔時把蘿蔔的菜葉晒乾，比喩不管怎麼沒有價值的東西，把它收藏起來，到時會有用的。

大根種《だいこんだね》と人種《ひとだね》は盗《ぬす》まれぬ　比喩遺傳是不容爭辯的。類物種は盗まれず。

大根《だいこん》を正宗《まさむね》で切《き》る　用名刀切蘿蔔，比喩大材小用。類①大器小用。②鶏を割くに牛刀を用う。

太山《たいざん》に登《のぼ》りて天下《てんか》を小《しょう》とす　登泰山小天下。

大山《たいざん》の高《たか》きは一石《いっせき》に非《あら》ず　大山之高非一石而成。

泰山《たいざん》は土壌《どじょう》を譲《ゆず》らず故《ゆえ》にその大《だい》を成《な》す　泰山是由土壤和砂粒組成，否則就不能成爲泰山。類①太山は礫石《れきせき》を譲らず海を小流を辞せず。②河海は細流を択《えら》ばず。

泰山前《たいざんまえ》に崩《くず》るるも色変《いろへん》ぜず　泰山崩於前而色不變。

大山鳴動《たいざんめいどう》して鼠一匹《ねずみいっぴき》　打得雷大、落得雨小。雷聲大雨點小。類①大山鳴動して一鼠《いっそ》出ず。②蛇が出そうで蚊も出ぬ。

大事小《だいじしょう》に化《か》し小事《しょうじ》無《む》に化《か》す　大事化小事，小事化無事。

大事《だいじ》の中《なか》の小事《しょうじ》なし　大事之中無小事，爲了大事可以忽略小事。類大事の前に小事なし。

大事《だいじ》の前《まえ》の小事《しょうじ》　①想成大事，不可忽視小事。②爲了大事可以犧牲小事。類①大事は小事より起こる。②大事の中の小事なし。

大事《だいじ》は小事《しょうじ》より起《おこ》る　大事起於小事。一點點的疏忽會導致大失敗。類①大事は油断がもと。②大事は油断よりおこる。③大事は小事よりあらわる。

大樹《だいじゅ》の下《もと》に美草《びそう》無《な》し 大樹下無美草。[類] ①大木の下に小木育たず。②茂林の下芳草無し。③高山の嶺《いただき》には美木なし。[反] 大木の下に小木育つ。

大丈夫《だいじょうぶ》金《かね》の脇差《わきざし》 不必説絶對沒問題大可放心。[類] 大丈夫金の草鞋《わらじ》。

大食短命《たいしょくたんめい》 大吃短命。[類] ①小食は長生きのしるし。②腹八分に医者いらず。③大食は命の取り越し。④大食は病のもと。⑤多食と健康とは同行せず。

大食腹《だいしょくはら》に満《み》つれば学問《がくもん》腹《はら》に入《い》らず 大吃滿腹，而學問不入腦。

大人《たいじん》は大耳《おおみみ》 大人大耳。比喩卓越的人不會把瑣碎的事放在心上。[類] 大名は大耳。

太盛《たいせい》は守《まも》り難《がた》し 太盛難守。

大声《たいせい》里耳《りじ》に入《い》らず 高雅的音樂不入俗人耳朵。陽春白雪不爲俗人接受。[類] 陽春の曲和する者必ず寡《すくな》し。

橙《だいだい》が赤《あか》くなれば医者《いしゃ》の顔《かお》が青《あお》くなる 比喩到了秋天，病人減少，醫生沒有什麼生意而清閒。[類] 柚子《ゆず》が黄色くなると医者が青くなる。

大地《だいち》に槌《つち》 用鎚敲打大地，比喩絶對不會不中，一定會中。[類] ①槌で大地を叩く。②地を打つ槌。

大知《たいち》は愚《ぐ》の如《ごと》し 大智若愚。[類] ①大賢は愚に似たり。②大賢は愚なるが如し。③大巧は拙なる如し。④大知は知ならず。

大地《だいち》を見抜《みぬ》く 看穿大地，比喩用卓越的觀察力洞察眞相。

大敵《たいてき》と見《み》て恐《おそ》るる勿《なか》れ、小敵《しょうてき》と見《み》て侮《あなど》る勿《なか》れ 見大敵勿懼，見小敵勿侮。

大道《だいどう》廃《すた》れて仁義《じんぎ》あり 大道廢，有仁義。

大徳《だいとく》は小怨《しょうえん》を滅《ほろ》ぼす 大德滅小怨。

鯛《たい》なくば狗母魚《えそ》 沒有鯛魚就用狗母魚代替。比喩沒有一種東西只好用其他東西來代用。

鯛《たい》の尾《お》より鰯《いわし》の頭《かしら》 鯛魚的尾巴不如鰮魚頭。寧爲鷄口，無爲牛後。鷄口牛後。[類] 鶏口となるも牛後となる勿《なか》れ。

大《だい》の虫《むし》を生《い》かして小《しょう》の虫《むし》を殺《ころ》す 爲救大虫殺小虫。捨小救大。[類] 小の虫を殺して大の虫を生かす。

大《だい》は小《しょう》を兼《か》ねる 大兼小。大的東西可以代替小的東西用。[類] ①大きなものは小さく使える。②牛刀もって鶏を割くべし。[反] ①長持は枕にならぬ。②弁当箱は枕にならぬ。③畳針で着物は縫えない。④

電柱は杭《くい》にはできない。⑤地曳網《じびきあみ》で白魚はとれない。⑥杓子《しゃくし》は耳《みみ》かきにならず。

大病《たいびょう》に薬《くすり》なし　大病無藥醫。

大仏《だいぶつ》の柱《はしら》を蟻《あり》がせせる　螞蟻弄大佛柱，比喩文風不動。類 大黒柱を蟻がせせる。

大木《たいぼく》の下《した》に小木《しょうぼく》育《そだ》つ　大樹下小樹能生長，比喩在有勢力者的地方庇護許多人。類 大木の下の小木。反 ①大木の下に小木育たず。②大樹の下に美草無し。

大木《たいぼく》は風《かぜ》に折《お》らる　樹大因風而易折斷。樹大招風。類 ①高木風に倒る。②高木は風に嫉《ねた》まる。③高い木には風があたる。④出る杭《くい》は打たれる。

大木《たいぼく》は倒《たお》れても地《ち》にも付《つ》かず　大樹倒下去，樹幹也不會完全着地，比喩有權勢的人即使失敗也容易爬起來。

大名《だいみょう》の次男《じなん》より家老《かろう》の嫡子《ちゃくし》　諸侯的次子不如家臣之長的嫡子，比喩虛名不如實利。

大名《だいみょう》の一人子《ひとりこ》　諸侯的獨子，比喩珍貴地被撫養的孩子。類 大名の子。

大名《たいめい》の下《した》久《ひさ》しく居《お》り難《がた》し　大名之下難久居。類 成功の下久しく居る可からず。

鯛《たい》も一人《ひとり》はうまからず　鯛魚一個人吃不覺得好吃。比喩人多吃東西比較有樂趣。

鯛《たい》も比良目《ひらめ》も食《く》うたものが知《し》る　鯛魚和比目魚也是吃過的人才知其味。比喩沒有經驗的人不知其物的細節。

大勇《たいゆう》は勇《ゆう》ならず　大勇非勇。類 ①大勇は怯《きょう》なるが如し。②大勇は闘わず。

大欲《たいよく》は無欲《むよく》に似《に》たり　大欲似無欲。類 大利は利ならず。

内裏様《だいりさま》も食《く》わねば立《た》たぬ　公卿不吃也站不起來，比喩民以食爲先，不吃就什麼事也做不成。類 ①公卿の位負け。②名よりも実。

大猟《たいりょう》の明日《あした》　大獵的明天，指獵物多的第二天，獵物少，不會天天都是好運。類 いい後は悪い。

大惑《たいわく》は終身《しゅうしん》解《と》けず　大惑終身不解。

倒《たお》した雪《ゆき》は消《き》えるが倒《たお》された竹《たけ》は起《お》きる　倒下去的雪會消失，被弄倒的竹會起來，比喩無法無天的人，其榮華不會長久，受迫害的人只要忍受一定會再站起來。

斃《たお》れて後《のち》已《や》む　死而後已。

倒《たお》れぬ先《さき》の杖《つえ》　未跌倒之前的拐杖，比喩尚未失敗之前，就要提防。未雨綢繆。類 転ばぬ先の杖。

高《たか》い木《き》には風《かぜ》があたる　樹大招風。類 大木は風に折られる。

鷹居眠《たかいねぶ》る時鳥雀喧《ときちょうじゃくかしま》し　鷹瞌睡時，鳥雀喧吵。比喩有權勢的人不在，就隨便起來。

高《たか》い舟《ふね》借《か》って安《やす》い小魚《こうお》釣《つ》る　租貴船釣便宜的小魚，比喩即使不合算，只要是玩樂就幹。

たががゆるむ　箍兒鬆了，比喩年老不中用，老朽。

高《たか》きに登《のぼ》るには卑《ひく》きよりす　登高也從低處起。凡事不能一蹴而就。類 千里の行も一歩より始まる。

抱《だ》かされば負《お》ぶさる　抱了他，就要求揹他，比喩對他好就放肆起來。類 ①抱こうといえば負ぶわれよう。②一度餅食えば二度食おう。③飴《あめ》買ったら棒くれる菓子買ったら袋くれる。

鷹匠《たかしょう》の子《こ》は鳩《はと》を馴《な》らす　鷹匠的孩子會調馴鴿子，比喩自然會學會祖傳的東西。

高値《たかね》一日《いちにち》底百日《そこひゃくにち》　高價時一天，跌價時百天。

高嶺《たかね》の花《はな》　高峯之花，比喩高不可攀的東西。可望而不可即的東西。

高嶺《たかね》の花《はな》を羨《うらや》むより足下《あしもと》の豆《まめ》を拾《ひろ》え　羨望高峯之花不如撿脚下的豆子。比喩不要寄希望於無望之事，而要取實利。類 頭の上の蠅《はえ》を追え。

鷹《たか》のない国《くに》では雀《すずめ》が鷹《たか》をする　無鷹之國，麻雀爲王。比喩強者不在時，沒有什麼本事的人逞威風。類 ①鳥なき里の蝙蝠《こうもり》。②鳥のない国では百舌《もず》が鷹する。

鷹《たか》の前《まえ》の雀《すずめ》　鷹之前的麻雀。比喩一籌莫展，毫無辦法。類 ①鷹にあった雀。②鷹にあった雉子《きじ》。③猫の前の鼠《ねずみ》。④鬼の前の餓鬼。

鷹《たか》は飢《う》えても穂《ほ》をつまず　鷹餓也不啄穗。比喩節義之士雖困難也不貪不義之財。類 ①鷹は死すとも穂をつまず。②武士は食わねど高楊枝。③虎は飢えても死したる肉を食らわず。④渇しても盗泉の水を飲まず。

鷹《たか》は賢《かしこ》けれども烏《からす》に笑《わら》わるる　鷹雖聰明，却被烏鴉笑。比喩賢人被卑賤的人譏笑。

高《たか》みに土《つち》盛《も》る　向高處堆土，比喩徒勞無功。類 ①高い所へ土持ち。②屋上に屋を架す。③川に水運ぶ。

高《たか》みの見物《けんぶつ》　坐山觀虎鬥，袖手旁觀。

田《た》から出《で》るも畔《あぜ》から出《で》るも同《おな》じ　從田裏出來或從田界出來都是一樣，

比喩手段雖不同，目的却相同。

宝《たから》の持《も》ち腐《ぐさ》れ 持有好東西而不使用，比喩有才能不去發揮。

宝《たから》の山《やま》に入《い》りながら空《むな》しく帰《かえ》る 入寶山空手而歸。比喩有好機會而不去利用。

宝《たから》は永持《ながも》ちなし才智《さいち》を宝《たから》とせよ 財寶不能持久，要以才智爲寶。

田《た》から行《ゆ》くも畦《あぜ》から行《ゆ》くも同《おな》じ事《こと》 從田裏去或從田界去都是一樣，比喩手段雖不同，目的却相同。殊途同歸。[類]①畔から行くも田から行くも同じ。②田を行くも畦行くも同じ道。[反]田を行くより畦を行く。

貨《たから》悖《もと》りて入《い》るものは悖《もと》りて出《い》ず 用不正當手段得到的財富，也會被人用不正當的手段奪去。

鷹《たか》を養《やしな》う如《ごと》し 如養鷹，比喩使用奸邪的人很難。如飼養鷹那様要滿足他的慾望。[類]①憎い鷹には餌を飼え。②下種と鷹には餌を飼え。③憎い者には餌を与えよ。

薪《たきぎ》に油《あぶら》をそえる 薪上添油。火上加油。[類]火に油を注ぐ。

薪《たきぎ》に花《はな》 比喩粗陋之中也有優美的地方。

薪《たきぎ》を抱《いだ》いて火《ひ》を救《すく》う 抱薪救火。

多《た》岐《き》亡羊《ぼうよう》 多歧亡羊，比喩方法很多，不知採哪一種。歧路亡羊。[類]亡羊の歎。

沢庵《たくあん》のおもしに茶袋《ちゃぶくら》 比喩完全沒有效果。

濁酒《だくしゅ》も茶《ちゃ》よりは勝《まさ》る 濁酒勝於茶，比喩聊勝於無。[類]薄酒も茶より勝る。

鐸《たく》は声《こえ》を以《もっ》て自《みずか》ら毀《やぶ》る 鐸以聲而自毀。比喩有長處反而招災。

宅《たく》を徙《うつ》して其《そ》の妻《つま》を忘《わす》る 搬家而忘其妻，比喩健忘的人。[類]家を徙して其の妻を忘る。

多芸《たげい》は無芸《むげい》 多藝無藝。樣樣通沒有一個精。[類]①なんでも来いに名人なし。②百芸は一芸の精《くわ》しきに如《し》かず。③螻蛄才《けらざい》。④多弁能なし。⑤器用貧乏。

竹《たけ》と人《ひと》の心《こころ》の直《すぐ》なのは少《すくな》い 竹和人心直的很少。

竹《たけ》に油《あぶら》を塗《ぬ》る 竹子塗油。比喩①很滑，②善辯，③美麗。

竹《たけ》に花《はな》咲《さ》けば凶年《きょうねん》 竹子開花是凶年。[類]竹の実なれば凶年。

竹《たけ》の管《くだ》から天《てん》をのぞく 從竹筒観天，比喩見識少。

竹《たけ》の子親《こおや》まさり　竹筍勝母竹，比喩子勝父。

竹《たけ》の葉から露《つゆ》が落《お》ちると晴《はれ》　露從竹葉滴落，就會晴天。

竹藪《たけやぶ》の火事《かじ》　竹林的火災，比喩砰砰磅磅地怒罵。

竹藪《たけやぶ》に矢《や》を射《い》るよう　如向竹林射箭，比喩徒勞，白費勁。

竹《たけ》を割《わ》ったよう　如剖竹子那樣，比喩心直口快。直爽。

多言《たげん》は身《み》を害《がい》す　多言害己。

他国坊主《たこくぼうず》に国侍《くにざむらい》　不受歡迎的人。

蛸《たこ》に骨《ほね》なし水母《くらげ》に目《め》なし　章魚無骨水母無眼，比喩當然之事。類 豆腐に目なし。

蛸《たこ》の糞《くそ》で頭《あたま》へ上《あが》る　指自大而冲暈了頭，其實受人瞧不起的人。

蛸《たこ》の共食《ともぐ》い　章魚互相吃自己，比喩同類相殘。自相殘殺。

蛸《たこ》は身《み》をくう　章魚吃自己，比喩資本和財產逐漸吃空。類 蛸の共食い。

他山《たざん》の石《いし》とする　作爲他山之石。他山之石。類 ①人を以て鑑《かがみ》となす。②人の振り見て我が振り直せ。

たしかな叔父《おじ》よりずぼらな我《われ》　靠得住的叔父不如懶惰的自己。表示自己最可靠。

だしに使《つか》う　當作工具使用。

出《だ》すことは舌《した》を出《だ》すのも嫌《きら》い　拿出的連伸出舌頭都不願。比喩非常吝嗇。類 ①袖から手を出すも嫌い。②呉《く》れるものは日の暮れるのもいや。

多勢《たぜい》に無勢《ぶぜい》　寡不敵衆。類 ①寡は衆に敵せず。②衆寡敵せず。③多勢に無勢雉子《きじ》と鷹《たか》。

多勢《たぜい》を頼《たの》む群鴉《むらがらす》　烏合之衆。

多銭《たせん》よく売《う》る　資本多，賺錢就多。

蛇足《だそく》　畫蛇添足，多餘的東西。

闘《たたか》う雀《すずめ》人《ひと》を恐《おそ》れず　打架的麻雀不怕人，比喩爭鬥中的人忘記了自己事。類 ①争う雀人を恐れず。②嚙《か》み合う犬は呼び難し。

叩《たた》かれた夜《よる》は寝《ね》やすい　被敲門的夜晚好睡，比喩受人加害的人心安。類 ①叩かれて戻れば寝よい。②負けるが勝ち。

叩《たた》かれても食《く》う　比喩食慾旺盛。

叩《たた》きめば食《く》い止《や》む　比喩手停口停。

叩《たた》く人《ひと》の按摩《あんま》を取《と》る　喩做人太好。

叩《たた》けば埃《ほこり》が出《で》る　敲打就會跑出塵埃，比喩什麼東西要挑剔它，都有缺點。類 垢《あか》はこする程出る。

叩《たた》けよさらば開《ひら》かれん　比喩凡事自己不積極努力去做，是不能得到。類 求めよさらば与えられん。

多多《たた》益益《ますます》弁《べん》ず　多多益善。類 多多益益善し。

畳《たたみ》の上《うえ》の怪我《けが》　在草蓆上受傷，比喩人不曉得會在什麼地方受傷。

畳《たたみ》の上《うえ》の水練《すいれん》　在坑蓆上游泳。紙上談兵。類 ①炬燵《こたつ》兵法。②鞍《くら》掛《か》け馬《うま》の稽古《けいこ》。③畑の水泳ぎ。④素引きの兵法。⑤畳の上の陣立て。⑥机上の空論。

畳《たたみ》の塵《ちり》をむしる　清除草蓆的灰塵。形容①無事可做無聊，②感到害羞而低頭。類 ①畳の縁をむしる。②畳の目を読む。

ただより高《たか》いものは無《な》い　沒有比免費更貴的東西。類 ①買うは貰うに勝る。②物を貰うはただより高い。反 ただより安いものは無い。

ただより安《やす》いものは無《な》い　沒有比免費更便宜的。反 ただより高いものは無い。

太刀《たち》打《う》ちができない　無法競爭。

立聞《たちぎき》は地《じ》が三寸《さんずん》くぼむ　偷聽，地會塌陷三寸。表示偷聽是一種罪惡。

橘《たちばな》が枳《からたち》となる　橘化爲枳。比喩人的性格受環境的影響。

立《た》ち仏《ぼとけ》が居仏《いぼとけ》を使《つか》う　比喩站的人叫坐的人做事。自己能做的事，叫他人做。

立《た》ち物《もの》は転《ころ》び物《もの》　站立的東西是倒下的東西。有立必有倒是理所當然的。類 ①生きものは死にもの。②合せ物は離れ物。

立《た》ち寄《よ》らば大樹《おおき》の蔭《かげ》　大樹底下好遮蔭。挨着大樹有柴燒。類 ①犬になるなら大家の犬になれ。②寄らば大木の下。③寄らば大樹の蔭。④大木の下で笠をぬげ。⑤止まらば大木。⑥時の将軍に従え。⑦箸と主とは太いのへかかれ。

駄賃馬《だちんうま》に唐鞍《からくら》　出租馬配好鞍，比喩不相稱。

駄賃《だちん》取《と》らずの重荷《おもに》負《お》い　揹不收運費的重行李，比喩不收錢白做。

田《た》作《つく》る道《みち》は農《のう》に問《と》え　耕田之道問農夫。有事最好請教內行人。類 ①芸は道によって賢し。②商売は道によりて賢し。

達者百貫目《たっしゃひゃっかんめ》　比喩健康很寶貴。類 達者万貫目。

達人《たつじん》は大観《たいかん》す　高手大觀。精通的人把握全局。

立《た》って居《い》る者《もの》は親《おや》でも使《つか》え　站着的人連父母都可以使用。比喩緊急時在身旁的人不管是誰都可以叫他做事。類 ①居仏が立ち仏を使う。②立つて居れば仏でも使う。③容《い》れ物と人はある物使え。

貴《たっと》い寺《てら》は門《もん》から　莊嚴的寺是從門修起。比喩外觀很重要。類 ①貴い寺は門から見ゆる。②貴き寺は門から知るる庄屋の構えは垣根から。③貴い寺は門から貴い。④流行《はや》る稲荷は鳥居から知れる。⑤貴き寺は門から見ゆる。

貴《たっと》き者《もの》必《かなら》ずしも富《と》まず　身份高貴的人不一定富有。

脱兎《だっと》の如《ごと》し　如脱兎。類 脱兎の勢い。

立《た》つ鳥《とり》後《あと》を濁《にご》さず　水鳥飛走時不弄濁其所棲的地方，比喩當離開時要收拾好，不要太難看。類 ①立つ鳥後をけがさず。②鷺《さぎ》は立てども後を濁さず。③鳥は立てども後を濁さず。反 ①後は野となれ山となれ。②旅の恥は掻《か》き捨て。

立《た》つ鳥《とり》の落《お》つるよう　飛走的鳥都會掉下來，比喩勢力大。類 ①飛ぶ鳥を落す。②空飛ぶ鳥も落とす。

立《た》つより返事《へんじ》　有人叫你時要先回應，然後才起身。

立板《たていた》に水《みず》　比喩口若懸河。類 戸板に豆。反 横板に雨垂れ。

蓼食《たでく》う虫《むし》もすきずき　蓼虫不知苦。人各有所好。好吃蘿蔔的不吃梨。類 ①馬と女はてんで目きき。②人の趣味に口出すな。③蓼食う虫も好き不好き。④蓼食う虫も辛きを知らず。⑤蓼の虫にがきを知らず。⑥蓼の虫葵《あお》に移らず。⑦人の好き好ぎ笑う者馬鹿。⑧面面の楊貴妃。⑨合わぬ蓋《ふた》あれば合う蓋あり。⑩破鍋《われなべ》にとじ蓋。⑪蓼の虫は蓼で死ぬ。⑫痩《や》せの酢好み。

盾《たて》に取《と》る　藉口，作擋箭牌。

伊達《だて》の薄着《うすぎ》　爲了好看漂亮而穿得少。俏皮人不穿綿。類 ①伊達の素足。②伊達の素袷《すあわせ》。

伊達《だて》の盛《さか》りに跛引《ちんばひ》く　比喩自作自受。

伊達《だて》の素足《すあし》も無《な》いから起《お》こる　因爲沒有就無可奈何。沒有就沒有辦法。類 ①伊達の素足も貧から起こる。②婀娜《あだ》な素足も貧から起こる。③伊達の薄着も貧から起こる。

楯《たて》の半面《はんめん》　事情的一面，片面。類楯の両面を見よ。

蓼《たで》の虫《むし》は蓼《たで》で死《し》ぬ　蓼虫死於蓼。比喩一生做一種工作，有好工作都不改變工作。類①川立ちは川で果てる。②蓼の虫葵《あおい》に移らず。③木登りは木で果て川越えは川で果てる。

縦《たて》の物《もの》を横《よこ》にもしない　連把豎的東西放横都不做，比喩自己不動手的人。

楯《たて》の両面《りょうめん》を見《み》よ　要看盾的兩面。要全面地觀察事物。

立《た》てば芍薬《しゃくやく》坐《すわ》れば牡丹《ぼたん》　立爲芍藥，坐爲牡丹，形容美人的詞句。

棚《たな》から落《お》ちた達磨《だるま》　從架上掉下來的不倒翁，形容以前赫赫人物失勢，一籌莫展而發呆。類鍾馗《しょうき》大臣が棚から落ちたよう。

棚《たな》から牡丹餅《ぼたもち》　從天掉下來的元寶，福自天來。類①開いた口へ牡丹餅。②寝ていて餅。③鰯網《いわしあみ》へ鯛がかかる。反天は自ら助くる者を助く。

掌《たなごころ》を反《かえ》す　反掌。輕而易擧。反覆無常。類手を翻《ひるがえ》す。

掌《たなごころ》を指《さ》す　瞭如指掌，無疑問。

田螺《たにし》もととまじり　田螺也可混雜着魚類，比喩價值不高的東西也可以代用權充一時。類①田螺もなまぐさもの。②田螺も肴《さかな》かとんぼも鳥か。

他人《たにん》の疝気《せんき》を頭痛《ずつう》に病《や》む　爲他人的疝氣而頭痛，比喩爲他人担憂。類①鄰の疝気を頭痛に病む。反人の痛いのは三年でもがまんする。

他人《たにん》の空似《そらに》　沒有血緣關係而面貌相似。類他人の猿似。

他人《たにん》の宝《たから》を数《かぞ》える　計算他人的財寶，比喩幹些與己無益的無聊之事。類人の宝を数う。

他人《たにん》の念仏《ねんぶつ》で極楽詣《ごくらくまい》り　由他人的念佛而進入天堂，比喩利用他人謀求私利。借花獻佛。類①人の牛蒡《ごぼう》で法事する。②人の褌《ふんどし》で相撲をとる。③他人の賽銭《さいせん》でがまぐち叩く。④使い先で下駄をはく。

他人《たにん》の正目《まさめ》　旁觀者淸。類傍目《おかめ》八目。

他人《たにん》の飯《めし》には骨《ほね》がある　別人的飯裏有骨頭，比喩依靠別人生活會遇到冷淡的對待，不好過。類①他人の飯には棘《とげ》がある。②隣の白飯より内の粟飯《あわめし》。

他人《たにん》の飯《めし》は白《しろ》い　別人的飯白。家花不比野花香。別人的東西看來都是好。類①隣の花は赤い。

②内の鯛より隣の鰯《いわし》。

他人《たにん》の飯《めし》を食《く》う　吃別人的飯，表示離開家庭，在外面歴經人生的艱苦經驗。類①他人の中をふむ。②隣の飯も食って見よ。

他人《たにん》の弓《ゆみ》をひかざれ　不要拉別人的弓，比喻不可染指別人的東西。或不要有依賴心。

他人《たにん》の別《わか》れ棒《ぼう》のはし　離了婚的夫妻如他人一樣疏遠。

他人《たにん》は時《とき》の花《はな》　他人是時花，比喻別人的好意盛情是暫時的，不會長久，不能永遠依靠它。

狸《たぬき》が人《ひと》に化《ば》かされる　狸受人騙。比喻騙人的反而受人騙。類盗人が盗人に盗まれる。

狸寝入《たぬきねい》り　裝睡。類①鼠《ねずみ》の空死に。②狸の空寝入り。③狸寝。

種《たね》のない手品《てじな》は使《つか》われぬ　沒有材料，戲法無法變。沒有材料，不管技術如何巧妙都沒有用。巧婦難爲無米炊。

種物食《たねものぐ》いの身上潰《しんじょうつぶ》し　吃穀種會破產。

田《た》の事《こと》すれば畠《はたけ》が荒《あ》れる　做水田的事情而旱田荒蕪，比喻顧一方而疏忽一方。顧此失彼。類①太鼓を打てば鉦《かね》が外れる。②櫓《ろ》を押して櫂《かい》は持たれぬ。

楽《たの》しみあらんより憂《うれ》え無《なか》れ　無樂不如無憂。

楽《たの》しみ尽《つ》きて悲《かな》しみ来《きた》る　樂極生悲。類①楽しみ極まれば必ず哀《かな》しみ生ず。②楽しいは悲しいのもとい。③歓楽極まりて哀情多し。

楽《たの》しみの一年《いちねん》は短《みじか》くて苦《く》の一日《いちにち》は長《なが》い　快樂的一年短而痛苦的一天長。

楽《たの》しんで淫《いん》せず　樂而不淫。

頼《たの》む木《き》の下《もと》に雨漏《あめも》る　所依靠的樹下漏雨，比喻所依靠的東西不能依靠，無法可施。屋漏更遭連夜雨。類①頼む木蔭に雨漏る。②頼む木の下に雨もたまらぬ。③泣き面に蜂《はち》。

頼《たの》むと頼《たの》まれては犬《いぬ》も木《き》へ上《のぼ》る　有人請求，連狗都爬樹，比喻有人請求，連自己不能做的事也想去做。類①頼めば犬の糞は木へあがる。②頼めば鬼も人食わず。

頼《たの》めば越後《えちご》から米搗《こめつ》きにも来《く》る　請求的話，從越後的地方也來舂米，比喻請求拜托人的話，也有人肯幫忙。類①頼めば信州から米搗きにも来る。②頼めば犬も木へ上る。③頼めば鬼も人食わず。反頼めば乞食が馬に乗らぬ。

頼《たの》めば鬼《おに》も人《ひと》食《く》わず　連鬼怪如懇求他，也不會吃人。類①鬼の目にも涙。②頼めば越後から米搗《つめつ》きにも来る。③頼むと頼まれては犬も木へ上る。反①頼めば乞食が馬に乗らぬ。②頼めば乞食も冷飯食わぬ。

頼《たの》めば乞食《こじき》が馬《うま》に乗《の》らぬ　乞丐，如求他，他連馬都不騎，比喩你越謙遜，他就越傲慢。類①頼めば乞食も冷飯食わぬ。②犬も頼めば糞食わず。反①頼めば鬼も人食わぬ。②頼めば越後から米搗きに来る。

煙草《たばこ》が乾《かわ》くと天気《てんき》がよい　香煙乾燥時，天氣會好。類煙草がうまいと天気になる。

旅路《たびじ》の命《いのち》は路用《ろよう》の金《かね》　路費是旅途的生命。

旅《たび》の犬《いぬ》が尾《お》をすぼめる　遠出的狗縮尾，比喩到外地就失去鋭氣。類我が門で吠えぬ犬なし。

旅《たび》の恥《はじ》は掻《か》き捨《す》て　旅行時不怕丟臉而盡情遊玩，會幹平時不敢做的事情。類①旅の恥は弁慶状。②後は野となれ山となれ。反立つ鳥後を濁さず。

旅《たび》は憂《う》いもの辛《つら》いもの　遠行辛苦。

旅《たび》は道連《みちづ》れ世《よ》は情《なさけ》　行旅要有伴，處世要互助。類①旅は心世は情。②旅は人の情。③世は情。④旅は道連れ浮世は情。⑤旅は情人は心。

食《た》べてすぐ寝《ね》ると牛《うし》になる　吃飽後立刻睡覺會變成牛。反食後の一睡万病円。

多弁能《たべんのう》なし　能説會道的人沒有辦事能力。類口自慢の仕事下手。

卵《たまご》で石《いし》を打《う》つ　以卵擊石。

卵《たまご》に目鼻《めはな》　形容面貌姣好。反炭団《たどん》に目鼻。

卵《たまご》の殻《から》で海《うみ》を渡《わた》る　用蛋殼渡海。比喩不可能之事，辦不到之事。危険之事。

卵《たまご》を盗《ぬす》む者《もの》は牛《うし》を盗《ぬす》む　偷蛋者會偷牛，比喩幹壞事的惡胆會慢慢大起來。類①大木も苗から育つ。②悪のうつるや火の原を燎《や》く如し。

卵《たまご》を見《み》て時夜《じや》を求《もと》む　見卵而求時夜，比喩期待一蹴而就的結果。或指望不確實的東西。類①飛ぶ鳥の献立。②山の芋を蒲焼《かばやき》にする。③捕らぬ狸の皮算用。④生まれぬ前《さき》の襁褓《むつき》定め。

魂《たましい》を入《い》れ替《か》える　脱胎換骨，重新做人。

騙《だま》す騙《だま》すで騙《だま》される　要騙人反而受人騙。類①誑《たら》しが誑しに誑される。②取ろう取ろうで取られる。③化かす化かすで化かされる。

騙《だま》すに手《て》なし ①除了欺騙之外，別無他法。②無法防備有計劃的欺騙。

騙《だま》す前《まえ》に騙《だま》されろ 騙人之前要有受騙的經驗，才能騙得人。

黙《だま》っている者《もの》に油断《ゆだん》するな 對不開口的人不可大意。表示不出聲的人可怕。類 ①だんまり虫が壁を破る。②黙り猫が鼠《ねずみ》を捕る。

玉《たま》となって砕《くだ》くとも瓦《かわら》となって全《まった》からじ 寧爲玉碎，不爲瓦全。

玉《たま》に瑕《きず》 白璧微瑕，美中不足。

たまに出《で》る子《こ》は風《かぜ》にあう 偶爾外出的孩子會遇風，比喩很少外出的人，一出門就遇到災難。類 ①たまに出れば雨にあう。②因果な烏《からす》は盆に霍乱《かくらん》する。

玉《たま》の輿《こし》に乗《の》る 坐玉轎，比喩貧女嫁富貴人家。

玉《たま》の盃《さかずき》底《そこ》なきが如《ごと》し 如玉杯無底，中看不中用。或比喩美中不足。類 玉に瑕。

玉磨《たまみが》かざれば器《うつわ》を成《な》さず 玉不琢不成器。類 ①玉磨かざれば宝と成らず。②玉磨かざれば光なし。

玉磨《たまみが》かざれば光《ひかり》なし 玉不磨不光澤。玉不琢不成器。類 ①玉磨かざれば器を成さず。②瑠璃《るり》の光も磨きがち。③艱難汝《かんなんなんじ》を玉にす。

黙《だま》り虫《むし》壁《かべ》を通《とお》す 不叫的虫穿牆，比喩默默不出聲而勤勉工作的人，在人所不知的時候，完成了大事業。或比喩對平時老實的人不加以小心，可能會引起意想不到的大事件。類 ①黙り猫が鼠《ねずみ》を捕る。②黙っている者に油断するな。③深い川は静かに流れる。④黙り者の屁はくさい。

璧《たま》を懐《いだ》いて罪《つみ》あり 懷璧其罪。類 玉を持つ人による。

玉《たま》を転《ころ》ばす 轉珠玉，比喩聲音美妙。

玉《たま》を炊《た》ぎ桂《かつら》を焚 炊玉焚桂，比喩飲食非常奢侈。米珠薪桂。

玉《たま》を衒《てら》いて石《いし》を売《う》る 給人看的是玉，賣的是石。掛羊頭賣狗肉。類 ①羊頭狗肉《ようとうくにく》。②牛首を懸《かか》げて馬肉を売る。③看板に偽りあり。反 看板に偽りなし。

玉《たま》を以《もっ》て鳥《とり》になげうつ 以珠彈雀。

民《たみ》の口《くち》を防《ふせ》ぐは水《みず》を防《ふせ》ぐよりも甚《はなは》だし 防民之口甚於防水。

民《たみ》を視《み》ること子《こ》の如《ごと》くす　視民如子。

溜息《ためいき》をすれば親《おや》の寿命《じゅみょう》が縮《ちぢ》む　孩子嘆氣，父母縮短壽命。

矯《た》めるなら若木《わかぎ》のうち　矯正樹枝要在小樹時，比喩要矯正壞習慣須在幼少時。類①二十過ぎての意見と彼岸過ぎての肥はきかぬ。②猫背は早いうちに矯正されねばならない。③老い木は曲がらぬ。④鉄は熱いうちに鍛えよ。

盥半切《たらいはんぎり》を笑《わら》う　五十歩笑百步。類①目糞鼻糞を笑う。②猿の尻笑い。③樽《たる》ぬき渋柿を笑う。

誑《たら》しが誑《たら》しに誑《たら》される　騙人的反而受人騙。類①騙《だま》す騙すで騙される。②化かす化かすで化かされる。③狸が人にだまされる。④取ろう取ろうで取られる。⑤盗人が盗人に盗まる。

足《た》らず余《あま》らず子三人《こさんにん》　不多不少子女三人最好。類①余らず過ぎず負わず借らずに子三人。②負わず借らずに子三人。③三人子持ちは笑って暮らす。

足《た》らぬは余《あま》るよりよし　不足比多餘較好。

足《た》らぬ物《もの》が余《あま》る　不足的東西有餘，比喩矛盾，不合理。

他力本願《たりきほんがん》　依賴佛的願力成佛，比喩依靠他力。

足《た》るを知《し》る者《もの》は富《と》む　知足者富。類①足ることを知れば福人。②足るを知るは第一の富。

足《た》るを知《し》れば辱《はずか》しめられず　知足不受辱。

誰《たれ》か烏《からす》の雌雄《しゆう》を知《し》らんや　誰都不知烏鴉的雌雄。比喩很相似而難以分別的東西。

弾丸黒子《だんがんこくし》の地《ち》　芝蔴粒大的土地。彈丸之地。類①弾丸の地。②尺寸の地。③猫の額。

断機《だんき》の戒《いまし》め　斷機之戒。廢學如斷機。

短気《たんき》は損気《そんき》　急性子吃虧。類①癇癪《かんしゃく》持ちの事破り。②短慮功を成さず。③短気は身を亡ぼす腹切り刀。

短気《たんき》は短命《たんめい》　性急子短命。

短気《たんき》は未練《みれん》のもと　發脾氣一定會後悔。

断金《だんきん》の交《まじわ》り　斷金之交。親密的友情。類①断金の契。②金蘭《きんらん》の契り。

団子《だんご》隠《かく》そうより跡隠《あとかく》せ　想藏米粉糰不如解起來，比喩藏頭露尾。類頭隠して尻隠さず。

団子《だんご》に目鼻《めはな》　圓臉盤兒。

団子理《だんごり》くつ　強詞奪理。

男子家《だんしいえ》を出《い》ずれば七人《しちにん》の敵《てき》あり　男子出門就有七個敵人。叫人做事要小心細緻。類①男は閾《しきい》を跨《また》げば七人の敵あり。②閾を跨げば七人の敵あり。

男子多《だんしおお》ければ則《すなわ》ち懼多《おそれおお》し　男子多則懼多。

単糸線《たんしせん》を成《な》さず　單絲不成線。孤掌難鳴。類①孤掌鳴り難し。②一本薪は燃えぬ。③片手で錐《きり》は揉《も》めぬ。

丹漆文《たんしつかざ》らず　丹漆不文，比喩美麗的東西不必再裝飾。

断《だん》じて行《おこ》なえば鬼神《きじん》もえ《これ》を避《さ》く　斷然實行，鬼神也避之。類成敗は決断にあり。

旦那《だんな》の喧嘩《けんか》は槍持《やりも》ちから　主人的吵架由隨從者而起。

旦那三百《だんなさんびゃく》われ五百《ごひゃく》　主人三百，我五百。自己的利益比主人的利益重要。

旦那《だんな》の前《まえ》より釜《かま》の前《まえ》　在主人的面前，不如在鍋前，表示在主人的面前受氣，不如在鍋前輕鬆。

単《たん》なれば折《お》れ易《やす》く、衆《しゅう》なれば摧《くだ》け難《がた》し　單易折，衆難摧，表示團結就是力量。

短兵急《たんぺいきゅう》　①短兵相接。②突然，忽然、冷不防。

短慮功《たんりょこう》を成《な》さず　性急子不成功。類短気は損気。

たんぽ槍《やり》でも当《あ》たれば痛《いた》い　被棉團子頭的矛刺到也會痛。比喩練習都要有決心。

ち

小《ちい》さく生《う》んで大《おお》きく育《そだ》てる　生孩子時，孩子小容易出生，而要把他養大。比喩做事業最好由小資本做起，而逐漸擴大。

小《ちい》さくとも針《はり》は呑《の》まれぬ　針雖小，但不能呑下。小東西不可輕視小東西。比喩小東西不能輕侮。類①山椒《さんしょう》は小粒でもぴりりと辛い。②針は包まれぬ。反①独活《うど》の大木。②大男の見かけ倒し。

知恵《ちえ》多《おお》ければ憤《いきどお》り多《おお》し 智多憤多。

智恵《ちえ》が却《かえ》って害《がい》となる 一知半解反而有害。

智恵者《ちえしゃ》一人《いちにん》馬鹿《ばか》万人《まんにん》 智者一人，愚者萬人，比喻世上的智者少，愚者多。

智恵《ちえ》と力《ちから》は重荷《おもに》にならぬ 智慧和力量不會成爲重包袱，比喻智慧和力量愈多愈好，用起來很方便。類 知恵と力は出すほど利なり。

智恵《ちえ》の鏡《かがみ》も暈《くも》る 智慧之鏡也會模糊不清，比喻運氣壞時，連腦筋都會遲鈍起來。

智恵《ちえ》のない子《こ》に智恵《ちえ》つける 給沒有主意的孩子出主意。煽動人去注意沒有留意到的事物，而引起麻煩事。類 ①知恵ない神に智恵つける。②寝ている子を起こす。

知恵《ちえ》の早《はや》すぎる子《こ》は長生《ながい》きしない 智慧發展得快的人不長命。類 才子短命，佳人薄命。

知恵《ちえ》の持《も》ち腐《ぐさ》り 雖有智慧而不能用。

知恵《ちえ》は小出《こだ》しにせよ 主意要一點一滴地發揮出來，不要全部出盡。類 能ある鷹は爪をかくす。

智恵《ちえ》は出《だ》し使《づか》い、金《かね》は儲《もう》け使《づか》い 智慧要充分拿出來用，金錢要掙多少用多少。

知恵《ちえ》は万代《ばんだい》の宝《たから》 智慧是萬代之寶。類 ①知は万代の宝。②持つは知るより来る。反 ①学者貧乏。②軍者ひだるし儒者さむし。

近《ちか》い所《ところ》の手焙《てあぶ》り 近處的手爐，比喻追求眼前的小利。

近《ちか》い中《なか》にも垣《かき》をせよ 關係親密也要有禮貌。類 親しい中にも礼儀あり。

地《ち》が傾《かたむ》いて舞《まい》が舞《ま》われぬ 因地傾而舞不成舞，比喻將失敗的原因歸於他人或歸於他事。類 堂が歪《ゆが》んで経が読めぬ。

近《ちか》きを捨《す》てて遠《とお》きを謀《はか》る 舍近圖遠。

近《ちか》くて見《み》えぬは睫《まつげ》 近而看不到的是睫毛，比喻自己事反而不清楚。自己的身旁事反而沒有留意。類 ①秘事は睫。②燈台下暗し。

近《ちか》づく神《かみ》に罰《ばち》当《あ》たる 接觸才受災。有了關係才受災。類 触らぬ神に祟《たた》りなし。

近火《ちかび》で手《て》をあぶる 用近火烤手，比喻首先利用手邊的東西。追逐眼前的小利。

近惚《ちかぼ》れの早飽《はやあ》き 愛得快也厭得快。快熱快冷。類 ①早好きの早倦《はやあ》き。②熱し易くさめ易し。

近道《ちかみち》は遠道《とおみち》　近路是遠路。欲速則不達。類 急がば回れ。

力《ちから》は貧《ひん》に勝《か》ち、慎《しん》は禍《か》に勝《か》つ　力勝貧，愼勝禍。

池魚《ちぎょ》の殃《わざわい》　池魚之殃。殃及池魚。類 側杖《そばづえ》を食う。

竹馬《ちくば》の友《とも》　竹馬之交。青梅竹馬。類 ①振りわけ髪の友。②騎竹の交り。③鳩車竹馬の友。

竹葉稲麻《ちくようとうま》の如《ごと》し　如竹葉稻麻，比喩東西很密集。

苣《ちさ》の千枚《せんまい》ばり　比喩取之不盡。類 苣の葉の掻《か》き取り。

苣《ちさ》の葉《は》の掻《か》き取《と》り　剝取萵苣的葉子，比喩一個一個地取去。類 鼠《ねずみ》が引く。

知者《ちしゃ》も千慮《せんりょ》に一失《いっしつ》あり　智者千慮必有一失。

痴人《ちじん》の前《まえ》に夢《ゆめ》を説《と》く　在痴人之前説夢，比喩愚蠢得無聊。

痴人夢《ちじんゆめ》を説《と》く　痴人説夢。

血筋《ちすじ》はごまかせぬ　血統騙不了人。老子英雄，兒子好漢。類 ①氏素性は争われぬ。②人は筋目。反 氏より育ち。

馳走終《ちそうおわ》らば油断《ゆだん》すな　受了欵待之後，不可大意。

父《ちち》の恩《おん》は山《やま》よりも高《たか》く、母《はは》の恩《おん》は海《うみ》よりも深《ふか》し　父恩比山高，母恩比海深。類 父母の恩は山よりも高く海よりも深し。

池中《ちちゅう》の物《もの》にあらず　非池中物。

血《ち》で血《ち》を洗《あら》う　用血洗血，比喩親族之間的手門。血債用血還。

治《ち》に居《い》て乱《らん》を忘《わす》れず　居治不忘亂。類 ①安きに危うきを忘れず。②安に居て危を思う。③文事ある者は必ず武備あり。

地《ち》に倒《たお》るる者《もの》は地《ち》によりて立《た》つ　倒地者憑地而立。比喩受挫折的人，反省總結失敗的經驗，最後取得成功。

地《ち》にまみる　一敗塗地。

血《ち》の出《で》るような金《かね》　如出血的錢。血汗錢。

地《ち》の利《り》は人《ひと》の和《わ》に如《し》かず　地利不如人和。

血《ち》は水《みず》よりも濃《こ》し　血濃於水。類 ①血は血だけ。②兄弟は両の手。反 兄弟は他人の始まり。

治病《ちびょう》の薬《くすり》はあれども長生《ちょうせい》の薬《くすり》なし　有治病之藥，但沒有長生之藥。

血《ち》も涙《なみだ》もない　無血無淚，比喩冷酷無情。

茶《ちゃ》は水《みず》が詮《せい》　好茶要好水。

茶腹《ちゃばら》も一時《いっとき》　喝了茶也可以充饑一時，比喩有勝於無。類①湯腹も一時松の木柱も三年。②粥腹《かゆばら》も一時。

茶屋《ちゃや》の餅《もち》も強《し》い方《かた》　比喩侍候的方法很重要。類①茶屋の餅も強いねば食われぬ。②店屋の物も強いねば食われぬ。③宿屋の飯も強いねば食えぬ。

茶碗《ちゃわん》と茶碗《ちゃわん》　碗和碗，比喩感情不好，關係不好。

茶碗《ちゃわん》を投《な》げたら綿《わた》でかかえよ　投了碗就用棉花接。比喩對方強硬，就柔軟對之。以柔制剛。類①茶碗をば綿で受ける。②柔よく剛を制す。③悪に敵すること勿《なか》れ。反売り言葉に買い言葉。

仲裁《ちゅうさい》は時《とき》の氏神《うじがみ》　勸解是吵架爭論的救星。類挨拶《あいさつ》は時の氏神。

忠臣《ちゅうし》は二君《にくん》に仕《つか》えず　忠臣不事兩君。

寵愛昂《ちょうあいこう》じて尼《あま》になす　寵愛過度而使之做尼姑，比喩過於寵愛反而有害。類①贔屓《ひいき》の引き倒し。②過ぎたるは猶及ばざるが如し。

長者三代《ちょうじゃさんだい》　富不過三代。類①長者に二代なし。②長者末代続かず。③名家三代続かず。④長者二代。⑤大名の三代目。⑥長者に三代なし。

長者富《ちょうしゃとみ》に飽《あ》かず　富翁不滿足財富。

長者《ちょうじゃ》に子《こ》無《な》し　富人無子。

長者《ちょうじゃ》に二代《にだい》なし　富豪的第二代不會富。沒有第二代的富豪。類①長者三代。②長者末代続かず。

長者《ちょうじゃ》の子《こ》は節句《せっく》知《し》らず　富豪的孩子不知節日樂，比喩平時過慣好日子的人，不知好日子的珍貴。類①楽して楽を知らず。②厳家の子は厳を知らず。

長者《ちょうじゃ》の万燈《まんとう》より貧者《ひんじゃ》の一燈《いっとう》　富人的萬燈不如窮人的一燈，比喩物不在多，貴在其誠意。類①長者の万燈より貧女の一燈。②長者の万貫貧者の一文。③貧者の一燈。④貧女の一銭。

長者《ちょうじゃ》の娘《むすめ》も乞《こ》うて見《み》よ　試向富豪的千金小姐求婚。比喩什麼事情都要試一試，不試就不知。類①当たって砕けろ。②庄屋の嬶《かか》も口説いて見ねば知れぬ。③黄金《こがね》刀も乞うて見よ。

長所《ちょうしょ》は短所《たんしょ》　長處是短處。過分依恃長處，反而會失敗而變成短處。類水の達者が水で死ぬ。

提燈《ちょうちん》で餅《もち》搗く　用提燈搗製黏糕，比喩不能得心應手。不得要領。

提燈《ちょうちん》に釣鐘《つりがね》　燈籠與大鐘，比喩不相稱，分量懸殊。類①燈心に釣鐘。②瓢簞《ひょうたん》に釣鐘。③雪と炭。④月とすっぽん。⑤駿河《するが》の富士と一里塚。⑥雲泥《うんでい》の差。

提燈《ちょうちん》ほどの火《ひ》が降《ふ》る　比喩極端的貧窮。

提燈持《ちょうちんも》ち　打燈籠的人，比喩替別人捧場的人，成爲別人的走狗。

提燈持《ちょうちんも》ち足下暗《あしもとくら》し　打燈籠走路，其脚下暗，比喩身旁的東西反而難於見到。燈下黑。類①提燈持ち川へはまる。②燈台下暗し。

提燈持《ちょうちんも》ち川《かわ》へはまる　打燈籠的人反而掉落河裏，比喩領導的人失敗。近的看不清楚，遠的看得清楚。類①提燈持ちが堀へおちる。②燈台下暗し。③提燈持ち足下暗し。

提燈持《ちょうちんも》ちは先《さき》に立《た》て　打燈籠的人走前頭，比喩領導者要走在最前頭。類前を行く燈火は最もよく照らす。

町人《ちょうにん》の刀好《かたなごの》み　生意人喜愛刀劍，比喩做不合身份的事。類町人の武士咄《ばなし》。

長範《ちょうはん》があて飲《の》み　比喩指望別人的荷包而失敗。類①捕らぬ狸の皮算用。②穴の狢《むじな》を値段する。③沖のはまち。

長鞭《ちょうべん》馬腹《ばふく》に及《およ》ばず　鞭之長不及馬腹。鞭長莫及。

頂門《ちょうもん》の一針《いっしん》　頂門的一針，當頭一棒，一針見血。

朝令暮改《ちょうれいぼかい》　朝令暮改。朝令夕改。類天下法度三日法度。

直木《ちょくぼく》先ず伐《き》らる　直木先伐。比喩有才能反而招災。類甘井まず竭《つ》く。

ちょっと来《こ》いに油断《ゆだん》すな　對於說請來一下的事，不可大意。

ちょっと嘗《な》めたが身《み》の詰《つ》まり　僅僅嘗了一點而身敗，比喩一點點的錯誤會變成大禍的原因。

塵《ちり》に交《まじわ》る　同誰都打成一片。

塵《ちり》も積《つも》れば山《やま》となる　積塵成山。積少成多。類①塵積もりで山となる。②砂《いさご》長じて巌《いわお》となる。③人跡繁《ひとあとしげ》ければ山も窪《くぼ》む。④土積りて山となる。⑤雨垂れ石を穿《うが》つ。⑥小さな流れも大河となる。⑦シャワーも水滴の集まり。⑧一文銭も小判の端。⑨蟻《あり》の穴より堤が崩れる。

塵《ちり》も箔屋《はくや》の塵《ちり》　同是塵埃，製造箔的地方其塵埃含有金箔和銀箔。比喩即使名稱一樣，也有好壞之別。

塵《ちり》を出《い》づ　出塵。隱居。

塵《ちり》を結《むす》んでも志《こころざし》　包塵埃當禮物也是心意，比喩儘管是一點點的禮物，即表示了送禮人的心意。類 気は心。

治《ち》を為《な》すは多言《たげん》に在《あ》らず　為治不在多言。

狆《ちん》が嚔《くしゃみ》をしたよう　如巴狗打噴嚏。形容面貌很醜。類 ①狆が茶を吹いたよう。②狆の顔へ縫い揚げ。③狆の面に塗り上げたよう。④猫の面へ縫い揚げ。

珍客《ちんきゃく》も長座《ちょうざ》に過《す》ぎれば厭《いと》わる　稀客過於久坐，也會令人討厭。

跛《ちんば》も踊《おど》るよう　跛脚走路如跳舞。比喩情人眼中出西施。類 ①痘痕《あばた》も靨《えくぼ》。②惚れた欲目。③鼻そげも靨。④面面の楊貴妃。⑤がまを愛する者にはがまが月に見える。

跛《ちんば》も旅心《たびごころ》　跛脚的想遠行，比喩愈不能做的，愈想做。類 足なえ起《た》つことを忘れず。

沈默《ちんもく》は金《きん》　沉默是金。類 ①言葉多きは品少なし。②言わぬが花。③口は禍《わざわ》いの門。④默り猫が鼠《ねずみ》を捕る。⑤能ある鷹《たか》は爪隠す。⑥沈默は金雄弁は銀。

つ

追従《ついしょう》も世渡《よわた》り　奉承也是一種處世之道。

朔日毎《ついたちごと》に餅《もち》に食《く》えぬ　不是每月的初一都能吃到年糕，比喩碰巧遇到一次好運，不會常常都是如此。類 ①朔日毎に餅はつけぬ。②柳の下に泥鰌《どじょう》。

搗《つ》いた餅《もち》より心持《こころも》ち　心意比贈送的年糕更珍貴。類 食べた餅より心持ち。

通人《つうじん》に銭《ぜに》なし　煙花柳巷的老在行沒有錢。類 色男金と力はなかりけり。

杖《つえ》に縋《すが》るとも人《ひと》に縋《すが》るな　要自己拄着手杖，別依靠他人。比喩不可隨便指望依靠別人。

杖《つえ》の下《した》に回《まわ》る犬《いぬ》は打《う》たれぬ　在棍子下搖尾乞憐的狗不會被打。類 袖の下に回る子は打たれぬ。

杖《つえ》ほど掛《か》かる子《こ》はない　沒有比拐杖更可靠的孩子，比喻很難養到一個可依靠的孩子。

杖《つえ》を挙《あ》げて犬《いぬ》を呼《よ》ぶ　擧杖呼狗。比喻對人有傷害之心，人是不會接近的。

使《つか》い先《さき》で下駄《げた》をはく　在去辦事的地方穿木屐，比喻利用公事暗中謀私利。類 他人の念仏で極楽詣《まい》り。

使《つか》う者《もの》は使《つか》われる　使用人者被人使用。類 ①人を使うは使われる。②使うは使わる。③奉公人に使わる。④主人にたいていその家の最大的奉公人である。

使《つか》っている鍬《くわ》は光《ひか》る　正在使用的鋤頭光亮。流水不腐。類 ①転がる石には苔《こけ》が生えぬ。②人通りに草生えず。③流れる水は腐らない。④使う鍬は錆《さ》びない。

付合《つきあい》なら家《いえ》でも焼《や》く　①交際應酬很重要。②只管出外應酬，不顧家庭。類 ①川並ならば家も焼く。②お付合いなら火事にもあう。

搗臼《つきうす》で茶漬《ちゃづけ》　比喻大不能代替小。搗製黏糕的臼子不能用來盛茶水飯。類 長持枕にならず。

月《つき》と鼈《すっぽん》　月亮和鼈，看來有一點相似，都是圓圓的，其實是完全不相同的東西，比喻無法相比，差得很遠。類 ①月と朱盆。②鍋蓋《なべぶた》と鼈。③提燈《ちょうちん》に釣鐘。④鯨と鰯《いわし》。⑤雲泥万里。⑥雲泥の差。⑦駿河《するが》の富士と一里塚。

月《つき》に十五日《じゅうごにち》の闇《やみ》がある　月亮有十五天的黑暗，比喻世上不是盡是光明的一面。類 ①月夜ばかりはない。②闇夜の晩もある。

月《つき》に螢火《ほたるび》　月亮和螢火。比喻大小強弱的差別很大。

月《つき》に叢雲《むらくも》花《はな》に風《かぜ》　月有叢雲，花有風。天有不測風雲，人有旦夕之禍。好景不常。類 ①花ひらいて風雨多し。②寸善尺魔。③好事魔多し。④花に嵐。

月《つき》の前《まえ》の燈《ともしび》　月前之燈，比喻相形見絀。黯然失色。類 ①太陽の前の星。②月夜に提燈《ちょうちん》。

月日《つきひ》変《か》われば気《き》も変《か》わる　歲月變，人的想法心情都會變。類 言いたい事は明日言え。

月日《つきひ》に関守《せきもり》無《な》し　沒有把守歲月關口的人，比喻光陰如箭。類 ①光陰矢の如し。②月日のたつは夢。③月日のたつのは早いもの。

月日《つきひ》のたつのは早《はや》いもの　光陰過得很快。類 ①光陰矢の如し。②少年老い易《やす》く学成り難し。③月日に関守無し。

月満《つきみ》つれば則《すなわ》ち虧《か》く　月満則虧。比喩盛極必衰，物極必反。類①月満つれば則ち食す。②十分はこぼれる。③満潮ごとに退潮あり。

月雪花《つきゆきはな》は一度《いちど》に眺《なが》められぬ　月雪花不能一次就全部看到。比喩好事不可能一齊而來。

月夜《つきよ》に釜《かま》をぬかれる　月夜時鍋被偷，比喩太疏忽大意。類①月夜に釜をとられる。②鳶《とび》に油揚《あぶらあげ》をさらわれる。

月夜《つきよ》に米《こめ》の飯《めし》　在月夜吃大米飯，比喩沒有比這個更好的事。類何時《いつ》も月夜に米の飯。

月夜《つきよ》に背中焙《せなかあぶ》る　在月夜晒背脊，比喩做法錯誤，毫無效果。類①天の火で尻をあぶる。②燈明で尻をあぶる。③遠火で手をあぶる。④火打箱で焼味噌。⑤燈籠の火で尻あぶる。反月夜にも背中焙りて溫まれ。

月夜《つきよ》に提燈夏火鉢《ちょうちんなつひばち》　月夜的燈籠，夏天的火爐，比喩不必要的東西，多餘的東西。類昼の行燈《あんどん》。反月夜に提燈も外聞。

月夜《つきよ》に提燈《ちょうちん》も外聞《がいぶん》　爲了體面，月夜時也打燈籠。反月夜に提燈。

月夜《つきよ》にも背中焙《せなかあぶ》りて溫《あたた》まれ　月夜時也讓月光照射背脊來取暖，比喩總比不做爲好。反月夜に背中焙る。

月夜《つきよ》の蟹《かに》　月夜蟹，比喩頭腦遲鈍的人。

月夜半分闇夜半分《つきよはんぶんやみよはんぶん》　月夜一半，黑夜一半，比喩好壞各半，不會都是好事。類月夜も十五日闇夜も十五日。

月夜《つきよ》も十五日《じゅうごにち》闇夜《やみよ》も十五日《じゅうごにち》　月夜也是十五天，黑夜也是十五天，比喩世上也有好事，也有壞事。類月夜半分闇夜半分。

月《つき》を指《さ》せば指《ゆび》を認《みと》む　指月認指，指月教月亮時，不看月而看指，比喩不理解重點，而注意別的瑣碎事。

作《つく》り花《ばな》には香《かお》りなし　人造花不香，比喩人造的東西沒有自然東西那樣的本質。類作り花には匂いなし。

付焼刃《つけやきば》はなまり易《やす》い　加上的鋼刃很快就不利，比喩裝模作樣的很快就會露出原形。假裝的東西不會持久。類①付焼刃ははば易い。②メッキははげる。

辻褄《つじつま》を合《あ》わす　使合於邏輯，使之有道理。

土一升《つちいっしょう》に金一升《かねいっしょう》　一升土，一升金。一寸土一寸金，比喩地價高。類寸土寸金。

土積《つちつも》りて山《やま》となる　積土成山，積少成多。類 塵積《ちりつ》もれば山となる。

槌《つち》で大地《だいち》を叩《たた》く　用鐵鎚敲打大地。比喩絶對確實無誤。類 ①地を打つ槌。②大地に槌。

槌《つち》で庭《にわ》掃《は》く　用鐵鎚掃院子，比喩突然來了貴客，慌張地準備招待客人。類 ①槌で庭。②さい槌で庭を掃く。③杓子《しゃくし》で芋を盛る。④擂粉木《すりこぎ》で庭掃く。

土《つち》に噛《かじ》り付《つ》いても　即使咬住土地，比喩任何辛苦都忍受下來。

土《つち》に灸《きゅう》　對土地施灸術。比喩沒有效果，徒勞無功。類 ①糠《ぬか》に釘。②石に灸。③石にやいとの仇煙《あだけむり》。④擂《すり》鉢《ばち》へ灸すえる。

土仏《つちぼとけ》の水遊《みずあそ》び　泥菩薩玩水。比喩自招滅亡。泥菩薩過江自身難保。類 ①土仏の水なぶり。②土人形の水遊び。③雪仏の水遊び。④土でこの水遊び。⑤土仏の水狂い。

槌《つち》より柄《え》が太《ふと》い　柄比鎚粗。比喩誇大而不調和。

突掛《つっか》け者《もの》の人《ひと》もたれ　比喩什麼事都依靠人的懶漢。

繋《つな》ぎ馬《うま》に鞭《むち》を打《う》つ　鞭打拴着的馬，叫牠跑，比喩瞎指揮。

綱渡《つなわた》りより世渡《よわた》り　處世比走繩索難。

常《つね》が大事《だいじ》　平常很重要，要重視平常。

夷《つね》の思《おも》う所《ところ》にあらず　匪夷所思。

角《つの》を折《お》る　比喩放棄自己的固執，接受他人的意見。投降。折服。

角《つの》を出《だ》す　比喩女子吃醋、嫉妬。類 角を生やす。

角《つの》を矯《た》めて牛《うし》を殺《ころ》す　矯角殺牛。比喩爲了改正一點的缺點，反而弄壞了整體。類 ①角を直して牛を殺す。②角を直すとて牛殺す。③枝を撓《な》めて花を散らす。④磨く地蔵鼻を欠く。⑤下手な治療は病気より悪い。

唾《つばき》で矢《や》を矧《は》ぐ　用唾沫做箭，比喩做粗心大意的工作。或比喩脆弱。

唾万病《つばきまんびょう》の薬《くすり》　唾液是萬病之藥。

唾《つばき》も引掛《ひっか》けない　比喩完全不當一回事。

燕《つばめ》の飛来《ひらい》早《はや》き年《とし》は豊作《ほうさく》　燕子早飛來之年是豐收年。

つばめを合《あ》わす　作假使賬尾對得起來。

粒《つぶ》が揃《そろ》う　人材濟濟，一個勝過一個。

潰《つぶ》しが利《き》く　廢料也有用，比喩到另一個地方都有本事。

壺《つぼ》の中《なか》では火《ひ》は燃《も》えぬ　在壺裏火燃燒不起來，比喩在狹窄的地方做不了大事。做大事需要適當的場所。

蕾《つぼみ》の色《いろ》を散《ち》らす　比喩讓有前途的青年早死。

妻恋《つまこ》う鹿《しか》は笛《ふえ》に寄《よ》る　牝牡相戀的鹿因笛聲而接近。比喩①因戀情而滅亡。②有了弱點容易被人乘隙而入。類秋の鹿は笛に寄る。

躓《つまず》く石《いし》も緣《えん》の端《はし》　絆人的石頭也是有緣。類①袖すり合うも他生の緣。②一村雨の雨やどり。③一樹の蔭一河の流れ。

妻《つま》の言《い》うに向山《むこうやま》も動《うご》く　妻子的說話使對面山也搖動，比喩妻子的意見對丈夫有很大的影響力。

罪《つみ》を悪《にく》んで人《ひと》を悪《にく》まず　惡其罪不惡其人。類其の罪を悪んで人を悪まず。

旋毛《つむじ》が曲《ま》がる　性情乖僻。

爪《つめ》が長《なが》い　指甲長，比喩貪心不足。

爪《つめ》で拾《ひろ》って箕《み》でこぼす　滿地撿芝蔴大簍灑香油。類①爪で拾って箕であける。②枡《ます》で量って箕でこぼす。③耳搔きで集めて熊手で搔き出す。④針で掘って鍬《くわ》で埋める。

爪《つめ》に火《ひ》をともす　比喩非常吝嗇。類①爪から火が出る。②出すものは舌を出すのもいや。

爪《つめ》の垢《あか》ほど　如指甲泥，比喩極少，一點點。類①爪くそほど。②薬にするほど。

爪《つめ》の垢《あか》を煎《せん》じて飲《の》む　比喩盡量模仿特別優秀的人物。

爪《つめ》の先《さき》まで似《に》る　連指甲都相似，比喩非常相似。

爪《つめ》を隠《かく》す　藏爪，比喩不露才能。

爪《つめ》を立《た》てるところもない　沒有立錐之地。類①爪も立たぬ。②錐《きり》を立つる所なし。③立錐《りっすい》の地もない。

強《つよ》い者勝《ものが》ち　強者勝。類①弱肉強食。②力は正義。③勝てば官軍負ければ賊軍。

強弓《つよゆみ》を引《ひ》く　拉強弓，比喩強加意志於人。類我を通す。

面《つら》から火《ひ》が出《で》る　臉孔出火，比喩羞愧得面紅耳赤。類顔から火が出る。

面《つら》で人《ひと》を切《き》る　用臉殺人，比喻做出傲慢的臉色。驕傲自大。

面《つら》に似《に》せてへそ巻《ま》く　人心不同各如其面。

面《つら》の皮《かわ》の千枚張《せんまいば》り　臉皮有千張多，比喻厚臉皮，無恥。類 ①面張牛皮。②厚顔無恥。③鉄面皮。

面《つら》の皮《かわ》を剝《は》ぐ　剝臉皮。揭露罪行。叫人丟臉。類 面皮を剝ぐ。

面《つら》は顔《かお》　面就是顏。比喻不言而喻。類 雉子《きじ》のめんどりや女鳥。

面火《つらび》が燃《も》える　臉孔發燒，比喻羞愧得臉紅起來。類 面から火が出る。

均合《つりあ》わぬは不縁《ふえん》の基《もと》　非門當戶對的結婚是離婚的原因之一。類 不釣り合いは不縁の基。

釣《つ》り落《おと》した魚《うお》は大《おお》きい　釣上又掉落水的魚大。比喻能入手又失掉的東西，倍感可惜。類 ①逃がした魚は大きい。②逃がしたものに小さいものなし。

釣《つ》りする馬鹿《ばか》に見《み》る阿呆《あほう》　釣魚的愚蠢，看人釣魚是獃子，兩方都是笨蛋。類 踊る阿呆に見る阿呆。

鶴九皐《つるきゅうこう》に鳴《な》き声天《こえてん》に聞《きこ》ゆ　鶴鳴於九皐，聲聞於天，比喻賢人雖隱居，終會知名於天下。

弦無《つるな》き弓《ゆみ》に羽抜《はぬ》け鳥《どり》　無弦的弓和拔了毛的鳥，比喻毫無辦法。類 弦無き弓の張合いなく。

鶴《つる》の脛《はぎ》も切《き》るべからず　鶴脛不可切，比喻萬物都有它的特性。類 鷺《さぎ》に尾がないとて足切ってつがれもせず。

鶴《つる》の一声《ひとこえ》　鶴的一聲，比喻偉人的一句話就決定了群衆議論紛紛的問題。一鳥入林百鳥壓聲。類 ①雀の千声鶴の一声。②鶴の一声雀の千声。

鶴《つる》は千年亀《せんねんかめ》は万年《まんねん》　千年鶴，萬年龜。

連《つ》れに連《つ》れがいる　有了同伴，而同伴又帶其他的同伴，比喻光增添麻煩。

聾《つんぼ》に鼓《つづみ》　對聾子打鼓。對牛彈琴。類 ①聾に音楽。②聾に鉄砲盲に抜き身。

聾《つんぼ》の大声《おおごえ》　聾子說話大聲，比喻非常大聲。

聾《つんぼ》の立《た》ち聴《ぎ》き　聾子的偷聽，比喻聽不懂而喜歡聽人說話。沒有什麼用。類 盲の垣のぞき。

聾《つんぼ》の早耳《はやみみ》　聾子聽得快。比喻沒聽懂裝懂。要緊的話聽不見，壞話和不要緊的話聽得見。類 ①聾の早合点。②聞かずの横耳。

て

手足《てあし》が釘《くぎ》になる　手脚變成釘，比喩手脚凍僵了。

手足《てあし》が棒《ぼう》になる　手脚變成棍子，比喩手脚非常疲倦。

亭主関白《ていしゅかんぱく》の位《くらい》　丈夫是一家之主。類あるじ関白。

亭主三杯客一杯《ていしゅさんばいきゃくいっぱい》　主人三杯，客人一杯，表示請客時主人比客人吃得多、喝得多。類亭主八盃客三盃。

亭主《ていしゅ》と箸《はし》は強《つよ》いがよい　丈夫和筷子堅強的好。類箸と主とは太いがよい。

亭主泣《ていしゅな》かせの雨《あめ》　早上晴天，中午開始下的雨。

亭主《ていしゅ》の好《す》きな赤烏帽子《あかえぼし》　一家之主的紅禮帽。禮帽一般是黑色的，而一家之主的嗜好是紅禮帽，這是古怪的嗜好，却要全家的人服從戴紅禮帽。比喩主人的不合理的要求，家人也必須服從。

亭主《ていしゅ》を尻《しり》に敷《し》く　比喩妻子欺侮丈夫。

貞女両夫《ていじょりょうふ》に見《まみ》えず　貞女不事兩夫。

泥中《でいちゅう》の蓮《はす》　泥中蓮。處汚泥而不染。類①蓮花の水に在るが如し。②濁りに染まぬ蓮《はちす》。

丁寧早《ていねいばや》は出来《でき》ぬ　仔細就無法快。

丁寧《ていねい》も時《とき》による　仔細也要看時機。

程門雪《ていもんゆき》に立《た》つ　比喩弟子敬重老師。立雪坐風。程門立雪。

手《て》が明《あ》けば口《くち》が明《あ》く　手停口停。類たたき止めば食いやむ。

手飼《てが》いの犬《いぬ》に手食《てく》わるる　手被自己的養狗咬到。恩將仇報。類飼犬に手をかまれる。

手書《てか》きあれども文書《ふみか》きなし　字寫得好的人較多，文章寫得好的較少。

手加減《てかげん》の独《ひと》り舌打《したう》ち　比喩自作自讚。自己稱讚自己調味的東西。類手前味噌で塩が鹹《から》い。

手柄《てがら》は仕勝《しが》ち　立功不必客氣。不受限制。

敵《てき》に糧《かて》　送糧食給敵人。有利於敵人。類 ①敵に刃物を預ける。②盗人に食をもたらす。③盗人に糧。④盗人に鍵を預ける。⑤寇《あだ》に兵を藉《か》す。

敵《てき》に味方《みかた》あり味方《みかた》に敵《てき》あり　敵中有友，友中有敵。

敵《てき》は本能寺《ほんのうじ》にあり　敵在本能寺，比喩眞正的意圖在別的地方，醉翁之意不在酒。類 十王の勧進も食おうがため。

敵《てき》もさるもの引《ひ》っ搔《か》くもの　比喩對手也是有本事。

手《て》ぐすね引《ひ》く　摩拳擦掌，作好準備以待。

手車《てぐるま》に乗《の》せる　讓坐轎子。比喩用甜言蜜語來哄騙人。

手功《てこう》より目功《めこう》　手巧不如眼力。

挺子《てこ》でも動《うご》かぬ　用千斤槓也撬不動，比喩一動也不動。

手塩《てしお》にかける　親自教養。

弟子《でし》は師匠《ししょう》の半減《はんげん》　弟子的學識是師傅的一半。類 ①弟子賢しとも師の半学に如《し》かず。②弟子はその師にまさらず。反 青は藍《あい》より出でて藍より

手酌五合《てじゃくごごう》たぼ一升《いっしょう》　自酌喝五合，而女人酌酒喝一升，比喩隨倒酒的人不同而喝酒的量也不同。

手出《てだ》し十層倍《じっそうばい》　先出手的人，其罪大十倍。

手足《てた》らわず口剣《くちつるぎ》　沒有本事，但嘴巴說得很動聽。言行不一致。

出使《でづか》いより小使《こづか》い　多次的小出比一次的大出多。

鉄涌水《てっとうみず》を漏《も》らさず　沒有間隙，很完善。

鉄《てつ》は熱《あつ》いうちに打《う》て　趁熱打鐵。類 ①老い木は曲がらぬ。②矯《た》めるなら若木のうち。

轍鮒《てっぷ》の急《きゅう》　一刻也不能再等待的困窘。類 ①牛蹄《ぎゅうてい》の魚。②後の百より今の五十。

鉄砲玉《てっぽうだま》に帆《ほ》をかける　子彈掛上了帆，比喩生氣勃勃。

鉄砲玉《てっぽうだま》の使《つか》い　一去不返的使者。類 ①鉄砲玉の飛脚。②鉄砲の玉で行きぬけ。③鉄砲玉の使いで行ったきり。

鉄面皮《てつめんぴ》　厚臉皮。類 ①面の皮の千枚張り。②厚顔無恥。

鉄物《てつもの》は敵《かたき》の末《すえ》にも貸《か》せ　鐵器不用會生銹，所以最好不管是誰，借給他使用。

手《て》でする事《こと》を足《あし》でする　該用手做的事，用脚做，比喻不用正當的方法，而用錯誤的方法。

手《て》でせぬ口《くち》を慎《つつし》め　做不了的事，要慎言。

蝸牛《ででむし》が日和《ひより》を知《し》る　蝸牛知好天氣，比喻見識淺薄的人考慮天下大勢，不適合自己身份的做法。

出《で》ない化物《ばけもの》に驚《おどろ》くな　不要害怕未出現的妖怪，比喻不要担心未發生的事情。

手《て》無《な》くして宝《たから》の山《やま》に入《い》る　空手入寶山。

手鍋《てなべ》を下《さ》げる　過着樸素的生活。過窮日子。

手習《てなら》いは坂《さか》に車《くるま》を押《お》す如《ごと》し　學習如推車上坡，不進則退。學如逆水行舟不進則退。

手《て》に汗《あせ》を握《にぎ》る　捏一把汗。類 ①手を握る。②固唾《かたず》を呑む。③息をのむ。

手《て》に灸《きゅう》すれば熱《ねつ》すべし　炙手可熱。

手《て》にも足《あし》にも行《ゆ》かぬ　處理不了。解決不了。

手《て》に据《す》えた鷹《たか》を逸《そ》らしたよう　如停在手上的鷹飛逃。比喻失去重要東西而發呆。類 ①手に取りたる物を失いたる心地。②手の物を落したよう。③手に持った物を落したよう。

手《て》の内《うち》に丸《まる》め込《こ》む　巧妙籠絡，隨意操縱。

手《て》の裏《うら》を反《かえ》す　反掌。態度突然改變。變得截然不同。類 ①掌《てのひら》を反す。②手を反す。

手《て》の舞《ま》い足《あし》の踏《ふ》む所《ところ》を知《し》らず　心中歡喜不禁手舞足蹈。

手《て》の奴足《やっこあし》の乗物《のりもの》　所有事情自己動手，不假手他人。

手《て》は千里《せんり》の面目《めんぼく》　筆跡好的人名譽傳千里。

出日《でひ》拝《おが》む者《もの》はあっても、入日《いりひ》拝《おが》む者《もの》なし　雖有拜朝陽的人，却無拜夕陽的人，比喻雖有去附依得勢的人，却無人去投靠失勢的人。

出船《でふね》に船頭《せんどう》待《ま》たず　開出的船不等船老大，比喻良機不可失。

手前味噌《てまえみそ》で塩《しお》が鹹《から》い　自己做的豆醬，即使鹹也是好味，比喻自吹自擂。類 ①手加減の独り舌打ち。②手前味噌鹹し。

手前味噌《てまえみそ》を並《なら》べる　自誇，老王賣瓜自賣自誇。

手飯《てめし》で力持《ちからも》ち　自己帶飯去爲他人出力，比喩自己出錢爲他人出力。雖對自己沒有利益，却幫忙別人。類①我が物食うて主の力持ち。②手飯で主の力持ち。

手《て》も足《あし》もつけられない　無從下手。事情複雜，不知從何處下手。類①手もつけられぬ。②手も足も動きがとれぬ。③手も足も出せぬ。④手の出しようがない。

手《て》も足《あし》も出《で》ない　一籌莫展，毫無辦法。

出物腫物所嫌《でものはれものところきら》わず　放屁生瘡不擇地方。類出物腫物時知らず。

寺《てら》から里《さと》　由佛寺送給村裏，比喩本末倒置。順序相反。類①山から里。②臼から杵《きね》。③鞍馬《くらま》山から干鱈《ひだら》取る。④山から砂糖水。

寺《てら》から出《で》れば坊主《ぼうず》　從佛寺走出來的是和尚，比喩被人認爲那樣是沒有辦法的。

てらつつきの子《こ》は卵《たまご》からうなずく　啄木鳥的孩子在蛋裏就會點頭，比喩天性從小就出現。類栴檀《せんだん》は双葉より芳し。

寺《てら》に神楽《かぐら》があった　佛寺有神道的音樂。比喩不可能有，罕有。類①男猫が子を生む。②雄鶏《おんどり》が卵を産む。

寺《てら》に勝《か》った太鼓《たいこ》　寺院有過於華麗的鼓。比喩窮人的家裏有過於華麗的傢具。類家に勝った太鼓。

寺《てら》にも葬式《そうしき》　寺院自己也會擧行葬禮，寺院平時是爲他人擧辦喪事，有時也會輪到辦自己的喪事，比喩輪到自己。

寺《てら》の隣《となり》に鬼《おに》が棲《す》む　鬼住在寺院的隔壁，比喩在有慈悲心的人的旁邊，有冷酷的人，社會上有好人和壞人。類①寺の門前に鬼が棲む。②仏の前に鬼が棲む。

出《で》る杭《くい》は打《う》たれる　突出的樁會被打。樹大招風。類①出る釘は打たれる。②出る杭は波に打たれる。③大木は風に折らる。④高木は風に嫉《ねた》まる。⑤喬木《きょうぼく》は風に折らる。⑥高木に風強し。⑦誉《ほま》れは毀《そし》りの基。

出《で》る船《ふね》の纜《ともづな》を引《ひ》く　拉出港船的纜索，比喩做出戀戀不捨的行動。

手《て》を替《か》え品《しな》を替《か》え　又換手又換東西，比喩出盡一切手法。

手《て》を袖《そで》にする　袖手，不出手。

手《て》を出《だ》して火傷《やけど》する　出手被燙傷。比喩想立功，反而失敗。火中取栗。類①火中の栗を拾う。②雉子《きじ》も鳴かずば射たれまい。

手《て》を翻《ひるがえ》せば雲《くも》となり、手《て》を覆《くつがえ》せば雨《あめ》となる　翻手爲雲，覆手爲雨。翻雲覆雨。

天下《てんか》と粉糠《こんか》　比喩説法相似，其實大大不同。類①うんかと天下。②義経と向こう脛《ずね》。③しっぺたとほっぺた。④眼こじきに味噌こし。

伝家《でんか》の宝刀《ほうとう》　傳家的寶刀。最後的一招。

天下《てんか》は廻《まわ》り持《も》ち　天下不是一人一家的天下，誰都可以治天下。人的命運是輪流轉的。

天《てん》から横《よこ》に降《ふ》る雨《あめ》はない　天下雨，沒有横下的雨。比喩人性善。

天下《てんか》分《わけ》目《め》　決定勝負的關頭。

天下《てんか》を取《と》っても二合半《にごうはん》　取了天下，一天也是吃二合半的飯。比喩不要太貪心不足。

天狗《てんぐ》の木登《きのぼ》り　天狗爬樹，比喩不可能的事。

天狗《てんぐ》の飛《と》び損《そこ》ない　平時自負的，遭受了失敗。淹死的還是熟水性的。類①天狗にも飛び損ね。②猿も木から落ちる。

天狗《てんぐ》の投算《なげざん》　亂七八糟的計算。

電光朝露《でんこうちょうろ》　閃電朝露，比喩人生的短暫。類露の命。

天骨《てんこつ》もない　天資差。

天才《てんさい》と狂人《きょうじん》は紙一重《かみひとえ》　天才和瘋子之差如紙一張那様微小。

天災《てんさい》は忘《わす》れたころにやってくる　當遺忘時，天災會降臨，表示平時要注意。

天井《てんじょう》から目薬《めぐすり》　比喩沒有效果，無效。類二階から目薬。

天上天下唯我独尊《てんじょうてんかゆいがどくそん》　天上天下唯我獨尊。類天上天下唯我最勝。

天《てん》知《し》る地《ち》知《し》る我《われ》知《し》る人《ひと》知《し》る　天知、地知、我知、人知。類①天知る地知る子知る我知る。②天知る地知る我知る二人知る。③天に口なし人を以て言わしむ。④神は見通し。⑤天道様は見通し。

天神様《てんじんさま》の刀《かたな》　比喩受人教唆。

天水桶《てんすいおけ》に竜《りゅう》　龍在太平水桶。蛟龍終非池中物。類①大魚は小池に棲《す》まず。②掃溜《はきだめ》に鶴。

天水桶《てんすいおけ》の孑孑《ぼうふら》 太平桶的孑孓。井底之蛙。類 ①井の中の蛙《かわず》大海を知らず。②夏の虫雪を知らず。

天高《てんたか》く馬肥《うまこ》ゆ 天高馬肥。類 ①秋高く馬肥ゆ。②天高くして気清し。

天地《てんち》夏冬《なつふゆ》雪《ゆき》と墨《すみ》 天地、夏冬、雪和墨，表示正相反，相差極大。

天地《てんち》は一大戯場《いちだいぎじょう》 世界是一大戲院。

天地《てんち》は万物《ばんぶつ》の逆旅《げきりょ》 天地是萬物之逆旅。

天地《てんち》を動《うご》かし鬼神《きじん》を感《かん》ぜしむ 動天地，感鬼神。

天道様《てんとうさま》と米《こめ》の飯《めし》は何処《どこ》へも付《つ》いて回《まわ》る 老天爺和大米飯走到那裏跟到那裏。天無絶人之路，到什麼地方，只要勞動就能夠活下去。類 米の飯と天道様はどこへ行っても付いて回る。

天道様《てんとうさま》は見通《みとお》し 老天爺是一眼望盡，無法欺天。類 神は見通し。反 ①天道是か非か。②天に目なし。③網呑舟《あみどんしゅう》の魚を漏らす。

天道是《てんどうぜ》か非《ひ》か 天理是是或是非？反 ①天に眼。②天道様は見通し。③天道は親無し。④天道人を殺さず。⑤天に口なし人を以て言わしむ。

天道《てんどう》は親《しん》無《な》し 天道無親。類 ①天道は常に善人に与《くみ》す。②天道は正直。③天地は親無し。④天道に私なし。⑤天に眼。反 ①天道是か非か。②天に目なし。

天道人《てんどうひと》を殺《ころ》さず 天不會殺人。天無絶人之路。類 ①天道人を殺し給わず。②神は両手で打たない。反 ①天道是か非か。②天に目なし。

貂《てん》無《な》き森《もり》の鼬《いたち》 沒有貂的森林以黃鼠狼爲王，比喻在沒有大本領的人的地方，本領不大的人逞威。類 鳥なき里の蝙蝠《こうもり》。

貂《てん》無《な》き山《やま》に兎《うさぎ》ほこる 在沒有貂的山，兎子自豪。類 鼬《いたち》無き間の貂誇り。

天《てん》に網《あみ》が被《かぶ》さる 天網恢恢。

天《てん》に口《くち》あり地《ち》に耳《みみ》あり 天有口，地有耳。比喻不能永遠保持秘密。類 ①壁に耳。②昼には目あり夜には耳あり。③天に口なし人を以て言わしむ。

天《てん》に口《くち》なし人《ひと》を以《もっ》て言《い》わしむ 天無口，假借人而言。類 ①天に眼。②天に口あり壁に耳あり。③天知る地知る。④天に口あり地に耳あり。

天《てん》に唾《つばき》す 向天吐唾沫。比喻自作自受，害人害己。類 ①天を仰いで唾す。②風に向かって唾す。③空向いて唾吐く。④因果応報。⑤自業自得。⑥身から出た錆《さび》。⑦悪事身にかえる。⑧お天道様に石。⑨寝て吐く唾は身にかかる。⑩人を呪《のろ》わば穴二つ。⑪爾《なんじ》に出ずるものは爾《なんじ》に反《かえ》る。

天《てん》に二日《にじつ》無《な》し　天無二日。

天《てん》に風雨人《ふううひと》に疾病《しっぺい》　天有風雨，人有疾病。類天に不時の風雲あり人に旦暮《たんぼ》の禍福あり。

天《てん》二物《にぶつ》を与《あた》えず　天不給二物。

天《てん》に眼《まなこ》　老天有眼。類①天に目。②天の眼。③闇夜《やみよ》に目あり。④天に口なし人を以て言わしむ。⑤天《てん》網恢恢《もうかいかい》疎にして漏らさず。⑥神は見通し。反①天道是か非か。②天に目なし。

天《てん》に三日《みっか》の晴《はれ》無《な》し　天無三日晴。

天《てん》に向《む》って唾《つば》を吐《は》く　向天吐唾沫。比喩自作自受，害人害己。類①天に唾《つばき》す。②お天道様に石。③空向いて石を投げる。

天《てん》に目《め》なし　老天無眼。類網呑舟《あみどんしゅう》の魚を漏らす。反①神は見通し。②天に眼。

天《てん》の配剤《はいざい》　巧妙的配合，老天對行善事有好報，對做壞事有惡報。類①天に眼。②天道は親無し。③天道様は見通し。反天道是か非か。

天《てん》は人《ひと》の上《うえ》に人《ひと》を造《つく》らず、人《ひと》の下《した》に人《ひと》を造《つく》らず　天在人上不造人，在人下不造人。表示人一生下來都是平等的，沒有貧富貴賤之分。類彼も人なり予《われ》も人なり。

天《てん》は自《みずか》ら助《たす》くる者《もの》を助《たす》く　自助天助。類人事を尽くして天命を待つ。反棚から牡丹餅《ぼたもち》。

天《てん》は見通《みどお》し　老天爺的眼睛是雪亮的。類①神は見通し。②天に眼。反①天道是か非か。②天に目なし。

天《てん》は無禄《むろく》の人《ひと》を産《う》まず　天不生無祿之人。

伝聞《でんぶん》は親《した》しく見《み》るに如《し》かず　傳聞不如親見。耳聞不如目睹。

天法八《てんぽうや》つ当《あた》り　自然法則對好人壞人都是一樣對待。

天魔《てんま》が魅入《みい》る　被妖魔迷住。

天網恢恢疎《てんもうかいかいそ》にして漏《もら》さず　天網恢恢疏而不漏。類①親の罰とこぬか雨は当たるが知れぬ。②罰は目の前。③天罰覿面《てきめん》。④天に眼。反大魚は網を破る。

天《てん》を仰《おお》ぎて唾《つばき》す　仰天吐唾沫，比喩害人害己。

天《てん》を怨《うら》みず人《ひと》を尤《とが》めず　不怨天不尤人。

天《てん》を敬《けい》し人《ひと》を愛《あい》す　敬天愛人。

天《てん》を指《さ》して魚《うお》を射《い》る　指天射魚，比喩方法錯誤而無益。類 木に縁《よ》りて魚を求む。

天《てん》を幕《まく》とし地《ち》を席《むしろ》とす　幕天席地，比喩氣力旺盛，志氣雄大。

と

戸明《とあ》けの戸《と》たて　從開門到關門都在場的人，表示從開始到結束都在場的人。

問《と》い声《ごえ》よければいらえ声《ごえ》よい　問話的聲氣好，回答的聲氣就好，比喩對方的態度隨我方的態度而變。

戸板《といた》に豆《まめ》　比喩口若懸河，滔滔不絶。類 立板に水。

問屋《といや》でおろさぬ　凡事不能事事如意。如意算盤都會打錯。

問屋《といや》の只今《ただいま》　比喩口頭答應得很好，而不實行。類 ①紺《こう》屋《や》の明後日《あさって》。②鍛冶屋《かじや》の明晩。

東海《とうかい》の墓普請《はかぶしん》　東海修墓，比喩工作遲遲不見進展。

燈火《とうか》親《した》しむべし　指秋天是讀書的好季節。

東家《とうか》に食《しょく》し西家《せいか》に宿《しゅく》す　吃東家住西家，比喩想同時得到兩個好處。類 ①両手に花。②心は二つ身は一つ。

灯火《とうか》将《まさ》に滅《めっ》せんとして光《ひかり》を増《ま》す　燈火將滅而增光。

堂《どう》が歪《ゆが》んで経《きょう》が読《よ》めぬ　因佛堂斜，所以無法念經，比喩將自己失敗的原因歸於其他的事物。或比喩理由多多而不進行工作。類 ①地が傾いて舞が舞われぬ。②寺が曲がてお経が読めぬ。

冬瓜《とうがん》の花《はな》の百一《ひゃくいち》　冬瓜花百個之中只有一個結果，比喩數量雖多，有用的不多。

同気相求《どうきあいもと》む　同氣相求。類 ①類は友を呼ぶ。②類を以て集まる。③類を引き友を呼ぶ。④同病相憐《あわ》れむ。⑤似た者夫婦。⑥蓑《みの》のそばへ笠が寄る。⑦牛は牛づれ馬は馬づれ。⑧同声相和す。⑨目のよる所へ球もよる。

東京《とうきょう》の隣《となり》知《し》らず　東京的隣居互不相識。大城市的隣居不相來往。類 ①番町の番町知らず。②秋の夜や隣は何をする人ぞ。

東隅《とうぐう》に失《しっ》して桑楡《そうゆ》に収《おさ》む　失之東隅，收之桑榆。

東西南北《とうざいなんぼく》の人《ひと》　①到處飄泊的人。②四方來聚的人。

東西《とうざい》を弁《べん》ぜず　不分東西的方向，不知事物的道理。類 西も東も分からぬ。

同舟相救《どうしゅうあいすく》う　同舟共濟。類 呉越《ごえつ》同舟。

投杼《とうじょ》の疑《うたが》い　投杼之疑。曾參殺人。

燈心《とうしん》で鐘《かね》撞《つ》く　用燈芯敲鐘，比喻想做而無法做。類 ①燈心で竹の根を掘る。②燈心で首くくる。

燈心《とうしん》で須弥山《しゅみせん》を引《ひ》き寄《よ》せる　用燈芯要把須彌山拉近。比喻怎麼樣也做不到，力不從心。蟷蟻撼泰山。類 ①燈心で磐石《ばんじゃく》。②燈心で首をくくる。③燈心でくくって線香でなぐる。

燈心《とうしん》で竹《たけ》の根《ね》を掘《ほ》る　用燈芯挖竹根，比喻力不從心，怎麼樣也做不到。徒勞無功。類 ①燈心で根笹を掘る。②燈心で鐘撞《つ》く。③燈心でくくって線香でなぐる。④燈心で須弥山《しゅみせん》を引き寄せる。⑤燈心で首をくくる。⑥骨折り損の草臥《くたびれ》儲《もう》け。

燈心《とうしん》に釣鐘《つりがね》　燈芯與吊鐘，比喻無法相比。類 提燈《ちょうちん》に釣鐘。

唐人《とうじん》の寝言《ねごと》　唐人的夢話，比喻不知所云。

燈心《とうしん》を少《すく》なくして油《あぶら》を多《おお》くせよ　使燈芯少一點，油添多一點，比喻事物的本源很重要。

冬扇夏炉《どうせんかろ》　冬扇夏爐，比喻過時無用的東西。類 夏炉冬扇。

盗賊《とうぞく》にも三分《さんぶ》の理《り》あり　強盜也有三分理。要強加理由，何患沒有理由。類 盗人にも三分の理。

盗賊《どうぞく》にも仁義《じんぎ》　強盜也有仁義。類 ①盗人にも仁義。②犬は共食いせず。

燈台下暗《とうだいもとくら》し　燈下黑。燭台的旁邊反倒看不清。丈八燈台照遠不照近。比喻對身旁的事物反而看不清楚。類 ①提燈持《ちょうちんも》ち足下暗し。②提燈持ち川へはまる。③足下の鳥は逃げる。④秘事は睫《まつげ》。⑤近くて見えぬは睫。⑥自分のぼんのくぼは見えず。⑦己のまぶたは見えぬ。⑧町内で知らぬは亭主ばかりなり。⑨燈台人を知らし己を照らさず。⑩家の中の盗人は摑《つか》まらぬ。⑪詮索《せんさく》もの目の前にあり。

問《と》うに落《お》ちず語《かた》るに落《お》ちる　問時不說，而當自己說話時會無意中洩露出來。類 語るに落ちる。

問《と》うは一旦《いったん》の恥《はじ》問《と》わぬは末代《まつだい》の恥《はじ》　問是一時之恥，不問是一生之恥。類①問うは当座の恥問わぬ末代の恥。②聞くは一時の恥聞かぬは一生の恥。③大知は問うを好む。

塔《とう》は下《した》から組《く》め　塔要從下面築起，比喩要打好基礎。

問《と》う人《ひと》も無《な》き系図物語《けいずものがたり》　沒人問起而談自己的家世，比喩一點用處也沒有。

冬氷《とうひょう》折《お》るべく夏木《かぼく》結《むす》ぶべし　冬冰可折，夏木可結，比喩人的性格有時強，有時弱。

豆腐《とうふ》で歯《は》をいためる　吃豆腐而傷害了牙齒。比喩不可能。

豆腐《とうふ》に鎹《かすがい》　用彎釘來連接豆腐，比喩無效。類①暖簾《のれん》に腕押し。②糠《ぬか》に釘。③石に灸《きゅう》。④沼に杭《くい》。⑤泥に灸。⑥なま壁の釘。

豆腐《とうふ》の皮《かわ》をふく　吃豆腐剝皮。比喩太過奢侈。類栄耀《えよう》の餅の皮。

豆腐《とうふ》は売《う》れず粕《かす》が売《う》れる　豆腐賣不出去，而豆腐渣賣得出去，比喩重要的事不行，不重要的事反而行。

豆腐《とうふ》も煮《に》ればしまる　豆腐煮也會縮緊，比喩不吃苦的人不會成為堅強的人。不持重的人吃了苦就會持重起來。

燈明《とうみょう》で尻《しり》をあぶる　用供神佛前的明燈烤屁股，比喩方法不對，效果不大。類月夜に背中焙《あぶ》る。

道楽者《どうらくもの》の節句働《せっくはたら》き　不務正業的人在節日工作。

道楽息子《どうらくむすこ》に妹《いもうと》の意見《いけん》　妹妹向敗家子的哥哥提意見，一定不會接受，比喩沒有反應。

道理《どうり》そこのけ無理《むり》が通《とお》る　無處攏道理，無理就通行。不合理的事可行，合理的事無法實行。類無理が通れば道理引っ込む。反道理に向かう刃なし。

道理《どうり》に向《む》かう刃《やいば》なし　沒有對付道理的刀刃，比喩如何不講道理的人都勝不了道理。類①道理に向かう太刀《たち》尖《さき》なし。②道理の前に非理はなし。反①道理そこのけ無理が通る。②無理が通れば道理引っ込む。

道理《どうり》百遍《ひゃっぺん》義理《ぎり》一遍《いっぺん》　道理說一百次，不如盡一次人情。比喩講不如做。

道理《どうり》道《みち》を行《ゆ》く　正義最後一定會勝利。

同類《どうるい》相《あい》憐《あわれ》む　同類相憐。類①同病相憐む。②同悪相助く。③狼《おおかみ》は互いに食わず。④烏《からす》は烏の眼をほじくらない。

同類相求《どうるいあいもと》む　同類相求。類 ①同類相集まる。②類を似て集まる。③類は友を呼ぶ。④同気相求む。⑤似た者夫婦。⑥馬は馬づれ牛は牛づれ。⑦牛は牛づれ馬は馬づれ。

蟷螂《とうろう》の斧《おの》　蟷臂。蟷臂擋車。類 ①龍車に向かう蟷螂の斧。②龍のひげを蟻《あり》がねらう。③蜘蛛《くも》が網をはって鳳凰《ほうおう》を待つ。④泥鰌《どじょう》の地団駄。⑤小男の腕立て。⑥鱓《ごまめ》の歯軋《はぎし》り。⑦大黒柱と腕押し。

遠《とお》き慮《おもんぱかり》無《な》き者《もの》は必《かなら》ず近《ちか》き憂《うれい》あり　無遠慮者必有近憂。

遠《とお》き親子《おやこ》より近《ちか》き隣《となり》　遠的父母子女不如近鄰。遠親不如近鄰。類 ①遠き親子より近き他人。②遠い親戚より近くの他人。

遠《とお》きに行《ゆ》くは必《かなら》ず邇《ちか》きよりす　遠行必由近開始。

遠《とお》きは花《はな》の香《か》　遠的花香。家花不如野花香。類 ①遠きは花の香近きに糞の香。②遠くの坊さん有り難い。③所の神様有り難からず。④耳を貴び目を卑しむ。⑤家鶏を嫌い野鶏を愛す。

遠《とお》きを知《し》りて近《ちか》きを知《し》らず　知遠不知近。知人不知己。

遠《とお》くの親類《しんるい》より近《ちか》くの他人《たにん》　遠親不如近鄰。類 ①遠き親子より近き他人。②遠い親戚より近くの他人。③遠き親類より近き友。④遠い一家より近い他人。⑤遠水近火を救わず。⑥手遠い者はまさかの用にたたぬ。⑦遠水渇を救わず。

遠《とお》く行《い》こうとする者《もの》は馬《うま》をいたわる　遠行者惜馬。類 ①千里の行も足下に始まる。②働かず怠けず。反 千里一跳ね。

遠《とお》くなれば薄《うす》くなる　離得遠交情就淡薄起來。類 去る者は日日に疎し。

遠《とお》くの火事《かじ》背中《せなか》の灸《きゅう》　遠方的火災沒有背部的灸要緊，比喩自己的事雖小，也比遠處的人事感到要緊。

遠《とお》ざかる程《ほど》思《おも》いが募《つの》る　離得越遠越思念。

十《とお》で神童《しんどう》十五《じゅうご》で才子《さいし》二十《はたち》過《す》ぎては只《ただ》の人《ひと》　十歳時神童，十五歳時才子，過了二十歳平凡人。比喩小的時候很聰明，長大了變成平常人，這種情形相當多。類 六歳の神童十六歳の才子二十歳の凡人。反 ①三つ子の魂百まで。②人は十歳木は一丈。③蛇《じゃ》は寸にして人を呑む。

遠火《とおび》で手《て》をあぶる　用遠火烘手，比喩沒有直接效果。類 ①月夜に背中焙《あぶ》る。②二階から目薬。

遠道《とおみち》は近道《ちかみち》　遠路則近路。趕時間時走危險的捷徑反而比繞道而行的遠路更花時間。類 急がば回れ。

兎角浮世《とかくうきよ》は色《いろ》と酒《さけ》　總之，世上只有色和酒而已。

兎角近所《とかくきんじょ》に事勿《ことなか》れ　鄰居最好不要發生事情。類 近所に事勿れ。

兎角村《とかくむら》には事勿《ことなか》れ　村裏最好不要發生事情。類 ①兎角近所に事勿れ。②兎角町には事勿れ。

磨《と》がずに鍛冶《かじ》を恨《うら》むな　不要不磨而抱怨鐵匠。比喻不要抱怨自己的天分而要努力工作。

どか儲《もう》けすればどか損《ぞん》する　大發橫財的會大虧本。大賺大虧。類 俄《にわ》か長者は俄か乞食。

時移《ときうつ》り俗易《ぞくかわ》る　時移俗易。時代不同，風俗習慣也不同。

時知《ときし》らぬ山伏《やまぶし》は夜《よる》も頭巾《ずきん》　比喻不能臨機應變，不靈活的人。類 ①時知らぬ山伏は雪隠《せっちん》の中で法螺《ほら》の貝吹く。②時知らぬ山伏は寝て居て貝吹く。

研《と》ぎ賃《ちん》に身《み》を流《なが》す　爲了花費太多的磨刀費而不得不出賣刀身。比喻本末顚倒。類 人蔘《にんじん》飲んで首くくる。

時《とき》と場合《ばあい》による　要看時間和地點而定。類 時と品による。

時《とき》に遇《あ》えば鼠《ねずみ》も虎《とら》になる　碰到好時機，老鼠都會變成老虎。小人得志時就發威，不可一世。類 ①用うれば虎となり用いざれば鼠となる。②人盛んなれば天に勝つ。

時《とき》には三《みっ》つの捨《す》て鐘《がね》がある　比喻雖然很忙，總可以擠出一些時間。

斎《とき》にも非時《ひじ》にも外《はず》れる　早餐和中餐都沒有吃，比喻什麼都沒有取到。類 虻《あぶ》も取らず蜂《はち》も取らず。

時《とき》の氏神《うじがみ》　正在節骨眼兒上出來調解的人。類 挨拶《あいさつ》は時の氏神。

時《とき》の代官日《だいかんひ》の奉行《ぶぎょう》　比喻跟隨當權者是處世的方法。類 ①時の役人日の奉行。②時の天下に従え。③時の花を挿頭《かざし》にせよ。

時《とき》の花《はな》を挿頭《かざし》にせよ　在頭髮上插時花，比喻要順應潮流而行動。隨時勢而行。類 ①時の花をかざす。②時の代官日の奉行。

時《とき》の用《よう》には鼻《はな》をも削《そ》ぐ　危急時連鼻子都要削掉，比喻危急時什麼事都做。類 ①苦しい時は鼻をも削ぐ。②用のある時には鼻でも削ぐ。③時の用には鼻をかけ。

時人《ときひと》を待《ま》たず　時不我待。時間不等人。類 ①歳月人を待たず。②少年老い易《やす》く学成り難し。

時世《ときよ》時世《ときよ》の画《え》をかく　時代要畫時代畫，比喩要採取最適合於當代的手段。類 所に従うて絵をかく。

徳《とく》有《あ》る者《もの》は必《かなら》ず言《げん》有《あ》り　有徳者必有言。

毒《どく》食《く》わば皿《さら》まで　吃毒連碟子都舐。比喩一不做二不休。

徳孤《とくこ》ならず必《かなら》ず隣《りん》あり　徳不孤必有鄰。

読書《どくしょう》百遍《ひやつべん》義《ぎ》自《おのずか》ら見《あらわ》る　讀書百遍其義自明。類 ①読書百遍義自ら通ず。②読書千遍其の義自ら見る。反 読書万巻始めて神に通ず。

十口《とくち》一口《ひとくち》に言《こと》切《き》れず　十言的東西一言難盡。比喩簡單都有限度。

毒《どく》にも薬《くすり》にもならぬ　也不能做藥，也不能做毒，比喩可有可無，平平凡凡的人物。類 沈香《じんこう》も焚《た》かず屁もひらず。

毒《どく》は早《はや》くまわる　毒發作得快，比喩壞事傳播得快。

毒薬変《どくやくへん》じて甘露《かんろ》となる　毒藥變甘露，比喩壞事變好事。

毒薬変《どくやくへん》じて薬《くすり》となる　毒藥可做藥。類 ①毒薬変じて甘露となる。②毒薬変じてよい薬。③悪に強ければ善にも強し。

徳利《とくり》に口《くち》あり鍋《なべ》に耳《みみ》あり　酒瓶有口，鍋有耳。比喩密談容易洩露。隔牆有耳。類 ①壁に耳。②石に耳あり。

独立影《どくりつかげ》に慚《は》じず　獨立不慚影。在人所不見的地方也不做違反良心的行爲。類 ①独寝衾に愧じず。②聖人は影に慚じず。③君子は独りを慎しむ。④君子は屋漏に愧じず。

徳利《とくり》に味噌《みそ》を詰《つ》める　酒瓶裝豆醬。比喩不合實際，或難以放進去。

毒《どく》を食《く》らわば皿《さら》まで　既然吃了毒，連碟都舐。比喩一不做二不休。類 ①尾をふまば頭まで。②濡れぬ先こそ露をも厭《いと》え。③かかった罠《わな》。

得《とく》を取《と》るより名《な》を取《と》れ　取利不如取名。類 名を得て実を失う。反 名を取るより得を取れ。

毒《どく》を以《もっ》て毒《どく》を制《せい》す　以毒攻毒。類 ①油を以て油煙を落す。②夷《い》を以て夷を制す。③邪を禁ずるに邪を以てす。④ダイヤモンドはダイヤモンドを切る。⑤盗人の番には盗人を使え。⑥楔《くさび》を以て楔を抜く。⑦火は火で治まる。

徳《とく》を以《もっ》て人《ひと》に勝《か》つ者《もの》は昌《さか》え、力《ちから》を以《もっ》て人《ひと》に勝《か》つ者《もの》は亡《ほろ》ぶ　以徳服人者昌，以力服人者亡。

と

棘《とげ》のない薔薇《ばら》はない　沒有無刺的薔薇，比喩表面美麗的東西，裏面必隱藏着可怕的東西。類 茨《いばら》に棘あり。

何処《どこ》で暮《く》らすも一生《いっしょう》　在什麼地方生活都是過一生。類 ①蝦夷《えぞ》で暮らすも一生江戸で暮らすも一生。②何処も日が照る雨が降る。

何処《どこ》の烏《からす》も黒《くろ》さは変《か》わらぬ　天下的烏鴉一般黑。類 ①何処の烏も黒い。②何処の国でも屁は臭い。③何処の鶏も声は同じ。④唐辛子は辛く砂糖は甘い。⑤柳は緑花は紅。反 所変われば品変わる。

床《とこ》の間《ま》の置物《おきもの》　壁龕的擺設物。比喩位高而無實權的人。

何処《どこ》へ行《い》っても甘草《かんぞう》の流《なが》れる川《かわ》はない　無論到何處，都沒有漂流着甘草的河流。比喩不論到什麼地方都沒有不勞而獲的便宜事。

所変《ところか》われば品変《しなか》わる　地方不同，風俗習慣都不同。一個地方一個樣。百里不同風，千里不同俗。類 ①所変われば木の葉も変わる。②所変われば水変わる。③郷に入りては郷に従う。反 ①何《ど》処《こ》の烏《からす》も黒さは変わらぬ。②伊予《いよ》に吹く風は讃岐《さぬき》にも吹く。

所変《ところか》われば水変《みずか》わる　地方不同，水土也不同。類 所変われば品変わる。

所《ところ》で吠《ほ》えぬ犬《いぬ》はない　在當地沒有不吠的狗，比喩懦弱的人在自己的地頭逞威風。類 我が門で吠えぬ犬なし。

所《ところ》に従《したが》って絵《え》をかく　看地方來作畫，比喩根據時空的不同而採取最適宜的方法。類 ①所に似せて絵をかく。②所所の絵をかく。③時世時世の画をかく。

所《ところ》には事勿《ことなか》れ　當地不要有事。因爲當地有事，會波及到自己，所以希望不要有事。類 近所に事勿れ。

所《ところ》の神様《かみさま》有《あ》り難《がた》からず　不尊敬當地的神。近廟欺神。類 ①予言者郷里に容《い》れられず。②耳を貴び目を卑しむ。③所の氏神有り難からず。④人は故郷を離れて貴し。⑤遠きは花の香。

所《ところ》の法《ほう》に矢《や》は立《た》たぬ　當地的風俗習慣，雖不合理也不得不遵守。隨郷入郷。類 ①郷に入りては郷に従う。②里に入りて里に従う。③国に入ってはまず禁を問え。④門に入らば笠を脱げ。

土佐船《とさぶね》の錨《いかり》　比喩不管多麼好的東西，不不時用就沒有用。類 土佐船の加賀麻。

年《とし》が薬《くすり》　年紀大了，經驗就多，就想得深，能分別是非。類 ①年こそ薬なれ。②年は薬。③年が意見。

④年取れば利口になる。

歳寒《としさむ》くて松柏《しょうはく》の凋《しぼ》むに後《おく》るるを知《し》る　歳寒知松柏後凋。

年《とし》とれば金《かね》より子《こ》　年紀大了，錢不如子女可靠。

年問《としと》わんより世《よ》は問《と》え　別問年齡多大，要問經歷如何。類年を問うより世を問え。

年《とし》には勝《か》てぬ　敵不過年齡。年紀老，身體就衰。類四十がったり五十肩。

年《とし》は仇《かたき》　年齢是仇人，感嘆年老體衰時的話。類年は寄るまいもの。

年《とし》は寄《よ》れども心《こころ》は寄《よ》らぬ　年老心不老。

泥鰌汁《どじょうじる》に金《きん》つば　金罐盛泥鰌湯。比喩配合得不合。

泥鰌《どじょう》の地団駄《じだんだ》　比喩不自量。螳臂擋車。類①蟷螂《とうろう》の斧《おの》。②鱓《ごまめ》の歯軋《はぎし》り。

屠所《どしょ》の羊《ひつじ》　屠宰場的羊，瀕死之物。類①生簀《いけす》の鯉。②牲《にえ》に赴く羊。③屠所の歩み。④羊の歩み。

年寄《としより》と紙袋《かんぶくろ》は入《い》れにゃ立《た》てられぬ　老年和紙袋不裝東西，立不起來。比喩塡飽肚子才能做事。

年寄《としより》と釘頭《くぎがしら》は引《ひ》っ込《こ》むがよし　老人和釘頭縮入好，比喻老人最好隱退，讓位給年輕人。類年寄と金釘引っ込むほどよい。

年寄《としより》と仏壇《ぶつだん》は置《お》き所《どころ》がない　老人和佛龕沒有地方擺，比喩雖然敬重他，但不知如何處置。類①持仏堂と姑《しゅうとめ》は置き所なし。②年寄親と持仏堂置き所なし。③古札と年寄親は置き所がない。④梯子《はしご》と姑婆《しゅうとばば》は置き所がない。

年寄《としより》の言《い》い事《こと》と牛《うし》の鞦《しりがい》は外《はず》れない　比喩經驗豐富的人，其知識和意見往往是正確的。類①年寄の言う事に間違いはない。②年寄の言った事は土に落ちない。③年寄の言う事は聞くもの。④牛の鞦は外れない。

年寄《としより》の言《い》う事《こと》と牛《うし》の尻《しり》かせとに直《なお》いのはない　比喩老人說話不爽直。

年寄《としよ》りの子《こ》は影《かげ》なし　比喩年老時生子，其子的身體一般是不強壯。類①年寄の子は寒がる。②老人の子影無し。

年寄《としより》の達者春《たっしゃはる》の雪《ゆき》　老人的康健如春雪容易消逝。

年寄《としより》の冷水《ひやみず》　老人冲冷水，諷刺老人不知其分，做不適宜健康的行爲。類①老いの木登り。②年寄りの力自慢。③ずくなしの冷水。④年寄の夜あるき。

年寄《としより》の昔話《むかしばなし》　老人的陳話。老人喜歡談過去事。

年寄《としより》の物忘《ものわす》れ若《わか》い者《もの》の無分別《むふんべつ》 年老人好忘事，年輕人不懂事。

年寄《としより》は家《いえ》の宝《たから》 老人是家中寶。類年寄のある家には落度がない。

年寄《としより》は火《ひ》の子《こ》 年老人是火之子，表示年老人怕冷，喜歡靠近火邊。類①大人は火の子。②年寄は蛇で暑い方がよい。

渡世《とせい》は八百八品《はっぴゃくやしな》 職業有各色各樣的種類。類①商売は草の種。②世渡りはさまざま。

土台《どだい》より二代《にだい》大事《だいじ》 第二代比創基更重要，表示要把事業繁榮起來比開創事業更困難。

塗炭《とたん》の苦《くる》しみ 塗炭之苦。類水火の苦しみ。

土地《とち》医者《いしゃ》土地《とち》坊主《ぼうず》 當地的醫生、當地的和尚，表示本地薑不辣。

土地《とち》貧乏《びんぼう》 出生在窮鄉僻壤的人吃虧。

栃《とち》ほどの涙《なみだ》 如七葉樹的果實那樣大的眼淚，比喻很大滴的眼淚。類豆板ほどの涙。

魚《とと》の真似《まね》する目高《めだか》 模仿魚的鱂。比喻弱小者模仿強大者。類雑魚の魚交り。

とどめを刺《さ》す 刺咽喉以斷其氣，比喻加以不能再起的一擊，或抓住事物的要點使之不留餘柄，或比喻達到登峯造極。

隣小舅《となりこじゅうと》はやかましい 鄰居的閒話多。類①村姑《しゅうとめ》。②世間姑。

隣《となり》の馬《うま》も借《か》りたら一日《いちにち》 借了鄰居的馬，就充分地使用一天，表示借了人家的東西，要充分的使用之後才還給人家。類①隣の馬も借りれば三日。②長者の車も借りれば三年。③殿の馬も借りれば三日。

隣《となり》の火事《かじ》に騒《さわ》がぬ者《もの》なし 對隔壁的失火沒有人不慌張的。比喻對有關自己利害之事，誰都會表示關心。

隣《となり》の白飯《しろめし》より内《うち》の粟飯《あわめし》 鄰家的大米白飯不如自己家裏的粟米飯。比喻自己的家最好。類他人の飯には骨がある。図①隣の花は赤い。②内の鯛より隣の鰯《いわし》。③隣の牡丹餅《ぼたもち》は大きく見える。

隣《となり》の疝気《せんき》を頭痛《ずつう》に病《や》む 看三國掉眼淚替古人担憂。比喻担心與己無關的事。類①人の疝気を頭痛に病む。②隣の疝気を頭痛に病む。③隣の法事にさかやき剃《す》る。

隣《となり》の宝《たから》を数《かぞ》える 計算鄰居的財寶，比喻毫無利益。類人の宝を数う。

隣《となり》の花《はな》は赤《あか》い 鄰家的花紅。家花不比野花香。類①余《よ》所《そ》の花は赤い。②人の花は赤い。③余所の花はよく見える。④人の持つ花は美しい。⑤隣の牡《ぼ》丹《たん》は大きく見える。⑥他人の飯は白い。⑦隣の飯はうまい。⑧隣の牡丹餅《ぼたもち》は大きく見える。⑨隣の物はかゆでもうまい。⑩わが家の米の飯より隣の麦飯がうまい。⑪余所の嬶《かか》は美しく見える。⑫隣の麦飯。⑬内の鯛より隣の鰯《いわし》。反 ①人の物より自分の物。②隣の白飯より内の粟飯《あわめし》。

隣《となり》の貧乏《びんぼう》は鴨《かも》の味《あじ》　鄰家貧窮就感到高興，表示嫉妒鄰居的心情。類 隣の貧乏は雁の味。

隣《となり》の法事《ほうじ》にさかやき剃《す》る　担慮他人之事。類 他人の疝《せん》気《き》を頭痛に病む。

隣《となり》の餅《もち》も食《く》って見《み》よ　嘗吃一下鄰家的黏糕，比喩要出去見世面。類 他人の飯も食って見よ。

隣《となり》は火事《かじ》でも先《ま》ず一服《いっぷく》　不管鄰家失火，首先要休息一下。比喩不管什麼場合，休息是需要的。類 親が死んでも食休み。

図南《となん》の翼《つばさ》　圖南之翼。雄飛之志。

戸《と》にも口《くち》がある　門也有口。比喩秘密的事都會傳開。類 壁に耳。

殿《との》の犬《いぬ》には食《く》われ損《ぞん》　被主公的狗咬到，只有吃虧。比喩勢力大的人所幹的事，儘管不合道理，受其害的人也不能反駁，只有忍氣呑聲而已。類 長い物には巻かれろ。

駑馬《どば》に鞭《むち》打《う》つ　鞭打駑馬。

鳶《とび》が高《たか》く飛《と》べば大風《おおかぜ》がある　鳶飛高會有大風。類 岩燕《いわつばめ》高く飛び乱れるときは大暴風雨あり。

鳶《とび》が鷹《たか》を生《う》む　鳶生個鷹。比喩平凡的父母生個有才能的孩子。子勝於父。類 ①鳶が孔雀《くじゃく》を生んだ。②烏《からす》の白糞。③雉子《きじ》が鷹を生人だよう。④百舌《もず》が鷹を生む。⑤黒鳥が白い卵を生む。⑥竹の子親まさり。⑦子は生むも心は生まぬ。反 ①瓜の蔓《つる》に茄子《なすび》はならぬ。②蛙の子は蛙。③この親にしてこの子あり。④鳶の子は鷹にならず。⑤将門必ず将有り。⑥鳶は鷹を生まぬ。⑦狐の子は面白。

鳶《とび》に油揚《あぶらあげ》攫《さら》われたよう　被鳶攫取了炸豆腐。比喩自己要的東西被人横奪，感到意外而發呆。類 月夜に釜をぬかれる。

鳶《とび》も居《い》ずまいから鷹《たか》に見《み》える　鳶因坐様兒，看起來也有點像鷹。比喩身份低的人如起居動作正派，看起來也是高貴的。

鳶《とび》も物《もの》を見《み》ねば舞《ま》わぬ　鳶看不到東西也不飛舞，比喩誰都不會爲沒有利益的事拼命。

扉《とびら》は開《ひら》くか閉《と》じるかせねばならぬ　門不是開就是關。比喩必須表明是或不是。類 亀を食うか食わぬか。

飛《と》ぶ鳥後《とりあと》を濁《にご》さず　飛走的鳥，不弄濁所棲的地方，比喩離開一個地方之前要收拾好地方。類 ①立つ鳥後を濁さず。②鷺《さぎ》は立てども後を濁さず。③飛ぶ鳥後を見よ。反 ①後は野となれ山となれ。②旅の恥は掻《か》き捨て。

飛《と》ぶ鳥《とり》の献立《こんだて》　飛鳥的菜單，還沒有捉到在空中飛的鳥，就在計劃如何烹調。比喩操之過急。類 ①捕らぬ狸の皮算用。②沖のはまち。③野鳥の献立。④山の芋を蒲焼《かばやき》にする。⑤卵を見て時夜を求む。⑥沖な物あて。

飛《と》ぶ鳥《とり》も後《あと》を見《み》よ　離開一個地方時，要把地方收拾好。類 立つ鳥後を濁さず。

飛《と》ぶ鳥《とり》を落《おと》す　勢力很大。類 草木もなびく。反 飛ぶ鳥は落ちず。

富《とみ》は一生《いっしょう》の宝《たから》知《ち》は万代《ばんだい》の宝《たから》　富是一生之寶，智是萬代之寶。

友《とも》と酒《さけ》とは古《ふる》いほどよい　朋友和酒越舊越好。

土用布子《どようぬのこ》に寒帷子《かんかたびら》　立秋十八天前的布棉襖和寒冬的麻單衣，比喩不合時宜的無用東西。或比喩顛倒，相反。類 寒に帷子土用に布子。

土用《どよう》の筍《たけのこ》　比喩無用的東西或不合時宜。

土用《どよう》の蛸《たこ》は親《おや》にも食《く》わすな　比喩立秋十八天前的章魚很好吃。

虎狼《とらおおかみ》より人《ひと》の口《くち》畏《おそろ》し　人言比虎狼更可畏。

取《と》らずの大関《おおぜき》　不做比賽的大關（僅次於横綱的角力家的稱號）。比喩只有嘴巴說得好聽，其實沒有實力的人。類 抜かぬ大刀の高名。

虎《とら》に追《お》われた者《もの》は虎《とら》の絵《え》におずる　被虎追過的人，怕虎畫。一朝被蛇咬，三年怕井繩。

虎《とら》に翼《つばさ》　如虎添翼。類 ①駈《か》け馬にも鞭《むち》。②走る馬に鞭。③竜に翼虎に角。④鬼に鉄棒《かなぼう》。⑤竜に羽あり虎に角。

捕《と》らぬ狸《たぬき》の皮算用《かわざんよう》　計算還沒有捉到的狸皮，比喩根據不確實的東西來訂計劃。類 ①穴の狢《むじな》を値段する。②儲《もう》けぬ前の胸算用。③飛ぶ鳥の献立。④沖な物あて。⑤沖のはまち。⑥海も見えぬに舟用意。⑦生まれぬ前《さき》の襁褓《むつき》定め。⑧生まれぬ子の襁褓定め。⑨卵を見て時夜を求む。

虎《とら》の威《い》を藉《か》る狐《きつね》　狐假虎威。類 ①狐虎の威を藉る。②獅子の皮をかぶった驢《ろ》。

虎《とら》の尾《お》を踏《ふ》む　踩虎尾，如踏虎尾。比喩冒極大危險。類 ①薄氷を履《ふ》むが如し。②剃刀《かみそり》の刃を渡る。

虎《とら》の子《こ》　喩非常珍貴的東西。

虎《とら》は風《かぜ》に毛《け》を振《ふ》るう　虎向風振毛，比喻遇到好機會而奮起。

虎《とら》は死《し》して皮《かわ》を留《とど》め、人《ひと》は死《し》して名《な》を残《のこ》す　虎死留皮，人死留名。類 豹《ひょう》は死して皮を留め人は死して名を残す。

虎《とら》は千里《せんり》の藪《やぶ》に棲《す》む　虎棲於千里的草叢。比喻有本領的人不留在狹窄的地方。

虎《とら》を画《えが》いて狗《いぬ》に類《るい》す　畫虎不成反類犬。類 ①虎を画いて猫に類す。②竜を画いて狗に類す。③猫でない証拠に竹をかいておき。

虎《とら》を野《の》に放《はな》つ　放虎歸山。類 ①獅子《しし》を千里の野辺に放つ。②虎の子を野に放し竜に水を与う。③千里の野辺に虎の子を養うが如し。④虎を赦《ゆる》して竹林に放つ。

虎《とら》を養《やしな》って患《うれえ》を遺《のこ》す　養虎遺患。

取《と》らんとする者《もの》は先《ま》ず与《あた》えよ　欲取之必先與之。

鳥籠《とりかご》に鶴《つる》をいれたよう　如將鶴放在鳥籠。比喻窄得無法動彈，很狹隘。

取《と》り込《こ》むに不承《ふしょう》なし　對己有利的，都是贊成。

鳥疲《とりつか》れて枝《えだ》を選《えら》ばず　鳥倦不擇枝，比喻生活困難，不選擇職業。

鳥囚《とりとら》れても飛《と》ぶことを忘《わす》れず　鳥囚不忘飛。誰都要自由。類 籠鳥《ろうちょう》雲を恋う。

鳥《とり》なき里《さと》の蝙蝠《こうもり》　沒有鳥的地方，蝙蝠逞威風。類 ①鷹がいないと雀が王する。②鷹のない国では雀が鷹をする。③鳥なき島の蝙蝠。④鼬《いたち》無き間の貂《てん》誇り。⑤盲人の国では片目の人が王である。⑥貂無き森の鼬。

鳥《とり》の鳴《な》く音《ね》は何処《いずこ》も同《おな》じ　鳥啼聲處處一樣，比喻無論到什麼地方人情都相同。類 何処の鶏の声も同じ。

鳥《とり》の両翼《りょうよく》、車《くるま》の両輪《りょうりん》　鳥的兩翼，車的兩輪，比喻缺一不可。

鳥《とり》は枝《えだ》の深《ふか》きに集《あつ》まる　鳥常聚於樹枝茂盛的地方，比喻熱鬧街道人很擁擠。

鳥《とり》は古巣《ふるす》に帰《かえ》る　鳥歸舊巢。比喻故鄉是忘不了的。

取《と》り道《みち》あれば抜《ぬ》け道《みち》あり　有取的方法就有逃的方法。

鳥《とり》も通《かよ》わぬ　鳥也無法飛到，形容遙遠的海上孤島。

鳥《とり》もちで馬《うま》を刺《さ》す　用黏鳥膠刺馬，比喻完全不行。類 はり鰻《うなぎ》に轡《くつわ》を掛ける。

屠龍《とりょう》の技《ぎ》　屠龍之技，比喩完全無用之技。

取《と》るよりかばえ　取之不如護之。類①得取るより損するな。②取り勘定より遣り勘定。

取《と》ろう取《と》ろうで取《と》られる　想取反而被取。類①誑《たら》しが誑しに誑される。②騙すで騙される。③化かす化かすで化かされる。④取ろう取ろうは取られる始め。

泥田《どろた》に足《あし》を入《い》れる　脚落泥田，比喩進退維谷，一籌莫展。

泥《どろ》にやいと　對泥烤灸。比喩浪費或毫無效果。類石に灸。

泥《どろ》に酔《よ》った鮒《ふな》　比喩在生死關頭掙扎。類①芥《あくた》に酔った鮒。②鮒のごみに酔う。

泥棒《どろぼう》が縄《なわ》を恨《うら》む　盗賊怨恨縛他的繩子。盗賊不理自己所幹的壞事而怨恨捕捉他的人。忘記自己的壞事，反而怨恨他人。類①泥棒の逆恨み。②盗人の逆恨み。③盗人は主人を恨む。

泥棒《どろぼう》せぬは氏神《うじがみ》ばかり　每個人多多少少都有偷東西的心理。類①盗人せぬは氏神ばかり。②盗み気と大工気の無い者はない。

泥棒《どろぼう》捕《と》らえて縄《なわ》　抓了小偷才結繩。臨時抱佛脚，臨渴掘井。類①盗人を見て縄を綯《な》う。②渇して井を穿《うが》つ。③はまった後で井戸の蓋《ふた》をする。

泥棒《どろぼう》に追銭《おいせん》　陪了夫人又折兵。類盗人に追銭。

泥棒《どろぼう》にも三分《さんぶ》の理《り》　小偷也有三分理。比喩要找藉口隨時都可以。類①盗人にも三分の理あり。②間違ったことをする者も口実を欠かぬ。③引かれ者の小唄。

泥棒《どろぼう》の提灯持《ちょうちんも》ち　爲盗賊提燈籠。爲虎作倀，助紂爲虐。

泥棒《どろぼう》も十年《じゅうねん》　盗賊都要十年才能專，比喩什麼事都要長期的學習和鍛煉。

泥《どろ》を打《う》てば面《つら》へはねる　拍泥，泥會反彈到臉上。比喩傷害他人，反而會損害到自己。害人害己。類因果応報。

団栗《どんぐり》の背競《せいくら》べ　橡實比身高，比喩不相上下，半斤八兩。類①団栗の丈競べ。②蟻《あり》のたけ。③一寸法師の背競べ。

呑舟《どんしゅう》の魚《うお》は枝流《しりゅう》に游《およ》がず　呑舟之魚不游支流。比喩大人物不同小人物來往。

呑舟《どんしゅう》の魚《うお》も水《みず》を失《うしな》えば螻蟻《ろうぎ》に制《せい》せらる　呑舟之魚失水也被螻蟻所制。

鈍《どん》すりゃ貧《ひん》する　遲鈍者會貧窮。

飛《と》んで火《ひ》に入《い》る夏《なつ》の虫《むし》　撲火的夏蟲。燈蛾撲火。比喩自取滅亡。類①飛蛾《ひが》の火に入る如し。②愚人夏の虫飛んで火に入る。③手を出して火傷《やけど》する。

鈍《どん》な子《こ》は可愛《かわい》い　父母疼愛智能低的子女。類片端な子ほど可愛い。

貪欲《どんよく》は必《かなら》ず身《み》を食《く》う　貪婪必會誤己。

貪欲《どんよく》は底《そこ》なき鉢《はち》に盛《も》れ　貪心如盛無底的鉢是沒有止境的。

な

名《な》あって実《じつ》なし　有名無實。類有名無実。

無《な》いが意見《いけん》の総《そう》じまい　無是意見的結束。如酒色之徒如何提意見都不接納，但當把財産花光了，就會停止花天酒地。類①無いとこ納め。②親の意見より無い意見。

無《な》いが極楽《ごくらく》知らぬが仏《ほとけ》　無是極樂，不知是佛。窮人不知奢侈，不爲慾望所擾，反而幸福。類無いがましだよ気が楽だ。反貧ほどつらい病はない。

無《な》い子《こ》では泣《な》かで有《あ》る子《こ》に泣《な》く　比喩有子辛苦，要爲子操勞。類①子故に泣けど子が無くて泣く人はなし。②持たない子には苦労はしない。

無《な》い子《こ》では泣《な》かれぬ　無子就不能爲子操勞，表示雖然有了孩子辛苦些，還是有孩子好。反子が無くて泣くは芋掘りばかり。

内証《ないしょう》は火《ひ》の車《くるま》　家裏窘得不得了。類①内は火が降る。②内は火の車。

無《な》い袖《そで》は振《ふ》られぬ　無袖子不能拂袖。巧婦難爲無米之炊。類①有る袖は振れど無い袖は振れぬ。②無い袖振って付き合われぬ。③無い知恵は出せぬ。

無《な》い智恵《ちえ》を絞《しぼ》る　絞盡腦汁。

泣《な》いて暮《く》らすも一生《いっしょう》、笑《わら》って暮《く》らすも一生《いっしょう》　哭着過生活也是一生，笑着過生活也是一生。不管怎麼樣過生活都是一生，還是快快樂樂過生活好。類笑って暮らすも一生泣いて暮らすも一生。

泣《な》いて育《そだ》てて笑《わ》うてかかれ　辛辛苦苦地來養孩子，老了幸福地依靠孩子過生活。

泣《な》いて馬謖《ばしょく》を斬《き》る　揮淚斬馬謖。類 淚を揮《ふる》って馬謖を斬る。

無《な》い時《とき》の辛抱《しんぼう》有《あ》る時《とき》の倹約《けんやく》　無時忍耐，有時節儉。

無《な》い名《な》は呼《よ》ばれず　無名稱不能稱呼。無火不起煙。類 火の無い所に煙は立たず。反 火の無い所に煙立つ。

無《な》いもの食《く》おうが人《ひと》の癖《くせ》　想吃沒有的東西是人之常情。類 ①無い物ねだり。②無い物食いたがる。

無《な》い物《もの》は金《かね》と化物《ばけもの》　虛無之物是金錢和鬼怪。類 有りそうで無いのは金。

直《なお》き木《き》に曲《まが》る枝《えだ》　直的樹也有彎曲的樹枝，比喻正人君子都有短處和缺點。

直《なお》すは一時《いっとき》見《み》るは末代《まつだい》　改正是一時之苦，而評價留傳後世。

長《なが》い浮世《うきよ》に短《みじか》い命《いのち》　長久的浮世短暫的生命，表示人生短暫，要悠閑度日。

長生《ながい》きは恥多《はじおお》し　長壽多恥。類 命長ければ恥多し。

長《なが》い舌《した》は短《みじか》い手《て》のしるし　說大話的人表示他沒有能力。

長居《ながい》はおそれ　久坐可怕，表示不要在別人的家裏久坐。類 ①長居は無用。②長居をすれば物を見る。

長《なが》い目《め》で見《み》る　不要光看眼前，要看到將來。類 長い目で見守る。

長芋《ながいも》で足《あし》を突《つ》く　用家山藥刺脚，比喻因大意而遭受到意料之外的失敗。或比喻誇大其詞。類 芋《いも》茎《がら》で足を衝《つ》く。

長《なが》い物《もの》には巻《ま》かれよ　胳膊扭不過大腿。類 ①大きな物には呑まれよ。②強い者にはまけろ。③泣く子と地頭には勝てぬ。

長追《ながお》いは無益《むやく》　長驅直追無益。類 長追いは無用。

長口上《ながこうじょう》は欠伸《あくび》の種《たね》　喋喋不休的講話是引起打哈欠的原因。類 下手の長談義。

仲立《なかだち》より逆立《さかだち》　居中調停比做倒立困難。比喻做居中調停者難做。類 仲立ちするより逆立ちせよ。

鳴《な》かない猫《ねこ》は鼠《ねずみ》をとる　不叫的猫會抓老鼠。類 ①能ある鷹《たか》は爪隠す。②能ある猫は爪隠す。③鳴く猫は鼠をとらぬ。

泣《な》かぬ子《こ》を泣《な》かす　使不哭的孩子哭起來，比喻多管閑事。類 寝る子を起こす。

鳴《な》かぬ螢《ほたる》が身《み》をこがす　不叫的螢蟲焦身，比喻不出口的人反而想得要命。類 ①鳴く蟬《せみ》よりも鳴かぬ螢が身をこがす。②言わぬは言うにいやまさる。③目は口ほどに物をいう。

仲《なか》のよい他人《たにん》よりきゅうり切《き》った親子《おやこ》　感情好的他人不如斷絕親子關係的親子。

仲《なか》のよいで喧嘩《けんか》する　感情好的，有時也會吵架。類①思う仲のつづりいさかい。②思う仲の小いさかい。③思うあまりの小いさかい。④好い仲の小いさかい。⑤好い仲の小あらそい。⑥濃い仲の女夫《めおと》いさかい。

長飯長糞《ながめしながぐそ》これも一得《いっとく》　比喩不值得稱讚的特徵有時也有用。反①早飯早糞早算用。②早飯も芸の中《うち》。

長持枕《ながもちまくら》にならず　長方形帶蓋的衣箱不能當做枕頭，比喩大的東西有時不能代替小的東西來用。類①杓子《しゃくし》は耳搔《みみか》きにならぬ。②搗臼《つきうす》で茶漬。反大は小を兼ねる。

流《なが》れ川《がわ》に大魚《たいぎょ》なし　水流的河裏沒有大魚。比喩大人物需要有相應的大場所讓他活動。類大魚は小池に棲《す》まず。

流《なが》れ川《がわ》を棒《ぼう》で打《う》つ　棍打河流。比喩無論怎麼做，都不留下任何痕跡。類行く水に数かく。

流《なが》れに棹《さお》さす　順水再加上撐篙。比喩順水推舟，助長。類得手に帆を上げる。

流《なが》れる水《みず》は腐《くさ》らず　流水不腐。類①使う鍬《くわ》は錆《き》びぬ。②淀む水には芥溜《ごみた》まる。③転がる石には苔《こけ》が生えぬ。

流《なが》れを汲《く》みて源《みなもと》を知《し》る　汲其流知其源。比喩見其末知其本，見其行知其心。

泣《な》き面《つら》に蜂《はち》　哭着的臉再被蜂螫。禍不單行。類①痛む上に塩を塗る。②弱り目に祟り目。③損して恥かく。④こけた上に踏まれる。⑤転べば糞の上。⑥不幸は単独では来ない。⑦頼む木の下に雨漏る。

鳴《な》き猫鼠《ねこねずみ》をとらず　會叫的猫不抓老鼠。類能なし犬の高吠え。

泣《な》き節《ぶし》にも流行《はやり》がある　比喩事物都有流行不流行之事。

泣《な》く子《こ》と地頭《じとう》には勝《か》たれぬ　比喩對方不講理毫無辦法。類①強い者勝ち。②力は正義。③馬鹿と坊主には勝てぬ。④主人と病気には勝てぬ。⑤長い物には巻かれよ。

泣《な》く子《こ》に乳《ちち》　給哭的孩子乳，比喩立即見效。類①泣く子にようかん。②遣《や》り手に小判。③泣く子に唐辛子。

泣《な》く子《こ》は育《そだ》つ　會哭的孩子可以養大。類①赤子は泣き泣き育つ。②泣く子は食い勝つ。③泣く子は利口。

泣《な》く子《こ》も目《め》を見《み》る　哭的孩子也看對方的眼色，表示要看對方的情況。類 泣く子も口に物食う。

無《な》くて七癖《ななくせ》　誰都有脾氣。誰都有缺點。類 ①難無くて七癖。②無くて七癖有って四十八癖。③人に一癖。

泣《な》く時《とき》は泣《な》いて渡《わた》れ　比喩要順應周圍的環境。

泣《な》く泣《な》くもよいほうをとる形見分《かたみわ》け　雖然哭着，當要分死人的遺物時也要拿好的。表示貪心是人之常情。

鳴《な》く猫《ねこ》は鼠《ねずみ》をとらぬ　會叫的猫不抓老鼠。類 ①鳴かない猫は鼠を捕る。②黙り猫が鼠を捕る。③鼠捕る猫は爪隠す。④能ある鷹《たか》は爪隠す。⑤良賈《りょうこ》は深く蔵す。⑥能なし犬の高吠え。⑦口自慢の仕事下手。⑧吠える犬は噛《か》み付かぬ。

鳴《な》く虫《むし》は捕《と》らる　會叫的蟲被捉，比喩因爲會一點點的技能反而失敗。類 ①粋が身を食う。②孔雀《くじゃく》は羽ゆえに人に獲らる。③象は歯有りて以て其の身を焚《や》かる。④雉子《きじ》も鳴かずば射たれまい。

泣《な》くより歌《うた》　哭不如歌唱，表示都是過一生，快樂過活比較好。

投《な》げた礫《つぶて》を尋《たず》ねる　找投出去的石子，比喩難找，或即使努力也無用。

投所《なげど》を見《み》たら落所《おけど》を見《み》るな　看到了投出去的地方，就不必看掉下的地方，比喩凡事知道其起源，就不必追求其結果。

無《な》け無《な》しの無駄遣《むだづか》い　無錢的人反而浪費金錢。

仲人口《なこうどぐち》は半分《はんぶん》に聞《き》け　媒人的話聽一半。類 ①仲人の嘘《うそ》七駄片荷。②仲人七嘘。③話半分。

仲人七嘘《なこうどななうそ》　媒人話不可信。類 ①仲人口。②仲人の嘘八百。③仲人口あてにならぬ。④仲人口は嘘八百のかけ値。⑤仲人そら言。

仲人《なこうど》は宵《よい》の中《うち》　結婚式結束後，媒人最好快一點離開。類 ①仲人は宵の口。②仲人宵の程。

仲人《なこうど》は草鞋《わらじ》千足《せんぞく》　媒人穿破千雙草鞋，表示媒人的工作費勁辛苦。類 仲人の履物きらし。

情《なさ》けが仇《あだ》　好心反而成仇。類 ①慈悲が仇になる。②恩が仇。③情の罪科。

情《なさけ》に刃《は》向《む》かう刃《やいば》なし　沒有向同情心斫殺的刀刃，表示誰都不會反抗對他表同情的人。類 仁者に敵なし。

情《なさ》けの酒《さけ》より酒屋《さかや》の酒《さけ》　同情的酒不如酒店的酒，比喩只有同情，而沒有實際幫助是沒有用的。類 ①思召《おぼしめ》しより米の飯。②お心持ちより樽《たる》の酒。

情《なさけ》は質《しち》に置《お》かれず　同情心不能典當，比喩只有同情是沒有用的。類 情の酒より酒屋の酒。

情《なさけ》は人《ひと》の爲《ため》ならず　你同情他人不是爲了他人，表示你同情他人，將來他人也會同情你。類 思えば思わるる。

梨《なし》の皮《かわ》は乞食《こじき》にむかせ、瓜《うり》の皮《かわ》は大名《だいみょう》にむかせろ　梨子的皮讓乞丐削，瓜皮讓諸侯削，比喩做事有適合和不適合之別。

梨《なし》の礫《つぶて》　沒有音訊。類 梨も礫もせぬ。

茄子《なすび》の花《はな》と親《おや》の意見《いけん》は千《せん》に一《ひと》つも仇《あだ》はない　茄子的花和父母的意見，一千個之中沒有一個是虛的，表示父母的意見是正確的。類 親の意見と茄子の花は千に一つも仇はない。

茄子《なすび》の豊作《ほうさく》は稲《いね》の豊作《ほうさく》　茄子豐收，稻米也豐收。類 茄子胡瓜の生育の悪い年は稲不作。

茄子《なすび》を踏《ふ》んで蛙《かえる》と思《おも》う　踩到茄子，以爲是青蛙，比喩疑心暗鬼。類 疑心暗鬼を生ず。

名題学問《なだいがくもん》　只知題名不知內容的學問。類 多題学問。

名高《なだか》の骨高《ほねだか》　雖然很著名，其實是很平凡。類 ①聞いて千金見て一文。②聞いて千金見て一毛。③聞いて千金より重く見て一葉より軽し。④盛名の下其の実到り難し。

菜種《なたね》から油《あぶら》まで　由油菜籽到油，比喩從頭到尾。

菜種《なたね》から蕪菁《かぶら》まで　從油菜籽到蕪菁，比喩全部。類 一から十まで。

鉈《なた》を貸《か》して山《やま》を伐《き》られる　山被自己借出去的厚刃刀所伐，如自己幫忙盜賊來偷自己的東西。比喩恩將仇報。類 ①盗人に鍵を預ける。②盗人に糧。③恩を仇。④持った棒で打たれる。⑤庇《ひさし》を貸して母屋取られる。

夏歌《なつうた》う者《もの》は冬泣《ふゆな》く　夏天不做工而歌唱者，冬天會哭，比喩能工作時不工作，以後生活會發生困難。

納所《なっしょ》から和尚《おしょう》　從佛寺庶務員直昇和尚，表示其地位扶搖直上。類 沙弥《しゃみ》から長老。反 沙弥から長老にはならぬ。

納豆《なっとう》も豆《まめ》なら豆腐《とうふ》も豆《まめ》　蒸後發酵的大豆和豆腐都是大豆製造的。比喩雖是來自同一樣東西，但完全是不同的東西。類 雪や氷も元は水。

夏布子《なつぬのこ》の寒帷子《かんかたびら》　夏天的布棉襖，寒冬的麻單衣，比喩不合季節的無用東西，或顛倒事物。類①夏かんじきに冬万鍬《まんが》。②寒に帷子夏に布子。

夏《なつ》の風邪《かぜ》は犬《いぬ》も食《く》わぬ　比喩夏天感冒太不像話。類夏の風邪は猿でもひかぬ。

夏《なつ》の小袖《こそで》　夏天的綢面棉襖，比喩不合季節的無用東西。不合時宜。類夏布子の寒帷子《かんかたびら》。

夏《なつ》の入道雲《にゅうどうぐも》は晴《はれ》　夏天有亂積雲會晴天。類積雲は晴のきざし。

夏《なつ》の蛤《はまぐり》は犬《いぬ》も食《く》わぬ　夏天的文蛤連狗都不吃，表示夏天的文蛤不好吃。

夏《なつ》の東風《ひがしかぜ》は凶作《きょうさく》　夏天吹東風會歉收。

夏《なつ》の火《ひ》は娘《むすめ》に焚《た》かせよ、冬《ふゆ》の火《ひ》は嫁《よめ》に焚《た》かせよ　夏天讓女兒燒火，冬天讓媳婦燒火。比喩對自己的女兒嚴，對媳婦客氣。

夏《なつ》の牡丹餅《ぼたもち》犬《いぬ》も食わぬ　夏天的年糕團連狗都不吃，比喩夏天的年糕團不好吃。類①夏の餅は居ない者は食わぬ。②夏の餅は嫁と姑を仲よくさす。

夏《なつ》の虫氷《むしこおり》を笑《わら》う　夏蟲笑冰，比喩見識狹窄。類①夏の虫雪を知らず。②井の中の蛙《かわず》大海を知らず。③天水桶《おけ》の孑孒《ぼうふら》。

夏《なつ》の虫《むし》の火《ひ》に入《い》るが如《ごと》し　如夏蟲撲火。

夏《なつ》の餅《もち》と夫婦喧嘩《ふうふげんか》は犬《いぬ》も食《く》わぬ　夏天的年糕連狗都不吃，夫妻吵架沒人理。

夏《なつ》は日向《ひなた》を行《い》け冬《ふゆ》は日陰《ひかげ》を行《い》け　夏天往向陽地方，冬天往蔭處，比喩凡事不要突出自己出風頭。類冬は日陰夏は日表。

七重《ななえ》の膝《ひざ》を八重《やえ》に折《お》る　卑躬折節地央求或賠罪。類①七重の膝を十重も折る。②七重の襞《ひだ》を八重に折る。

七転《ななころ》び八起《やお》き　人生浮沉無定。百折不回。類①七顚八《しちてんはっ》起《き》。②禍《わざわ》いを転じて福となす。③失敗は成功の基。

七下《ななさ》がり七上《ななあ》がり　七上七下。比喩人一生都有幾次的浮沉，人生是不安定的。類浮き沈み七度。

七皿食《ななさらく》うて鮫臭《さめくそ》い　吃了七碟還說鯊魚肉腥臭，比喩吃飽肚子，還發牢騷說不好吃。類①食う程食えば牛臭い。②下種《げす》の謗《そし》り食い。

七度尋《ななたびたず》ねて人《ひと》を疑《うたが》え　找了七次之後才懷疑人，表示不可以輕易地懷疑人。類七日尋ねて人を疑え。反人を見たら盗人と思え。

七《なな》つ七里《ななさと》に憎《にく》まれる　七歲的孩子鄰近都討厭他。類①七つ七里小便たごにも憎まれる。②七つ憎まれ八つ張られ。

何某《なにがし》より金《かね》貸《か》し　比喩名不如利。類某《それがし》より食うがし。

何事《なにごと》も因縁《いんねん》　什麼事情都是命中註定的。

何事《なにごと》も縁《えん》　一切事情都是緣份。類①合緣奇緣。②緣は異なもの。

難波《なにわ》の蘆《あし》は伊勢《いせ》の浜荻《はまおぎ》　在難波的地方叫做蘆，而在伊勢的地方却叫做濱荻。比喩同一東西，不同的地方有不同的叫法。類①物の名は所によりて変わる。②浪花の鯔《ぼら》は伊勢の名吉《みようぎち》。③品川の海苔《のり》は伊豆の磯餅。④所変われば品変わる。

七日《なぬか》通《とお》る漆《うるし》も手《て》に取《と》らねばかぶれない　不用手去拿生漆也就不會中漆毒而起斑疹。比喩不去碰它就無害。類①触らぬ神に祟《たた》りなし。②無用の神たたき。③触らぬ蜂《はち》はささぬ。

名《な》の勝《か》つは恥《はじ》なり　勝名爲恥。名過其實是可恥的。類①名のその実に過ぐるは損なり。②名の行に浮ぐるを恥ず。

名主《なぬし》の跡《あと》は芋畑《いもばたけ》　里正的舊居現在是薯園，表示以前榮耀一時的事物，現在已經不留下一點痕跡了。類長者に二代なし。

名《な》の木《き》も鼻《はな》につく　名木也會厭膩，比喩事物都有一定的限度。

名《な》のない星《ほし》は宵《よい》から出《で》る　天剛黑無名的星星就出來。笨鳥先飛。先出場是無名小卒，大人物後出場。類①よい花は後から。②用のない星は宵からござる。

名《な》は実《じつ》の賓《ひん》　名爲實之賓。實爲主，名爲客。

名《な》は体《たい》を現《あら》わす　名是表示其體的。類名詮自性《みようせんじしよう》。

なぶれば兎《うさぎ》も食《く》いつく　加以折磨的話，兎子也會咬人。表示忍耐也有限度。欺人太甚，誰都會反抗。類①地蔵の顔も三度。②仏の顔も三度。

鍋《なべ》が釜《かま》を黒《くろ》いと言《い》う　鍋說釜黑。五十步笑百步。類①目糞が鼻糞を笑う。②誰か烏《からす》の雌雄を知らんや。③五十步百步。

鍋尻《なべじり》を焼《や》く　夫妻共同來維持家計。

鍋《なべ》の鋳掛《いかけ》が釣鐘《つりがね》を請合《うけあ》ったよう　如銲鍋匠承担鑄大鐘，比喩承担了與自己的身份和能力不相符的工作。任重才輕。

鍋蓋《なべぶた》で鼠《ねずみ》を押《お》さえたよう　如用鍋蓋摁住老鼠，放也不是，壓殺也不是，比喩左右爲難，難以決定。

鍋蓋《なべぶた》と鼈《すっぽん》 鍋蓋和鼈。天壤之別。類 月と鼈。

生壁《なまかべ》の釘《くぎ》 剛塗過未乾的牆的釘子，比喩毫無反應。類 豆腐に鎹《かすがい》。

生木《なまき》に釘《くぎ》 用釘子釘活樹，比喩容易釘入。

なまくらの大荷物《おおにもつ》 懶漢的大行李，比喩懶漢想做力不從心的大工作。類 ずくなしの大仕事。

怠《なま》け者《もの》の節供働《せっくばたら》き 懶漢在節日窮忙。用來嘲笑在假日工作的人。類 ①のらの節供働き。②極道の節供働き。③横着者の節供働き。④怠け者の宵働き。

海鼠《なまこ》の油揚《あぶらげ》を食《く》う 海參吃油炸豆腐，比喩口似懸河。

生兵法《なまびょうほう》は大怪我《おおけが》のもと 一知半解吃大虧。類 ①生兵法は大疵《おおきず》のもと。②生兵法は知らぬに劣る。③生物識《なまものし》り川へはまる。④生物識り地獄へ落ちる。

生物識《なまものし》り川《かわ》へはまる 一知半解的人陷入河裏。一知半解的人反而會失敗。類 ①生物識り地獄へ落ちる。②生物識り川へ流るる。③生悟り堀に落ちる。④生兵法大疵のもと。⑤生物識りは堀へはいる。

生物識《なまものし》り地獄《じごく》へ落《お》ちる 一知半解者會下地獄。類 小知は菩提《ぼだい》の障《さわ》り。

生酔《なまよ》い本性違《ほんしょうたが》わず 酒醉時不會迷失本性。類 ①上戸本性違わず。②酒酔いが本性を現す。③酒酔い本性忘れず。

鉛《なまり》の刀《かたな》で人《ひと》を斬《き》る 用鉛刀殺人，比喩不能信用。

訛《なまり》は国《くに》の手形《てがた》 方言是身份證書，表示由方言可以知道其故鄉。

鉛《なまり》は刀《とう》となす可《べ》からず 鉛不能夠做刀子。比喩蠢得無法使用。

涙《なみだ》より早《はや》くかわくものはない 沒有比眼淚更快乾的東西，比喩人的悲哀不會永久繼續下去。類 後家の見せかけ数珠《じゅず》は奥紅絹《おくもみ》。

波《なみ》にも磯《いそ》にも付《つ》かぬ 也不沾上波浪也不沾上海岸。比喩哪一邊都不靠的態度。

蛞蝓《なめくじ》に塩《しお》 把鹽撒在蛞蝓上，比喩垂頭喪氣，畏縮不前。類 ①蛭《ひる》に塩。②青菜に塩。

蛞蝓《なめくじ》の江戸《えど》行《ゆ》き 蛞蝓赴江戸，比喩拖拖拉拉，不去進行。類 ①蛞蝓の京詣り。②蛞蝓の回国。

名《な》よりも実《じつ》 名不如實。類 ①花より団子。②公卿《くげ》の位負け。③内裏様も食わねば立たぬ。④花の下より鼻の下。

習《なら》い性《せい》となる　習與性成。習慣成自然。類 習慣は第二の天性。

習《なら》うは一生《いっしょう》　學到老、學到死。

習《なら》うより慣《な》れよ　學不如熟練之。類 ①経験は学問にまさる。②亀の甲より年の劫《こう》。③愚者は経験によって事を知る。④見よう見まね。

ならずば誹《そし》れ　不會做就誹謗會做的。

ならぬ中《うち》が楽《たの》しみ　未完成時最快樂。類 待つ間が花。

ならぬ堪忍《かんにん》するが堪忍《かんにん》　忍不能再忍就是眞忍。類 ①堪忍のならぬ人は心の掃除の足らぬ人。②忍の一字は衆妙の門。③堪忍は無事長久の基。④堪忍辛抱は立身の力綱。

習《なら》わぬ経《きょう》は読《よ》めぬ　沒有學過的經不會念。比喩沒有學過的事情，不會做。反 門前の小僧習わぬ経読む。

なりわいは草《くさ》の種《たね》　謀生手段如草籽那樣多。類 ①商売は草の種。②すぎわいは草の種。③身過ぎは草の種。④八百八商売。

なりを見《み》て臍《へそ》を巻《ま》け　看對方的態度之後才決定如何做。

鳴神《なるかみ》も桑原《くわばら》に恐《おそ》る　雷也怕桑田，比喩強者也有比他更討厭的東西。

成《な》ると成《な》らぬは目《め》もとで知《し》れる　成不成看眼神就知。類 目は口程に物を言う。

なる木《き》は花《はな》から違《ちが》う　會結果的樹，開花時就不一樣，比喩才能卓越的人，小時就與衆不同。類 ①栴檀《せんだん》は双葉より芳し。②紅は園生に植えても隠れなし。

成《な》るは厭《いや》なり思《おも》うは成《な》らず　想要的不成功，不想要的成功。類 ①あるは否なり思うは成らず。②思うに別れ思わぬに添う。③来る者は善からず善き者は来らず。

なれて後《のち》は薄塩《うすじお》　初交時最好不要好言好語，太親密。

苗代《なわしろ》は半作苗半作《はんさくなえはんさく》　搞好秧田，種好稻秧，保證了一半的收成。類 苗代は半作。

縄暖簾《なわのれん》にもたれるよう　如靠在繩簾，比喩完全不可靠。

縄張《なわば》り置《お》くも盗人《ぬすびと》のため　劃定勢力範圍也是爲了盜賊自己，比喩無論做什麽都有其目的，沒有目的是不會去做的。

名《な》を棄《す》てて実《じつ》を取《と》る　棄名取實。類 ①論に負けて実に勝つ。②名よりも得取れ。③

花より団子。④名を取るより得を取る。反名を得て実を失う。

名《な》を竹帛《ちくはく》に垂《た》る　名垂竹帛。名垂青史。

名《な》を取《と》るより得《とく》を取《と》る　取名不如取實利。反得を取るより名を取る。

難行苦行《なんぎょうくぎょう》こけの行《ぎょう》　苦修是愚人之修行。表示人在世得過且過，不必太認眞。

爾《なんじ》に出《い》ずるものは爾《なんじ》に反《かえ》る　出爾反爾。類①因果応報。②平家を滅ぼすものは平家。

南船北馬《なんせんほくば》　南船北馬。東奔西走。

なんでも来《こ》いに名人《めいじん》なし　什麼都會的人沒有一樣專。百藝不如一藝精。類①多芸は無芸。②なんでも来いのなんでも下手。③八方手を出す人は身が持てぬ。

難無《なんな》くして七癖《ななくせ》　看來沒有缺點的人都有脾氣。類無くて七癖。

なんの糸瓜《へちま》　不感覺得怎麼樣。不在乎。類無くて七癖。

なんばん食《ぐ》いに金貸《かねか》すな　吃辣椒的人不要借錢給他，比喻借錢給人時要看人，不要亂借。

南部《なんぶ》の鮭《さけ》の鼻曲《はなまが》り　諷刺盛岡人脾氣彆扭。

に

似合《にあ》い似合《にあ》いの釜《かま》の蓋《ふた》　每一種鍋都有適合它的蓋，比喻凡物都有適合它的東西。一物配一物。類①破鍋《われなべ》にとじ蓋《ぶた》。②似合う夫婦の鍋の蓋。③似た者夫婦。

似合《にあ》う夫婦《ふうふ》の鍋《なべ》の蓋《ふた》　性情和興趣相合適的會結爲夫妻。類①似た者夫婦。②似合い似合いの鍋の蓋。③似合うた釜に似合う甑《こしき》。

似合《にあ》わぬ僧《そう》の腕立《うでだ》て　和尚逞強是不適合其身份，比喻看來有些不合適，令人有點奇異的感覺。類①法師の軍咄《いくさばなし》。②坊主の公事だくみ。③町人の刀好み。④座頭の櫛《くし》。

牲《にえ》に赴《おもむ》く羊《ひつじ》　要去做供神犧牲的羊，比喻死期臨近。或比喩面臨災難，失去氣力的人。類屠所《としょ》の羊。

煮《に》え湯《ゆ》に水《みず》をさす　往開水摻進生水，比喩使之變成不倫不類，沒有長處的東西。類湯沸かして水に入れたる如し。

煮《に》え湯《ゆ》を飲《の》まされる　被親信出賣。

二階《にかい》から目薬《めぐすり》　從樓上點眼藥，比喻完全無效。或比喻繞大彎的。類①遠火で手をあぶる。②二階から尻あぶる。③天井から目薬。④月夜に背中焙《あぶ》る。

逃《に》がした魚《うお》は大《おお》きい　沒釣上來的魚是大魚。類①逃げた魚は大きい。②逃げた鯰《なまず》は大きく見える。③逃げた鰻《うなぎ》に小さいはない。④釣り落した魚は大きい。⑤逃がしたものに小さいものなし。⑥逃げた猪はいかい。⑦死んだ子に阿呆《あほう》はない。⑧死ぬる子眉目《みめ》よし。⑨死んだ子は賢い。

二月《にがつ》の瓜《うり》　二月的瓜，比喻奢侈的食物。類①九月の独《う》活《ど》。②寒中の筍《たけのこ》。

二月《にがつ》は逃《に》げて走《はし》る　二月要逃跑，比喻二月很短，很快就過去了。類①二月ひと月は粉《こめ》糠《か》三合で暮らす。②一月いぬる二月逃げる三月去る。③二月は逃げ月。

苦瓢《にがひさご》にも取柄《とりえ》あり　連葫蘆瓜都有長處，比喻不管什麼沒有價值的東西都有長處。類にがびしゃくにも取柄あり。

苦虫《にがむし》を嚙《か》みつぶしたよう　表示極端不痛快的面孔。類苦虫を食いつぶしたよう。

面皰男《にきびおとこ》に雀斑女《そばかすおんな》　青春時期的男女。

握《にぎ》り拳《こぶし》の素戻《すもど》り　比喻借不到錢而空手回來。

握《にぎ》れば拳《こぶし》開《ひら》けば掌《てのひら》　握起來就是拳頭，打開來就是手掌。比喻同一件東西，心情不同，其作用也不同。同是一隻手可用來打人，也可用來撫人。

握《にぎ》る拳《こぶし》笑《え》める面《おもて》に当《あ》たらず　拳頭打不落笑臉。類①怒れる拳笑める面に当たらず。②袖の下に回る子は打たれぬ。③笑う顔に矢立たず。④笑顔千人力。

憎《にく》い鷹《たか》には餌《え》を飼《か》え　給餌於憎恨的鷹，比喻對反抗者給予利益甜頭，使他馴服。類①鷹《たか》を養う如し。②下種《げす》と鷹《たか》とに餌を飼え。③憎い子にはあめん棒くれろ。

憎《にく》い憎《にく》いは可愛《かわい》いの裏《うら》　恨是愛的另一面。打是疼、罵是愛。

憎《にく》い嫁《よめ》から可愛《かわい》い孫《まご》が生《う》まれる　由可恨的媳婦生出可愛的孫兒。媳婦可恨而孫兒可愛。類①憎い腹から可愛い孫が出る。②憎憎の腹からいといとの子ができる。

二九《にく》の十六《じゅうろく》　二九十六。比喻計算錯誤。類三五の十八。

憎《にく》まれ子《こ》頭堅《かみかた》し　誰都討厭的孩子，其身心健康。

憎《にく》まれ子世《こよ》にはばかる
令人討厭的孩子到社會上有出息。類①憎まれ子国にはばかる。②憎まれ子世に出ずる。③憎がられまめまめと。④憎まれ子の頭《かみ》堅し。⑤渋柿の長持ち。⑥棄子《すてご》は世に出る。

憎《にく》まれる所《ところ》には居《お》られても煙《けむ》い所《ところ》には居《お》られぬ
即使可以呆在令人可憎的地方,也無法呆在嗆人的地方。類①憎まれる所と煙い所には居られぬ。②睨《にら》む座敷には居られてもしける座敷には居られぬ。反煙る座敷には居られるが睨む座敷には居られぬ。

逃《に》ぐるも一手《いって》
逃也是一手。逃也是一種戰法。類三十六計逃げるに如《し》かず。

逃《に》ぐる者道《ものみち》を択《えら》ばず
逃者不擇路。類①窮すれば濫す。②貧の盗み恋の歌。

肉《にく》を割《さ》いて疵《きず》を補《おぎな》う
剜肉補瘡,比喩都是自己的損失,得不償失。

逃《に》げるが一《いち》の手《て》
三十六計以逃爲先。類三十六計逃げるに如《し》かず。

逃《に》げるが勝《か》ち
逃爲勝。類①逃ぐるをば剛の者。②負けるが勝ち。③三十六計逃げるに如《し》かず。④逃げるが一の手。

二間《にけん》の間《ま》で三間《さんげん》の槍使《やりつか》う
地方狹窄不好使。類①雪隠《せっちん》で槍使う。②九尺の間で二間の槍を使う。③縁の下の鍬《くわ》使い。

濁《にご》りに染《そ》まぬ蓮《はちす》
蓮出汚泥而不染。類泥中の蓮。

西風《にしかぜ》と夫婦喧嘩《ふうふげんか》は夕限《ゆうかぎ》り
西風和夫婦吵架到傍晚就停。類夫婦喧嘩と北風は夜《よな》凪《ぎ》がする。

西《にし》から日《ひ》が出《で》る
太陽從西邊出來。絶對不可能之事。類①石が流れて木の葉が沈む。②炒豆《いりまめ》に花。

錦着《にしきき》る山《やま》は裸《はだか》になる下地《したじ》
紅葉滿山如穿織錦的山不久會落盡葉子而變成禿山。比喩奢侈過生活的人會變成一貧如洗。

錦《にしき》の袋《ふくろ》に糞《くそ》を包《つつ》む
織錦的袋子裝糞。比喩裝璜很華麗而裏面的東西很粗糙。類①糞に箔《はく》を塗る。②重箱に煮締。③錦の袋に糠味噌《ぬかみそ》を包む。④奉書の紙に炭団《たどん》を包む。

錦《にしき》は雑巾《ぞうきん》にならぬ
織錦不用來做抹布,比喩好的東西不一定都是有用。

錦《にしき》を衣《き》て故郷《こきょう》に帰《かえ》る
衣錦還鄉。類①故郷へ錦を着て帰る。②故郷に錦を飾る。③錦を衣て昼行く。

錦《にしき》を衣《き》て昼行《ひるい》く
衣錦畫行。衣錦還鄉。類錦を衣て故郷に帰る。

錦《にしき》を衣《き》て夜《よる》行《ゆ》くが如《ごと》し　衣錦夜行。類 繡《ぬいもの》を着て夜行く。

西《にし》と言《い》うたら東《ひがし》と悟《さと》れ　講西就要悟東。話有正反兩面。

西《にし》と言《い》えば東《ひがし》と言《い》う　人說西，他就說東，比喩一一反對人家的意見。類 ①黑と言えば白と言う。②右と言えば左。

西《にし》も東《ひがし》も分《わ》からぬ　東西不分。不熟悉地方。類 東西を弁《わきま》えず。

二乗根性《にじょうこんじょう》　只顧自己的利益，不理他人死活的性格。

二《に》束《そく》三文《さんもん》　一文不值半文。

二《に》足《そく》の草鞋《わらじ》をはく　一身兼兩種不兩立的職業。

煮《に》大豆《だいず》に花《はな》の咲《さ》きたる如《ごと》し　如煮過的大豆開了花。比喩不可能之事。或喩罕有。類 炒豆《いりまめ》に花。

似《に》たものは烏《からす》　比喩很相似。

似《に》た者《もの》夫婦《ふうふ》　夫妻的性格和興趣相似。或性格和興趣相似的會成爲夫妻。類 ①似寄った者が大婦になる。②類は友を呼ぶ。③似たるを友とす。④蓑《みの》のそばへ笠が寄る。⑤牛は牛づれ馬は馬づれ。⑥破鍋《われなべ》にとじ蓋《ぶた》。⑦鬼の女房には鬼神がなる。⑧夫婦は従兄弟ほど似る。⑨似合い似合いの釜の蓋。

似《に》たるを友《とも》とす　性格相似或年齡等相似的，容易成爲朋友。類 ①似るを友。②類は友。

日月《にちげつ》明《あきら》かならんと欲《ほっ》すれど浮雲之《ふうんこれ》を蔽《おお》う　日月欲明浮雲蔽之。

日月《にちげつ》に私照《ししょう》なし　日月不私照。所有的人受其惠。

日月《にちげつ》曲《まが》れる穴《あな》を照《てら》さず　日月光射不進彎洞，比喩幸運會降臨誠實的人。

二張《にちょう》の弓《ゆみ》を引《ひ》く　拉兩副弓，比喩懷二心，見異思遷。

日計《にっけい》足《た》らず歳計《さいけい》余《あま》り有《あ》り　日計不足，歲計有餘。眼前無利，將來有利。類 日勘定では足らぬが月勘定では余る。

日光《にっこう》を見《み》ない中《うち》は結構《けっこう》と言うな　沒有看過日光的東照宮不要說極好，表示東照宮的建築很壯麗好看。

二八《にっぱち》の涙月《なみだづき》　二月和八月是生意的淡季。類 ①二八月の手の裏反《がえ》し。②二八月の風定まらず。③二八月の冬枯れ夏枯れ。

似《に》て非《ひ》なる者《もの》　似是而非。

煮《に》ても焼《や》いても食《く》われぬ　無論煮或烤都不能吃。蒸不熟煮不爛。比喩不好對付，難以應付，不知如何辦。類①煮ても焼いても嚙《か》まれぬ。②海に千年山に千年。③酢でも蒟蒻《こんにゃく》でも。

二度《にど》ある事《こと》は三度《さんど》ある　有過兩次的事會有第三次。事情往往會重覆。類①ある事三度。②二度ある事は二度ある。③一災起これば二災起こる。

二度《にど》言《い》えば風邪《かぜ》ひく　説兩次會感冒。聽人説話時要注意聽，不要讓人説第二次。

二度《にど》教《おし》えて一度《いちど》叱《しか》れ　教兩次，罵一次，比喩以教爲主，少罵。

二度添《にどぞい》は可愛《かわい》い　後妻比前妻可愛。

二度目《にどめ》の用心《ようじん》　留心注意預防第二次的失敗。

二兎《にと》を追《お》う者《もの》は一兎《いっと》をも得《え》ず　追二兎者不得一兎。類①虻蜂《あぶはち》取らず。②欲ばって糞たれる。③欲は身を失う。④一時に一事。⑤心は二つ身は一つ。⑥欲の熊鷹《くまたか》股さくる。⑦大欲は無欲に似たり。反①一石二鳥。②一挙両得。

二人口《ににんぐち》は過《す》ぎるが、一人口《ひとりぐち》は過《す》ごせない　夫妻兩個可以過生活，獨身一個人反而不經濟，生活難。

似《に》ぬ京物語《きょうものがたり》　説些與事實不符的話。類①知らぬ京物語。②見ぬ京物語。③箱根知らずの江戸話。④上り知らずの下り土産。

二《に》の足《あし》を踏《ふ》む　躊躇。

二《に》の句《く》が継《つ》げぬ　説不出第二句話來。無言以對。

二《に》の舞《まい》を演《えん》ずる　重蹈覆轍。類二の舞を踏む。

二八余《にはちあま》りは人《ひと》の瀬越《せご》し　十六七歲是一生之中最重要的時期。

二八月《にはちがつ》に思《おも》う子船《こふね》に乗《の》するな　二月、八月不要讓兒子坐船，表示二、八月海的風浪大。類二八月に舟乗りすな。

二枚《にまい》の舌《した》を使《つか》う　説謊。類①二枚舌。②両舌。③一口両舌。④吐いた唾《つば》を呑む。反吐いた唾は呑めぬ。

女房十八《にょうぼうじゅうはち》われ二十《はたち》　老婆十八歲，我二十歲。類①常《じょう》八月常月夜早稲《わせ》の飯に泥鰌《どじょう》汁女房十八われ二十。②負わず借らずに子三人女房十八われ二十。③世の中は年中三月常月夜嬶《かか》十七おれ二十負わず借らずに子三人。

女房鉄砲仏法《にょうぼうてっぽうぶっぽう》　社會的安寧由老婆、槍、佛法所維持的。

女房《にょうぼう》と米《こめ》の飯《めし》には飽《あ》かぬ　老婆和大米飯不會厭膩。類①女房と味噌は古いほどよい。②女房と軸物は古いほどよい。反①女房と米の飯は行く先にあり。②女房と畳は新しい方がよい。

女房《にょうぼう》と畳《たたみ》は新《あたら》しい方《ほう》がよい　老婆和草蓆墊越新越好。類①女房と菅笠《すげがさ》は新しいほうがよい。②女房と茄子《なすび》は若いがよい。反①女房と味噌は古いほどよい。②女房と鍋釜は古いほどよい。③たまさかの古女房はちょいと乙。④女房と軸物は古いほどよい。

女房《にょうぼう》と味噌《みそ》は古《ふる》いほどよい　老婆和豆醬越舊越好。類女房と鍋釜は古いほどよい。反女房と畳は新しい方がよい。

女房《にょうぼう》の悪《わる》いは六十年《ろくじゅうねん》の不作《ふさく》　娶到惡妻是六十年的歉收。比喩娶到惡妻是一生的不幸。類悪妻は百年の不作。

女房《にょうぼう》は家《いえ》の大黒柱《だいこくばしら》　老婆是一家的中流砥柱。類①女房は家の固め。②男は妻《め》から。③女房は一家の鍵。④女房は家の宝。⑤女房は家の道具。⑥女房は半身上。⑦女房は山の神百石の位。

女房《にょうぼう》は家《いえ》の宝《たから》　老婆是家寶。

女房《にょうぼう》は貸《か》すとも擂粉木《すりこぎ》は貸《か》すな　老婆雖可借出，但研磨棒不要借給人家，比喩用後會消耗掉的東西不要借給人家。類女房は貸すとも砥石《といし》は貸すな。

女房《にょうぼう》は台所《だいどころ》から貰《もら》え　娶老婆要娶比自己家境不好的女子。類①女房は灰小屋から貰え。②女房は流し下から。③女房は庭から。④女房は掃溜《はきだめ》から拾え。

女房《にょうぼう》は半身上《はんしんじょう》　家的盛衰，老婆起一半的作用。類①女房は家の大黒柱。②女房の悪いは六十年の不作。

女房《にょうぼう》は山《やま》の神百石《かみひゃくこく》の位《くらい》　老婆是山神、百石的級位，表示老婆很重要。類①女房は家の宝。②女房は家の大黒柱。

女房《にょうぼう》は百日《ひゃくにち》、馬《うま》二十日《はつか》　老婆是一百天、馬是二十天就會感到厭。表示東西新的時候珍奇，不久就會感到厭。類①牛馬三十日嬶《かか》二十日。②嫁の三日ぼめ。③兄弟二十日孫二十日。

女人《にょにん》は地獄《じごく》の使《つか》い　女人是地獄之使者。

睨《にら》みが利《き》かない　沒有威力。

二卵《にらん》を以《もっ》て干城《かんじょう》の将《しょう》を棄《す》つ　以二卵棄干城之將，以小過失爲由，而不用優秀的人才。

似《に》るを友《とも》 性近者爲友。物以類聚。類 ①類は友を呼ぶ。②似た者夫婦。③蓑《みの》のそばへ笠が寄る。④牛は牛づれ馬は馬づれ。

俄雨《にわかあめ》と女《おんな》の腕《うで》まくり 驟雨和女子的手腕，比喩不可怕。類 ①朝雨は女の腕まくり。②朝雨に傘いらず。

俄長者《にわかちょうじゃ》は俄乞食《にわかこじき》 暴發戶會突然變成乞丐。錢來得快，也花得快。類 どか儲《もう》けすればどか損する。

俄盲《にわかめくら》が杖《つえ》を失《うしな》ったよう 如盲者突然失去拐杖，比喩失去依靠，感到徬徨。

庭作《にわつく》るより田《た》を作《つく》れ 造園子不如耕田。比喩不要做直接與生活無關的事情，而去從事實利的工作。類 詩を作るより田を作れ。

鶏《にわとり》は跣足《はだし》 鷄是跣足，比喩當然之事，不言而喩。類 柳は綠花は紅。

人界《にんがい》は七苦八難《しちくはちなん》 人的世界苦難多。

人形《にんぎょう》にも衣裳《いしょう》 人靠衣裝、佛靠金裝。類 ①馬子にも衣裳。②木人形も衣裳から。③山の猿も衣裳から。

人間盛《にんげんさか》んなれば神《かみ》も祟《たた》らず 人一旺神都不作祟。類 ①人間盛んに神祟りなし。②人盛んにして神祟らず。③時に遇えば鼠《ねずみ》も虎となる。

人間《にんげん》は病《やまい》の器《うつわ》 人是病之器，表示人容易生病。

人間万事金《にんげんばんじかね》の世《よ》の中《なか》 世上的一切事情是金錢的世界。人的世界是金錢世界。類 地獄の沙汰も金次第。

人三化《にんさんば》け七《しち》 三分像人七分像鬼。非常醜。

人蔘《にんじん》で行水《ぎょうずい》 用人參來洗澡。比喩施盡一切方法來治療。

人蔘飲《にんじんの》んで首《くび》くくる 吃了人參而吊頸自殺。比喩不考慮結果，好事會變成壞事。類 ①人蔘用いて後難儀。②養生に身が痩《や》せる。③研《と》ぎ貧に身を流す。

人相見《にんそうみ》の我《わ》が身知《みし》らず 替人看命運而不知自己的命運。類 ①陰陽師《おんみょうじ》身の上知らず。②易者身の上知らず。③医生の白脈效き目なし。④紺屋《こうや》の白袴《しろばかま》。⑤医者の不養生。

忍《にん》の一字《いちじ》は衆妙《しゅうみょう》の門《もん》 忍之一字衆妙之門。類 ①堪忍の忍の字が百貫する。②ならぬ堪忍するが堪忍。

人《にん》を見《み》て法《ほう》を説《と》く 看人說法。根據對象的情況來處理。類 ①座を見て法を説け。②機によって法を説け。③人によりて法を説く。④人を見て使え。⑤風を見て帆を使え。

ぬ

鵺《ぬえ》のよう　比喩眞象莫測。或比喩態度曖昧不明確。

糠《ぬか》に釘《くぎ》　往糠裏釘釘子，比喩無效無用，不聽人家的意見。類①豆腐に鎹《かすがい》。②沼に杙《くい》。③土に灸《きゅう》。④泥に灸。⑤暖簾《のれん》に腕押し。⑥馬の耳に風。⑦流れ川を棒で打つ。

抜《ぬ》かね太刀《たち》の高名《こうみょう》　不拔出來的有名大刀，諷刺光是自誇而實際上沒露過本事的人。或比喩不戰比戰而勝爲上。類①刀は抜かざるに利あり。②取らずの大関。

糠《ぬか》の中《なか》で米粒《こめつぶ》探《さが》す　在米糠中找米粒，比喩罕有。類①雨夜の星。②月夜の星。

糠《ぬか》の中《なか》にも粉米《こごめ》　米糠裏面也有碎米。比喩廢物之中有時也有好東西。

糠袋《ぬかぶくろ》と小娘《こむすめ》は油断《ゆだん》がならぬ　糠包兒和小姑娘不可大意。比喩容易綻線要加以注意。類小娘と小袋は油断がならぬ。

糠舟《ぬかぶね》にも船頭《せんどう》　裝糠船也有船老大，比喩不重要的工作都需要專人負責。類糞舟にも船頭。

糠味噌《ぬかみそ》が腐《くさ》る　拌了鹽的米糠壞了。形容聲音不悅耳和歌變了調。

抜駈《ぬけがけ》の功名《こうみょう》　搶先立的功勞。

抜《ぬ》け鞘《さや》持《も》たん　拿拔出刀的刀鞘。叫人出戰或打架而做其後盾。

主《ぬし》ある花《はな》　有主之花。名花有主。

盗人《ぬすびと》が盗人《ぬすびと》に盗《ぬす》まる　小偷被小偷偷了東西。比喩強中更有強中手。類①誑《たぶ》しが誑しに誑される。②狐が狸に化かされる。③狸が人に化かされる。

盗人猛猛《ぬすびとたけだけ》し　作了壞事而厚顏無恥。惡人惡渦人。

盗人《ぬすびと》と知者《ちしゃ》の相《そう》は同《おな》じ　盜賊和智者的面相一樣。人不可貌相。

盗人《ぬすびと》に追銭《おいせん》　陪了夫人又折兵。類①盗人に追。②泥棒に追銭。③盗人に銀の鉈《なた》。

盗人《ぬすびと》に鍵《かぎ》を預《あず》ける　交鎖匙給小偷，比喩揖盜入室。類①敵に糧《かて》。②盗人に糧。③鉈《なた》を貸して山を伐《き》られる。④盗人の提燈《ちょうちん》持ち。⑤盗人に倉の番。⑥犬に肴《さかな》の番。⑦猫に鰹節。

盗人《ぬすびと》に糧《かて》　給盗賊糧食，比喩助敵人害己。類①敵に糧。②盗人の提燈持《ちょうちん》ち。③盗人に鍵。

盗人《ぬすびと》に倉《くら》の番《ばん》　讓盗賊看倉庫。比喩不但無益反而有害。類①盗人に金の番。②宝を掏摸《すり》に預ける。③猫に魚の番。④犬に肴《さかな》の番。⑤狐に小豆飯。

盗人《ぬすびと》には網《あみ》を張《は》れ　圍網來防盗。要做防盗的工作來防止被偷。

盗人《ぬすびと》にも三分《さんぶ》の理《り》　盗賊也有三分理，比喩作了壞事也有幾分道理可以進行辯解。類①盗人にも五分の理。②盗人にも一理屈。③泥棒にも三分の理。④藪《やぶ》の頭にも理屈がつく。⑤乞食にも三つの理屈。

盗人《ぬすびと》にも仁義《じんぎ》　盗賊也有仁義。類①盗人にも礼儀あり。②盗人にも慈悲。

盗人《ぬすびと》の上米取《うわまいと》る　奪取盗賊的好米，比喩惡人也有比他更惡的人。黑吃黑。類いがみの物取る大盗人。

盗人《ぬすびと》の逆恨《さかうら》み　盗賊怨恨檢擧他的人。比喩不反省自己的錯誤而責備他人。類泥棒が繩《なわ》を恨む。

盗人《ぬすびと》の袖《そで》ひかえ　盗賊的求憐，比喩求饒無用。類泥棒の袖ひかえ。

盗人《ぬすびと》の提燈持《ちょうちんも》ち　替盗賊拿燈籠。爲虎作倀。類①寇《あだ》に兵を藉《か》す。②敵に糧。③盗人に糧。

盗人《ぬすびと》の取《と》り残《のこ》しはあれど火《ひ》の取《と》り残《のこ》しはなし　被偷還有點東西剩下，被火焼一點也不剩下。類乱暴の取り残し。

盗人《ぬすびと》の寝言《ねごと》　盗賊的夢話。由夢話而洩露了眞事。

盗人《ぬすびと》の番《ばん》には盗人《ぬすびと》を使《つか》え　用盗賊看守盗賊。以毒攻毒。類①毒を以て毒を制す。②油を以て油煙を落す。③夷《い》を以て夷を攻む。④邪を禁ずるに邪を以てす。⑤ダイヤモンドはダイヤモンドを切る。

盗人《ぬすびと》の隙《ひま》はあれども守《まも》り手《て》の隙《ひま》なし　盗賊有閒工夫而看守沒有閒工夫，表示防盗難。類盗人には間があっても番人に間はない。反守り手の隙はあれども盗人の隙なし。

盗人《ぬすびと》の昼寝《ひるね》もあてがある　盗賊睡午覺也有目的，準備晚上幹壞事。類盗人の昼寝。

盗人《ぬすびと》も戸締《とじま》り　盗賊也鎖門。比喩要拿人家的東西，不許他人拿自己的東西。類①泥棒も我が家の用心。②盗人の戸締り。

盗人《ぬすびと》を捕《と》られて見《み》れば我《わ》が子《こ》なり　抓了盗賊一看原來是自己的孩子。比喩事出意外不好處理，進退維谷。或比喩父母對自己的子女也不可以疏忽大意。

盗人《ぬすびと》を見《み》て縄《なわ》を綯《な》う　發現了盜賊才搓繩子。比喩臨渴掘井。類 ①盗人捕らえて縄なう。②盗《と》られた後の戸締り。③賊去りて後門を閉ず。④諍《いさか》い果てての乳切木。⑤軍《いくさ》見て矢を矧《は》ぐ。⑥渇して井をうがつ。⑦渇きに臨みて井を掘る。⑧飢えに臨みて苗を植える。反 転ばぬ先の杖。

盗《ぬす》みする子《こ》は憎《にく》からで縄《なわ》かくる人《ひと》が怨《うら》めしい　父母不恨偷東西的孩子而恨抓了他孩子的人。比喩偏袒與己有關的人。

盗《ぬす》みの元《もと》は嘘《うそ》より起《おこ》り嘘《うそ》の始《はじめ》は身持《みもち》から　偷東西起源於說謊，說謊起源於操行。

布《ぬの》は緯《ぬき》から男《おとこ》は女《め》から　織布時好壞由緯線而定，男人的發跡受妻子的影響很大。類 ①男は妻《め》から。②男は女から。

沼《ぬま》に杙《くい》　往沼澤打樁，比喩無效。不聽意見。沒有反應。類 糠に釘。

塗箸《のりばし》で芋《いも》を盛《も》る　用油漆的筷子夾芋薯，比喩因光滑無法夾住。類 ①塗箸で素麵《そうめん》。②塗箸で鰻《うなぎ》はさむ。③塗箸で海鼠《なまこ》をおさえる。④塗箸とろろ。⑤塗箸ところてん。

濡衣《ぬれぎぬ》をきる　受寃枉，揹黑鍋。

濡手《ぬれて》で粟《あわ》　用濕手抓粟米。比喩不勞而獲，輕易地得到東西。類 ①濡手で粟のぶったり。②濡手で粟の摑《つか》み取り。③一攫《いっかく》千金。④漁夫の利。

濡《ぬ》れぬさきこそ露《つゆ》をも厭《いと》え　未濡濕之前連露水都討厭，但一旦被濡濕了就不理那樣多了。類 ①雨にぬれて露恐ろしからず。②毒を食らわば皿まで。③一度ぐらいの一度が大事。

濡《ぬ》れぬ先《さき》の傘《かさ》　未淋濕之前就要準備雨傘。未雨綢繆。類 ①転ばぬ先の杖。②用心は前にあり。③降らぬ先の傘。

ね

願《ねが》ったり叶《かな》ったり　事從心願，稱心如意。

根《ね》が無《な》くても花《はな》は咲《さ》く　雖無根而開花。無風起浪。比喩毫無事實根據而一時盛傳。反 火の無い所に煙は立たぬ。

寝首《ねくび》を掻《か》く　殺掉睡着的人的頭。比喩騙人使上大當。攻其無備。

猫《ねこ》が肥《こ》えれば鰹節《かつおぶし》が痩《や》せる　猫一肥乾魚就瘦，比喩一邊好，另一邊就壞。

猫《ねこ》と荘屋《しょうや》に取《と》らぬはない　猫和村長沒有一個不抓東西的。比喩做官的沒有一個不貪的。

猫《ねこ》に鰹節《かつおぶし》　令猫看守乾魚，比喩喜愛的東西放在旁邊有被拿去的危險，不能放心。類①猫に鰹。②猫の鰹。③猫に鰹節の番。④猫に鰹節預ける。⑤猫の額に鰹節。⑥猫にから鮭。⑦猫に肴《さかな》の番。⑧猫に生鰯《なまいわし》。⑨金魚に孑孒《ぼうふら》。⑩猫に鰹節南部衆にめのこ。⑪狐に小豆飯。⑫盗人に倉の番。⑬盗人に鍵を預ける。⑭羊の番に狼《おおかみ》。

猫《ねこ》に胡桃《くるみ》あずける　給核桃予猫，比喩給了他也不知價値。類①猫に小判。②猫の目に小判。

猫《ねこ》に小判《こばん》　給金幣予猫。投珠與豕。糟蹋好東西。類①猫に石仏。②猫に胡桃《くるみ》あずける。③猫に銭。④猫に経。⑤犬に小判。⑥牛に麝香《じゃこう》。⑦馬の目に銭。⑧犬に論語。⑨馬の耳に念仏。⑩矮犬《ちん》に伽羅《きゃら》。⑪犬に星。⑫豚に真珠。⑬坊主に花簪《はなかんざし》。

猫《ねこ》に天木蓼《またたび》　給天木蓼予猫，比喩極喜愛的東西，或效果不錯。類①牛の子に味噌。②猫に天木蓼仙台衆に女。③猫に天木蓼女郎衆に小判犬に握り飯走って來い。

猫《ねこ》にもなれば虎《とら》にもなる　既可爲猫，也可爲虎，比喩隨時間和地點不同，其態度也不同，有時溫柔，有時兇猛。

猫《ねこ》の居《い》るのは屋根《やね》の上《うえ》、烏《からす》の居《い》るのは木《き》の上《うえ》　猫居於屋頂上，烏鴉居於樹上。比喩物各適其所。

猫《ねこ》の魚辞退《うおじたい》　猫辭退魚。比喩心裏想要，表面謝絶。又比喩只是一時，不能持久。類①猫の精進。②猫の魚を食わぬふり。

猫《ねこ》の食残《くいのこ》し　猫吃剩東西，比喩常不吃光而留下一點。

猫《ねこ》の首《くび》に鈴《すず》　給猫頸掛鈴。比喩爲了沒有成功希望的計劃而走在別人的前面。

猫《ねこ》の子《こ》一匹《いっぴき》いない　連一隻小猫都沒有。比喩一個人也沒有。

猫《ねこ》の手《て》も借《か》りたい　比喩很忙，人手不足，希望有人來幫忙。類犬の手も人の手にしたい。

猫《ねこ》の額《ひたい》　比喩面積狹窄。

猫《ねこ》の額《ひたい》にある物《もの》を鼠《ねずみ》がねらう　老鼠圖謀在猫額的東西，比喩懷有狂妄的願望。類猫の鼻先のものを鼠が狙う。

猫《ねこ》の額《ひたい》の飯粒《めしつぶ》ねらう鼠《ねずみ》 圖謀在猫額的飯粒的老鼠。比喻大胆不顧死活。

猫《ねこ》の前《まえ》の鼠《ねずみ》 猫前的老鼠，比喻逃也不是，進也不是，進退維谷。類 ①猫に鼠。②猫に逢った鼠。③雉子《きじ》と鷹《たか》。④鷲《わし》に兎。

猫《ねこ》の目《め》のよう 如猫眼，比喻變化無常。

猫《ねこ》は三年《さんねん》飼《か》っても三日《みっか》で恩《おん》を忘《わす》れる 猫養三年，三天就忘恩。類 猫は三年の恩を三日で忘れる。

猫《ねこ》は小《ちい》さくても鼠捕《ねずみと》る 猫雖小也抓老鼠，比喻雖小也能夠做好做慣的工作。

猫《ねこ》は虎《とら》の心《こころ》を知《し》らず 猫不知虎心。燕雀焉知大鵬志。類 燕雀《えんじゃく》安んぞ大鵬《たいほう》の志を知らんや。

猫《ねこ》は禿《は》げても猫《ねこ》 猫無毛也是猫，比喻任何事物不可能有太過離奇古怪的變化。

猫糞《ねこばば》をきめこむ 猫兒假裝不知自己的糞便，比喻隱藏所幹的壞事，而裝着若無其事。類 ①猫が糞を踏んだよう。②にゃんが糞踏んだ顔。

猫《ねこ》も杓子《しゃくし》も 不論張三李四，有一個算一個。無論是誰全部。

猫《ねこ》を追《お》うより魚《うお》を除《のぞ》け 趕猫不如拿掉魚，比喻要重視根本，正其本。類 猫《ねこ》を追《お》うより皿《さら》を引《ひ》け。

猫《ねこ》をかぶる 假裝老實、假裝慈祥、佯裝不知、故作不知。

ねじれた薪《たきぎ》もまっすぐな焰《ほのお》をたてる 彎柴也能生直焰。比喻由錯誤的原因或手段，產生了正當的結果。或比喻只問目的，不擇手段。

鼠《ねずみ》が塩《しお》をなめる 老鼠舐鹽，比喻積少成多。類 鼠が塩を引く。

鼠壁《ねずみかべ》を忘《わす》る壁鼠《かべねずみ》を忘《わす》れず 老鼠忘記所咬壞的牆，而牆是不會忘記老鼠的。比喻傷害人的會忘記其事，而被傷害的會永記其事。

鼠窮《ねずみきゅう》して猫《ねこ》を噛《か》み、人貧《ひとまず》しうして盜《ぬす》みす 鼠窮咬猫，人貧偷東西。

鼠取《ねずみと》らずが駆《か》け歩《ある》く 不抓老鼠的猫到處跑，比喻無能的人不但無用而會大喧特喧。類 能なしの口たたき。

鼠《ねずみ》とらぬ猫《ねこ》 不抓老鼠的猫，比喻一無可取的人。

鼠捕《ねずみと》る猫《ねこ》は爪隠《つめかく》す 會抓老鼠的猫不露爪。眞人不露相，露相不眞人。類 ①上手の猫が爪隠す。②鳴く猫は鼠をとらぬ。③能ある鷹《たか》は爪隠す。④猟ある猫は爪を隠す。

鼠《ねずみ》も虎《とら》の如《ごと》し　老鼠如虎。老鼠在拼命跑時如老虎那樣勇猛。相反老虎在敗退時如老鼠那樣胆小。類①鼠にもなれば虎にもなる。②脱兎《だっと》の如し。

鼠社《ねずみやしろ》に憑《よ》りて貴《たっと》し　鼠憑社而貴。城狐社鼠。比喩一班憑藉權勢的小人，使人投鼠忌器，奈何他不得。

ねそが事《こと》する　遲鈍的人計劃意料之外的大事。

寝《ね》た牛《うし》に芥《あくた》かくる　往睡着的牛倒垃圾，比喩把罪推給毫無關連的人。類臥《ふ》せる牛に芥かくる。

寝《ね》た間《ま》は仏《ほとけ》　睡着的時候是佛。睡覺的時候最幸福。類①寝る間が極楽。②寝るが法楽。

嫉《ねた》みはその身《み》の仇《あだ》　嫉妒人反而會害己。

熱気《ねつき》にも冷《ひ》えにも立《た》たぬ　不冷不熱，不徹底。類熱気にも寒さにもならぬ。

寝《ね》ていて転《ころ》んだ例《ためし》はない　從來沒有躺着而跌倒的，比喩什麼也不做就不會失敗。類触らぬ神に祟《たた》りなし。

寝《ね》ていて餅《もち》　福從天降。類棚から牡丹餅《ぼたもち》。

寝《ね》ていて餅食《もちく》や眼《め》に粉《こ》がはいる　躺着吃黏糕，粉會掉進眼裏。比喩遊手好閒是不會生活得好。類寝《ね》て吐《は》く唾《つば》は身にかかる。

寝《ね》て吐《は》く唾《つば》は身《み》にかかる　躺着吐唾液會掉在身上。比喩偷懶，自己受其害。類①寝ていて餅食や眼に粉がはいる。②天に唾《つばき》す。

根深屋《ねぶかや》の赤葉《あかば》　賣大葱吃枯乾的葉子。賣油的水梳頭。類①紺屋《こうや》の白袴《しろばかま》。②駕籠《かご》舁《か》き駕籠に乗らず。

根《ね》掘《ほ》り葉《は》掘《ほ》り　尋根究底。

寝耳《ねみみ》に水《みず》　晴天霹靂，事出俄然。類①寝耳に擂粉木《すりこぎ》。②足下から鳥。

寝耳《ねみみ》へ水《みず》の果報《かほう》　突然福從天降。類①寝耳へ小判。②寝耳へ銭の入った心地。③開いた口へ牡丹餅《ぼたもち》。④棚から牡丹餅。⑤あんころ餅で尻をたたかれるよう。⑥鴨《かも》が葱《ねぎ》を背負って舞い込む。

眠《ねむ》い煙《けむ》い寒《さむ》い　睏、嗆、凍，比喩無法忍受。

根《ね》も無《な》い嘘《うそ》から芽《め》が生《は》える　從無根的假話生出芽了，比喩開始是假話，慢慢地變成事實。類①根もない噂《うわさ》は育つ。②嘘から出た実《まこと》。

根《ね》も葉《は》もない　無根無葉，比喩毫無根據，平空揑造。

寝《ね》るが法楽《ほうらく》　睡覺是法樂，睡覺最幸福。類①寝る間が極楽。②寝た間が仏。③寝る程楽はない。

④寝たうちばかりが命の洗濯。

寝《ね》る子《こ》は育《そだ》つ　會睡覺的孩子可以養大成人。類①寝る子は太る。②寝る子は育つ親助け。③寝る子は息災。

寝《ね》る子《こ》を起《お》こす　把睡覺的孩子叫醒，比喩生事，無事找事。自討苦吃。類①泣かぬ子を泣かす。②寝ている子を起こす。③知恵ない神に知恵つける。④平地に波瀾《はらん》を起こす。

寝《ね》る程楽《ほどらく》はない　沒有比睡覺更快樂的。類①寝る間が極楽。②寝るが法楽。

根《ね》を断《た》って葉《は》を枯《か》らす　斷根枯葉。比喩消除災禍之根。類①根葉を枯らせ。②根掘り葉掘り。

年貢《ねんぐ》の納《おさ》め時《どき》　惡貫滿盈之時。

年劫《ねんごう》の兎《うさぎ》　老油條。

念者《ねんじゃ》の不念《ぶねん》　深思遠慮的人都會疏失。千慮必有一失。類①弘法も筆の誤り。②千慮の一失。③猿も木から落ちる。④河童《かっぱ》の川流れ。⑤権者にも失念。

念《ねん》には念《ねん》を入れよ　要再三小心。類①石橋を叩いて渡る。②転ばぬ先の杖《つえ》。③一度話す前に二度聞け。④用心には網を張れ。反①危ない橋を渡る。②彩ずる仏の鼻をかく。③念の過ぐるは不念。④念者の不念。

年年老《ねんねんお》いて年年賢《ねんねんかしこ》し　年年變老，年年變聰明。

年年花《ねんねんはな》は変《かわ》らず、歳歳人同《さいさいひとおな》じからず　年年花不變，歳歳人不同。

念《ねん》の過《す》ぐるは不念《ぶねん》　過於小心，反而不小心。類①彩ずる仏の鼻をかく。②過ぎたるは猶《なお》及ばざるが如し。反念には念を入れよ。

念力岩《ねんりきいわ》を透《とお》す　精誠所至金石爲開。類①一念天に通ず。②思う念力岩をも透す。③石に立つ矢。④思えば徹る。⑤一心岩をも透す。⑥雨垂れ石を穿《うが》つ。

の

能《のう》ある鷹《たか》は爪《つめ》をかくす　有本事的鷹不露爪，比喩能人深藏不露。類①猟する鷹は爪隠す。②上手の鷹が爪隠す。③沈默は金。④大賢は愚なるが如し。⑤能なしの口たたき。⑥鳴く猫は鼠をとらぬ。⑦能なし犬は昼吠える。⑧能なし犬の高吠え。

能《のう》ある猫《ねこ》は爪隠《つめかく》す　有本事的猫不露爪。比喩能人深藏不露。類①能ある鷹《たか》は爪隠す。

②鳴かない猫は鼠をとる。

能書《のうがき》の読《よ》めぬ所《ところ》に効《き》き目《め》あり　不會讀藥效的説明書，反而有效。比喩凡事不完全清楚，反而有趣、可貴。類効能書の読めぬところに効能あり。

能書筆《のうしょふで》を択《えら》ばず　善書者不擇筆。類①弘法筆を択ばず。②善書は紙筆を択ばず。③名筆は筆を択ばず。反弘法筆を択ぶ。

嚢中《のうちゅう》の錐《きり》　囊中之錐，比喩終必脫穎而出。類①錐の嚢中に処《お》るが如し。②錐は嚢を通す。

嚢中《のうちゅう》の物《もの》を探《さぐ》るが如《ごと》し　如囊中探物。探囊取物。

能《のう》なし犬《いぬ》の高吠《たかぼ》え　沒本事的狗大聲吠，比喩沒本領的人，嘴巴會說。類①鳴き猫鼠をとらず。②能なしの口たたき。③能なし犬は昼吠える。④能ある鷹《たか》は爪隠す。

能《のう》なしの口《くち》たたき　沒本事的人好講話。類①鼠取らずが駆け歩く。②能なし犬の高吠え。③能ある鷹《たか》は爪隠す。

能《のう》なしの食工夫《じきだくみ》　沒本事的人反而揀吃擇飲。類①怠け者の食い急ぎ。②居候の食い急ぎ。

能《のう》なしの能一《のうひと》つ　無能者也有一能。愚者一得。類①馬鹿の一つ覚え。②馬鹿にも一芸。③愚者も一得。

能無《のうな》しの胸勘定《むなかんじょう》　無能者反而光想賺錢。

野菊《のぎく》も咲《さ》く迄《まで》は只《ただ》の草《くさ》　野菊未開花之前只是普通的草。比喩人賢不賢開始時不知道。

軒《のき》を貸《か》して母屋《おもや》を取《と》られる　租出屋簷結果主房被奪去。比喩喧賓奪主，恩將仇報。類庇《ひさし》を貸して母屋を取られる。

のけて通《とお》せ酒《さけ》の酔《よ》い　避開酒醉的人。比喩聰明的做法是不要惹飲醉的人。類①よけて通せ酒の酔い。②堅石《かたいわ》も酔人を避くる。

のけば他人《たにん》　夫妻一離婚就是他人。類①合せ物は離れ物。②他人の別れ棒のはし。

のけば長者《ちょうじゃ》が二人《ふたり》　兩個人關係搞壞還在一起合伙，不如分伴來做，反而會變成兩個富翁。

残《のこ》り物《もの》に福《ふく》あり　剩下來的東西有福。類①余り茶に福がある。②余り物に福あり。

熨斗《のし》をつける　情願贈送，贈送貴重的東西。

後《のち》の千金《せんきん》　事後的千金，比喩沒有什麼用。

後《のち》の百《ひゃく》より今五十《いまごじゅう》　以後的一百不如現在的五十。類①明日の百より今日の五十。②聞いた百両より見た一両。

咽《のど》がかわく　口渇，渇望。

咽《のど》から手《て》が出《で》る　從咽喉伸手出來，比喻非常渴望得到手。

野《の》となれ山《やま》となれ　以後變成如何的情形，與己無關。類 あとは野となれ山となれ。

咽元思案《のどもとじあん》　喉嚨盤算，比喻打的主意很膚淺。類 ①鼻先思案。②鼻の先知恵。③鼻先分別。

咽元過《のどもとす》ぎれば熱《あつ》さを忘《わす》れる　通過了喉嚨就忘了熱。比喻好了瘢疤忘了疼。類 ①咽越しゃ熱さ忘るる。②魚を得て筌《うえ》を忘る。③病治りて医師《くすし》忘る。④暑さ忘れりゃ蔭忘れる。⑤苦しい時の神頼み。⑥雨晴れて笠を忘る。

咽《のど》を扼《やく》くて背《せ》を拊《う》つ　扼喉拊背，前後被攻、不能動彈。

野中《のなか》の一本杉《いっぽんすぎ》　原野中的一株杉樹，比喻孤獨無助。

野中《のなか》の独《ひと》り謡《うたい》　原野中的一個人獨唱，比喻在無人處隨心所欲地行動。

延《の》べなら鶴《つる》でも　如果賒帳，連鶴都買，比喻可以賒帳連高價而無用的東西都買。

上《のぼ》り一日下《いちにちくだ》り一時《いっとき》　上山一天下山一時。比喻建設困難，破壞容易。

上《のぼ》り坂《ざか》あれば下《くだ》り坂《ざか》あり　既有上坡也有下坡。人生是好運和壞運的連續。類 世は七下がり七上がり。

上《のぼ》り坂《ざか》より下《くだ》り坂《ざか》　下坡比上坡的意外多。喻看來容易之事往往因大意而失敗。

上《のぼ》り三里《さんり》に下《くだ》り三里《さんり》　上坡三里，下坡也是三里。比喻先苦後樂。痛苦不會永遠持續下去。

上《のぼ》り知《し》らずの下《くだ》り土産《みやげ》　裝做去過而大談沒有去過的地方。

上《のぼ》り大名下《だいみょうくだ》り乞食《こじき》　旅行，去時如諸侯有錢，回來時如乞丐沒有錢。類 江戸っ子の往《ゆ》き大名還《かえ》り乞食。

上《のぼ》りつむれば下《くだ》りが大事《だいじ》　達到頂峯要注意下坡，下坡很重要。比喻達到頂峯之後容易失敗，所以要特別小心。

昇《のぼ》れない木《き》は仰《あお》ぎ見《み》るな　不能爬的樹不要仰視，比喻不要希求與自己的能力、地位不相稱的事情。反 望みは大きく持て。

飲《の》まぬ酒《さけ》には酔《よ》わぬ　不喝酒不會醉，比喻有原因才有結果，沒有原因不會有結果。反 飲まぬ酒に酔う。

飲《の》まぬ酒《さけ》に酔《よ》う　不喝酒而醉。比喻沒有原因而有結果。反 飲まぬ酒には酔わぬ。

飲《の》まば朝酒《あさざけ》、死《し》なば卒中《そっちゅう》 如要喝酒想在早上喝酒，如要死，想中風死。

飲《の》み食《く》いには他人《たにん》集《あつ》まり憂《う》き事《ごと》には親族《しんぞく》集《つど》う 吃喝時他人聚集在一起，遇到不幸時親戚家屬聚會。表示親戚才會關心你不幸的遭遇。

鑿《のみ》といえども槌《つち》 説鑿子就想到鎚子。機靈，心眼快。類 ①鑿と言えばさい槌。②かっと言えば痰壺《たんつぼ》。③からりと言えばあさり汁。④一と言ったら二と悟れ。

鑿《のみ》に鉋《かんな》の働《はたら》きは無《な》し 鑿子不能當做鉋子用，比喩物要盡其用，人要盡其材。

蚤《のみ》の息《いき》さえ天《てん》へ上《あが》る 比喩精誠一到金石爲開。類 蟻の思いも天にのぼる。

蚤《のみ》の隠《かく》れたよう 如跳蚤躲藏起來，比喩即使掩蓋了一部份缺點，但無法掩蓋大部份的缺點。類 頭隠して尻隠さず。

蚤《のみ》の頭《かしら》を斧《よき》で割《わ》る 用斧頭劈跳蚤頭，比喩做法不當。類 蚤の首を薪《まき》で割《わ》ったよう。

蚤《のみ》の皮《かわ》を剝《は》ぐ 剝跳蚤的皮。比喩爲小事而煩惱。

蚤《のみ》の小便《しょうべん》蚊《か》の涙《なみだ》 跳蚤的小便，蚊子的眼淚，比喩數量極少，一點點。

蚤《のみ》の夫婦《ふうふ》 跳蚤的夫婦，比喩妻子比丈夫高大。類 蚤の女《め》夫《と》。

蚤《のみ》の眼《まなこ》に蚊《か》の睫《まつげ》 跳蚤的眼睛和蚊子的睫毛。比喩極小的東西。

蚤《のみ》も殺《ころ》さぬ 連跳蚤都不殺，比喩性格非常善良。類 ①荒い声一つ立てない。②虫も殺さぬ。

飲《の》む打《う》つ買《か》うの三拍子《さんびょうし》 嫖賭飲是男人的三大壞行爲。

飲《の》むに減《へ》らで吸《す》うに減《へ》る 抽煙比喝酒花錢，比喩少數怕長計。類 ①大便より小便。②食うに倒れず病むに倒れる。

飲《の》む者《もの》は飲《の》んで通《とお》る 喝酒的人喝了酒照様可以過生活。類 酒と煙草はのんで通る。

乗合舟《のりあいぶね》の疥癬《ひぜん》掻《か》き 渡船上搔疥癬，比喩妨害他人。

乗《の》りかかった舟《ふね》 正駛出的船，比喩既然開始了就搞到底，不能半途而廢。類 ①乗り出したる舟。②渡りかけた橋。③乗りかかった馬。④騎虎《きこ》の勢い。

乗《の》りかけた壁《かべ》 突然出現的障礙。

糊食《のりく》った天神様《てんじんさま》 吃了漿糊的天神。諷刺裝模作樣的人。類 鉛の天神様。

のるか反《そ》るか 是成功還是失敗，試試看才知。類 一か八か。

暖簾《のれん》に腕押《うでお》し　和布簾比腕力，比喩沒有搞頭兒，毫無反應。類①暖簾とすね押し。②薪ざっぽとすね押し。③糠《ぬか》に釘。④豆腐に鎹《かすがい》。⑤大黒柱と腕押し。⑥暖簾と相撲。⑦土に灸《きゅう》。

暖簾《のれん》にもたれるよう　如依靠布簾那樣不能依靠。

暖簾《のれん》をわける　對長期忠實的老店員讓他獨立開店而使用老舖的字號。

詛《のろ》うことも口《くち》から詛《のろ》う　詛罵也是由嘴巴罵出來的。比喩必須愼言。

詛《のろ》うに死《し》なず　詛罵不會使人死。類憎まれ子世にはばかる。

のろまの三寸《さんずん》馬鹿《ばか》の明《あ》け放《はな》し　動作遲鈍的人關門留三寸，呆子不知關門，表示看一個人關門就知這個人聰明與否。類①下種《げす》の一寸。②のろまの一寸馬鹿の三寸。

は

羽蟻《はあり》が多《おお》く出《で》れば雨《あめ》が近《ちか》い　羽蟻出現多，不久就會下雨。

俳諧《はいかい》に古人《こじん》なし　俳句無古人。作俳句時與前人的作風無關，要緊的是要獨創，開闢新的道路。

梅花《ばいか》は蕾《つぼ》めるに香《か》あり　梅花含苞時就香，比喩有大成的人在兒時就與衆不同。類栴《せん》檀《だん》は双葉より芳し。

敗軍《はいぐん》の将《しょう》は兵《へい》を語《かた》らず　敗軍之將不談兵。類①敗軍の将は敢《あ》えて勇を語らず。②敗軍の将は再び謀らず。

梅酸渇《ばいさんかつ》を休《やす》む　酸梅止渴，比喩代用品可以收到一時之效。

背水《はいすい》の陣《じん》　背水之陣。比喩決一死戰。類①糧を棄《す》て舟を沈む。②釜を破り舟を沈む。③川を渡り舟を焼く。④井をふさぎ竈《かまど》をたいらぐ。⑤一か八か。

吐《は》いた唾《つば》は呑《の》めぬ　吐出去的唾液無法呑下。比喩一言既出駟馬難追。類①口から出れば世間。②覆水盆に返らず。反吐いた唾を呑む。

吐《は》いた唾《つば》を呑《の》む　呑下吐出去的唾液，比喩推翻以前所說的話。食言。類二枚舌を使う。反吐いた唾は呑めぬ。

盃中《はいちゅう》の蛇影《じゃえい》　杯弓蛇影。疑心暗鬼。類疑心暗鬼を生ず。

「はい」に科無《とがな》し　回答時「是、是」就安全無事。

灰吹《はいふ》きから蛇《じゃ》が出《で》る　蛇從煙灰筒爬出來。比喩事出意料之外。或由小事變成大事。或從意外的地方出現意外的東西。類①灰吹から竜が上る。②瓢簞《ひょうたん》から駒《こま》が出る。

蠅《はえ》が手《て》をするよう　比喩拜託懇求的態度。

蠅《はえ》が飛《と》べば虻《あぶ》も飛《と》ぶ　蒼蠅一飛，虻也跟着飛。比喩跟風，胡亂地模仿人家。類雁がたてば鳩もたつ。

這《は》えば立《た》て立《た》てば歩《あゆ》めの親心《おやごころ》　父母的心情是孩子會爬就希望會站起來，會站起來就希望會走路。

馬鹿《ばか》があって利口《りこう》が引《ひ》き立《た》つ　有了愚笨，聰明才很顯眼。沒有愚蠢的人就沒有聰明的人。類①下手があるので上手が知れる。②下種《げす》ない上臈《じょうろう》はならず。③悪人あればこそ善人も顕《あらわ》れる。

馬鹿果報《ばかかほう》　愚人有愚福。癡人癡福。類愚か者に福あり。

化《ば》かす化《ば》かすが化《ば》かされる　騙人者被人騙。類誑《たら》しが誑しに誑される。

歯《は》が立《た》たぬ　無法反抗，比不上。

馬鹿《ばか》でも総領《そうりょう》　即使愚蠢也是長子，表示長子有長子的風度。類①馬鹿でも総領欠けても大椀。②馬鹿でも総領麦飯三杯。

馬鹿《ばか》と気違《きちが》いはよけて通《とお》せ　愚蠢的人和瘋子不要去惹他，要避開他。類①馬鹿者はよけて通せ。②馬鹿には勝てぬ。③馬鹿にかまえば日が暮れる。④馬鹿と闇夜ほどこわいものはない。⑤肥担いと馬鹿はあけて通せ。⑥馬鹿と蜂《はち》の巣には手をだすな。⑦気違いも一人では狂わぬ。⑧気違いもただは怒らぬ。⑨のけて通せ酒の酔い。⑩気違いと雄牛には道をあけよ。

馬鹿《ばか》と子供《こども》は正直《しょうじき》　呆子和小孩誠實。

馬鹿《ばか》と鋏《はさみ》は使《つか》いよう　獃子和剪刀看你怎麼用，比喩用人要講究方法。類①阿呆《あほう》と剃刀《かみそり》は使いようで切れる。②剃刀と奉公人は使いよう。③嫁と鋏は使いよう。④鋏と奴《やっこ》使いがら。⑤鋏と丁稚《でっち》は使いよう。

馬鹿《ばか》な子《こ》程《ほど》可愛《かわ》い　父母疼愛愚蠢的孩子。

馬鹿《ばか》な子《こ》を持《も》ちゃ火事《かじ》より辛《つら》い　有愚蠢的子女比失火辛苦。類①おぞい子は火事より辛い。②下手な子を持ちゃ火事よりこわい。

馬鹿《ばか》に附《つ》ける薬《くすり》はない　愚蠢無藥可治。類①阿呆《あほう》に附ける薬なし。②馬鹿は死なきゃ直らない。③持った病はなおらぬ。

馬鹿《ばか》の一念《いちねん》　獃子的一念。獃子如專心致意於一件事，會發揮出極大的力量。類馬鹿の一つ覚え。

馬鹿《ばか》の大食《おおぐ》　蠢者大吃。類①阿呆《あほう》の三杯汁。②阿呆の大まくらい。③馬鹿の汁吸い阿呆の茶飲み。④汁三杯吸えば馬鹿になる。

馬鹿《ばか》の大盛《おおも》り　愚人盛滿飯湯。

馬鹿《ばか》の糟食《かすぐ》い　愚人吃渣，比喩過於正直的人拼命工作，而功勞被狡猾的人奪去。類馬鹿にはうまい物は食えぬ。

馬鹿《ばか》の子《こ》も三年養《さんねんやしな》えば三《みっ》つになる　獃子的孩子養三年也是三歲。比喩歲月不白過。類①三年たてば三つになる。②乞食の子も三年たてば三つになる。

馬鹿《ばか》の三杯汁《さんばいじる》　喝湯喝第二碗湯是正常，如喝第三碗湯就是獃子。類阿呆《あほう》の三杯汁。

馬鹿《ばか》の高笑《たかわら》い　愚者大笑特笑。類①馬鹿のしれ笑い。②馬鹿の糞たれ笑い。

馬鹿《ばか》の馬鹿《ばか》洒落《しゃれ》　說愚蠢的俏皮話是呆子。類馬鹿の馬鹿しゃべり。

馬鹿《ばか》の馬鹿《ばか》飲《の》み　愚蠢的人才大飲大喝。類馬鹿の馬鹿食い。

馬鹿《ばか》の馬鹿《ばか》太《ふと》り　愚蠢的人會胖。類①味無い物の煮え太り。②まずい物の煮え太り。

馬鹿《ばか》の一《ひと》つ覚《おぼ》え　一條路跑到黑，死心眼。守株待兎。類①阿呆《あほう》の一つ覚え。②株を守りて兎を待つ。③能なしの能一つ。④馬鹿の一念。

馬鹿《ばか》の孫《まご》ほめ　稱讚孫子是愚蠢的行爲。

馬鹿《ばか》の真似《まね》する利口者《りこうしゃ》、利口《りこう》の真似《まね》する馬鹿者《ばかもの》　模倣愚蠢的人是聰明人，模倣聰明的人是愚蠢的人。眞正聰明的不擺聰明的架子，擺聰明架子的人是愚蠢的人。類利口ぶるのは馬鹿のしるし。

馬鹿《ばか》ほど怖《こわ》いものはない　沒有比呆子更可怕的東西。類①阿呆《あほう》に法なし。②馬鹿は火事よりこわい。③馬鹿と暗闇《くらやみ》おっかない。④分別なき者におじょ。

馬鹿《ばか》も一芸《いちげい》　呆子也有一藝，呆子有時也有用。類①愚者も一得。②馬鹿にも一役。

測《はか》り難《がた》きは人心《ひとごころ》　人心叵測。類①人心測り難し。②分からぬものは夏の日和と人心。

謀《はかりごと》は密《みつ》なるを貴《たっと》ぶ　謀以密爲貴。類謀は密なるをよしとす。

秤《はかり》の目《め》を盗《ぬす》むと己《おの》が目《め》が腐《くさ》る　偷斤兩的人，其眼睛會爛。

馬鹿《ばか》を見《み》たくば親《おや》をみよ　想看愚蠢，看父母。表示父母對自己孩子的看法不客觀，顯得愚蠢。類 親馬鹿。

馬鹿《ばか》を笑《わら》うも貧乏《びんぼう》を笑《わら》うな　笑人蠢但不可笑人貧。

掃溜《はきだめ》と金持《かねもち》は溜《た》まる程《ほど》きたない　垃圾堆和有錢人越積越骯髒。類 金持ちと灰吹は溜まる程きたない。

掃溜《はきだめ》に鶴《つる》　垃圾堆裏的鶴。比喻從低賤的地方出現優秀的人物。類 ①芥溜《ごみため》に鶴《つる》。②天水桶《てんすいおけ》に竜。反 千石見晴らしの田でないと鶴。

馬脚《ばきゃく》を露《あらわ》す　露出馬脚。類 ①化けの皮がはがれる。②尻が割れる。③尻尾《しっぽ》を出す。

破鏡《はきょう》再《ふたた》び照《て》らさず　破鏡不能再照，比喻夫妻離別不能重行好合。類 ①落花枝に還《かえ》らず。②覆水盆に返らず。

拍車《はくしゃ》を加《くわ》う　加速、加快，使比以前聲勢更強。

白紙《はくし》を与《あた》える　給予空白委任狀，表示給予任意行動的自由。

博奕打《ばくちうち》の千切《せんぎ》れ草履《ぞうり》　賭徒的破爛草鞋。比喻賭徒最後會輸得連買一雙草鞋的錢都沒有。類 ①博奕打の尻切れ草履。②酒飲みの尻切れ繻絆。③傾城買の糠味噌汁。

博奕《ばくち》と相場《そうば》は死《し》ぬまで止《や》まぬ　玩賭博和搞投機生意的人到死不停手。

博奕《ばくち》は色《いろ》より三分《さんぶ》濃《こ》い　賭博比女色勝三分，更迷人。

白頭新《はくとうしん》の如《ごと》く傾蓋故《けいがいこ》の如《ごと》し　白頭如新，傾蓋如故。

薄氷《はくひょう》を履《ふ》むが如《ごと》し　如履薄冰。比喻非常危險。類 ①虎の尾を踏む。②氷を履む。③氷を歩む。④氷に坐す。

白璧《はくへき》の微瑕《びか》　白璧微瑕，比喻整體雖好，但有一小部份的缺點。

禿《はげ》が三年目《さんねんめ》につかぬ　三年來沒有發覺對方是禿子。比喻對喜愛的人看不到他的缺點。情人眼中出西施。類 痘痕《あばた》も靨《えくぼ》。

化《ば》けの皮《かわ》をあらわす　現出原形。類 ①馬脚を露《あらわ》す。②化けの皮がはげる。

化物《ばけもの》と義弘《よしひろ》は見《み》たことがない　鬼怪和義弘的名刀沒有看過。比喻沒有人看過的事。類 ①公卿《くげ》の刀と化物は見たことがない。②化物と安物はない。

化物《ばけもの》に面撫《つらな》でられる　臉被鬼怪摸過，比喻遇到意想不到的經驗。

化物《ばけもの》も引《ひ》っ込《こ》む時分《じぶん》　其時機已來臨。等待的時間已過。類 気の利いた化物なら引っ込む時分。

はごにかかれる鳥《とり》　比喩想逃也逃不去。

箱根《はこね》知《し》らずの江戸話《えどばなし》　不知箱根而談江戸，比喩裝着去過而談沒有去過的地方。類 ①似ぬ京物語。②上り知らずの下り土産。

鋏《はさみ》と奴使《やっこつか》いがら　剪刀和傭人因用法不同而異，表示要講究用法。類 ①馬鹿と鋏は使いよう。②奉公人と雄牛は使いようで動く。③鋏と奉公人は使いよう。④小僧と鋏は使いようで切れる。

箸《はし》折《お》りかがみの兄弟《きょうだい》　容貌很相似的兄弟。

橋《はし》が無《な》ければ渡《わた》られぬ　無橋無法過河。比喩要達到目的需要手段。類 ①橋が無うて渡りがない。②港無うて舟つかず。

恥《はじ》と頭《あたま》はかき次第《しだい》　把丟醜不當一回事，繼續犯不名譽之事。

箸《はし》と主《しゅう》は太《ふと》いがよい　筷子粗的好，主人有勢力的好。類 ①家は弱かれ主は強かれ。②箸と味方は強い程よい。③箸と身代は太いがよい。④箸と心棒は太いがよい。⑤亭主と箸は強いがよい。⑥箸と主とは太いのへかかれ。⑦犬になるなら大家の犬になれ。⑧寄らば大樹の蔭。

箸《はし》に当《あ》たり棒《ぼう》に当《あ》たり　又碰筷子又碰棍子，表示到處亂發脾氣。

箸《はし》にも棒《ぼう》にもかからぬ　難以應付，無法對付。類 ①縄《なわ》にも杓《しゃ》子《くし》にもかからぬ。②縄にもかつらにも。③酢でも蒟蒻《こんにゃく》でも。④蓼《たで》酢《す》でもいけぬ。⑤酢味噌でも食えぬ。

恥《はじ》の上《うえ》の損《そん》　丟臉又受損失，名實皆失。

恥《はじ》の上塗《うわぬり》　恥上加恥，再次丟臉。類 ①恥の掻《か》き上げ。②恥の恥。

箸《はし》の転《ころ》んだもおかしい　筷子掉下都感到奇怪，比喩年輕女孩子一點小事都會笑。類 ①糠《ぬか》の崩れたのもおかしがる。②木の葉がとんだのもおかしい。

橋《はし》はたたいて渡《わた》れ　敲橋之後才過橋。比喩做事要慎重小心。

初《はじめ》有《あ》らざるなし克《よ》く終《おわり》ある鮮《すくな》し　始終一貫的不多。

始《はじめ》有《あ》る者《もの》は終《おわ》りあり　有始必有終。

始《はじ》めが大事《だいじ》　開頭要緊。類 ①始めよければ終りよし。②始めたことは半ばできたに等しい。③初心忘るべからず。④始め半分。

始《はじ》めきらめき奈良刀《ならがたな》　奈良刀（粗製的刀子）開始時發亮，比喻鍍的東西容易褪落而生銹。類①始めきらめき神烏帽子《えぼし》。②始めきらめき付焼刃。

始《はじ》めに二度《にど》なし　開頭沒有第二次。比喻開頭要緊。類始めが大事。

始《はじ》めの囁《ささや》きは後《のち》のどよみ　開始是耳語，以後是轟響。開始時少數人知道的事，以後傳開了大家都知道。

始《はじ》めは処女《しょじょ》の如《ごと》く後《のち》は脱兎《だっと》の如《ごと》し　始如處女，後如脫兎。

始《はじ》め半分《はんぶん》　開頭的好壞，影響事情的一半好壞。類①はね半分。②始めが大事。

始《はじ》めを言《い》わねば末《すえ》が聞《きこ》えぬ　不從開頭說明，聽不懂結果。類①話は根から毛はうらから。②話は本から。③機《はた》は裏からとかせ話は本から話せ。

箸《はし》より重《おも》い物《もの》を持《も》たない　沒有拿過比筷子重的東西，比喻有錢人的少爺小姐沒有過勞動的經驗。類堅い物は箸ばかり。

柱無《はしらな》き処《ところ》に宿取《やどと》るな　無柱的地方不要去住，比喻不要靠近危險的地方。

柱《はしら》には虫入《むしい》るも鋤《すき》の柄《え》には虫入《むしい》らず　柱子生蟲而鋤頭柄不生蟲。流水不腐。類使う鋤は光る。

走《はし》り馬《うま》に捨《す》て鞭《むち》を打《う》つ　鞭打快馬。一直猛跑。類走る馬に鞭。

走《はし》り馬《うま》にも鞭《むち》　奔馬也要加鞭。比喻更上一層樓。表示對正在努力用功的人也需要鞭策和鼓勵。類①早馬にしらべ綱。②走る馬にも鞭。③走る馬に鞭。④駈《か》け馬に鞭。

走《はし》り馬《うま》の草《くさ》を食《く》うよう　奔馬吃草，比喻走板，逸出常軌。類走り馬が糞たれるよう。

走《はし》る馬《うま》に鞭《むち》　快馬加鞭。比喻益發增加聲勢。好上加好。類①走り馬に捨て鞭を打つ。②帆掛船に櫓《ろ》を押す。

走《はし》れば躓《つまず》く　跑會跌倒，比喻急會出事。類急がば回れ。

橋渡《はしわた》しは丸太棒《まるたんぼう》でも　架橋時圓木也可以，比喻誰都可以當中人。類①時の氏神。②仲裁は時の氏神。

恥《はじ》を言《い》わねば理《り》がきこえぬ　不把自己的醜事坦白出來，對方是不能接受你的解釋。類恥を言わねば理が立たず。

恥《はじ》を知《し》らねば恥《はじ》かかず　不知恥者不會感到丟醜。類①恥を恥と思わねば恥をかいた事がない。②恥無きの恥真に恥ずべし。

蓮《はす》の台《うてな》の半座《はんざ》を分《わ》かつ　分一半的蓮花座。比喩死後也要共享幸福那様的深交。類①一つ蓮《はちす》の縁。②一蓮託生《いちれんたくしょう》。

鯊《はぜ》の鈎《はり》でははたやは釣《つ》れぬ　用釣蝦虎的魚鈎不能釣鯛魚。比喩只給一點點的利益，是不能打動人。類蝦《えび》で鯛は釣れぬ。反蝦で鯛釣る。

肌《はだえ》に粟《あわ》を生《しょう》ず　毛骨悚然。比喩非常恐怖。類身の毛がよだつ。

裸一貫《はだかいっかん》　赤手空拳。類①腕一本。②褌《ふんどし》一貫。③裸百貫。

裸馬《はだかうま》の捨《す》て鞭《むち》　身無一文而自暴自棄。

裸《はだか》で尻《しり》はからげられん　赤身裸體時無法把後衣襟掖起來。巧婦難爲無米炊。類無い袖は振れぬ。

裸《はだか》で道中《どうちゅう》はならぬ　身無一文無法旅行。

裸《はだか》で茨《ばら》を背負《せお》う　赤身揹荊棘。比喩很辛苦。

裸《はだか》で物《もの》を落《おと》さず　赤身裸體不會掉落東西。比喩不會發生之事。不可能有。類①裸で物を落したためしなし。②裸馬鞍《くら》返さぬ。

裸《はだか》で物《もの》を落《おと》したためしなし　沒有過赤身露體而會丟掉東西的。比喩身無一物不會掉東西而受損失。身無一物，心情輕鬆。類①裸で物を落さず。②裸人形物落さず。③裸馬荷を返さず。

裸《はだか》で柚子《ゆず》の木《き》に登《のぼ》る　赤身爬柚樹，比喩魯莽的勇氣。

裸百貫《はだかひゃっかん》　男子身無一物也有價値，可以工作掙錢。類①裸花婿百貫。②裸八貫褌《ふんどし》一貫。③裸百匹。④裸一貫。

畠《はたけ》あっての芋種《いもだね》　有了芋薯地才能談芋薯的種。沒有種芋薯的土地，芋薯的種籽多好都沒用。比喩母親不好，生不出好孩子。

畠水練《はたけすいれん》　在旱田練游泳。紙上談兵。類①畳の上の水練。②畳水練。③炬燵《こたつ》水練。

畠《はたけ》に蛤《はまぐり》　在旱田找文蛤，比喩緣木求魚。類①木に縁《よ》りて魚を求む。②畠に蛤掘ってもない。

二十後家《はたちごけ》は立《た》つが、三十後家《さんじゅうごけ》は立《た》たぬ　二十歲的寡婦能守寡，三十歲的寡婦不能守寡。類十八後家は立つが四十後家は立たぬ。

旗《はた》を挙《あ》げる　揭旗，發起新事業。

八月柴《はちがつしば》は嫁《よめ》に焚《た》かすな　八月不要讓媳婦燒柴，比喩愛護媳婦。類夏の火は娘に焚かせよ冬の火は嫁に焚かせよ。反 夏の火は嫁に焚かせ。

八細工《はちざいく》七貧乏《しちびんぼう》 多能多藝者多數是貧窮。類 ①七細工八貧乏。②八細工貧のもと。③細工貧乏人宝。

八十《はちじゅう》の手習《てなら》い 八十歲才做學問。比喩年老才開始做學問。類 ①七十の手習い。②六十の手習い。③老いの学問。④八十の手習い九十の間にあう。反 ①少年老い易《やす》く学成り難し。②老いての後学。

八十《はちじゅう》の三《み》つ児《ご》 八十歳如三歲孩子。年老就變成小孩那樣童心。類 七十の三つ兒。

蜂《はち》の巣《す》に鎌《かま》 用鎌刀捅蜂窩，比喩亂成一團。類 蜂の巣をつついたよう。

罰《ばち》は目《め》の前《まえ》 報應在眼前。做壞事立刻會有報應。類 因果に皿のふち。

八分《はちぶ》は足《た》らず十分《じゅうぶん》はこぼれる 八分不足十分滿溢，比喩凡事不可求全，適當就好。類 十分はこぼるる。

二十日鼠《はつかねずみ》も獣《けもの》の中《うち》 鼷鼠也是獸類。比喩儘管是弱小，伙伴就是伙伴。類 ぼうふりも虫の中。

白駒《はっく》の隙《げき》を過《す》ぐるが如《ごと》し 如白駒過隙。比喩光陰過得很快。

八卦《はっけ》裏返《うちがえ》り 占卦往往是相反。類 夢は逆夢。

八卦《はっけ》のやつ当《あた》り 算卦有時靈，有時不靈。類 当たるも八卦当たらぬも八卦。

八卦《はっけ》八段《はちだん》嘘《うそ》九段《くだん》 卜者的話不可信，算命先生的話謊言多。

白虹《はっこう》日《ひ》を貫《つらぬ》く 日貫白虹，兵亂之兆。

八歳《はっさい》の翁《おきな》百歳《ひゃくさい》の童《わらべ》 八歲的老翁，百歲的孩童，比喩人的想法不以年齡而分，有的八歲小孩比老人的想法更高明，有的百歲翁的想法比小孩差。類 ①八十歳の三つ子三歳の翁。②百歳の童。

這《は》っても黒豆《くろまめ》 爬出來了還是黑豆。比喩在事實的面前，還是堅持自己錯誤的頑固性。看到黑點，一個說是蟲，一個說是黑豆，爬出來一看原來是蟲，但說是黑豆仍然堅持說是黑豆。類 ①榎《え》の実はならばなれ木は椋《むく》の木。②拝みかかりの雪隠《せっちん》。

八百人商売《はっぴゃくやしょうばい》 生意的種類繁多。類 なりわいは草の種。

八方手《はっぽうて》を出《だ》す人《ひと》は身《み》が持《も》てぬ 樣樣搞的人不會成功。類 ①なんでも来いに名人なし。②多芸は無芸。

八方美人《はっぽうびじん》 對任何人都討好的人，面面圓滑的人。八面玲瓏。

八方塞《はっぽうふさ》がり　到處碰壁，一籌莫展。四面楚歌。

初雪《はつゆき》は目《め》の薬《くすり》　初雪是眼藥，形容初雪之美。

鳩《はと》に三枝《さんし》の礼《れい》あり、烏《からす》に反哺《はんぽ》の孝《こう》あり　鳩鴿有三枝之禮，烏鴉有反哺之孝。

鳩《はと》に豆鉄砲《まめでっぽう》　事出突然，驚慌失措。類①鳩が豆鉄砲をくったよう。②豆鉄砲をくった鳩のよう。

鳩《はと》の卵《たまご》が鵯《ひよどり》にはならぬ　鴿蛋孵不出鵯。比喩平凡的父母生不出非凡的孩子。類①瓜の蔓《つる》に茄子《なすび》はならぬ。②蛙の子は蛙。

鳩《はと》の豆使《まめづか》い　鴿子出差時看到豆子而不記得回來，比喩出差時在路中停留，不記得回來。類鳩の使いに豆。

鳩《はと》を憎《にく》み豆《まめ》を作《つく》らぬ　憎恨鴿子而不種豆子。因噎廢食。類鳩こらすとて豆蒔《ま》かぬ。

花一時人一盛《はないっときひとひとさか》り　花開時只有數天，人旺盛時也是短暫的。比喩極盛的時間短。類①花も一時。②薔薇《ばら》と少女はすぐ色があせる。

花多《はなおお》ければ実少《みすく》なし　開花多的樹結果少，比喩表面好看的人不眞實。華而不實。類巧言令色鮮《すくな》し仁。反花も実もある。

鼻欠《はなか》け猿《ざる》が満足《まんぞく》な猿《さる》を笑《わら》う　缺鼻子的猴子笑有完整鼻子的猴子。比喩正確的受到多數錯誤意見的排擠。或比喩因有缺點的同伴多所以不發覺自己的缺點。傳說印度有一千隻猴子之中只有一隻是有完整的鼻子，其他九百九十九隻猴子是缺鼻子的，而有完整鼻子的猴子受到缺鼻子猴子的譏笑。類①九百九十九匹の鼻欠け猿が満足な一匹を笑う。②千匹の鼻欠け猿。

鼻欠《はなか》けにも靨《えくぼ》　缺鼻子也有酒渦，比喩醜臉的人也有一個好看地方。類鼻そげにも靨。

端《はな》から和尚《おしょう》はない　沒有一開頭就當上和尚的。比喩事物都有階段，要按部就班來進行。類沙弥《しゃみ》から長老にはなれぬ。

鼻糞《はなくそ》が目糞《めくそ》を笑《わら》う　鼻涕塊笑眼垢，比喩自己不知自己的缺點而譏笑他人的缺點。類目糞鼻糞を笑う。

鼻糞《はなくそ》で行燈《あんどん》張《は》る　用鼻涕塊來糊方形的紙罩燈台，比喩做工作馬虎，胡亂搞，敷衍了事的工作。

鼻糞《はなくそ》で鯛《たい》を釣《つ》る　用鼻涕塊釣鯛魚，比喩利用沒有價值的東西來取得大利益。

鼻毛《はなげ》を抜《ぬ》く　拔鼻毛，比喩乘人不備來欺騙別人。類鼻毛をよむ。

鼻毛《はなげ》をよむ　捻鼻毛，比喩女人乘男人的缺點來玩弄他。類鼻毛を抜く。

鼻先思案《はなさきしあん》 只顧眼前的膚淺之見。類 ①鼻先分別。②鼻先知恵。③咽元《のどもと》思案。

花咲《はなさ》く春《はる》にあう 遇到花開的春天。比喻碰到機會而發達起來。

話《はな》し上手《じょうず》の聞《き》き下手《べた》 擅於講話，不擅於聽話。類 話し上手に聞き下手。反 話し上手は聞手上手。

話《はな》し上手《じょうず》の仕事下手《しごとべた》 會說話的不會做工作。

話《はな》し上手《じょうず》は聞《き》き上手《じょうず》 會說話的人是會聽話的人。反 話し上手の聞き下手。

話《はなし》では腹《はら》は張《は》らぬ 話不能充飢。

話《はなし》におかえはない 話是沒有第二次的。勸人要認眞聽話時所用的辭句。類 ①話は話すとき聞け人は通るとき見ろ。②話の盛りかえとお平の盛りかえはない。

話《はなし》の蓋《ふた》は取《と》らぬが秘密《ひみつ》 不揭去話蓋是秘密，比喩不要把什麼事都說給人家聽，要有所保留。

話《はなし》の名人《めいじん》は嘘《うそ》の名人《めいじん》 說話的專家是撒謊的專家。

話《はなし》は裏《うら》を聞《き》け 聽人家的話，要注意其反面。

話《はなし》は下《しも》で果《は》てる 話是以下流話而結束。開始說些嚴肅的話，慢慢就變成說些下流話。

話《はなし》は立《た》っても足腰《あしこし》立《た》たぬ 光說不做。

話半分《はなしはんぶん》 話要聽其一半。話要打五折來聽。類 ①話半分嘘《うそ》半分。②話半分見て四分の一。③話半分絵そらごと。④話半分腹八分。⑤仲人口は半分に聞け。

話《はなし》を画《え》にかいたよう 話如畫，比喩話說得好聽，不可相信，沒有眞實性。

花好《はなず》きの畑《はたけ》に花《はな》が集《あつ》まる 花會聚集到愛花人的園地。物以類聚。類 ①類は友を呼ぶ。②金が金を呼ぶ。

鼻《はな》そげも靨《えくぼ》 情人眼中出西施。類 痘痕《あばた》も靨。

洟垂《はなた》れ子順送《こじゅんおく》り 愛流鼻涕的孩子一個接一個成長。類 洟垂れ子も次第送り。

鼻面《はなづら》に藤《ふじ》を通《とお》す 用藤條穿牛鼻，比喩任意驅使，虐待。

花七日《はななぬか》 櫻花開花只有七天。比喩盛時短暫。類 桜は七日。

花《はな》に嵐《あらし》 暴風雨襲擊花。比喩人生無常。事情往往不順利，有障礙。類 ①花に風。②月に叢雲《むらくも》花に風。③花には嵐の障りあり。④花発《ひら》いて風雨多し。⑤盛りは一時。

花盗人《はなぬすびと》は風流《ふうりゅう》のうち　偷花者風流。

鼻《はな》の先《さき》の合点《がてん》は腹《はら》の底《そこ》まで通《とお》らぬ　貿然斷定是沒有經過內心的思考。

鼻《はな》の下《した》の十万坪埋《じゅうまんつぼうめ》らぬ　比喩貧而吃不飽。

鼻《はな》の先《さき》の疣疣《いぼいぼ》　鼻子尖兒的疙瘩。比喩拿他沒有辦法的障礙物。眼中釘。類 目の上の瘤《こぶ》。

花《はな》の下《した》より鼻《はな》の下《した》　在花前賞花不如嘴巴吃得飽。類 花より団子。

花《はな》は折《お》りたし梢《こずえ》は高《たか》し　想折花而樹梢高。比喩可望而不可及。類 高嶺《たかね》の花。

花《はな》は桜木《さくらぎ》人《ひと》は武士《ぶし》　花是櫻花樹第一，人是武士第一。類 ①人は武士花は桜。②花は三芳野人は武士。③木は檜《ひのき》人は武士。

鼻柱《はなばしら》が強《つよ》い　固執己見，不讓人。

花《はな》は根《ね》に帰《かえ》る鳥《とり》は古巣《ふるす》に帰《かえ》る　花歸根，鳥歸舊巢。葉落歸根。類 花は根に鳥は古巣。

花《はな》は半開《はんかい》、酒《さけ》は微酔《びすい》　花是半開最好看，酒是微醉最好，表示事物不到頂較好。

花発《はなひら》いて風雨《ふうう》多《おお》し　花開風雨多，比喩凡事多障礙。

鼻《はな》へ食《く》うと長者《ちょうじゃ》になる　節儉能致富。

花《はな》も折《お》らず実《み》も取《と》らず　花也折不到，果實也取不到。鷄也飛了，蛋也打了。類 虻蜂《あぶはち》取らず。

花《はな》も實《み》もある　有花有果。比喩外觀美，內容充實。文武兼備。類 色も香もある。反 花多ければ実少なし。

花《はな》より団子《だんご》　花不如丸子。比喩捨華求實，不愛風流愛實利。類 ①一中節より鰹節《かつおぶし》。②からほおずきより実ほおずき。③酒なくて何の己が桜かな。④花の下より鼻の下。⑤色気より食い気。⑥名を棄《す》てて実を取る。⑦見えを張るより頬張《ほおば》れ。⑧義理張るより頬張れ。⑨心中より饅頭《まんじゅう》。⑩詩を作るより田を作れ。⑪碁を打つより田を打て。⑫理詰めより重詰め。

鼻《はな》をかめと言《い》えば血《ち》の出《で》る程《ほど》かむ　叫他擤鼻子就擤到連血都要流出來。比喩得寸進尺。類 ①鼻かめば血がでる迄。②そっと申せばぎゃっと申す。

花《はな》を持《も》たす　讓對方贏。讓對方面上增光。

歯《は》に衣着《きぬき》せぬ　直言不諱。反 奥歯に衣着せる。

羽《はね》の生《は》えぬ間《ま》は飛《と》ぶな　沒生羽毛不要飛。比喩沒準備好，不要急着去做。

跳《は》ね火子《びこ》に払《はら》う　人爲了自己的安全也會把爆飛的火種向自己的孩子拂去。類 熱火を子に払う。

跳《は》ねる馬《うま》は死《し》んでも跳《は》ねる　會跳的馬到死也會跳。比喩習性難改。

歯《は》の抜《ぬ》けたよう　缺牙露齒，殘缺不全。

母方《ははかた》より食《く》い方《かた》　自己的生活比親戚更重要。

祖母《ばば》育《そだ》ちは三百文《さんびゃくもん》やすい　由祖母撫養大的人不堅強。類 ①祖母育ちは銭が安い。②祖母育ての三百安。③年寄の育てる子は三百文安い。④隠居娘は三百安い。⑤慈母に敗子多し。

母《はは》の折檻《せっかん》より隣《となり》の人《ひと》の扱《あつか》いが痛《いた》い　處理鄰居的事情比母親的打罵更痛，即更爲頭痛，因爲母親有愛情，鄰居的他人沒有眞實的感情，只是表面的東西。類 親の打つ拳《こぶし》より他人のさするが痛い。

幅《はば》をきかす　有勢力。

歯亡《はほろ》び舌存《したそん》す　齒亡舌存，比喩堅硬的東西比軟弱的東西先亡。類 ①高木風に折らる。②柳に雪折れなし。

蛤《はまぐり》で海《うみ》をかえる　以蠡測海。類 ①貝殻で海を量る。②鍵の孔から天を覗《のぞ》く。③針を以て地を刺す。

はまった後《あと》で井戸《いど》の蓋《ふた》をする　掉下井後才蓋井蓋。比喩事後的小心。類 ①後悔先に立たず。②下種《げす》の知恵は後から。③死んでからの医者話。

浜《はま》の真砂《まさご》　海濱的細沙，比喩多得無法計算。

羽目《はめ》をはずして騒《さわ》ぐ　盡情狂歡。

鱧《はも》も一期《いちご》海老《えび》も一期《いちご》　大如海鰻也是一生，小如蝦也是一生，比喩人盡管有貧富貴賤之分，都是過一生。類 蛇も一生蛞蝓《なめくじ》も一生。

早《はや》い馬《うま》も千里《せんり》のろい牛《うし》も千里《せんり》　快的馬也是走千里，緩慢的牛也是走千里，比喩慌張也沒有用，結果都是一樣。類 早牛も淀遅牛も淀。

早《はや》いが勝《か》ち　捷足先登。類 ①先んずれば人を制す。②早いが重宝。反 早いばかりが能ではない。

早《はや》いのが一《いち》の芸《げい》　快手快脚是一種特長。反 早い者に上手なし。

早《はや》い者《もの》に上手《じょうず》なし　快手快脚的人不高明。類 ①早かろう悪かろう遅かろうよかろう。

②早かんべえ悪かんべえ。反早いのが一の芸。

早起《はやおき》三両《さんりょう》倹約《けんやく》五両《ごりょう》　早起和節倹好處多。類①朝起き三両始末五両。②朝起き三文の徳。③早起きは三文の徳長起きは三百の損。④早起き目の薬。⑤早起き千両。

早《はや》起《お》きは三文《さんもん》の徳《とく》、長《なが》起《お》きは三百《さんびゃく》の損《そん》　早起有益，熬夜有害。類 朝起きは三文の徳。

早合点《はやがってん》の早忘《はやわす》れ　囫圇呑棗自以爲是的人遺忘得快。類早のみこみの早忘れ。

早合点《はやがてん》は大間違《おおまちが》いの基《もと》　貿然斷定是引起大錯誤的原因。

早《はや》かろう悪《わる》かろう　快做的不好。類 疾行には善迹なし。

早鐘《はやがね》をつくよう　因心情不安而心裏亂跳。

早《はや》く咲《さ》けば早《はや》く散《ち》る　早開花早謝。早熟早老。

早《はや》く産《さん》を求《もと》めて晩《おそ》く妻《つま》をめとれ　先有經濟基礎之後，才娶妻子。

早《はや》くて間《ま》に合《あ》わぬ鍛冶屋《かじや》の向《む》こう槌《づち》　鐵舖的鐵鎚一方快得連對方都配合不來。比喩快雖好，但有時不見得好。

早寝《はやね》早《はや》起《お》き病《やまい》知《し》らず　早睡早起不患病。

早分別《はやふんべつ》後悔《こうかい》多《おお》し　判斷快後悔多。凡事都要三思而後行。

早飯《はやめし》早糞《はやぐそ》早算用《はやざんよう》　飯吃得快，大便快，計算快也是特長。類①早飯早糞芸の中《うち》。②早飯早糞早走り。③早飯早糞出事のもと。④早飯も芸の中。反長飯長糞これも一得。

早飯《はやめし》も芸《げい》の中《うち》　吃飯快也是一種特長。類①男の早飯早支度。②早飯早糞早支度。③早飯早糞早算用。

流行事《はやりごと》は六十日《ろくじゅうにち》　時髦的事情只有流行六十天。流行只是一時。類 流行物は廃り物。

流行目《はやりめ》なら病《や》み目《め》でもよい　流行性結膜炎這種眼疾也沒關係，只要沾上流行這個詞就好。諷刺追隨時髦。

流行物《はやりもの》は廃《すた》り物《もの》　流行的東西是廢物。流行的東西只是一時的，流行過就沒用。類①流行物は廃れる。②流行事は六十日。

流行《はやり》る芝居《しばい》は外題《げだい》から　流行的戲是由於戲名而流行起來。類生ゆる山は山口から見ゆる。

生《は》ゆる山《やま》は山口《やまぐち》から見《み》ゆる　樹木茂盛的山，在入山口就看見樹木茂盛。類①貴い寺は門から。②流行《はや》る芝居は外題から。③流行る稲荷は鳥居から知れる。

腹《はら》が後《あと》へ寄《よ》って来《く》る　肚靠近背後，比喩空腹。類①腹が北山。②腹が北野の天神。

腹《はら》が立《た》つなら親《おや》を思《おも》い出《だ》すが薬《くすり》　生氣時思起父母，氣就會消。

腹《はら》がへっては軍《いくさ》ができぬ　空着肚子打不了戰。

腹立《はらた》てるより義理《ぎり》立《た》てよ　生氣不如說理。

腹《はら》に一物《いちもの》　腹中有一物，比喩在心裏暗中策劃。心懷叵測。類①胸に一物。②一物は腹に荷物は背《せな》に。

ばらにとげあり　玫瑰花有刺。比喩外觀雖美，內心有刺。

腹《はら》の皮《かわ》が張《は》れば目《め》の皮《かわ》がたるむ　肚皮張，眼皮垂。吃飽就想睡。

腹《はら》の立《た》つ事《こと》は明日《あす》言《い》え　令人生氣的事留在明天說。類 言いたい事は明日言え。

腹《はら》の立《た》つように家倉《いえくら》建《た》たぬ　賺錢沒有發脾氣那樣容易。

腹《はら》の虫《むし》が承知《しょうち》せぬ　怒氣難消。

腹《はら》は借《か》り物《もの》　母親的肚子是借的東西。比喩血統與母方無關，子的身份由父方而定。

腹《はら》は立《た》て損《ぞん》喧嘩《けんか》は仕損《しぞん》　發脾氣和吵架都沒有好處。類 短気は損氣。

腹八分《はらはちぶ》に医者《いしゃ》いらず　吃八分飽不需要醫生。吃八分飽身體可保持健康。類①腹八合には医者いらず。②腹八分に病なし。③腹八分目卑しからず。④腹八分凧《たこ》八分。⑤食いすぎ飲みすぎは病のもと。⑥腹も身の中《うち》。⑦小食は長生きのしるし。⑧大食短命。

腹二十日目十日《はらはつかめとおか》　吃多少或睡多少經一段時間就變成習慣。

腹《はら》へり男《おとこ》は腹立《はらた》ち男《おとこ》　肚餓容易發脾氣。

腹《はら》も身《み》の中《うち》　肚子也是身體的一部份，所以不要暴飲暴吃。類①腹も身の中食傷も病の中。②腹八分に医者いらず。③袋は一杯にならぬうちにしばれ。

張子《はりこ》の虎《とら》　紙老虎。

張《は》りつめた弓《ゆみ》はいつか弛《ゆる》む　拉滿的弓會鬆弛下來。比喩不能永遠保持緊張。類 張りつめた弓のつるは切れる。

針《はり》で掘《ほ》って鍬《くわ》で埋《うず》める　用針挖土，用鋤頭塡土，比喩辛辛苦苦一點一滴積蓄下來的財產，一次就花光。類①爪で拾って箕《み》でこぼす。②耳掻《みみか》きで集めて熊手で掻き出す。

針《はり》とる者車《ものくるま》をとる　偷針的人會偷車。幹小壞事會變成犯大罪。

針《はり》の穴《あな》から天上覗《てんじょうのぞ》く　從針孔看天上。管見。一孔之見。類①鍵の孔《あな》から天を覗く。②針を以て地を刺す。③管の穴から天上覗く。④管を以て天を窺《うかが》う。

針《はり》は小《ちい》さくても呑《の》まれず　針雖小，却不可吞下去。比喩不可欺小，不能輕小敵。類①針は包まれぬ。②山椒は小粒でもぴりりと辛い。

針《はり》は包《つつ》まれぬ　針不好包，比喩形雖小，但不可輕侮，不能小看。類①細くとも針は呑まれぬ。②針は小さくても呑まれず。③山椒《さんしょう》は小粒でもぴりりと辛い。

針程《はりほど》の穴《あな》から棒程《ぼうほど》の風《かぜ》がくる　從如針孔那樣小空隙吹來如棍子那樣大的風，比喩從小空隙吹進來的風比較冷。類針の穴から棒のような風が出る。

針程《はりほど》の事《こと》を棒程《ぼうほど》に言《い》う　將如針那樣小的事說是如棍子那樣大的事。誇大其詞。類①針小棒大。②針を棒。③針を棒に取りなす。④針程の事を柱程。⑤一寸の事も一丈に言いなす。

針《はり》を倉《くら》に積《つ》む　將針積存在倉庫。比喩將小錢積蓄成爲大錢。反①針を積んでもたまらぬ。②針を倉に積みても続かぬ。

針《はり》を以《も》て地《ち》を刺《さ》す　以針刺地。比喩以淺薄知識而想成大事。或比喩計劃不能完成的事情。類①管を以て天を窺《うかが》う。②貝殻で海を量る。③葦《よし》の髄から天覗《のぞ》く。④針の穴から天上覗く。

春種《はるう》えざれば秋実《あきみの》らず　春不播種，秋不結實。不耕耘就沒有收穫。沒有原因就沒有結果。類①萌《ま》かぬ種は生えぬ。②火の無い所に煙は立たぬ。③打たぬば鳴らぬ。

春先《はるさき》は死《し》んだ馬《うま》の首《くび》も動《うご》く　初春連死馬的頭都會動，比喩一到春天，一切的生物都開始活動。

春《はる》に三日《みっか》の晴《せい》無《な》し　春天無三日晴。

春《はる》の晩飯後三里《ばんめしあとさんり》　春天吃晚飯後走三里，太陽才下山。比喩春天的白天長。類①春の夕飯食って三里。②入相《いりあい》一里。

春《はる》の雪《ゆき》と叔母《おば》の杖《つえ》は怖《こわ》くない　春雪和嬸母的手杖不可怕。比喩春天下大雪不會下得久。類①春の雪と子供の喧嘩は長引かぬ。②春の雪には根がない。③春の雪は彼岸まで。

春《はる》の雪《ゆき》と歯抜《はぬ》け狼《おおかみ》は怖《こわ》くない　春雪和拔去牙的狼不可怕。比喩春天下大雪不會下很久。類①春の雪と年寄の腕自慢はあてにならぬ。②春の雪とよその殿様おっかなくない。③春の雪には根がない。

腫物《はれもの》にさわるよう　如去摸腫疱，比喻提心吊胆，小心翼翼。

葉《は》をかいて根《ね》を断《た》った　除葉斷根。比喻重視枝末而損害根本。類 枝を撓《た》めて花を散らす。

万悪淫《ばんあくいん》を首《はじめ》とし百行孝《ひゃくこうこう》を先《さき》とす　萬惡淫爲首，百行孝當先。

判官《はんがん》びいき　同情弱者。

盤根錯節《ばんこんさくせつ》に遇《あ》いて利器《りき》を知《し》る　遇盤根錯節才知利器，比喻遇到困難才知其爲人。

万死《ばんし》に一生《いっしょう》を得《え》る　九死一生。死裏逃生。虎口餘生。

繁昌《はんじょう》の地《ち》に草生《くさは》えず　繁盛之地不生草。流水不腐。類 ①人通りに草生えず。②使う鍬《くわ》は光る。③使う鍬は錆《さ》びない。④転がる石には苔《こけ》が生えぬ。

半畳《はんじょう》を入《い》れる　喊倒彩，冷言冷語諷刺。類 半畳を打つ。

万卒《ばんそつ》は得易《えやす》く一将《いっしょう》は得難《えがた》し　得萬卒易，得一將難。類 ①千軍は得易く一将は求め難し。②親方よりも働き手の方が見いだしやい。

半面《はんめん》の識《しき》　半面之識。

万緑叢中紅一点《ばんりょくそうちゅうこういってん》　萬綠叢中一點紅。類 ①一点紅。②紅一点。③鶏群の一鶴。

判《はん》を貸《か》すとも人請《ひとうけ》するな　雖可以担保借款，但不要保證一個人。類 金請はするとも人請はするな。

ひ

贔屓《ひいき》の引《ひ》き倒《だお》し　過於捧場反而引起壞結果。過於庇護，反倒使人不上進。類 ①贔屓倒し。②甲張り強くして家押し倒す。③寵愛昂《ちょうあいこう》じて尼になす。

挽《ひ》いた婆《ばば》さえまだ食《く》わぬ　連磨粉的老太婆還沒有吃，粉就被人吃掉，表示連本人都不知的事，已經傳開而吃了一驚。

引《ひ》いて発《はな》たず　拉而不發。

燧石《ひうちいし》据《す》え石《いし》にならぬ　燧石不能做地基的基石。比喻小的有用的東西不一定能當做大的東西用。

非学者論《ひがくしゃろん》に負《ま》けず 不學無術的人，議論時不會輸。因不知道理，固執己見，不會認輸。類 盲蛇に怖《お》じず。

日陰《ひかげ》の梨《なし》 背陰的梨子，比喩外表好，內容差。

日陰《ひかげ》の豆《まめ》も時《とき》がくればはぜる 生在背陰地方的豆到了時候也會裂開。比喩心身發展遲慢的人，到了時候也長大成人。類 陰裏の桃の木も時が来れば花咲く。

日陰《ひかげ》の豆《まめ》もけじけ時《どき》 思春期。類 日陰の豆も時がくればはぜる。

日陰《ひかげ》の桃《もも》の木《き》 背陰的桃樹。比喩瘦弱不禁風。類 流しの下の小豆の木。

東《ひがし》に近《ちか》ければ西《にし》に遠《とお》い 接近東邊就遠離西邊。表示不偏袒一方很難，嚴守中立困難。

干潟《ひがた》の鰯《いわし》 落潮後露出的沙灘上的沙丁魚。比喩一籌莫展，毫無辦法。

日《ひ》が西《にし》から出《で》る 太陽從西邊出來。比喩絕對沒有的事，相反的事。

飛蛾《ひが》火《ひ》に赴《おもむ》く 飛蛾撲火。

火《ひ》が火《ひ》を喚《よ》ぶ 火招火，比喩同類相聚，或越來越盛。

火《ひ》が降《ふ》っても槍《やり》が降《ふ》っても 不管天下火或下矛，比喩無論遇到多大的困難，都要去做。類 ①雨が降ろうが槍が降ろうが。②火の雨が降っても。

光《ひかり》ある物《もの》は光《ひかり》ある物《もの》を友《とも》とす 有光的東西以有光的東西爲友，比喩物以類聚。類 類は友を呼ぶ。

光《ひか》る程《ほど》鳴《な》らぬ 心沒有嘴那樣壞。或才能沒有說的那樣大。

引《ひ》かれ者《もの》の小唄《こうた》 被綁赴刑場的人唱小曲，比喩故作鎮靜，假裝堅強。類 盗人猛猛し。

彼岸《ひがん》が来《く》れば団子《だんご》を思《おも》う 春分一到就想吃丸子。諷刺忘記了重要之事，光想吃的人。

日勘定《ひかんじょう》では足《た》らぬが月勘定《つきかんじょう》では余《あま》る 日帳不足，月帳有餘。比喩眼前看不到利益，長久利益大。類 日計足らず歳計余り有り。

引臼《ひきうす》を針《はり》にせよ 將磨磨成針。鐵杵磨成針。比喩困難。

飛脚《ひきゃく》に三里《さんり》の灸《きゅう》 向遞信件的跑腿施三里穴的灸。比喩快馬加鞭。類 ①帆掛船に櫓《ろ》を押す。②駈《か》ける馬に鞭《むち》。

低《ひく》き処《ところ》に水溜《みずた》まる　水積在低處。比喩人聚於有利的地方。或比喩不好的人聚在環境不好的地方。類百川海に朝す。

比丘尼《びくに》に笄《こうがい》　給比丘尼簪，比喩沒有需要，不合適。類比丘尼の櫛貯《くしたくわ》え。

比丘尼《びくに》に髭出《ひげだ》せ　要比丘尼長鬍鬚，比喩故意出難題，無理要求。類①比丘尼の髮を結う。②比丘尼に櫛《くし》を出せという。

日暮《ひく》れて途遠《みちとお》し　日暮途遠。

日暮《ひく》れて道《みち》を急《いそ》ぐ　日暮趕路，比喩到了尾聲才趕事。

ひげの塵《ちり》を払《はら》う　拂對方的鬚塵，比喩奉承，拍馬屁。類①ごまをする。②首を垂れて尾を振る。③曲学阿世。

卑下《ひげ》も自慢《じまん》の中《うち》　自卑也屬於自誇。表面說些過分謙虛的話，其實言外含有自誇的意思。類①卑下もすぎれば自慢となる。②過大な謙遜は高慢なり。

美言信《びげんしん》ならず　美言無信。

弥猴《びこう》が帝釈《たいしゃく》を哂《わら》う　獮猴譏笑帝釋天，比喩愚者笑賢者。

非細工《ひざいく》の小刀《こがたな》へらし　工藝不精的人只有消磨小刀，浪費材料，結果沒有什麼用。

瓢《ひさご》で藁打《わらう》つ　用葫蘆打稻草，比喩難做，或無理之事。類①藪《やぶ》に馬鍬《まんが》。②蜂《はち》の巣へ鎌。

瓢《ひさご》に浮《う》き　過於謹慎反而馬虎。

庇《ひさし》を貸《か》して母屋《おもや》を取《と》られる　租出廂房而結果連主房都被霸佔。比喩喧賓奪主，恩將仇報。類①片屋貸して母屋取られる。②軒を貸して母屋を取られる。③鉈《なた》を貸して山を伐《き》られる。④飼犬に手を噛《か》まれる。⑤貸家栄えて母屋倒るる。⑥借家貸して母屋取られる。

膝《ひざ》っ子《こ》に目薬《めぐすり》　錯得太離譜。類①尻に目薬。②おけつで目薬目に膏薬《こうやく》。

膝《ひざ》とも談合《だんごう》　困難時如沒有可以商量的人，連自己的膝也同它商量。比喩集思廣益。

膝枕《ひざまくら》に頰杖《ほおづえ》　以旁人的大腿爲枕頭而睡和獨自一個人托腮。比喩大不相同。

飛耳長目《ひじちょうもく》　飛耳長目，比喩看得遠聽得遠，或觀察力銳利。

秘事《ひじ》は睫《まつげ》　秘訣如睫毛在眼前而看不見。燈下黑。類①近くて見えぬは睫。②燈台下暗し。

飛車取《ひしゃと》り王手《おうて》　一次得到雙方的利益。

美色面《びしょくおもて》を同《おな》うせず　美人其面貌各不相同。

美女《びじょ》は醜婦《しゅうふ》の仇《あだ》　美女是醜婦之仇。類 ①美女は悪女のそしりの種。②美女は悪女の仇。③美女は悪女の焔《ほむら》の種。

美女《びじょ》は生《せい》を断《た》つ斧《おの》　美女斫生之斧。美女能使男人亡身。

聖《ひじり》も時《とき》に遇《あ》わず　聖人也不逢時。有才能的人如時運不好，社會也不用他。類 孔子も時に合わず。

美人《びじん》の終《おわ》りは猿《さる》になる　美人最後會變成猴子。美人老了比一般人醜。

美人《びじん》は言《い》わねど隠《かく》れなし　美人自己不宣傳，自然有人知。類 紅《くれない》は園生に植えても隠れなし。

ひそかに諫《いさ》めて公《おおやけ》にほめよ　在背後勸告而在衆人面前稱讚。

尾大《びだい》掉《ふる》わず　尾大不掉。類 末重き物は必ず折る。

左団扇《ひだりうちわ》で暮《く》らす　不勞而食。

左《ひだり》は勝手《かって》右《みぎ》は得手《えて》　左右逢源。

左前《ひだりまえ》になる　倒霉、衰落。類 左回りになる。

ひだるい時《とき》にまずい物《もの》なし　餓得慌時沒有不好吃的東西。飢不擇食。類 ひもじい時にまずい物なし。

飛鳥尽《ひちょうつ》きて良弓蔵《りょうきゅうかく》れ狡兎《こうと》死《し》して走狗《そうく》烹《に》らる　飛鳥盡，良弓藏，狡兎死，走狗烹。兎死狗烹。比喻有事時用你，無事時就把你害死。

跛馬《びっこうま》も主《ぬし》が褒《ほ》める　瘸馬馬主也稱讚。比喻自己的東西什麼都好。敝帚自珍。類 主上田。

跛馬宵《びっこうまよい》から乗《の》り出《だ》せ　瘸馬天剛黑就要起程，比喻動作慢的人要早一點準備。

引《ひ》っ越《こ》し三両《さんりょう》　搬家要三兩。比喻搬家一定要花費一些錢。類 ①家越し三両。②引っ越し貧乏。

跛《びっこ》の提燈持《ちょうちんも》ち　瘸子提燈籠一上一下，比喻又稱讚又貶低。

羊《ひつじ》の歩《あゆ》み　羊走近屠場，比喻接近死亡。

羊《ひつじ》を亡《うしな》い牢《ろう》を補《おぎな》う　亡羊補牢。

羊《ひつじ》を以《もっ》て牛《うし》に易《か》える　以羊易牛。

匹夫《ひっぷ》罪《つみ》なし璧《たま》を懐《いだ》いて罪《つみ》あり　匹夫無罪，懷璧有罪。

匹夫《ひっぷ》も志《こころざし》を奪《うば》う可《べ》からず　匹夫不可奪其志。

必要《ひつよう》は発明《はつめい》の母《はは》　需要爲發明之母。

火《ひ》で火《ひ》は消《き》えぬ　用火不能消火。比喩力量對力量只是使爭門越激烈。

旱《ひでり》に雨《あめ》　久旱遇雨。久旱逢甘霖。類①旱天《かんてん》の慈雨。②闇夜《やみよ》に提燈《ちょうちん》。

旱《ひで》に不作《ふさく》なし　旱年不會失收。類旱魃に飢饉《ききん》なし。

日照《ひで》りの高下履《たかばくり》　驕陽下穿高木屐，比喩不相稱。

人垢《ひとあか》は身《み》につかぬ　從旁人拿來的東西即使暫時屬於自己，也不能永遠保持下去。類悪銭身に附かず。

人跡《ひとあとしげ》繁けれぱ山《やま》も窪《くぼ》む　多人踩，山都會凹下去。水滴石穿。類①雨垂れ石を穿《うが》つ。②釣瓶縄《つるべなわ》井桁《いげた》を断つ。③塵《ちり》積もりて山となる。④砂長《いさご》じて巌《いわお》となる。

人《ひと》ある中《なか》に人《ひと》なし　人多而無能人。

人至《ひといた》りて賢《かしこ》ければ友《とも》なし水至《みずいた》りて清《きよ》ければ魚棲《うおす》まず　人至賢無友，水至清魚不棲。

一浦違《ひとうらちが》えば七浦違《ななうらちが》う　一人失敗使全體同業受到壞影響。

人衆《ひとおお》ければ天《てん》に勝《か》つ　人衆勝天。人定勝天。類①人盛んにして天に勝つ。②人定まりて天に勝つ。③人強くして天に勝つ。④人盛んなれば神祟《たた》らず。⑤人衆ければ則《すなわ》ち狼《おおかみ》を食う。

人各各《ひとおのおの》能《のう》あり不能《ふのう》あり　人人各有能與不能。人人都有優點和缺點。

人必《ひとかなら》ず自《みずか》ら侮《あなど》りて然《しか》る後《のち》に人《ひと》これを侮《あなど》る　人必自侮然後人侮之。

人窮《ひときゅう》して巧《たく》みをなす　人窮生巧。

人屑《ひとくず》と縄屑《なわくず》は余《あま》らぬ　人渣和碎繩不會剩，比喩人人都有適合他的工作做。類①女《おんな》と塩肴《しおざかな》は余らない。②女の切れっぱしと餅の切れっぱしは余らない。

人屑《ひとくず》は火《ひ》も焚《た》けぬ　人渣連火不會燒。類人を使わば火を焚かせよ。

人喰馬《ひとくらいうま》にも合口《あいくち》　咬人的馬也有投緣的人。野蠻的人也有和他合得來的人。類①嚙む馬にも合口。②かぶり馬にも合口。③蹴《け》る馬も乗り手次第。

人肥《ひとこ》えたるが故《ゆえ》に貴《たっと》からず　人不因肥而貴。比喩人的價值不由外貌來定。類山高きが故に貴からず。

人《ひと》こそ人《ひと》の鏡《かがみ》 人才是人之鏡。別人的行爲可以做爲自己的借鑑。類①人を以て鑑《かがみ》となす。②人を鑑とせよ。③人の振り見て我が振り直せ。

人事《ひとごと》言《い》わば筵《むしろ》敷《し》け 談別人的事，要準備他的座位，因爲他可能會來。表示不要多議論他人之事。

人事《ひとごと》いわば目代《めじろ》置《お》け 議論別人的事要設看守。

人事《ひとごと》いわんよりわが身《み》の癖《くせ》をなおせ 議論別人的事不如改正自己的脾氣。類①人事いわんよりわが頭の蠅を追え。②人の蠅を追うより己の蠅を追え。③人事いわんより我が蜂払え。

人盛《ひときか》んにして神《かみ》祟《たた》らず 人有十年旺，鬼神不敢誇。人在旺盛時神明都不罰。類①人間盛んに神祟りなし。②凡夫盛んにして神祟らず。③神は高運の凡夫を救う。④神力勇者に勝つこと能《あた》わず。⑤仏力も強力に勝たず。⑥悪盛んなれば天に勝つ。⑦人盛んにして天に勝つ。

人盛《ひときか》んにして天《てん》に勝《か》つ 人盛勝天。類①人衆《おお》ければ天に勝つ。②人盛んにして神祟《たた》らず。③人定まりて天に勝つ。

人酒《ひときけ》を飲《の》む酒酒《さけさけ》を飲《の》む酒人《さけひと》を飲《の》む 開始人喝酒，慢慢酒喝酒，最後酒喝人。類①始めは人酒を飲み中ごろは酒が酒を飲み終りには酒人を飲む。②一盃は人酒を飲み二盃は酒酒を飲む。

一筋縄《ひとすじなわ》でゆかぬ 用普通辦法無法對付，使之就範。類①甘い酢では行かぬ。②甘口では行かぬ。

一筋《ひとすじ》の矢《や》は折《お》るべし、十筋《とすじ》の矢《や》は折《お》り難《がた》し 一枝箭可折，十枝箭難折。比喩團結力量大。類結合は力をなす。

一《ひと》たび鳴《な》けば人《ひと》を驚《おどろ》かす 一鳴驚人。

一《ひと》つ穴《あな》の狐《きつね》 同一洞穴的狐狸。一丘之貉。類①同じ穴の狐。②同じ穴の狸。③同じ穴の貉《むじな》。

一《ひと》つ姉《あね》は買《か》うて持《も》て 大過自己一歲的妻子會持家。

一《ひと》つ余《あま》って大津《おおつ》へ戻《もど》る 比喩過猶不及。類①過ぎたるは猶及ばざるが如し。②薬も過ぎれば毒となる。

一《ひと》つ事《こと》は同《おな》じ事《こと》 說法雖不同，却是同一件事。不言而喩。

一《ひと》つ鍋《なべ》の物《もの》を食《く》う　吃同一個鍋的東西。做為家屬的一份子而生活。

人常《ひとつね》に菜根《さんこん》を咬《か》み得《え》ば則《すなわ》ち百事《ひゃくじ》做《な》すべし　人能常啃菜根則能做百事。

一《ひと》つ増《ま》しは果報《かほう》持《も》ち　妻子大一歲有幸福。類①箆《へら》増しは果報持ち。②一つぶせは倉建てる。③一つ妻《め》増しは鉄の草鞋で探せ。④一つ姉は買うても持て。⑤一箆二箆果報箆。反一つ劣りは鉄の草鞋で探せ。

一《ひと》つよければ又二《またふた》つ　一個行就來第二個。得隴望蜀。比喩人的慾望無窮。類思う事一つ叶《かな》えばまた一つ。

人《ひと》と入《い》れ物《もの》は有《あ》り合《あわ》せ　人和器皿用現成的。人和器皿用近身的。人和器物多也好，但少也能將就。類①人と器は有り合せ。②人と入れ物は有り次第。③人と器は有り次第。

人《ひと》と馬《うま》には乗《の》って見《み》よ添《そ》うて見《み》よ　馬要騎看看，人要親近看看，比喩要接近事物才能知道其性質。日久見人心。類人には添うて見よ、馬には乗って見よ。

人《ひと》と契《ちぎ》らばよく見《み》て語《かた》れ　要好好觀察對方的人品之後才同他來往。

人通《ひとどお》りに草生《くさは》えず　人常走的地方不生草。流水不腐。類①繁昌の地に草生えず。②使う鍬《くわ》は光る。③使う鍬は錆《き》びない。④転がる石には苔《こけ》が生えぬ。

一時《ひととき》違《ちが》えば三里《さんり》の後《おく》れ　錯了一時，就會慢三里。不要幹一些多餘無用之事。類①一時三里犬走り。②小便一町飯一里。

人《ひと》と屛風《びょうぶ》は直《す》ぐには立《た》たず　屛風不彎曲不立，人不走彎路不能立世。一味鯁直，會碰壁。類①人と屛風は直ぐでは立てぬ。②商人《あきんど》と屛風は曲がらねば世に立たず。③曲がらねば世が渡られぬ。④一枚の紙にも裏表。⑤水清ければ魚棲《す》まず。⑥正直者が馬鹿を見る。⑦正直は馬鹿の本。⑧正直は馬鹿のうち。⑨正直貧乏横着栄耀《えよう》。反①正直は一生の宝。②正直の頭《こうべ》に神宿る。

人《ひと》捕《と》る亀《かめ》が人《ひと》に捕《と》られる　想捉人的龜被人捉去。比喩害人害己。類①悪事身にとまる。②狩人罠《わな》にかかる。③人を謀れば人に謀らる。

人《ひと》には飽《あ》かぬが病《やまい》に飽《あ》く　久病無孝子。

人《ひと》に剛臆《ごうおく》無《な》く気《き》に進退《しんたい》あり　人無剛強懦弱之分，只有對事物積極或消極之別。

人《ひと》に高下《こうげ》なし心《こころ》に高下《こうげ》あり　人無高下之分，心有高下之別。

人《ひと》に三怨《さんえん》あり　人有三怨。位高受人嫉妒。

人《ひと》に千日《せんにち》の好《よしみ》なく花《はな》に百日《ひゃくにち》の紅《くれない》なし　人無千日好，花無百日紅。

人《ひと》に仕《つか》うるを知《し》る者《もの》にして然《しか》る後《のち》に以《もっ》て人《ひと》を使《つか》うべし　被人使用過的人，然後才能使用人。

人《ひと》には添《そ》うて見《み》よ、馬《うま》には乗《の》って見《み》よ　日久見人心，路遙知馬力。類 ①人には逢うて見よ馬には乗りて見よ。②荒馬にも添うて見よ。③人と馬には乗って見よ添うて見よ。④人には添うて知れ馬には乗って知れ。⑤人には問うて見よ馬には乗って見よ。

人《ひと》に一癖《ひとくせ》　人都有脾氣。類 ①無くて七癖。②人に人癖馬に馬癖。③人各各一癖有り。

人《ひと》に施《ほどこ》しては慎《つつし》みて念《おも》うこと勿《なか》れ　施恩於人愼勿念。

人《ひと》に因《よ》りて事《こと》を成《な》す　因人成事。

人《ひと》の過《あやま》ち我《わ》が仕合《しあわ》せ　人之過失是我之幸福。

人《ひと》の家《いえ》に女《おんな》と俎板《まないた》はなければ叶《かな》わぬもの　家庭没有女人和切菜板不行。

人《ひと》の意見《いけん》は四十《しじゅう》まで　人的意見到四十歲爲止。人一過四十歲往往不聽人家的意見。

人《ひと》の痛《いた》いのは三年《さんねん》でも辛抱《しんぼう》する　別人的痛苦三年也能忍受。別人痛苦與己無關。漠不關心別人的痛癢。類 人の痛いは百年も堪える。反 他人の疝気《せんき》を頭痛に病む。

人《ひと》の一生《いっしょう》は重荷《おもに》を負《お》うて遠《とお》きに行《ゆ》くが如《ごと》し　人之一生如負重物走遠路。

人《ひと》の一心《いっしん》岩《いわ》をも砕《くだ》く　人的一心一意也能碎石。有志者事竟成。

人《ひと》の一寸《いっすん》我《わ》が一尺《いっしゃく》　人一寸我一尺，比喩別人的小缺點能發現，自己的大缺點不能發現。類 ①人の針程我が棒程。②人の七難より我が八難。③我が身の一尺は見えぬ。

人《ひと》の命《いのち》は万宝《ばんぽう》の第一《だいいち》　人命是萬寶之寶。類 ①命に過ぎたる宝なし。②命あっての物種。③死んで花実が咲くものか。④身ありての奉公。⑤命は法の宝。反 ①命は鴻毛《こうもう》より軽し。②命よりも名を惜しむ。

人《ひと》の上《うえ》に吹《ふ》く風《かぜ》は我《わ》が身《み》にあたる 吹在別人身上的風也會吹到自己的身上，比喩別人遇到事情，自己也會遇到。類 ①昨日は人の身明日は我が身。②人の事は我が事。

人《ひと》のうえ見《み》てわが身《み》を思《おも》え 看他人的行爲，來反省自己的行爲。類 ①人の振り見て我が振り直せ。②人こそ人の鏡。

人《ひと》の嘘《うそ》は我《わ》が嘘《うそ》となる 轉述他人的謊言就變成自己說謊。類 人のそら言は我がそら言。

人《ひと》の馬《うま》に乗《の》るな 不要騎別人的馬。比喩不要染指他人的馬。

人《ひと》の生《うま》まるや憂《うれえ》と倶《とも》に生《うま》る 憂愁與生倶生。人一生出來就有憂愁。

人《ひと》の噂《うわさ》は倍《ばい》になる 傳說會把事實成倍地誇大起來。

人《ひと》の噂《うわさ》も七十五日《しちじゅうごにち》 傳說只有七十五天就消逝。比喩傳說過一陣間就會消失。類 ①人の上も百日。②よきも悪しきも七十五日。③世の取沙汰も七十五日。

人《ひと》の踊《おど》るときは踊《おど》れ 人在跳舞時就跟着跳，比喩大家做什麼就跟着做什麼。人云亦云。類 ①郷に入っては郷に従え。②曲がらねば世が渡られぬ。

人《ひと》の風上《かざかみ》に置《お》けない 頂風臭四十里。其人的行爲骯髒。

人《ひと》の口《くち》に戸《と》は立《た》てられぬ 在別人的嘴上無法設門。人嘴是封不住的。類 ①下種《げす》の口には戸は立てられぬ。②世の取沙汰は人にまかせよ。③世間の口に戸は立てられぬ。④人の口恐ろし。

人《ひと》の苦楽《くらく》は壁一重《かべひとえ》 別人的苦樂隔一層牆壁就與己無關。類 ①人の十難より我が一難。②人の事より我が事。

人《ひと》の心《こころ》は面《おもて》の如《ごと》し 人心不同，各如其面。類 十人十色。

人《ひと》の心《こころ》は九合十合《くごうじゅうごう》 人心是九合十合之差，比喩人之所見所思大致相同。類 ①人の目は九分十分。②人の心は九分十分。③世の中の人の心は九分十分。

人《ひと》の事《こと》いわんより肘垢《ひじあか》おとせ 說人間事不如清潔自己身上的汚垢。自掃門前雪。

人《ひと》の事《こと》は目《め》に見《み》ゆる我身《わがみ》の事《こと》は人《ひと》に問《と》へ 他人的事自己看得清楚，所以自己的事要請教他人。

人《ひと》の事《こと》は我《われ》の事《こと》 人家的事是我的事。在別人身上發生的事，可能會在自己的身上發生。類 ①昨日は人の身明日は我が身。②人の上に吹く風は我が身にあたる。

人《ひと》の事《こと》より足下《あしもと》の豆《まめ》を拾《ひろ》え　別人事不如撿脚下的豆子。自掃門前雪。類①人の事言わんより肘垢《ひじあか》落せ。②我が頭の蝿《はえ》を追え。

人《ひと》の事《こと》より我《わ》が事《こと》　自己的事比他人事重要。自掃門前雪。類①人の事より足下の豆を拾え。②人の苦楽は壁一重。

人《ひと》の子《こ》の死《し》んだより我《わ》が子《こ》の転《こ》けた　自己的孩子跌倒比他人的孩子死掉更要緊。類人の十難より我が一難。

人《ひと》の牛蒡《ごぼう》で法事《ほうじ》する　用他人的牛蒡做法事。比喩利用他人的東西來謀自己的利益。類①他人の念仏で極楽詣《まい》り。②人の物で義理をはたす。③舅《しゅうと》の物で相婿もてなす。④人の褌《ふんどし》で相撲とる。⑤人の提燈《ちょうちん》で明りをとる。⑥貰い物で義理すます。

人《ひと》の七難《しちなん》より我《わ》が十難《じゅうなん》　別人的缺點容易發現。類①人の七難より我が八難。②人の一寸我が一尺。③人の背中は見えるが我が背中は見えぬ。

人《ひと》の十難《じゅうなん》より我《わ》が一難《いちなん》　他人的十難比不上自己的一難。類①人の子の死んだより我が子の転けた。②人の苦楽は壁一重。

人《ひと》の背中《せなか》は見《み》えるが我《わ》が背中《せなか》は見《み》えぬ　他人的背脊可以看到而自己的背脊自己看不到。比喩找他人的缺點容易，自己難以發現自己的缺點。類①人の一寸我が一尺。②人の針程我が棒程。③傴僂《せむし》は自分の瘤《こぶ》を見ず仲間の瘤を見る。

人《ひと》の疝気《せんき》を頭痛《ずつう》に病《や》む　爲他人事，自尋苦惱。類他人の疝気を頭痛に病む。

人《ひと》のそら言《ごと》は我《わ》がそら言《ごと》　講述他人的謊言就是自己在說謊。表示不可以囫圇地接受他人的說法而轉述出去。類人の嘘は我が嘘。

人《ひと》の宝《たから》を数《かぞ》える　計算別人的財寶，比喩對己無益之事。類他人の宝を数える。

人《ひと》の長《たけ》は二十五《にじゅうご》の暁《あかつき》まで伸《の》びる　人的身高可以長到二十五歲爲止。類男は二十五の明け方まで伸びる。

人《ひと》の太刀《たち》で功名《こうみょう》する　用別人的大刀來立功，比喩利用他人的東西來謀自己的利益。類①人の提燈《ちょうちん》で明りをとる。②人の褌《ふんどし》で相撲とる。

人《ひと》の頼《たの》まぬ経《きょう》を読《よ》む　念沒人請他念的經。比喩愛管閒事。

人《ひと》の短《たん》を言《い》う勿《なか》れ　勿談人家的短處。

人《ひと》の情《なさけ》は身《み》の仇《あだ》、人《ひと》のつらきは身《み》の宝《たから》　別人的同情對己有害，他人的刻薄反而會鍛煉自己。

人《ひと》の情《なさけ》は世《よ》にある時《とき》　人在人情在。

人《ひと》の女房《にょうぼう》と枯木《かれき》の枝振《えだぶ》り　別人的老婆和枯木的樹枝搖動，好壞與己無關。

人《ひと》の蠅《はえ》を追《お》うより我《わ》が蠅《はえ》を追《お》え　要趕別人的蒼蠅不如趕自己的蒼蠅。比喩首先要考慮自己。自掃門前雪。類①人の世話するより我が身の世話をしろ。②自分の部屋から先に掃け。③人事言おうより我が頭の蠅を追え。④人の事より足下の豆を拾え。⑤己の頭の蠅を追え。

人《ひと》の畠《はたけ》に入《はい》るな　不要進入別人的園地。瓜田李下。類李《り》下《か》に冠を整《ただ》さず。

人《ひと》の花《はな》は赤《あか》い　別人的花紅。家花不比野花香。類①隣の花は赤い。②隣の飯は白い。

人《ひと》の不幸《ふこう》が我《わ》が幸福《こうふく》　人之不幸是我之幸福。

人《ひと》の振《ふ》り見《み》て我《わ》が振《ふ》り直《なお》せ　看別人的樣子改正自己的樣子，比喩借鑑他人矯正自己。他山之石。類①人の上見て我が身を思え。②人こそ人の鏡。③他山の石とする。④人を以て鑑《かがみ》となす。⑤上手は下手の手本下手は上手の手本。⑥他人の失策を見て我が失策を防げ。

人《ひと》の褌《ふんどし》で相撲《すもう》とる　利用別人的東西來謀自己的利益。類①人の牛蒡《ごぼう》で法事する。②人の提燈《ちょうちん》で明《あか》りをとる。③舅《しゅうと》の物で相婿もてなす。④人の家で饗応する。⑤人の太刀で功名する。⑥貰い物で義理すます。

人《ひと》の目《め》は九分十分《くぶじゅうぶ》　人的眼光是九分十分，比喩人所見大致相同。類人の心は九合十合。

人《ひと》の物《もの》より自分《じぶん》の物《もの》　別人的東西不如自己的東西。敝帚自珍。類①借り着より洗い着。②隣の花で仕方がない。反①隣の花は赤い。②隣の牡丹餅《ぼたもち》は大きい。

人《ひと》の行方《ゆくえ》と水《みず》の流《なが》れ　人的將來如流水一樣難於預測。

人《ひと》の悪《わろ》きは我《わ》が悪《わろ》きなり　別人對己不好是由於自己不好。類人の悪気は我が悪気。

人《ひと》は一代名《いちだいな》は末代《まつだい》　人生一代名垂千古。人死留名。類①身は一代名は末代。②骨は朽ちても名は朽ちぬ。③人は死して名を留《とど》め虎は死して皮を留む。

人《ひと》は言《い》わぬが我《われ》言《い》うな　要守秘密，主要是自己不要露出口風。類己は言わぬがうぬ言うな。

人《ひと》は落目《おちめ》が大事《だいじ》　人在倒霉時要特別注意自己的言行。類人は落目の心ざし。

人《ひと》は蔭《かげ》が大事《だいじ》　人要愼獨。類①人は陰日向《ひなた》が大事なもの。②独りを慎む。③影に慚《は》じず。

人《ひと》は故郷《こきょう》を離《はな》れて貴《たっと》し　人離故鄕才尊貴，在故鄕時大家都熟悉他，所以不覺他偉大。類①予言者故郷に容《い》れられず。②所の神様有り難からず。

人《ひと》は心《こころ》が百貫目《ひゃっかんめ》　人的內在美比外在美有價値。類①人は心が百貫。②見栄より心。③人はみめより只《ただ》心。

人《ひと》は言葉《ことば》を以《もっ》て試《こころ》み、金《きん》は火《ひ》を以《もっ》て試《こころ》みる　以言試人，以火試金。表示要愼言。

人《ひと》は死《し》して名《な》を留《とど》め虎《とら》は死《し》して皮《かわ》を留《とど》む　人死留名，虎死留皮。類虎は死して皮を留め人は死して名を残す。

人《ひと》は十歳木《じっさいき》は一丈《いちじょう》　人到十歳，樹到一丈，就可以推測其將來的發展。反十で神童十五で才子二十過ぎては只《ただ》の人。

人《ひと》は知《し》れぬもの　人的變化難測。人心叵測。類①測り難きは人心。②人は見かけによらぬもの。

人橋《ひとはし》をかける　架人橋，比喩頻頻派出使者聯絡，或拜托調停者進行交涉。

人《ひと》は筋目《すじめ》が恥《はず》しい　人的血統其好壞總會表現出來。類①氏素性は恥しきもの。②人は素性が恥しい。③育ちが恥しい。④血筋はごまかせない。反氏より育ち。

人《ひと》は善悪《ぜんあく》の友《とも》による　人受朋友好壞的影響。近朱者赤，近墨者黑。類①善悪は友による。②朱に交われば赤くなる。③麻の中の蓬《よもぎ》。

一旗上《ひとはたあ》げる　興辦事業而成功。

人《ひと》は情《なさけ》の下《した》で立《た》つ　人在情義下生活。社會是靠人情維持的。類人は情の下にすむ。

人《ひと》は盗人《ぬすびと》火《ひ》は焼亡《しょうもう》　看到人就認爲是盜賊，看到火就認爲是火災，而加以警惕。類①火は火事人は盗人と思え。②人を見たら盗人と思え火を見たら火事と思え。③人を見たら鬼と思え。

人《ひと》はパンのみにて生《い》くるにあらず　人不光是爲了麵包而生存。

人《ひと》は万物《ばんぶつ》の霊《れい》　人爲萬物之靈。類人間は万物の霊長。

人《ひと》は人《ひと》、おれはおれ　人是人，我是我。莫論他人要求諸己。他人事與己無關，各盡本份。

人《ひと》は人中《ひとなか》、田《た》は田中《たなか》　人在衆人之中鍛煉好，田在田的中間的是好田。

人《ひと》は武士《ぶし》花《はな》は桜《さくら》　人是武士，花是櫻花。比喩做人要做武士，花是櫻花最美。類花は桜木、人は武士。

人《ひと》は旧《ふる》きに如《し》かず、衣《ころも》は新《あたら》しきに如《し》かず　人是舊的好，衣是新的好。

人《ひと》は見《み》かけによらぬもの　人不可貌相。類①人は上辺によらぬもの。②あの声で蜥蜴《とかげ》食うかや時鳥《ほととぎす》。③人は知れぬもの。④輝けるもの必ずしも黄金に非ず。

人《ひと》は道《みち》によって賢《かしこ》し　人因其專而精。行行出狀元。類餅は餅屋。

人《ひと》はみめより只心《ただごころ》　人的心田重於外表。類人は心が百貫目。

人《ひと》は病《やまい》の器《うつわ》　人是裝疾病的器皿。人體容易生病。類①病の入れ物はからだ。②人は病の入れ物。

人《ひと》は悪《わる》かれ我《われ》善《よ》かれ　別人壞，自己好，指自私自利的人。

人一盛《ひとひとさか》り　人走運時只是一時。要好好把握時機。

人木石《ひとぼくせき》に非《あら》ず　人非木石。人非草木有感情的。

人貧《ひとまず》しければ知短《ちみじか》し　人窮智短。人窮志短。類①馬疲るれば毛長し。②貧すれば鈍する。

人《ひと》見《み》て使《つか》え　知人善用。量材而用。類人を見て法説け。

人《ひと》酔《よ》いて本心《ほんしん》を現《あら》わす　人醉時露眞心。

一人口《ひとりぐち》は食《く》えぬが二人口《ふたりぐち》は食《く》える　夫婦兩個比獨身一個人生活過得好。類二人口は過ごせるが一人口は過ごせぬ。

一人喧嘩《ひとりけんか》はならぬ　一個人吵不了架。類①相手の無い喧嘩はできぬ。②相手無ければ訴訟無し。③気違いも一人は狂わぬ。④気違いもただは怒らぬ。⑤喧嘩ともっこは一人じゃできない。

一人子《ひとりご》は国《くに》に憚《はばか》る　獨子在社會上不受人歡迎。類①一人子供は国から憚かる。②一人娘国に憚かる。③一人子世に憚かる。

独《ひと》り自慢《じまん》の誉人《ほめて》なし　沒人稱讚而自己覺得洋洋得意。類①独りよがりの人笑わせ。②手ぼめ。

一人《ひとり》の文殊《もんじゅ》より三人《さんにん》のたくらだ　一個諸葛亮比不上三個臭皮匠。類①一人の文殊より十人のたくらだ。②三人寄れば文殊の知恵。

独《ひと》り葺《ぶ》きの屋根《やね》　一個人葺房頂，比喩一上一下。

一人娘《ひとりむすめ》と春《はる》の日《ひ》はくれそうでくれぬ　父母疼愛獨女，不輕易讓女兒出嫁。

一人娘《ひとりむすめ》に婿八人《むこはちにん》　一個女兒八個女婿，比喩一件東西想要的人很多。僧多粥少。類 娘一人婿八人。

独《ひと》りを慎《つつし》む　愼獨。類 ①人は陰が大事。②愼独。

人《ひと》を疑《うたが》いて用《もち》うる勿《なか》れ、人《ひと》を用《もち》いて疑《うたが》う勿《なか》れ　疑人勿用，用人勿疑。

人《ひと》を怨《うら》むより身《み》を怨《うら》め　莫埋怨他人，要反躬自省。類 人を怨むは自ら怨むに如《し》かず。

人《ひと》を鑑《かがみ》とせよ　要以別人爲借鑑。類 人こそ人の鏡。

人《ひと》を責《せ》むるは寛《かん》に、己《おのれ》を責《せ》むるは厳《げん》なるべし　責人寛，責己嚴。

人《ひと》をそしるは鴨《かも》の味《あじ》　在背後誹謗人覺得舒服。類 人の噂を言うは鴨の味がする。

人《ひと》を叩《たた》いた夜《よ》は寝《ね》られぬ　害人的人晩上睡不好覺。害人的，其心不安。類 叩かれた夜は寝やすい。

人《ひと》を使《つか》うは使《つか》わるる　使用人的人，被人使用。用人者被人用。類 ①使う者は使われる。②奉公人に使われる。

人《ひと》を憎《にく》むは身《み》を憎《にく》む　憎恨別人的人，會受別人的憎恨。害人害己。

人《ひと》を呪《のろ》わば穴二《あなふた》つ　心想害人，結果兩敗倶傷。類 ①悪事身にとまる。②人を祈らば穴二つ。③人を呪えば身を呪う。④人を祈る者は二つの穴を掘れ。⑤人を呪わば穴七つ。⑥剣を使う者は剣で死ぬ。⑦人を謀れば人に謀らる。⑧人を傷《やぶ》る者は己を傷る。⑨人を食う狼は人に捕らえられる。⑩天に唾《つばき》す。

人《ひと》を謀《はか》れば人《ひと》に謀《はか》らる　謀人者被人謀。類 ①人捕る亀が人に捕られる。②人を憎むは身を憎む。③人を呪《のろ》ば穴二つ。

人《ひと》を見《み》たら泥棒《どろぼう》と思《おも》え　看到人就認爲是小偸，比喩不要輕易相信人。類 ①人は盗人火は焼亡。②人を見たら鬼と思え。③明日雨他人は泥棒。④疑いは安全の母。⑤用心は安全の母。反 ①七度探して人を疑え。②渡る世間に鬼はない。

人《ひと》を見《み》て法《ほう》を説《と》け　要看人講法。因材施教。類 ①機に因《よ》りて法を説け。②人見て使え。③楔《くさび》を以て楔を抜く。

人《ひと》を以《もっ》て鑑《かがみ》となす　以人爲鑑。類 ①他山の石とする。②人の振り見て我が振り直せ。

人《ひと》を以《もっ》て言《げん》を廃《はい》せず　不因人廢言。

人《ひと》を傷《やぶ》る者《もの》は己《おのれ》を傷《やぶ》る　傷人者傷己。類人を呪《のろ》わば穴二つ。

日向《ひなた》で埃《ほこり》を立《た》てる　在向陽處揚塵，比喩多此一擧。類①平地に波瀾《はらん》を起こす。②寝ている子を起こす。

火《ひ》に油《あぶら》を注《そそ》ぐ　火上加油。類①火上油を加う。②火事場へ硝煙。③薪に油をそえる。④吠える犬にけしかける。⑤燃える火に油をそそぐ。⑥駈《か》け馬に鞭《むち》。

髀肉《ひにく》の嘆《たん》　髀肉復生之嘆。

日《ひ》に就《な》り月《つき》に将《すす》む　日就月將。每天有進步。

日《ひ》に三《み》たび身《み》を省《かえり》みよ　一日三省吾身。

火《ひ》の消《き》えたよう　如滅了火，比喩突然停止活動，毫無生氣，非常寂靜。

火《ひ》の車《くるま》が舞《ま》う　生活非常窮苦。

火《ひ》のない所《ところ》に煙《けむり》は立《た》たぬ　沒有火的地方不起煙。無火不起煙。無風不起浪。類①火の無い煙はない。②煙の無い火はない。③煙あれば火あり。④無い名は呼ばれず。⑤萌《ま》かぬ種は生えぬ。⑥物が無ければ影ささず。反根が無くとも花は咲く。

火《ひ》の中《なか》にも三年《さんねん》　在火中也忍受了三年，比喩忍耐性很強，堅強。類石の上にも三年。

火《ひ》のはたに児《こ》をおくが如《ごと》し　如把孩子放在火旁，比喩非常危險。

火《ひ》の原《はら》に燎《も》ゆるが若《ごと》し　如火燎原。

火箸《ひばし》を持《も》つも手《て》を焼《や》かぬため　要拿火筷子也是爲了不被燒傷。比喩爲達目的所採取的手段。

火《ひ》は火《ひ》で治《おさ》まる　以火治火。以毒攻毒。類毒を制するに毒を以てする。

火《ひ》は火元《ひもと》から騒《さわ》ぎ出《だ》す　火從起火處吵起來。比喩最先嚷出來的是引起事件的元兇。類屁と火事は元から騒ぐ。

雲雀《ひばり》の口《くち》に鳴子《なるこ》　雲雀的嘴裏裝上驅鳥的鳴器。比喩滔滔不絕地大談特談。類笹の葉に鈴。

響《ひびき》の声《こえ》に応《おう》ずる若《ごと》し　如應回音，比喩反應快。

ひびのはいった壺《つぼ》は長《なが》くもつ　有裂痕的壺用得久。類①柳に雪折れなし。②柳に風折れなし。③柔よく剛を制す。

火吹竹《ひふきだけ》で釣鐘《つりがね》を鋳《い》る　用吹火竹筒來鑄大鐘。比喩力不從心，力量不夠。

火吹竹《ひふきだけ》の根《ね》は藪《やぶ》にあり　吹火竹筒的根在竹林。比喩元兇在意料不到的地方。主要的原因在於料想不到的地方。

蚍蜉大樹《ひふたいじゅ》を撼《うご》かす　蚍蜉撼大樹。

隙《ひま》あれば瘡掻《かさか》く　有閒工夫就搔瘡，比喩有了空閒的時間，就不幹正經事。類 小人閑居して不善をなす。

隙《ひま》ほど毒《どく》なものはない　沒有比空閒更毒的東西。類①なにもしないのは悪を犯すことだ。②怠惰は悪徳へ傾く。

火水《ひみず》の争《あらそ》い　火水之爭。水火不相容。

美味《びみ》も喉三寸《のどさんずん》　美味也只有在嘴裏，一通過咽喉，到肚裏就沒有好壞之分。

比目《ひもく》の魚《うお》　比目之魚，比喩夫妻的感情好。類①比翼連理。②比目の契り。

ひもじい時《とき》にまずい物《もの》なし　肚餓時沒有不好吃的東西。飢不擇食。類 ひだるい時にまずい物なし。

紐《ひも》と命《いのち》は長《なが》いがよい　繩子和壽命越長越好。比喩長比短好。類①命と細引は長いがよい。②大は小を兼ねる。

冷板《ひやいた》で足《あし》を焼《や》く　被冷板燒脚，比喩不可能發生之事。

百芸《ひゃくげい》は一芸《いちげい》の精《くわ》しきに如《し》かず　通百藝不如精一藝。類 多芸は無芸。

百歳《ひゃくさい》の童《わらべ》七歳《しちさい》の翁《おきな》　百歳童七歳翁，比喩人之智愚不以年齡而定。類①百歳のわらんべ。②八歳の翁百歳の童。

百姓《ひゃくしょう》と油《あぶら》は絞《しぼ》る程《ほど》出《で》る　農夫和油愈搾愈出得多。

百姓《ひゃくしょう》の作《つく》り倒《たお》れ　穀賤傷農。農夫種得多收得多反而破產。

百姓《ひゃくしょう》の不作話《ふさくばなし》と商人《あきんど》の損話《そんばなし》　農夫的口頭禪是今年失收，而商人的口頭禪是虧本。類①百姓の去年作。②商人は損していつか倉を建つ。

百尺竿頭一歩《ひゃくせきかんとういっぽ》を進《すす》む　百尺竿頭，更進一步。

百川海《ひゃくせんうみ》を朝《ちょう》す　百川朝海。類 低き処《ところ》に水溜まる。

百川《ひゃくせん》は海《うみ》を学《まな》びて海《うみ》に至《いた》る　百川學海而至海。

百足《ひゃくそく》の虫《むし》は死《し》して僵《たお》れず　百足之蟲死而不僵。類①蜈蚣《むかで》死して倒れず。②蜈蚣は死に到れども倒れず。

百《ひゃく》で買《か》った馬《うま》のよう　好像用一百文可以買到的馬那樣沒有用。比喩動也不動的懶惰者。

百日《ひゃくにち》の説法《せっぽう》屁《へ》一《ひと》つ　説法百日，放屁一個，比喩長期的努力因一個小過失而廢。功虧一簣。類①七日の説法屁一つ。②七日の説法無になす。③千日の行を一度に破る。④九仞《きゅうじん》の功を一簣《いっき》に虧《か》く。⑤磯際に船を破《わ》る。

百日《ひゃくにち》の労《ろう》一日《いちにち》の楽《らく》　勞動百天，休息一天。表示人不光是勞動，而需要休息。類一張一弛《いっし》。

百人《ひゃくにん》を殺《ころ》さねば良医《りょうい》になれぬ　非殺百人難成良醫。類人の命は医者の手習い。

百年河清《ひゃくねんかせい》を俟《ま》つ　百年待河淸。比喩不可能。河淸難俟。類河清を俟つ。

百年《ひゃくねん》の苦楽《くらく》他人《たにん》に因《よ》る　百年苦樂因他人。女人的幸福由丈夫而定。

百聞《ひゃくぶん》は一見《いっけん》に如《し》かず　百聞不如一見。類①百聞一見に如かず。②聞いた百より見た一つ。③聞いた百より見た五十。④聞いた千遍より見た一遍。⑤論より証拠。

百様《ひゃくよう》を知《し》って一様《いちよう》を知《し》らず　知百様不知一様。

百里《ひゃくり》来《き》た道《みち》は百里帰《ひゃくりかえ》る　來時走一百里路，回去時也是一百里。比喩自己所做的事有相應的報酬。

百里《ひゃくり》を行《い》く者《もの》は九十里《くじゅうり》を半《なか》ばとす　走百里路的人以九十里爲半路，因爲最後的路最辛苦。類百里の道は九十里が半ば。

冷酒《ひやざけ》と親《おや》の意見《いけん》は後《あと》できく　冷酒和父母的意見以後見效。類①冷酒と親の意見は後薬。②親の意見と冷酒は後できく。

百貫《ひゃっかん》の鷹《たか》も放《はな》さねば知《し》れぬ　用高價買的鷹不放出去捕物，也不知會不會捉獵物。比喩人不讓其實際工作也不知道他行不行。類逸物の鷹も放さねば捕らず。

百石《ひゃっこく》とっても手鼻《てばな》かむ　既是位高到領百石的地位，仍然用手擤鼻涕，比喩暴發的人難以改掉舊習慣。

冷水《ひやみず》で手《て》を焼《や》く　遇到意外的困難而失敗。

冷飯《ひやめし》から湯気《ゆげ》が立《た》つ　冷飯冒熱氣，比喩不可能之事。

氷炭相愛《ひょうたんあいあい》す　冰炭相愛。異性相吸。反氷炭相容れず。

氷炭相容《ひょうたんあいい》れず　冰炭不相容。水火不相容。類①氷炭以て相並ぶべからず。②氷炭器を同じくせず。③水に油。④犬と猿。反 氷炭相愛す。

瓢箪《ひょうたん》から駒《こま》が出《で》る　從葫蘆跑出駒。比喩事出意外。類 ①灰吹から蛇が出る。②嘘《うそ》から出た実《まこと》。反 瓢箪から駒もいでず。

瓢箪《ひょうたん》から駒《こま》もいでず　從葫蘆也跑不出馬來。比喩世上不會發生太過意外之事。類 山の芋鰻《うなぎ》とならず。反 瓢箪から駒が出る。

瓢箪《ひょうたん》で鯰《なまず》を押《おさ》える　用葫蘆摁住鯰。比喩不得要領，無可捉摸。類 ①瓢箪鯰。②提燈《ちょうちん》で鯰を押さえる。③鰻《うなぎ》に荷鞍《にくら》。④提燈で餅搗《つ》く。⑤蓴菜《じゅんさい》で鰻繋《つな》ぐ。

瓢箪《ひょうたん》に釣鐘《つりがね》　葫蘆比吊鐘。比喩相差太大，不能相比。類 提燈《ちょうちん》に釣鐘。

瓢箪《ひょうたん》の川流《かわなが》れ　葫蘆在河裏飄流。比喩喜不自禁，坐立不安。

屏風《びょうぶ》と商人《あきんど》は直《す》ぐには立《た》たぬもの　屏風不彎不立，商人鯁直誠實不賺錢。類 人と屏風は直ぐに立たず。

屏風《びょうぶ》をかえすよう　如屏風倒下，比喩仰面栽倒。

非力《ひりき》十倍《じゅうばい》慾力《よくりき》五倍《ごばい》　人在緊要關頭的時候，平常力量不大的人，可以增加十倍的力量，爲了慾望可以增加五倍的力量。類 非力百倍。

放《ひ》り出《だ》しの嗅《か》ぎ出《だ》し　放屁的先嗅到。類 ①屁と火事は元から騒ぐ。②屁は言い出し。③言い出しのこき出し。

非理《ひり》の前《まえ》には道理《どうり》なし　在不講道理的人之前沒有道理可講。類 愚人に論は無益。

昼《ひる》には目《め》あり夜《よる》には耳《みみ》あり　白天有眼，晚上有耳，比喩秘密容易洩露出去。類 ①壁に耳。②石に口。③天に口あり地に耳あり。

昼《ひる》は茅《かや》刈《か》れ、夜《よる》は縄《なわ》なえ　白天割茅草，晚上搓繩子，比喩要臨機應變地工作。

拾《ひろ》い主《ぬし》は半分《はんぶん》　撿到的東西有一半的權利。類 ①預り物は半分の主。②使い半分。③落した物は拾い得。

広《ひろ》き家《いえ》は鞘《さや》なり　太過大的房子反而不實用，浪費的地方很多。

日《ひ》を同《おな》じくして論《ろん》ぜず　不可同日而語。類 同日の論に非ず。

火《ひ》を乞《こ》うは燧《すい》を取《と》るに若《し》かず　求人家的火，不如自己打火石取火，比喩求人不如求己。

火《ひ》を避《さ》けて水《みず》に陥《おちい》る　避開了火又掉進水裏，比喩一難去又一難來。類 牛を避けて水に陥る。

火《ひ》を吹《ふ》く力《ちから》もない　連吹火的力量都沒有。比喻體力衰弱或極貧窮。類 頤《おとがい》で蠅《はえ》を追う。

火《ひ》を見《み》たら火事《かじ》と思《おも》え　看到火就當做失火，比喻小心第一，要時時提高警惕。類 ①人は盗人火は焼亡。②人を見たら泥棒と思え。

火《ひ》を見《み》るよりも明《あき》らか　洞若觀火，比喻道理很清楚，無可置疑。道理非常明顯。

火《ひ》を以《もっ》て火《ひ》を救《すく》う　以火救火。抱薪救火。類 火を救うに薪を投ず。

貧家《ひんか》には故人《こじんうと》疎し　家貧故人疏。

牝鶏晨《ひんけいあした》す　牝鶏司晨。妻奪夫權。類 ①牝鶏ときをつくる。②牝鶏うたえば家亡ぶ。③牝鶏につつかれて時をうたう。

貧者《ひんじゃ》に盛衰《せいすい》なし　貧者無盛衰。

貧者《ひんじゃ》の一燈《いっとう》　貧者的一燈。比喻貧者的誠心的小奉獻勝過富者爲了虛榮的大奉獻。類 長者の万燈より貧者の一燈。

貧《ひん》すりゃ鈍《どん》する　一貧窮就會變成愚鈍。人窮志短。類 ①兎は腹が減ると無花果《いちじく》まで食う。②猛虎籠《かご》に入れば尾を振って食を求む。③窮すれば濫す。④馬痩《や》せて毛長し。⑤仇《かたき》の金でもあれば使う。⑥人貧しければ知短し。反 貧にして楽しむ。

稟性《ひんせい》は改《あらた》む可《べ》からず　本性難移。

貧賤友少《ひんせんともすくな》し　貧賤時朋友少。

貧賤《ひんせん》の友忘《ともわす》るべからず　貧賤之交不可忘。

貧賤《ひんせい》も移《うつ》す能《あた》わず　貧賤不移。

貧《ひん》にして怨《うら》むこと無《な》きは難《かた》し　貧而不怨甚難。

貧《ひん》にして楽《たの》しむ　樂貧。類 貧は世界の福の神。反 ①貧して怨《うら》むことなきは難し。②貧は諸道の妨げ。③貧すれば鈍す。

貧《ひん》の楽《たの》しみは寝楽《ねらく》　窮人最快樂的是睡覺。

貧《ひん》の盗《ぬす》み恋《こい》の歌《うた》　貧則偷，戀則歌。類 ①逃ぐる者道を択《えら》ばず。②急病に悪日なし。③必要には法がない。④出物腫物《はれもの》所嫌わず。

貧《ひん》は世界《せかい》の福《ふく》の神《かみ》　窮能使人發憤，亦是獲致幸福的原因。

貧《ひん》は病《やまい》より苦《くる》し　窮比病更苦。

貧乏柿《びんぼうがき》の核沢山《さねたくさん》　不好的柿子多核，比喻窮人多子。類 ①渋柿の核沢山。②痩柿の核沢山。③貧乏人の子沢山。

貧乏《びんぼう》こわいものなし　窮人沒有值得怕的東西。

貧乏《びんぼう》するほど楽《らく》をする　越窮越輕鬆。類 貧乏人こわいものなし。反 ①貧ほどつらいものはない。②貧ほど悲しきことはなし。

貧乏寺《びんぼうでら》の長大門《ながだいもん》　窮寺的長大門。比喩太過於華貴而難以處理。類 ①寺に勝った太鼓。②貧乏寺の長提燈《ちょうちん》。

貧乏難儀《びんぼうなんぎ》は時《とき》の回《まわ》り　貧窮困難是時運。

貧乏《びんぼう》に花《はな》咲《さ》く　貧窮有時也會走運。類 枯木にも花が咲く。

貧乏《びんぼう》に棒《ぼう》なし　窮得沒有扁担，比喩窮得不能維持生活。

貧乏人《びんぼうにん》に親類《しんるい》なし　窮人沒有親戚。類 貧家には故人疎《うと》し。

貧乏人《びんぼうにん》の子沢山《こだくさん》　窮人孩子多。類 ①子供は貧乏人の財產だ。②律義者《りちぎもの》の子《こ》沢山。③貧乏柿の核《さね》沢山。④三人子持ちは笑うて暮らす。

貧乏人《びんぼうにん》も三年《さんねん》置《お》けば用《よう》に立《た》つ　窮人養他三年將來都會有用。類 禍《わざわ》いも三年たてば用に立つ。

貧乏《びんぼう》は悪徳《あくとく》ではない　貧窮不是不道德。

貧乏《びんぼう》は達者《たっしゃ》の基《もと》　貧窮是健康之本。

貧乏花《びんぼうはな》好《ず》き　貧窮而愛種花，比喩與身份不相稱。類 ①貧乏花盛り。②貧乏花好き阿呆《あほう》鳥好き。③貧の花好き。④貧乏木好き貧の花好き。

貧乏暇《びんぼうひま》なし　愈窮愈忙。窮人沒有空閒。類 ①貧乏暇なし砂利かつぎ。②貧乏暇なし魚売り。

貧《ひん》ほど悲《かな》しきことはない　沒有比貧窮更悲慘的事。類 貧ほどつらいものはない。反 ①貧乏人こわいものなし。②貧乏するほど楽をする。

貧《ひん》ほど深《ふか》き隠家《かくれが》はなし　貧窮就沒有人來訪，自己不隱世，自然如隱世那樣過生活。類 門可羅雀。

品《ひん》を作《つく》ろうより田《た》を作《つく》れ　裝高尚不如去耕田。類 詩を作るより田を作れ。

ふ

風雨《ふうう》晦《かい》の如《ごと》く鶏鳴《けいめい》已《や》まず　風雨如晦，鶏鳴不已。

富貴《ふうき》天《てん》にあり　富貴在天。

富貴《ふうき》なれば驕奢《きょうしゃ》を生《しょう》ず　富貴生驕奢。

富貴《ふうき》にして苦《く》あり貧賤《ひんせん》にしても楽《たの》しみあり　富貴有苦，貧賤有樂。

富貴《ふうき》にして善《ぜん》をなし易《やす》く、貧賤《ひんせん》にして功《こう》をなし難《がた》し　富貴行善易，貧賤立功難。

富貴《ふうき》は浮雲《ふうん》の如《ごと》し　富貴如浮雲。

風魚《ふうぎょ》の災《わざわい》　在海上遇到颱風。

夫子《ふうし》自《みずか》ら道《い》う　夫子自道。

風樹《ふうじゅ》の嘆《たん》　風樹之痛。感嘆要孝順父母而父母已死。類①木静かならんと欲すれども風止まず。②孝行をしたい時分に親はなし。③風木の歎。④風木の悲しみ。

風《ふう》する馬牛《ばぎゅう》も相及《あいおよ》ばず　風馬牛不相及。

風前《ふうぜん》の塵《ちり》　風前之塵。類①風の前の塵。②風前の燈《ともしび》。

風前《ふうぜん》の燈《ともしび》　風前之燈。風中之燭。類①風前の塵《ちり》。②風の中の燭。③風中の燈。④風口のろうそく。⑤魚の釜中《ふちゅう》に遊ぶが如し。

夫婦喧嘩《ふうふげんか》と北風《きたかぜ》は夜凪《よなぎ》がする　夫妻吵架和北風到了傍晩就會停止。類①秋風と夫婦喧嘩は日が入りや止《や》む。②西風と夫婦喧嘩は夕限り。③夫婦喧嘩と昼の風は暮方に止む。④夫婦喧嘩は寝てなおる。

夫婦喧嘩《ふうふげんか》と春《はる》の雪《ゆき》は消《き》えやすい　夫妻吵架和春雪容易消失。類夫婦喧嘩は夜凪《よなぎ》がする。

夫婦喧嘩《ふうふげんか》は犬《いぬ》も食《く》わぬ　夫妻吵架連狗都不理睬。比喩不要去理人家的夫妻吵架。類①めおといさかい犬食わぬ。②夫婦喧嘩は犬も構わぬ。③夫婦喧嘩と夏の蕎麦《そば》は犬も食わない。④夫婦喧嘩と夏の餅は犬も食わぬ。

夫婦喧嘩《ふうふげんか》は貧乏《びんぼう》の種萌《たねま》き　夫妻吵架是播了貧窮的種籽。類①家内喧嘩は貧乏の種萌き。②夫婦喧嘩は貧のもと。③夫婦喧嘩は三日の不作。

夫婦《ふうふ》喧嘩《げんか》も無《な》いから起《お》こる　夫妻吵架由於窮而引起。類 夫婦喧嘩と稲の悪いはねえから。

夫婦《ふうふ》は合《あわ》せ物離《ものはな》れ物《もの》　夫妻是兩個人的結合，所以也是會分離的東西。類 ①合せ物は離れ物。②夫婦は他人の集まり。

夫婦《ふうふ》は従兄弟《いとこ》ほど似《に》る　夫妻一起生活，性情就自然會相似起來。類 似た者夫婦。

夫婦《ふうふ》は他人《たにん》の集《あつ》まり　夫妻是外人的聚集。類 ①夫婦は合せ物離れ物。②夫婦はもとこれ同林の鳥。

笛《ふえ》に寄《よ》る鹿《しか》は妻《つま》を恋《こ》う　鹿聽了笛聲而來是由於戀妻子。比喩因愛情而犧牲，或弱點容易被人所乘。類 秋の鹿は笛に寄る。

笛吹《ふえふ》けども踊《おど》らず　儘管吹了笛子，也不起跳。比喩怎麼誘導也無人響應。

深《ふか》い川《かわ》は静《しず》かに流《なが》れる　深的河是靜靜地流。比喩深思遠慮的人鎮靜。反 ①浅瀬に仇浪《あだなみ》。②痩犬《やせいぬ》は吠える。③空樽《あきだる》は音が高い。④痩馬の声嚇《おど》し。

深《ふか》く取《と》って浅《あさ》く渉《わた》る　計劃要愼重，實行要果斷。

俯仰天地《ふぎょうてんち》に愧じず　仰不愧於天俯不怍於地。類 仰いで天に愧じず。

福因福果《ふくいんふくか》　福因福果。善有善報。類 善因善果。

福重《ふくかさ》ねて至《いた》らず禍必《かかなら》ず重《かさ》ねて来《きた》る　福無重至，禍不單行。

吹《ふ》く風枝《かぜえだ》を鳴《な》らさず　風吹不使樹枝響。比喩治世，天下太平。類 ①五日の風枝を鳴らさず十日の雨土くれを動かさず。②雨土くれを破らず。③海波を揚げず。

河豚《ふぐ》食《く》う馬鹿《ばか》に食《く》わぬ馬鹿《ばか》　吃河豚是愚蠢，不吃也是愚蠢，河豚有毒吃了有時會中毒而死，拿自己的生命開玩笑是愚蠢，不吃它，不知河豚的美味，也是愚蠢。類 河豚食う無分別食わぬ無分別。

河豚《ふぐ》食《く》う無分別《むふんべつ》食《く》わぬ無分別《むふんべつ》　吃河豚是輕率，不吃也是輕率。類 河豚食う馬鹿に食わぬ馬鹿。

腹笥虚《ふくしむな》し　腹中的書櫃是空的，比喩沒有學問。

覆車《ふくしゃ》の戒《いまし》め　覆車之鑑。類 ①前車の覆えるは後車の戒め。②覆車の轍《てつ》を覆《ふ》む。

覆水盆《ふくすいぼん》に返《かえ》らず　覆水難收。類 ①落花枝に還らず破鏡再び照らさず。②縁と命はつながれぬ。③吐いた唾《つば》は呑めぬ。④破鏡再び照らさず。

覆巣《ふくそう》の下《もと》復《また》完卵《かんらん》有《あ》らんや　覆巣之下無完卵。

不倶戴天《ふぐたいてん》　不共戴天。類 倶《とも》に天を戴《いただ》かず。

河豚《ふぐ》にも中《あた》れば鯛《たい》にも中《あた》る　吃河豚會中毒，有時吃鯛魚都會中毒。比喩災難隨時隨處會發生。

河豚《ふぐ》は食《く》いたし命《いのち》は惜《お》しし　河豚也想吃，但命也想要，比喩很想幹但又怕危險。類 ①棘《とげ》のない薔薇《ばら》はない。②蜜《みつ》は甘いが蜜蜂《みつばち》は刺す。

福《ふく》は無爲《むい》に生《しょう》ず　福生於無爲。

袋《ふくろ》の中《なか》の鼠《ねずみ》　袋中鼠。比喩無路可逃。

梟目大《ふくろめおお》きうても鼠《ねずみ》ほど見《み》えぬ　猫頭鷹的眼睛雖大，沒有老鼠那樣銳利。比喩體大沒有實力而比體小的才能更差勁。

不幸《ふこう》な子《こ》が可愛《かわい》い　不幸的孩子父母疼愛。類 ①片端な子が可愛い。②馬鹿な子ほど可愛い。

無沙汰《ぶさた》は無事《ぶじ》の便《たよ》り　無音信就是平安的音信。

武士《ぶし》に二言《にごん》なし　武士不二言。類 ①侍二言なし。②君子二言なし。③武士の一言金鉄の如し。

富士《ふじ》の山《やま》ほど願《ねが》って蟻塚《ありづか》ほど叶《かな》う　所希望的如富士山那樣大，而得到的如螞蟻窩那樣小。類 ①棒ほど願って針ほど叶う。②富士の山ほど願っても擂鉢《すりばち》ほど叶う。③富士の山ほど願っても桃の実ほど叶う。

富士《ふじ》の山《やま》を蟻《あり》がせせる　螞蟻弄富士山。蚍蜉撼大樹。不自量力。類 大黒柱を蟻がせせる。

武士《ぶし》は相見互《あいみたが》い　武士互相幫助。

武士《ぶし》は食《く》わねど高楊枝《たかようじ》　武士窮得沒飯吃還裝着吃飽，比喩甘守清貧。安貧樂道。類 ①侍食わずに高楊枝。②鷹《たか》は飢えても穂をつまず。③渇しても盗泉の水を飲まず。

武士《ぶし》は束頭《つかがしら》百姓《ひゃくしょう》は畦頭《あぜがしら》　武士是刀重要，而百姓是田地重要。

無精者《ぶしょうもの》の一時働《いっときばたら》き　懶漢的一時勞動，不長久。

無精者《ぶしょうもの》の隣働《となりばたら》き　懶漢幫忙鄰居的工作時出力。類 ①たくらだ猫の隣歩き。②からやき鄰のごき洗う。

藤《ふじ》を以《もっ》て錦《にしき》に継《つ》ぐ　用藤接織錦。狗尾續貂。比喩用好的東西接不好的東西。

富人来年《ふじんらいねん》を思《おも》い、貧人眼前《ひんじんがんぜん》を思《おも》う　富人想明年，窮人想眼前。

浮生夢《ふせいゆめ》の如《ごと》し　浮生如夢。

布施《ふせ》だけの経《きょう》を読《よ》む　布施多少就念多少經，比喩做與報酬相等的工作。給多少做多少。

符節《ふせつ》を合《あわ》す如《ごと》し　如符節相符合，比喩完全一致。

布施《ふせ》ない経《きょう》に袈裟《けさ》をおとす　沒有布施時，念經就脫下袈裟。比喩依據報酬的多少來做工作。類 ①仏事供養も布施次第。②布施だけの経を読む。③布施見て経読む。

伏《ふ》せる牛《うし》に芥《あくた》　往躺睡的牛倒垃圾，比喩歸罪於弱者和死人。類 ①死に牛に芥かける。②寝た牛に芥かける。

不足奉公《ふそくぼうこう》は両方《りょうほう》の損《そん》　做工時懷着不滿對僱主和工人兩方都不利。類 ①述懷奉公身を持たず。②述懷奉公身の仇《あだ》。

二重作《ふたえづく》りは三重《みえ》の損《そん》　做了雙重等於三重的損失。

豚《ぶた》に真珠《しんじゅ》　給珍珠於猪。送寶物給不知寶的人沒有用，反而有害。類 ①豚に念仏。②犬に論語。③猫に小判。④馬の耳に念仏。

豚《ぶた》に念仏《ねんぶつ》猫《ねこ》に経《きょう》　對猪念佛，對猫念經。對牛彈琴。類 犬に論語。

二股膏薬《ふたまたこうやく》　比喩騎牆派。跟風，態度沒有固定。類 内股膏薬。

二人口《ふたりぐち》は過《すご》せるが一人口《ひとりぐち》は過《すご》せぬ　夫妻兩口能夠維持生活，單身一個人反而難以維持生活。類 ①一人口は食えぬが二人口は食える。②十人暮らしは易いが一人口は暮せぬ。

豚《ぶた》を盗《ぬす》んで骨《ほね》を施《ほどこ》す　偷猪而布施骨頭，比喩做了大壞事而做一點小善事來補償。

淵川《ふちかわ》に蓋《ふた》はならぬ　淵川無法蓋住，比喩無法防止想投海和投河的人。

淵《ふち》に雨《あめ》　淵上下雨，比喩增加一點點，無補於事。類 ①淵の上の雨。②淵に塩。③川に水運ぶ。④雪上に霜を加う。

淵《ふち》に臨《のぞ》みて魚《うお》を羨《うらや》むは退《しりぞ》いて網《あみ》を結《むす》ぶに如《し》かず　臨淵羨魚不如退而結網。

淵《ふち》の端《はた》に児《こ》を置《お》く　把孩子放在深淵的邊緣。比喩非常危險。

淵《ふち》は瀬《せ》となる　深淵變淺灘。滄海桑田。比喩世上的變化很大。類 ①昨日の淵は今日の瀬。②昨日の大尽今日の乞食。

釜中魚《ふちゅううお》を生《しょう》ず　釜中生魚。比喩極端貧窮。

釜中《ふちゅう》の魚《うお》　釜中魚，比喩死期迫近，或不知危險來臨。類 魚の釜中に遊ぶが如し。

仏祖《ぶっそ》のよだれねぶり　舔佛祖的口水，比喩食古不化。

仏法《ぶっぽう》あれば世法《せほう》あり　有佛法就有俗法，比喩事物都有其相反的東西。類 煩悩あれば菩《ぼ》提《だい》あり。

仏法《ぶっぽう》と藁屋《わらや》の雨《あめ》は出《で》て聞《き》け　茅屋下雨時聽不到，要出屋才能聽到雨聲，不聽佛法就不產生信仰心。

仏法《ぶっぽう》に飢渇《けかち》なし　佛法沒有飢渴，比喩做和尚沒有不能生活的。

懐《ふところ》と相談《そうだん》　量自己的所持有的金錢來花錢。

太《ふと》る南瓜《かぼちゃ》に針《はり》をさす　針刺正在長大的南瓜，比喩對正在長大的東西加以妨礙。

舟盗人《ふなぬすびと》を徒歩《かち》で追《お》う　徒步追偷船的人，比喩徒勞無功或做法不當。類 舟盗人を陸で追う。

鮒《ふな》の仲間《なかま》には鮒《ふな》が王《おう》　鯽魚的同類中以鯽魚爲王，比喩蜀中無大將廖化爲先鋒。類 ①鮒の中では鮒が王。②団栗《どんぐり》の背競《せいくら》べ。

鮒《ふな》の念仏《ねんぶつ》　鯽魚念佛，比喩小聲地嘟噥。

鮒《ふな》の水《みず》を飲《の》むよう　如鯽魚喝水，比喩過着貧窮的生活。

舟《ふね》に刻《きざ》みて剣《つるぎ》を求《もと》む　刻舟求劍。

舟《ふね》に懲《こ》りて輿《こし》を忌《い》む　懲舟忌輿。懲羹吹齏。比喩疑懼過甚，做出不必要的小心。類 ①羹《あつもの》に懲《こ》りて膾《なます》を吹く。②黒犬に嚙まれて赤犬におじる。

舟《ふね》に荷《に》の過《す》ぎたる如《ごと》し　如船負荷過重，形容眼看船要沉沒。

船《ふね》には水《みず》より火《ひ》を恐《おそ》る　船怕火甚於怕水。比喩從內部發生災難最可怕。

船《ふね》は船頭《せんとう》に任《まか》せよ　船由船老大作主，比喩事情由內行來做比較好。類 ①海の事は漁師に問え。②餅は餅屋。③道によって賢し。④仏の沙汰は僧が知る。

船《ふね》は帆《ほ》でもつ帆《ほ》は船《ふね》でもつ　船有帆才有用，帆有船才有用，比喩人需要互助合作。

船《ふね》を好《この》む者《もの》は溺《おぼ》れ騎《き》を好《この》む者《もの》は墮《お》つ　好船者溺，好騎者墜。

船《ふね》を沈《しず》め釜《かま》を破《やぶ》る　破釜沉舟。類 ①釜を破り船を沈む。②背水の陣。③井をふさぎ竈《かまど》をたいらぐ。④糧を棄《す》て船を沈む。⑤舟を焼《や》く。

舟《ふね》を焼《や》く　燒船，比喩下定決心。類 ①川を渡り舟を焼く。②船を沈め釜を破る。

舟《ふね》を陸《りく》に推《お》す　推舟上陸，比喩硬着蠻幹或勞而無功。

父母《ふぼ》在《いま》せば遠《とお》く遊《あそ》ばず　父母在不遠遊。

腐木《ふぼく》は柱《はしら》と為《な》す可《べ》からず　朽木不可爲柱。朽木不可彫。

父母《ふぼ》の恩《おん》は山《やま》よりも高《たか》く海《うみ》よりも深《ふか》し　父母之恩比山高比海深。類 父の恩は山よりも高く母の恩は海よりも深し。

文《ふみ》の返事《へんじ》せぬ者《もの》は盲《めくら》に生《うま》る　不寫回信的人會生盲。比喩接到信必須寫回信。

不身持《ふみも》ちの儒者《じゅしゃ》が医者《いしゃ》の不養生《ふようじょう》をそしる　品行不端的儒者譏笑醫生不講衛生。比喩不反省自己而譏笑別人的缺點。類 猿の尻笑い。

踏《ふ》めばくぼむ　踩就會凹下去，比喩做了就會有效果。

冬編笠《ふゆあみがさ》に夏頭巾《なつずきん》　冬天的草笠，夏天的頭巾。比喩正相反的東西，或比喩有時會發生相反的異變。類 ①冬帷子に夏布子。②夏布子に冬帷子。

蜉蝣《ふゆう》の一期《いちご》　蜉蝣的一生，比喩人生短暫。類 ①ぶよの一時。②ぶよの千年。

冬《ふゆ》の客《きゃく》は火《ひ》でもてなせ　冬天的客人用火來款待，冬天使客人感到溫暖很重要。

冬《ふゆ》の氷売《こおりう》り　冬天賣冰，比喩不合時宜。

冬《ふゆ》の雪売《ゆきう》り　冬天賣雪。比喩出售到處都有剩餘的東西，是沒人要買。類 冬の氷売り。

降《ふ》らぬ先《さき》の傘《かさ》　未下雨前的雨傘。未雨綢繆。類 ①濡れぬ先の傘。②転ばぬ先の杖。

降《ふ》りかかる火《ひ》の粉《こ》は払《はら》わねばならぬ　危險臨近時必須要防備。類 売られた喧嘩は買わねばならぬ。

古《ふる》い物《もの》には功《こう》がある　舊東西有舊東西的價値。

古川《ふるかわ》に水《みず》絶《た》えず　古川不會斷流。比喩破船都有三斤釘。衰而不滅。類 ①古川には水涸れず。②大鍋の底は撫《な》でても三杯。③長者の跡は三年味噌臭い。④腐っても鯛。

古疵《ふるきず》は痛《いた》み易《やす》い　舊傷易痛。過去犯的壞事，有事就會有報應。

古木《ふるき》に手《て》をかくるな、若木《わかぎ》に腰掛《こしか》くるな　比喩對於沒有前途

的東西不要寄以希望，對將來有發展的東西要加以重視。類 若木に腰掛けな。

故《ふる》きを去《さ》って新《あたら》しきに就《つ》く　去舊迎新。

故《ふる》きを温《たず》ねて新《あたら》しきを知《し》る　溫故知新。類 温故知新《おんこちしん》。

古屋《ふるや》の造作《ぞうさく》　修建舊屋，費工費時。

風呂敷《ふろしき》をひろげる　吹牛。

文官《ぶんかん》を銭《ぜに》を愛《あい》せず武臣《ぶしん》死《し》を惜《お》しまず　文官不愛錢，武臣不惜命，天下可治。

文事《ぶんじ》ある者《もの》は必《かなら》ず武備《ぶび》あり　有文事者必有武備。類 ①文武は車の両輪。②治に居て乱を忘れず。

文章《ぶんしょう》は経国《けいこく》の大業不朽《たいぎょうふきゅう》の盛事《せいじ》　文章是經國之大業，不朽之盛事。

文籍腹《ぶんせきはら》に満《み》つと雖《いえど》も一嚢銭《いちのうせん》に如《し》かず　雖文籍滿腹不如一囊錢。

分相応《ぶんそうおう》に風《かぜ》が吹《ふ》く　人人都有合於其身份的生活方式。類 分分に風は吹く。大きな家には大きな風。

踏《ふ》んだり蹴《け》たり　又踩又踢。禍不單行。類 ①踏んだ上にも蹴る。②焙《あぶ》った上を叩く。③転んだ上を突きとばす。④こけた上を踏まれる。⑤泣き面に蜂《はち》。⑥転べば糞の上。⑦痛む上に塩を塗る。

墳土《ふんど》未《いま》だ乾《かわ》かず　墳土未乾。死後不久。

糞《ふん》は出《で》たが別《べつ》が出《で》ない　想不出好辦法。

分分《ぶんぶん》に風《かぜ》は吹《ふ》く　人人過着與自己相稱的生活。類 分相応に風が吹く。

分別過《ふんべつす》ぎれば愚《ぐ》に返《かえ》る　思慮過度會變成愚蠢。類 過ぎたるは猶《なお》及ばざるが如し。

分別《ふんべつ》なき者《もの》におじよ　不思考的人可怕。類 馬鹿ほど怖いものはない。

分別《ふんべつ》の上《うえ》の分別《ふんべつ》　想又想，再三考慮。

憤《ふん》を発《はっ》して食《しょく》を忘《わす》る　發憤忘食。

へ

平家《へいけ》を滅《ほろ》ぼすものは平家《へいけ》 平家是日本古代的一個很大的家族，消滅平家家族的人，本身就是平家。比喩自作自受。類 ①身から出た錆《さび》。②爾《なんじ》に出ずるは爾に反《かえ》る。③仇《あだ》も情も我が身より出る。④因果応報。

弊袴《へいこ》を愛惜《あいせき》す 愛惜弊袴。信賞必罰。

敝蹝《へいしょう》を棄《す》つるが若《ごと》し 若棄敝蹝。棄如敝屣。

瓶水《へいすい》をうつすが如《ごと》し 如倒瓶水。傾嚢相贈。類 瓶の水をうつすが如し。

平地《へいち》に風波《ふうは》を起《おこ》す 平地風波。類 ①平地に波瀾《はらん》を起《お》こす。②寝ている子を起こす。③日向《ひなた》で埃《ほこり》を立てる。

兵強《へいつよ》ければ則《すなわ》ち滅《ほろ》ぶ 兵強則滅。類 ①兵強ければ則ち勝たず。②兵騎る者は滅ぶ。

兵《へい》は神速《しんそく》を貴《たっと》ぶ 兵貴神速。

兵《へい》は猶火《なおひ》のごとし 兵猶火。

兵《へい》は廃《はい》す可《べ》からず 兵不可廢。

兵久《へいひさ》しければ変生《へんしょう》じ事苦《ことくる》しめば慮易《りょかわ》る 兵久生變，事苦易慮。

汨羅《べきら》の鬼《おに》 汨羅之鬼。溺死的人。

臍《へそ》が茶《ちゃ》を沸《わか》かす 比喩笑得肚皮疼。捧腹大笑。類 ①臍が宿替えする。②臍が西国する。③踵《かかと》が茶を沸す。④臍が茶をひく。

下手《へた》があるので上手《じょうず》が知《し》れる 因有笨拙才知高明。有拙劣才有高明。類 ①悪人あればこそ善人も顕《あらわ》れる。②下手ありて上手わかる。③下手は上手の飾り物。④馬鹿があって利口が目立つ。

下手《へた》が却《かえ》って上手《じょうず》 拙反而巧。

下手《へた》でも医者《いしゃ》から 醫生雖不高明，也有其價值。

下手《へた》な鍛冶屋《かじや》も一度《いちど》は名剣《めいけん》 笨拙的打鐵匠有時也能鑄出一把名劍。比喩做了很多的東西，偶爾也有一次做出好東西。類 鍛冶屋一代の剣。

下手《へた》な鉄砲《てっぽう》も数《かず》うてば中《あた》る　笨拙的槍手打了許多槍也會中。比喩做了許多，碰巧也會成功。

下手《へた》な味方《みかた》は無《な》いがまし　拙劣的幫手不如無。

下手《へた》に限《かぎ》なし上手《じょうず》に限《かぎ》なし　下之下有下，上之上有上。

下手《へた》の大連《おおづ》れ　帯着一大堆的無用之徒。類 ①乞食の大連れ。②船頭多くして船山に登る。

下手《へた》の考《かんが》え休《やす》むに似《に》たり　不高明的思考似在休息，只是浪費時間。類 ①下手な考え休むにしかず。②下手な思案は休むに同じ。

下手《へた》の金的《きんまと》　拙者的金的，比喩偶然打中，或拙者用好工具。類 ①下手の道具しらべ。②下手の伊《だ》達《て》道具。③下手の道具立つ。④下手の真中上手の縁矢。⑤下手の真星。

下手《へた》の道具《どうぐ》しらべ　技術拙劣的人好選擇工具。類①道具立てする者は仕事がにぶい。②下手の金的。③下手の伊達《だて》道具。④下手の道具えらび。⑤下手の道具立て。⑥藪《やぶ》医者の薬味箪笥《やくみだんす》。

下手《へた》の長糸上手《ながいとじょうず》の小糸《こいと》　笨拙的裁縫用長針線，高明的裁縫用短針線。類 ①下手の長針。②上手の一寸。

下手《へた》の長碁《ながご》　圍棋下得不好的人久思。

下手《へた》の長談義《ながだんぎ》　不善於講話的人反而囉嗦地講不停。類①下手の長談義高座の妨げ。②下手の長口上。③下手の長文。④長口上は欠伸の種。

下手《へた》の早中《はやあた》り　開始不熟時會中，熟練之後反而不中。

下手《へた》の的《まと》ははずれる　不會射箭的人往往射不中靶。反 まぐれあたり。

下手《へた》の真似《まね》好《ず》き　拙者喜歡模仿別人。

下手《へた》の真中上手《まんなかじょうず》の縁矢《ふちや》　不擅於射箭有時也會射中靶心，善射者有時也會射在靶的旁邊。比喩事物都有偶然的機會。類 下手の真星。

下手《へた》の物好《ものず》き　本來搞不好偏喜歡搞又熱心搞。類 ①下手の横好き。②下手の馬鹿好き。③下手の悪好き。

下手《へた》の横好《よこず》き　做得不好的人反而喜歡搞而熱心。類①下手の物好き。②下手のわる好き。③下手の馬鹿好き。

下手《へた》の横槍《よこやり》　幫倒忙。

下手《へた》は上手《じょうず》の飾《かざ》り物《もの》　拙者是巧者的裝飾品。因有拙者才能顯出巧者。類 下手があるので上手が知れる。

下手《へた》は上手《じょうず》の基《もと》　不高明是高明之基。

糸瓜《へちま》の皮《かわ》とも思《おも》わず　完全不介意，不在乎。類①何の糸瓜。②糸瓜の皮のだんぶくろ。③浮世は糸瓜の革頭巾。④糸瓜の皮より竹の皮。

へっついより女房《にょうぼう》　經濟不能自立而急於結婚。類かまどより先に女房。反早く產を求めておそく妻をめとれ。

屁《へ》の突張《つっぱ》りにもならぬ　無力放屁，比喻毫無力量。

蛇《へび》が蛙《かえる》を呑《の》んだよう　如蛇呑蛙。比喻長物的中間鼓起的醜態。

蛇《へび》が蚊《か》を呑《の》んだよう　如蛇呑蚊。比喻毫無感受，若無其事。

屁《へ》ひって尻《しり》すぼめる　放屁後縮屁股，比喻失敗後找藉口辯解。類①ひって後の尻すぼめ。②屁をひって尻つぼめ。③屁ひって尻すべる。

蛇《へび》と長袖《ながそで》の祟《たたり》はこわい　比喻和尚的記恨深。

蛇《へび》に蛙《かえる》　青蛙對着蛇，比喻手足無措。

蛇《へび》に嚙《か》まれて朽縄《くちなわ》におじる　一朝被蛇咬，三年怕井繩。類①羹《あつもの》に懲りて膾《なます》を吹く。②熱湯で火傷《やけど》した猫は冷水を恐れる。③黒犬に嚙まれて赤犬におじる。

蛇《へび》に見込《みこ》まれた蛙《かえる》のよう　如被蛇盯上的青蛙，比喻手足無措，一籌莫展。類蛇に逢った蛙。

蛇《へび》の足《あし》より人《ひと》の足《あし》　議論蛇有無脚，不如注意自己的脚步。

蛇《へび》の生《な》ま殺《ごろ》しは人《ひと》を嚙《か》む　被殺得半死的蛇會咬人。落水狗會反咬人。

蛇《へび》の目《め》を灰《はい》で洗う　比喻看到淸楚。

蛇《へび》は竹《たけ》の筒《つつ》に入《い》れても真《ま》っすぐにならぬ　把蛇放進竹筒也不會變直。比喻天生精神不剛直的人，難以改正。類蛇の曲がり根性。

蛇《へび》を画《えが》いて足《あし》を添《そ》う　畫蛇添足。類蛇足《だそく》。

部屋見舞《へやみまい》に卯《う》の花《はな》　拿豆腐渣去慶祝生子，比喻不適當。

減《へ》らぬものなら金百両《かねひゃくりょう》、死《し》なぬものなら子《こ》は一人《ひとり》　如金錢不會減少，百兩就夠，如孩子不會死，一個孩子就夠。表示東西不必太多，只想要需要的東西。類死なぬ子三人皆孝行。

篦増《へらま》しは果報《かほう》持《も》ち　比喩娶年長的妻子有福。類①篦増しは世持ち。②一本篦鉄《かね》の草鞋《わらじ》はいて探せ。③姉女房は身代の薬。④一篦二篦果報篦。

勉強《べんきょう》は黄金《おうごん》の媒《なかだち》　用功是黃金之媒。書中自有黃金屋。

弁慶《べんけい》の立《た》ち往生《おうじょう》　比喩進退維谷。

弁慶《べんけい》の泣《な》き所《どころ》　比喩難以防守的要害。

片言獄《へんげんごく》を折《さだ》む　片言折獄。

弁当《べんとう》は宵《よい》から　從傍晚就準備飯盒，比喩準備愈早愈好。

弁当持《べんとうも》ち先《さき》に食《く》わず　搬運飯盒的人不先吃。比喩擁有東西的人自己不用，特別是有錢人不花錢。類①金持ち金を使わず。②槍《やり》持ち槍使わず。③弁当持ち弁当使わず。

ペンは剣《つるぎ》よりも強《つよ》し　筆比劍強。筆勝劍。

ほ

法《ほう》あっての寺寺《てらてら》あっての法《ほう》　有佛法才有佛寺，而有佛寺才有佛法。比喩互相依賴的關係。

方位家《ほういか》の家潰《いえつぶ》し　迷信屋的方位會敗家。

棒行《ぼうい》きの棒帰《ぼうかえ》り　直去直回。

傍観《ぼうかん》する者《もの》は審《つまび》らかなり　旁觀者清。

判官贔屓《ほうがんびいき》　同情弱者的心情。類曾我贔屓。

箒《ほうき》で掃《は》く程《ほど》　多得要用掃箒掃，形容多得很。

忘形《ぼうけい》の交《まじわ》り　忘形之交。非常親密之交。

宝剣《ほうけん》は烈士《れっし》に贈《おく》り、紅粉《こうふん》は佳人《かじん》に贈《おく》る　寶劍贈烈士，紅粉贈佳人。比喩贈物時要選擇適合對方的東西。

咆哮《ほうこう》する者《もの》必《かなら》ずしも勇《ゆう》ならず　咆哮者不一定是勇士。大聲罵人的不一定是勇敢。

奉公人《ほうこうにん》と牡牛《おうし》は使《つか》いようで動《うご》く　傭人和牡牛看你怎麼用而不同，用得好就勞動得好。類鋏《はさみ》と奴《やっこ》使いがら。

奉公人《ほうこうにん》に使《つか》わる 用人的被人使用。類 人を使うは使わるる。

暴虎憑河《ぼうこひょうが》の勇《ゆう》 暴虎憑河之勇。蠻勇。

帽子《ぼうし》と鉢巻《はちまき》 帽子和纏頭的東西。比喩相似的東西或比喩用相似的東西來騙人。類 ①帽子《ぼうし》と頭巾《ずきん》。②棒に棹《さお》。

法師《ぼうし》の軍咄《いくさばなし》 法師談軍事。比喩不適合。類 ①町人の武士咄。②町人の刀好み。③似合ぬ僧の腕立て。④法師の腕立て。

芒刺背《ぼうしはい》に在《あ》り 芒刺在背。

坊主《ぼうず》憎《にく》けりゃ袈裟《けさ》まで憎《にく》い 和尚可恨連袈裟都恨，比喩恨人連其東西都恨。類 法師が憎けりゃ袈裟まで憎い。

坊主《ぼうず》の花簪《はなかざし》 和尚的花簪，比喩沒有用途，有也沒有用。類 ①按摩《あんま》の眼鏡。②猫に小判。③猫に石仏。④犬に論語。⑤豚に真珠。

坊主丸儲《ぼうずまるもうけ》 和尚無資本而能賺錢。比喩不勞而獲。

疱瘡《ほうそう》はみめ定《さだ》め麻疹《はしか》は命定《いのちさだ》め 天花與容貌有關，麻疹與生命有關。

疱丁《ほうてい》を牛《うし》を解《と》く 疱丁解牛。比喩做事要順乎自然。

棒《ぼう》に振《ふ》る 斷送，白白浪費掉。努力歸於泡影。

豊年《ほうねん》の飢饉《ききん》 豐收年的饑饉。類 豊作飢饉。

豊年《ほうねん》は飢饉《ききん》の基《もと》 豐收年是饑饉之基。類 豊年は二度続かず。

棒《ぼう》の下《した》に回《まわ》る犬《いぬ》は打《う》てぬ 對在棍下轉的狗打不下去，比喩對求憐的人不忍下手加害。

朋輩《ほうばい》の笑《え》みがたき 朋輩的笑裏藏刀。朋友之間表面是笑臉相迎，內心互相競爭。

法《ほう》は使《つか》うべし、法《ほう》に使《つか》われるな 用法不可被法所用。

棒《ぼう》ほど願《ねが》うて針《はり》ほど叶《かな》う 所抱的希望如棍子那樣大，而所獲得如針那樣小。類 富士の山ほど願うて蟻塚ほど叶う。

朋友《ほうゆう》は六親《りくしん》に叶《かな》う 朋友如六親那樣重要。

亡羊《ぼうよう》の嘆《たん》 亡羊之嘆。歧路亡羊。類 多岐亡羊。

蓬萊弱水《ほうらいじゃくすい》の隔《へだた》り 蓬萊弱水之隔，比喩相隔得很遠。

炮烙《ほうろく》の割《わ》れも三年《さんねん》置《お》けば役《やく》に立《た》つ 砂鍋的破片放三年都會有用，比喩即使没用的東西將來會有一天變成有用。類①禍《わざわ》いも三年たてば用に立つ。②いらぬ物も三年たてば用に立つ。図破鍋《われなべ》二度の役に立たず。

芳《ほう》を後世《こうせい》に流《なが》す　流芳後世。

棒《ぼう》を呑《の》んだよう　如呑下棍子，形容直立不動。

芳《ほう》を百世《ひゃくせ》に流《なが》さざれば臭《しゅう》を万年《ばんねん》に遺《のこ》す　不流芳百世就遺臭萬年。

暴《ぼう》を以《もっ》て暴《ぼう》に易《か》う　以暴易暴。類暴を以て暴に報ゆ。

吠《ほ》える犬《いぬ》にけしかける　嗾使吠狗咬人。火上加油。類火に油を注ぐ。

吠《ほ》える犬《いぬ》は嚙《か》み付《つ》かぬ　狂吠的狗不會咬人。比喩喋喋不休的人不可怕。說得好聽的人不會實行。類鳴く猫は鼠《ねずみ》をとらぬ。

頰《ほお》を顏《かお》　面頰是臉。比喩名稱雖不同，却是同一物。類①頰は顏。②南瓜《かぼちゃ》はとうなす。

帆掛船《ほかけぶね》に櫓《ろ》を押《お》す　升帆的船再划櫓。快馬加鞭。類①駈ける馬に鞭《むち》。②飛脚に三里の灸《きゅう》。

木石《ぼくせき》に非《あら》ず　人非木石。類岩木に非ず。図石部金吉鉄《かな》兜《かぶと》。

槊《ほこ》を横《よこ》たえて詩《し》を賦《ふ》す　横槊賦詩。

星《ほし》に起《お》き月《つき》に臥《ふ》す　起得早，睡得晚，努力工作。

星《ほし》を数《かぞ》うる如《ごと》し　如數星星，比喩無窮盡或無法辦到。

細《ほそ》い管《くだ》もて大空《おおぞら》をうかがう　用細管觀太空。一孔之見。

細《ほそ》き流《なが》れも大河《たいが》となる　細流成大河。比喩偉大的成果是不斷努力的結晶。類①鳥は少しずつ巣をつくる。②学者と大木はにわかにできぬ。③木は最初の一擊では倒れない。

細《ほそ》くても針《はり》は呑《の》めぬ　針雖細小，但不可呑下，比喩東西雖小，但不可輕視。類①針は小さいが呑まれない。②針は包まれぬ。③山椒《さんしょう》は小粒でもぴりりと辛い。④細くも樫《かし》の木。

細《ほそ》くも樫《かし》の木《き》　橡樹雖小也是橡樹，比喩品質好的東西，雖小也是好。

臍《ほぞ》をかためる　下定決心。

臍《ほぞ》を嚙《か》む　後悔。

菩提《ぼだい》の種《たね》を萌《ま》く　播菩提的種籽，比喩行善事積德。

牡丹餅《ぼたもち》で腰打《こしう》つ　福自天來。類 ①牡丹餅で頰《ほっ》ぺたを叩かれる。②牡丹餅食って砂糖の木に登る。③あんころ餅で尻を叩かれる。④牡丹餅で面。

牡丹餅《ぼたもち》で面《つら》　福自天來。類 ①牡丹餅で腰打つ。②棚から牡丹餅。③寝ていて餅。

牡丹餅《ぼたもち》は棚《たな》から落《お》ちて来《こ》ず　從架上不會掉下小豆餡的年糕團來。比喩有努力才有幸運。反 棚から牡丹餅。

螢《ほたる》二十日《はつか》に蟬《せみ》三日《みっか》　螢虫是二十天、蟬是三天，比喩旺盛的時間很短。

北国《ほっこく》の雷《かみなり》　北國之雷。比喩非常貧窮，身上只穿一套衣服。

ぽつぽつ三年波八年《さんねんなみはちねん》　比喩畫日本畫很難，需要很長的時間，只畫一點一點的青苔就需要練習三年，畫波形要學八年。類 ぽちぽち三年。

仏《ほとけ》あれば衆生《しゅうしょう》あり　有佛才有衆生，有衆生才有佛。比喩事物是互相對立的。類 ①馬鹿があって利口が引き立つ。②悪人あればこそ善人も顕《あらわ》れる。

仏《ほとけ》さかれば魔《ま》さかる　佛盛魔也盛。

仏千体造《ほとけせんたいつく》るより人《ひと》の命《いのち》を救《すく》え　造佛千尊不如救人一命。

仏千人神千人《ほとけせんにんかみせんにん》　佛千人神千人，比喩世上的好人很多。

仏頼《ほとけたの》んで地獄《じごく》へ堕《お》ちる　拜托了佛祖反而掉進地獄。比喩結果與自己的願望相反。類 仏頼んで畜生道。

仏作《ほとけつく》って魂入《たましいい》れず　造了佛像而不入魂，比喩畫龍不點睛。功虧一簣。類 ①仏作ってまなこを入れず。②画龍点睛《がりょうてんせい》を欠《か》く。③九仞《きゅうじん》の功を一簣《いっき》に虧《か》く。

仏《ほとけ》なぶりの暇《ひま》つぶし　狂信佛教會浪費很多時間是愚蠢之事。

仏《ほとけ》の顔《かお》に糞《くそ》を塗《ぬ》る　塗糞於佛面，比喩弄壞貴重東西、好東西。

仏《ほとけ》の顔《かお》も三度《さんど》　摸佛面三次，佛都會生氣。佛都有火。比喩人的忍耐程度是有限度，多次被欺侮是會生氣的。類 ①仏の顔も日に三度。②地蔵の顔も三度。③仏の顔も三度まで。④猫の顔も三度。⑤兎も七日なぶれば嚙《か》み付く。⑥三度目の腹立ち。

仏《ほとけ》の心凡夫知《こころぼんぷし》らず　凡夫不知佛心。

仏《ほとけ》の沙汰《さた》は僧《そう》が知《し》る弓矢《ゆみや》の道《みち》は武士《ぶし》が知《し》る　僧知佛事，武士知弓矢之道。比喩行行都有專家、內行。類 餅は餅屋。

仏《ほとけ》の沙汰《さた》も銭《ぜに》　信佛都要錢。錢能通神。類 地獄の沙汰も金次第。

仏《ほとけ》の光《ひかり》より金《かね》の光《ひかり》　佛光不如金光。比喩金錢萬能。類 ①地獄の沙汰も金次第。②阿弥陀《あみだ》も金で光る。③阿弥陀の光より金の光。④銭は阿弥陀ほど光る。⑤金が敵。⑥神よりも黄金。

仏《ほとけ》は見通《みとお》し　佛洞察一切，不能欺騙佛。類 神は見通し。

仏《ほとけ》ほっとけ神構《かみかま》うな　不要狂信宗教。類 ①触らぬ神に祟《たた》りなし。②当たらぬ蜂《はち》はささぬ。

仏《ほとけ》も昔《むかし》は凡夫《ぼんぶ》なり　佛開始也是凡夫。比喩人人只要努力修養，都能成爲偉人。類 ①凡夫も悟れば仏。②迷えば凡夫悟れば仏。

骨《ほね》折《お》り損《ぞん》の草臥《くたびれ》儲《もう》け　費勁辛苦只是得到疲勞，毫無效果。類 ①しんどが利。②犬骨折って鷹の餌食《えじき》。③燈心で竹の根を掘る。④労して功なし。

骨《ほね》が舎利《しゃり》になっても　儘管骨頭變成舍利，比喩無論怎麼辛苦。縱死九泉也……。

骨《ほね》をしゃぶって皿《さら》に及《およ》ぶ　舐骨連碟都舐。比喩徹底剝削。或比喩殘酷無道。

骨《ほね》を盗《ぬす》む　不肯賣力氣。

誉《ほまれ》あらんより毀《そしり》なかれ　想人稱讚之前首先要使人不誹謗。類 誉められるよりそしられるな。

誉《ほまれ》はそしりの基《もと》　榮譽是引起誹謗的原因。類 ①ほむるはそしるもと。②出る杭《くい》は打たれる。

誉《ほ》め人《て》千人《せんにん》悪口《わるぐち》万人《まんにん》　讚者千人，謗者萬人。比喩世上稱讚人的人少，説人壞話的人多。

誉《ほ》められて腹立《はらた》つ者《もの》なし　沒有受到稱讚而生氣的人。

誉《ほ》める子《こ》の寝糞《ねぐそ》　稱讚孩子時，孩子在睡中拉屎，比喩當受到讚揚時失敗了。類 誉める子の夜糞。

褒《ほ》める人《ひと》に買《か》ったためしなし　稱讚商品的客人不買東西。類 ①品物を褒める人に買うためしなし。②褒める人は買わぬ。

誉《ほ》める人《ひと》には油断《ゆだん》すな　對稱讚你的人不要失去警惕。類 ①巧言令色鮮《すくな》し仁。②旨《うま》い物食うて油断すな。③美言真ならず。

吠《ほ》ゆる犬《いぬ》は打《う》たるる　吠犬被人打。比喩會反抗的人不受人歡迎。類 袖の下に回る子は打たれぬ。

洞《ほら》が峠《とうげ》をきめこむ　比喩脚踏兩船，看形勢歸附勝者的一方。投機的態度。類 ①筒井順慶をきめこむ。②日和見の順慶。③日和見主義。④蝙《こう》蝠《もり》。

法螺《ほら》と喇叭《らっぱ》は大《おお》きく吹《ふ》け　吹海螺和喇叭要大吹，比喩要吹牛皮就要大吹特吹。

惚《ほ》れた腫《は》れたは当座《とうざ》のうち　卿卿我我熱情只有在熱戀的時候，不久就會冷下來。

惚《ほ》れた目《め》に痘痕《あばた》も靨《えくぼ》　情人眼中出西施。類①痘痕も靨。②惚れた欲目。③好いた目からは痘痕も靨。④惚れた女は痘痕も靨。

惚《ほ》れた病《やまい》に薬《くすり》なし　心病無藥醫。情病無藥醫。類①惚れ病と馬鹿のなおる薬はない。②四百四病の外。

惚《ほ》れた欲目《よくめ》　情人眼中缺點變成優點。類痘痕《あばた》も靨《えくぼ》。

惚《ほ》れて通《かよ》えば千里《せんり》も一里《いちり》　與情人相會千里路如一里路。比喩喜歡就不覺得痛苦。

ぼろは内《うち》から出《だ》す　缺點從內部暴露出來。

襤褸屋《ぼろや》に貧乏《びんぼう》なし　做破爛雜物生意的人沒有窮人。類襤褸屋のぼろ儲け。

本卦還《ほんけがえ》りの三《み》つ子《ご》　年到六十，就如三歲孩童。類①七十の三つ子。②六十の三つ子。

盆過《ぼんす》ぎての鯖商《さばあきな》い　過了盂蘭節做青花魚的生意，比喩不合時令。時機不好。類①十日の菊六日の菖蒲《しょうぶ》。②盆過ぎての蓮葉。

盆《ぼん》と正月《しょうがつ》が一所《いっしょ》に来《き》たよう　盂蘭節和新年一起來臨。比喩非常忙。雙喜臨門。類盆と祭が一緒に来たよう。

煩悩《ぼんのう》あれば菩提《ぼだい》あり　有了煩惱才能悟道。

煩悩《ぼんのう》の犬《いぬ》は追《お》えども去《さ》らず　煩惱趕也趕不去。類①煩悩の犬。②煩悩は首にのる。

本《ほん》の中《なか》には天下様《てんかさま》がある　書中有將軍大人。比喩要愛惜書籍。

凡夫盛《ぼんふさかん》に神祟《かみたた》りなし　凡夫旺盛時神都不敢管。類①人盛んにして神祟らず。②仏力も強力に勝たず。③悪運強ければ人天に勝つ。

本丸《ほんまる》から火《ひ》が出《だ》す　從城堡中心出火，比喩自滅，從內部崩潰。

盆《ぼん》を戴《いだ》きて天《てん》を望《のぞ》む　戴盆望天。比喩同時不能做兩件事。

本《ほん》を貸《か》す馬鹿《ばか》返《かえ》す馬鹿《ばか》　借書於人是笨蛋，還書的也是笨蛋，比喩書借出難望書還。類①本貸す馬鹿になす阿呆《あほう》。②傘と提燈《ちょうちん》は戻らぬつもりで貸せ。

ま

参《まい》らすれば賜《たば》る　有獻就有賜。

参《まい》らぬ仏《ほとけ》に罰《ばち》はあたらぬ　不去拜佛不會遭到報應，比喻不去碰它就不會招災。類 ①触らぬ神に祟《たた》りなし。②知らぬ神に祟りなし。③当たらぬ蜂《はち》はささぬ。

前急《まえいそ》ぎは後急《あといそ》ぎ　欲速則不達。

前飾《まえかざり》の後見《うしろみ》ず　只裝飾前面，不顧後面。

前十両《まえじゅうりょう》に後三両《うしろさんりょう》　前面看漂亮，後面看不漂亮。反 後ろ千両前一文。

前杖《まえづえ》をつく　事前注意。

前《まえ》で追従《ついしょう》する者《もの》は陰《かげ》でそしる　在面前追隨的人在背地裏誹謗。類 お前追從。

任《まか》せ取《と》りは握《にぎ》られぬ　受人信任，反而不好，幹壞事。

曲《まが》った釜《かま》には曲《まが》った甑《こしき》　彎鍋配彎甑。比喻才子配佳人、瘸驢配破磨。類 破鍋《われなべ》にとじ蓋《ぶた》。

萌《ま》かぬは生《は》えぬ　不播種籽不長苗。種瓜得瓜、種豆得豆。類 ①ギブ・アンド・テイク。②火の無い所に煙は立たぬ。③打たねば鳴らぬ。反 ①果報は寝て待て。②開いた口へ牡丹餅《ぼたもち》。③鴨《かも》が葱《ねぎ》を背負《しょ》ってくる。

曲《まが》らねば世《よ》が渡《わた》られぬ　不轉彎，難在社會上立足。類 ①商人《あきんど》と屏風《びょうぶ》は曲がらねば立たぬ。②人は屏風のようなるべきなり。③人と屏風は直ぐには立たず。

曲《ま》がるは折《お》れるに勝《まさ》る　彎勝折。比喻妥協比屈服好。

曲《まが》れる枝《えだ》には曲《まが》れる影《かげ》あり　彎枝就有彎影，比喻壞結果都是由壞原因引起的。

枉《まが》れるを矯《た》めて直《なお》きに過《す》ぐ　矯枉過正。

蒔絵《まきえ》の重箱《じゅうばこ》に牛《うし》の糞《くそ》を盛《も》る　泥金畫的漆器放牛糞。比喻內容和外表不相稱。類 ①錦の袋に馬糞を包む。②糞に箔《はく》をぬる。③蒔絵の重箱に馬の糞を入れたよう。④黃金の鞘《さや》に鉛のナイフ。

間口《まぐち》ばかりで奥行《おくゆき》がない　知識博而不專。

枕《まくら》を高《たか》くして寝《ね》る　高枕而臥。安心睡覺。放心。高枕無憂。

負惜《まけおし》みの減《へ》らず口《ぐち》　不服輸的嘴硬。

負《ま》け惜《お》しみは一生文盲《いっしょうもんもう》　死不服輸的人一生文盲。類聞くは一時の恥聞かぬは一生の恥。

負《ま》けるが勝《かち》　輸則勝。類①負けて勝《か》つ。②征服のための屈伏。③逃げるが勝ち。④叩かれた夜は寝やすい。

負《ま》けるも勝《か》つも運次第《うんしだい》　勝負是運。類勝つも負けるも運次第。

孫飼《まごか》わんより犬《いぬ》の子飼《こか》え　養孫兒不如養小狗，表示孫兒很少孝順祖父母。

馬子《まご》に縕袍《おんぼう》　馬伕穿棉袍，比喻很相稱。

孫子《まごこ》に手《て》をひかれて牢屋《ろうや》　被孫兒牽着手進入牢房，比喻先甜後苦。

馬子《まご》にも衣裳《いしょう》　人是衣裳，馬是鞍。人靠衣裝，佛靠金裝。類①馬子にも衣裳髪かたち。②姿はつくりもの。③人形にも衣裳。④猿にも衣裳。⑤木株《いぐち》にも物着せろ。⑥木偶《でく》も髪かたち。⑦切株にも衣裳。⑧着物が人をつくる。⑨杭《いぐい》にも笠。⑩鬼瓦にも化粧。⑪藁《わら》人形も装束から。反衣ばかりで和尚《おしょう》はできぬ。

孫《まご》は子《こ》より可愛《かわい》い　孫比子可愛。類①子より孫が可愛い。②孫の可愛いのと向こう臑《ずね》の痛いのはこらえられぬ。③孫は目の中へ入れても痛くない。

孫《まご》より身《み》はかなし　孫兒雖可愛，還是自己最重要。

正宗《まさむね》も焼《や》き落《お》つれば釘《くぎ》の価《あたい》　正宗的名刀如被火焼壞，就如鐵釘的價值。比喻衰落的人已經沒有以前的威勢了。

勝《まさ》るを羨《うらや》まざれ劣《おと》るを卑《いや》しまざれ　不羨慕勝己者，也不卑視劣己者。

交《まじわ》り絶《た》ゆるも悪声《あくせい》を出《いだ》さず　絕交不出惡聲。

交《まじわ》りを売《う》る　出賣朋友。

貧《まず》しきは諂《へつら》う　貧者諂。

まずい物《もの》の煮《に》え太《ぶと》り　不好吃的東西一煮量會增多。比喻無價值的東西往往光是量多。類渋柿の長持ち。

枡《ます》で量《はか》って箕《み》でこぼす　用升量而用箕漏掉。比喩苦心儲蓄的東西一次浪費掉。或比喩收入少支出多。類①爪で拾うて箕でこぼす。②木っぱで集めて材木で流す。

枡《ます》で量《はか》るほどある　比喩非常多。

まだ早《はや》いが遅《おそ》くなる　說還早會變慢。比喩不可大意。類油断大敵。

待《ま》たるるとも待《ま》つ身《み》になるな　等人很辛苦。類①待つ身は長い。②待つは憂いものつらいもの。

間違《まちが》いと氣違《きちが》いは何処《どこ》にもある　到處都有錯誤，不必因錯誤而生氣。類気違いと間違いは江戸にもある。

待つうちが花《はな》　等待的時候最甜蜜。類①ならぬ中《うち》が楽しみ。②ならぬ中は頼み。③待つが花。④待つ間が花。⑤祭の日より前の日。

松《まつ》かさよりも年《とし》かさ　比喩年紀大的經驗是寶貴的。類烏賊《いか》の甲より年の劫《こう》。

睫《まつげ》よまれる　被人數了睫毛，比喩被人輕視而自己不知。

待《ま》つのが祭《まつり》　等待時最快樂。類祭より前の日。

松《まつ》の木柱《きばしら》も三年　松柱雖容易腐朽也可以支持三年，比喩暫時還可以用。

松《まつ》の実生《みばえ》の臼《うす》になるまで　從松樹果實成長到能做臼那樣大。比喩遙遠的將來。類さざれ石の巌《いわお》となるまで。

祭《まつり》の渡《わた》った後《あと》のよう　如節日過後那樣，比喩熱鬧一過變成寂靜。類①大風の吹いた後。②大水の引っ越し。③大水の引いた後のよう。反①翌日のない祭はない。②祭の後は七日おもしろい。

祭《まつり》より前《まえ》の日《ひ》　節日前比節日快樂。

待《ま》てど暮《くら》せど　怎麼等也不來。

待《ま》てば海路《かいろ》の日和《ひより》あり　耐心等待終會時來運轉。類①待てば甘露の日和あり。②待てば甘露の日からかさ。③待てば甘露の雨を得る。④忍耐は一切を解決する。⑤待てばあうときあり。⑥石の上にも三年。⑦雨の後は上天氣。⑧嵐《あらし》の後には凪《なぎ》がくる。⑨急《せ》いては事を仕損ずる。⑩果報は寝て待て。

窓《まど》から槍《やり》　從窗口刺出槍來。比喩事出突然。類藪《やぶ》から棒。

的《まと》なきに矢《や》を放《はな》つ　無的放矢。

的《まと》なき弓《ゆみ》に矢声《やごえ》　無的而聽到射手的中靶的歡呼聲。比喩從事無目的的工作。類 的なきに矢を放つ。

的《まと》のない弓《ゆみ》は引《ひ》かれぬ　無的不能拉弓，比喩不能從事無目的的工作。

的矢《まとや》の如《ごと》し　如靶箭的關係，比喩如影隨形，在一起。類 影の形に従うが如し。

俎板《まないた》の魚《うお》　俎上魚，比喩等死，生死操之與人。類 ①俎《そ》上《じょう》の魚。②俎板の上の蛸。

学《まな》びて厭《いと》わず教《おし》えて倦《う》まず　學而不厭，教而不倦。

学《まな》ぶ門《かど》に書来《ふみきた》る　好讀書的人書自然會多起來。比喩平常多留意，機會自然多。類 ①花好きの畑に花集まる。②用ないものに本なし。

学《まな》ぶに暇《いとま》あらずと謂《い》う者《もの》は暇《いとま》ありと雖《いえど》も亦学《またまな》ぶ能《あた》わず　說學習沒有時間的人，雖有時間也不學。

学《まな》ぶ者《もの》は牛毛《ぎゅうもう》の如《ごと》く成《な》る者《もの》は麟角《りんかく》の如《ごと》し　學的人如牛毛，成功的人如麟角。學的人多，成功的人少。

継母《ままはは》の朝笑《あさわる》い　後母的早上笑容，比喩令人不快，可怕。

蝮《まむし》の子《こ》は蝮《まむし》　蝮蛇的子是蝮蛇，比喩其父是壞人，其子也是壞人。類 ①蛙の子は蛙。②狐の子は面白。③親に似た亀の子。

豆《まめ》を煮《に》るに萁《まめがら》に焚く　煮豆燃萁。比喩兄弟不和相害。

守《まも》り手《て》の隙《ひま》はあれど盗人《ぬすびと》の隙《ひま》なし　守的人有隙，偷的人無隙。反 盗人の隙はあれども守り手の隙なし。

眉毛《まゆげ》に火《ひ》がつく　火燒眉毛，燃眉之急。比喩危險迫近，非常危險。類 ①お蔵に火がつく。②焦眉《しょうび》の急。

眉毛《まゆげ》をよまれる　被人數了眉毛，比喩被人看穿。類 眉を読まれる。

眉《まゆ》に唾《つば》をつける　把唾液塗在眉上，表示當心不要受騙。

眉《まゆ》を読《よ》む　數人家的眉毛，比喩推測人家的內心，評價人家的力量和價值。類 ①眉毛をよむ。②眉毛を数える。③睫《まつげ》をよむ。

迷《まよ》う者《もの》は路《みち》を問《と》わず　迷路的人不問路。類 迷わんよりは問え。

迷《まよ》えば凡夫《ぼんぷ》悟《さと》れば仏《ほとけ》　迷執的是凡夫，了悟的成佛。表示人本無善惡之分，必須要修養。類 仏も昔は凡夫。

迷《まよ》わぬ者《もの》に悟《さと》りなし　不迷者不悟。類 大疑は大悟の基。

迷《まよ》わんよりは問《と》え　獨自迷疑不如問人。

丸《まる》い卵《たまご》も切《き》りようで四角《しかく》　圓的蛋由切法不同而能切成四角。比喩同一件事由於説法不同而感受也不同。類 物は言いよう。

丸《まる》くとも一角《ひとかど》あれや人心《ひとごころ》　除了圓滑之外需要有一稜角才能得人心。類 丸いものは転びやすい。

真綿《まわた》で首《くび》をしめる　用絲棉勒領子，比喩委婉地責勸。類 ①ねば綿で首をしめる。②真綿でのどをしめる。③綿にて首をしむるが如し。

真綿《まわた》に針《はり》を包《つつ》むよう　如絲棉包針，笑裏藏刀，口蜜腹劍。類 ①綿裏針を包む。②綿に針を包む。③笑みの中《うち》の刀。④笑みの中に刀を礪《と》ぐ。

回《まわ》るは早道《はやみち》　迂迴是捷徑。欲速則不達。類 急がば回れ。

万能《まんのう》足《た》りて一心《いっしん》足《た》らず　具備萬能，只欠一心。

万能《まんのう》足《た》りて堂《どう》の隅《すみ》　具備了種種的才能但得不到發揮的機會。

万《まん》の倉《くら》より子《こ》は宝《たから》　萬倉不如子寶，比喩孩子是人生最貴的財寶。類 ①子に過ぎたる宝なし。②子は人生最上の宝。③千の倉より子は宝。反 ①子は三界の首枷《くびかせ》。②子故に泣く。

み

身《み》ありての奉公《ほうこう》　有命才能談其他。類 ①身があっての事。②命あっての物種。③命に過ぎたる宝なし。④命は法の宝。⑤命が宝。

身《み》あれば命《めい》あり　人人各有自己的命運。

木乃伊《みいら》取《と》りが木乃伊《みいら》になる　去取木乃伊變成木乃伊。比喩前往去捉人或召還別人，反而一去不返，達不到本來的目的。類 ①木兎《ずく》引きが木兎に引かれる。②人捕る亀が人に捕られる。③羊の毛を取りにいって自分の髪を切られて帰る。

箕売《みう》り笠《かさ》にて簸《ひ》る　比喩爲他人作嫁裳。

見《み》え張《ば》るより頬《ほお》ばれ　裝飾門面不如重視內容。類 ①花より団子。②義理張るより頬張れ。

身《み》があっての事《こと》　有了生命才能做任何事，沒命什麼也談不上。好死不如癩活着。類①命あっての物種。②身ありての奉公。

磨《みが》く地蔵《じぞう》鼻《はな》を欠《か》く　打磨地藏像而使鼻子缺陷，比喩想做好事，反而產生惡果。矯角殺牛。類角を矯《た》めて牛を殺す。

見《み》かけばかりの空大名《からだいみょう》　光有外表的空棍諸侯。比喩虛有其表，內部空虛。

味方千人敵千人《みかたせんにんてきせんにん》　我方千人，敵方千人，比喩誰都有朋友和仇敵。類目明き千人盲千人。

身《み》から出《で》た錆《さび》　從身上生出來的銹，比喩自作自受。類①悪事身にとまる。②仇《あだ》も情も我が身より出る。③刃から出た錆。④因果応報。⑤平家滅ぼすものは平家。⑥自業自得。⑦刃から出た錆は礪《と》ぐに砥石《といし》がない。

蜜柑《みかん》が黄色《きいろ》くなると医者《いしゃ》が青《あお》くなる　柑變黃時醫生臉蒼白。比喩暮秋的季節好，病人少。類①柚子《ゆず》が色附くと医者が青くなる。②秋刀魚《さんま》が出ると按摩《あんま》が引っ込む。

右《みぎ》から左《ひだり》　從右到左，比喩從別人那裏拿來的東西，又立刻轉到其他人的手。一手來一手去。

右《みぎ》といえば左《ひだり》　說右就左。你說右他就說左。比喩故意反對。類①ああ言えばこう言う。②西と言えば東。

右《みぎ》の手《て》で放《はな》して左《ひだり》の手《て》で握《にぎ》る　右手放，左手握，比喩一方面斷絕關係，別一方面妥協合作。

右《みぎ》の耳《みみ》から左《ひだり》の耳《みみ》　從右耳到左耳。馬耳東風。類①馬の耳に念仏。②馬の耳に風。③どこ吹く風。

右《みぎ》は京道《きょうみち》左《ひだり》は伊勢道《いせみち》　右是京道，左是伊勢道，比喩差之毫釐，謬之千里。

右《みぎ》を踏《ふ》めば左《ひだり》があがる　踩右脚左脚就抬起，表示一方好，他方就壞。類①彼方《あちら》立てれば此方《こちら》が立たぬ。②頭押えりゃ尻ゃ上がる。

御輿《みこし》を上《あ》げる　抬起屁股。反御輿を据《す》える。

御輿《みこし》を据《す》える　坐下不動。反御輿を上げる。

巫女《みこ》の虚言《そらごと》　巫女的假話。巫女的話不可信。

見《み》ざる聞《き》かざる言《い》わざる　勿視、勿聽、勿言。

未熟《みじゅく》の芸誇《げいほこ》り　藝不精的誇耀自己的技藝，半桶水的自誇自己的本領。類口たたきの仕事下手。

身知《みし》らずの口《くち》たたき　不知自量的人嘵嘵不休。

微塵《みじん》眼《まなこ》に入《い》れば大山《たいざん》を見《み》えず 微塵掉進眼裏，使人看不到大山，比喩不可以輕視小東西。

自《みずか》ら侮《あなど》って後人之《のちひとこれ》を侮《あなど》る 人必自侮然後人侮之。

自《みずか》ら勝《か》つ者《もの》は強《きょう》なり 勝己者強也。

自《みずか》ら知《し》る者《もの》は人《ひと》を怨《うら》まず 自知者不怨人。

自《みずか》ら恃《たの》みて人《ひと》を恃《たの》むこと無《な》かれ 自恃不可恃人。

自《みずか》ら彊《つと》めて息《や》まず 自強不息。

自《みずか》らなせる禍《わざわい》はのがるべからず 自招的災禍難逃。

自《みずか》ら卑《ひく》うすれば尚《たっと》し 自己謙虚的人自然受人尊敬。

身《み》過《す》ぎと死病《しびょう》にあだな事《こと》はない 過生活和死、病決不輕鬆。

身《み》過《す》ぎは草《くさ》の種《たね》 維持生計的職業如草種籽那様多。類①商売は草の種。②身過ぎは草の種。

水清《みずきよ》ければ魚《うお》棲《す》まず 水清則魚不棲。水至清則無魚。水清無魚。類①賢い人には友がない。②石の上に五穀は生ぜず。③人と屏風《びょうぶ》は直ぐには立たぬ。

水清《みずきよ》ければ月宿《つきやど》 水清則月宿，比喩内心清潔的人，神佛會保佑他。

水際《みずぎわ》立《た》つ 特別顯著。

水喧嘩《みずげんか》は雨《あめ》で直《なお》る 爲水吵架因下雨就和好。比喩吵架的原因一排除就會和好如初。

水心《みずごころ》あれば魚心《うおごころ》あり 看對方的做法而定。類①魚心あれば水心あり。②網心あれば魚心。

水滴《みずしたた》りて石穿《いしうが》つ 滴水穿石。水滴石穿。

水《みず》積《つ》もりて魚集《うおあつ》まる 水深則魚來。比喩有利可圖的地方，人會擁來。類鳥雀枝の深きに集まる。

水《みず》積《つ》もりて川《かわ》を成《な》す 積水成河。類①水積もりて呑《どん》舟《しゅう》の魚を生ず。②湖深くして魚生ず。

水《みず》で物《もの》を焼《や》く 用水燒物，比喩不可能之事。

水《みず》と魚《うお》 魚水之情。類魚と水。

水《みず》に油《あぶら》 水和油。比喩不相容。類①油に水。②氷炭相容《い》れず。

水《みず》に入《はい》らずて向岸《むこうぎし》に達《たっ》せし例《ためし》なし　從來沒有不下水而能達到對岸的，比喩自己不冒險是不能達到目的的。

水《みず》に絵《え》を書《か》く　在水上繪畫，比喩徒勞無功，不可能之事。類①氷を鏤《ちりば》め水に画《えが》く如し。②水に文字書く。

水濁《みずにご》れば則《すなわ》ち尾《お》を掉《ふる》うの魚《うお》無《な》し　水濁則無掉尾之魚，比喩政治腐，人民就苦。

水《みず》に近《ちか》き楼台《ろうだい》はまず月《つき》を得《う》　近水樓台先得月。

水《みず》に流《なが》す　付之東河，不究既往。付之流水。

水《みず》に燃《も》えたつ螢《ほたる》　比喩見不到情人而感到焦躁。

水《みず》の泡《あわ》となる　歸於泡影。

水《みず》の上《うえ》に降《ふ》る雪《ゆき》　下到水上的雪。比喩無常、靠不住。

水《みず》の恩《おん》ばかりは報《むく》われぬ　水的恩情無法報答。類親の恩は送っても水の恩は送られぬ。

水《みず》のかけっこをする　互相推諉責任。

水《みず》の中《なか》の土仏《つちぼとけ》　水中的泥菩薩。比喩不長久。

水《みず》の流《なが》れと身《み》の行方《ゆくえ》　前途莫測。

水《みず》の低《ひく》きに就《つ》くごとし　如水就低，時勢難擋。

水飲《みずの》んで尻《しり》あぶる　做事的順序不好，進行得不順利。類①餅食ってから火にあたる。②水飲んで腹あぶる。

水《みず》は逆《さか》さま流《なが》れず　水不會逆流，比喩凡事必須順從自然的法則。

水《みず》は舟《ふね》を載《の》せ亦舟《またふね》を覆《くつがえ》す　水能載舟也能覆舟。

水《みず》は方円《ほうえん》の器《うつわ》に随《したが》う　水隨盛器的方圓而方圓。比喩人也隨朋友和環境不同而變好變壞。類①朱に交われば赤くなる。②善悪は友による。

水広《みずひろ》ければ魚大《うおだい》なり　水濶魚大。

水《みず》も漏《も》らさぬ　圍得水洩不通。交誼密不可間。

水《みず》を掩《お》うて月影《つきかげ》を求《もと》む　水中撈月，無法捉到。

水《みず》を乞《こ》いて酒《さけ》を得《う》る　乞水得酒。比喩得到意外的利益。

水《みず》をさす　離間，中傷。

水《みず》を向《む》ける　用話引誘、刺探、暗示。

味噌《みそ》汁《しる》拵《こしら》えて初産《うんざん》する　比喩準備周到。

味噌《みそ》に入《い》れた塩《しお》はよそへは行《ゆ》かぬ　放進豆醬裏面的鹽不會跑到其他的東西。比喩傾力於看來沒有多大的關係的事情，但其結果是爲了自己，對己有利。

味噌《みそ》盗人《ぬすびと》は手《て》をかげ　嗅人的手就知誰偷了豆醬。比喩做了壞事以爲人不知，但往往因一點小事情會暴露出來。

味噌《みそ》も糞《くそ》も一所《いっしょ》　豆醬和糞堆在一起。玉石混淆。比喩好壞不分。類①玉石混淆《ぎょくせきこんこう》。②糞も味噌も一緒。

味噌《みそ》を揚《あ》げる　自吹自擂。

味噌《みそ》をつける　失敗，丟臉。

見《み》たいが病《やまい》　想看是其病態，表示好奇心強，什麼都想看。

見《み》たとなめたは大違《おおちが》い　表面所看的和親口嘗的相差很大，大不相同。類聞くと見るとは大違い。

弥陀《みだ》の光《ひかり》も金次第《かねしだい》　彌陀的光也受金錢的影響。有錢能使鬼推磨。類①阿弥陀も銭で光る。②地獄の沙汰も金次第。③冥途《めいど》の道も金次第。④仏の光より金の光。

三《み》たび肱《ひじ》を折《お》って良医《りょうい》となる　要斷三次肘才能成爲良醫，表示醫生要經過艱苦的磨練之後，才能成爲良醫。類九たび臂《ひじ》を折って医と成る。

三《み》たび吾身《わがみ》を省《かえり》みる　一日三省吾身。

見《み》たら見流《みなが》し聞《き》いたら聞《き》き流《なが》し　人是喜歡把自己的所見所聞傳開出去。

道同《みちおな》じからざれば相爲《あいため》に謀《はか》らず　道不同不相爲謀。

道草《みちくさ》を食《く》う　在途中耽擱，閒逛。

道《みち》に遺《い》を拾《ひろ》わず　道不拾遺。

道《みち》に聽《き》き塗《みち》に説《と》く　道聽途說。

三日先知《みっかさきし》れば長者《ちょうじゃ》　能預知三天前的事，這個人可以成爲長者。

三日天下《みっかてんか》　三日天下。執掌政權和實權的時間很短。五日京兆。

三日《みっか》の置《お》き腐《くさ》り　三天不做就會生疏。

三日坊主《みっかぼうず》　三天打魚兩天曬網，做事打打停停。

三日見《みっかみ》ぬ間《ま》の桜《さくら》　隔了三天才看的櫻花，比喻事物的變化很快。

三《み》つ子《ご》に剃刀《かみそり》　三歲孩子弄剃刀，比喻危險。類 気違いに刃物。

三《み》つ子《ご》の魂百《たましいひゃく》まで　三歲時的性格到一百歲。比喻本性難移。類 ①三つ子の根性八十まで。②三つ子の知恵が七十まで。③三つ子の心百まで。④三つ子の魂八十まで。⑤嚙《か》む馬は死ぬまで嚙む。⑥雀百まで踊り忘れぬ。⑦漆は剝《は》げても生地は剝げぬ。⑧上知と下愚とは移らず。⑨子供は大人の父親。⑩持った病はなおらぬ。⑪ゆりかごで学んだことは墓場まで忘れない。

三《み》つ子《ご》の横草履《よこぞうり》　不按能力工作。

盈《み》つれば虧《か》く　盈則虧，比喻榮華不長久，事物有盛衰。類 ①驕《おご》る平家は久しからず。②満は損を招く。③十分はこぼれる。④潮のすべてはひく。

見《み》ての極楽住《ごくらくす》んでの地獄《じごく》　看是天堂，住下去是地獄。比喻表面和實際相差很大。類 ①聞いて極楽見て地獄。②見ぬが仏。③聞かぬが花。

見《み》て吃驚《びっくり》聞《き》いて吃驚《びっくり》　看了吃了一驚，聽了又吃了一驚，比喻和自己心裏所想的完全不同。

身《み》で身《み》を食《く》う　自己害自己的身體。類 ①身で身を詰むる。②蛸《たこ》は身を食う。

見《み》なおし聞《き》きなおし　重新看和重新聽，人在發脾氣時要有重新考慮的雅量。

港口《みなとぐち》で難船《なんせん》　在港口的難船，比喻功虧一簣。

南風《みなみかぜ》でもたんと吹《ふ》きや寒《さむ》い　即使南風吹得多都會冷，比喻任何事物過度都是不好。過猶不及。類 過ぎたるは猶《なお》及ばざるが如し。

源《みなもと》清《きよ》ければ則《すなわ》ち流清《ながれきよ》し　源清則流清。

身《み》に過《す》ぎた果報《かほう》は災《わざわ》いの基《もと》　超過自己身份的幸福是災禍的原因。類 ①最上は幸福の敵。②福《さいわい》過ぎて禍い生ず。③満は損を招く。

身《み》にまさる宝《たから》なし　世上沒有勝過生命的財寶。類 身ほど可愛《かわい》いものはない。

見《み》ぬ商《あきな》いはならぬ　不看商品做不了生意。
見《み》ぬが心《こころ》にくし　沒看時優美，看時失望。類①待つ間が花。②見ぬ中《うち》が花。③見ぬが花。④ならぬ中が楽しみ。⑤お祭の日より前の日。
見《み》ぬが仏《ほとけ》　不看不知就可以不在乎。類知らぬが仏。
見《み》ぬが花《はな》　不看爲妙。類①見たるより見ぬぞよき。②待つ間が花。③見ぬ中《うち》が花。④見ぬが心にくし。⑤聞いて極楽見て地獄。⑥見ての極楽住んでの地獄。
見《み》ぬ京物語《きょうものがたり》　沒看過而裝着看過的樣子。類知らぬ京物語。
見《み》ぬは極楽《ごくらく》知《し》らぬは仏《ほとけ》　沒人看過的是天堂，沒人知的是菩薩。表示是否是眞實沒有人知的事物。
見《み》ぬ物清《ものきよ》し　眼不見爲淨。類①見ぬ事淸し。②知らぬが仏。③見ぬ中《うち》が花。④待つ間が花。
身《み》の内《うち》の宝《たから》は朽《く》つることなし　身中寶不朽，比喩自己學會的技能學問一生有用。
身《み》の中《うち》の虫《むし》は油屋《あぶらや》の胡麻《ごま》の数《かず》　身內的虫如油舖的胡麻那樣多。
蓑笠《みのかさ》はてんで持《も》ち　蓑笠要自己帶。自己要用的東西自己負担。
蓑着《みのき》て火事場《かじば》へ入《はい》る　穿着蓑衣進入火災的現場，比喩自招災禍。咎由自取。類みの着て火事場。
身《み》の毛《け》を詰《つ》める　全身緊張。
実《み》のなる木《き》は花《はな》より知《し》れる　樹會不會結果開花時就知。比喩將來長大會大成的人，從小孩就與衆不同。類①梅檀《せんだん》は双葉より芳し。②梅花は莟《つぼ》めるに香あり。
蓑《みの》になり笠《かさ》なり　互相袒護。類陰になり日向《ひなた》になり。
蓑《みの》のそばへ笠《かさ》が寄《よ》る　蓑衣的旁邊笠會靠來。比喩物以類聚。類①類を似て集まる。②同気相求む。③牛は牛づれ馬は馬づれ。④目のよる所へ球もよる。
身《み》の程《ほど》を知《し》れ　要自知其量，要知自己的分寸。
実《みの》るほど頭《あたま》のさがる稲穂《いなほ》かな　稻穗結得多就愈垂下。比喩愈有東西的人愈謙虛。類①実る稲田頭垂れる。②実の入る稲は穂を垂れる。

蓑《みの》を着《き》て笠《かさ》がない　穿着蓑衣沒有笠，比喩雖然有了準備，但不完備而沒有用。

身《み》は一代《いちだい》名《な》は末代《まつだい》　人在生只有一代，而名可以留後世。類 人は一代名は末代。

耳《みみ》かきで集《あつ》めて熊手《くまで》でかき出《だ》す　用耳挖勺兒收集而用耙子耙出去。比喩一點一滴地收集起來的東西，一次就用光。

耳学問《みみがくもん》　口耳之學。類 ①耳学。②口耳四寸の学。

耳《みみ》から口《くち》　從耳到口。表示從別人聽來的東西又再傳出去。

蚯蚓《みみず》が土《つち》を食《く》い尽《つ》くす　蚯蚓吃光土。比喩不可能辦到，或不需要的担心。

蚯蚓《みみず》の木登《きのぼ》り蛙《かえる》の鯱立《しやちほこだ》ち　蚯蚓爬樹，青蛙倒立，比喩想做些辦不到之事。

耳《みみ》に釘《くぎ》　再三叮嚀，再三警告注意。類 ①耳に針。②釘を刺す。

耳《みみ》に胼胝《たこ》の出来《でき》る程《ほど》　聽得耳朶都要長出繭子來，比喩聽膩，聽厭。

耳《みみ》の楽《たの》しむ時《とき》は慎《つつし》むべし　聽來悅耳的時候要謹愼。

耳《みみ》は垣《かき》につく　隔牆有耳。秘密易洩露。類 耳は壁をつたう。

耳《みみ》は聞《き》き役目《やくめ》目は見役《みやく》　耳朶的作用是聽，眼睛的作用是看，比喩事物各有自己的作用。

耳《みみ》は大《だい》なるべく口《くち》は小《しょう》なるべし　耳要大，口要小。比喩要多聽少說。

耳《みみ》を掩《おお》うて鈴《すず》を盗《ぬす》む　掩耳盜鈴。類 ①耳を掩うて鐘を盗む。②目を掩うて雀を捕らう。

耳《みみ》を貴《たっと》び目《め》を卑《いや》しむ　貴耳賤目。類 ①耳を信じて目を疑う。②貴耳賤目。③遠きは花の香。④所の氏神有り難からず。

美目《みめ》は果報《かほう》の基《もとい》　美貌是幸福之本。類 ①美目は幸せの花。②美目は果報の下地。反 ①美人薄命。②明眸禍《めいぼうか》。③美目より心。

美目《みめ》より心《こころ》　貌美不如心美。

身《み》も蓋《ふた》もなし　過於淺顯，過於膚淺。

深山木《みやまぎ》の中《なか》の楊梅《ようばい》　深山樹裏的楊梅。鶴立鷄群。類 ①鶏群の一鶴。②掃溜《はきだめ》に鶴。

見様見真似《みようみまね》　看看學學久而自通。類 ①見るを見真似。②門前の小僧習わぬ経読む。

見《み》る穴《あな》へ墜《お》ちる　掉進明坑。比喩明知故犯。

見《み》ると聞《き》くとは大違《おおちが》い　所看的和所聽到的相差極大。類 見ると聞くとで大きな違い。

見《み》るは法楽《ほうらく》　看不要錢，請看看。類 聞くは法楽。

見《み》るは目《め》の毒《どく》　看了會産生欲望。看是眼之毒。類 見れば目の毒歯の毒。

見《み》る目《め》かぐ鼻《はな》　久經世故的人。

見《み》る物《もの》食《く》う　看了東西従頭就想要的人。不斷地使得眼花撩亂。類 ①見る物乞食。②話食う。

見《み》る物《もの》乞食《こじき》　看了東西従頭就想要的人。比喻心地骯髒的人。類 ①見る物食おう。②見るに目の欲。

身《み》を殺《ころ》して仁《じん》をなす　殺身成仁。

身《み》を知《し》る雨《あめ》　眼淚。

身《み》を捨《す》つる藪《やぶ》は無《な》い　沒有抛棄自己的竹林。表示窮困時可以把自己的孩子抛棄，但無法抛棄自己。類 子を棄《す》てる藪はあれど身を棄てる藪はなし。

身《み》を捨《す》ててこそ浮《うか》ぶ瀬《せ》もあれ　捨身之後才有浮身的急灘，比喻放棄利害關係，拼命努力能成功。有犠牲的決心才能脫離險地。類 皮を斬らせて肉を斬り肉を斬らせて骨を断つ。

実《み》を見《み》て木《き》を知《し》れ　看果實知樹木，比喻不要魯莽判斷，慢慢觀察考慮之後才下判斷。

身《み》を以《もっ》て利《り》に殉《じゅん》ず　以身殉利。

む

無《む》悪《あく》不《ふ》造《ぞう》　無惡不作。

六日《むいか》の菖蒲《あやめ》　六日的菖蒲。比喻明日黃花。過時無用的東西。類 ①十日の菊六日の菖蒲。②喧嘩過ぎての棒乳切。③十日の菊。④証文の出し後れ。⑤後の祭。

無学《むがく》の高慢《こうまん》は学者《がくしゃ》の高慢《こうまん》より高慢《こうまん》　不學無術的傲慢比有學問的傲慢更傲慢。

昔千里《むかしせんり》も今一里《いまいちり》　昔千里今一里，比喻有本領的人年老時動作就遲鈍，比普通人更差。類 麒麟《きりん》も老いては駑馬《どば》に劣る。

昔年寄《むかしとしより》に弱《よわ》い者《もの》なし　老年人從前沒有一個人是弱者，諷刺老年談起往事時都是強者。

昔操《むかしと》った杵柄《きねづか》　從前拿過的杵柄，比喻從前學過的本領還沒有忘記。反 ①昔の剣今の菜刀。②騏《き》驎《りん》も老いては駑馬《どば》に劣る。③昔千里も今一里。

昔寝糞《むかしねぐそ》を放《ひ》った者《もの》はない　沒有人會談起過去不光彩之事。

昔《むかし》の歌《うた》は今《いま》は歌《うた》えぬ　以前的歌現在不能唱。從前的舊東西現在不通用了。

昔《むかし》の事《こと》を言《い》えば鬼《おに》が笑《わら》う　不管怎麼談過去事，也沒有用。反 来年の事を言えば鬼が笑う。

昔《むかし》の剣《つるぎ》今《いま》の菜刀《ながたな》　從前的劍現在的菜刀。比喻從前好的東西，舊了用處就不大。或偉人年紀大了，就沒有什麼用。類 ①昔の長刀今の菜刀。②昔は肩で風を切り今は歩くに息を切る。③騏驎《きりん》も老いては駑馬《ど》に劣る。④昔千里も今一里。反 昔操《と》った杵柄《きねづか》。

昔《むかし》は今《いま》の鏡《かがみ》　昔爲今之鑑。反 昔は昔今は今。

昔《むかし》は肩《かた》で風《かぜ》を切《き》り今《いま》は歩《ある》くに息《いき》を切《き》る　從前得意洋洋地走路，現在走路時呼吸都困難。比喻從前繁盛的，現在衰落了。類 ①昔の剣今の菜刀。②昔は長者今は貧者。

昔《むかし》は長者《ちょうじゃ》今《いま》は貧者《ひんじゃ》　從前是富豪，現在是窮人。類 ①昔は肩で風を切り今は歩くに息を切る。②昔の剣今の菜刀。

昔《むかし》は昔《むかし》今《いま》は今《いま》　從前是從前，現在是現在。類 昨日は昨日今日は今日。反 昔は今の鏡。

蜈蚣《むかで》のあだ転《ころ》び　蜈蚣都會跌倒。比喻看來非常安全的東西，也會失敗。類 猿も木から落ちる。

麦飯《むぎいい》で鯉《こい》を釣《つ》る　用小麥飯釣鯉魚。比喻用小本錢賺大錢。類 ①蝦《えび》で鯛を釣る。②飯粒で鯛を釣る。③雑魚で鯛釣る。

椋《むく》の木《き》の下《した》にて榎《え》の実《み》を拾《ひろ》う　在朴樹下撿榎樹的果實，比喻硬要把自己說過的意見通過。類 ①椋はなっても木は榎。②榎の実は成らば成れ木は椋の木。③柿の木であってもちさの木。

葎《むぐら》の門《かど》　豬映映的門，比喻破爛的家、貧窮家庭。

無患子《むくろじ》は三年《さんねん》磨《みが》いても黒《くろ》い　無患子即使磨三年也是黑。比喻本性難移，或徒勞無功。類 ①無患子は百年磨いても黒い。②烏《からす》の黒いのは磨きがきかぬ。③馬鹿は死なきゃなおらない。④十年煮ても石は堅い。

無芸大食《むげいたいしょく》　沒本事光會吃飯的人。飯桶。

夢幻泡影《むげんほうよう》　夢幻泡影，人生無常。

向《むこ》う笑顔《えがお》に矢立《やた》たず 不能對抗對方的笑容。

向《む》こうずねから火《ひ》が出《で》る 從迎面骨出火，比喻破產而艱苦。

向《むこ》う所敵《ところてき》なし 所向無敵。所向披靡。

婿取《むこと》り天上無《てんじょうな》し 招贅的女子多任性。類 後家天井無し。

婿《むこ》は座敷《ざしき》から貰《もら》え嫁《よめ》は庭《にわ》から貰《もら》え 女婿要出身於比自己的社會地位高的家庭，媳婦從比自己社會地位低的家庭娶來。類①婿は大名から嫁は灰小屋から。②嫁は下から婿は上から。③嫁は台所から貰え婿は玄関から貰え。④女房は掃溜《はきだめ》から拾え。⑤女房は灰小屋から貰え。

虫《むし》が知《し》らす 事前感到，預感。

虫《むし》が好《す》かぬ 從心眼裏討厭。

虫《むし》がつく 好姑娘有了不好的情人。

虫喰《むしく》い歯《ば》に物《もの》さわる 東西碰到蛀牙，比喻弱點被刺中。

虫酸《むしず》が走《はし》る 確實很討厭，噁心。

貉《むじな》と狸《たぬき》 貉和狸，比喻兩個都是老奸巨猾的人。類①狐と狸。②狐と狸の化かしあい。

貉《むじな》の穴《あな》で狸《たぬき》を捕《と》る 在貉窟捉到狸，比喻同類所住的地方大致相同。

虫《むし》の居所《いどころ》が悪《わる》い 不愉快，心情不順。

虫《むし》も殺《ころ》さぬ 連虫都不殺，比喻非常仁慈，假裝仁慈。

無常《むじょう》の鬼《おに》が身《み》を責《せ》むる 人經常担心不知何時會死。類 無常の虎の身を責むる。

無常《むじょう》の風《かぜ》は時《とき》を択《えら》ばず 比喻死的來臨是不選擇時間的。類 一寸先は闇《やみ》。

娘《むすめ》が姑《しゅうとめ》になる 姑娘會變成家婆，比喻立場地位會逐漸改變。類①嫁が姑になる。②昨日は嫁今日は姑。

娘三人《むすめさんにん》持《も》てば身代潰《しんだいつぶ》す 養女兒三個會破產。類①女三人あれば身代が潰れる。②娘の子は強盗八人。③娘一人に七蔵《ななくら》明ける。④盗人も五女の家には入らない。反 娘三人は一身代。

娘《むすめ》出世《しゅっせ》に親貧乏《おやびんぼう》 女兒嫁了富貴家，父母反而累窮。

娘《むすめ》一人《ひとり》に婿八人《むこはちにん》 一家女百家求。僧多粥少。類①一人娘に婿八人。②女一人に婿八人。

娘《むすめ》を見《み》るより母《はは》を見《み》よ　看其女不如看其母。看了母親就知道女孩的品性。

むだ方便《ほうべん》　認為是白費，做下去有時方便有用。

鞭長《むちなが》くとも馬腹《ばふく》に及《およ》ばさず　鞭長不及馬腹。鞭長莫及。

夢中《むちゅう》に夢《ゆめ》を説《と》く　夢中說夢話。

棟《むね》折《お》れて垂木《たるき》崩《くず》る　樑斷椽崩，比喩帶頭的人零落，在其下面的人也零落。

胸三寸《むねさんずん》に納《おさ》める　藏在心中。

胸《むね》に一物《いちもの》　心中另有企圖，心懷叵測。類①胸に一物手に荷物。②一物は腹に荷物は背《せな》に。

胸《むね》に釘《くぎ》打《う》つ　被人刺中弱點而嚇了一驚。類 胸に焼きがね。

無病《むびょう》は一生《いっしょう》の極楽《ごくらく》　無病是一生的極樂。

無法《むほう》の法《ほう》　無法之法。類 理外の理。

無用《むよう》の長物《ちょうぶつ》　無用之物。

叢雲《むらくも》をあてにして物《もの》をかくす　指望一堆雲彩來掩蓋東西。比喩目標不可靠，所指望的東西不可靠。類①烏《からす》の雲だめ。②烏のうずめ食い。

紫《むらさき》の朱《あけ》を奪《うば》う　紫奪朱。邪勝正。

村《むら》に事勿《ことなか》れ　村裏不要出事。類①町《ちょう》には事勿れ。②兎《と》角《かく》近所に事勿れ。③所には事勿れ。④近所に事勿れ。

村《むら》には村姑《むらしゅうとめ》が居《い》る　村有村姑，比喩人所住的地方都有些令人討厭的人。

無理《むり》が通《とお》れば道理《どうり》引《ひ》っ込《こ》む　無理行得通道理就行不通。類①勝てば官軍負ければ賊軍。②道理そこのけ無理が通る。③力は正義なり。④理に勝って非に落ちる。⑤理に勝って非に負ける。⑥悪盛んなれば天に勝つ。⑦暴力の勝つところ正義滅ぶ。

無力《むりき》すれば肩《かた》がすぼうた　人一窮連運氣都壞。

無理《むり》は三度《さんど》　對人不講理三次誰都會生氣。類 地蔵の顔も三度。

無理《むり》も通《とお》れば道理《どうり》になる　無理行得通就變成道理。

め

目《め》明《あ》き千人《せんにん》盲《めくら》千人《せんにん》　明眼人一千盲人一千，比喻世上有見識的人多，而無見識的人也多。類 ①盲十人目明き十人。②目きき千人盲千人。③味方千人敵千人。

名下《めいか》に虚士《きょし》なし　盛名之下無虚士。

名歌《めいか》名句《めいく》も聞《き》く人《ひと》の気気《きぎ》によって変《かわ》る　名歌也隨聽衆的心情而有不同的感受。

明鏡止水《めいきょうしすい》　明鏡止水。表示心境一片寧靜。

明鏡《めいきょう》は形《かたち》を照《てら》す所以《ゆえん》、古事《こじ》は今《いま》を知《し》る所以《ゆえん》　明鏡照形，古事知今。

明鏡《めいきょう》も裏《うら》を照《て》らさず　明鏡也照不到背後。比喻不管多麼有智慧的人都有欠慮的地方。智者千慮必有一失。類 知者も一失。

迷者《めいしゃ》は路《みち》を問《と》わず　迷失者不問路。

名将《めいしょう》に種《たね》なし　名將無種。

名所《めいしょ》に見所《みどころ》なし　名勝沒有值得看的地方，比喻名不副實。類 名物に旨《うま》い物なし。

名人《めいじん》は人《ひと》を誹《そし》らず　專家不誹謗人。類 ①名人は人を叱らず。②名人人を誹らず。

鳴鐸《めいたく》は声《こえ》を以《もっ》て自《みずか》ら毀《やぶ》る　鳴鐸以聲而自毀。比喻有了長處結果反而招災。

冥途《めいど》の使《つか》い　一去不返。

冥途《めいど》の道《みち》に王《おう》なし　冥府之道無王。死後一切平等。

冥途《めいど》の道《みち》も金《かね》次第《しだい》　陰間也是金錢決定。錢能使鬼推磨。類 ①地獄の沙汰も金次第。②弥《み》陀《だ》の光も金次第。

命《めい》は天《てん》に在《あ》り　命在天。

名馬《めいば》に癖《くせ》あり　名馬有脾氣，比喻人只有老實是不能成事。類 癖なき馬は行かず。

名筆《めいひつ》は筆《ふで》を択ばず　善書者不擇筆，比喻有本事的人所用的工具不好也能做出好功夫。類 ①弘法筆を択ばず。②能書筆を択ばず。反 弘法筆を択ぶ。

名《めい》物《ぶつ》に旨《うま》い物《もの》なし　所謂名産常常不一定好吃，比喩名不副實。類 名所に見所なし。

明《めい》も見《み》ざる所《ところ》有《あ》り　明者都有看不到的地方。

牝《め》牛《うし》に腹《はら》突《つ》かれる　被牝牛戳了肚子，比喩遭到意外受到嚴重損失。類 ①芋《いも》茎《がら》で足を衝《つ》く。②臼じゃ目を突かぬが小枝じゃ目を突く。

牝《め》牛《うし》の角《つの》を定《じょう》規《ぎ》にする　用牝牛角來做規尺。比喩不可能之事。

目《め》籠《かご》で水《みず》を汲《く》む　用竹籃打水。比喩徒勞無功。

目《め》から入《はい》って耳《みみ》から抜《ぬ》ける　從眼睛進來，從耳朶跑出去，比喩看了，但什麼也沒有記得。過目而忘。

目《め》から鼻《はな》へぬける　聰明伶俐。類 ①目から入って鼻へ出る。②目の鞘《さや》外れた。③一を聞いて十を知る。反 十を聞いて一を知る。

目《め》から耳《みみ》へ抜《ぬ》ける　看了，但什麼也沒有記得。過目而忘。

目《め》糞《くそ》鼻《はな》糞《くそ》を笑《わら》う　五十步笑百步。類 ①目やにが鼻《はな》垢《あか》を笑う。②鼻糞が目糞を笑う。③猿の尻笑い。④猿の面笑い。⑤猿の柿笑い。⑥蝙《こう》蝠《もり》が燕《つばめ》を笑う。⑦樽《たる》ぬき渋柿を笑う。⑧五十步百步。⑨やすでがくさがめを笑う。⑩牡《か》蠣《き》が洟《はな》垂《た》れを笑う。⑪盥《たらい》半切を笑う。⑫鍋が釜を黒いと言う。

盲《めくら》が杖《つえ》を失《うしな》ったよう　如盲人失手杖。類 ①闇の夜に燈火を失う。②木から落ちた猿。③川からあがった河童《かっぱ》。

盲《めくら》が弓《ゆみ》を引《ひ》く　盲人拉弓，不可能射中。類 盲の弓引きで当たりたることなし。

盲《めくら》に提《ちょう》燈《ちん》　盲人提燈籠，比喩不需要的東西，沒用。類 盲に眼鏡。反 盲に杖《つえ》。

盲《めくら》に杖《つえ》　盲人和手杖，比喩很想要的東西，不可缺的東西，一定隨帶的東西。反 盲に提燈《ちょうちん》。

盲《めくら》に道《みち》を教《おそ》わる　問道於盲。類 ①盲に道をきく。②道を盲に求む。③道を盲に問う。

盲《めくら》に眼《め》鏡《がね》　給盲人眼鏡，比喩將有用的東西給不知用法的人，是完全沒有用的。類 ①盲の鏡。②法師の櫛《くし》。③躄《いざり》に雪《せっ》駄《た》。④盲のきりょう吟味。⑤盲人提《ちょう》燈《ちん》。

盲《めくら》の垣《かき》のぞき　盲人窺籬笆，比喩徒勞無功。白費勁。類 ①座頭の垣のぞき。②盲の壁のぞき。③盲の窓のぞき。④盲の高のぞき。⑤聾《つんぼ》の立ち聴き。

盲《めくら》の探《さぐ》り当《あ》て　瞎子亂摸中，比喩偶然打中。

盲《めくら》のよそ見《み》　瞎子往旁處看，比喩不會有的事，不可能猜中。類 盲の目きき。

盲蛇《めくらへび》に怖《お》じず　瞎子不怕蛇。初生之犢不畏虎。類①盲蛇。②盲蛇鬼でもござれ。③唖《おし》は雷を恐れず。④盲ほど大胆なものはない。④非学者論に負けず。

飯食《めしく》った後《あと》と損《そん》した後《あと》に永《なが》く居《い》るものでない　沒有人吃飽了飯和損失之後，永久在那裏的。比喩事情做完而永遠留在那裏也沒有用。

飯粒《めしつぶ》で鯛《たい》を釣《つ》る　用飯粒釣鯛魚。比喩用小本錢掙大錢。類麦飯《むぎいい》で鯉を釣る。

目白《めじろ》の押《お》し合《あ》い　比喩擁擠。

目高《めだか》も魚《とと》の中《うち》　鰷雖小也是魚。類①雑魚の魚交り。②じゃこも魚なみ。③魚の真似する目高。④目高の魚交り。⑤蝦《えび》の鯛交り。

目《め》で見《み》て口《くち》で言《い》え　親眼看後才用嘴巴說。不要談沒有看過的事物。

目《め》で見《み》て鼻《はな》で嗅《か》ぐ　用眼睛看用鼻子聞，比喩小心又小心。

目《め》で目《め》は見《み》えぬ　用眼看不到自己的眼睛。比喩自己往往難以發現自己的缺點。類①目は毫毛《ごうもう》を見るも睫《まつげ》を見ず。②指で指はさせぬ。③目で自ら見るに短なり。

目《め》と鼻《はな》の間《あいだ》　眼鼻之間，比喩很近，在旁邊。類目睫の間。

目無鳥《めなしどり》の藪探《やぶさが》し　瞎鳥找竹林，比喩不知飛往何處，也不具有尋找的方法。

目《め》に一丁字《いっちょうじ》なし　目不識丁，文盲。

目《め》に入《い》れても痛《いた》く　放進眼內也不覺得痛。比喩非常疼愛。類目の中へ入れても痛くない。

目《め》には目《め》歯《は》には歯《は》　以牙還牙。反怨《うら》みに報ゆるに徳を以てす。

目《め》の上《うえ》の瘤《こぶ》　眼中釘。類①目の上のたんこぶ。②鼻の先の疣疣《いぼいぼ》。

目《め》の上《うえ》の瘤《こぶ》撫《な》でれば痛《いた》い　比喩連無用的東西送給人都覺得可惜。

目《め》の正月《しょうがつ》　看到美麗的東西和珍貴的人而感到快樂。

目《め》のよる所《ところ》へは球《たま》もよる　眼睛動，眼瞳也動。比喩物以類聚。或比喩發生一件事之後往往會再發生像這樣的事情。類①類を以て集まる。②類は友を呼ぶ。③同気相求む。

目《め》は口程《くちほど》に物《もの》を言《い》う　眼睛比嘴更能傳情。類①目は心の鏡。②目は心の窓。③成るか成らぬか目元で知れる。

目《め》は毫毛《ごうもう》を見《み》るも睫《まつげ》を見《み》ず　眼睛能見毫毛但看不見睫毛。比喩明於知人，暗於知己。類①目は能《よ》く百歩の外を見て自ら其の睫を見る能《あた》わず。②目で目は見えぬ。③指で指はさせぬ。④睫は見えず。⑤目は自ら見るに短なり。

目《め》は心《こころ》の鏡《かがみ》　目爲心鏡。類①目は心の窓。②目は口程に物を言う。

目八分《めはちぶん》に見《み》る　看輕人。

目八寸《めはっすん》　最看得清楚。

目鼻《めはな》をつける　搞出頭緒出來。

目《め》は人《ひと》の眼《まなこ》　目是人之眼。眼睛是人最重要的器官。可以由一個人的眼神看出一個人的好壞。類目は面《おもて》の飾り。

目元千両口元万両《めもとせんりょうくちもとまんりょう》　形容美人的眼睛和嘴巴漂亮。類①靨《えくぼ》万両。②目元すずしく鼻筋通り。

目《め》をとって鼻《はな》へつけるよう　挖目補耳。比喩拿掉之後無法接上。類耳とって鼻かむ。

目《め》を長《なが》くす　忍耐，看遠。

目《め》を向《む》くより口《くち》を向《む》け　比喩向人發脾氣不如說服他。

牝鶏《めんどり》うたえば家亡《いえほろ》ぶ　母鶏啼家亡，比喩妻了掌權，其家會滅亡。

牝鶏《めんどり》すすめて雄鶏《おんどり》時《とき》をつくる　牝鶏勸雄鶏報時，比喩丈夫受妻子的嗾使。類牝鶏《めんどり》につつかれて時《とき》をうたう。

面皮《めんぴ》を剝《は》ぐ　剝面皮。

面面《めんめん》の楊貴妃《ようきひ》　各人有各人的楊貴妃。情人眼中出西施。類①痘痕《あばた》も靨《えくぼ》。②蓼《たで》食う虫もすきずき。

面《めん》も笠《かさ》も脱《ぬ》ぐ　清算一切不義之事，重新作人。

も

盲亀《もうき》の浮木《ふぼく》　盲龜浮木，比喩相遇極難，或比喩遇到罕有的好運。類①浮木の亀。②一眼の亀浮木にあう。③盲亀も時にあう。④命あれば水母《くらげ》さえ骨にあう。⑤水母も骨にあう。

儲《もう》けぬ前《まえ》の胸算用《むなざんよう》　還沒賺到錢之前就在心裏計算賺到的錢。類捕らぬ狸の皮算用。

儲《もう》ける考《かんが》えより使《つか》わぬ考《かんが》え　想如何去賺錢不如想如何才能不花錢。比喩節約比賺錢確實。

猛虎《もうこ》籠《かご》に入《い》って尾《お》を振《ふ》って食《しょく》を求《もと》む　猛虎入籠搖尾求食。

猛虎鼠《もうこねずみ》となる　猛虎失威就變成老鼠那樣。比喩在高位的人失去權力就沒有威嚴，沒有勢力。

猛獣山《もうじゅうやま》にある時《とき》は毒虫之《どくちゅうこれ》が爲《ため》に走《はし》らず聖賢世《せいけんよ》にある時《とき》は奸曲《かんきょく》の者《もの》なし　猛獸在山時毒虫爲之不走，聖賢在世時無奸曲者。

盲人瞎馬《もうじんかつま》に騎《の》る　盲人瞎馬。比喩危險。

燼《もえぐい》には火《ひ》がつき易《やす》い　灰燼容易着火，死灰復燃。比喩以前有關係的容易恢復關係。類①もえさしはもえ易い。②焚《た》きさしに火がよくつく。③焼け木杙《ぼっくい》には火がつき易い。

燃《も》えついてからの火祈禱《ひぎとう》　着火燒起來之後才做不要失火的祈禱。比喩爲時已晚。類①火事後の火の用心。②葬礼帰りの医者話。③生まれて後の早め薬。④諍《いさか》い果ての乳切木。

燃《も》える火《ひ》に油《あぶら》をそそぐ　火上加油。類①火に油を注ぐ。②燃える火に薪を添える。

默念和尚《もくねんおしょう》も経《きょう》を読《よ》む　默念和尚也念經，比喩即使懶漢也難以放棄自己的職業。

百舌勘定《もずかんじょう》　自己不出錢，讓別人出錢。

餅《もち》の中《なか》から屋根石《やねいし》　從黏糕裏跑出屋頂石。比喩不可能之事。

餅《もち》は乞食《こじき》に焼《や》かせろ魚《うお》は殿様《とのさま》に焼《や》かせろ　黏糕由乞丐烤，魚由老爺烤。黏糕反覆返來返去地烤才好吃，烤魚常常返會散掉。類餅は大名に焼かせろ豆は乞食に炒《い》らせろ。

餅《もち》は粉《こ》で取《と》れ　拿黏糕用粉去拿，比喩做事不要勉強去做，要講究最適當的方法去做。

餅《もち》は猿《さる》に焼《や》かせろ、柿《かき》は大名《だいみょう》に焼《や》かせろ　比喩人盡其材。

餅《もち》は餅屋《もちや》　比喩辦事要靠內行。類①刀は刀屋。②仏の沙汰は僧が知る弓矢の道は武士が知る。③道によって賢し。④人は道によりて賢し。⑤馬は馬方。⑥蛇《じゃ》の道はへび。⑦是非は道によって賢し。

餅腹三日《もちばらみっか》　年糕經餓。

持《も》ちも堤《つつみ》もならぬ　無法處理。

持《も》ち物《もの》は主《ぬし》に似《に》る　看一個人所携帶的東西就知這個人的嗜好和性格。

餅《もち》より粉《こな》に要《い》る　粉比年糕還要多，比喩附帶的比主要的更花錢。類 餅より餡《あん》が高くつく。

物《もっ》怪《け》の幸《さいわ》い　意外的幸運。

沐《もっ》猴《こう》にして冠《かん》す　沐猴而冠。類 ①虎にして冠する者。②鬼に衣。③狼《おおかみ》に衣。④猟師の身に法衣を服す。

勿《もっ》体《たい》ないも卑《いや》しいから　口說是可惜而撿起掉在地上或枱面的東西來吃，是由於嘴饞。

持《も》ったが病《やまい》　因有了東西而引起麻煩。或痼疾難治。

持《も》った棒《ぼう》で打《う》たれる　被自己所拿的棍子打。借自己武器給敵人。類 ①鉈《なた》を貸して山を伐《き》らる。②寇《あだ》に兵を藉《か》す。

持《も》った前《まえ》にはつくばう　在有錢人面前卑躬曲膝。類 人は金によりて威あり。

持《も》った病《やまい》はなおらぬ　痼疾難治。比喩本性難移。類 三つ子の魂百まで。

幹《もと》木《き》にまさる梢《うら》木《き》なし　沒有樹梢大過樹幹的。比喩故友比新友好。最初取得東西雖不適意，經換了幾個，最後仍然是最初那一個最好。類 ①女房は変える程悪くなる。②元の嬶《かかあ》正直。

元《もと》手《で》いらずの商《あきない》　做無本生意。

元《もと》の鞘《さや》へ収《おさ》まる　比喩言歸於好，破鏡重圓。類 元の鞘へはまる。

故《もと》の木《もく》阿《あ》弥《み》　比喩打回原形。類 ①元の木椀。②元の木《もく》庵《あん》。

元《もと》も子《こ》も失《うしな》う　本利全丟。鷄飛蛋打，一無所獲。類 元子失う。

戻《もど》り道《みち》は迷《まよ》わぬ　回程不會迷路。做第二次時，不會失敗。

物《もの》いえば唇《くちびる》寒《さむ》し秋《あき》の風《かぜ》　比喩禍從口出。類 口は禍《わざわ》いの門。

物《もの》言《い》わずの早《はや》細《ざい》工《く》　不愛講話不引人注目的人做功夫又快又巧。

物《もの》が無《な》ければ影《かげ》ささず　沒有東西就不生影，比喩無因就無果。類 火の無い所に煙は立たぬ。

物《もの》換《かわ》り星《ほし》移《うつ》る　物換星移。

物《もの》臭《ぐさ》は糞《くそ》臭《くさ》いにも劣《おと》る　沒有比懶更差的東西。

物《もの》狂《ぐる》いの水《みず》こぼさず　瘋人多少還有點理性。

物盛《ものさかん》なれば則《すなわ》ち衰《おとろ》う　物盛則衰。

物種《ものだね》は盗《ぬす》まれず　遺傳無法瞞人。類①物種は盗めるが人種は盗まれぬ。②物種は盗むとも人種は盗むな。③木を接げば花は盗めるが血は盗まれぬ。④食いもの種は盗めても人種は盗めぬ。⑤子供と芋種は隠さぬ。⑥大根種と人種は盗まれぬ。

物《もの》には時節《じせつ》　做什麼事都要適當時機。類①物は時節。②物に時あり。③事は時節。

物《もの》には七十五度《しちじゅうごたび》　事物都有限度。做壞事過多就不能原諒。

物《もの》は言《い》い残《のこ》せ菜《さい》は食《く》い残《のこ》せ　説話要留有餘地。

物《もの》は言《い》いよう　同一件事因説法不同而有不同的效果。類①物は言いなし事は聞きなし。②丸い卵も切りようで四角物は言いようで角が立つ。③三味線もひき方。

物《もの》は考《かんが》えよう　世上的事物因想法不同而有所不同。

物《もの》は相談《そうだん》　凡事要同人商量。類①物は談合。②膝《ひざ》とも談合。

物《もの》はためし　一切事要敢於嘗試。

物《もの》ははずみ　事物發生常常由於偶然的機會而引起。

物《もの》は八分目《はちぶめ》　事情不要做盡，要留有餘地。類十分はこぼれる。

物《もの》まず腐《くさ》りて虫《むし》これに生《しょう》ず　物腐蟲生。

物《もの》も言《い》いようで角《かど》が立《た》つ　話要看怎麼説，説得不好就有稜角。類物は言いよう。

物用《ものもち》いられざる所《ところ》なし　世上的東西都有用。

物《もの》を玩《もてあそ》べば志《こころざし》を喪《うしな》う　玩物喪志。

木綿布子《もめんぬのこ》に紅絹《もみ》の裏《うら》　布棉衣的裏子是紅絹，比喻不相稱。類①乞食が赤裏。②小刀に鍔《つば》。

桃栗三年柿八年《ももくりさんねんかきはちねん》　種桃樹和栗樹需三年才能結果，而柿要八年。比喻做什麼事都要有一段時間，才能收到效果。類①桃栗三年柿八年梅の十三年待ち遠い。②桃栗三年柿八年柚子《ゆず》は九年で花盛り梅はすいとて十三年。③桃栗三年後家一年。

股《もも》を割《さ》いて腹《はら》に充《み》たす　割股啖腹，比喻謀自己的利益，結果對己不利。

燃《も》ゆる火《ひ》に油《あぶら》を注《そそ》ぐ　火上加油。

貰《もら》い物《もの》で義理《ぎり》すます　用人家送的東西來做人情。類①人の物で義理をする。②人の牛《ご》蒡《ぼう》で法事する。③人の褌《ふんどし》で相撲取る。

貰《もら》い物《もの》に苦情《くじょう》　挑剔人家送的禮物。

貰《もら》うものなら夏《なつ》でも小袖《こそで》　比喩貪心不足。類①戴《いただ》く物は夏も小袖。②貰う物なら元日のお弔いでもよい。

貰《もら》うた物《もの》は根《ね》がつづかぬ　別人送的東西不會持久，一定會用完。類貰い物は能持ちがない。

両刃《もろば》の剣《つるぎ》　兩刃之劍。比喩一方面非常有用，另一方面有引起大害的危險。

文殊《もんじゅ》も知恵《ちえ》のこぼれ　智者千慮必有一失。類①孔子《くじ》の倒れ。②猿も木から落ちる。③権者にも失念。

問訊《もんじん》は知《ち》の本念慮《もとねんりょ》は知《ち》の道《みち》なり　問訊是知之本，思考是知之道。

門前市《もんぜんいち》を成《な》す　門庭若市。反門前雀羅を張る。

門前雀羅《もんぜんじゃくら》を張《は》る　門可羅雀。類①門外雀羅を設く。②鳥の網張る宿。反門前市を成す。

門前《もんぜん》の小僧習《こぞうなら》わぬ経《きょう》を読《よ》む　寺前的小孩不學，也會念經。比喩環境對一個人影響很大。類①知者のほとりの童は習わぬ経を読む。②塩を売れば手が鹹《から》くなる。反習わぬ経は読めぬ。

門徒物知《もんとものし》らず　眞宗的信徒全心一意只信賴彌陀，其他一皆不顧。類①ぬらり浄土に無理法華。②やたら禅に無理法華門徒宗に秘密なし。③一概法華に無理門徒。

門《もん》に入《い》らば笠《かさ》をぬげ　入門脱笠。入鄉隨俗。類①郷に入っては郷に従う。②逢った時は笠をぬげ。

門《もん》に入《い》らば額《がく》を見《み》よ　入門要看匾額。比喩細節也要注意。

門《もん》に倚《よ》りて望《のぞ》む　倚門而望。類倚門《いもん》の望《のぞみ》。

門《もん》を同《おな》じくして戸《と》を異《こと》にす　同門異戶。

門《もん》を開《ひら》いて盗《とう》に揖《ゆう》す　開門揖盜。

や

刃《やいば》に強《つよ》き者《もの》は礼《れい》に優《やさ》し　勇士有禮貌。

刃《やいば》の疵《きず》は癒《いや》すべき、言葉《ことば》の疵《きず》は癒《いや》すべからず　刀刃的傷痕可治，言辭的傷痕不可治。説話要愼重。

刃《やいば》は切《き》れるが重宝《ちょうほう》　刀刃能切爲重寶，比喩適合於用途的東西是好東西。

刃《やいば》を迎《むか》えて解《と》く　迎刃而解。

薬罐信心《やかんしんじん》　不持久的信心。

薬罐《やかん》で茹《ゆ》でた蛸《たこ》のよう　一籌莫展，毫無辦法。類 薬罐のゆでたこ。

焼《や》きがまわる　脳筋遲鈍。

焼餅《やきもち》とかき餅《もち》は焼《や》く方《ほう》がよい　女人會吃醋好。類 ①悋《りん》気《き》は女の七つ道具。②悋気せぬ女ははずまぬ鞠《まり》。③悋気は恋の命。反 ①悋気に角が生える。②焼餅焼いて食い手なし。

焼餅《やきもち》焼《や》くとて手《て》を焼《や》くな　吃醋不要吃得過度。類 焼餅焼くなら狐色。

焼餅《やきもち》焼《や》くなら狐色《きつねいろ》　吃醋要吃得適當。類 焼餅焼くとて手を焼くな。

焼《や》きを入《い》れる　加以鍛煉。

役者《やくしゃ》が一枚上《いちまいうえ》　才能高出一等。

役者《やくしゃ》に年《とし》なし　演員沒有年齢，可演老人也可演年輕人，所以永遠年輕。類 ①役者は年しらず。②芸人に年なし。③役者は魔物。

薬石《やくせき》の言《げん》　藥石之言，有用的話。

役人多《やくにんおお》くして事絶《ことた》えず　官多事不絶，人多口雜。類 船頭多くして船山に登る。

役人《やくにん》と木片《きぎれ》は立《た》てるほどよい　木片立起來容易燒，官吏愈尊敬他愈好辦事。

疫病神《やくびょうがみ》で仇《あだ》をとる　用咒罵的方式來報仇。類 風邪の神で敵をとる。

薬籠中《やくろうちゅう》の物《もの》　藥囊中物，比喩可以隨時利用的東西或人。類 自家薬籠中の物。

焼跡《やけあと》の釘拾《くぎひろ》い　在火災後的廢墟撿鐵釘，比喩大損失之後賺一點點。

焼石《やけいし》に水《みず》　水潑燒熱了的石頭。杯水車薪。類 焼石に雀の涙。

焼《や》けた後《あと》の火《ひ》の用心《ようじん》　燒後小心火種，比喩爲時已晩。類 ①火事後の火の用心。②葬礼帰りの医者話。③喧嘩過ぎての棒乳切。

焼《や》けた後《あと》は立《た》つが死《し》んだ後《あと》は立《た》たぬ　火災之後可以重建，主人死後往往家衰落。

焼《や》けた脛《すね》から毛《け》は生《う》えぬ　被焼的脛部不生毛。比喩樹幹死亡，枝葉就不繁榮。

焼面《やけつら》火《ひ》に懲《こ》りず　臉被焼仍然敢玩火，比喩不從失敗之中吸取教訓。類 火傷《やけど》火に懲《こ》りず。反 火傷火におじる。

火傷《やけど》火《ひ》におじる　焼傷之後怕火。一朝被蛇咬，三年怕井繩。類 ①やけつりは火におじる。②羹《あつもの》に懲りて膾《なます》を吹く。反 焼面火に懲りず。

焼野《やけの》の烏《からす》　野火焼過的原野的烏鴉，比喩黑上加黑。

焼野《やけの》の雉子《きぎす》夜《よる》の鶴《つる》　原野被野火焼時野鷄救雛，夜寒的鶴張翼覆其子，比喩禽獸猶有愛子之心。舐犢情深。類 子を思う夜の鶴。

自暴《やけ》は貧《ひん》から茶《ちゃ》は鑵子《かんす》から　自暴自棄是由於貧窮。

焼木杭《やけぼっくい》には火《ひ》がつき易《やす》い　焼焦的木椿容易着火，死灰復燃。類 燼《もえぐい》には火がつき易い。

矢弦上《やげんじょう》に在《あ》り発《はっ》せざる可《べ》からず　箭在弦上不得不發。

夜食過《やしょくす》ぎての牡丹餅《ぼたもち》　吃飽晩餐後的紅豆年糕，比喩時機已過沒有價值。

安請合《あすうけあ》いはあてにならぬ　輕諾寡信。

安《やす》かろう悪《わる》かろう　價錢便宜，質量差。類 ①安い物は高い物。②銭は銭だけ。③安物買いの銭失い。

安《やす》きこと泰山《たいざん》の如《ごと》し　安如泰山。

安《やす》きに危《あや》うきを忘《わす》れず　太平時不忘亂，居安思危。類 治に居て乱を忘れず。

安物買《やすものか》いの銭失《ぜにうしな》い　買便宜貨會多花錢。類 ①値切りて高買い。②安物買いの銭乞食。③安物と化物はない。④安かろう悪かろう。⑤一文吝《おし》みの百知らず。⑥安物買いの鼻落し。

安《やす》い物《もの》は高物《たかもの》　便宜貨則是貴貨。類 ①安い物は高い物。②安物買いの銭失い。

痩牛《やせうし》も数《かず》たかれ　痩牛數多也可以拉重的東西。比喩弱小的東西數量多可以形成一股大力量。類 ①枯木も山の賑《にぎわ》い。②餓鬼も人数。

痩腕《やせうで》にも骨《ほね》　痩胳膊也有骨頭。比喩弱小的人都有其骨氣和志氣，不可輕侮之。類 ①一寸の虫にも五分の魂。②八っ子も疳癪《かんしゃく》。③痩馬にも骨。

痩馬《やせうま》に重荷《おもに》　痩馬負重貨物，比喩負與自己的才能不相稱的重任。才輕任重。類 ①痩馬八十貫。②痩馬に十駄。③痩馬に荷が過ぎる。④小舟に荷がかったよう。

痩馬《やせうま》の声嚇《こえおど》し 光是聲音大而沒有實力。類①痩子の大声。②痩子の声高。③弱牛の強がり。④弱い者の空威張り。

痩馬《やせうま》の道《みち》いそぎ 痩馬的急趕路。比喩弱者着急地想完成工作。類①弱馬道を急ぐ。②小馬の朝駈《あさが》け。

痩馬《やせうま》の行《ゆ》く先《さき》は草《くさ》まで枯《か》れる 痩馬所到之處連草都枯萎。譏笑窮人口饞什麼都吃光。

痩馬鞭《やせうまむち》を恐《おそ》れず 痩馬不怕鞭。類①痩馬鞭を驚かず。②飢えたる犬は棒を恐れず。③痩馬にも骨。

痩我慢《やせがまん》は貧《ひん》から起《お》こる 硬着頭皮忍耐是由於貧窮。類①痩我慢貧から。②伊達《だて》の素足も貧から起こる。

痩子《やせご》にも産土《うぶすな》 痩弱的孩子也有出生地的保護神，比喩誰都有保護者。

痩虱《やせじらみ》を鑓《やり》ではぐ 用長矛剝痩虱。比喩小題大做。

痩《や》せても枯《か》れても元《もと》が元《もと》 別管我怎麼不濟，本來就是如此。

痩《や》せは治《なお》って人癖《ひとくせ》は治《なお》らぬ 人痩可以治，人的脾氣不能治。本性難移。類病は治るが癖は治らぬ。

痩法師《やせほうし》の酢好《すこの》み 痩皮猴喜愛吃酸東西，比喩好吃對身體有害的東西。類①痩せの酢好み。②痩子の酢好み。

痩山《やせやま》の雑木《ぞうき》 瘠山的雜木，比喩沒有前途的人。

奴《やっこ》に髭《ひげ》がないよう 沒有該具備的東西，粗心大意。

八《や》つ子《ご》も疳癪《かんしゃく》 八歳的孩子也會發脾氣。比喩小孩子也會發脾氣堅持自己的主張。類①一寸の虫にも五分の魂。②粉糠《こぬか》にも根性。③蛞蝓《なめくじ》にも角。④痩腕《やせうで》にも骨。

雇人《やといど》に科《とが》なし 傭人沒有罪。遵照命令去做的不負責任。

夜盗《やとう》の提灯《ちょうちん》とぼし 爲虎作倀。類盗人の提燈持ち。

柳風《やなぎかぜ》にしなう 柳順着風，比喩逆來順受，巧妙地應付過去。溫順的人不會受人加害。類①柳に風と受け流す。②柳に風折れなし。③楊柳《ようりゅう》の風に吹かるる如し。

柳《やなぎ》で暮《く》らせ 如柳樹那樣逆來順受地應付生活。類①柳の枝に雪折れなし。②世は柳で暮らせ。

柳《やなぎ》に風折《かぜお》れなし 風吹不斷柳枝，比喩柔能制剛。類①柳に雪折れなし。②柔よく剛を制す。③

堅い木は折れる。

柳《やなぎ》に風《かぜ》　柳枝順着風。比喩逆來順受，巧妙地應付過去。類①柳に風と受け流す。②楊柳《ようりゅう》の風に吹かる如し。③馬耳東風。④柳風にしなう。⑤柔よく剛を制す。

柳《やなぎ》に雪《ゆき》折《お》れなし　柳枝不因積雪而折斷，比喩柔能制剛。類①柳の枝に雪折れなし。②堅い歯は折れても柔《やわ》い舌は折れぬ。

柳《やなぎ》の下《した》の泥鰌《どじょう》　柳樹下的泥鰌。守株待兎。類①何時《いつ》も柳の下に泥鰌は居らぬ。②株を守る。③大猟の明日。④菌《きのこ》採った山は忘れぬ。

柳《やなぎ》は緑《みどり》花《はな》は紅《くれない》　柳綠花紅，比喩當然之事，或形容春天的美景。類①松は緑に藤は紫。②西吹けば東にたまる落葉かな。③雨の降る日は天気が悪い。④何処《どこ》の烏《からす》も黒い。⑤烏は黒く鷺《さぎ》は白し。⑥鶏はみな跣足《はだし》。⑦犬が東向けば尾が西向く。⑧山より大きい猪は出ない。⑨蛙の子は蛙。

野《や》に遺賢《いけん》なし　野無遺賢。

やはり野《の》におけ蓮華草《れんげそう》　野花還是在原野美，放在家裏就不美。順乎自然最好。

藪医者《やぶいしゃ》が七味調合《しちみちょうごう》するよう　比喩費工夫而遲遲不進行。

藪医者《やぶいしゃ》の玄関《げんかん》　庸醫的家門，庸醫裝飾門面來取得病人的信任。比喩只有外表壯麗，內容不好。類山師の玄関構え。

藪医者《やぶいしゃ》の手柄話《てがらばなし》　庸醫喜歡講自己的光榮事，比喩沒本事的人喜歡自誇。

藪医者《やぶいしゃ》の病人選《びょうにんえら》び　庸醫選擇病人。沒本事的人做事時好挑肥揀瘦。

藪医者《やぶいしゃ》の薬味箪笥《やくみだんす》　庸醫的好藥櫃，比喩沒本事的人選擇工具。類下手の道具しらべ。

藪《やぶ》から棒《ぼう》　事出突然。類①窓から槍。②青天の霹靂《へきれき》。③藪から棒をつき出すよう。

藪《やぶ》たけの大巌《おおいわ》も方寸《ほうすん》の玉《たま》に如《し》かず　竹叢的大巖石不如方寸之玉，比喩質壞的大東西比不上質量小但矜貴的小物體。

藪《やぶ》に黄金《こがね》　草叢的黃金，比喩在不好的地方有不相稱的好東西。類砂の中から玉がでる。

藪《やぶ》に目《め》くばせ　對草藪使眼神，比喩往旁處看。

藪《やぶ》の中《なか》のうばら　灌木叢中的荊樹，比喩交壞朋友，不能變成好人。近朱者赤。類①麻につるる蓬《よもぎ》。②朱に交われば赤くなる。③善人と共におれば善人になる。

破《や》れかぶれ傘《かさ》の骨《ほね》　自暴自棄。

破《やぶ》れても小袖《こそで》　絹面棉襖破了也是有價値。破船都有三斤釘。類①腐っても鯛。②ちぎれても錦。③襤褸《ぼろ》でも八丈。

破《やぶ》れりゃ固《かた》まる　比喩失敗爲成功之母。類雨降って地固まる。

藪《やぶ》をつついて蛇《へび》を出《だ》す　捅草叢使蛇出來，比喩做多餘的事來自招麻煩。類①藪蛇。②眠った猫を起こすな。③眠ったライオンを起こすな。④眠った酔っぱらいを起こすな。⑤毛を吹いて疵《きず》を求む。⑥垢《あか》を洗って瘢《あと》を求む。⑦草を打って蛇を驚かす。⑧手を出して火傷《やけど》をする。

病《やまい》膏肓《こうこう》に入《い》る　病入膏肓。

病《やまい》上手《じょうず》に死《し》に下手《べた》　常常患輕病，不患重病而能長命。

病《やまい》と命《いのち》は別物《べつもの》　病和生命是不同的東西，常患病的人不一定會早死。

病《やまい》治《なお》りて医師《くすり》忘《わす》る　病治好就忘記醫生。過橋抽板。好了疤痢忘了疼。類①咽元《のどもと》過ぎれば熱さを忘れる。②魚を得て筌《うえ》を忘る。③暑さ過ぎて蔭忘る。④暑さ忘れりゃ蔭忘れる。

病《やまい》に主《ぬし》なし　病無主人，誰都會患病。

病《やまい》の紙袋《かんぶくろ》　常常患病的人。

病《やまい》は気《き》から　病由心情而引起。類①病気は気で勝つ。②諸病は気より。③百病は気から起こる。④万《よろず》の病は心から。⑤気軽ければ病軽し。

病《やまい》は口《くち》より入《い》り禍《わざわ》いは口《くち》より出《い》ず　病從口入，禍從口出。類①病は口から。②口は禍いの門。③禍いは口より出で病は口より入る。

病《やまい》は治《なお》りぎわ　病快要好之前很要緊，要特別小心。

病《やまい》は治《なお》るが癖《くせ》は治《なお》らぬ　病可治，脾氣不可治。本性難移。

病《やまい》を知《し》れば癒《い》ゆるに近《ちか》し　知病因已近癒，比喩知道自己的缺點，改正就不難了。

疾《やまい》を護《まも》りて医《い》を忌《い》む　諱疾忌醫。

山家《やまが》に木《き》なし　山中的房屋沒有木。比喩可能有的地方反而沒有。

山雀《やまがら》の胡桃《くるみ》廻《まわ》す　山雀弄胡桃，難於對付。

山師《やまし》の玄関《げんかん》　騙子手的大門前。比喩外觀好看，內容有問題。類藪医者《やぶいしゃ》の玄関。

山師《やまし》山《やま》で果《は》てる　從事山林工作的人死在山上。溺死的人是會水的。類 ①川立ちは川で果てる。②泳ぎ上手は川で死ぬ。③山立ちは山で果てる。

山《やま》高《たか》きが故《ゆえ》に貴《たっと》からず　山不以高爲貴。內容比外觀重要。類 人肥えたるが故に貴からず。

山《やま》高《たか》く水《みず》長《なが》し　山高水長，形容才德兼備的人。

山《やま》立《だ》ちは山《やま》で果《は》てる　獵人死在山裏。溺死的人是會水的。類 ①山立ち山で果つる川立ち川で果つる。②山師山で果てる。③泳ぎ上手は川で死ぬ。

山鳥《やまどり》鏡《かがみ》に向《む》かいて鳴《な》く　山鳥對着鏡啼，比喩懷念朋友。

山《やま》に千年《せんねん》海《うみ》に千年《せんねん》　歷盡滄桑。久經世故。久歷風塵。類 海に千年川に千年。

山《やま》に躓《つまず》かずして垤《ありづか》に躓《つまず》く　比喩大事因小心不會失敗，小事因不小心反而會失敗。

山《やま》に蛤《はまぐり》を求《もと》む　山中求蛤。緣木求魚。類 ①山に登りて魚を求む。②木に縁《よ》りて魚を求む。

山《やま》に舟《ふね》を乘《の》る　山中乘舟，比喩不合情理。

山《やま》の芋《いも》鰻《うなぎ》とならず　山芋不會變成鰻魚，比喩世上的東西不會發生突變。反 山の芋が鰻になる。

山《やま》の芋《いも》が鰻《うなぎ》になる　山芋變成鰻魚，比喩世事多變。類 ①鷹《たか》化して鳩となる。②蕪《かぶら》化して鶉《うずら》となる。③腐草化して螢となる。④雀海中に入って蛤《はまぐり》となる。反 山の芋鰻とならず。

山《やま》の芋《いも》で足《あし》つく　被山芋刺了脚，比喩由於意料外的事而失敗。

山《やま》の芋《いも》を蒲焼《かばやき》にする　將山芋做成烤鰻魚片，比喩操之過急。類 ①飛ぶ鳥の献立。②卵を見て時夜を求む。

山《やま》の奥《おく》にも風《かぜ》は吹《ふ》く　深山也會吹風，比喩無法逃離塵世。

山《やま》の奥《おく》にも都《みやこ》あり　深山也有好去處。類 住めば都。

山彦《やまびこ》と女《おんな》は同《おな》じように秘密《ひみつ》をたもつ　女人和回聲一樣會把秘密說出來。類 ①女は知らないことしか隠さない。②隠しておきたいことは妻にも言うな。

山《やま》見《み》えぬ坂《さか》を言《い》う　山還沒有看到就談論上坡，比喩事情未到就搶先担憂。

楊桃《やまもも》の選《え》り食《ぐ》い　比喩結果全部吃光。類 炒豆《いりまめ》の選り食い。

山《やま》より大《おお》きな猪《いのしし》は出《で》ぬ　不會跑出比山大的山豬來。比喩誇大也有限度。

闇《やみ》から牛《うし》をひき出《だ》す　從黑暗中牽出牛，比喻黑得什麼也看不見。或比喻糊塗蟲。類暗闇から牛。

闇《やみ》から闇《やみ》に葬《ほうむ》る　暗中加以解決。

闇《やみ》に提燈《ちょうちん》曇《くもり》に笠《かさ》　黑暗要燈籠，陰天要笠，比喻凡事要提防小心。

闇《やみ》に礫《つぶて》　暗中飛石，比喻不知要從何處飛來。

闇《やみ》に鉄砲《てっぽう》　亂射，不考慮結果。無的放矢。類①暗闇の鉄砲。②闇夜の鉄砲。

闇《やみ》に錦《にしき》の上着《うわぎ》　黑夜穿錦，比喻沒有人知，沒有用。衣錦夜行。類闇夜の錦。

闇《やみ》の独《ひと》り舞《まい》　暗中獨舞。比喻徒勞無人知。類①縁の下の力持ち。②簀《す》の子の下の舞。

闇《やみ》の夜《よ》に燈火《ともしび》を失《うしな》う　黑夜中失去燈火，比喻不知從此之後如何辦。類①暗夜に燈《ともしび》を失う。②盲の杖《つえ》を失う如し。

闇《やみ》の夜《よ》道《みち》の松明《たいまつ》　黑路中的火把，比喻困難中獲救。

闇《やみ》夜《よ》に烏《からす》雪《ゆき》に鷺《さぎ》　黑夜的烏鴉，雪中的白鷺。比喻難於區別。找不到目標。類闇の夜に烏を追う。

闇《やみ》夜《よ》に目《め》あり　黑夜裏有眼睛。比喻自以爲人不知，其實有人知。類壁に耳あり障子に目あり。

闇《やみ》夜《よ》の提燈《ちょうちん》　黑夜的燈籠，比喻正合心願，遇到渴望已久的東西。類①闇夜の燈火。②曇に傘。③旱天《かんてん》の慈雨。

闇《やみ》夜《よ》の礫《つぶて》　黑夜的飛石，比喻不知中不中。無法估計從何處飛來，防不勝防。沒有目的性，無效。類①暗中的を射る。②暗夜の鉄砲。

闇《やみ》夜《よ》の錦《にしき》　黑夜衣錦，比喻無用，白費勁。類①闇に錦の上着。②闇に錦。③夜の錦。

病《や》む身《み》より見《み》る目《め》　照顧病人的人比病人更苦。類病む目より見る目。

病《や》め医者《いしゃ》死《し》ね坊主《ぼうず》　醫生希望有人病，和尚希望有人死。類病めば死ね。

矢《や》も楯《たて》もたまらず　迫不及待、抑制不住自己。

病眼《やもめ》に日《ひ》の光《ひかり》が仇《あだ》になる　陽光對病眼有害。比喻對方壞，對他好反而引起壞結果。

槍玉《やりだま》に挙《あ》げる　作爲攻擊、責難的對象。

槍持《やりも》ちの雪隠《せっちん》　細長的房子。

八幡《やわた》の八幡《やわた》知《し》らず　迷路，不知出口在何處。類八幡の藪知らず。

ゆ

湯上《ゆあ》がりには伯父坊主《おじぼうず》が惚《ほ》れる　女人剛洗完澡連老和尚看了都會動心。類①湯上がりには親でも惚れる。②洗い髪には伯父坊主でも惚れる。

唯我独尊《ゆいがどくそん》　唯我獨尊。類①天上天下唯我独尊。②天上天下唯我最勝。

有意花《ゆういはな》を栽《う》えて花発《はなひら》かず無心柳《むしんやなぎ》を挿《さ》して柳陰《やなぎかげ》を成《な》す　有意栽花花不發，無心揷柳柳成蔭。

憂患《ゆうかん》に生《い》き安樂《あんらく》に死《し》す　生於憂患，死於安樂。

勇者《ゆうしゃ》は懼《おそ》れず　勇者不懼。

右手円《ゆうしゅえん》を画《えが》き左手方《さしゅほう》を図《ず》せば両成《りょうせい》すること能《あた》わず　右手畫圓，左手畫方，不能兩成。同時做兩件事很難。

勇将《ゆうしょう》の下《もと》に弱卒《じゃくそつ》なし　勇将之下無弱卒。類①犬猿も主《あるじ》に従う。②この父にしてこの子有り。③親を見たけりゃ子を見ろ。④嫁を貰えば親貰え。

夕立《ゆうだち》は一日《いちにち》降《ふ》らず　驟雨不會整天下，不會下得很久。對方強盛時，暫時要靜待其變。類夕立三日。

夕立《ゆうだち》は馬《うま》の背《せ》を分《わ》ける　隔道不下雨。驟雨是局部雨，馬背的右邊下，而左邊不下。類夏の雨は牛の背を分ける。

夕虹三日《ゆうにじみっか》の照《て》り　晚虹三天晴。類①夕虹みたら百日日和。②夕虹ふかば馬に鞍《くら》おけ。③夕虹立てば鎌倉へ傘持つな。④晩虹には阪東へ行くとも傘持つな。反夕虹は雨降る。

有智無智三十里《ゆうちむちさんじゅうり》　有智無智三十里。賢愚之差很大。

幽明境《ゆうめいさかい》を異《こと》にす　幽明異處。類幽明相隔てる。

夕焼《ゆうやけ》に鎌《かま》を研《と》げ　有晚霞要磨鐮刀。比喻見機而做好準備。類①秋の夕焼けは鎌をといで待て。②夕焼けは晴朝焼けは雨。

夕《ゆう》焼《や》けは晴朝焼《はれあさや》けは雨《あめ》　晚霞是晴天，朝霞是雨天。類①入日の赤きは照りつづく。②入日よければ明日天気。

悠悠自適《ゆうゆうじてき》　悠然自得。

遊里《ゆうり》に恋《こい》なし金《かね》を以《もっ》て恋《こい》とす　花街柳巷沒有愛情，以金錢爲愛情。

ゆがみ木《き》も山《やま》の賑《にぎわ》い　聊勝於無。類 枯木も山の賑い。

ゆがみ八石《はちこく》すぐ九石《くこく》　插秧插歪時收八石，插直時收九石，表示插直比插歪多收成。類 曲がり八石くねって九石まっすぐ十石取れるように。

行《い》きがけの駄賃《だちん》　馬馱子臨去取貨時捎脚所賺的錢，比喩順便兼辦他事。類 ①往《い》にがけの駄賃。②朝駈《あさが》けの駄賃。

往《ゆ》き大名《だいみょう》の帰《かえ》り乞食《こじき》　去時大花錢，回來時身無一文，比喩開始時大花錢，到最後無法收拾。類 往きの大名帰りの乞食。

雪《ゆき》という字《じ》を墨《すみ》で書《か》く　雪的字比墨寫，比喩看來好像是矛盾，其實便不矛盾。

雪《ゆき》と墨《すみ》　雪和墨，比喩正相反。類 ①烏《からす》と鷺《さぎ》。②提燈《ちょうちん》に釣鐘。③月と鼈《すっぽん》。④天と地。

雪《ゆき》の上《うえ》に霜《しも》　雪上霜，比喩過多的地方再增多，或比喩不必要的努力。類 ①雪の上に霜降る如し。②雪上更に霜を加う。

雪《ゆき》の多《おお》い年《とし》は麦《むぎ》は豊作《ほうさく》　多雪之年小麥豐收。

雪《ゆき》の降《ふ》る夜《よ》は寒《さむ》くこそあれ　下雪之夜，當然很冷，比喩難以排除煩惱。類 花の降る日は浮かれこそすれ。

雪《ゆき》は五穀《ごこく》の精《せい》　雪是五穀之精。類 雪は豊年の瑞《しるし》。

雪《ゆき》は豊年《ほうねん》の瑞《しるし》　雪是豐年之瑞。類 ①雪は豊年の貢ぎ物。②雪は豊年のためし。③大雪は豊年のしるし。④雪は五穀の精。反 大雪に凶作。

雪仏《ゆきぼとけ》の湯好《ゆごの》み　雪菩薩喜歡熱水。比喩自招災難。咎由自取。

雪道《ゆきみち》と魚《うお》の子汁《こじる》は後程《あとほど》よい　雪路難走，最好走在別人的後面。

雪《ゆき》や氷《こおり》も元《もと》は水《みず》　雪和冰本來都是水。比喩同一件東西因環境不同而不同。類 ①納豆も豆なら豆腐も豆。②湯は水より出でて水ならず。

雪《ゆき》を積《つ》み螢《ほたる》を集《あつ》む　積雪集螢。刻苦用功。類 螢雪の功。

雪《ゆき》を担《にの》うて井戸《いど》を埋《うず》める　担雪塡井，比喩毫無效果。類 塩にて淵を埋む如し。

行《ゆ》く馬《うま》に鞭《むち》　快馬加鞭。類 駈《か》け馬に鞭。

行《ゆ》く丁稚《でっち》来《く》る坊主《ぼうず》　禿頭。

行《ゆ》く水《みず》に数《かず》かく　比喩徒勞、靠不住。

柚子《ゆず》が色附《いろづ》くと医者《いしゃ》が青《あお》くなる　比喩暮秋時氣候好，患病的人少。類①柿が赤くなれば医者は青くなる。②十月の戸たて医者。③秋刀魚《さんま》が出ると按摩《あんま》が引っ込む。

柚子《ゆず》の木《き》に裸《はだか》で登《のぼ》る　赤着身體爬柚子樹，比喩非常困難，或比喩胡來。類①柚子の木はだか。②裸でばら背負う。

油断大敵《ゆだんたいてき》　千萬不要疏忽大意。類①油断強敵。②油断は怪我《けが》の基。③油断大敵火がぼっぼ。④油断は不覚のもとい。⑤まだ早いが遅くなる。⑥蟻《あり》の穴から堤の崩れ。

湯《ゆ》に入《い》りて湯《ゆ》に入《い》らざれ　比喩過度有害。

湯《ゆ》の辞儀《じぎ》は水《みず》になる　比喩客氣也要看場合。

湯《ゆ》は水《みず》より出《い》でて水《みず》ならず　熱水出於水而勝於水。比喩出身不好也可以學習磨練成爲一個非凡的人。類雪や氷も元は水。

湯腹《ゆばら》も一時《いっとき》松《まつ》の木柱《きばしら》も三年《さんねん》　比喩雖是臨時的東西，也可以暫時頂一頂。類茶腹も一時。

指一本《ゆびいっぽん》も指《さ》させない　比喩一點也沒受人的干涉和責難。無可厚非。

指汚《ゆびきたな》しとて切《き》られもせず　手指骯髒也不能把它斫掉，比喩親人裏有壞人也不好拋棄他。類①指が汚いとて切っても棄《す》てられず。②指むさしとて切って捨てられず。

指《ゆび》を惜《お》しんで掌《てのひら》を失《うしな》う　惜指失掌。比喩因小失大。類一文吝《お》しみの百失い。

指《ゆび》を見《み》て月《つき》を忘《わす》る　見指忘月。比喩注意小事，忘記了要緊事。

指《ゆび》を以《もっ》て河《かわ》を測《はか》る　以指測河，比喩不知懸殊很大之愚。

弓折《ゆみお》れ矢尽《やつ》く　弓折矢盡。比喩兵敗得狼狽不堪，束手無策。類刀折れ矢尽きる。

弓《ゆみ》と弦《つる》　弓和弦，比喩捷徑和繞遠之別。類弓と弦との違い。

弓《ゆみ》も引《ひ》き手《て》であたる　不管弓的好壞與否，拉弓的本領好就能射中。類①弓は引き方。②弓も引き方，相撲も立ち方。

夢《ゆめ》のまた夢《ゆめ》　夢中之夢。比喩非常不可靠。類①夢の夢。②夢に夢みる心持ち。

夢《ゆめ》は逆夢《さかゆめ》　夢往往是與事實相反。類①八卦《はっけ》裏返り。②夢はうそ。反夢は正夢。

ゆるぐ杭《くい》は抜《ぬ》ける　動搖的樁容易拔出來。比喩不堅定的人不會成功。

湯《ゆ》を沸《わ》かして水《みず》にする　燒熱了水再弄成水，比喩徒勞無功。類①湯を沸して水へ入るる。②闇夜《やみよ》の錦。

よ

よい中《うち》から養生《ようじょう》　健康時就要保養身體，比喩事先注意預防就不會失敗。類①用心は前にあり。②用心は無事なる中《うち》。③転ばぬ先の杖《つえ》。④予防は治療に勝る。

宵越《よいご》しの金《かね》はつかわぬ　不花過夜錢，當天的錢當天花，比喩好花錢。

宵《よい》っ張《ば》りの朝寝坊《あさねぼう》　晚睡晏起的人。類①朝寝坊の宵っ張り。②寝難きの起き難き。③宵ぼれの朝寝こき。

善《よ》い時《とき》は馬《うま》のくそも味噌《みそ》になる　好運時馬糞都會變成豆醬。好運時樣樣好。

酔《よい》どれ怪我《けが》せず　醉鬼不會受傷，比喩心中無所掛的人不會大失敗。類酒の酔い落ちても怪我せず。

好《よ》い仲《なか》には垣《かき》をせよ　親密時也要有禮節。類親しき中に礼儀があり。

好《よ》い仲《なか》の小《こ》いさかい　關係親密反而容易產生小衝突。類①仲のよいで喧嘩する。②思う仲の小さいさかい。

酔《よい》に十《とお》の損《そん》あり　醉有十害，喝醉酒害處多。反酒に十の徳あり。

宵寝朝起長者《よいねあさおきちょうじゃ》の基《もと》　早睡早起是成爲富翁的根本。類朝起き三文の徳。

よい花《はな》は後《あと》から　好花後開。笨鳥先飛。類名のない星は宵に出る。

用《よう》ある時《とき》の地蔵顔《じぞうがお》用《よう》なき時《とき》の閻魔顔《えんまがお》　有事拜託時是笑容滿臉，沒用時就毫無笑容。類借りる時の地蔵顔済《な》す時の閻魔顔。

陽気発《ようきはっ》する処《ところ》金石亦透《きんせきまたとお》る　精誠所至金石爲開。精神一到無事不成。

羊質虎皮《ようしっこひ》　羊質虎皮。類羊質にして虎皮す。

楊枝《ようじ》で重箱《じゅうばこ》の隅《すみ》をほじくる　比喩拘泥細節，吹毛求疵。類重箱の隅を楊枝でほじくる。

楊枝《ようじ》に目鼻《めはな》をつけたよう　枯瘦如柴。

容赦身《ようしゃみ》の害五分《がいごぶ》の損《そん》　姑息對己對人都不好。類 情が仇。

養生《ようじょう》に身《み》が瘦《や》せる　為了養身反而使身體瘦下去。得不償失。類 人蔘《にんじん》飲んで首くくる。

用心《ようじん》に怪我《けが》なし　小心不會失敗。類 ①用心には網を張れ。②人を見たら泥棒と思え火を見たら火事と思え。③転ばぬ先の杖《つえ》。④用心は安全の母。⑤疑いは安全の母。反 ①七度探して人を疑え。②渡る世間に鬼はなし。

用心《ようじん》に網《あみ》を張《は》れ　小心又小心。類 ①用心は臆病にせよ。②用心に国亡びず。③用心に怪我《けが》なし。④転ばぬの杖《つえ》。⑤念には念を入れよ。

用心《ようじん》は臆病《おくびょう》にせよ　小心得如胆小的人一樣。類 用心に縄《なわ》を張れ。

用心《ようじん》は前《まえ》にあり　要事前提防。類 ①転ばぬ先の杖《つえ》。②よい中《うち》から養生。③濡れぬ先の傘。

羊頭狗肉《ようとうくにく》　掛羊頭賣狗肉。類 ①羊頭を掲げて狗肉を売る。②牛首を懸げて馬肉を売る。③玉を衒《てら》いて石を売る。④看板に偽りあり。⑤羊質虎皮。⑥酒を売るといって酢を売る。反 看板に偽りなし。

用《よう》に叶《かな》えば宝《たから》なり　有用就是寶。

様《よう》に依《よ》りて胡蘆《ころ》を画《えが》く　依様畫葫蘆。

妖《よう》は徳《とく》に勝《か》たず　妖不勝德。邪不勝正。

妖《よう》は人《ひと》に由《よ》りて興《おこ》る　妖由人興。

漸《ようや》く佳境《かきょう》に入《い》る　漸入佳境。

俑《よう》を作《つく》る　作俑。

能《よ》く言《い》うものは未《いま》だ必《かなら》ずしも能《よ》く行《おこな》わず　能言者未必能行。

善《よ》く泳《およ》ぐ者《もの》溺《おぼ》る　善泳者溺。類 ①過ちは好む所にあり。②才子才に倒る。③泳ぎ上手は川で死ぬ。④河童《かっぱ》の川流れ。⑤好く道より破る。⑥川立ちは川で果てる。⑦善く騎《の》る者は堕つ。⑧能く走る者は躓《つまず》く。

慾《よく》と二人《ふたり》づれ　隨慾而行動。

慾《よく》と相談《そうだん》　同慾望商量。凡事都由慾望而行動。

慾《よく》に頂《いただき》なし　慾望無窮。

欲《よく》には目《め》見《み》えず　利令智昏。慾使眼睛看不見東西。類 ①欲に目がくらむ。②欲にふける者は目見えず。③欲に目がない。④鹿を逐《お》う者は山を見ず。

⑤金を攫《つか》む者は人を見ず。

欲《よく》の熊鷹股《くまたかまた》裂《さ》くる　比喩貪心不足會遭到嚴重損失。

欲《よく》の世《よ》の中《なか》　慾望的世界，人人爲利。類①欲の娑婆《しゃば》。②欲の袋に底なし。

善《よ》く恥《はじ》を忍《しの》ぶ者《もの》は安《やす》し　善於忍辱者平安。

慾張《よくば》って糞《くそ》たれる　太貪心會失敗。

慾《よく》は身《み》を失《うしな》う　貪心會身亡。

予言者郷里《よげんしゃきょうり》に容《い》れられず　予言者不容於郷里。類①近くの坊さんえらくない。②人は故郷を離れて貴し。

夜声八町《よごえはっちょう》　晩上聲音傳得遠。

横紙破《よこがみやぶ》り　比喩胡來不講理，或強蠻的人。類①横紙さく如し。②横車を押す。

横車《よこぐるま》を押《お》す　横不講理。類横紙破り。

横槌《よこづち》で庭《にわ》を掃《は》く　比喩慌張地接待客人。類槌で庭掃く。

横手《よこで》を打《う》つ　手尖朝外鼓掌，表示佩服、同感。

世異《よこと》なれば則《すなわ》ち事異《ことこと》なる　時代變了則事也變。

横槍《よこやり》を入《い》れる　插嘴。類横矢を入れる。

義経《よしつね》と向《む》こう臑《ずね》　聽起來相似，其實完全不同。類①目こじきに味噌こし。②うんかと天下。

葦《よし》の髄《ずい》から天覗《てんのぞ》く　坐井観天。類①葦の髄から天井覗く。②針の穴から天上覗く。③鍵の孔から天を見る。④火吹竹から天を見る。⑤管を以て天を窺《うかが》う。⑥井の中の蛙《かわず》大海を知らず。

よすぎて鳥《とり》が啼《な》く　太好就會變壞。類①よすぎて魔がさす。②満は損を招く。

世過《よす》ぎと死《し》ぬのは薬《くすり》がない　沒有治療死和謀生的藥。

余所《よそ》の喧嘩《けんか》を我家《わがや》でする　在自己的家爲別人吵架。比喩做錯。

他所《よそ》の徳利《とっくり》より内《うち》のきっくり　自己的東西比別人家的東西好。敝帚自珍。

余所《よそ》の嬶《かか》は美《うつく》しく見《み》える　別人的老婆看來漂亮。類①余所の丁稚《でっち》は利口に見える。②隣の花は赤い。③余所の花はよく見える。

余所《よそ》の花《はな》は赤《あか》い　別人家的花紅。類①隣の花は赤い。②余所の花はよく見える。

余所《よそ》の花《はな》はよく見《み》える　別家的花看來漂亮。類①余所の丁稚《でっち》は利口に見える。②余所の内儀は美しく見える。③隣の花は赤い。④余所の花手折りたし。⑤嬶《かか》と丁稚とは外がよし。図雪隠《せっちん》と寝所とは内がよし。

外目《よそめ》で見《み》たほどよくはなし　事物沒有別人所看的那樣好，實際沒有那樣好。類人の花は赤い。

夜鷹《よたか》の宵《よい》だくみ　訂無法完成的計劃。計劃龐大但無法實現。類①夜鷹の食《じき》だくみ。②梟《ふくろう》の宵だくみ。③宵だくみの朝ぶせり。

酔《よ》って本性顕《ほんしょうあらわ》す　醉露本性。

淀《よど》む水《みず》には芥溜《ごみた》まる　淤水處積垃圾，比喩新陳代謝很重要。類流水は腐らず。

夜長《よなが》ければ夢見《ゆめみ》る　夜長夢多。

世《よ》に処《しょ》する大夢《たいむ》の若《ごと》し　處世若大夢。

世《よ》の取沙汰《とりざた》は人《ひと》にまかせよ　社會的議論就讓人去説吧！類①人の口に戸は立てられぬ。②世の取沙汰は人に言わせよ。

世《よ》の取沙汰《とりさた》も七十五日《しちじゅうごにち》　社會上的傳説也只有七十五天，表示過了一段時間傳説自然會消失。類人の噂も七十五日。

世《よ》の中流《なかなが》れ渡《わた》り　要適應潮流來過日子。

世《よ》の中《なか》の人《ひと》の心《こころ》は九分十分《くぶじゅうぶ》　社會上的人心是九分或十分，表示人心大致相同。類①人の心は九合十分。②人の心は九合八合。

世《よ》の中《なか》は九分《くぶ》が十分《じゅうぶ》　世上的事有九分就是十分。表示世上的事不會如自己所希望的那樣完善。

世《よ》の中《なか》は下向《したむ》いて通《とお》れ　社會的事要向下看，要知足。

世《よ》は相持《あいも》ち　過生活要互助。類人は相持ち。

世《よ》は気《き》の毒《どく》の入《い》れ物《もの》　社會上處處有可憐事。

世《よ》は七下《ななさ》がり七上《ななあ》がり　人生有七上七下。類①浮き沈み七度。②浮き沈みは世の習い。③浮き沈みも一代に七度。

世《よ》は回《まわ》り持《も》ち　世事是輪流的。要互相幫助。類①世の中は相持ち。②今日は人の身明日は我が身。

世《よ》は万年《まんねん》の蓄《たくわ》え　想過好日子要儲蓄一萬年。

世《よ》は柳《やなぎ》で暮《く》らせ　處世要如柳樹那樣柔軟。

呼《よ》ぶより謗《そし》れ　去叫人不如誹謗他。説曹操曹操就到。類 ①噂をすれば影がさす。②呼ぶより謗れ言うより走れ。③呼びにやるより謗るがはやき。

予防《よぼう》は治療《ちりょう》に勝《まさ》る　預防勝治療。類 ①転ばぬ先の杖《つえ》。②よい中《うち》から養生。

世《よ》短《みじか》く意《い》長《なが》し　世短意長。

夜道《よみち》川《かわ》立《だ》ち馬鹿《ばか》がする　走夜路和游泳是愚人才做。類 争い木登り馬鹿がする。

夜道《よみち》に日《ひ》は暮《く》れぬ　夜路不怕太陽下山，比喩反正遲慢了就不必慌張慢慢來。類 ①夜道に遅い暗いはない。②夜道に急ぎはない。

夜道《よみち》の早《はや》い座頭《ざとう》連《づ》れ　比喩回程走得快。

嫁《よめ》が姑《しゅうとめ》になる　媳婦成爲家婆，比喩地位、環境改變。類 ①嫁が姑に成るは程もなし。②渋柿が熟柿《じゅくし》に成り上がる。③昨日は嫁今日は姑。④おたまじゃくしが蛙になる。

嫁姑《よめしゅうとめ》の中《なか》よきは勿怪《もっけ》の不思議《ふしぎ》　婆媳關係好是例外，一般是感情不好。

四目十目《よめとおめ》　夫妻年紀差三歳或九歳不好。類 ①四目十目七つ目。②四悪十悪。

夜目遠目笠《よめとおめかさ》の内《うち》　夜裏看、遠離看、傘下裏看，女人比較漂亮。類 ①遠目山越し笠の內。②夜目遠目笠の下。③夜目遠目笠をぬげ。④夜目遠目傘の內。

嫁《よめ》と姑《しゅうとめ》　犬《いぬ》と猿《さる》　婆媳如狗猴那樣感情不好。

嫁《よめ》と姑《しゅうとめ》も七十五日《しちじゅうごにち》　媳婦和家婆的關係好，只有嫁來不久的一段時間。

嫁《よめ》と猫《ねこ》は近所《きんじょ》から貰《もら》うな　娶媳婦不要娶鄰居的。

嫁《よめ》の小《ちい》さいは三代《さんだい》の傷《きず》　娶矮媳婦是三代傷。三代的子孫會矮小。

嫁《よめ》は庭《にわ》から貰《もら》え　娶媳婦要從比自己社會地位低的家庭娶來。類 ①嫁は門から貰え。②嫁は藪《やぶ》から取れ。③嫁は木尻から貰え。④嫁は流しの下から貰え。⑤女房は灰小屋から貰え。

嫁《よめ》を貰《もら》えば親《おや》を貰《もら》え　娶媳婦要看其父母。類 ①嫁を見るより親を見よ。②嫁見るより母を見よ。③嫁貰わば親貰え。④この母にしてこの娘。

寄《よ》らば大樹《たいじゅ》の蔭《かげ》　大樹底下好遮蔭。類 ①寄らば大木の下。②立ち寄らば大樹の蔭。③箸《なか》と主とは太いがよい。反 鶏口となるも牛後となる勿れ。

寄《よ》り物《もの》の中《なか》から刺身《さしみ》に魚《うお》が出《で》る 比喻得到意料之外的好東西。

夜《よる》の鶴《つる》 夜鶴。比喻父母努力來養子女。類 ①夜鶴子を思う。②焼野の雉子《きぎす》。③子を思う夜の鶴。

夜《よる》の錦《にしき》 晚上穿着織錦。衣錦夜行。比喻徒勞，勞而無功。類 闇夜《やみよ》の錦。

夜《よる》は忠告《ちゅうこく》をもたらす 晚上可以給一個忠告。決定事情時不要立刻決定，考慮一個晚上，較能有正確的判斷。類 ①夜は思案の母。②枕と相談せよ。

夜《よる》を昼《ひる》になす 晝夜不分地工作。

選《よ》れば選《よ》り屑《くず》 揀來揀去會揀到一個籮底柑。類 選んで粕《かす》を摑《つか》む。

喜《よろこ》んで尻餅《しりもち》をつく 高興過度會失敗。驕兵必敗。

弱牛《よわうし》の尻押《しりお》し 推弱牛的屁股，比喻幫助弱小的人沒有什麼用。

弱馬道《よわうまみち》をいそぐ 弱馬趕路，比喻弱者急功。類 痩馬《やせうま》の道いそぎ。

弱《よわ》くても相撲取《すもうとり》 力士雖弱也比一般人強。比喻專家總比外行的強。類 ①商売は道によって賢し。②芸は道によって賢し。

世渡《よわた》りの殺生《せっしょう》は釈迦《しゃか》も許《ゆる》す 爲了生活而殺生，釋迦也會寬恕。比喻爲了生活而犯錯是不得已的。

弱《よわ》り目《め》に祟《たた》り目《め》 禍不單行。時衰鬼弄人。牆倒衆人推。類 ①落ち目に祟り目。②鬼は弱り目に乗る。③病み足に腫足《はれあし》。④泣き面に蜂《はち》。⑤病む目につき目。⑥痩子《やせご》にはすね。⑦弱身につけこむ風の神。

世《よ》を捨《す》つれども身《み》を捨《す》てず 雖然可以拋棄塵世出家，但不能拋棄身體，表示生命很可貴。

夜《よ》を日《ひ》に継《つ》ぐ 夜以繼日。類 ①夜を日に増す。②晝夜兼行。

ら

来年《らいねん》の事《こと》を言《い》えば鬼《おに》が笑《わら》う 談明年事鬼會笑。人不知死、車不知翻。人作千年調，鬼見拍手笑。比喻誰都無法預知將來事。類 ①明日の事を言えば天井で鼠《ねずみ》が笑う。②明日の事を言えば鬼が笑う。③来年の事を言えば烏《からす》が笑う。④三年先の事を言えば鬼が笑う。⑤来年を言えば鬼が笑う。

楽《らく》あれば苦《く》あり　有樂必有苦。類 ①楽は苦の種苦は楽の種。②悲しみと喜びとは交互に相つぐ。

楽《らく》は一日《いちにち》苦《く》は一年《いちねん》　享樂一天就要辛苦一年。

楽《らく》は苦《く》の種《たね》苦《く》は楽《らく》の種《たね》　快樂是痛苦的種籽，痛苦是快樂的種籽。比喩苦樂是互爲因果。類 ①楽あれば苦あり苦あれば楽あり。②楽する悪かろう苦をするよかろう。③すべてのメダルには裏がある。④禍福は糾《あざな》える縄《なわ》の如し。

落花《らっか》枝《えだ》に還《かえ》らず　落花不能再回到枝上。覆水難收。類 ①破鏡再び照らさず。②覆水盆に返らず。

落花《らっか》情《じょう》あれども流水《りゅうすい》意《い》無《な》し　落花有意流水無情。

落花流水《らっかりゅうすい》の情《じょう》　落花流水之情。男女互相有愛慕之心。類 ①魚心あれば水心。②誘う水あればいなんとぞ思う。

乱暴《らんぼう》の取《と》り残《のこ》し　胡鬧破壞之後還有些東西剩下來。類 盗人の取り残し。

卵翼《らんよく》の恩《おん》　卵翼之恩。養育之恩。

り

理外《りがい》の理《り》　理外之理。神秘之理。

李下《りか》に冠《かんむり》を正《ただ》さず　李下不正冠。類 ①李下の冠。②瓜田李下《かでんりか》。③李下に冠を整《ただ》さず。④李下の冠瓜田の履《くつ》。

理《り》が非《ひ》でも　無論如何。

理《り》が非《ひ》になる　雖有道理，如説明不好會被誤爲沒有道理。類 ①理が理に立たぬ。②理が皮をかぶる。

力《りき》んだ腕《うで》の拍子《ひょうし》抜《ぬ》け　使了勁的手臂無處用而洩了氣。類 振り上げた拳《こぶし》のやり場に困る。

利食《りく》い千人力《せんにんりき》　利息重，商品要盡快脫手。

理窟上手《りくつじょうず》の行《おこな》い下手《べた》　能道會説，但辦事能力差。類 ①理屈商人金儲けず。②口たたきの手足らず。

理屈《りくつ》商人《しょうにん》金《かね》儲《もう》けず　淨講道理的商人不會賺錢。類①理屈上手の行い下手。②口たきの手足らず。

理屈《りくつ》と膏薬《こうやく》はどこへでもつく　歪理和膏藥到處可貼上，表示要找理由隨時都能找出一個理由來。類①盗人にも三分の理。②柄の無い所に柄をすげる。

利口《りこう》馬鹿《ばか》に馬鹿《ばか》利口《りこう》　有的是裝着聰明的愚人，有的看來是愚笨其實是聰明人。

利口《りこう》は馬鹿《ばか》の使《つか》い者《もの》　聰明的被愚笨的所使用。類器用貧乏。

利口《りこう》貧乏《びんぼう》馬鹿《ばか》の世持《よも》ち　小聰明的貧窮，愚笨的過好日子。

律義《りちぎ》は阿呆《あほう》の唐名《とうみょう》　正直是呆子的另一名稱。

律義者《りちぎしゃ》の子沢山《こだくさん》　規矩的人孩子多。類貧乏人の子沢山。

立錐《りっすい》の地《ち》なし　無立錐之地。

理詰《りづ》めより重詰《じゅうづ》め　聽講道理不如吃一大餐。類①花より団子。②色気より食い気。

理《り》に勝《か》ちて非《ひ》に負《ま》ける　贏理輸非。類①理に勝って非に落ちる。②無理が通れば道理が引っ込む。

理《り》に勝《か》って非《ひ》に落《お》ちる　有理而落得無理。類①理に勝って非に負ける。②無理が通れば道理が引っ込む。

理《り》に勝《か》つ法《ほう》あれども法《ほう》に勝《か》つ理《り》なし　有贏理的法而無贏法的理。

理《り》に負《ま》けて非《ひ》に勝《か》て　輸了道理，取得實利。類①論に負けても実に勝つ。②論に負けても理に勝つ。

利《り》によりて行《おこな》えば怨多《うらみおお》し　行利怨多。

利《り》のある所《ところ》皆賁諸《みなほんしょ》たり　利之所在必有大勇。

流言《りゅうげん》は知者《ちしゃ》に止《とど》まる　流言止於智者。

流水《りゅうすい》は腐《くさ》らず、戸枢《こすう》蠹《むしば》まず　流水不腐，戶樞不蠹。類淀む水には芥《ごみ》溜まる。

龍頭《りゅうとう》蛇尾《だび》　龍頭蛇尾。虎頭蛇尾。類①頭でっかち尻つぼみ。②虎頭蛇尾。

龍《りゅう》と心得《こころえ》た蛙子《かえるこ》　認爲自己的孩子是龍，其實是青蛙。比喻預料錯，估計錯。

龍《りゅう》の鬚《ひげ》を蟻《あり》がねらう　螞蟻想取龍鬚。螳臂擋車。類蟷《とう》螂《ろう》の斧《おの》。

龍《りゅう》の鬚《ひげ》を撫《な》で虎《とら》の尾《お》を踏《ふ》む　撫龍鬚蹈虎尾，比喻冒極大的危險。類①龍のあぎとの珠《たま》をとる。②虎の尾を踏み春の氷を渉《わた》る。

龍《りゅう》は一寸《いっすん》にして昇天《しょうてん》の気《き》あり　龍一寸時就有昇天之氣，比喩偉人從小就與衆不同。類蛇は寸にして人を呑む。

龍《りゅう》は眠《ねむ》りて本体《ほんたい》を現《あら》わす　龍睡時顯本形，比喩卓越的人一不小心也會露出本性。

龍馬《りゅうめ》の躓《つまず》き　龍馬也會跌倒。賢者必有一失。類①千里の馬もけつまずき。②猿も木から落ちる。③騏驎《きりん》の躓き。④弘法にも筆の誤り。⑤千慮の一失。

龍《りゅう》を画《えが》いて狗《いぬ》に類《るい》す　畫龍類狗。畫虎類狗。類①虎を画いて狗に類す。②虎を画きて成さざれば反って狗に類す。

猟《りょう》ある猫《ねこ》は爪《つめ》を隠《かく》す　有本事的猫不露爪。有本事的人深藏不露。類①能ある鷹《たか》は爪隠す。②鼠《ねずみ》捕る猫は爪隠す。

良医《りょうい》の門《もん》に病人《びょうにん》多《おお》し　良醫之門病人多。

良禽《りょうきん》は木《き》を相《み》て棲《す》む　良禽相木而棲。類良禽は木を択ぶ。

良工《りょうこう》は材《ざい》を択《えら》ばず　良工不擇材。類①良匠は材を棄《す》つることなし。②能筆は筆を択ばず。③弘法筆を択ばず。

陵谷《りょうこく》の変《へん》　陵谷之變。滄海桑田。

良賈《りょうこ》は深《ふか》く蔵《おさ》めて虚《むな》しきが如《ごと》し　良賈深藏若虛。

猟師山《りょうしやま》を見《み》ず　獵人不見山，比喩專心從事一件事，無閒他顧。類鹿を逐《お》う者は山を見ず。

良将《りょうしょう》は戦《たたか》わずして勝《か》つ　良將不戰而勝。

良匠《りょうしょう》も金《きん》を断《た》つ能《あた》わず　良匠也不能斷金，比喩事物本質不能改變。

両端《りょうたん》を持《じ》す　持兩端。懷二心。

蓼虫《りょうちゅう》苦《にが》きを知《し》らず　蓼虫不知苦，比喩人人各有好惡。類①蓼《たで》食う虫もすきずき。②臭いもの身知らず。

両手《りょうて》に汗《あせ》を握《にぎ》る　兩手握汗。緊張地看。

両手《りょうて》に花《はな》　一個人佔有兩個好東西。類①梅と桜を両手に持つ。②両の手のうまい物。③両の手に花と紅葉。

遼東《りょうとう》の豕《いのこ》　遼東之豕。少見多怪。

猟《りょう》は鳥《とり》が教《おし》える　打獵時鳥會教如何打，比喩在實踐中自然會學會。

両刃《りょうば》の剣《つるぎ》　雙刃劍。比喩有利也有害。

両方聞《りょうほうき》いて下知《げち》をなせ　聽雙方的話之後才下判斷。類片口きいて公事《くじ》をわくるな。

両方立《りょうほうた》てれば身《み》が立《た》たぬ　如使雙方保持面子，自己就難以處身。類①彼方《あちら》立てれば此方《こちら》が立たぬ。②両方よいのは頬冠《ほおかむ》り。

両方《りょうほう》よいのは頬冠《ほおかむ》り　比喩事情沒有雙頭利。類利は両《ふたつ》なる可からず。

良薬口《りょうやくくち》に苦《にが》し忠言耳《ちゅうげんみみ》に逆《さか》らう　良薬苦口，忠言逆耳。類①薬の灸《きゅう》は身にあつく毒の酒は甘い。②薬酒口に苦うして病に利あり。③苦い薬は泣いても飲め。④金言耳に逆らう。

両雄並《りょうゆうなら》び立《た》たず　兩雄不並立。類①両雄は必ず争う。②両雄倶《とも》に立たず。③両高は重ぬべからず。

力《りょく》は貧《ひん》に勝《か》ち慎《しん》は禍《か》に勝《か》つ　力勝貧，愼勝禍。

利《り》を見《み》ては義《ぎ》を思《おも》う　見利思義。

悋気嫉妬《りんきしっと》は女《おんな》の常《つね》　嫉妒是女人之常事。類①悋気は女の七つ道具。②悋気と嫉妬は女の七つ道具。③悋気嫉妬は女の習い。④悋気は女房の役目。

悋気《りんき》は女《おんな》の七《なな》つ道具《どうぐ》　嫉妒是女人的武器。類①悋気嫉妬は女の常。②悋気と嫉妬は女の七つ道具。③悋気は女のたしなみ。④悋気せぬ女ははずまぬ鞠《まり》。

る

類《るい》は友《とも》を呼《よ》ぶ　物以類聚。類①類は友。②同気相求む。③似るを友。④似た者夫婦。⑤癩者《かったい》は癩者の友をほしがる。⑥類を引き友を呼ぶ。⑦蓑《みの》のそばへ笠が寄る。⑧類を以て集まる。

累卵《るいらん》の危《あや》うき　累卵之危，處境危險。類①累卵より危うし。②重卵より危うし。

類《るい》を以《もっ》て集《あつ》まる　物以類聚。類 同類相集まる。

纍纍《るいるい》として喪家《そうか》の狗《いぬ》の若《ごと》し　纍纍若喪家之狗。垂頭喪氣。

留守居《るすい》の空威張《からいば》り　看家人的假抖威風。

留守《るす》は火《ひ》の用心《ようじん》　看家時小心火種。

留守見舞《るすみまい》は間遠《まどお》にせよ　不要常去看主人不在家的房屋，怕引起不必要的猜疑。

瑠璃《るり》は脆《もろ》し　琉璃脆，比喩美的東西好東西容易受到損害。類 佳人薄命。

瑠璃《るり》も玻璃《はり》も照《て》らせば光《ひか》る　琉璃和玻璃照之都能發光。比喩東西雖不同，用得適當，不好的東西也如好東西一樣發揮效果。

瑠璃《るり》も玻璃《はり》も照《て》らせばわかる　琉璃和玻璃一照就知。比喩很相似的東西用適當方法一試也能分別出來。

れ

例外《れいがい》のない規則《きそく》はない　沒有例外的規則。

礼儀《れいぎ》はいつも厚《あつ》くせよ　禮多人不怪。

礼義《れいぎ》は富足《ふそく》に生《しょう》ず　衣食足知禮義。衣食足而後知榮辱。類 ①衣食足って礼節を知る。②礼は有に生じ無に崩る。

冷水玉《れいすいたま》を洗《あら》う　冷水洗玉，比喩知其眞價値。

礼過《れいす》ぎればへつらいとなる　禮過則諂。類 ①礼も過ぎれば無礼になる。②慇《いん》懃《ぎん》無礼。

礼《れい》の用《よう》は和《わ》を貴《とうと》しとなす　禮之用以和爲貴。

礼《れい》は急《いそ》げ　還禮要盡量快。

礼《れい》は却《かえ》って無礼《ぶれい》の沙汰《さた》　不必要的禮反而無禮。類 辞儀はかえって無礼。

礼《れい》は往来《おうらい》を尙《たっと》ぶ　禮尙往來。

礼《れい》も過《す》ぎれ無礼《むれい》になる　禮一過度就變成無禮。類 ①礼過ぐれば諂《へつら》いとなる。②慇懃《いんぎん》無礼。

領《れい》を引《ひ》きて之《これ》を望《のぞ》む　引領望之。

歴史《れきし》は繰《く》り返《かえ》す　歴史會重演。

蓮花《れんげ》の水《みず》に在《あ》るが如《ごと》し　如蓮花出於汚泥而不染。

連理《れんり》の中《なか》にも切《き》る期《ご》　感情好的情人有時也會分手。

ろ

労《ろう》して功《こう》無《な》し 勞而無功。類①骨折り損。②しんどが利。③燈心で竹の根を掘る。

老少不定《ろうしょうふじょう》 老少不定。人的壽命不可知，有的早死，有的長壽。

蠟燭《ろうそく》は身《み》を減《へ》らして人《ひと》を照《て》らす 蠟燭滅滅用自己來照人，比喩犧牲自己爲他人的幸福。

籠鳥《ろうちょう》雲《くも》を恋《こ》う 籠鳥戀雲。籠鳥不忘飛。比喩失去自由的人愛惜自由。

浪人《ろうにん》の痩顔《やせがお》張《は》り 弱者虛張其勢。

老馬《ろうば》の智《ち》 老馬之智。老馬識途。類①老馬道知る。②馬に道まかす。③老いたる馬は道を忘れず。

老蚌《ろうほう》珠《たま》を生《しょう》ず 老蚌生珠。

隴《ろう》を得《え》て蜀《しょく》を望《のぞ》む 得隴望蜀。類①欲に限りなし。②欲に底なし。③千石を取れば万石を望む。④望蜀。

ローマは一日《いちにち》にして成《な》らず 羅馬不是一天建成的。類①パリは一日できたのではない。②鳥は少しずつその巣をつくる。③待つことを知るものにはすべてはうまく行く。④大器晩成。

櫓櫂《ろかい》の立《た》たぬ海《うみ》もなし 沒有不能航船的大海。比喩不管多麼困難的工作，都有辦法去做。

六月《ろくがつ》に火桶《ひおけ》を売《う》る 六月賣木製圓火盆。比喩不合時令的事物。類夏炉冬扇。

陸地《ろくじ》に舟《ふね》漕《こ》ぐ 陸地划舟。緣木求魚。比喩不可能之事。類①木に縁《よ》りて魚を求む。②舟を陸に推す。

六十年《ろくじゅうねん》は暮《く》らせど六十日《ろくじゅうにち》は暮《く》らしかねる 六十年可以渡過，六十天難以渡過，比喩手頭拮据。類六十年は送りても六十日の事暮らし難し。

六十《ろくじゅう》の手習《てなら》い 六十歲時才開始學東西。比喩老時再開始學習。類①八十の手習い。②七十の手習い。③老いの学問。

ろくでなしが人《ひと》の陰口《かげぐち》 不正經的人喜歡背後說人壞話。

六親《ろくしん》不和《ふわ》なればその家《いえ》治《おさ》まらず 六親不和其家不治。

櫓《ろ》三年《さんねん》に棹八年《さおはちねん》　櫓要學三年，棹要學八年，要成爲一個好船老大需要長時間的學習。類①櫓三年に櫂《かい》の一時。②棹三年櫓八丁。

廬《ろ》生《せい》の夢《ゆめ》　盧生之夢。邯鄲之夢。類一炊の夢。

驢《ろ》に騎《の》りて驢《ろ》を覓《もと》む　騎驢覓驢。類①牛に騎って牛を覓《もと》む。②背中の子を三年探す。

ろばが旅《たび》に出《で》かけたとて馬《うま》になって帰《かえ》ってくるわけではない　驢出去旅行不會變成馬回來。

驢《ろ》鳴《めい》犬吠《けんべい》　驢鳴犬吠，比喩不値得聽。類驢《ろ》鳴《めい》狗吠《くべい》。

櫓《ろ》も櫂《かい》も立《た》たぬ　比喩毫無辨法，一籌莫展。類櫓でも櫂でも行きにくい。

櫓《ろ》を押《お》して櫂《かい》は持《も》たれぬ　比喩一個人同時不能夠做兩件。類①太鼓を打てば鉦《かね》が外れる。②田の事すれば畑が荒れる。

驢《ろ》を呼《よ》んで馬《ば》となす　呼驢爲馬。指鹿爲馬。類①馬を鹿。②鹿をさして馬と爲《な》す。③馬を牛という。④鷺《さぎ》を烏《からす》。⑤鴨《かも》を鵞《あひる》とささえる。

論語《ろんご》読《よ》みの論語《ろんご》知《し》らず　讀論語不知論語。比喩讀書只知道字義，不去實行。類論語読みの論語読まず。

わ

論《ろん》に負《ま》けても実《じつ》に勝つ　議論輸着而實際贏。棄名取實。要取得實質的勝利。類①名を棄《す》てて実を取る。②名よりも得取れ。

論《ろん》に負《ま》けても理《り》に勝つ　爭論雖失敗但道理是自己的正確。類①理に負けて非に勝て。②論に負けても実に勝つ。

論《ろん》より証拠《しょうこ》　空談議論不如擺事實。類①論をせんより証拠を出せ。②証拠が先。③論は後証拠は先。④百聞は一見に如《し》かず。

賄賂《わいろ》には誓紙《せいし》を忘《わす》る　賄賂使忘記宣誓書。利令智昏。

我《わ》が頭《あたま》の蠅《はえ》を追《お》え　趕自己頭上的蒼蠅。自掃門前雪。類己の頭の蝿を追え。

我《わ》が家《いえ》の仏尊《ほとけとうと》し　我家的菩薩尊貴。比喩自己重視的東西自認爲都比他人的好。敝帚自珍。類①我が仏尊し。②味方見苦し。③自己仏。④我が寺尊し。

我《わ》が家楽《いえらく》の釜盥《かまたらい》　窮得用鍋來代替洗臉盆還是自己家最快樂。

若《わか》いときの辛労《しんろう》は買《か》うてもせよ　年輕時的苦勞買也要買來做。比喩年輕時的苦勞對將來有用。類①若い時の力瘤《ちからこぶ》。②若い時の苦労は買ってもせよ。③艱難汝《かんなんなんじ》を玉にす。

若《わか》い時《とき》は二度《にど》ない　青春不再來。

我《わ》が上《うえ》の星《ほし》は見《み》えぬ　自己頭上的星看不到。誰都不知自己的命運。類①我が上の星は細かい。②我が上知らずの破れ笠。

我《わ》が面白《おもしろ》の人泣《ひとな》かせ　把自己的快樂建在他人的痛苦之上。類①我面白の人困らせ。②我面白の人かしまし。

我《わ》が刀《かたな》で首切《くびき》る　用自己的刀斫頭，比喩自己使自己痛苦。類①自縄自縛《じじょうじばく》。②我が手で首をしめる。③我が脛《すね》に鎌。

我《わ》が門《かど》で吠《ほ》えぬ犬《いぬ》なし　在自己家門的狗都會吠，比喩任何弱者在自己家裏都會發威風。類①所で吠えぬ犬はない。②家の前の痩犬《やせいぬ》。③旅の犬が尾をすぼめる。

若木《わかぎ》に腰《こし》かけな　不要坐在小樹上，比喩不要依靠年輕人，年輕人不可依靠。或比喩不可欺侮年輕人。類古木に手をかくるな若木に腰掛くるな。

若木《わかぎ》の下《した》で笠《かさ》をぬげ　在小樹下脱笠，比喩年輕人有將來性，要尊敬年輕人。後生可畏。類若木の下で笠をぬげ古木の下で糞をこけ。

我《わ》が糞《くそ》は臭《くさ》くない　自己的糞便不臭。比喩自己不知自己的缺點。類①我が身の臭さ我知らず。②自分の糞は臭くない。③息の臭さは主知らず。④臭いもの身知らず。⑤味方見苦し。⑥人の七難は見ゆれど我が十難は見えず。

若気《わかけ》のあやまち　年輕火氣盛而犯錯誤。

我《わ》が心石《こころいし》に匪《あら》ず転《てん》ず可《べ》からず　我心非石不可轉。堅固不動之心。

我《わ》が心《こころ》秤《はかり》の如《ごと》し　我心如秤。公平無私。

我《わ》が子自慢《こじまん》は親《おや》の常《つね》　誇耀自己的孩子是父母之常情。類我が子には目がない。

我《わ》が事《こと》と下《くだ》り坂《ざか》に走《はし》らぬ者《もの》なし　人沒有不爲自己事奔走的。

我《わ》が子荷《こに》にならず　揹自己孩子不覺重。父母爲孩子可以忍受痛苦。

我《わ》が子《こ》には目《め》がない　看不到自己孩子的缺點。

我《わ》が好《す》きを人《ひと》にふるまう　把自己所喜愛的強加於人。類亭主の好きを客にふるまう。

我《わ》が脛《すね》に鎌《かま》　用鎌刀砍自己的脛，比喻自己傷害自己。類 ①自縄自縛。②自分で自分の首をしめる。③我が刀で首切る。④我が手で首をしめる。

若竹笛《わかたけふえ》にならず　嫩竹不能做笛子，比喻未成熟的東西沒有用。

我《わ》が田《た》への水《みず》も八分目《はちぶんめ》　引水入自己田八分就夠。比喻不要貪心。

我《わ》が田《た》へ水《みず》を引《ひ》く　引水入自己的田。比喻自顧自己的利益不顧他人。類 ①我田引水。②我が田に水を引く。③どの粉屋も自分の水車水屋へ水を引く。

我《わ》が前《まえ》の豆腐《とうふ》をあぶれ　比喻要先做好自己的事。

我《わ》が身《み》つめって人《ひと》の痛《いた》さを知《し》れ　己所不欲勿施於人。

我《わ》が身偽《みいつわ》りある者《もの》は人《ひと》の誠《まこと》を疑《うたが》う　自己不誠實的人懷疑別人的誠實。類 蛇《じゃ》の道はへび。

我《わ》が身《み》の一尺《いっしゃく》は見《み》えぬ　比喻看不見自己的缺點。類 人の一寸我が一尺。

我《わ》が身《み》の臭《くさ》さ我《われ》知《し》らず　自己不知自己臭。比喻自己看不到自己的缺點。類 息の臭きは主知らず。

我《わ》が身《み》の事《こと》は人《ひと》に問《と》え　自己的事要請教他人。

我《わ》が身《み》を立《た》てんとせばまず人《ひと》を立《た》てよ　欲立己必先立人。要達成自己的願望，首先要考慮別人的立場。類 我が子可愛《かわい》くば人の子を可愛がれ。

我《わ》が身《み》をつねって人《ひと》の痛《いた》さを知《し》れ　己所不欲勿施於人。類 ①身をつみて人の痛さを知れ。②我が身つんで人の痛さを知れ。③己の欲せざる所を人に施す勿《なか》れ。

我《わ》がものと思《おも》えば軽《かろ》し笠《かさ》の雪《ゆき》　認爲是自己的東西，連笠上的雪都覺得輕。比喻爲自己，連痛苦也不覺得那樣痛苦。

分《わ》からぬは夏《なつ》の日和《ひより》と人心《ひとごころ》　人心如夏天天氣難以預測。人心叵測。類 ①測り難きは人心。②男心と秋の空。

沸《わ》きが早《はや》いはさめ易《やす》い　熱得快冷得快。

湧《わ》く泉《いずみ》にも水涸《みずが》れ　湧泉都會水乾。

わざくれも三年《さんねん》　壞事也只有三年。類 禍《わざわ》いも三年たてば役に立つ。

わざくれは身《み》の破滅《はめつ》　自暴自棄是亡身的原因。

禍《わざわ》いは口《くち》から　禍從口出。類①禍いは口より生まる。②病は口より入り禍いは口より出る。③禍いは多言より大なるはなし。④口は禍いの門。

禍《わざわ》いは口《くち》より出《い》で病《やまい》は口《くち》より入《い》る　禍從口出、病從口入。類病は口より入り禍いは口より出す。

禍《わざわ》いは福《さいわい》　禍者福也。類禍いも福の端となる。

禍《わざわ》いは下《しも》から　禍從下起。類①騒動は下から起こる。②足寒うして心を痛む。③禍いは口から。④小家から火を出す。

禍《わざわ》いを転《てん》じて福《ふく》となす　轉禍爲福。類①失敗は成功の母。②七転び八起き。

和《わ》して同《どう》ぜず　和而不同。

鷲《わし》と雀《すずめ》の脛《すね》押《お》し　比喩力量相差太遠。類鷲に兎。

忘《わす》れたと知《し》らぬには手《て》が付《つ》かぬ　對於說忘記了和說不知道的人拿他沒有辦法。

和《わ》すること琴瑟《きんしつ》の如《ごと》し　和如琴瑟。

綿《わた》に針《はり》を包《つつ》む　棉包針。綿裏藏針。笑裏藏刀。類①真綿に針を包む。②笑みの中の刀。

渡《わた》りに舟《ふね》　正想過河船就來。比喩正合心意順水推舟。類①闇夜《やみよ》燈。②得手に帆を上げる。

渡《わた》りをつける　掛上鈎，搭上關係。

渡《わた》る世間《せけん》に鬼《おに》はなし　世上沒有鬼那樣的惡人。社會上不只是薄情的人,也有多情的人。類①旅は道連れ世は情。②知らぬ他国にも鬼はない。③地獄にも鬼ばかりはない。④棄《す》てる神あれば助ける神あり。⑤仏のある地獄。⑥世に鬼はない。⑦世間に鬼はなし。

鰐《わに》の口《くち》を逃《の》がる　逃出鱷魚口。逃出虎口。

輪《わ》に輪《わ》をかける　誇誇其談。

笑《わら》いの中《うち》に刀《かたな》を礪《と》ぐ　笑裏磨刀。笑裏藏刀。類①笑みの中の刀。②笑中に刀あり。③真綿に針を包む。

笑《わら》いは人《ひと》の薬《くすり》　笑是人的藥。笑對身體有益。

笑《わら》う顔《かお》に矢《や》立《た》たず　對着笑臉發不出脾氣來。類①向かう笑顔に矢立たず。②笑う門には矢は立たぬ。③握れる拳《こぶし》笑顔に当たらず。④常に微笑をたたえよ。⑤袖の下に回る子は打たれぬ。

笑《わら》う門《かど》には福来《ふくき》たる　充滿笑聲的家裏有福來。類①笑う所へ福来る。②祝う門に福来る。③和気財を生ず。④笑う家に福来る。

笑《わら》う者《もの》は測《はか》る可《べ》からず　笑者不可測。

藁《わら》しべを以《もっ》て泰山《たいざん》を上《あ》げる　以稻稭擧泰山。蚍蜉撼大樹。類大黒柱を蟻《あり》がせせる。

藁千本《わらせんぼん》あっても柱《はしら》にはならぬ　有稻草一千枝也做不了柱子。比喩聚了許多弱小的東西也成不了力量。類烏合《うごう》の衆。

藁苞《わらづと》に国傾《くにかたむ》く　賄賂多國家會衰亡。

藁苞《わらづと》に黄金《こがね》　稻草包裝黄金。比喩容器不精緻，内容貴重。雖在壞環境長大，但很正派。

藁《わら》で束《たば》ねても男《おとこ》は男《おとこ》　不管怎麼窮，男人就是男人。類①藁で作っても男は男。②箸に目鼻をつけても男は男。

藁《わら》にもすがる　溺水者攀草求援。類葦《あし》の葉にすがる。

童《わらべ》いさかい大人《おとな》知らず　小孩子吵架，成人不要理。

悪《わる》い鴉《からす》から悪《わる》い卵《たまご》　壞烏鴉生壞蛋。心惡的父母生不出好孩子。類①瓜の蔓《つる》に茄子《なすび》はならぬ。②蛙の子は蛙。

悪《わる》い鷹《たか》に餌《え》を飼《か》え　餵餌給惡鷹，比喩小人給他所喜歡的東西就可以利用他。類①下種《げす》と鷹とに餌を飼え。②憎い者には餌を与えよ。

悪《わる》い友《とも》と旋風《つむじかぜ》には出逢《であ》うな　不要同壞人作朋友。

悪《わる》ふざけは喧嘩《けんか》のもと　玩笑開得不好是吵架之因。類打ちあいは下賤《げせん》の遊び。

我面白《われおもしろ》の人困《ひとこま》らせ　自己有趣，別人爲難。把自己的快樂建在別人的痛苦之上。類①我面白の人かしまし。②我が面白の人泣かせ。

破鍋《われなべ》にとじ蓋《ぶた》　破鍋都有適合它的蓋子。才子配佳人。類①合うた釜に似寄った蓋。②ねじれ釜にねじれ蓋。

破鍋二度《われなべにど》の役《やく》に立《た》たず　破鍋不能再用。比喩一次壞了再也不能用了。反①破鍋も三年置けば用に立つ。②土器《かわらけ》の割れにも用あり。

破鍋《われなべ》も三年《さんねん》置《お》けば用《よう》に立《た》つ　破鍋放三年也有用。比喩現在沒有用的東西收起來，以後也有用。類①土器《かわらけ》の割れにも用あり。②いが柄杓《びしゃく》にも取柄。③門脇の姥《うば》にも用あり。④門の犬にも用あり。反破鍋二度の役に立たず。

破物《われもの》と小娘《こむすめ》　容易破碎的東西和小女孩。容易受傷的東西，所以要特別小心。類破物とでき物に用心せよ。

我《われ》より古《いにしえ》を作《な》す　比我作古。自己新創例。

和《わ》を以《もっ》て貴《とうと》しとなす　以和為貴。

椀《わ》つくりの欠《か》け椀《わん》　做碗的用破碗。類①紺屋《こうや》の白袴《しろばかま》。②髮結の乱れ髮。③紙漉き屋の手鼻。④桶屋《おけや》の縄《なわ》たが。⑤菜物作りの米食わず。

椀《わん》より正味《しょうみ》　內容重於碗。外觀雖不好，內容好最要緊。

筆畫索引

一畫

二畫

三畫

四畫

五畫

六畫

七畫

八　畫

十一畫

十二畫

十三畫

十七畫

十八畫

十九畫

二十一畫

二十二畫以上

日語成語慣用語詞典／徐昌木編著. --臺灣初
版. --臺北市：臺灣商務，1995［民84］
面； 公分
含索引
ISBN 957-05-1112-5（平裝）

1. 日本語言－成語，熟語－字典，辭典

803.135 84001264

中日對照・原文標音

日語成語慣用語詞典

定價新臺幣 300 元

編著者 徐 昌 木

出版者
印刷所 臺灣商務印書館股份有限公司
臺北市 10036 重慶南路 1 段 37 號
電話：(02)23116118 ・ 23115538
傳眞：(02)23710274 ・ 23701091
讀者服務專線：080056196
E-mail：cptw@ms12.hinet.net
郵政劃撥：0000165 — 1 號
出版事業登記證：局版北市業字第 993 號

・1982 年 7 月香港初版
・1995 年 5 月臺灣初版第一次印刷
・2001 年 1 月臺灣初版第三次印刷
本書經商務印書館（香港）有限公司授權出版

ISBN 957-05-1112-5（平裝） b 60509000